U0631991

在这个夜晚，他望着迷雾的尽头。
他的心死在了这个冬夜。

面包有毒
著

上 册

青岛出版集团 | 青岛出版社

图书在版编目（CIP）数据

当我开始失去你 / 面包有毒著. —青岛：青岛出版社，2024.6
ISBN 978-7-5736-2317-1

Ⅰ.①当… Ⅱ.①面… Ⅲ.①长篇小说－中国－当代 Ⅳ.①I247.5

中国国家版本馆CIP数据核字（2024）第097905号

DANG WO KAISHI SHIQU NI
书　　名	当我开始失去你
作　　者	面包有毒
出版发行	青岛出版社（青岛市崂山区海尔路182号）
本社网址	http://www.qdpub.com
邮购电话	18613853563
责任编辑	郭红霞
校　　对	李晓晓
装帧设计	梁　霞
照　　排	梁　霞
印　　刷	三河市良远印务有限公司
出版日期	2024年6月第1版　2024年6月第1次印刷
开　　本	16开（640mm×920mm）
印　　张	35
字　　数	591千
书　　号	ISBN 978-7-5736-2317-1
定　　价	69.80元（全2册）

编校印装质量、盗版监督服务电话 4006532017　0532-68068050

目 录 上 册

下册 **目录**

第一章
他曾离她一步之遥

北城十月的天，夏日还没完全撤离，太阳耀武扬威地在头上挂着，大街小巷的便利店里冰激凌仍是最畅销的单品。

早已是入秋的时节，但气温仍徘徊在 25 ~ 30℃。北城的秋天，总是比夏天还要像夏天。

朱依依是被这离谱的天气热醒的，身上穿着的短袖睡衣被汗洇湿了大半。为了省点儿电费，午睡的时候她没舍得开空调，没想到会热成这样。

她拿起手机看了一眼，距离薛裴和她约好的时间还有一个小时。

今天是国庆节放假的第一天，待会儿薛裴会顺路过来接她一块儿回老家。

国庆节的高铁票难抢，前两天抢票软件一直没有动静，她本来都不打算回去了，直接取消了订单——恰巧，她刚给家里打完电话说不回去了，那头薛裴就拨了电话过来，让她搭他的顺风车回去。

这难免让人多想。

有那么一秒，朱依依的脑子里快速地闪过某些想法，但很快她又否定了这些想法。

早上她和妈妈分享这个好消息，谁知道电话那头的妈妈反而叹了一口气。

"唉，你看看薛裴这孩子多好。你怎么就不能争点儿气呢？但凡你要是长得好看点儿、成绩优秀点儿、工作单位靠谱点儿，我都敢厚着脸皮去和他妈妈说亲。我们两家认识那么多年了，你和薛裴又知根知底的，你说多合适。"

朱依依没吭声。

"喂？"电话那头的人估计以为是信号不好，又把话重复了一遍。

缓了一阵，朱依依才开口："妈，现在已经不流行包办婚姻了。"

"不流行包办婚姻，那你倒是给我带个男的回家啊！"她妈妈突然拔高音量，又提起了另一茬，"你上次答应过我的，今年国庆节前再没找到对象，就得回来相亲，还记得吧？"

朱依依又是长久地静默。

"不说了，我收拾行李去了。"

朱依依随便找了个借口终止了这个话题。

她走出房门，按下墙上的开关，天花板上的大吊扇慢悠悠地运转起来，茶几上红色的塑料袋被吹得"簌簌"作响。

不过，朱依依此刻的注意力仍停留在天花板上结的蜘蛛网上。她记不起上一次清理这间出租屋是什么时候的事了，许是一个月前，或者是更久。长期忙碌的工作让她很难分出时间去处理这些事情。

她还在发着呆，就听到有人敲门，"咚咚咚"，一下比一下急促。

朱依依刚打开门，周茜一只手提溜着个齐腰的行李箱，往玄关处一丢，另一只手拿纸巾擦着汗，气喘吁吁地说："好你个朱依依……你现在为了省钱，真是啥地方都能住啊，住得偏不说，还住在七楼！我从市区坐地铁过来一个半小时，还得走二十分钟才到你这里，紧接着又爬上七楼，你是不是想累死我啊？"

"你先喝口水，顺顺气。"

在周茜骂出下一句话之前，朱依依赶紧把水杯递了过去，然后顺手抄起茶几上的扇子给周茜扇风。

周茜没接水杯，换上拖鞋，往沙发上一躺，动都懒得动了。

朱依依看着她满头大汗的样子，倒是内疚了起来。

"怎么不给我打电话？我下去给你拎行李。"

周茜白了她一眼："你这两天不是感冒了吗？可别再出汗了，你这体质跟纸糊的似的。"喝了一口水，又看了这破房子两眼，周茜还是忍不住吐槽，"这房子你怎么住得下的？薛裴知道你住在这里吗？"

朱依依愣怔了片刻，好一会儿才开口："嗯，上周我刚和他说的。"

说起来，她已经搬来城中村这边差不多两个月了，但一直没有告诉薛裴。她瞒着他，是不愿意让他知道她蜗居在这里。

她承认，不过是为了那点儿可耻的自尊心，是她自己瞧不起自己。

她从小就知道自己和薛裴不是一路人，上学时候是这样，现在毕业工作后发现，他们之间的差距越来越大，原来人和人之间是真的有天壤之别的。

一个是衣着光鲜亮丽的社会精英，名校毕业，在 CBD 的高级写字楼里工作，出入的是衣香鬓影的场合，住在寸土寸金的市中心黄金地段；另一个是日子过得紧巴巴的上班族，为了省那点儿房租，住在偏远的城中村里，通勤时间都要一个半小时，每天最幸运的时刻就是在人挤人的地铁上能抢到一个座位。

朱依依有时候想：其实她没有那么差劲，或许像她这样的人在北城才是大多数，不过因为对照的是薛裴，所以才显得她过得那么寒酸，那么落魄。

她正想着，放在茶几上的手机响了一下，是一条微信。

薛："我快到了。"

显然，周茜也看到了这条微信，眼睛登时就亮了起来。

她怎么也没想到，朱依依说的一会儿来接她们的人指的就是薛裴，一时情绪有些激动，顺带好奇地问了一嘴："对了，薛裴现在谈恋爱了吗？他和那谁都分手那么久了，还没再找吗？"

"不知道，最近没听他提起过。"

朱依依好像对这个话题不感兴趣，从卧室里把行李箱推出来，又去阳台上收衣服，"咣咣"地将晾衣架放在洗衣机上。

"那就是没有，你们俩关系那么好，他要是有女朋友了，肯定会和你说的。"周茜自言自语道，"不应该啊，以薛裴的条件，他要是放在我们公司，骨头都会被啃得不带剩的，单是那张脸，杀伤力就够大的。你说，他一直单着，是不是在等什么人哪？"

朱依依洗杯子的手顿了顿。莫名其妙的滋味涌了上来，她感觉胃里有些泛酸。

她还是刚才那句话："不知道。"

收拾完，朱依依和周茜正准备把行李箱抬下去，门口就有人敲门了。

周茜离门口近，几乎是下一秒就把门打开了。

只是门刚敞开，周茜就愣住了，准备好的开场白瞬间咽回喉咙里。她立刻扭头去看朱依依，那眼神里满是探究和疑惑的意味，好像在问朱依依这是怎么回事。

朱依依不解，往门口望了一眼。

从她的角度，她先看到的是一双裸色的漆皮系带高跟鞋。她曾在杂志上看到过它的价格，差不多是她半年的房租。这双鞋一定会有个美丽的主人，她一定不会住在偏远的城郊，也不会住在天花板还缠着蜘蛛网的逼仄的房子里。

在朱依依开口前，这双高跟鞋的主人先和她打了招呼，声音一如多年前那样悦耳："好久不见了，依依。"

朱依依没想到会是在这样的场景再次见到江珊雯——在这所破旧的老房子里，在这个她所有的困窘都一览无余的地方。有那么一瞬间，朱依依觉得脸颊很烫，烫得跟发烧了似的。

但恍惚间，她又觉得这样难堪的场面仿佛在很久以前就发生过许多遍，几秒钟内，脑海中无数个片段闪回，从高中到大学，薛裴旁边站着的人与他总是那么相称。

就像现在，江珊雯陪在薛裴的身边，站在她的对面。

今天薛裴穿得很正式，像是刚从哪个酒会过来，西装革履，身上环绕着淡淡的木质香水的味道，嘴角上挂着淡淡的笑看向她。

"怎么了，脸色这么差？"薛裴凑近看她，那股香水味环绕在她的鼻间，"是不是感冒了？"

"没有。"朱依依往后躲了躲，僵硬地退了一步，转头看向江珊雯，打了声招呼："好久不见！不过你们怎么上来了？我和茜茜正准备拿行李下来着。"

"是我想上来看看，顺便帮你们拿些行李。"江珊雯说着就要伸手帮她拿行李袋。

"不用麻烦了，我们俩可以的。"周茜刚从震惊的状态中回过神来，看了一眼江珊雯这身穿着，也不好意思让她帮忙搬东西，免得把人家的衣服和鞋子弄脏了。说完，周茜把朱依依拉到一边，小声问道："什么情况？他们俩和好了？这么劲爆的消息，班群里竟然没有一个人知道。"

江珊雯没留意她们的谈话，好奇地在屋内打量了几眼，话说得委婉："对了，依依，你住在这边会不会很不方便呀？这里离市区还挺远的，要不我国庆节回来帮你留意一下别的房子？"

"没事，我现在都住习惯了，早上起早一点儿不碍事。"

谈话间，薛裴的视线看向了茶几上那盒感冒药，他神色有些不对，往朱依依的脸上扫了一眼。

朱依依没理会他，弯腰想要从鞋架上拿拖鞋给他们换，但看到鞋面上厚厚的一层灰尘，又止住了动作，对他们说："不用换鞋了，你们直接进来吧。我很久没收拾了，屋子里有点儿乱，你们别介意。"

话音刚落，她转过身，就发现江珊雯的目光恰好停留在头顶那台正在转动的大吊扇上。

朱依依想：江珊雯一定也看到了天花板上缠着的密密麻麻的蜘蛛网。

朱依依的行李有点儿多，他们得分两轮才搬得完。

搬第二轮的时候，朱依依都有些不好意思了，让大家在车上等她，她自己上去拿。

她刚走到楼道口，薛裴就几步跟了上来，那阴影从后面笼罩着她。

"你回车上坐着，我去拿。"

朱依依摆了摆手："没事，我自己可以的，没剩多少东西了。"

"你今天好像有点儿不太对劲。"

薛裴凑近看她的脸，探究的目光从她的眼睛移到她泛白的嘴唇上。他伸手在她的额头上探了探，冰凉的手掌触碰到温热的额头激起一阵战栗感。

片刻后，他自言自语道："幸好，只是感冒没发烧。"

朱依依已经避无可避，后背几乎贴着墙。她把他的手从额头上拿开，脸上的笑容淡了些："已经快好了，没事。"

"感冒了你也没告诉我，"薛裴弯了弯嘴角，"到时候阿姨又要说我没照顾好你了。"

朱依依在心里说了一句：我不用你照顾。

她拎起地上的行李箱，就要往下走："真的不用麻烦你了，你快下楼去吧。"

"麻烦"这两个字，让薛裴脚步停顿了片刻，眉头皱得很深。

"什么时候和我也这么见外了？"楼道里的光很暗，朱依依看不太真切薛裴的表情，但能感受到他落在自己身上的目光。

忽然不知想到什么，他轻轻笑了一声："你以前倒是不怕麻烦我，让我熬夜帮你抄作业那会儿，怎么不觉得麻烦？"

高一寒假那会儿，他们两家人过完年约好一块儿去琼市度假，玩了整整半个月，直到开学前两天才回家。

她玩的时候有多开心，补作业的时候就有多痛苦。

回到家，朱依依才发现漏了几本练习册没写。看着那一摞没完成的寒假作业，朱依依急得眼泪都快流下来了。

寒冬腊月的天，地上都是积雪，她穿着厚厚的羽绒服，抱着那一摞作业就去找薛裴了。薛裴打开门的时候，她眼角上的泪都还没擦干。

那会儿薛裴勾了勾嘴角，笑着问她："怎么？又到了两天用一支笔芯创造一个奇迹的时候了？"

朱依依看他这态度就来气，眼泪停在眼眶里，转身就走。

"去哪儿？"

薛裴跟在朱依依身后问，她反而越走越快，雪地上都是他们的脚印。

"你不肯借就算了，我去找李昼。"

李昼是他们班上的学习委员。

"回来，"薛裴几步就追上了她，将她的身体扳了过来，怕她着凉，抖出她帽子里的雪，"找他干吗？我没说不帮你，你怎么总想着找别人？"

她就知道这招管用。

朱依依摸了摸鼻子，掩饰笑意："谁让你老损我。"

等薛裴接过朱依依手里的作业后，她蹲下身捡了个地上的雪球，往他身上砸去。

雪地里，漫天的白色背景下，少年唇红齿白，回头冲她笑得灿烂。

最后，还是薛裴帮她把行李拿下楼的。

那旅行袋里装了不少东西，薛裴拎起来时还稍稍有些吃力，可想而知，如果让她一个人搬，她得累成什么样。

漆黑的楼道里安静得有些吊诡，除了脚步声再无任何声响。薛裴走在前头，朱依依跟在他后面，用手机自带的手电筒给他照亮。

走到五楼，朱依依望着薛裴的背影，犹豫了几秒钟后，还是忍不住问了一句："是不是很重？要不我搭把手吧，一人拎一会儿。"

"不用。"薛裴拒绝得干脆。

黑暗中他磁性的声音被无数倍地放大，显得沙哑而低沉。

朱依依只好沉默地跟在他身后。

过了一会儿，薛裴低头看了一眼那黑色的旅行袋，问她："里面都装了什么？怎么带了这么多东西回去？"

"一些礼物，给爸妈买的，还有我弟的。上个月他喊我帮他买双新的球鞋，我和他说除非他月考考到年级前十名才给他买，谁知道他还真考到了。"

那双球鞋六百多块钱，朱依依下单的时候肉疼得不行——她自己还没舍得买那么贵的鞋穿呢。

薛裴笑了笑，说："看来阿庭挺争气。"

"是我低估他了，下次起码得让他考到年级前三名。"

薛裴勾了勾嘴角，不知想到什么，忽然停在楼道的中央，转过身哑声问她："那……有没有买给我的？"

"什么？"朱依依没听懂，抬头看向他。

他将话补充完整："有没有买给我的礼物？"

黑暗中，他的瞳孔很亮，朱依依分辨不出他那眼神里究竟是期待还是戏谑之意。

她愣了愣，摇头："没有。"

"嗯。"

薛裴点了点头，转过身去，没再说话。

回到车上，朱依依很自觉地坐在后排座位上。副驾驶座上的江珊雯正对着镜子补口红，看见朱依依上车，弯起嘴角冲她笑了笑，当作是打了招呼。

朱依依刚坐下，周茜就朝她挤眉弄眼，示意她看手机。

周茜给她发了条微信。

周茜："坐在这车上，弄得我都紧张起来了，话都不敢说。"

朱依依没好气地笑了笑，在微信上回她："为什么？"

周茜："你说我们两个学渣何德何能，竟然和两位高考状元坐在一起？这绝对是我人生中的高光时刻了。"

薛裴是他们那一届考生的省理科状元，江珊雯是市文综单科状元，他们俩虽然不在一个学校里，但这两所学校的人几乎没有不认识他们的。二人虽然已毕业多年，但是他们的名字还时常挂在学校老师的嘴边，口口相传，如同活字招牌。

周茜这么一说，朱依依忽然就理解了她的紧张和无助的情绪，抬头看了一眼在驾驶座上的薛裴，慢慢地，这背影和少年时代的他重叠了起来。

现在西装革履的他，那会儿还穿着桐城一中的校服，每天下课后都去她的教室门口等她放学一起回家。他总站在教室门口的位置朝她招手，对她说："一一，回家啦。"

少年眉眼干净，嘴角带着笑容，桐城的风鼓起他的衣衫，那场景就像是青春时期一场捕捉不住的梦，也注定只能是一场梦。

朱依依还发着愣，周茜又发了消息过来。

周茜："不得不说，薛裴和江珊雯真的好配，简直就是高配、绝配、顶配。"

这时薛裴打转了方向盘，轿车缓缓地行驶在马路上，朱依依看着前座上两个人的背影，无来由地陷入了沉默之中。

过了好一会儿，她才在键盘上敲敲打打，回了消息过去："是啊，很配。"

从北城回桐城的路虽然不算太远，但国庆节的高速公路堵得要命，快半个小时过去了，他们才走了五公里。

似乎担心车上的气氛太沉闷了，周茜主动地开启了话题。她是做销售工作的，口才一向了得，和陌生人都能唠半天。很快，车上的气氛就热络了起来，几个人从最近的股市聊到社会新闻，又从社会新闻聊到各自的工作和生活，虽然大部分时候是朱依依和周茜在说，但好歹气氛没那么尴尬了。

路上还在堵车，朱依依打开背包，把带过来的零食递给周茜，有薯片、坚果和饼干，让她自己选。

周茜一副早有预料的表情，笑着说："就知道你路上会带好吃的，所以我昨晚去超市都没买。"

周茜拿了包饼干。

朱依依撕开了一袋薯片，想了想，先递给了副驾驶座上的江珊雯。

江珊雯愣了愣，脸上维持着得体的笑容："我最近在减肥，你们吃吧。"

"噢，好。"朱依依讪讪地收回了手。

周茜笑道："果然大美女都是不吃垃圾食品的，难怪身材这么好，不像我们，吃得可起劲了。"

前面恰好是红绿灯，薛裴回过头，视线停留在朱依依手上拿着的薯片上："少吃点儿，当心明天喉咙痛。"

此刻亲昵的话语却恍如锋利的刀刃，在朱依依的心上刻下了划痕，她只当作什么都没听见，没搭话，看向窗外的风景。

聊着聊着，江珊雯忽然从后视镜里看向朱依依，问她："依依，那你现在是在做什么工作呀？"

朱依依抬头，如实回答："我在一家电商公司里当策划，在淮北路

· 8 ·

那边。”

“淮北路？是不是那家做首饰的？”江珊雯说了一个企业，那是家五百强公司。

“不是，以我的能力我还没办法去那么好的企业。”朱依依连忙摇头，声音有些小，“我们是中小型企业，一共就几十个人。”

江珊雯了然，倒也没觉得有什么：“没事，慢慢来也挺好的。”

聊到这个话题，周茜也忍不住插了一嘴：“他们公司小是小了点儿，但薪水还行，虽然跟你们是没的比啦，不过比我强多了！而且他们公司里男的多，有几个长得还挺帅的，宽肩窄臀，也算是隐性福利吧，反正我上回过去看到是挺馋的。”

说到后半句，周茜笑得意味深长。她这人就这样，没个正形。朱依依听不下去了，拧了一下她的大腿，让她别再满嘴跑火车。

本来在专心地开车的薛裴愣了几秒：“是吗？怎么没听你提起过？”

江珊雯也跟着打趣：“那看来依依是有情况了。”

朱依依解释得很认真：“因为我们公司是做运动服饰的，所以男性会多一点儿。”

江珊雯说：“依依，你要是还没有男朋友的话，要不我给你介绍介绍？我们公司很多男士挺优秀的，你喜欢什么样的，我帮你留意留意。”

听到最后一句话，朱依依安静了半晌，回答道：“其实不用太优秀的，普普通通的就好。”

“我听薛裴说他之前也给你介绍过不少男朋友，你都没有喜欢的。”江珊雯从后视镜里看向朱依依，“你可别告诉我是因为他们太优秀了，你反而退却了。”

周茜在一旁逗趣，拍了拍胸口：“没事，如果依依不要的话，可以介绍给我。我对优秀的男士向来是来者不拒，多多益善。”

江珊雯偏过头看了看薛裴，笑意渐浓：“好，那我们都加个微信吧，有合适的人我就介绍给你们俩认识。”

就这样，朱依依加到了江珊雯的微信。

看到江珊雯的朋友圈的那张背景图，朱依依感觉心脏处忽然被刺了一下，疼得眉头皱了皱，就像是往日种下的一根刺，现在突然要生生将其拔出来一样疼。

江珊雯的朋友圈背景图，是她和薛裴的合照。

他们站在桐城一中的校门口，身上还穿着校服，戴着校徽，镜头定格在他们同时望向镜头笑的那一刻。

这张照片是高二那年拍的。

朱依依记得很清楚。

因为是她帮他们拍的。

走过最拥堵的路段，天也渐渐黑了，薛裴在服务区将车停了下来。

朱依依下车去了一趟卫生间，回到车旁，发现车里一个人也没有，其他人大概是去便利店里买吃的了。

她靠在车门上，打开游戏玩了一会儿，准备做完日常的几个领宝箱的任务后就下线。

"你还在玩这个？"薛裴不知道什么时候回来了，就站在她旁边，手里拿着一瓶水递给她，"我还以为这个游戏已经关服了。"

"估计快了。"朱依依闷声说，头也没抬，"也没几个人在玩了，游戏列表里的好友都灰了。"

"那你怎么还……？"薛裴也靠在车门上，抬头看向远处天边的晚霞。

他话没说完，但朱依依知道他想问什么。

她想了想，说："嗯，可能是因为我比较长情吧。"

她喜欢一样东西从来都不是三分钟热度。她在某些问题上确实固执又长情——就像她喜欢一个游戏总是要等到它关服那天才肯卸载，喜欢一个人总是要等到彻底死心了才肯放弃。

天色渐晚，朱依依把手机反面盖在掌心上。

她问薛裴："还要多久才能到家啊？"

已经开了将近五个小时了，路才走到一半。

"不堵的话，八点吧。"

说完，薛裴走到空地上点了根烟，似乎怕烟味呛到她，还走远了几步。所以，他后面说话的声音显得有些模糊不清。

朱依依算了一下，那起码还得两个小时。

"今晚和叔叔阿姨一块过来吃饭吧，我妈知道你回来，一早起来就去市场买了你爱吃的菜，还给你煲了老火汤。"

朱依依只装作没听清，恰巧看到周茜和江珊雯买了零食走过来，便几步迎了上去。

江珊雯却朝薛裴的方向走了过去，手里拿着一块儿三明治递给他。不知薛裴说了句什么，江珊雯笑了笑，露出脸颊旁的小酒窝。

两个人有说有笑，周茜则是一脸羡慕的表情："这两个人感情真好。"

朱依依唇线紧抿，脸上没什么表情，手心紧攥，很快收回视线，打开车门弯腰钻了进去。

此时，耳机里正放着一首粤语歌，她听不懂歌词，只觉得旋律有些难过。

后来她才知道那首的歌名叫《够钟》，其中有一句歌词是"够钟死心了"。

车子从服务区出发，后半段的路比想象中的更堵，他们回到桐城时已经是九点二十分，薛裴把周茜和江珊雯都送回家后，才开车回去。

周茜和江珊雯走了后，朱依依没有再说话，车厢内安静得有些诡异。

很快车子就回到了叠翠小区，朱依依家和薛裴家只隔了几栋楼，走路几分钟就到了。

朱依依从车上下来，夜晚的路灯灯光照在人身上，更显得落寞。

她从后备箱里把行李拿了下来，又听到他问："待会儿来我家吃饭？"

朱依依摇头："不了，我妈也煮好饭了。"

说完，她头也没回地往前走去。

她回到家门口，她弟朱远庭才缓缓地走过来帮她拿行李，开口第一句话就是："姐，球鞋买了没？"

朱依依听了这话就火大："就知道关心你的球鞋，你姐奔波劳累一天了，你都没句关心的话，只知道惦记你那双鞋。"

"你有什么好奔波的？开车的是薛裴哥，你不就是坐在那里玩游戏吗？"

朱依依语塞。

果然是亲弟，对她了解得很透彻。

她走进客厅里，就见爸妈正靠在沙发上眯眼睡觉，电视机还亮着，正放着一出婆媳剧。他们大概是等她等得太久了，都快睡着了，听到脚步声才往门口望，见她回来，眼睛亮了亮。

"回来了啊？哎哟，这都快十点了，等得我都犯困了。"朱建兴揉了揉眼睛站了起来。

朱依依这会儿饿得前胸贴后背，刚放好行李就走到厨房里想找点儿吃的东西，但打开电饭煲，里面竟然是空的，又打开餐桌上的防尘罩，发现桌上连一盘剩菜都没有。

她只好又从厨房里走出来。

"妈，饭呢？"

吴秀珍刚从卧室里换好衣服出来："没煮饭，今晚去你薛阿姨家吃饭，她做了可多你爱吃的菜，大家都饿着肚子等你回来呢。"

朱依依一时有些头痛。

挣扎了几秒钟后，她说："你们去吧，我就不去了。"

说着，她就走到厨房里打开了冰箱。

"你为什么不去？"朱远庭问。

她随便找了个借口："我在家里随便煮点儿泡面吃就行，一会儿还有事，还得加班。"

"有什么事，吃完饭再说，你就领那点儿死工资，那么卖命干什么？"

吴秀珍没给她任何辩解的机会，拉着她就出了门。

她连脚上的拖鞋都没来得及换，五分钟后，便到了薛裴家门口。

朱依依深吸了一口气，才认命地敲了敲门。

开门的正好就是薛裴。他已经换上了一身休闲的衣服，退去了精英感，平白添了些少年气。

薛裴看见她，眼神里带着捉弄的笑意。

"来了？"他问。

朱依依知道，这话是对她说的。

朱依依还尴尬着，幸好下一秒，薛阿姨就走了过来，恰好给她解了围。

"这么晚才到，我们依依都饿坏了吧？"

"阿姨好。"朱依依进门乖巧地喊了一声，顺势把买的礼物也递了过去，"记得您上次说想喝这个青梅酒，我前段时间刚好到那边出差，就买了几瓶，您尝一下是不是这个味道。"

薛阿姨乐得眼睛都眯了起来，揉了揉她的脸："难得你有心。你看我们家薛裴啊，我说的话，他是一句都记不得的。"

被数落的薛裴一点儿也不恼，嘴角还噙着笑，只是经过的时候，在朱依依的耳边轻声说了一句："看来大家都有礼物。"

只是，没有我的。

朱依依沉默着，没说话。

她当然给他也买了礼物……

可那份礼物她不想给他了。

见朱依依还愣着，薛阿姨挽着她的手就往屋里走，边走边说："依依怎么越来越瘦了呀？是不是工作太辛苦了？你小时候的脸圆乎乎的，多可爱，现在都瘦脱相了。"

朱依依笑着说："那我今天得多吃点儿，争取明天就胖回来。"

"真会说话，快过来一起吃饭吧。"

大家都落了座，薛裴恰好就坐在朱依依的旁边。两个人坐得太近，好几次他们的手肘都碰到了一起，朱依依瞬时没了食欲。

她冲朱远庭使了个眼色，示意和他换个位子，但他非常坚定地摇了摇头。他面前的是他最爱吃的那道菜——糖醋排骨。

朱依依踩了一下朱远庭的脚。

他疼得龇牙咧嘴，筷子都差点儿没拿稳掉在地上。

这动静有些大，薛裴发现了他们的暗流涌动，朝她看了过来："怎么了？"

"没事。"朱依依摇头。

薛裴误以为她夹不到中间的菜，于是起身把那盘糖醋鱼放到了她面前。以前她最爱吃这道菜——有一个暑假她住在他家里，天天都嚷着要吃，好像永远也吃不腻似的。

薛裴从回忆中回过神，听到旁边的人客套地说了声"谢谢"。

她却没下筷。

吃到一半，薛裴放在餐桌上的手机响了，朱依依余光恰好看到来电显示上的名字是"江"。

她眼神黯了黯，低头继续吃饭。

薛裴和大家说了声"抱歉"，接了电话便走到客厅里。虽然他的声音已经压低了，但朱依依隐约还能听到他说话的内容，语气很温柔。

"嗯，在吃着……你呢？吃饭没？……有空，明天你想去哪儿？……好，你早点儿休息。……晚安。"

…………

等薛裴回到餐桌边，发现朱依依的座位已经空了。直到吃完饭，他也没见她回来。

她碗里的饭还剩了大半，肉也没吃几口——他端过去的那盘菜，她一口都没吃。

薛裴将目光停在朱依依的座位上，不知道在想什么。

吃完饭，朱远庭去薛裴的书房里玩游戏。两个人组队，薛裴近来很少玩这款游戏，操作却不见生疏。一局下来，全靠他才能逆风翻盘。

朱远庭摘下耳机，一脸崇拜的表情："薛裴哥，你怎么学习那么好，玩游戏还那么牛？你和我姐真是两个极端，一个是人类智商的盆地，另一个是珠穆朗玛峰。"

薛裴神情严肃了起来："不能这么说你姐姐。"

朱远庭撇了撇嘴："这话我也只在你面前说。她要是知道我这么说她，肯定骂死我，而且今晚我姐的脾气怪怪的，不知道到底撞什么邪了。"

朱远庭絮絮叨叨地说着，点开游戏，开始了下一局，转头却发现薛裴还在走神儿。

"薛裴哥，游戏开始了。"

薛裴这才点击确认进入游戏，不经意间问了一句："对了，你姐姐去哪儿了？"

"她说公司要加班，就走了，不过我觉得她十有八九是在撒谎。"

薛裴捏着鼠标的手顿了顿："怎么这么说？"

朱远庭朝薛裴眨了眨眼："那会儿我妈又在催她相亲，说她都这个岁数了还没有着落，每次一聊到这话题，我姐就要发脾气。你说我姐长这么大，是不是还没谈过恋爱啊？"

薛裴一怔。游戏里的人物瞬间被人击杀倒地，他甚至没有察觉。

他还没回答，又听到朱远庭说："但我总觉得我姐心里有喜欢的人，而且她喜欢了很久。"

国庆节第二天，是高中同学聚会。

朱依依一早就起了床，上班族的生物钟总是准得可怕。她起得太早，又没什么事可做，煮完早餐后便认认真真地化了个妆，又换了条半身裙准备出门。

她全身上下只有腿长得好看，纤细笔直，没有一丝赘肉，但自从毕业后就很少穿裙子了，衣柜里几乎都是牛仔裤。

朱依依走到小区门口时，刚好看到薛裴正从外面回来，手里拿着一个纸皮文件袋，不知里面装了什么，走得倒有几分匆忙。

薛裴也看到了她，步伐慢了下来，探究的眼神停留在她化了妆的脸上，好奇地问了一句："要出门？"

朱依依点头。

"去哪儿？"薛裴顿了顿，又说，"我一会儿也要出门。你等等，我开车送你。"

"不用了，只是同学聚会，就在附近。"朱依依假装时间很急迫，看了一眼手机，"不说了，我快迟到了。"

朱依依走后，薛裴后知后觉地打开班级群，才发现几天前群公告里是有这么一条消息。当时他估计在忙，并没有看到。

往年朱依依都会提醒他，但今年却问也没问他。

同学聚会的地点定在丰茂大酒店，几乎每年他们都在这里聚餐。

朱依依到的时候，周茜已经在酒店一楼门口等着她了。难得见她化妆，周茜还调侃了一番："昨天一点儿妆都没化，今天倒是重视起来了啊，你老实交代，今天是不是有备而来，是不是看上谁了？"

朱依依没理会周茜的玩笑话，走到前面去等电梯。周茜倒是回头看了门口几眼，问朱依依："薛裴呢？怎么没来？"

"他今天应该没空。"

朱依依想起了昨天晚上那个电话，神色黯了黯。

"也是，好不容易放假了，他不得和女朋友一块儿待着嘛。"周茜点了点头表示理解，又想起了什么，说，"待会儿那些老同学肯定会问你关于薛裴的八卦消息，你信不信？"

朱依依信，确信。

果然，聚会一开始，就有人问她薛裴今天怎么没来。

每年同学聚会的话题几乎都是围绕着薛裴展开的——无论在或不在，他都是话题的中心人物。有些人就是这样，天生就是人群中的焦点，他一出现，别人就成了陪衬，甚至不出现时都会更显神秘。

"依依，我听我姨父说，你们小区现在房价越来越贵了是吗？那些地产开发商都打着薛裴省高考状元的噱头，疯狂地涨价，好像谁能买到你们小区的房，孩子高考就能考上北大似的。"

朱依依还没说话，另一个男同学就插嘴："哪里有那么玄乎？你看朱依依不是考的二本吗？她还复读了一年，考得比上次还差。"

心里掩藏最深的那块疤突然被人以这样的方式揭开，朱依依连筷子都有些拿不稳，太阳穴处有些发痛，脸色惨白。

她想起了一些很久远的记忆。

那一年，她高考落榜，薛裴却考了省状元。

出分数那天，薛裴给她打电话，问她考了多少分，她那时已经在班级群里看到了薛裴的分数。学校一早就做好了喜报，每个班都流传着这个喜讯，她没理由不知道。

她望着电脑上自己的成绩，怎么也说不出口，眼泪已经在眼眶里打转。

电话一直没挂，朱依依听到了电话那头急促的脚步声，没一会儿，家里的门就被敲响了。

薛裴站定时，气息还没稳下来，头发都有些凌乱。

他喊了她的小名："一一。"

在薛裴出现在朱依依家门口的这一刻，她霎时间就流泪了。

她不知道自己是为何而哭，是为这惨淡的分数，还是为她曾经努力过却没得到回报的日日夜夜，又或是因为在这一刻，她终于意识到了自己和薛裴的差距有多大。

就算她已经付出了所有的努力，仍没能靠近他一点点。

"一一，不哭。"薛裴伸手环住她的后背，他的怀抱是炽热的，声音是温暖的，"这个数字代表不了什么，更决定不了你的人生。朱依依，你不能就这样否定自己。"

他的安慰让她的流泪流得更凶，她哭得上气不接下气，好像要将所有的委屈情绪都宣泄出来，薛裴的白衬衫都被洇湿了一大片。

"我明明已经很努力了，可是为什么……为什么还是……？"

薛裴喉咙干涩，抱得更紧："我知道，你已经做得很好了。"

那天，朱依依哭了一整夜。

第二天，她给薛裴发了条短信："薛裴，我想复读了。"

很快，薛裴回复："无论你做出什么决定，我都支持你。一一，我在北城等你。"

现在看来，薛裴骗了她。因为从那一次开始，他们就走向了人生的分岔口，她再也看不到他的背影了。

朱依依原以为这块伤口早就结痂了，原来再次被撕开，还是会很疼。她仿佛能听到伤口撕扯时，血液"汩汩"流动的声音。

"董恒，这么多年了，你咋还这么嘴贱呢？你也没好到哪里去，在这儿嘴臭什么呢你？"周茜见朱依依情绪不对，拿筷子向那人砸了过去。

董恒知道自己说错了话，连忙解释："我开玩笑的。朱依依，你别介意。我自罚三杯，你就当什么事都没发生好吧。"

朱依依没有假装大度地说"没关系"，也没有开口骂他，就像什么事都没发生一样，往杯子里倒了一杯果汁，抿了一口。

"你还好吗？"周茜问她。

"没事，都习惯了。"朱依依说。

他不过是再一次提醒了她一个事实，那就是她和薛裴从来都不是一个世界的人。

聚会结束时已是晚上八点，周茜今天喝了点儿酒，头昏脑涨的。料她一个人回家也不安全，有个刚好和她顺路的女生便说开车送她回家。

和周茜告别后，朱依依一个人站在酒店门前的马路上。夜晚风大，她今天只穿了半身裙，露腿的地方有些冷。

她点开拼车软件，只想赶紧能打辆车回去，不然估计又得感冒了。

快五分钟过去了，还没有师傅接单，倒是有辆车停在了她面前。车窗摇下来，她看到了一张熟悉的脸。

李昼朝她招手："我顺路送你吧，市中心这一带不好打车。"

朱依依家和李昼家确实离得不算远，她没有再矫情，拉开车门坐到了副驾驶座上。

他们都是多年的老同学了，本来就不缺聊天的话题，李昼又是个特别健谈的人，因此这半个小时的路程里，没有谁觉得尴尬，但也没有任何暧昧的气氛涌动。

回到家，朱依依在玄关处把高跟鞋脱了，换上了舒适的拖鞋。

穿了一整天的高跟鞋，脚后跟都有些被磨破皮，她坐在沙发上揉了揉脚踝。吴秀珍恰好从厨房里走出来，问她要不要吃夜宵。

她摇头说"不吃"，转身准备进屋。

她刚走了两步，吴秀珍就喊住了她："那你赶紧把手洗干净，把这两碗糖水送到书房里去。"

两碗？

朱依依正疑惑着，就听到吴秀珍又说："薛裴在书房里教你弟弟做功课呢，都教一晚上了。"

朱依依捧着两碗糖水，站在书房门前。

门是半敞的，房间的灯很亮，薛裴正坐在朱远庭的旁边，在草稿纸上写着什么，随后转过头和朱远庭解释公式。夜晚柔和的灯光笼罩在薛裴身上，从她的角度，她恰好能看到他的侧脸完美得像是老天爷精心雕琢的杰作，连光影都精妙得恰如其分。

她敲了敲门，走进书房里，把那两碗糖水放在茶几上，小声说："我把糖水放这里，你们饿了记得吃。"

"谢谢姐姐，辛苦啦。"朱远庭这会儿倒是嘴甜，在外人面前一向很会装乖。

朱依依走过去拍了一下他的头，一点儿都没客气。朱远庭疼得回头瞪了朱依依一眼。

她也瞪了回去："趁薛裴在这里，你赶紧认真地学，不然等国庆节结束了，他就没时间教你了。还有，别老是发微信去打扰别人，你又没付人家补习费。"

薛裴看着他们在一旁打闹，嘴角漾着浅浅的笑意："你别吓唬阿庭了。"

他说着便伸手去拦朱依依，两个人的手指不经意间触碰，掌心都有些发热——她立刻缩回了手。

"今天同学聚会怎么样？"他随意地问道。

"就老样子，也没什么特别的。"

"我看群里的合照挺热闹的，好几位老师都来了。"他意有所指。

"人是来了很多。今年人特别齐，后来李老师也来了，还问你今年怎么不在。他以为你今年会来，才答应班长过来的。"朱依依想了想，把原话转告，"他说他明年就要退休了，你是他教过的最优秀的学生，所以他想再见你一次。"

聊起旧事，薛裴有些感触，喉结动了动："我过两天准备回学校一趟，你呢？要不要和我一起回去？"

"我就不了。"朱依依摆了摆手，笑得有些尴尬，"我应该算是她的职业生涯中的败笔吧，还是不回去给她老人家添堵了。"

"又在瞎说。"薛裴笑了笑，像小时候一样伸手去揉她的头发。

朱依依对这样的亲昵举动很抵触，半个身子都僵了僵。虽然她知道在薛裴眼里，这不过是亲人之间的正常接触，但她的头还是往后躲了躲。

"那你们继续，我先出去了。"

"等一下，我有东西要给你。"薛裴喊住她，从书房的一角拿出一个黑色的礼品袋，"昨天你走得太快，还来不及给你。"

朱依依看到礼袋的商标，知道这是一个很贵的化妆品品牌，没有伸手去接："不用了，我很少用化妆品，给我也是浪费。"

虽然以往每年薛裴回家都会给她带些礼物，有时候是珍藏版的书，有时候是名牌包包，但今年对她来说是不一样的。

薛裴正想说点儿什么，朱依依放在茶几上的手机突然亮了，是一条微信进来了。

李昼："依依，你睡了吗？"

这个时间点，这样的消息，在此时此刻的氛围下多少显得有些暧昧。

薛裴转头看了她一眼，唇线紧抿。

不知道李昼找自己有什么事，朱依依疑惑地皱了皱眉，正准备把手机拿起来，李昼的第二条消息又发了过来。

"刚才，你有东西落在我车上了。"

紧接着，李昼发来了一张照片，照片里是一个钥匙扣，可能是她起身时不小心从包里掉出去了。

书房里的气氛忽然安静得有些诡异，朱远庭不知道什么时候出去了，现在就只剩下薛裴和朱依依两个人。

最后是薛裴先开口，打破了这沉默的气氛："刚才是李昼送你回来的？"

"嗯。"朱依依点头。

薛裴神色凝重了些，向她走近了一步。他长得高，灯光下的阴影将她笼罩住，反而有种强烈的压迫感。

"怎么不打电话给我，我去接你？"

朱依依避开他的目光："他刚好顺路，也不知道你是不是在忙。"

薛裴低头，似在认真地思考："不过李昼应该是个不错的发展对象，我听说他也在北城工作。最近阿姨好像希望你稳定下来，如果没有好的发展对象，其实他也是可以考虑的人选……"薛裴靠在书桌前侧身站着，"当然，无论是谁，我会帮你把关的。"

有根弦骤然断裂，在她胸腔内发出了刺耳杂乱的声响。

在这个时候，朱依依不知怎么，反倒笑了笑，笑得礼貌又疏离。

她说："嗯，我知道了，会留意的。"

薛裴走后的这天晚上，朱依依在收拾房间时发现了两件物品，一张考卷和一本同学录。

那张皱巴巴的考卷被塞在书桌抽屉底下那层，卷面已经变黄，但上面龙飞凤舞的签名仍然那么清晰。

这是薛裴当年模仿朱建兴的笔迹帮她签的字。她高一那年生物考得太差，差两分及格，不敢拿回家给爸妈签名，只好去求助薛裴。薛裴一开始还是很有原则的，说什么都不答应。朱依依软磨硬泡，又是撒娇又是哄，他才终于点头。

为了不再有下次，薛裴揪着她给她补习了一个学期的生物课，最后期末考试她可算是及格了。

另一件物品同学录，封皮花花绿绿的，还贴着当年很火的某个演员的贴纸，很符合她当年的审美。她是在旧储物柜里找到的同学录，已经有些年头了，好几页纸都有了霉斑。她抖了抖，还有灰尘落下。

她一页一页地翻阅，看到班上同学的留言，眼里慢慢涌起暖意。

那年大家都还很稚嫩，写的留言五花八门，什么都有。周茜当时写的留言是："希望我们朱依依同学在25岁之前成为有钱人，然后给我买个大房子，这样我就可以不用工作啦。"

朱依依没好气地笑了笑，用手机拍下这一页内容，准备发给周茜。

只是突然，她翻到下一页，笑意凝固在嘴角，指节有些泛白。

那是薛裴写给她的高考祝福，他的字迹一向容易辨认，苍劲有力，笔锋雄伟奇特，每个任课老师都曾夸赞过他的字。

在这张空白的纸上，他写着当年对她的祝福："祝我们——快长高长大，考上理想的学校。"

她的眼睛忽然就红了。

压抑已久的情绪一点点外渗，她在杂物室的角落里蜷成一团，抱膝抽泣。泪眼朦胧中，她想起一年冬天，她发了很严重的高烧，那是快临近期末考试的关头。

这场病来得不是时候，她本就落下很多功课，再拖着成绩怕是连及格线都达不到，于是病刚好转就去了学校，生怕耽误课程。

那节是体育课，她穿着厚重的羽绒服站在树下，但还是被冻得鼻子通红。她一边哈气一边搓着手掌，在寒风中被冻得直哆嗦。

当时班上有个男同学，为了捉弄某个女同学，用力地朝树身踢了一脚。树上的积雪霎时间摇摇欲坠，人群中传来阵阵惊呼声，众人迅速地散开。

她生病反应慢了半拍，连听觉也迟钝了许多，等意识到发生了什么时，已经来不及跑开了。她后知后觉地闭上眼睛，做好了雪落满头的准备。

只是，在最后关头，有人替她挡住了落下的积雪。

她鼻间是熟悉的味道，那是属于少年的清冽干净的香气。

朱依依抬头，目光恰好对上薛裴比星星还要明亮的双眸。积雪落在他的眉眼、头发上，但少年目光如水般温柔。

这是朱依依第一次明确地感知到什么叫"心动"。

只是，那时她不知道，这个离她只有一步之遥的少年，从始至终从未有一刻真正属于她。

第二章

被没收的暗恋

在放假的第四天，朱依依终于答应去相亲，虽然是被逼的。

放假这几天，吴秀珍几乎每天都在念叨同一件事，吃饭时说，睡觉前说，甚至打麻将摸牌那会儿也要唠叨几句。她所有闲下来的空隙，都在操心朱依依的婚姻大事。

朱依依知道，如果这次她再不答应去相亲的话，恐怕下次回家，吴秀珍连门都不让她进了。

吴秀珍一向是个讲究效率的人。朱依依前脚刚答应去相亲，后脚吴秀珍就已经把时间、地点、人物安排得明明白白的。

比工作面试还要紧凑，五个相亲对象，上午一场，下午一场，好几个她甚至没能记住对方的名字，只走了一趟流程，在咖啡厅里坐了一会儿，匆匆地加了微信便各回各家了。

第一次相亲还有些紧张和拘束，后面几次她已经麻木了，觉得自己就是一件摆在货架上待价而沽的商品，等待被人挑选，也像是在超市里待宰的活鱼，无论闭不闭眼，都已经没有任何退路。

形形色色的目光在她身上打量，对方对她的工作、家境、学历评头论足。大家都是成年人，话没有说得那么直白，但彼此都知晓对方话里话外是什么意思。

朱依依知道自己条件一般，本就没抱什么希望，答应出来相亲更多只是想给吴秀珍一个交代，完成任务就算了。

第二天相亲结束，吴秀珍大概也瞅出了一点儿苗头，说话夹枪带棒的："哪有人相亲成天板着张脸的？是个人都被你吓跑了！这么多小伙子，我就不信没一个看得上你的！"

朱依依没什么反应，夹了一筷子青菜进碗里。

"我们这条件，别人看不上很正常。"

"不是别人看不上你，是你都没有正眼看别人。"吴秀珍来了气，把筷子撂下，"我跟你说，你别挑三拣四的啊，哪里有那么多像薛裴这么优秀的人？要真有，那都是人中龙凤，万里挑一的，我们这条件配不上人家。你别老拿着薛裴这条件去挑，十里八乡打着灯笼找不着。"

又来了……朱依依揉了揉眉心，有些不耐烦。

"可不就是？你要不是眼光高，大学那会儿早就谈恋爱了。当时那孩子多好，过年那会儿还跑到家里来看我们，就你看不上人家。"

朱依依沉默了半晌，开口："这件事都过去多久了？"

"行，我不提了，你爱怎么样就怎么样吧。我和你爸前段时间天天都在打听哪里有合适你的对象，连不熟的亲戚都问了个遍，总共就挑了这么几个，你不领情就算了……"

这番话朱依依听得耳朵都快起茧了。她迅速地吃完饭便去了书房里，关上门开始看书。

她虽盯着书本，眼泪却止不住地流了下来。

生活有时候就是这么残酷。

曾经16岁的她，天真地以为十年后的自己一定会成为闪闪发光的人，事业有成，嫁给爱情。而现实是，十年后的她，一事无成，被迫相亲，被社会时钟推着往前走，连头也不能回。

傍晚，薛裴来找她。

他拎着一个黑色丝绒盒子站在门口，见她开门，把盒子往上提了提，朝她眨了眨眼，一双好看的桃花眼里掺着笑意，英俊的脸上神情柔和了许多。

一瞬间，她想起了小时候她被吴秀珍关在家里写作业，写不完不能出门，可她又实在嘴馋，只好偷偷给薛裴打电话，让他带零食过来给她。每次成功地躲避家长的视线给她投送"物资"时，薛裴就是这种得意又戏谑的表情。

"怎么还愣着？"薛裴的笑还挂在嘴边，见她不伸手来拿盒子，他随手将其放在桌面上，"你上回不是说想吃这家的甜品吗？我今天刚好路过，顺手买了点儿。"

朱依依从蛋糕上移开视线。

她上回说想吃，已经是一个月前的事了。

一个月，足够发生很多事情，毕竟从喜欢到厌倦，也只是一瞬间的事。

朱依依没说话，薛裴却疑心起来，看着桌面上放着的感冒胶囊，拿起来看了看——从减少的数量来看，她只吃了两颗。

"感冒还没好？你是不是没按时吃药？"

朱依依从小做事就没有时间观念，生病吃药都能吃一顿忘一顿的。要是她再不好，他想也只能每天饭后过来提醒她吃药了。

"已经好了，前两天放在那儿的。"朱依依走过去把药放回抽屉里。

"那你怎么看起来恹恹的？"

"刚睡醒，没精神。"

朱依依找了个借口，背对着他坐在沙发上看书。书上密密麻麻的字，其实她根本没看进去。

"就知道睡觉。"薛裴轻声笑了笑，径自走到她旁边坐下。

昏暗的灯光下，他刚好瞧见了她的侧脸。她今天大概是化了妆，眉毛勾勒得很细，右耳上还戴着红色的耳环。他记得，这副耳环是他大学去比利时参加竞赛，用比赛的奖金给她买的。店主说这是红宝石材质，所以价格才那么贵。他不太了解，只觉得挺好看的，很适合她，便用那笔奖金买了下来。

他记得朱依依收到礼物时很高兴，立刻就在镜子前试戴了起来，但听到这是他用奖金买的，又觉得可惜，敛住了笑容。

"这么有纪念意义的奖金，你就只买了这……"她欲言又止。

"有什么不对吗？"

薛裴不明白她为什么这么问。在他看来，只要她喜欢这副耳环，这笔奖金花得就有意义。

朱依依没接他的话，又自言自语起来，小心翼翼地把耳环放回了首饰盒里。

"那我要保管好，以后只有在重要的场合才拿出来戴。"

他记得朱依依上一次戴这副耳环还是在去年过生日的时候。

薛裴从回忆中回过神，问她："你今天出门了？"

"嗯。"

"去哪儿了？我白天来的时候，阿庭说你一早就出去了。"

朱依依犹豫了两秒，望向书本的视线逐渐失焦。她本想糊弄过去，后又觉得没有必要。

"我去相亲了，下午才回来。"

"相亲"这个词让薛裴愣了愣。他脸上的笑意渐渐淡了，也不知道是不是因为太过意外。

"这么重要的事情，怎么没听你提起过？"

"也没什么……值得说的。"

朱依依将那本书放回桌面上，转过头时，耳畔的红宝石耳环轻轻晃动。薛裴盯着那处失神了片刻，像是在看耳环，又像是在看她。

忽然，他伸出了手，他的手指在她的耳垂处摩挲，指腹在耳环上打着转，力度忽轻忽重的，她的心也跟着忽上忽下。

这样的距离实在太近，她能感觉到薛裴的呼吸就打在她的脖子上。朱依依往后躲了躲，想要避开他的触碰。

"别动。"薛裴小声说着，继续手上的动作，"免得弄疼你。"

朱依依浑身紧绷着，单手攥着抱枕。

薛裴仍专注手上的动作——朱依依的耳洞附近红肿了一大块，他担心会发炎，便帮她把耳环摘了下来，并未留意到她神色已经变得不自然。

等他把耳环摘下来了，朱依依轻声和他说了声"谢谢"。

"最近怎么总爱和我说'谢谢'？"薛裴皱眉，随后又说，"不过这件事你确实做得不对。"

朱依依没反应过来："什么？"

薛裴唇边漾出好看的弧度，那语气像是在开玩笑，又像是带着某种危险的警告意味："怎么能戴着我送你的耳环和别人相亲呢？"

这么容易让人误会的话，朱依依已经不会当真了。

从前他一句无心的话，能让她从天堂到地狱；他一个不经意的举动，能让她患得患失，失眠整夜。他总是掌控着她的情绪的开关——她所有的喜悦和失落的心情，全都因他而起，而让她失落的那个人并未意识到自己做了什么。

薛裴似乎真是在开玩笑，还漫不经心地补全了后半句话："下次再有这种事，我应该和你一起去，顺便能给你些意见。"

朱依依有种意料之中的坦然感，笑着应了一声："好。"

薛裴拿起沙发上放着的那本《雪国》，翻了几页，不经意地问："怎么样？顺不顺利？"

朱依依知道他问的是相亲的事情，忽然想起一件事觉得挺有意思的，一时来了倾诉欲。

"这两天相了三场，还挺有收获的。其实有一个人对我算是有'好感'，我刚坐下，还没怎么说话，就问我接不接受闪婚。他说他妈妈现在病了需要一个看护的人，最好这个月内我们就能领证，下个月再摆酒。彩礼他都准备好了，就差我过去了。"

朱依依说着都忍不住发笑。

那人是在找妻子，还是在找免费的护工？

薛裴没被她的话逗笑，反而皱起了眉头："如果没遇到喜欢的人，你不要急着下决定。如果你不想去相亲的话，我会帮你和阿姨说的。"

朱依依下意识地反问："一定要喜欢吗？"

薛裴愣了愣，没明白她的意思。

朱依依冲薛裴笑，那笑容有些惨淡。

她问他："一定要喜欢才能结婚吗？"

薛裴说："当然。"

看着薛裴坚定的眼神，朱依依无来由地感到心酸。胃里翻江倒海了一阵后，她开口："不是每个人都能像你那么幸运。"

薛裴停顿了两秒，用那双看谁都深情的眼睛望着她，缓缓说道："依依，你会是幸运的那一个。"

你一定会遇到喜欢你的人，只是那个人不会是我。

薛裴从书房离开时，朱远庭正在客厅里看动漫。

见薛裴走出来，朱远庭招了招手，示意他过来坐。

薛裴刚坐下，朱远庭就小心翼翼地问道："薛裴哥，我姐情况怎么样？"

"什么怎么样？"薛裴不太懂他话里的意思。

朱远庭往书房看了一眼，确认书房的门已经被关上了，才敢小心翼翼地开口："我姐还在哭吗？她的心情有没有好一点儿？"

朱依依哭了？

薛裴皱紧眉头，茫然的神色在他的眼眸里闪过。

"我姐今天不是去相亲了吗？好像都没成功，她被我妈骂了一顿，一回到书房里就哭了……我在门口听见的。她哭得太凄凉了，都吸不上来气，我都不敢进门。唉，我也不知道该怎么安慰她……"

薛裴望向那扇紧闭的门，忽然记起刚才她泛红的双眼——他竟然毫未察觉。

次日一早，朱依依就出了门，去赴国庆节假期的最后一场相亲活动。

在市中心的餐厅里，她终于见到了家里为她安排的相亲对象。

站在门口，朱依依踌躇了好一阵才走进门。她怎么也没想到这最后一场的相亲对象竟然是——李昼。

比起她震惊的样子，李昼好像淡定许多，气定神闲地向她走过来。

朱依依拉开椅子刚坐下，就问道："所以我妈的单位的女同事的邻居的大侄子是你？"

李昼被这绕口令似的一段话逗笑，随即点了点头。

这样的巧合显然超出了朱依依的认知范围，不过是熟人也好，免去了不少自我介绍的时间，这两天她相亲的自我介绍快比找工作面试那套话术背得更熟了。

李昼给她倒了杯茶，扶了扶镜框："是见到我很意外，还是不想见到我？"

朱依依还没回答，服务员刚好端了饭菜上来，李昼将其推到朱依依跟前，说："给你点了份虾滑鸡丝粥，上次班级聚会看你好像很爱喝这个。"

刚好这会儿朱依依也饿了，于是没跟他客气。她一大早就被吴秀珍赶出了门——吴秀珍甚至连口汤都没给她喝。

朱依依边喝边问他："学委，同学聚会的时候你也在我们这桌吗？"

李昼开起了玩笑："朱依依同学，那天我就坐在你旁边，原来我的存在感已经这么低了吗？"

同学聚会那天，朱依依心情不太好，确实没留意到旁边的位子上都坐了谁。李昼大概也想起了那天的事，不愿在这个话题上深聊，把话题引到了别处。

也许因为是老同学，即便此刻还在相亲，朱依依也没有了前几日那种局促感。毕业后她和李昼不常见面，但可聊的话题不少，工作、生活、感情近况，两个人东拉西扯间，不知怎么又开始追忆起了学生时代的事。

李昼忽然提起："我记得你以前和薛裴关系很好，高一那会儿你还经常抄他的作业。"

"你还记得？"朱依依不好意思地摸了摸鼻子，"过去那么久了，学委这是要翻旧账吗？"

李昼笑了声："没有，我就是觉得挺有意思的。我记得有一次，你和薛裴闹矛盾，你问我要答案做参考，我那天下课做完练习就把练习册放在你的桌面上了，然后薛裴走过来看了两眼，指着练习册第一页的几道题说我都做错了，让我把练习册拿回去，不要误导你。说实话，我还是第一次见薛裴那样的表情……"

那个表情该怎么描述呢？

李昼现在想起来还觉得有点儿诧异，在他的印象中薛裴待同学虽然不算热情，但也一向友善，可那天的薛裴的确不太像平时的样子，手指捏着练习册的边缘，神情不耐烦地把练习册扔回了他的桌面上。

朱依依一脸茫然的表情。

她从来不知道有这么一回事。

"后来练习册发下来，果然那几道题我都做错了。"李昼话里话外没有埋怨薛裴的意思，像是在单纯地感慨，"不愧是高考状元，有时候真的不服不行。"

这一刻，朱依依反倒内疚起来。她不了解当时的情况，还以为李昼不愿意把答案借给她，最后没对答案就把练习册交上去了，还郁闷了好一阵。

"对不起啊，学委。"

"没事，事情都过去那么多年了。对了，你和薛裴现在还经常联系吗？"

"偶尔吧，"朱依依顿了顿，补充了一句，"偶尔会来往。"

"我还以为你们关系很好，"李昼指节半屈，轻敲桌面，"不过也是，他那样的人，早就和我们不是一个世界的了。"

朱依依定定地望着茶杯里还在转圈的茶叶，点了点头："是啊。"

薛裴和他们本来就不是一个世界的人。

这家餐厅刚好在桐城一中对面，吃完饭，李昼提议回学校里看看，朱依依想了想没拒绝。

因为是放假，学校里本就没什么人，朱依依和李昼在校园里随便逛着，经过学校的荣誉墙时，朱依依的脚步顿了顿，因为看到了薛裴的照片，就放在最显眼的位置上。

朱依依没有多看便收回视线，反而是李昼笑着说了一句："只要学校还在，估计薛裴的照片能一直放在这里。"

"是吧。"

毕竟这是活的招生简章。

现在网上那些营销号评选高校美少年时，朱依依还能看到薛裴的这张证件照被反复拿出来引流，有他在的地方，他永远都能轻易盖住别人的光芒。

"我记得当年薛裴考了理科状元，报纸都连续报道了一周。我妈那会儿都魔怔了，不知道从哪儿问到了薛阿姨的电话号码，还给薛阿姨打过电话，问薛裴小时候喝的什么奶粉。那段时间我妈天天给我弟喝那奶粉，我弟现在闻到那股味道就受不了。"

想到那个场面，朱依依不厚道地笑出了声。

不远处的薛裴和江珊雯从教学楼里走过来时，看到的就是朱依依开怀大笑的这一幕。

午后的阳光有些晒，李昼在一旁为朱依依打着伞，手里还拿着一包打开的纸巾，大概是准备递给她擦汗。

远远看去，两个人还真有几分般配。

薛裴顿了顿脚步。

显然，李昼也看到了薛裴，眼里的神色变了变，伞面往朱依依身上倾斜了一些，替她挡住了午后毒辣的阳光。

只有朱依依还什么都不知道，看着墙上的荣誉榜，和李昼搭话："李昼，我看到你的名字了，在这边！"

她伸手拉了拉李昼的右侧衣袖。

李昼迎着薛裴的目光笑了笑，却是在和朱依依说话："依依，我们好像遇到熟人了。"

"什么熟人？"朱依依好奇地转过头，目光接触到薛裴的那一刻，朱依依的第一反应是皱了皱眉。

她像是不想看到他。

薛裴的目光倒是有些奇怪，让人看不清他眼底的情绪。

见朱依依出现在这里，江珊雯反倒有些意外，走上前和他们打招呼："依依，原来你今天也来学校了，早知道我们就一块儿过来了。对了，你旁边这位是……？"

江珊雯此前没有见过李昼，朱依依正想着该如何介绍，李昼就已经开口了："我是依依的高中同学李昼。"

薛裴皱了皱眉，薄唇紧抿，眼神在两个人之间停留了片刻。前两天晚上，他还在和朱依依开着玩笑，让她多留意李昼，没想到这下两个人就牵连到一起去了。

气氛一下变得有些奇怪，但具体奇怪在哪里，朱依依说不出来。她只知道自己不想在这里遇到薛裴，便主动地问道："你们准备去哪儿？"

薛裴去哪儿，她避开就行了。

没想到薛裴反问她："你们呢？"

"我们随便走走就回去了。你们有事就去忙吧，我待会儿还要去找我弟。"朱依依这话的意思已经很明显了。

但薛裴来了一句："嗯，那一起走吧。"

朱依依："……"

李昼不知道他们之间的暗流涌动，笑着说："没关系，那就一起吧，人多点儿热闹，而且大家都是老同学。"

因为薛裴和江珊雯的加入，本来是两个人的行程，现在变成了四个人。朱依依明显地有些不自在，话也少了很多。路边有颗小石子，她有一下没一下地踢了一路。

李昼好像看出来了，主动地和她搭话："你弟弟今天怎么也在学校里？"

"哦，他们国庆节回来后有个文艺会演，他要上台唱歌，一大早就过来排练了。我还是第一次见他这么积极。"

李昼想起了一件事："说起来，我好像见过你弟弟。"

朱依依感到意外："什么时候？"

"我们读高二那会儿，他来学校找过你，还是我带他去的教室，不过你可能不记得了。"

"是吗？"

"他那会儿还是个小孩子，在学校里迷路了，让我带他去找他姐姐，还说事成之后给我五块钱作为酬劳。你弟弟小时候还真的挺大方的。"李昼说着说着笑了，举起右手发誓，"我先声明啊，那五块钱我没收。"

朱依依忍不住笑出声来，眼睛弯弯的。

而站在旁边的薛裴皱了皱眉。

他怎么不知道李昼以前和她有那么多交集？

校园里不知什么时候新开了一家奶茶店，路过的时候，李昼问朱依依："逛了这么久你累不累？要不我去买杯奶茶？你在这里休息一会儿。"

朱依依点了点头，顺带说道："那我要芋泥青稞，五分糖就行。"

"嗯，你在这里坐着，等我一下。"

江珊雯看了薛裴一眼，说道："薛裴，我也想喝，你去买好不好？"

薛裴大概是在走神儿，后知后觉地点了点头，问了一句她要喝什么味道的，记住后便起身离开了。

遮阳伞下只剩下江珊雯和朱依依，一时安静了下来。两个人闲聊了几句，恰好朱远庭打了电话过来，问朱依依在哪儿，能不能帮他带几瓶水过去。

朱依依这才想起这茬，决定买几杯奶茶过去慰问一下她弟弟。

她到奶茶店门口时，薛裴和李昼刚拿了奶茶要走出门。

"怎么了？"李昼问。

"我弟训练的地方就在这旁边，我给他带几杯奶茶过去。你们先回去吧，我一会儿就回去。"

李昼很快说道："我陪你一起，顺便和你弟弟打个招呼。"

"不用，不用。"

朱依依拒绝的话刚说出口，就听到李昼说："没事，反正以后也是要认识的。"

薛裴勾了勾嘴角，好像听懂了这话里的意思。

薛裴抽完一根烟的时候，朱依依和李昼有说有笑地回来了。薛裴将视线落在不远处的两个人身上，桌面上那杯芋泥青稞奶茶在阳光下晒着，热得往外冒泡。

一旁的江珊雯问薛裴待会儿要不要一起去看电影，他应了一声，便没别的什么反应了——江珊雯怀疑他根本没听清她说的话。

"薛裴，你是不是身体不舒服？"说着，她伸手去探薛裴的额头，但他避开了她的手。江珊雯看着自己悬在半空中的手，愣了一瞬，讪讪地收回了手。

朱依依从操场上走回来，小白鞋上沾了不少灰。她低头盯着鞋头上那片灰色痕迹，越看越觉得碍眼，没留意到薛裴和江珊雯之间异常的气氛。

她刚在座位上坐下，薛裴就指着他旁边的那杯奶茶，说："太难喝了。"

刚才薛裴点了一杯跟她的奶茶一模一样的奶茶，只喝了一口就喝不下去了。

"我又没让你跟着我点。"朱依依懒得理他。

薛裴仍是笑着说："你这几天怎么跟炸药桶似的。"

一点就炸。

"依依，你别管他，我觉得挺好喝的。"江珊雯给了她一个鼓励的眼神，解释道，"薛裴喝不惯太甜的饮料。你别介意啊，他这么说不是针对你。"

江珊雯话语里的熟稔感觉让朱依依的心往下沉了沉。

朱依依木讷地回道："我知道的。"

"待会儿你要不要去看电影？"李昼浏览了购票网站上的信息，然后转头问朱依依，"最近有几部电影口碑挺不错。"

朱依依看了一眼时间，已经差不多下午一点了。虽然她也想去看电影，但下午三点公司还有个视频会议，在时间上肯定是来不及的，只好拒绝了李昼的邀请。

谁知道一旁的薛裴来了一句："我听阿姨说，你最近不是在相亲吗？是要去下一场？"

这话他明显就是说给李昼听的。

李昼果然愣了几秒，笑容有些僵硬。朱依依烦躁地看了薛裴一眼，而后者耸了耸肩，似乎没在意自己的行为会造成什么样的误解。

被薛裴气到的朱依依在走出校门时故意走快了几步，和他拉开距离。

"我算是明白你刚才说的话了。"李昼话语里带着笑意。

"什么？"

"你刚才说你和薛裴不太熟，我还以为你是在开玩笑。"李昼顿了顿，又说，"现在看来，你们确实是有点儿不对付，没说两句话就要吵起来了。"

身后的薛裴听见这话，冷笑了一声。

嗯，原来小时候他们可以喝同一瓶饮料的关系叫不熟。

一整个上午，朱依依和李昼几乎把校园走了一遍，撇开刚才的插曲不谈，过得还算是愉快。

因为还有工作，朱依依提前回家，走的时候，也没和薛裴打招呼。

最后，是李昼开车送她回来的。

两个人在车上礼貌地闲聊了几句，朱依依正准备下车，李昼忽然喊住她："等一下，这个给你。"

他拿的是一个包装起来的礼盒，看起来好像是香水。

朱依依诧异地问道："给我的？"

"不知道你喜欢什么，听我同事说女孩子都喜欢这个。"像是怕朱依依不收，他又补充了一句，"不是什么贵重的东西，就当是相亲的见面礼。"

相亲这几天，她还是第一次收到对方的礼物。但她和李昼不过是普通同学的关系，被安排在一起相亲只是个意外。

这次和李昼见面她一直在弱化相亲这件事情，以免以后和李昼再见会尴尬。

实话说，从见到李昼开始，朱依依就没把这次见面当成是一次相亲活动。

"我们都是老同学了，你不用这么客气的。要不你留给下一个相亲对象？我用不上，平时也很少喷香水……"

她话还没说完，就被李昼打断了："我知道相亲对象是你，才来的。"

李昼的表情很认真，朱依依有点儿蒙。

"所以，依依，你可以考虑一下我。我觉得我们挺合适的，不是吗？"

回到家，朱依依还有些恍惚，脸颊烫得不像话。

她明确地知道这不是因为心动，也不是类似羞怯的情绪，而是因为太过意外，以至心情久久不能平复。

她靠在沙发上，闭上眼睛，想起的却是另一张脸——

少年的刘海儿微微扫过眼睛，睫毛颤动着像蝴蝶将振翅，他逆光侧趴在桌面上，在阳光的照耀下美好得像是画家精心雕琢的一幅油画，让人不敢惊扰。

16岁的她蹑手蹑脚地走到他身后，冰凉的手探上他的脖颈，想吓他一跳。

少年微皱了一下眉头，眼睛半眯，好看的唇形弯了弯，凭空握住了她纤细的手腕，笑着说："依依，别闹。"

那声音慵懒得像窗外的阳光。

当时她想：这一刻的美好场景值得她一生珍藏。

她怀念那个时候的薛裴，也怀念那个时候的自己。

那时的她还没有长成一台坐在电脑前的工作机器，还没有被社会磨平棱角，还觉得"未来"这两个字是闪着金色的光的。

那时的她还不会因为长相、成绩、工作而自卑，每天都有挥霍不完的能量，对未来充满幻想。不知从什么时候开始，她的能量好像用完了，她总是陷入情绪内耗状态之中，和薛裴的距离也越来越远了。

她曾经以为无论她多普通，在薛裴眼里她一定都是闪闪发光的，直到那个夏天……薛裴带着他的女朋友出现在她面前，她才知道原来薛裴已经找到了他的星星。

这些年，她曾无数次想过：如果她再优秀一点儿，或者长得再漂亮一点儿，皮肤白一点儿，鼻子挺一点儿，眼睛再大一点儿，薛裴当初是不是就会看到她了呢？

她不敢开口向薛裴表白，因为知道一旦开口这段关系就会终止。她只能扮演他最好的朋友、最亲的亲人……幸好这么多年以来，她已经很擅长这一点。

这段无疾而终的暗恋，终究只能是她演的一出独角戏。

下午三点，朱依依在书房里开视频会议，讨论这个月的工作计划。

没一会儿，客厅里就传来一阵响动，有钥匙被扔在茶几上的声音，以及薛裴和朱远庭的说话声，由远及近，饶是朱依依戴着耳机，也能听得一清二楚。

朱依依无奈地叹气，走出门对着他们做了个嘘声的动作，又瞪了朱远庭一眼。

朱远庭眨了眨眼，好像还没弄清楚状况。

回到房间里，朱依依重新把门合上，并未反锁。她刚坐下，就有人推开门走了进来。朱远庭拎着一袋零食，身后还跟着薛裴。

他们显然是没明白刚才朱依依的意思。

朱远庭嗓门大得很："姐，你躲在房间里干吗？薛裴哥给你买了好吃的零食！"

朱依依咬着牙关，极力忍耐骂人的情绪，回头冲他们摆手。

耳机里传来的是女同事的一片调侃声——

"哇，朱依依，穿白衬衣的那个男的是你的男朋友吗？！'金屋藏娇'啊你！"

"这人怎么长得比男明星还帅？依依，说实话，你家里是不是很有钱？"

"难怪你看不上我们办公室里的男的，他这脸也太优越了，和普通人对比起来就是降维打击啊。"

参会人员中唯一的男性吱声了："喂，怎么回事？我还没闭麦呢，你们能不能顾着我点儿？！"

…………

幸好这会儿朱依依还戴着耳机，免去了许多社死的场面。

她沉声说道："不是，那是我哥，旁边的是我弟。"

薛裴似乎才弄明白状况，对着镜头说了声"抱歉"，拉着朱远庭就走出了门。

因为这段插曲，会议话题打了个岔，大家聊得没个正形。因为本就是组内的会议，没有领导在场，大家聊得很随性。

"我们还是接着刚才的内容往下说吧。"

朱依依脸又红又烫，连忙推进会议流程，但好几个胆大的女同事已经发来私聊的小窗，问她要薛裴的联系方式。有位在邻市的女同事还问朱依依家的地址在哪儿，说明天过来找她玩。

这人是想来找她玩吗？朱依依都不想戳穿对方的那点儿心思。

朱依依关闭了所有的聊天窗口，低头做着会议记录。

会议结束已经是一个小时后的事情了，朱依依伸着懒腰走出房间，没想到薛裴竟然还在。

她去客厅倒了杯水，站到窗边透透气，书房里实在太闷。她懒懒地扫了一眼，没看到朱远庭的身影，便随口问道："我弟呢，去哪儿了？"

"刚才有个女同学来找他，他还没回来。"

朱依依警觉起来："女同学？你有没有听到他们都聊什么了？"

朱依依将头探到窗外，只看到在家门口的树下有两个人影，是不是她弟弟还真看不清。

薛裴不知什么时候站到了她旁边，也跟着往楼下看去，笑着说："你盯他这么紧啊？"

"我是怕他被我妈揍。"

薛裴忽然转过身，背靠在墙上，眼里含笑："你刚才是不是告诉你同事，说我是你哥？"

朱依依点头："免得他们误会。"

"你已经很多年没这么叫我了。"薛裴话语里带着一些不易察觉的宠溺之意，伸手摸着她头顶的发丝，就像在揉一只乖顺的小猫，"你以前撒娇的时候，总爱这么喊我，还记不记得？"

那都是多少年前的事了？

朱依依躲开薛裴的触碰。他愣了愣，随即笑了起来。

"果然跟小时候不一样了，总耍小脾气。"

朱依依没接他的话，神色黯了黯，她想起一件事。

"对了，我有件事想问你。"

"嗯？"

朱依依尽量语气平缓地说道："我上午听李昼提起了一件事。"

听到这个名字，薛裴没什么表情，示意她继续说下去。

朱依依把李昼所说的练习册的事情复述了一遍，沉默了一会儿，最后鼓起勇气问他："李昼说的是真的吗？"

她现在还不太相信薛裴竟然会做出这么奇怪的事情。

"是吧。"薛裴并没有太在意，说话都有些漫不经心。

朱依依始终不能理解他这行为，扭过头去看他的表情："为什么？"

薛裴说得很理所当然："他的答案做错了，你不需要一份错漏百出的参考答案。"

朱依依沉声说："可是在我看来，你的行为很没礼貌，让我有点儿难堪。"

其实那天她只是有一道题目不太确定，想看一下李昼的解题思路，也没想照抄对方的答案。

"难堪？"薛裴以为自己听错了。

"你做决定前没有问过我的意见，无论他的答案是对是错，再怎么样，也应该由我来判断。"

薛裴皱了皱眉，眸色渐黯。

"所以，你这是在生我的气？"

许是觉得为了这点儿小事争执有些可笑，薛裴勾了勾唇，说："一个成年人居然会因为这么微不足道的事情记怀这么长时间，李昼这十年是没有别的事情值得回忆了吗？"

朱依依气急："明明是你做错了事，还……"

薛裴直视她的眼睛，脸上已然没了笑意："一一，你这是在指责我？"

这段对话以不欢而散收场。

在朱依依的印象中，她和薛裴之间已经很多年没有过这么剑拔弩张的气氛了。

他们争论的是那件事吗？可又好像不仅如此。

在说出那句话之前，朱依依早就料到薛裴会生气，可觉得自己似乎就是在故意激怒他。她说不清这是一种什么样的心理，只觉得薛裴冷脸关上门离开的那一刻，她的内心竟有些痛快。

朱远庭回来的时候，薛裴已经走了好一会儿了。朱远庭在客厅里四处张望，问朱依依："薛裴哥呢？"

朱依依眼皮也没抬："不知道。"

"可他刚刚还说要帮我辅导功课呀，怎么没和我说一声就走了？"朱远庭开始在微信上给薛裴发消息，嘴里念叨着，"他本来还说待会儿要留在咱们家吃饭的，怎么突然就走了？奇怪。"

"你应该去问他。"

朱远庭努了努嘴，似乎不满她这冷淡的态度，转眼间不知想到了什么，眼睛一亮，看向摆在墙角处的大纸箱，手脚利索地拆开外包装，像献宝一样把里面的东西拿了出来，摆在客厅的中央。

那是一个大型的钢铁侠手办。

"薛裴哥给我的奖励，怎么样？酷不酷？限量版哟。"朱远庭得意得眼睛都快长在头顶上了，向她炫耀道，"他还说如果我期中考试能考到年级前五名，就给我买一台新的电脑。我已经下定决心，从明天开始就好好学习。"

任他怎么炫耀，朱依依都没有反应，手里拿着遥控器换台，没给一个眼神。

"唉，要是薛裴哥是我的姐夫就好了。"

朱依依深吸了一口气，努力地控制着自己的情绪。

这还没完。

朱远庭把目光投到朱依依身上，语重心长地感慨了一句："姐，你要是长得好看点儿就好了，薛裴哥一看就是个疼小舅子的好男人。"

一只拖鞋砸了过去，幸好朱远庭反应快，躲了过去，不然身上肯定挂彩。

"姐，你干吗呢？！我就是随便说说。"

朱依依从沙发上站起身，语气严肃地说："以后别再让薛裴来家里给你补习了，你要那么热爱学习就自己拿好作业去他家让他教你，别让他三天两头地往家里跑。"

"为什么啊？"

朱远庭不懂他姐的怒气从何而来。

朱依依在气头上，在走进房间里前，甩下了两个字："碍眼。"

朱远庭彻底蒙了，头脑"嗡嗡"地响，跟电脑CPU坏了似的一下短路了。

他在手机上打字问薛裴："薛裴哥，你刚才是不是惹我姐生气了？"

薛裴回得很快："怎么了？"

不懂人情世故的朱远庭原封不动地把刚才朱依依说的话转告给了薛裴，还特别还原了对话中的"碍眼"二字。

于是，许久他都没有等来薛裴的回复。朱远庭挠了挠头，看向他姐紧闭的房门，又不敢上前去敲门。

思索了片刻，朱远庭只好再给薛裴发消息："薛裴哥，那你待会儿还来我们家吃饭吗？"

很快，他就收到了薛裴的回复，言简意赅的三个字——

"不去了。"

国庆节假期过得快，转眼就到了假期的最后两天。

薛裴接到了周时御打过来的电话，对方在电话里心急火燎地问他能不能提早一天回去，有个重要的项目要等他拍板，自己拿不定主意。

薛裴打开周时御发来的邮件里的资料，简单地理了一下思路，眉头还没舒展开，就看到了江珊雯发过来的信息。

"薛裴，你有空吗？我在你家楼下。"

江珊雯在薛裴家楼下等了好一阵，薛裴才下来。中途，她还遇到了下楼扔垃圾的朱依依。两个人打了声招呼，朱依依便上楼了。

薛裴从车库里开车出来，两个人去了市中心一家新开的咖啡店。

"薛裴，我上次和你说的事，你考虑得怎么样了？"江珊雯问出这句话后，才意识到有歧义，"我是指工作上的事。"

"我上次已经说得很清楚了，我目前没有离开'衔时工作室'的打算。

衔时是我和时御一手创立的，我不可能自己一个人离开。"

"周副总昨天给我打电话，说只要你愿意过来，什么条件都可以谈。"江珊雯双手交握，脸上的恳切神色显而易见，"我知道衔时是你的心血，但是创业的风险太大了，栽一个跟头就会鲜血淋漓，你们现在的资金链不稳定，周时御又是个没谱的人，你会被他拖累的。"

薛裴看了一眼腕表，扯了扯嘴角："还有别的事吗？"

虽然早预料到会是这样的答案，但江珊雯还是难免失望。

她整理着桌上的餐布，抿了一口咖啡，一向自信的脸上此时却失去了往日的光彩。

"薛裴，你应该知道我想让你去熠盛不只是因为工作。"江珊雯放下咖啡杯，话语直白，"我的心意，你能明白吗？"

最后一句话让薛裴抬起了头。

很久之前，江珊雯就知道薛裴生了一双深情眼，当他那双好看的眼睛看向人时，时常会给人一种错觉，好像眼前这人深爱着自己似的。

江珊雯的心跳骤然加快了。

但她等来的答案不是她想要的。

他说："过去的事都过去了，我们应该向前看的。"

杯里的咖啡变得苦涩，江珊雯想：她刚才不应该约薛裴来喝咖啡的，也许喝点儿甜的东西，现在的心情会好一些。

她和薛裴是在一次商业论坛上"偶然"遇到的，就在上个月。

距离当年他们分手已经过了很多年，这些年，她一直在留意薛裴的动态，听说他与自己分手后，在大二那年又交了一位女朋友，是他同系的学姐，女生中英混血，漂亮、大方、性感，是和她截然不同的风格。可没多久，他们又以分手告终，听说是薛裴主动提出来的，原因不明。

他似乎每段恋爱都无法维持很长时间，和她却是交往最久的。她始终认为在薛裴心里，她是不同的。

她知道薛裴这样的人身边自然不会缺少异性——在她留学的最后一年，薛裴和第三任女朋友也分手了。她很庆幸，所以留学回来后第一个打探的就是薛裴的消息。

那次见面与其说是偶遇，不如说是她有意为之。自那以后，她频繁地约他出来见面，他虽没有拒绝，可也没表现出任何热忱。他还是像当年一样，对谁都礼貌又疏离，漫不经心的，好像没有什么人或者事物值得他多费心思，可越是这样越是让人想要往下探究，看看这么完美的皮囊里流淌着的血是不是冰冷的。

国庆节前夕，她打听到了他的行程，以买不到机票为由，终于坐上了他的车。可这一路上，他对她也是客客气气的，就像对待一个普通的朋友，她察觉不出任何暧昧的气氛，只有朱依依傻乎乎地误会了他们的关系。

想到这里，江珊雯苦涩地笑了笑，对薛裴说："其实刚才在楼下我见到朱依依了，她还和我打了声招呼。"

"她说什么了？"薛裴好像有了些兴趣，抬眼望着江珊雯。

这两天因为李昼的事情，朱依依还在和他闹别扭，信息都没给他发一条。

"没说什么，她只是问我是不是来找你。"

薛裴若有所思，右手轻叩桌面，神情有些严肃，不知道在想什么。

他回家这几天原以为朱依依会问他关于江珊雯的事，但朱依依对此好像并不感兴趣，只字未提。

江珊雯抿了一口咖啡，用餐巾拭去残渍的时候，纸上还沾了些许口红。她忽然感慨道："薛裴，你觉不觉得有时候你挺残忍的？"

薛裴斟酌着字词："残忍？"

"不过幸好你不只是对我残忍，而是对所有人都残忍。"江珊雯直视着薛裴的眼睛，忽然笑了笑，"你说，朱依依现在还喜欢你吗？"

江珊雯还记得那天在出租屋里，朱依依看到她的那一刹那流露出的震惊、失落、自怨自艾的神色。

江珊雯话音刚落，薛裴的脸色就变了变。

薛裴动了动喉结，放在桌面上的手青筋骤显，可那双上挑的桃花眼里的神色仍旧没有什么温度。

"算上今年的话，她是不是喜欢你快十年了？"江珊雯笑了笑。

十年如一日地爱一个人，她自问她肯定做不到。

哪怕她觉得她很爱薛裴，可在国外的那几年，也没有因此而拒绝过其他对她示好的异性。屈从于生理欲望是人类与生俱来的本能，她留恋别人的身体，可心还放在薛裴身上。当听说这十年来朱依依竟然没有谈过一次恋爱，甚至没有任何暧昧的对象时，说实话，她挺震惊的，也挺同情朱依依的。

想到这里，江珊雯很想来一根烟，手指在烟盒上摩挲了一阵。

"话说完了吗？"薛裴已经不耐烦了，挑了挑眉，"我和她之间的事情，不需要你来评价。"

"我自然是没有资格评价的，只是觉得可惜。十年了，她都没有机会说出口。你说一个人能有多少个十年？"

薛裴没有听她把话说完就起身离开了咖啡厅。

江珊雯独自在座位上喝完了那杯咖啡。这期间有个男人过来搭讪，可长相实在是不堪入目，江珊雯厌恶地挥了挥手，让他走开。

从咖啡厅出来后，江珊雯走到马路边上点了一根烟，呼出烟雾的瞬间，想到一种假设。

如果朱依依知道当年发生的事，会怎么样？

她还会爱薛裴吗？

她怕是只会恨他吧。

和江珊雯分开后，薛裴开车回家的路上心情竟然异常平静，秋天的风灌入车内，吹乱了车顶上挂着的小吊坠。

那吊坠是一只趴在窝里睡觉的小猫咪，朱依依前段时间挂上去的，他本来还嫌幼稚，现在看着竟觉得有几分可爱，大概是看顺眼了。

到了红绿灯路口，薛裴又看向那个猫咪吊坠，忽然想到了刚才江珊雯所说的话，手上的动作顿了顿。

他对朱依依很残忍吗？

薛裴揉了揉太阳穴，一时有些失神。

很久以前，他就知道朱依依对他的感情。有段时间，他曾陷入茫然之中。他茫然的是他一直认为他们之间只有纯粹的亲情，可原来朱依依对他并非如此。

朱依依是自己的亲人，薛裴一直以来都是这么认为的。他们从小一起长大，分享过所有年少的时光。他们无话不谈，是最了解对方的人。朱依依对他而言，并非"朋友"二字可以概括。她在他心中如同亲人一样重要，不可失去。

他珍惜与朱依依之间的感情，却无法承受这份喜欢的重量。

他无法回应朱依依的爱慕之情，也无法像拒绝其他人一样拒绝她的喜欢，一旦这么做了，他们便再也无法回到以前——他很清楚会有怎样的后果。所以，这些年他只能装作不知道她那些隐秘细腻的心思。

大学时，他曾给朱依依介绍过许多优秀的朋友，希望朱依依能尽快脱离那样的状态，开始一段新的恋情，可辗转这些年，她仍旧是一个人。

回到小区门口后，薛裴给朱依依发了条消息，让她下楼。

朱依依下来时还穿着睡衣，脚上趿拉着双小熊拖鞋，黑框眼镜架在鼻梁上，看样子像是刚睡醒。

"都下午五点了，怎么还在睡？"他笑着说。

"假期睡觉犯法？"朱依依起床气还没消，说话很冲。

看样子她还在生他的气。

薛裴心里也有些无奈，但现在情况特殊，也顾不上什么。

他直入主题："你今晚记得收拾行李，我们明天回B城，别丢三落四的，到时候又让阿姨给你寄东西回去。"

"明天？"朱依依以为自己记错了日期，看了一眼手机确认，"今天不是才5号？"

"我的工作室有点儿事要处理，我要提前一天回去。"

朱依依低头看着自己脚上的拖鞋："哦，那你回去吧，路上注意安全。"

薛裴听明白了她的意思，皱了皱眉，问："那你呢？你不是说买不到票吗？"

"李昼说他顺路载我回去。"

李昼是昨天晚上问她的，她也正巧不想坐薛裴的车回去。

又是李昼……薛裴绷紧了下颌。

那天的事后，薛裴对这人没什么好印象，喉结动了动，吐出一个字："行。"

说完，他转身就走。

"就为这事你喊我下楼？"

朱依依一下恼了。她还以为他是有什么不能让家里人知道的事要和她说，才把她喊下楼来的，谁知道就这么点儿事，还让她跑一趟。

薛裴头也没回，朱依依听见他的声音从风中传来，擦过耳畔。

薛裴："你不是说不想在家里看见我吗？"

朱依依捏紧了拳头，心想：朱远庭要是生在以前打仗的年代，指定是个卖国通敌的大汉奸。

第二天傍晚，薛裴准备回北城。

临行前，薛妈妈煮了一大桌菜给薛裴送行，邀请朱依依一家人过来做客。

朱依依原想推托不去，但吴秀珍一向把面子看得比天大，死活都要拉她过去给薛裴送行，总之礼数一定要到位。

朱远庭在一旁幽幽地说："妈，你就别逼姐了，她最近和薛裴哥吵架了。"

吴秀珍不屑一顾："嗐，小孩子吵架，两天就和好了，哪里有隔夜仇的？"

朱依依叹气。他和薛裴今年都26岁了，也只有吴秀珍才会把他们当小孩子看待。

抗争无效，一个小时后，朱依依已经坐在了薛裴家的餐桌旁。她特意挑了个离薛裴最远的位子，落座的时候，明显地感受到薛裴的目光落在她身上。

没一会儿，手机振动，一条新的微信消息弹了出来。

"还在为李昼的事和我生气？"

朱依依右手拿着筷子，左手打字："我才没那么幼稚。"

抬头恰好对上薛裴似笑非笑的目光，朱依依马上移开视线，若无其事地低下头吃饭。

大家聊得热烈，虽然话题来来去去无非就是谁家的孩子结婚了，小孩儿满月了，或者谁的孩子在北城买房了。

朱依依全程低着头沉默地干饭，但也躲不掉，话题还是绕到她的身上来了。

薛阿姨给她夹了一块鸡腿肉，笑道："依依，听说你最近去相亲啦？"

朱依依咬着筷子："嗯，是见了几个人。"

"感觉怎么样？有没有相中的？依依也是大姑娘了，有合适的对象，也是时候定下来了，在异乡发展，还是得有个人照顾你才好。"

朱依依还没开口，就听到吴秀珍说："这回应该有谱，有个男孩儿刚好是她的高中同学。听说他也在北城工作，人长得不太高，但五官还算端正。明天那男孩儿过来的时候，我指给你和老薛看看。"

"真的啊？！"薛阿姨乐开了花，停住了筷子，"多高啊？"

"看着比你们家薛裴可矮多了，估计也就一米七五左右吧。"

"那也不错了。"

"没到一米八始终差点儿意思。"

吴秀珍对身高异常执着，按她的说法是影响下一代的基因。就是因为朱依依她爸身高差了点儿，朱依依才一米六出头。

吴秀珍叹了叹气，又说："不过也不强求了，能有人看上她就不错了。她长这么大，恋爱都没谈过，可把我愁死了，不管最后能不能成，现在谈了再说。"

两位家长聊得旁若无人，而作为话题主角的朱依依把头几乎低到了碗里，面前那碗白米饭几乎被她的鼻尖戳出个洞。

她就知道这顿饭她不该过来吃的，简直是度秒如年，如坐针毡。

"对了，既然是高中同学，那薛裴应该也认识吧？"吴秀珍向薛裴望了过去，"你觉得那孩子咋样？以前学习成绩还成吗？"

薛裴停住了筷子，淡淡地开口："一般。"

"一般哪……"吴秀珍有些失望，"不过我听说那孩子现在的工作不怎么样，不是在事业单位里的，始终不稳妥。"

朱依依反驳道："李昼高考也考了500多分的，你拿这问题问高考状元，他眼里谁不是一般？"

薛裴动了动喉结，扭过头看向朱依依："他的成绩，你倒是记得清楚。"

朱依依没接他的话。

许是气氛到了，薛阿姨也感慨了一句："我们薛裴现在还单着呢。你看依依现在都有着落了，你也别老是忙着工作，是该考虑考虑人生大事了。"

薛裴应了一声："嗯，我知道。"

朱依依蹙起眉头，有些疑惑：薛裴和江珊雯不是正谈着吗？他怎么没告诉家里？

不过她也没多嘴——毕竟这事和她没什么关系。

饭后，朱依依和朱远庭被吴秀珍打发去洗碗。

其实薛裴家里有洗碗机，但吴秀珍总觉得来别人家里吃了饭，总得干点儿活，所以这任务就落在了自家两个孩子身上。

朱依依已经提前在厨房里就位，衣袖都撩起半截了，朱远庭却还在那里磨磨蹭蹭的。他刚才说给薛裴准备了礼物要拿给薛裴，可十分钟都过去了，人还没回来。

"对外人比对自己亲姐还好。"朱依依嘟囔着。

听到门口传来脚步声，朱依依没回头，以为是朱远庭，便喊道："终于舍得回来了？快过来帮我系一下围裙，我手上沾了洗洁精！"

没听到应答声，不过脚步声倒是越来越近，朱依依继续低头洗着碗，并未察觉到异常。

"说实话，你给他准备了什么礼物？"朱依依一边洗碗一边说话，"朱远庭，我跟你说，明天我走的时候，你要是没有给我准备礼物，你就死定了！对外人那么亲近，对你姐就恨不得装不认识是吧？你干脆直接认薛裴当你亲哥算了，胳膊肘儿往外拐的叛徒。"

有人轻笑了一声，笑声在安静的环境里显得分外撩人。

下一秒，他走近，那股熟悉的木质香水味环绕鼻间，朱依依才意识到身后的人是谁，猛地转过身去。

"低头。"

薛裴低沉的声音擦过她的耳边，两个人的距离只有不到一厘米。

朱依依愣了愣，没有任何动作。薛裴长得比她高得多，不等她低头，粉白相间的小熊围裙已经挂在她的身上了。

"我自己来吧。"朱依依喉咙有些干涩，不太自在。

"别动。"

薛裴靠近，双手环过朱依依的腰，低头帮她系上围裙的细绳，期间难免有些许肢体触碰，她更是一动不敢动。水龙头的水还在"哗啦啦"地流着，气压好像越来越低。

两个人靠得如此近，薛裴甚至能看到朱依依耳后那颗小痣，藏在凌乱的碎发间。他忍不住动了动喉结。

"还没好吗？"

薛裴的呼吸打在她的耳后，她浑身都有些战栗。

薛裴咳嗽了一声，松开了手："好了。"

气氛太过诡异，朱依依连忙找话题："朱远庭呢，又跑哪儿去了？他不是说送完礼物就过来洗碗吗？"

"他去做功课了，我来替他。"

说着，薛裴接过朱依依手里的碗，站到另一个洗碗池旁。他今天穿得正式，白衬衫领口解开了两粒纽扣，隐约露出了起伏的锁骨。他一看就不常干家务活，连衬衫的袖子都没有挽起来，被溅湿了不少。

"你怎么不来替我？就知道惯着他。"朱依依没话找话。

她发现她已经不习惯跟薛裴待在同一个空间里了。

薛裴又笑了笑，问出的话却有些突兀："你和李昼怎么样了？"

"才聊了几天，能怎么样？"朱依依用洗碗布搓着碗，"也就有空的时候聊聊，不过他人挺好的。"

"有多好？"

朱依依想了想，说："讲礼貌，爱干净，不抽烟，不酗酒……"

薛裴扯了扯嘴角，似乎对此不太赞同："不抽烟也算优点？"

"当然算。"

"你以前没跟我提过你不喜欢别人抽烟。"

"我也没必要事事都告诉你。"朱依依小声说道。

两个人就这么安静了好一阵，朱依依也懒得说话，便任由气氛沉默着。

薛裴忽然突兀地开口："你喜欢他？"

朱依依手里的动作一顿，想了想，摇头："不知道。"

以前李昼在她眼里顶多就是个普通的男同学，两个人见面最多就打声招呼，除此之外，再也没有更多的交流了。直到现在，她还没能适应他从男同学到相亲对象的身份转变，但总归是不反感的。

对她来说，李昼是个不错的选择。如果她这辈子一定要找个人结婚完成任务的话，李昼大概会是个好的伴侣。

就像那天李昼对她说的话："依依，我觉得我们挺合适的。"

她注意到他的用词是"合适"，而不是"喜欢"。

对成年人来说，合适永远比喜欢更重要。

快洗完碗的时候，朱依依忽然想到什么，问他："你为什么没有告诉阿姨你和珊雯的事？阿姨刚才还来向我打探情况，我想还是你主动地和阿姨说比较好。"

薛裴抬眼望着她："我和她有什么事？"

他明知故问。

朱依依皱眉："你们复合的事啊。"

"谁告诉你我和她复合了？"薛裴继续追问。

朱依依还愣着，又听到他补充了一句："我已经过了冲动地开始一段感情的年纪，现在只想把衔时发展好，其他的事……我不会再想。"

国庆节假期最后一天，朱依依一大早就起来收拾行李，带回来的行李箱被塞得满满当当的，单是带的特产就占了一半的空间。

再加上吴秀珍是个迷信的人——每次朱依依离开家去外地，哪怕只是去邻市旅游，吴秀珍都要往她的行李箱里塞几个苹果，寓意路上平平安安，顺顺利利。知道母亲的出发点是为了自己好，朱依依虽然不迷信，但也没拒绝。

这么磨蹭了好一会儿，李昼已经在楼下等了差不多半个小时了，朱依依连忙拉着行李箱下去。吴秀珍跟在她身后念叨："都让你把他喊上来吃个饭再走，顺便让你薛阿姨也帮忙看看，你走这么快干什么？我们又不会为难他，你怎么就这么不懂事呢？"

"下次吧，等下次放假回来再说，吃完饭待会儿路上要堵车了。"

朱依依走得急匆匆的，只让吴秀珍和李昼打了个照面，就赶紧上了车。坐在副驾驶座上后，朱依依用口型示意李昼快开车。

李昼是懂眼色的，瞬间明白了朱依依的意思，笑着说道："伯母，那我下次有空再来拜访您和伯父，今天有点儿赶时间，就不上去叨扰你们了。"

"那你和依依路上注意安全啊。"吴秀珍摆了摆手,眼眶好似红了红,朝朱依依说:"这次一走,下次回来得是春节那阵了,到时候又长一岁了,一年就只能见这么几次。"

隔着车窗,朱依依看见吴秀珍鬓角上的白发,鼻子不知怎么酸了酸,朝她挥手:"妈,别送了,进屋去吧,让爸也要注意身体,别老是喝酒。"

"知道了,你别担心你爸了,照顾好自己,别老是吃外卖。"

气氛渲染到这里,朱依依的情绪变得有些低落,她望向车窗外的风景,视线逐渐模糊。说到底,心里还是很不舍的,她这次一走,又要好几个月才能回来了。

车开出小区后,朱依依还难过着,吴秀珍的消息忽然弹了出来。

"不是我说你,你今天出门咋妆都不化?你看着比人家小伙还灰头土脸的,我都怕人家看不上你,真是被你气死了。"

朱依依瞬间又将心里头那点儿感动的情绪憋了回去。

中途经过碧衡楼盘的时候,朱依依让李昼在路边停车,说自己要下车去接周茜。

周茜已经在小区门口等了好一阵,远远地就看到朱依依从一辆黑色的丰田上走下来,那车牌号也是老家这边的。

等朱依依走近,周茜才打趣道:"薛裴换车了,今天开得这么低调?"

"薛裴昨天有事,先回去了。"

"那车里的人是谁啊?"

周茜被勾起了好奇心,向前走了两步,眯起眼盯着驾驶座上的人影,眼睛一眨不眨。恰好这时车里的人扭过头,朝周茜看了过来,她的眼睛瞬时瞪得溜圆。

"学委?你们俩什么情况?!不会是我想的那样吧?"

朱依依连忙捂住周茜的嘴。

省去细枝末节,朱依依小声地把事情说了一遍,而周茜除了震惊,还是震惊。

"没想到啊,原来这月老的红绳从高中起就给你们俩牵上了。"

"待会儿车上别乱说话。"

"知道啦,放心。"周茜笑着做了个拉链封嘴的动作。

一路上周茜果然安安分分的,不该说的话一句都没说,偶尔和李昼搭话,也只是问问他在哪里工作、平时忙不忙之类的话题。

国庆节期间返程的高速公路比回来时更堵,朱依依后半程有些晕车,直犯恶心，脸色都苍白了不少。周茜看着都替她难受，却也不知道如何是好。周茜从小就不晕车也不晕机，没有这方面的经验。

幸好这附近有个服务区，李昼经过时特意停了车。朱依依一下车就直奔卫生间吐得天昏地暗、撕心裂肺，快把胆汁都吐出来了，喉咙处跟被烧过似的火辣辣地疼，吞咽口水都难受。

她走出卫生间时，脚步都是发虚的。

她回到车上时，李昼已经给她买好了晕车药。

他把矿泉水和药递给了她。

"你先吃一片晕车药，过半个小时我们再出发，到时候应该差不多就起药效了。"

朱依依伸手接过水和药，有些不好意思，犹豫了一会儿，对他说："对不起啊，因为我耽误行程了。"

李昼连忙说："没事，没事，你别有心理负担，现在高速公路上还堵着，在上面待着更难受，我们下来走走也挺好。"

周茜搂着朱依依的肩膀："对啊，又不赶时间，你跟我们还客气什么，把我们当外人啊？"

朱依依从小就怕麻烦别人，长大后更是严重，听周茜这么说后终于放下了心里的负担，舒了一口气。

现在恰好是饭点，他们在服务区的便利店里随便买了点儿吃的东西。朱依依没什么胃口，只吃了块蛋糕就什么都吃不下去了，想到还有几百公里的路程，眼睛里满是担忧之色。

吃完晚饭，他们重新出发。

回到座位上，朱依依发现李昼买了一袋橘子，放在她的座位旁。

"这是……？"她好奇地问道。

李昼边观察后视镜，边打转方向盘，说："我看网上说，晕车的话拿橘子皮闻一下味道，可能会好一点儿，你试一下看有没有用。"

内心有些触动，朱依依看着他的背影，说了声"谢谢"。

这声"谢谢"朱依依说得真诚，李昼耳根红了红，语气轻缓了些，对她说："你在车上尽量睡一会儿，待会儿到了我再叫醒你。"

"嗯。"

周茜观察着这两个人的互动，一来一回的，气氛挺微妙。从她多年的恋爱经验来看，这两个人肯定有戏。无论她从哪个层面来看，他们都很合适。

朱依依按照李昼的方法试了试，掰了片橘子皮放在鼻尖闻了闻，好像有一点儿效果，起码没刚才那么恶心了。

她戴上耳机准备睡觉，正迷迷糊糊的时候，有人给她打了个电话，一下把她吵醒了。

她拿起手机一看，是薛裴打来的电话。

接通电话时，朱依依还带着点儿怨气。

"有事吗？"

"到哪儿了？"薛裴问。

电话那头还有别的杂音，他像是工作的间隙抽出时间来给她打的电话。

"刚到平湖。"

"才到平湖？今天路上这么堵吗？"

朱依依懒得回答，只"嗯"了一声便想挂断电话。

薛裴大概察觉到了她的异常之处，声音一下严肃了不少，再也没有刚才漫不经心的样子："又晕车了？"

薛裴了解朱依依，她长途出行经常会晕车，轻则头晕，严重时甚至会呕吐，所以他的车上一直给她备着晕车药和晕车贴，还有各种乱七八糟的药膏，以免她路上不舒服。

"嗯，是有点儿。"朱依依回答。

"有没有吃晕车药？你平常用的什么牌子你还记得吗？"薛裴说完又觉得白说了，毕竟荒郊野岭的她肯定也买不到。

朱依依左手支着车窗，哑声说："李昼给我买了药，刚吃了。"

薛裴语塞，又是李昼。

从朱依依这会儿没精打采的声音来判断，薛裴能察觉到她现在肯定很难受。自从高中班级出游她在大巴上晕车那一次过后，薛裴每次和她一起出远门都会提前给她备好晕车药和药膏。

其实今天早上起床的时候他想起这事了，可当下也不知道自己是在别扭什么，没有打电话提醒她，像是在证明什么似的。

薛裴那边沉默了很久，朱依依还以为是高速公路上信号不好，正准备把电话挂了，忽然听到电话那头的薛裴叹了叹气，语气温柔又带着埋怨之意，说："朱依依，以后没有我你怎么办？坐个车你都照顾不好自己。"

朱依依一下怔住了。

这回沉默的人变成了她。

"你休息一会儿吧，到家给我打电话。"薛裴顿了顿，挂电话前又说道，

"你下次不要随便坐别人的车，免得又出什么事。"

这通电话让朱依依彻底没了睡意。她只要一闭上眼睛，想的全是一些乱七八糟的事情。风从窗外灌进来，她的发丝在风中飘荡，好像有什么东西被这风吹散了。

几个人回到北城时，已经是晚上十点。

由于时间实在太晚，周茜决定在朱依依的出租屋里待一个晚上。下车时，周茜朝朱依依挤眉弄眼，眼睛频频望向车上的李昼。朱依依有点儿蒙，完全没懂她想表达什么意思。

周茜叹了一口气，把朱依依拉到一边，小声说道："你这没良心的，人家开了六七个小时的车送你回家，你都不请他上去坐会儿？都这个点了，你好歹请人家吃个泡面吧。"

朱依依思考了两秒钟，觉得周茜说得有道理。

她酝酿了一会儿，对车上的人说："李昼，你要不要上来吃点儿东西再走？"

"好啊，那我就不客气了。"李昼笑着点头。

周茜提议朱依依请李昼吃泡面，在这句话的语境里，"泡面"不过是个代称——周茜没想到的是朱依依家里真的就只剩下泡面了。在国庆节放假前，因为担心食物会过期，朱依依已经把冰箱里的东西都清空了，连个鸡蛋都不剩。

幸好周茜的行李箱里装着她妈早上给她塞进去的半只卤水鸭，此情此景下只能被献祭了。

十分钟后，厨房里传来煤气灶开火的声音，很快香味就蔓延至客厅了。

此时，正坐在沙发上看电视的朱依依有点儿坐立不安，望向旁边的周茜。

"你说，我是不是应该进去帮帮忙啊？"

"不用，你忘了学委刚才怎么说的吗？"周茜模仿着李昼刚才的口吻，清了清嗓音，说道，"你陪周茜坐着看会儿电视，这些家务活我来就行。"

周茜再一次感慨："不得不说，我们学委还真是贤良淑德、宜家宜室啊！"

吃完晚饭，李昼准备开车回去，那会儿时间已经接近十二点了。朱依依一路送他下楼，见楼道里的灯不知道什么时候坏了，便在身后给他打着手电筒照路，楼道里一时静悄悄的，只剩下两个人的脚步声。

李昼抬头瞧了一眼那乌黑的钨丝灯："改天我过来帮你把这灯换了。"

朱依依连连摆手："不用，不用，过两天应该就有人过来修了。我上回就跟房东反映了，可能国庆节大家都放假了，房东就没过来处理。"

李昼放缓脚步，回过头看向她："怕麻烦我？"

朱依依摇头："不是。"

"真的？"

"真的。"

李昼笑了笑，也没拆穿她，继续往前走。

到了楼下，李昼让朱依依别送了，他自己走过去就行，可朱依依觉得礼数还是得到位，便送他到车前。她琢磨着还是应该道声谢："今天辛苦你了，一路上开车开了那么久，本来说好我请你吃饭的，结果最后还是你给我和周茜做饭，我都不知道该怎么谢你了。"

李昼突然转过身，揉了揉她的头发。

这个亲昵的动作让朱依依的身子僵硬了一瞬，她承认她还不太习惯男女间这些亲密的举动。

李昼："如果你想谢谢我的话，我倒是可以给你点儿建议。"

"嗯？"

"改天有时间的话你也给我露一手，怎么样？"

朱依依愣了愣，反应过来后笑着说道："行，不过我做饭很难吃的，你要有心理准备。"

李昼笑意更浓："你这么说，我更要尝尝是不是真的这么难吃了。"

送别李昼后，朱依依回到楼上，见周茜已经躺在沙发上睡着了。朱依依喊她起来去洗澡，她哼哼了半天最后眯着眼睛去了浴室，差点儿连衣服都忘了拿。

许是路上行程太奔波了，这天晚上周茜几乎是沾上枕头就睡着了，而朱依依不知怎么竟然失眠到半夜。想到第二天七点多又要起来赶公交，朱依依一边焦虑一边睁眼看着天花板发呆，结果越心急越是睡不着。

夜色如水，窗外的月光透进来，在地板上印出淡淡的光影。辗转反侧了半个小时后，朱依依轻轻拉开薄被，起身去客厅倒了杯开水，就着温水吃了颗褪黑素。

褪黑素对她一向有用——工作后每个失眠的日子里她都是靠褪黑素撑过来的。没多久，困意就像浪潮一样袭来，她眼皮越来越重，然后身体就像掉进时间的旋涡里一样……

她做了一个漫长又细碎的梦，像一块又一块打乱的、不规则的拼图。

在梦里，她又回到了高中。

课间，走廊外人声沸腾。

她被周老师喊到了办公室里，那个时常穿着中山装的男人手里捏着一张粉色的信笺。她认了出来，那是她写给薛裴的。

她手心捏出了汗，不知道她写给薛裴的信怎么就到了周老师手上。

没有给她任何反应的时间，在这间窄小的办公室里，周永强当着在场所有老师的面将她写的信一字一句地念了出来，那短短的两分钟漫长得像是走完了整个青春。周永强还没念完，她已满脸通红，指甲抠进了掌心里，掌心钻心地疼。

"薛裴以后是要考清华、北大的，你呢？按现在的成绩，你考个二本都够呛的。"他从那一沓厚厚的试卷里抽出两张，"这是薛裴的卷子，这是你的卷子，你自己看看你们的差距有多大。以后的路怎么走你自己心里都没谱，净想些风花雪月的事，高考成绩不比这些重要得多？……"

那一刻，朱依依觉得世界上最难堪的酷刑也不过如此。

她很想为自己争辩——她的眼里不是只有风花雪月、情情爱爱，她也在努力地学习，可是有些事情，努力了也还是没有用。

第二天数学课上，周老师当着全班同学的面，意有所指地说："班上有些女同学啊，要注意自己的言行，不要再动那些歪脑筋了知道吗？不仅影响自己的学习，还影响到别的成绩优秀的同学。"

周茜"啧啧"了两声，在课桌下给朱依依递字条："一看就是又有人给薛裴写信，被老周缴了。"

朱依依一整节课都没有抬起头。

可少女的情怀不是那么容易被扼杀的，朱依依深思熟虑了一个月后，终于想明白了——现阶段她和薛裴主要的目标应该是好好学习为高考而战。她决定等高考结束后，再向薛裴表达心意，反正以后的时间还长着呢。

很快就到了暑假，朱依依在薛裴家里借住，把所有的生活用品都搬了过去。

因为吴秀珍和朱建兴两口子去外地旅行了，朱远庭也跟着班里的同学去了夏令营，只留下朱依依一个人在家里。对此，吴秀珍多少有些不放心，便把她托付给了薛阿姨。

因此朱依依在薛裴家里待了整整两个月。她和薛裴几乎天天都待在一起——薛裴辅导她做功课，和她一块儿打游戏、看电影；为了跟薛裴一起待着，她还陪薛裴一块儿去上小提琴课、奥数课、书法课……虽然她对这些一窍不通，只能在旁边干坐着。

有一天，薛裴说要带她去动漫展玩，她还特意换了身好看的衣服。可到了那里她才知道，原来一起玩的不止她一个人。

那是朱依依第一次见到江珊雯。

江珊雯五官明艳，一袭红色的吊带裙，裙摆刚到大腿根部，露出一双又长又直的腿，在人群中白得发光。

朱依依悄悄看向落地窗上自己的样子，一张没有任何特色的路人脸，是大街上最常见的长相，不高不瘦不矮也不胖，一切都是那么平平无奇，没有任何记忆点，扔到人堆里都找不着的平凡的样子。

如果说江珊雯是公主，那她就是童话里没有姓名也没有台词的路人甲，她的存在不过是为了见证公主和王子的故事走向童话里美好的结局。

她今天这身精心挑选的裙子，在此刻显得那么廉价平庸。她承认，那一刻有自惭形秽的感觉在心里滋长。

薛裴还在为她介绍，说他和江珊雯是在参加省英语竞赛时认识的。

"这个就是你经常提起的邻居家的妹妹？"江珊雯问。

"嗯，是不是看起来傻乎乎的？"薛裴笑着应了一声，见朱依依好像呆呆的，便给她介绍："江珊雯，隔壁七中的。"

说话时，薛裴低头看着江珊雯。他眼底含笑，嘴角弯了弯，此刻的眼神似乎说明了什么。

他望向自己时从来不是这样的眼神。

意识到这一点，她竟然感激起周老师。幸好他替自己拦截了那封信，不然现在她就成了最大的笑话。

那天傍晚，她从二楼房间的窗户望下去，薛裴和江珊雯正站在小区门口的香樟树下。

两个人手里捧着同一个牌子的柠檬茶饮料，薛裴忽然凑近帮江珊雯把脸颊上的头发挽到耳后，少女羞怯脸红，低着头不敢看他。

看到这里，朱依依立刻把窗帘拉上了。

第三章
她的那盏灯

第二天，朱依依醒来时，心脏还钝钝地疼。那种痛感太过强烈，让人难以忽视，就像看了一场漫长的悲剧电影，明明电影已经散场了，可她还没能从电影里走出来。

洗漱完，她把还在昏睡的周茜叫醒了。周茜有起床气，在床上磨蹭了好一会儿才肯去刷牙。

出门前，朱依依把在房间里充电的手机拔了下来，按下开机键后，一下弹出两条消息：一条来自李昼，另一条来自薛裴。

李昼："早，昨晚睡得好吗？"

薛裴："昨天几点到的？怎么没给我打电话？"

朱依依看到薛裴的消息后，心口那阵钝痛感好像又开始在体内蔓延了。

两秒后，她删掉了这条信息。

坐地铁去公司的路上，朱依依和李昼有一句没一句地聊了起来。不一会儿，李昼说他准备去开会了，两个人就这样结束了话题。

成年人聊天，总是开始得突然，结束得也很突然。

朱依依到公司时，同事们正围在一起聊天，话题正进行到放假这几天大家都去做了什么。朱依依没有和他们闲聊，打了声招呼便回到了工位上。

放了这么久的假，工作全都积压在一起等着处理，她匆匆忙忙地吃完早餐便投入到了工作中，但话题不知怎么还是引到她的身上去了。

财务部的芳姐朝她凑了过来，问："依依，你国庆节回家相亲了没有？

要不要姐给你介绍介绍？"

朱依依连连摇头："谢谢芳姐的好意，不过真的不用。"

"北城本地人哟，家里在三环那里有两套房，各方面条件都挺好的，就是人有点儿花心，现在眼看着年纪大了，想找个好姑娘定下来。我看你就蛮合适的，文文静静的，斯文又乖巧。"

市场部一位男同事在一旁帮腔："你别说我们公司那么多女的，就朱依依一看就适合娶回家，长得好不好看暂且不说，但一看就是安安分分的，不像有些人天天下班就知道泡酒吧，娶回家了人影都见不着，更别提洗衣服、做饭了。"

朱依依有些犯恶心。她想：没有一个女人听到这句话会觉得这是赞美。

同部门的晓芸替她反驳道："哪里有你这么夸人的？敢情你娶媳妇回家是为了给你做保姆的啊？省点儿吧你！就你那点儿工资，谁看得上你？"

"哎，不是，怎么突然攻击起我来了？我说的不是实话吗？"

朱依依冷下脸来，戴上耳机，言辞冷淡："不好意思，我要工作了，麻烦你小声一点儿。"

耳机里并没有播放任何歌曲，所以朱依依还能听到那个男同事离开她的工位旁边时低低的议论声——她一大早的心情被毁得挺彻底的。

因为下午三点半要开会，朱依依早上一直在赶PPT。九月份的工作总结还有十月份的推广方案都还没有着落，她连午觉都没有睡，饭也只是匆匆地吃了两口，一直坐在电脑前敲敲打打。

这头她自己的工作还没弄完，微信上就收到了总监发过来的几份资料，让她帮他把下午的PPT也一起做了。刘总监一向使唤人使唤惯了，屁大点儿的事都要别人去做。

上一个被他使唤的人已经离职了，这回就轮到了朱依依。

朱依依咬了咬牙，心里暗骂，挣扎了半分钟后，在微信上恭恭敬敬地回了一句："好的，我马上弄好给您。"

忙碌了一天，下班回到家已经是晚上九点钟，拎着从超市买回来的打折的蔬菜和水果，朱依依从口袋里掏出钥匙去打开一楼的铁门，生了锈的钥匙插进生了锈的锁孔里，拧了半天都打不开门，传来的刺耳的剐蹭声让她的心情逐渐焦躁。

有那么一瞬间，她的脑海里冒出了很暴力的想法，她甚至想一脚把门踹开。

这一天实在太疲惫了，她本想回家洗个热水澡倒头就睡，可好不容易回到家，却还被一扇生了锈的铁门挡在外面，她的情绪已经达到了一个临界点。

任何一个不对的细节，都能让她突然崩溃。

不知她拧到第几次，那扇生锈的铁门才终于"咔嗒"一声打开。

想起楼道里的感应灯已经坏了，朱依依长长地叹了一口气，提前打开手电筒，可刚迈上第一级阶梯，灯忽然亮了起来。

昏黄的灯光映着地面，朱依依的脑海中快速地想到些什么，她迟疑地从口袋里掏出手机，发现在半个小时前，李昼曾给她发过一条消息。

"下午刚好路过你家那边，一楼的门正好开着，我就顺手帮你把灯泡换了，现在是不是能亮了？"

朱依依抬头望向墙上正发光的灯泡，大概是看得久了，眼睛都有些发酸。

短短几秒钟，许多片段侵入脑海里，她好像想通了某些事情。

她没有回复李昼，而是对着墙上的灯泡拍了一张照片，发在了朋友圈里，配文是："灯，终于亮了。"

薛裴是在凌晨两点结束聚会时才看到朱依依的这条朋友圈的。

漆黑的楼道里，一盏昏黄的灯在画面的中央，薛裴看了好几遍都没读懂她想表达的意思。

这盏灯，有什么特别的意义吗？

这种未知的感觉让薛裴有些茫然。

朱依依平常不太爱发朋友圈，一个月只发一两条，曾说她的朋友圈是用来记录值得回忆的生活片段的。但这么多年下来，薛裴发现了一件事，那就是她所记录的生活片段大多和他有关。

他们一起去过的很多地方，一起看过的很多电影，他给她推荐过的书籍……她常常记录这些，虽然藏得很隐晦。

她很少会放他们的合照。大多数时候他们一起去旅行，她拍的是天边的一朵云、森林里的一束光，或是夕阳落在水面上的倒影，整个画面只出现他的衣服的一角，或者只有他的一个背影。

他从不是照片的中心，也不是画面的主角。

朱依依的朋友圈里唯一一张与他的合照，是在她复读那年——有一次她模拟考考得不错，进入了班里的前十名，那个周末恰好是她的生日，他特意从北城飞回来给她庆祝。

那天虽是周六，但学校规定高四生一律要住校，每周只能放半天假。就这半天，他手里拎着蛋糕去学校找了朱依依。因为她住校没有带手机，他只能一路在校园里问来往的同学。

最后在学校的图书馆前，薛裴终于找到了朱依依。

她正抱着一摞书从楼梯上走下来，和一个长得高高瘦瘦的男同学有说有笑的，不知道在聊什么，眼睛笑得弯了起来。

他留意到，她的书包在这个男同学的肩上挂着。

远远看去，两个人就像学校里亲密的小情侣。

那一瞬间，薛裴承认他有些生气，嘴角抿得很紧。那个时刻，他甚至想把手里拎着的蛋糕扔进垃圾桶里。

下一秒，朱依依也看到了他，眼睛一亮，和旁边的男同学说了几句话后，拿过书包一路小跑过来。

"薛裴！你怎么回来了？"她看向他手里的蛋糕，声音又惊又喜，眼睛里的笑意更是明显。

薛裴声音有些冷："你过生日，我能不回来吗？"

朱依依不好意思地挠了挠头："最近太忙了，我自己都快忘了。"

薛裴瞥了一眼站在不远处等她的男孩儿，面无表情地说道："都这个时候了，还想着早恋？"

他不希望在这么关键的时候，朱依依被这些事情耽误学习——她说过她要考到北城去的。

谁知朱依依说道："我不是成年了吗？这也不算早恋了。"

"你——"薛裴藏不住脸上阴郁的表情，转身就走。

朱依依立刻把他拉了回来，连忙解释："我开玩笑的。他是我班里的同学，我数学比较差，让他帮我补习。"

薛裴停住了脚步，脸色终于缓和了些。

"不会的地方为什么不问我？"

"我没带手机回学校，你忘了？"

那天下午，薛裴在学校前面的小餐馆里给朱依依过了18岁的生日。

朱依依用他的手机拍了一张两个人的合照——简陋的餐馆、两碗漂浮着葱花的素面，朱依依对着镜头比了个胜利的手势，眼睛亮晶晶的；薛裴则淡淡地笑着望向她，一如往年。

次日下午放假回家她就用手机发了一条朋友圈，配文是："18岁生日的第一天，高考倒计时39天。"

复读那年，朱依依学习很努力。他还是第一次见她这么用功读书，完全没有以前吊儿郎当的样子。她每天除了学习还是学习，一天只睡六个小时，连吴阿姨都说她像变了个人似的，学习成绩也一点点地在进步……

那次的模拟考试是她考得最好的一次。如果她高考能保持这个成绩，起码上个一本院校没问题。

因此，谁也没想到高考出成绩那天，屏幕上显示的会是那个分数。

朱依依的高考成绩比薛裴预想的少了五十多分。

室外风很大，薛裴靠在车上抽了根烟，酒味散得差不多时，代驾终于来了。

他坐在后座上，再次点开朱依依的聊天对话框，发现他早上给朱依依发的信息，现在还没有收到回复。

不过诡异的是，傍晚那会儿李昼反倒是给他发了个添加好友的请求，大概是在高中同学群里找到了他的微信。

薛裴那会儿闲得没事随手通过了验证，想知道李昼到底想干什么。

没多久，李昼就给他发来了信息——

"薛裴，打扰你了。

"听依依说你们关系好，我想问一下你知道她平时喜欢吃什么菜吗？我想下次学着给她做。"

薛裴似乎觉得好笑，勾了勾嘴角，看完这两条消息后就把手机扔到了一边，并没有回复。

国庆节假期过后，朱依依每天都忙得不像话，早出晚归，晚上回到家倒头就睡，有时候第二天醒来时才发现李昼昨晚给她发了问候晚安的消息，有时是文字，有时是给她分享一首舒缓助眠的歌曲。

朱依依还报了一个培训班，是与新媒体运营相关的。公司出的钱，她想着不去白不去，如果能学到点儿新的东西，那就是意外的收获。

她看过课程的海报，请来的讲师都是一些行业大咖，在业内很知名，如果不是因为要求每周日上午都要去现场听课，公司里应该会有不少人报名。

大多数人不愿意牺牲周末的时间出去上课，所以这为数不多的名额就落在了她的头上。

这天，朱依依一大早就到了现场。她选了一个靠前的位子坐下后，很快便发现其他空位陆陆续续也坐上了人，老师开讲前已是座无虚席。整整两个半小时的课程，因为老师讲得风趣又幽默，倒显得没那么漫长。朱依依用手机拍了好几页PPT，打算回家再整理成笔记。

下课那会儿已经是中午了，朱依依背着书包刚走出教室，就接到了薛裴的电话。第一遍她没接听，但薛裴又锲而不舍地打了第二遍。

电话一接通，薛裴就开门见山地问："中午一起吃饭？有家新开的川菜馆还不错，你应该会喜欢。"

朱依依怔怔地望着马路上来往的车，闷声说："不了，我想回去睡会儿。"

"你在外面？"薛裴挑了挑眉，问她，"在哪儿？"

朱依依给他说了个地址。

"这么巧，我刚好在附近。"像是怕朱依依拒绝，薛裴笑着补充了一句，"在那儿别乱走，我过去接你。"

说完，还没等朱依依回答，薛裴已经把电话挂了。

朱依依只好在旁边的便利店里坐着等他。

没多久薛裴的车就出现在了门口，这一带路边不能停车，薛裴朝朱依依招了招手，让她过去。

薛裴比朱依依想象中来得要快。

她背着书包连忙走过去，坐上了副驾驶座。

等朱依依系好安全带后，薛裴打转方向盘，又看了一眼她今天的装束——小熊卫衣、水洗牛仔裤，还背着个大书包。薛裴不自觉地弯了弯嘴角，眼里尽是笑意。

"怎么穿得像高中生一样？"薛裴今天心情似乎不错，伸手揉了揉她的头顶，"倒显得我像是来接小朋友放学的。"

朱依依没理会他的玩笑，扭头看向窗外。

"怎么了，你好像不太开心？"薛裴看着她紧抿的嘴角，关切地问。

"没有，只是有点儿困。"

"难怪看你没什么精神。"薛裴说完，又装作不经意地问起另一件事，"对了，我前几天给你发的消息，你怎么没回？"

他到现在还有些耿耿于怀——以前他给她发的消息，除了吵架，她还没这么长时间不回复过。

她还是第一次晾他这么久，忽略得这么彻底。

"是吗？你发了什么？"朱依依装傻，靠在车椅靠背上闭目养神，"我没看到。"

薛裴笑了笑，似乎又觉得自己较这劲没必要，显得有点儿莫名其妙的。

他自嘲地勾了勾唇："算了，也没什么。"

二十分钟后，车在一家川菜馆前停了下来。

服务员领着他们去二楼的包间，薛裴走在前面推开了包间的门。

门被打开，餐桌前坐着一个长相英俊的男人，年龄看着和他们的年龄相仿，穿得西装革履的，头发喷了发胶，打理得一丝不苟，看着像是在金融街工作的精英。

听到门口有响动，男人从座位上起身迎接他们，看向朱依依时，扶了扶镜框，礼貌地冲她笑着："你好，我是薛裴的朋友，叫徐展烽。"

这场面让朱依依愣了愣。

不过很快她就反应过来了。

这一刻，她终于明白了这顿饭的目的，指甲抠着掌心的肉，掌心钝钝地疼。

这不是薛裴第一次给她介绍男朋友，或许也不会是最后一次。

她本应该感激薛裴的，因为他介绍的这些男人无一例外都很优秀，无论是从长相、学历、工作，还是谈吐来看，都不是一般人，不是她平时的交际圈里能接触到的人。

如果自己喜欢的人不是薛裴的话，她想她一定会欣然地答应并对薛裴感激涕零。

可这世界上，应该没有什么事比你暗恋的人亲手把你推给另一个人更让人难堪。

而薛裴把她推给了别人，还不止一次。

他不止一次用这样的行为告诉她：朱依依，我喜欢的人不是你。

她刚上大学的第一年，薛裴就给她介绍过一个男孩儿，男孩儿是在政法大学读经济学的。她记得那天晚上回去之后，她躲在被子里大哭了一场，枕头都湿了大半。那天夜里，她哭得眼睛都肿了，在心里暗暗发誓，她再也不要喜欢薛裴了。

可感情是不受控制的，无论喊多少口号、做多少决定都没用，心是最诚实的，她骗不了自己。

一晃那么多年过去了，一切好像又轮回了一遍。

朱依依最后选了个离门口最近的地方坐了下来。

徐展烽给她倒了杯茶，笑着说道："以前就经常听薛裴提起你，现在见到真人，好像比照片更显小一些，看起来像大学生，不像我，一看就是已经被社会摧残过了的。"

对方很客气礼貌，只是朱依依实在不知道该说什么，只回了声"谢谢"，目光看向茶杯里漂浮的茶叶，就这么静静地发了一会儿呆。

她不喜欢这样的场所，不喜欢这个地方，不喜欢被别人用审视的眼光打量。

薛裴没察觉她的异样，只觉得她的话有些少，转过头问她："你今天怎么这么拘束？是还在犯困吗？要不给你点些冻饮？"

"不用了，我喝茶就行。"

朱依依只想赶紧吃完这顿饭回家。

薛裴本来还想问下去，幸好服务员很快就上了菜，话题便又绕到了菜式上去。大家聊得还算融洽，大部分时候是薛裴和徐展烽在说。他们大概许久没见，有许多话题可聊。

从对话中，朱依依也听得出来对方有多优秀——伦敦帝国理工学院生物工程系的研究生，刚毕业就收到了国内数一数二的大公司的录用通知，前途无限。

他和她自然不是一个世界的人。

不知道他怎么会答应和她见面。

过了一阵，薛裴的电话响了，他说了声"抱歉"便出了门。

薛裴走后，气氛一时变得有些尴尬。徐展烽很健谈，但在听到她的工作和学校后，眼底还是闪过一丝失望的神色，虽然只有一秒，但她还是捕捉到了。

朱依依早就料到会是这样的结果了。虽然对方并没有做出任何评价，也没有表达出任何鄙夷之意，她却已经在心里筑起了高墙。或许是她先入为主，就像她一进门时，就已经认定他们不是一个世界的人。

她不想再和薛裴以及他身边的人有任何联系。

这顿饭好像也没必要再进行下去了，还没吃完饭，朱依依就找了个借口离开了。

她在路边打了辆出租车，一路上心情异常平静，好像什么事都没发生过一样。

回到家里，朱依依换了身睡衣倒头就睡，再醒来已经是一个小时后的事了，手机上显示有五个未接来电，全部来自薛裴。

正好，她也想和他把话说清楚。

在薛裴再一次打电话过来时，她立刻就接通了。

"怎么一直不接我的电话？"薛裴语气有些急促。

"我刚睡醒，手机静音了。"她就像在谈论今天的天气一样，语气没什么波澜。

薛裴有些无奈："我还以为你们之间发生了什么不愉快的事，所以你才急着要走。"

薛裴接完电话回到餐馆里时，徐展烽说朱依依已经离开了。薛裴赶忙给她打了好几个电话，全都无人接听，他的心一时有些慌了。如果这通电话她再不接听，他就准备去她家里找她了。

"刚才发生了什么不愉快的事吗？"没等到她的回答，薛裴又问了一遍。

他最在意的始终是她的感受。

朱依依茫然地望着天花板，很多事在脑海中打转，一幕又一幕，从以前到现在。不知想到什么，她忽然很认真地喊了声他的名字："薛裴。"

薛裴心脏忽然颤了颤："嗯？"

"下次不要再做这些没意义的事了。"天花板上有一道裂缝，从朱依依搬进来那会儿就有了。她盯着那处许久，眼睛不知怎么的有些发酸："挺没劲的。"

她说话时语气很淡，不是指责，不是质问，而是简简单单的陈述句。可只有她知道她此刻这么平静，不过是因为她的心已经成了一潭搅不动的死水，再也不会起任何波澜了。

"怎么了？"薛裴看不见她的表情，但也觉得有些奇怪，"今天发生什么事了？"

"没有。"朱依依哑声说，"不过我的事，不用你再费心了，我现在和李昼相处着，再和别人见面，心里觉得很别扭，总不能一脚踏两船不是？"

薛裴一时语塞。他没想到朱依依会这样说，觉得自己有必要解释一下今天发生的事。

"但是比起李昼，你还有更好的选择。你不需要因为家里催你结婚就随便找个人应付，这是对自己不负责任。"薛裴顿了顿，似乎怕语气过重了，柔声说道，"依依，今天是我想得不够周到，下次会事先和你沟通，好吗？"

有那么一瞬间，朱依依想对着电话那头大吼：你不要再给我介绍那些乱七八糟的人了！我喜欢的人是你，是你！

可很快，她又在心里纠正了。

因为从今天推开包间的门的那一刻开始，她已经对眼前的人彻底死心了。

她终于明白，原来当一个人对一件事真正绝望的时候，内心是那么平静，不会歇斯底里，不会大吵大闹，而是淡漠得像什么事都没发生过一样。

她从前发过很多誓，强迫自己不要再喜欢薛裴，可原来当你不爱一个人的时候，是不需要提前做决定的，你的脑子里只会出现一个声音：这个人我不要了。

她不要再爱他，不要再为他流一滴泪。

这天晚上，朱依依从书桌的抽屉里找出了她复读那年薛裴写给她的全部信件，信笺上的邮戳还盖着"北城大学"四个大字。

那一年是她和薛裴分开最久的一年。他在北城开始了他的大学生活，而她在桐城专心备考。她没带手机回学校，他便写信给她。

这一年，薛裴给她写了八十七封信，她记得很清楚。

在人生最迷茫的那段时间里，她曾把这些信件当成她全部的精神寄托，当成她通往未来的船票。多少个复读难熬的夜晚，她都是靠这些文字支撑过来的。

但在这天晚上，她把这些信件全部烧了。

打火机点燃了纸张，钢笔字迹渐渐被火焰吞噬得一干二净。

灯光下，她望向这些正在燃烧的纸张，里面的每一个字、每一句话，都曾经深深地刻在她的脑海里——

"展信悦。昨天北城下了第一场雪，铺天盖地都是白色，颇为壮观。宿舍门口不知谁堆了个雪人，我越看倒觉得越像你。我想大概是我离家太久，有些想家了。你呢？最近有没有想起我？

"对了，我顺带给你寄了几本书，一些重要的题目和最简便的解法都已经标注好了，你记得看，祝一模考试顺利。

"这几天我一直期待你会怎么回信，可过了好几日都没收到信。后来我想你总是没心没肺的，还以为你不会回信了。昨天我舍友把信拿给我，说实话，收到你的来信，我很惊喜，也很意外。不过看到你的字，我好像更加想家了，还是第一次和你分开这么长时间。

"你寄给我的信件，我会好好珍藏。等到很多年以后，我们一起回看这些信件，我想这大概会是一件很有趣的事……

　　"展信悦。我上周去云城参加竞赛了，所以现在才收到你的信。竞赛很顺利，拿到的奖金给你和阿庭买了些好吃的东西，你们收到了吗？不过吃太多的甜食也不好，我不在，你要管着自己些。

　　"前几日我打电话回家，阿姨说你学习很用功，真希望时间可以走得再快点儿，真希望你能快点儿考到北城来……"

　　压抑的哭声在这个安静的夜晚里响起，火光在她的眼眸中跳跃，当信件即将燃尽时，她终于抹干了眼角上的最后一滴泪。

　　在接下来的一周里，朱依依没有再为此前的事情难过一秒钟。她照常上班、下班，挤地铁、公交，在这个城市里渺小而没有存在感地活着。

　　当她真正放下薛裴后，许多事情变得简单起来了。再收到薛裴发过来的消息时，她已经异常平静，心里掀不起任何波澜。

　　她没有刻意远离薛裴，只不过他的消息，常常懒得回复了。他约她见面，她也常找理由推托。没什么别的原因，不过是溃烂的伤口刚长出了新肉，她没必要急着撕开那层薄薄的皮。

　　放下了十年来的执念，朱依依确实觉得生活好像自在了许多。

　　她想起高中的时候，她在作文素材本上看到过一个故事，印象很深。

　　那故事讲的是一位登山者，一直以来都以登上那座最高的山峰为他毕生的信仰。他以朝圣的心态来到山脚，一刻不停歇地往上爬着。无数个日日夜夜，他风餐露宿，栉风沐雨，不曾懈怠，可吊诡的是，那座山好像越来越高，云层越来越缥缈，一眼望不到尽头。

　　即便如此，他依然决定用这一生去征服这座山。

　　就这样不知道走了多久，有一天，精疲力竭的他走到半山腰处，停下来回头看了一眼，望见了自己来时密密麻麻的脚印，望见了山脚葱郁的风景。他低头，瞧见了自己满是皱纹的皮肤。

　　他已经变得苍老，而那座山仍然如来时一般遥不可及。

　　就在这一刻，他忽然与自己和解了。

　　他想他的人生不该浪费在这座山上。

　　就把这里当作终点吧，在下山前，他这样告诉自己。

　　朱依依觉得她现在就是那位登山者。

她与自己和解了，与曾经那十年的光阴和解了。

或许因为从心底里放下了许多事情，和李昼相处时，朱依依再也没有从前那些心理负担，相处起来反而轻松了许多。

他们在微信上闲聊、问候、互道晚安、分享每天的见闻，关系越来越熟稔。李昼请她到家里做客过几次，她一开始有些拘束，吃饭时菜也不好意思夹，后来也渐渐放得开了，有说有笑的。

这天早上，朱依依一起床就去了菜市场买菜。她今天约了李昼来家里吃饭。她之前就答应过他要给他做一顿好吃的饭菜，现在终于到了兑现诺言的时候。

她不知道李昼喜欢吃什么菜，便在市场里看到合适的东西就买了回来，等回到家后，才发现她买的全是薛裴爱吃的东西。

意识到这件事，朱依依顿时感觉像吃了只苍蝇似的，有些犯恶心。她将客厅的音响开到最大，企图让音乐侵占所有的注意力，让她不要分心再去想别的事情。

她煮了三菜一汤，不算丰盛，刚好是两个人的分量。她刚把菜端到客厅里，李昼就到了。

两个人坐在餐桌边吃饭，李昼很给她面子，对每道菜都赞不绝口。朱依依被夸得都有些不好意思了，一时不知道该说什么，耳根红红的。

她向来不太习惯别人的夸赞——李昼这样夸她，她开心得恨不得每个周末都喊他过来一起吃饭。

吃完饭，两个人坐在客厅里看了一部电影，是刚下映不久的一部喜剧片。

电影的笑点很密集，朱依依是个笑点低的人，但没想到李昼的笑点比她的还要低，两个人笑得一次比一次大声，坐得也越来越近。朱依依伸手去捞枕头却一不小心碰到了李昼的手，两个人都愣了愣，气氛顿时变得有些暧昧。朱依依慌乱中把手缩了回去，而李昼刚想伸出的手便这样落了空。

喜剧片看的就是个氛围，朱依依觉得自己好像很久都没这么开心过了。

她忽然想到如果此刻是薛裴在她旁边的话，他只会皱起眉头，审视地看着她的脸，调侃："怎么总喜欢看这种没营养的电影？难怪现在烂片的票房那么高，看来朱依依同学应该对此负点儿责任。"

朱依依想到这里，表情变了变，笑容凝固在嘴角上。

李昼问她："怎么了？"

意识到自己走神儿了，朱依依摇头说："没事。"

因为李昼晚上还要回公司加班，看完这部电影就要走了。朱依依之前就听说医药代表的工作很忙，现在接触下来发现确实是这样，李昼周末加班到凌晨都是常有的事。

李昼走后，她把李昼带过来的水果都摆在了冰箱里，花瓶里的花也换上了李昼带过来的玫瑰。

看着满冰箱的水果，朱依依好像能明白她爸妈常说的"过日子"是什么意思了，平平淡淡，不轰轰烈烈，不浪漫，全是柴米油盐的细节，但相处起来很自然。

在这方面，她和李昼确实很"合适"。

自那以后，朱依依和李昼更是频繁地见面，周末一起吃饭、逛街、看电影，就像大街上所有普通的情侣一样，虽然李昼自始至终没有捅破那层窗户纸，也没有要求朱依依给出一个明确的答案。

或许他是想给她时间适应和思考，所以把决定权交到了她手上。

有段时间，他们几乎是一天见一次面。

临近年底，正是电商行业赶业绩的时候，朱依依晚上要加班赶方案，李昼就煮好饭送到她的公司楼下，等她下班又过来接送她回家。

朱依依之前没谈过恋爱，还是第一次享受这种待遇。

说实话，她曾经羡慕过办公室里的同事。下夜班后，同事都有男朋友接送，而她只能在包里随时准备防狼喷雾，以免路上遇到危险。

她的手机的快捷键存的是薛裴的电话号码，薛裴以前也说过如果她加班到太晚，记得给他打电话，他会过来接他，可她心里也清楚，她不会拨打这个电话，也不会深夜吵醒他，让他开一个半小时的车过来接送她回家。

因为李昼平常没事就往朱依依的公司跑，给她送午饭、晚餐的，有一回知道她衣服带少了，天气又突然降温，还给她送了件外套过来。二人在楼下被朱依依的同事撞见，一来二去，办公室里的人都认识他了。

有一次下班的时候，朱依依恰好和芳姐坐的同一班电梯。芳姐打量了她几眼，好奇地问她："那个小伙子又来接你下班啦？"

"嗯，在楼下。"

芳姐凑近，半掩着手在她的耳边小声说道："有句话我也不知道该说不该说，那小伙面相看着真不太好，一看就是个没福气的人，以后发达不了的，小心眼儿多得很，还不如我上回说要给你介绍的那个人。真的，你别不信……"

朱依依对这话左耳进右耳出，敷衍地应了几声，一出电梯就装作打电话越走越快。

芳姐叹了一口气："唉，这孩子不听劝哪。"

北城今年的冬天比往年都要冷上一些。

道路两旁的枝杈上挂着昨夜尚未消融的积雪，路上行人都裹上了厚重的羽绒服，呼气间带出长长的白气。天气预报显示，接下来的一周还会持续有冷空气入侵，请大家备好冬衣保暖。

傍晚，薛裴从工作室里走出来，前往地下车库取车，刚走到入口处就听见身后传来一阵熟悉的说笑声，吵吵闹闹的，你一句我一句，充满了年轻人的活力。

他回过头看去，原来是周时御带着工作室的一帮小朋友正朝车库的方向走过来，一行人准备去附近的一家餐馆吃火锅。

还隔着段距离，小肖就发现了薛裴，朝他招手："老大，我们准备去吃火锅，你也一起来吧！"

李深拍了拍小肖的肩膀："赶紧去把老大喊过来，最近天这么冷，人多点儿吃火锅才热闹。"

"人多热闹是假，喊老大过来买单才是真。"

"说啥呢你，非要拆穿我吗？"

几个年轻的小伙子推推搡搡的，说笑间已经走到了薛裴跟前。周时御靠在车身上，朝薛裴笑了笑："怎么样？晚上有没有事？没事就跟我们一块儿去吃火锅呗，咱俩也好久没和大家一起聚了。"

薛裴看了一眼时间，问："几点结束？"

"八九点吧，你有事可以先撤。"周时御打趣道，"怎么？晚上还有约啊？"

薛裴点头，应了一声。

今天是冬至，他晚点儿打算去朱依依的家里。往年的这一天，他们两家人都会在一起吃汤圆，即便是工作以后这样的习惯也没改变，他和朱依依通常会聚在一起，给家里打视频电话。

"这还不简单？一块儿喊她过来吃火锅得了，最近也没怎么见到她，刚好聚一聚。"周时御也认识朱依依，从大学那会儿就知道她是薛裴的发小，一点儿没把她当外人，"我记得朱依依不是很能吃辣嘛，喊过来和我们阿七比试比试。"

阿七听见这话缩了缩脖子，双手合十："别了，别了，求放过，我再也不说我是四川人了。"

薛裴被逗笑，弯了弯嘴角，想起最近朱依依确实很少来他们公司走动了，便给她打了个电话，可一直是忙音，无人接听。

路上等红灯的间隙，他给朱依依发了条消息："今天我们公司聚餐，你要不要过来一起吃火锅？"

半个小时后，他们已经在包间里坐下了，朱依依还是没回消息。

食材摆了满满一桌，火锅底料被端了上来，"咕噜咕噜"地往外冒着热气，不一会儿香味就在屋里弥漫开来。餐桌上气氛热烈，大家都在插科打诨开着玩笑，周时御看见薛裴拿着手机、蹙起眉头不知道在想些什么。

"怎么？朱依依还没回消息？"

"嗯。"薛裴把手机反扣在桌面上，"可能在忙。"

话虽然这么说，可薛裴也察觉到了一丝不对劲。

最近朱依依好像越来越少联系他了。有时候他给她发消息，她也是隔了半天才回那么一句，匆匆地聊了几分钟，就找借口结束话题了。

昨天她在朋友圈里发了一张堆雪人的照片，他评论了一句，至今也没收到回复，也不知道她在忙什么。

"最近好像很少看到她啊，之前她还常来我们公司的，我还和她开玩笑说她是我们衔时工作室编外组成员。"周时御忽然反应了过来，咧开嘴笑道，"你说她最近是不是交男朋友了，她上次不是说去相亲了吗？"

薛裴拿起茶杯的手顿了顿，随后沉声说道："别乱猜。"

"要不你待会儿问问？我觉得很有可能，看她最近的朋友圈，真挺像那么回事。"

薛裴语气笃定地说："不用问，不可能。"

"你这么肯定？"

"嗯。"

薛裴也不知道为什么，就是很笃定朱依依和李昼不可能在一起，许是一种发自内心的直觉，出自他对她的了解。李昼显然不是一位理想的伴侣，也不是朱依依会爱慕的类型。

周时御涮了一片毛肚，蘸了满满的酱汁，一口塞进嘴里，说道："你别说，虽然你一直否认，但我以前还真怀疑过朱依依是不是喜欢你呢，毕竟喜欢你的女孩儿那么多，而且她对你是真的好。大学那会儿，她就经常来学校找你，还给我们宿舍每个人都带了自己做的糕点，你还记得不？"

薛裴当然记得，回想起这件事，眼里含笑。

大学那会儿，她不知在哪个烘焙坊做兼职，学会了做手工糕点。大概是想给他露一手，好几个周末她来学校找他都带上了自己做的糕点，手工曲奇、桂花酥、肉松蛋糕，什么都有，做得很精致。

他其实不太爱吃甜食，有一次便将东西带回了宿舍，还没开始吃，就被周时御和另一个舍友吃得一个不剩。

朱依依不知道从哪里听说了这件事，下次来的时候还特意多做了一罐，说是给他的舍友带的。

"大学那会儿，她还经常来学校里看你打球。有一次你不是被法学院的那谁恶意撞伤了吗？膝盖都流血了，你被扶着去医务室的时候，她跟在后面眼泪汪汪的，看得我都心疼了。"

薛裴愣住，神色茫然："那天她也在？"

"原来你不知道啊？"周时御一脸惊讶。

"她没有和我提起过。"

"她那会儿还跑到外面给你买了药——那几管药膏就是她买的。她说那个药膏药效快，让我记得提醒你要上药。"

薛裴一时有些触动。他一直以来都知道朱依依对他有多好，可原来在他看不到的地方，还发生了这么多事情。

薛裴还沉浸在回忆里，又听到周时御说："你知道从她的学校到我们学校要多久吗？我上个月去找朋友玩，刚好路过那里，开车都得三个钟头。她要是坐公交、地铁过来，来回估计都得好几个小时吧……

"所以说啊，你们俩的感情是真的好，不是亲人胜似亲人，我亲妹妹对我都没那么暖心，整天就知道气我。"

薛裴心里有种异样的情绪翻涌，在这个寒冷的冬夜里，心好像突然被暖了一下。

"老大，你们在聊啥呢？怎么光说不吃呀？"阿七见薛裴都没有动过筷子，起身催促道。

薛裴招来服务员买单。

"我先走了，你们吃。"

说完，他拿起挂在门口的衣架上的大衣，急匆匆地出了门。

在这个夜晚，薛裴突然想念起朱依依做的曲奇——那个味道，他很想再尝一尝。

窗外寒风呼啸，还下着小雪，幸好屋内开了暖气，所以并不算很冷。

朱依依盖着毛毯靠在沙发上织着围巾，藏青色、斜条纹、男款，织了大半个月，快织好了。

这是她给李昼准备的圣诞礼物，也不知道他会不会喜欢，不过他一贯喜欢穿深色的衣服，想来藏青色应该不会出错。

朱依依正想着，忽然就听见有人敲门，还以为是住在对门的邻居来借东西。前段时间对门新搬来一个刚毕业的女孩儿，性格有点儿大大咧咧的，东西还没添置全就住了进来，时不时就会过来找朱依依借东西，有时候是酱油和醋，有时候是洗发水、沐浴露。

朱依依没多想就把门打开了。

寒风夹杂着冷意侵袭进屋里，男人大衣上还落着未融化的雪粒，明明寒意瘆人，却衬得他的眉目那样温柔，有种温润的贵气。

外面的雪下得这么大吗？朱依依想。

不过她只看了来人一眼，就收回了视线。

"原来你在家。"薛裴抬眼望向她，眼里闪过一丝意外之色。

室外实在太冷，朱依依冷得吸了吸鼻子，问道："这么冷的天，你怎么跑过来了？"

"我以为你在公司里加班，去了一趟，可他们说你很早就下班了。"

薛裴嘴角含笑，明明今天晚上没喝酒，可那双桃花眼好像有了醉意似的，格外撩人。

"你去我的公司了？"

"嗯，谁让你不回我的消息？"

"你发消息了？"朱依依疑惑，掏出口袋里的手机，黑屏的，好像没电了，"自动关机了，没看到。"

门半掩着，朱依依一直站在门口，好像没有让薛裴进屋的意思。

他挑着眉问她："不请我进去坐坐？这么冷的天，我们要在门口继续聊下去吗？"

停顿了几秒钟，朱依依才点头说了一句："进来吧。"

薛裴看穿了她犹豫的样子，轻笑了一声，忽然伸手揉了揉她的头发，就像在安抚一只闹情绪的小猫。

"我最近是不是惹你生气了？你怎么好像不是很待见我？"薛裴开着玩笑，边说边把大衣脱了下来，"请问我还有补救的机会吗？"

从前也有过这样的情况，朱依依只要一生气就不接薛裴的电话，不回他的信息，把他整个人晾得彻彻底底，但这一次他总觉得有微妙的不同——她对待他有显而易见的疏离感，似乎要把他隔离在交际圈之外。

可他甚至不知道自己做错了什么。

朱依依："我没什么好生气的。"

薛裴仔细地看着朱依依的表情，似乎不信："但你已经好几次没接我的电话了。"

不想继续这个话题，朱依依问起他的来意："大晚上的，你过来找我有事吗？"

"今天是冬至，你忘了？"

薛裴眉头微皱，似乎不敢相信朱依依竟然忘记了这么重要的事情。

在他们的老家，冬至是一个很重要的节日，重要程度仅次于春节，她从前都会提前几天问他想吃什么菜，然后他们一起去超市准备食材。

可今年，她安静得像什么都没发生一样。

朱依依确实是忘记了，或者说是从潜意识里就过滤掉了这个信息。

她把正在充电的手机按下开机键，原来薛裴在来之前就给她发了好几条短信，还有吴秀珍也在群里戳了戳她的头像，问她和薛裴吃汤圆了没。他们两家人有一个微信群，叫"相亲相爱一家人"，薛裴半个小时前在群里回复吴秀珍说正要去找她，到了再和他们打视频。

朱依依的脸色沉了沉，她从房间里随手拿了件外套穿上："那我下楼去超市买汤圆，不过现在只能买到速冻的了，将就着吃吧。"

薛裴抬了抬下巴，示意她看向桌面上放着的纸袋。

"我来的时候买了，你爱吃的那家的汤圆。"

朱依依这才留意到薛裴来的时候拎着一个灰色纸袋，纸袋上写着"春楹食堂"几个字——是她常去的那家店。

路上风大，打包过来的汤圆早就不热了，朱依依伸手接过纸袋："嗯，我去加热一下。"

厨房里，朱依依打开电磁炉，把汤圆倒进锅里加热，又从壁橱里拿出两个干净的碗放在一旁。锅里水开的声音响起，朱依依看着升腾而起的热气发了一会儿呆，好像什么都没想，又好像什么都想了。

薛裴在客厅里坐着，倒是有了意外的发现。

沙发上有一条织了大半的围巾，藏青色、男款，是他喜欢的款式。他弯了弯嘴角，想着这应该是朱依依给他准备的新年礼物。大学的时候朱依依也给他织过一条围巾，黑色格纹的，他很喜欢，戴了很多年，现在还挂在衣橱里。

他瞬间了然了——原来近来她是在忙这个，他还以为她是在生他的气。

为了不拆穿这份惊喜，薛裴装作没有看见，把围巾放回了原处，并用毛毯盖上了。

惊喜，不该被提前知道。

朱依依端着汤圆走出来，看见薛裴嘴角带着笑，心情好像很不错，一下有些莫名其妙。

她刚坐下，薛裴就给家里打了视频电话。

家里果然很热闹，两家人都聚在餐桌前，薛阿姨对着镜头给朱依依展示她包的汤圆，红豆馅儿的，特别好吃。

薛阿姨对着汤圆一通夸，薛叔叔反而不识趣地在旁边拆台，说这汤圆甜得他糖尿病都要犯了。薛阿姨狠狠地瞪了薛叔叔一眼，下一秒的视频里，他已经被挤出了取景框。

朱依依和薛裴同时笑出声来。

那头吴秀珍接过手机，给朱依依看桌上摆得满满当当的菜，好几样都是朱依依爱吃的。朱远庭一边吃一边问她和薛裴什么时候才放假回家，说他自己在家里好无聊，没人陪他玩。

吴秀珍用筷子敲了一下朱远庭的头："天天就知道玩，都快期末考试了，你姐还要上班呢，哪里能天天回家陪你玩？"

看着这一幕，朱依依忽然有些想家，鼻子酸酸的。

朱远庭撇了撇嘴，又说："薛裴哥，我最近努力学习了，你答应我的礼物，不会忘了吧？"

薛裴笑道："当然没忘。"

"我这一次一定会考到年级前五名的，你相信我！为了最新款的电脑，我拼了！"

朱远庭一下来了斗志，饭才吃到一半就去书房学习了，碗就这么扔在那里。

吴秀珍一脸恨铁不成钢的表情，对着他的背影说道："你这孩子，怎么好意思让薛裴给你买礼物的？他给你买的东西都堆满房间了，多浪费钱哪，真的是……"说罢，她又对着薛裴说："对了，最近天冷你们记得多穿点儿衣服去上班，别冻着了。你和依依在外地要多注意身体，互相照顾，知道吗？"

"嗯，阿姨，你放心，我会照顾好依依的。"薛裴说着望向朱依依，眼神里的恳切之意和以往一样。

挂断电话后，朱依依想了想，觉得吴秀珍说的话也不无道理。

"你平时别老惯着朱远庭，学习是他自己的事情，总不能每次都用奖品来激励他。虽然我们两家关系好，但你对他这么好，我妈觉得很有负担的……毕竟你是你，我们是我们。"

最后一句话很耐人寻味。

薛裴神情严肃了起来："我一直当阿庭是我的亲弟弟，有些事情不用分得那么清楚。我们从小一起长大，你和阿庭就像我的亲人一样，我不觉得这有什么。"

斟酌了几秒薛裴话里的意思，朱依依莫名其妙地笑了笑，只是这笑容多少有些讽刺。

这些年薛裴对她这么好，大概就是因为如此。也是，很早之前她就明白这个道理了，只是之前还一头扎进泥潭里走不出来，现在反倒看清楚了。

客厅里的电视机里正放着八点档的狗血剧，朱依依一边吃着汤圆，一边兴趣盎然地看着，旁边的薛裴却忽然开口。

"刚才我们聚餐的时候，周时御突然说起一件事。"

"什么？"

"大学的时候，有一次我在篮球场上受伤了。我刚听周时御说原来那天你也在？"

朱依依闻言勺子一顿，霎时间没了食欲。

她想起多年前的那一天，自己担心得一晚上没睡着觉，凌晨三点还在网上搜索韧带断裂会不会留下什么后遗症，现在想想，自己还真是挺傻的。

朱依依拿过纸巾擦了擦嘴，问道："你们怎么突然聊起这个？"

"就是突然提起了。他还说你大学的时候做的曲奇很好吃，很想念那个味道。"薛裴意有所指道，"说起来，我也很久没尝过了，你周末做给我吃，好不好？"

薛裴那后半句话尾音上扬，带着笑意，听起来像撒娇，让人难以拒绝。

薛裴平时极少用这种语气对别人说话，也只有对着朱依依时才会露出这一面。

可朱依依眼皮都没抬，拒绝得很明显："没时间做了，最近很忙。"

薛裴敛住了笑意，貌似不经意地问："最近在忙什么呢？"

他终于问出了这个盘桓在心里许久的疑问。早在一个月前，他就想这样问她了。

她忽略他的短信的时候、敷衍他说要去休息的时候、周末他约她吃饭她说没空的时候，都在做什么？

可这一回，他得到的仍旧是含糊不清的回答。

朱依依回答的是："忙着生活啊。"

时候不早了，薛裴从朱依依家里离开。

他走的时候，朱依依只送他到门口，没有下楼。

往常她都会送他到楼下的，可今天只走到门口便向他挥了挥手。

不过薛裴也没有太在意，她身上还穿着单薄的家居服，外面天气冷，确实不该让她再送他到楼下。他担心她会被冻感冒。

朱依依正准备合上门时，薛裴却忽然想起了一件事，停住了脚步。

朱依依以为他落了什么东西，正准备回屋里拿给他时，却听见他问了一句："你之前发的那张照片，有什么特别的含义吗？"

他后来看着那张照片想了很久，都没有头绪。

"什么照片？"她没听懂。

"楼下那盏灯的照片。"

朱依依反应过来，知道他问的是什么，却只敷衍地回了一句："前段时间灯坏了，一直没人来修，不过那天忽然亮了。"

薛裴还等着朱依依的后半句话，她却好像已经把话说完了。

薛裴挑了挑眉："就这样？"

"嗯，就这样。"

知道朱依依是在敷衍自己，薛裴从烟盒里摸了根烟，没有点，只拿在手上。

他低低地笑了一声，说："你怎么没告诉我？我可以帮忙。"

朱依依觉得好笑："你会修吗？"

"可以会，"薛裴瞳孔颜色很深，眼里藏着笑意，在灯光的映照下有种迷人的慵懒性感的气息，"没有什么事是我学不会的。"

他扬眉望向朱依依，那得意的神情倒和高中时候意气风发、自信满满的薛裴的样子重叠在了一起，让朱依依有些恍惚。

高二那会儿隔壁班来了一个转学生，听说成绩很优秀，拿过很多国家级竞赛的奖。大家都说薛裴的第一名可能要被抢走了，薛裴本人却好像没当一回事，似乎没有任何危机感。

她为了这事还特意问过他，让他要多注意点儿。

他当时也是这样的神情，眼神坚定地望着她，说："依依，你相信我吗？我会一直是第一名。"

朱依依还没回过神，薛裴却忽然笑了笑："你最近是不是有什么事瞒着我？我总觉得你好像有些不一样了。"

朱依依望着眼前的男人，脸上没什么表情，淡淡地说："人总是会变的。"

薛裴没听出这话语有什么不对劲，反而走近了一步，伸手捏了捏她的脸："不管怎么变，你都是我最亲近的人。"

朱依依半边身子僵了僵。

"以后有事就找我，别闷在心里，你小时候可是恨不得什么问题都告诉我让我帮你解决，长大了倒是学会逞强了。"

"不早了，你快回去吧，我要睡觉了。"

朱依依说完这句话就关上了门，动作之利落让薛裴都愣了愣。

他没好气地笑了笑，走下楼梯，恰巧有个喝得烂醉的男人扶着墙壁上楼，走得东倒西歪的。走道很窄，那男人经过时不小心碰到了薛裴的肩膀，那双不清醒的眼睛望了薛裴一眼，嘴里哼哼着说了句道歉的话，又醉醺醺地上楼了。

男人走后，空气里还弥漫着那股难闻的酒气，薛裴皱了皱眉。

经过楼下的垃圾桶时，薛裴把身上的西服脱了下来，扔进了垃圾桶里。

被碰脏的衣物，他不会再穿第二次。

转眼想到朱依依住在这种治安都无法保证的出租屋里，薛裴隐隐有些担忧。

他想让朱依依搬离这里，可知道她不会愿意。

他以前曾给朱依依找过一处住所，离他住的公寓很近，走路不过五分钟，交通、生活设施都很便利。他已经提前付了一整年的租金，也添置了新的家具，可没想到的是朱依依并不愿意搬进去。

那一次，他们有过短暂的争吵。他不能理解的是为什么她宁愿住在安全都无法保证，甚至雨天还会漏水的城中村的屋子里，也不愿意搬进他选好的地方。

朱依依当时说的是："我现在有工作，有收入，我的收入水平决定了我就只能住在这样的地方。如果你觉得这地方环境太差了，不要过来找我就是了。"

薛裴无奈地说道："你知道，我不是这个意思。"

"而且我住的房子，为什么要你出钱？"

薛裴被问住了。

因为在他看来，他和朱依依之间是不分彼此的，就像最亲近的家人一样。

他一直以来都想对朱依依好，尽他所能地对她好。

因为朱依依在他的人生里占据了很重要的位置，比任何人都重要。

他人生里的每一个重要的日子，她都在他身边，他的每一个生日、每一个新年、每一个重要的时刻，都是她陪他一起度过的。

高中那会儿他去外省参加竞赛，朱依依总是表现得比他还要紧张。有一次他去晋城参加化学竞赛，比赛的前一天，朱依依打电话过来问他紧不紧张。他那时不知怎么开了个玩笑，说："如果我说紧张的话，你要过来给我加油吗？"

那不过是随口说的一句玩笑话，可第二天早上，他打开房门，看见朱依依就站在他的房间门口，拖着一个半大的行李箱，眼睛弯弯地冲他笑着。

那年她才 16 岁，为了他的一句话，拿着五百块压岁钱独自坐火车去了几百公里外的城市——那是她第一次独自出远门。

他在考场里面考试，她就在学校门口等他，瘦瘦小小的，背着个大书包坐在树荫下打着瞌睡。

他从考场里走出来看到这一幕时，心想：他永远不会忘记这一天。

毕业的第一年，他和周时御创立的工作室刚步入正轨，那段时间他的工作压力很大，经常应酬喝酒，喝出了一身病。有一次半夜他胃病犯了，疼得直冒冷汗，给朱依依打了个电话，她连夜就从城北打车过来照顾他。

他第二天醒过来的时候，看到朱依依的眼睛里全是红血丝，她像是一宿没睡，又像是哭红了眼。

当下愧疚与感动的情绪在心里交织，他想：下次无论如何也不能再让她为他奔波劳累，为他担心了。

"你真的要这么辛苦吗？那么多大公司抢着要你，你不用那么辛苦也可以过得很好的。"她问他。

知道朱依依是在心疼自己，薛裴柔声解释："我在做我认为有价值的事情，所以不辛苦。"

朱依依沉默了，没再说话。

他本以为朱依依会继续劝他的："怎么不劝我了？"

她想了一会儿，说："反正你做什么事，我都支持你。"

现在他想来，他的人生里每个需要她的时候，她都在他身边。

她给了他最长久、最炽热、最真诚的爱，但唯有这一点，他无法回应她。

他知道他极其自私——享受着她的偏爱，享受着她无条件地对他好，明知道自己无法给予她同等的回应，因为他对她没有男女之爱，只有亲人之爱。可他又不愿意戳穿这一切，因为他需要她。

他不能想象没有她在身边的日子，所以不能捅破那层窗户纸。

他不希望改变现有的关系，也不希望打破现在生活的平衡，所以一直以来，他只能当作什么都不知道。

元旦，朱依依把织好的围巾送给了李昼。那天氛围正好，餐厅里的灯光昏暗又暧昧，衬得两个人之间的气氛有些旖旎。

也是在这一天，他们正式在一起了。

李昼送给她的礼物是一对情侣戒指。

意思已经很明显了，她没有理由拒绝。

她不知道这样算不算节奏太快，但成年人的爱情，或许跟工作一样讲求效率，讲求投入产出比。李昼这段时间为她付出得够多了，她想她也是时候给予一些正面的回应了。

虽然他们对彼此都谈不上喜欢，更谈不上爱，但合适就足够了。

或许她早就应该尝试一段正式的恋情，那样就不至于被困在死胡同里那么多年了。

周茜对他们在一起的事情没有感到丝毫惊讶，好像早就预见了这一天的到来。

她在微信上调侃："给你们的份子，我准备好啦。没想到最后你竟然和学委成了，也是挺魔幻的，班里的人要是知道这件事，肯定要被吓一跳。"

朱依依生怕周茜到处乱说，连忙回她："先别告诉其他人，免得传得到处都是。"

周茜："对了，那薛裴知道这事了没？到时候你和李昼结婚了，记得让薛裴随份子随个大的。"

朱依依手指一顿，回复："他还不知道。"

周茜："你咋不告诉他？你们俩关系这么好，你脱单了，他肯定比谁都高兴。"

朱依依看着这条消息发了一会儿呆。

她在微信上回复："等过完年吧，到时候大家一起出来吃顿饭。"

跨年夜，朱依依和李昼去了市中心看烟花表演。室外的气温低得快要结冰，人流量却一点儿都不少，节日气氛很浓厚，李昼还特意戴上了朱依依送给他的藏青色格纹围巾，虽然看上去不是那么合适。

李昼肤色比较暗，藏青色的围巾衬得人没什么精神。朱依依想着下回给他织一条颜色明亮些的围巾，或许更适合他。

回家的路上，李昼主动地牵上了朱依依的手。温热的触感通过手心传递，朱依依心里头有根线好像被扯了一下，有种异样的感觉在胸腔内乱窜。她不知道这是不是心动，但心里确实有种踏实感。

两个人沿着江堤走了好一阵，烟花在头顶上绽开，朱依依一直没有查看手机，以至没发现在一个小时前，薛裴曾给她打了好几个电话。

薛裴是从一个商业宴会上赶过去的。尽管他一晚上滴酒未沾，但身上不免还是染了些酒气。

今晚的宴会对他来说很重要。他找不到理由推托，只能应约。等到宴会结束，他开车来到朱依依家楼下时已经是晚上十一点了。

天气很冷，但他的心是热的。

在去朱依依家的路上，薛裴很认真地想了想，这大概是他和朱依依一起度过的第二十个跨年夜。他还记得很多年前，朱依依送给他的一件跨年礼物是一个她用过的铅笔盒，美少女战士的，里面还贴着花花绿绿的贴纸。她说那是她最喜欢的文具，所以想送给他。

薛裴想到这里，眼里有了些笑意。

他以为如同之前每一年的跨年夜一样，朱依依已经在家里等着他，只是到她家后才发现她的房间里的灯还是暗的。

他敲了敲门，人不在。

他接连打了几个电话都无人接听后，这个夜晚突然变得静默又漫长。

薛裴站在朱依依的出租屋前的树下，静静地点了一根烟，等待着她回来。

可临近十二点还是没有任何消息，薛裴给周茜打了个电话，以为朱依依这时候应该和周茜在一起。

周茜这会儿正在酒吧里蹦迪，听完薛裴的话后，意味深长地笑了笑。

"依依没和我在一起呀。这么重要的日子，她怎么会和我在一起呢？只有我这种孤家寡人才会在外面晃荡。"

薛裴不懂她的言外之意，问道："她去哪儿了？这么晚了还不回家？"

"她啊，今晚肯定是去约会了，刚才还给我发了照片在市中心那里看烟花表演呢。”

"约会？"念出这两个字时，薛裴不自觉地皱了皱眉头，"和谁？"

"李昼啊。"周茜在电话那头笑得很开心，薛裴隔着屏幕都能感受到她的喜悦之情，"依依和李昼在一起了，你还不知道吗？"

有那么一瞬间，薛裴的大脑是空白的，像是缺氧之人，薛裴失去了所有的思考能力，"刺刺"的电流声贯穿耳膜，每根神经都随之绷紧了。

他不知道是什么时候挂断电话的，脑子里只剩下周茜刚才说的那句话——"依依和李昼在一起了。"

这句话里的每一个字都让薛裴感到陌生。

迷茫、困惑、烦闷，甚至是愤怒，种种情绪涌了上来，心脏处压迫得他有些喘不过气来。

他还是第一次出现这样的情绪。

朱依依怎么会和李昼在一起了？她……不是喜欢他的吗？

薛裴手中的烟已燃尽，烟灰落到地面上的那一刻，他的目光停留在了不远处的路灯下——

冬夜里，有一对情侣正在街灯下相拥。雪落肩头，两个人却丝毫未觉。

而那个男人的脖子上围着的，正是他在朱依依家中看到的那条藏青色围巾。

薛裴突然有种感觉，这可能是今年最冷的一天。

第四章
电灯泡

路灯下，人影成双，漫天风雪都成了浪漫故事的背景。

而薛裴独自在雪地里站着，时间仿佛是静止的。

最先发现薛裴的是李昼。李昼扶了扶镜框，松开环绕在朱依依后背上的手，眼中闪过一丝意外之色："依依，我好像看到薛裴了。"

朱依依微皱眉头，下意识地转过身去。

她与薛裴四目相对的瞬间，有雪花落在肩颈处，她的心莫名其妙地颤了一瞬，像钢琴突然被按下了一个重音，又戛然而止，只留下一个慌乱的颤音。

不过很快，意外的情绪就消失不见了，原本她也打算过两天就告诉薛裴这件事的，现在看来，不过是将计划提前了。

朱依依和李昼向薛裴走了过来，而薛裴在风雪夜里又点燃了一根烟，火舌蹿出的瞬间，映出了一张英俊又脆弱的脸，打火机在他的指间转动，像是一种无聊的、虚张声势的掩饰行为。

当朱依依站在面前时，薛裴早已面色如常，方才迷茫、慌乱的情绪已经从脸上被抹去，没剩任何痕迹。

走近了，朱依依才看见薛裴被冻得通红的手。

"你来很久了？"

薛裴嘴里还叼着烟，略显痞气，含糊地说道："有一阵了。"

在朱依依问出下一句话前，他又说："给你打电话了，你没接。"

他用的不是埋怨的语气，而是陈述句，在这个时候，语气越是平铺直叙，越是容易让人感到愧疚。

朱依依掏出手机，这才看到手机里密密麻麻的、长达一页的未接电话提醒。这回，她是真的没看到。

李昼挠了挠头，替她解释："刚才外面烟花声音太大了，依依应该没听到。不好意思啊，让你等了这么久。要不你进屋坐坐吧，上去喝点儿热乎东西暖暖身子。"

李昼话里的熟稔感让薛裴弯了弯嘴角，只是那笑是冷的。薛裴的目光在朱依依的身上停留了许久，最后他点了点头："嗯，我抽完这根烟就上去。"

李昼："行，那我们先进屋啦。这天儿太冷了，恐怕都零下几摄氏度了，我怕待会儿依依被冻感冒了。"

朱依依看了一眼薛裴两指间夹着的香烟，没说话。李昼已经牵起她的手往楼上走去，一路上两个人还在谈论着方才的烟花表演有多精彩。

薛裴望着他们的背影，缓缓地吐出一个烟圈。

不知怎么，这一刻他倒是想起许久之前，朱依依说过李昼有一个优点，就是不抽烟。

薛裴是抽完那根烟才上楼的。

门锁着，是李昼给他开的门。

薛裴刚走进门，李昼就指着沙发那处，对他热情地笑道："进来随便坐，不要客气，我给你倒杯热水暖一暖。"

说完，李昼转身就去了厨房，看样子对这房子的布局很是熟悉，比他还要熟悉。

薛裴接过了李昼递过来的水杯。水是热的，可拿在手里，薛裴觉得比外面的冰雪还要冷上几分，大抵是心理作用。

他低头看着杯身上的漫画图案，是一只玩着毛球的猫咪。他记得这杯子还是他之前和朱依依一起去商场买的，这套杯具还有另外一个在他的家里，图案是一只伸着舌头的柴犬。当时朱依依还笑话说，这个傻狗长得很像他。

薛裴陷入了沉思之中。

朱依依换好家居服从房间里走出来时，李昼和薛裴正坐在沙发上看某个电视台重播的篮球赛。球赛刚开场，李昼看得全神贯注、情绪激动，只有薛裴回头看了她一眼。

顶着这意味不明的目光，朱依依随口问道："你吃晚饭了吗？"

薛裴摇头。

事实上，他这一整晚几乎没吃什么东西。

"你还没吃饭哪？在外面等好久了吧？"李昼从沙发上站起身，俨然是男主人的架势，"我记得家里还有包速冻饺子的，要不给你煮一下？"

朱依依还没来得及阻止，李昼已经去冰箱里拿了一包速冻饺子走向厨房，边走边说："很快的，等我几分钟，你们先聊一会儿。"

今晚李昼好像太过热情了，连朱依依都觉得有些意外。她想：去厨房的人应该是她，这样就避免了和薛裴单独待在一个空间里。

李昼走后，客厅里重新安静下来，只剩下篮球解说员激动地吼叫的声音，却衬得这气氛更加诡异了。

薛裴的眼睛虽盯着电视屏幕，可他知道他的注意力已经不在上面了。

朱依依坐在沙发的右侧，和薛裴之间只隔了一个位子。离得这么近，她闻到了他身上浓重的烟草味，夹杂着雪地的冷冽的气息。

"恭喜你啊。"他突兀地开口，低沉的声音在屋内响起，如老式唱片机发出的声音一般低哑，"挺般配的。"

朱依依愣了愣，反应过来后说了声"谢谢"。

"什么时候的事啊？"薛裴笑了笑，"怎么连我都瞒着？"

朱依依拿起遥控器，把电视机的声音开大了一些："本来打算过两天告诉你的，顺便请你和周茜大吃一顿，只是最近太忙没来得及和你说。"

"忙？"薛裴自嘲一晒，大概理解了朱依依所说的忙是什么意思。

朱依依没搭话，随手拿过桌面上放着的苹果削起皮来。此情此景，重复的动作让她免去了思考的时间。

两个人都沉默了一阵，电视上开始播放广告，厨房里传来煤气灶打火的声音。朱依依正想进厨房里看看，又听到薛裴问："是因为最近阿姨催得太紧了，所以你才……？"

"不是。"朱依依往厨房的方向看了一眼，"我自己决定的，我妈还不知道这件事。"

薛裴这回无话可说了。

他猜测了所有的可能性，事情的真相却是他的潜意识里一开始就排除的那种情况。

即便如此，他仍旧不敢相信朱依依会答应和另一个人在一起。

在这么短的时间内，她接受了另一个人进入她的生活中。

眼睛虽望着面前的电视屏幕，可薛裴的脑海中出现的是刚才他们在雪地里相拥的那一幕，在薛裴的右手边还放着李昼刚摘下来的藏青色围巾，薛裴余光刚触到围巾就立刻收回了视线，像是某种下意识的条件反射举动。

他还以为……这是属于他的新年礼物。

墙上的时钟已经指向凌晨一点，薛裴把带过来的淡蓝色礼盒递给了她，同时说道："新年快乐，依依。"

后两个字他说得很轻。

朱依依茫然地接过礼物，刻板地道了声"谢谢"。

每年他们都会互送新年礼物，薛裴以为今年也不例外。

他在等待朱依依给他的礼物，可看着朱依依越来越尴尬的神色……他好像意识到了什么。

朱依依停顿了几秒后说："你的礼物我忘记准备了，要不下次补给你？"

忘记回电话，忘记回信息，忘记过冬至，忘记给他准备新年礼物，自从李昼出现后，她好像把他整个人都忘得彻彻底底了。

薛裴还没意识到这股异样的情绪是因何而起，只觉得朱依依的注意力现在并不只在他一个人身上了，就像小时候朱依依去夏令营交到了新的朋友，再也不像以前那样每天跟在他身后，和他一起上下学。那一段时间里，他也是遭受了同样的被冷落的待遇。

薛裴从沙发上站起身，室内昏暗的灯光照得他的五官更为立体，如同暗室里的一尊雕塑。他下颌线紧绷，整张脸上没什么情绪。

他抄起沙发上放着的大衣，冷淡地留下了一句话："我走了，让他别忙活了。"

李昼端着一锅刚煮好的饺子走出厨房时，客厅里只剩了朱依依一个人。

饺子被放在茶几的垫子上，不停地冒出热气，室内都跟着暖和了起来。

李昼环顾四周，疑惑地问："薛裴呢？怎么人不见了？"

朱依依淡淡地说："他刚刚回去了。"

"怎么不吃完再走？我还煮了这么多，太浪费了。"

朱依依知道李昼是个节俭的人，便说："没事，剩下的我明天当早餐吃吧，不会浪费的。"

吃完饺子已经是半个小时后的事情了，朱依依望了一眼墙上的时钟，示意时间太晚了，让李昼也早点儿回家休息。李昼确实有意离开——他在这方面向来很有分寸感。

不过，临走前他忽然看到了桌面上包装精美的礼盒，迟疑了片刻后，问："这是薛裴送的？"

"嗯。"

"他今晚过来，就是为了送你这个新年礼物吧？"

朱依依点了点头。

"这东西看起来不便宜，"李昼的眼中有羡慕之意，他忽然想起上次同学聚会时听说的消息，"听说薛裴刚毕业就成立了一家游戏工作室，是不是挺赚钱的？我们这些同学里，就数薛裴最有出息，不过也是，他的学历摆在那里，咱们比不了。"

"这方面，我也不太清楚。"朱依依不愿讨论太多和薛裴有关的事情。

"你不打开看看吗？"李昼望向那个淡蓝色的礼盒。

朱依依原想着过一阵再看，不过现在打开也无妨。她拆开精美的包装，礼盒里装着一对耳环和一条同系列的项链，一看就价值不菲。

李昼想起前几日他送给朱依依的情侣对戒还是在网上买的，一对戒指520块钱，脸上顿时有些挂不住。

"薛裴每年都送这么……贵重的礼物吗？"李昼握住她的手在掌心里摩挲，言辞里带着愧疚的意味，声音都低了几分，"对比起来，我送你的东西是不是有点儿太寒碜了？不过等赚到钱，下次我一定送你更好的东西，不会委屈你的。"

李昼还是第一次在她面前流露这一面。片刻后，朱依依回握住他的手，望向他们手上佩戴的情侣对戒，说道："我没觉得委屈。礼物的价值不是用价格来衡量的，对我来说，这枚戒指的意义更珍贵。"

因为它不仅意味着一段新的感情的开始，还意味着新的未来、新的人生的开始。

当晚，朱依依和李昼在朋友圈里发了同一张照片，照片里两个人十指交握，手上的情侣对戒异常显眼。

李昼还给这张照片配了句酸得掉牙的文案："和她的故事，要从十年前开始讲起。"

第二天醒来，朱依依就被老同学们的信息轰炸了。班级群里一下多了几百条未读消息，以前的老同学一边调侃一边喊李昼出来发红包，让大家新年沾沾喜气。

那条"官宣"的朋友圈底下也是热闹得很，在那密密麻麻的点赞列表里，朱依依一下看到了薛裴的头像。

他点了赞，并评论了一句："挺好。"

雪一连下了好几天，直到元旦假期的最后一天，天气才稍稍好了起来。

朱依依和李昼计划开车去邻市玩，有个新开的陶艺手工馆李昼好像挺感兴趣的。两个人一早就做好了出行攻略，先去当地的一家网红日料店吃饭，接着去陶艺馆那边做手工，下午再去新年集市里逛逛，看能不能淘到一些有趣的小玩意儿，给朱远庭当作新年礼物。

行程充实得他们恨不得一天当作三天去用。

他们约好的时间是十一点出发，朱依依一大早就起床化了个淡妆，可临到出门前，忽然有了状况。

朱依依被一个电话喊回了公司加班，所有的计划都泡汤了。同事在小群里叫苦连天，可在部门群里，大家都清一色地回复"收到"。

坐地铁去公司的路上，她给李昼发了语音解释。李昼明显地有些失望，可也没说什么，只让她专心地工作，下次有空的时候再去。

朱依依到公司后才发现，几乎整个组的人都被叫了回来。

原因是这次元旦节的活动推广效果实在太差，销售数据远远达不到上头的标准，昨天晚上老板对几个高层领导发了火，今天这把火就烧到了他们这些底层员工身上。

加班是难以避免的了，开会时每个人都被骂了一顿，尤其是销售部门被骂得最狠。朱依依听得心惊肉跳的，轮到她的时候，她的头全程低着，一句话也没敢反驳。

这个时候，她说得越多错得越多。

在他们这种中小型企业里，岗位的职能划分没那么清楚，通常都是一个人当几个人用。朱依依虽然是策划岗，但除了写活动策划案和日常的社群文案，还要负责对接网络达人，线上线下到处跑。

这一整天，她在微博、抖音这些社交平台给网络达人发了无数私信，但没有一个人回复她。

这也正常，他们公司这种二流运动服饰品牌，经费少，一般粉丝量多的达人都懒得理会他们。

平常朱依依都不会那么着急，但这次情况特殊——如果在周五开会前工作还是没有任何进展，她就没法向经理交代。

另一个策划妹子已经处于放弃状态了，趴在电脑前萎靡不振，见朱依依还在大海捞针一般发私信，说："这样不是办法啊，你有没有认识什么朋友可能认识这一类博主的？我们先加上联系方式交差。"

几乎在下一秒，朱依依就想到了一个名字。他交际圈广，应该会认识这类人。

朱依依下意识地点开了薛裴的对话框后，半天没有输入一个字。

踌躇了几秒，她揉了揉太阳穴，还是没把信息发出去。

她还是不要麻烦他了。

薛裴的元旦节假期是在医院里度过的，他一连躺了三天，呼吸间全是医院里的消毒水的气味。

那天从朱依依家离开后，第二天薛裴就发了高烧，躺在床上昏迷不醒。周时御到他家时看到他脸色苍白地躺在床上，怎么喊都喊不醒，简直被吓坏了，立刻把他送去了医院。

"幸好我知道你公寓的密码，不然你的命就交待在那儿了。"

"哪有那么夸张？"薛裴笑了笑，唇色仍是苍白的。

周时御想起那天的情形还有点儿后怕，薛裴弓着腰侧躺在床上，脸色白得几近透明，连毛细血管都依稀可见，额头上冒出细密的汗珠，整个人像刚从水里被捞出来的，纤长的睫毛如蝴蝶扇翅般颤动，嘴里呓语着什么，脆弱得像是展馆里的易碎品。

周时御来不及多思考，把薛裴喊醒后，立刻开车去了医院。

周时御伸手探薛裴的额头，幸好现在烧已经退了。

"怎么突然病得这么严重？是最近天气太冷，你在外面被冷到了吗？"

"嗯，是吧。"薛裴声音中带着病态的沙哑。

他穿着病号服望向窗外，想起了那一场大雪。

周时御絮絮叨叨："发烧了都不给我打电话，不给我打，你也得给朱依依打啊。我要不是恰好去你家，你的脑子都要被烧坏了。"

薛裴沉默。

其实他给朱依依发了消息的。

在失去意识前，他给朱依依发了消息。他记得他好像打了很多字，可醒来后发现发出去的只有一串乱码，而朱依依回了他一个问号。

"那你现在要不要给朱依依打个电话，让她过来看一下你？不是都说人生病的时候会特别想念家里人吗？"周时御知道朱依依和薛裴关系亲近，想着有朱依依照顾薛裴，薛裴说不定也能好得快一些。

薛裴喉咙哽了哽，下颌线绷紧："不用了。"

周时御没再多嘴，从座位上起身："那我走了，再不走我女朋友要生气了。我明天再过来接你出院。"

周时御走后，薛裴在病床上打开了手提电脑，处理了几封紧要的邮件，大概是药效起作用了，不一会儿又沉沉睡去。

傍晚时分几个工作室的小朋友来医院看望他——大概是周时御说漏嘴了，他们一知道这个消息就赶了过来。

一行人带着水果、花篮和晚餐，病房里热闹了好一阵，只是薛裴还是没什么胃口，带过来的食物只尝了几口就放下了。

"老大，你安心养病，我和阿七会赶进度的，不会耽误游戏上线时间的。"

阿七跟着附和了一句："不过老大，你还是得快点儿好起来呀。周总不管事，你再不来的话，公司就乱套了。"

这几天放元旦节假，但因为游戏快上线了，他们一直待在公司里加班，没怎么休息过。

在游戏行业，加班就跟喝水一样自然，但这会儿大概是因为生病，薛裴情绪有点儿反常，交代了几句，让他们明天别加班了，早点儿回去休息。

他们走了后，病房重新变得安静，薛裴看向窗外那棵已经快掉光叶子的枯树，忽然想起周时御刚才说的那句话——"不是都说人生病的时候会特别想念家里人吗？"。

薛裴觉得这话说得挺对，因为这时候自己就特别想看到朱依依。

她在的话，一定会先数落他一顿，责怪他那么冷的天，怎么在外面站了那么久，为什么不多穿件衣服。她会给他熬病人喝的小米粥，做他喜欢吃的清淡的食物，会让他多注意休息，不要在病床上工作。

她会担心他。

他终究还是没忍住，给朱依依打了个电话。

电话很快被接通了，薛裴却忽然语塞，不知道该说什么。

"有事？"

话到了嘴边，薛裴却又说不出口，只问了一句："你在家吗？"

"不在，在加班。"

电话那头传来键盘"啪啪"的打字声，很响亮。

"很忙吗？"

"嗯，忙。"

一般朱依依这么回答就是想挂电话了，可感觉到薛裴这会儿还不想挂，于是也只能等着他的下文。

"送你的新年礼物，你喜欢吗？"因为生病，薛裴说话时还带着浓重的鼻音。

朱依依没有直接回答他的问题，沉默了几秒，声音似乎有些疲惫："下次还是不要送这么贵重的礼物了，我会有心理负担。"

像是被一盆冷水兜头淋下，薛裴皱了皱眉头："能有什么负担？"

他记得，上次他要送朱远庭礼物时，她也是这么说的。

"所以，你是不喜欢吗？"

不知怎的，这一刻，薛裴忽然想起了朱依依发在朋友圈里的那张照片，那一对情侣戒指。

是因为李昼，所以她觉得有负担吗？

朱依依在电话那头小声解释："喜欢，但下次你别送了。这些名牌首饰我戴出去，别人只会觉得我戴的是假的。"

薛裴沉默了几秒，望向窗外不知在想什么，又问："我的新年礼物呢？你什么时候补给我？"

朱依依那边安静了一会儿，键盘的敲打声停了下来，像是在认真地思考。

"你想要什么？"

薛裴神情柔和了些："特别的。"

他想要和别人都不一样的东西。

朱依依想了好一阵，终于应了一声："嗯，那我先挂了，领导有事找我，改天再说。"

"好。"

漫长的"嘟嘟"声响起。

电话挂断的那一刻，薛裴想的是：朱依依竟然没有听出来他生病了。

她不关心他了。

出院的第二天，薛裴就回了公司。

周时御让薛裴在家里再休息一阵，但他觉得身体已经好得差不多了，没必要再浪费时间。

游戏快要上线了，他要全程盯着。无论如何，他也不能因为这些细枝末节而延误了游戏上线的时间。

周时御了解薛裴的性格，也知道自己劝不动，便没再多说什么。

周时御和薛裴从大学开始创业，在成立衔时工作室之前，就已经成功地孵化过几款热门游戏，在行业内名声不小——薛裴还没毕业，就已经有几家著名的游戏公司找上门来。他们开出了丰厚的条件，薪水极其优渥，且承诺薛裴一过去就会为他建立新的项目组，由他完全主导工作，但他全都拒绝了。

因为他的野心，不止于此。

周时御有时候会想：这就是他和薛裴的不同之处。如果当初这机会落到他头上的话，他肯定马上就答应了，都不带一丝一毫犹豫的。事实证明，还是薛裴有远见。

他们若是在别人的屋檐下，又怎么能闯出自己的事业？

思绪渐渐收拢，周时御看着站在落地窗前的薛裴，感慨老天爷果然还是偏爱某些人的，给了他聪慧的大脑还不够，还要给他一身迷惑人的好看的皮囊。

这个认知从周时御大学刚入学那一天就有了。有些人，生来就是让人忌妒的。当年薛裴站在军训的队伍里，单是那张脸就足够引人注目，更别提那187厘米的身高，人群中出挑得让人看不见第二个人。

后来周时御还听说薛裴竟然还是J省的理科状元，惊讶了好一阵。

大学那几年，他跟薛裴住在同一个寝室里。只要他和薛裴站在一起，肯定就没人将目光移向他，真是残忍的现实。

墙上的时钟已经指向六点半，薛裴随手抄起挂在一旁的大衣："走吧，先去吃饭。"

"你的脸色怎么还是这么差？"周时御生怕薛裴又熬出病来，"你是昨天没休息好，还是今天太累了？"

下午好几个会连着开，都没时间休息，他都怕薛裴累垮了，到时候朱依依又得"眼泪汪汪"的了。

"没事，已经好得差不多了。"

"那周末你去朱依依家让她给你煲点儿药膳汤补一补吧，生病了多喝汤才好得快。"

薛裴骤然听到她的名字，眼神变了变，没说话。

"说起来，跨年那天我看朱依依的朋友圈，她这是交男朋友了？她的男朋友还是你们高中同学？"周时御的好奇心一下燃了起来，他笑着问道。

"嗯。"薛裴明显地不想多聊，只应了一声。

可周时御的好奇心还没那么快熄灭："那高中的时候，你有没有看出什么猫儿腻？一般这种情况都是从高中开始就有苗头了，不然两个人不会好得这么快，悄无声息的。我那天看到被吓了一跳，还反复看了两遍才敢确认这是她本人。"

薛裴薄唇紧抿，再开口时却还是漫不经心的语气："没关注，也没留意。"

"认识这么久了，我还是第一次见她秀恩爱，真是够稀奇的。这还是她的初恋吧？"周时御笑了笑，打趣道，"难怪她最近都不来找你了，毕竟朋友哪里有男朋友重要啊？"

薛裴神色冷得像块冰："你有这么多疑问的话，不如直接去问她。"

看着薛裴离开的背影，周时御愣了愣，还没反应过来到底是哪里说错了话。

正值下班时间，薛裴在等电梯时，有个女孩儿正在同朋友打电话抱怨，说她闺密自从交了男朋友之后就不理她了，喊闺密周末出来逛街，十次有九次叫不到人，还有一次对方竟然直接放了她鸽子。

"她真的越来越离谱了，整天就知道和她男朋友在一块儿，有时间发朋友圈秀恩爱，没时间回我的消息，一回全都是'嗯嗯哦哦'，一个字一个字地敷衍我。我和她做了十多年的朋友，还比不上一个不知从哪里冒出来的男人吗？！"

这一刻，薛裴突然有了来自灵魂般的共鸣感。

他好像终于明白，这些天以来他烦闷、愤怒的缘由。

他只是不习惯朱依依将本来属于他的关注分给了第二个人，并且将他忽视得彻彻底底。

元旦节后的第一周，对朱依依来说是忧虑的一周、苦难的一周、煎熬的一周。

她几乎每天都在加班，加班，加班，用生命在加班。

她上次大海捞针似的给许多网红博主发了私信，可回复她的只有两个人。即便如此，她还是抱着很大的希望等待其余人的回复。

她把衣服给回复她的两个人寄了过去，一周后，得到了反馈：一个人说衣服质量太差了，款式太土，所以不接他们的推广；另一个人说得比较委婉，但也差不多是这个意思。

被拒绝是常有的事，朱依依并不是太意外，但生气的是，有几件寄回来的衣服都被弄脏了，甚至能清晰地看见一个巨大的脚印横在衣服中央，还有一件衣服的吊牌被剪掉了，衣袖还被剪了个口子。

很显然这是恶意损坏。

朱依依这回是真的生气了，立刻拍了几张照片发给对接的商务专员，可对方死都不认账，说不是他们弄的。她多次交涉，最后对方只愿意承担一半的赔偿费用。也就是说，另一半费用她还得自己倒贴钱进去。

傍晚吃饭的时候，她还一直想着这件事，饭也没吃几口。因为这件事，她最近忙得焦头烂额，情绪很差，不仅因此被领导训了一顿，还亏了几百块钱。

好像所有不好的事情都堆在了一起。

李昼安慰她不要太在意，说指不定对方就是跟逗猫似的耍他们玩的，毕竟有些人总爱在穷人身上找乐子，就是喜欢戏弄别人来找存在感。

李昼话里有话——他前段时间跑业务，在别人身上吃了瘪，对方是个暴发户，假意和他签合约吊了他一个月，后来转头立刻跟另一个人下了订单，害他被组长痛骂了一顿。他上门去讨说法，还被那人奚落了一番，以至过了这么久，他的怨气还没消。

朱依依苦笑了。这一刹那，她觉得自己跟李昼有种"同呼吸，共命运"的悲戚感。

最后，还是她先安慰起李昼来："算了，下班后我们就不要再想工作的事情了，不能把工作的情绪带回家里，不然下班了也跟加班似的。你别看我刚刚那么生气，其实睡一觉起来，我第二天又能原地复活了。在这一点上，你该跟我学习学习。"

"嗯，你说得对。"李昼扯了扯嘴角。

话虽然这样说，可接下来碗里的馄饨他再也没有动过。

在路边的小摊吃完晚餐后，朱依依和李昼在附近逛了逛。

这边有条步行街很有名，是卖一些手工小饰品和小玩意儿的，很多情侣爱下班后来这边逛。

朱依依瞧见一对情侣的钥匙扣特别可爱，便买了下来，给了李昼一个。李昼脸上终于露出了笑容，当下就换上了。眼看着李昼又拿出手机拍了照片，朱依依知道他又要发朋友圈了，想说点儿什么，可话到嘴边又没有说出来。

朱依依不是那种爱发朋友圈分享生活的性格，通常一年也发不到二十条朋友圈。可李昼不同——他喜欢在朋友圈里记录生活，吃了什么，喝了什么，去了哪里玩，都写得事无巨细。有时候，他会督促她也发朋友圈秀恩爱，她不知道该怎么拒绝，也只能随他。

"对了，依依，你不是说要给薛裴买新年礼物吗？"李昼指着前面的百货商场，牵起她的手，"要不进去看看有没有合适的东西？"

朱依依这才想起她答应补送给薛裴的新年礼物已经拖了快一周了还没送。

那天，薛裴在电话里说想要"特别的"礼物，可她想了很久都没有头绪。

什么东西是特别的礼物？

对薛裴来说，什么东西才是特别的？

她想起大一那年的元旦，她去薛裴的学校找他，带着给他准备的礼物，是一瓶男士香水——它的价格不便宜，她在奶茶店做了一个月的兼职才攒钱买到的。

也是在那一天，朱依依见证了薛裴的第二段恋情。女方是和他同学院的一位学姐，混血儿，漂亮、健康、性感，一眼看去甚至比江珊雯更时髦耀眼。朱依依站在她面前像是还没长大的高中生，瘦小又平凡。

那天的聚餐薛裴很多朋友来了，朱依依一直在角落里坐着，不怎么说话，也插不上什么话。薛裴大概察觉到了，常和她搭话，照顾她的情绪，但越是这样，她越觉得尴尬——当全场人的目光落在她身上时，她的脸在发烫。

那顿饭吃得有些如坐针毡，她想着等送完礼物她就走。

好不容易到了送礼物的环节，朱依依才知道她和薛裴的女朋友送的礼物撞了。她们送给薛裴的是同一品牌的香水，连香味都是一模一样的。

显然，薛裴也有些意外，将目光停留在了朱依依的脸上。

那一刻她尴尬得头都没抬起来，以去卫生间为由在厕所里躲了一会儿。待在卫生间里的那几分钟里，她强忍着把眼泪憋了回去。她不敢哭，担心把眼睛哭红了，被薛裴察觉到异常，而且……她今天还化了妆，要是哭花了妆就更狼狈了。

从卫生间出来的时候，朱依依刚好听到了薛裴和他的女朋友在走廊里的对话。

女生撒娇的声音传来："为什么她会送你这么暧昧的礼物？我不管，薛裴，你只能喷我送你的香水，知不知道？"

她忘记当时薛裴有没有点头了，从她的角度看得并不清楚，也听不清薛裴到底说了什么。

可那个场景已经足够让她难堪。

当天晚上，临走前她把薛裴叫到了一边，让他把那瓶香水还给她。

"你要拿回去？"薛裴神色茫然，眉头微皱，"为什么？"

"你不是都有一瓶了吗？留在你这儿也是浪费。"她说。

"送人的礼物可以随便要回去？"薛裴没同意，脸色不太好，"这是男士香水，你想再送给谁？"

朱依依没管他同不同意，走的时候直接把整个袋子都拿走了。第二天，她转手就将香水挂在闲鱼上卖掉了，亏了一百多块钱才卖出去。

"依依？"李昼拿着一双男款运动鞋走过来，右手在她眼前晃了晃，"在想什么呢？喊你好几声你都没反应。"

朱依依这才回过神来。近来她总是很容易回想起以前的事情，可是很奇怪，那些有着悲惨底色的经历，现在再想起已经掀不起一丝波澜了。

她如今审视过去，带着一种灾难后死里逃生的人追忆过往的意味在里面。

"这款你觉得怎么样？"李昼摸了摸鞋面，质感还不错，"是最近很火的一个国潮牌子，我记得薛裴以前不是很爱打篮球吗？你送双球鞋说不定他会喜欢。"

李昼说得有道理，朱依依点了点头，转身就拿着球鞋去前台买单了。

"你不再看看？"李昼愣了愣，拉住她的手，"不多看几款吗？"

朱依依低头看了一眼："不用了，就这双挺好的。"

原以为还要挑很久，没想到这么快就定了下来，李昼看着朱依依离开的背影，对她和薛裴的关系有了新的认知。

终于到了周末，朱依依想约周茜和薛裴一起出来吃顿饭，当是履行自己之前说过的话。

她本来就打算新年后向他们正式介绍一下李昼。最近周茜催得紧，她就把时间定在了这个周末。

在前一天晚上，她给薛裴打了个电话。

刚接通电话，她就问："你明天有时间吗？"

"怎么？找我有事？"

薛裴刚在健身房里跑完步，声音有些喘。前些日子他生病刚好，嗓音也低沉了不少，这低沉性感的喘息声通过电流传到朱依依的耳朵里，让她想起了大学时候听的带着点儿颜色的广播剧。

她把音量键调低了一些，手机拿远。

"信号不好吗？"

大概是她太久没说话的缘故，薛裴以为是健身房里信号不好，走出了大门，声音逐渐平稳。

"现在能听到吗？"

"嗯，听到了。"朱依依站在窗前，望着天边的云，视线没了焦距，"明天出来吃个饭吧，我和李昼想请你和周茜一块儿吃顿饭。"

薛裴那边突然停顿了挺久。

朱依依只听见一声意味不明的笑声，猜不透他是什么样的神情。

朱依依接着说了一句："没什么，就大家正式见个面，之前我就想着要给你们介绍的。"

薛裴那边还是没有声音。

"不过你要是不想来也没关系。"朱依依自己打圆场，顿了顿，又说，"新年礼物等下次有空的时候我再拿给你。"

薛裴低沉的嗓音掠过朱依依的耳畔："几点？"

"还没定，看你们的时间吧。"

薛裴那边的声音忽然又远了些："六点周时御约我打球，在那之前都行。"

"那你有没有什么想吃的东西？我去定位子。"

朱依依想综合一下大家的意见，再决定去哪里吃。

"你知道我喜欢吃什么的，"薛裴说完忽然又不太肯定了，补了一句，"对吗？"

薛裴这话问得有些莫名其妙，朱依依不懂他那些弯弯绕绕的心思，随口应了一声，说一会儿确定好餐厅后就把地址发给他。

话题到此为止，两个人再没别的闲话可聊，朱依依停顿了几秒后就把电话挂断了。

那时的朱依依还不知道明天会是那么"腥风血雨"的一天。

在城南的一家粤菜馆里，朱依依预定了一个包间。

见面的时间定在四点整，薛裴来得晚了些——附近的停车位满了，他把车停在了附近的一家商场里。

薛裴走进来的时候，周茜眼睛亮亮亮了，朝他招手。

"薛裴，这里！"

许是因为待会儿要去打球，薛裴今天穿得很休闲，黑色连帽卫衣、浅灰色运动裤，像是刚毕业的大学生，褪去了精英感十足的西装，有种意气风发的少年感。

薛裴刚坐下，李昼就起身要给他倒酒："要不要喝点儿？这红酒还不错的，我特地带过来的。"

薛裴止住了李昼的动作，声音冰冷地说道："今天开车了，不方便喝酒。"

他说完，视线下移至李昼身上穿着的羽绒服上，觉得有些眼熟，皱了皱眉，望向朱依依。

原来两个人穿的是情侣款，一件黑色，另一件白色。

两个人倒是爱折腾。

"是我糊涂了，都忘了你开了车过来。"李昼不好意思地摸了摸鼻子，拿着红酒瓶有些手足无措地站着。

"没事，薛裴不喝，我喝。我和依依说好了今天要不醉不归的。"周茜把杯子递了过去，等李昼把酒斟满后笑着调侃，"好啦，这一杯就当提前喝上你们的喜酒了。"

"别乱说话。"朱依依笑着拧了一下周茜的大腿。

周茜反而说得更起劲："学委，你要加油哟，争取让我明年就喝上你和依依的喜酒，我连份子钱都已经准备好了！说实话，你们别说我马后炮，国庆节你送我们回来那会儿，我就知道你和依依准能成，依依就适合像你这样细心又体贴的人。"

李昼笑了笑，在桌下牵住朱依依的手。从薛裴的角度，他刚好能看得清清楚楚。

两个人十指交缠，亲密难分。

气氛烘托到这里，李昼像是有感而发："虽然我和依依交往的时间不长，但我对这段感情是很认真的。从一开始，我就是以结婚为目的去交往的。虽然还不知道我们以后会怎么样，但现在走的每一步我都很珍惜。"

薛裴观察着朱依依脸上的表情，竟然看到了诸如幸福这样的神情出现在她的脸上。她眉眼温柔地望向李昼，那样的目光让薛裴有些恍惚。

明明这样的目光曾经只停驻在他身上的。

"酸死人了，还没上菜，我就已经被'狗粮'喂饱了。"周茜望着他们交握的手直呼受不了，向薛裴投去求救的眼神："薛神，你快说句话，不能我一个人受罪。"

被喊到名字，薛裴骤然抬起头，像是刚刚回过神，意味不明的目光带有穿透力般扫过朱依依的脸，片刻后，挑了挑眉："嗯？我应该说些什么？"

他抿了一口茶，表情似笑非笑。

薛裴不明白今天他来这里是为了什么。从他进门到现在，朱依依没有主动地和他说过一句话，也没有主动地瞧过他一眼。

周茜不愧是气氛组组长，完全没看出任何异样，又把话题岔开了，说起了他们高中时候的趣事。

薛裴兴致不太高，偶尔才搭几句话，再也没往朱依依的方向看。

当这顿饭来到尾声时，周茜从座位上站了起来，举杯说道："最后，让我们祝这对新人百年好合，永结同心，早日步入婚姻的殿堂。"

薛裴抬眼望向朱依依，看到她脸红了，不知是热的，还是喝酒后的反应，或是因为别的什么。

柔情蜜意里忽然插入一句突兀的话——

"我先走了，待会儿还有事。"

说话间，薛裴已经推开包间的门走了出去。

他想：他需要时间去适应这几天发生的一切。到底中间有什么是他忽略的？朱依依怎么会变成这样，变得让他这么陌生？

包间的门已经被紧紧地关上，朱依依才想起自己的礼物还没送出去。

"等一下！"朱依依推开门走出去，喊了一声。

薛裴好像没听到似的，脚步都没停。

在走廊转角处，朱依依终于追上了薛裴。站定时，朱依依还微微喘着粗气，脸颊泛红，头发都乱了些。

"礼物，刚才忘记给你了。"说着，她把那个袋子往他的手边递，再也不像往年那样保留神秘，而是直接告诉他，"是一双球鞋，不知道你喜不喜欢。"

薛裴心中有些雀跃，但并没有伸手来接。

"你是要去打篮球吗？"朱依依问。

"嗯。"

"你最近不是发烧了？要是没好彻底的话，你最好还是不要剧烈运动了。"

朱依依也是前几天听薛阿姨说才知道了薛裴发烧的事。薛阿姨在电话那头让朱依依多盯着薛裴，提醒他要注意身体。

原来她知道他生病的事……薛裴心里有些不对味。

她知道竟然都没来医院看他，连关心问候的话也没一句。

"小没良心的。"

朱依依没听清："什么？"

"没什么，"薛裴拿过她手里抱着的鞋盒，"我待会儿打球就穿上。"

大概是因为穿着运动服，眼前的薛裴和高中时代穿着校服的薛裴似乎重合在了一起，朱依依愣了愣神，想起了一些不好的事情，更加不想在这里待下去了。

"嗯，那我先走了。"

她刚转过身，薛裴低沉的声音忽然在她的身后响起："你……要不要去看我打球？"

"好呀，好呀，我要去！"

朱依依还没开口，身后的周茜就替她答应了。

在周茜看来，这个世界上除了游泳再没有什么运动能比打篮球更赏心悦目了，尤其是帅哥打篮球。上学那会儿，她最爱做的事情就是拉着朱依依去篮球场看男生们打球，在汗水挥洒的热浪中感受那扑面而来的雄性气息，简直治愈身心。

现在工作后，她再也没有这样的机会了。

朱依依一眼就看穿了她的动机，把她拉到一旁："你是去看打篮球的还是去看男人的？"

"都看，不行吗？"

周茜寻思，看男人又不犯法。

去停车场的路上，李昼听说薛裴待会儿要去打篮球，也蠢蠢欲动起来，问薛裴能不能多加他一个，表示他好久没打了，想练练。

朱依依原本想阻止李昼，想着尽量减少和薛裴的接触，可他的兴致很高，得意地说道："待会儿去场上我给你秀一手！你男朋友在大学时可是校队的！"

走在前面的薛裴听到这话，忽然回过头看了李昼一眼。

"行，那待会儿一块儿练练。"

F.A 篮球馆实行的是会员制，在市中心最好的地段，平时不对外开放，只接待特定的客人。

他们到的时候，周时御已经在场馆里等着了。他刚打完一场球赛，正拿毛巾擦着汗。

看见朱依依旁边的男人，周时御愣了愣，紧接着热情地伸出手："这是依依的男朋友吧？你好呀，我是周时御，薛裴的大学同学兼室友。"

李昼连忙伸出手回握，心想：薛裴的朋友果然层次都不一样，名校毕业出来的，穿着打扮都和他们不是一个层次的。

这时，场上刚好还缺一个人，周时御让李昼先去救场，说他刚才太累了还没缓过来，想再歇一会儿。

突然来了表现的机会，李昼自然乐意，三两下就把外套脱了下来，放在观众席的座椅上。那座位是没人坐过的，上面还带着厚厚的灰尘，朱依依担心弄脏了衣服，将那件羽绒服抱在手上，又拍了拍上面的灰尘。

李昼回过头时刚好看到这一幕，心里一暖，笑着冲她喊话："依依，待会儿要给我加油哟！"

"嗯！"朱依依重重地点了点头，又笑着说，"等你进球了再说。"

"第一次看到朱依依旁边多了个男人，还真不太习惯。"周时御"啧啧"了两声，看着场上正在运球的李昼和旁边坐着的薛裴感慨，"不过这两个人感情真不错啊，相处起来还挺甜，果然青梅竹马就是不一样，真让人羡慕。"

"这算什么青梅竹马？"薛裴冷冷地说了一句，仰头喝了一口水。

周时御撇嘴，心想：怎么不是了？

李昼上场之后，双方比分已经逐渐拉平。虽然身高没有优势，但李昼技巧不错。在他一连投进几个三分球后，朱依依在台下也激动了起来，和周茜一起给李昼加油，目不转睛地看着他。

周时御朝朱依依的方向看了一眼，对薛裴说："说实话，你心里有没有酸酸的感觉？大学的时候你在场上打球，她也是用这种眼神看着你的。"周时御看热闹不嫌事大，故意挑事，"你猜待会儿你和她的男朋友一块儿打球，她会给谁加油？"

"不要做这些无意义的假设。"薛裴平静地道，眼睛望向了台下。

话是这么说的，薛裴心里却不是这样想的。

他竟也在心里比较起来。

不过和朱依依认识这么多年，薛裴还不至于认为在他和李昼之间，她会偏向李昼。

从另一个角度来说，李昼根本没有资格和他站在同一条起跑线上。

李昼不过是朱依依的生命中的一个过客，不过是她闲暇时调剂生活的作料，不过是她的第二选择。

今天打的是友谊赛，场上的人大多是薛裴的大学同学，下半场，有人被换了下来，薛裴和周时御准备上场。

上场前，薛裴特意去休息室里换上了朱依依送给他的球鞋。

他想到这是朱依依送给他的新年礼物，眉目柔和了起来，嘴角有上扬的迹象，连系鞋带的动作都有些小心翼翼。

李昼走进休息室里时，薛裴刚给左脚的球鞋系好结。

李昼仰头喝了一口矿泉水，视线聚焦在薛裴白色的球鞋上，夸赞道："这球鞋和你今天的衣服很搭，很适合你。"

"嗯，这是依依送的新年礼物。"

薛裴承认自己说出这话时带有某种炫耀的意味，或者一种明目张胆去试探的意思。

谁知道李昼笑了笑，对他说："我知道啊。说起来，这双鞋还是我挑的呢。前天晚上我们一起去逛夜市，我觉得这双鞋很适合你，就给依依提议要不就买这双……"

系鞋带的手顿了顿，心里一坠，像是有什么东西从高处快速地坠落，摔了个头破血流，男人手臂青筋渐露，眸中隐有风暴席卷，周身压抑着风雨欲来的气势。

"你挑的？"薛裴声音低沉地问。

"对啊，在商场里我一眼就看中了这双鞋，没想到这么适合你。"

喝完水，李昼边说边走出了门。如果此时他回过头去，就会看到一双深沉阴鸷的眼睛，如黑夜里的猎豹一般看着他。

下半场球赛正式开始，周时御和李昼在一组，薛裴在另一组。

走进球场时，周时御用手肘碰了碰薛裴，开玩笑道："你待会儿要小心喽，我们这边的战术就是针对你设计的，我和李昼专门负责围剿你，绝对不给你发挥的机会。"

一旁的队长立刻捂住了他的嘴："周时御，你怎么还带剧透的？"

"我这不是怕薛裴输得太惨嘛，免得他没面子，台上那么多人看着呢。"

他们在一旁聊得火热，薛裴却好像充耳不闻——他所有的注意力全在观众席上坐着的某人身上。

她的膝盖上放的是李昼的羽绒服，右侧座位上放的是李昼刚喝过的矿泉水，她甚至用手机做了滚动字幕，上面写着"李昼加油"这几个字，举在手上循环播放。

"你看，我说得没错吧，朋友哪里有男朋友重要？"周时御说起风凉话来，没谁能比得上。

哨声响起。

薛裴收回视线，勾了勾唇："好，游戏现在开始。"

薛裴好像认真了。

这是开场第五分钟后，周时御心里唯一的感受。

两个人认识那么多年，他还是第一次看到薛裴这么狠的打法，以前比赛都没见过他打得这样激进，丝毫不给对方一点儿余地，像是势必要压过全场所有人的风头。一开场，薛裴就来了个战斧式灌篮，把周时御吓了一跳。

他在心里暗骂：哪里有人一开场就放大招的，而且这人不是生病才好吗？

一向打法内敛的薛裴今天好像打开了某种开关，变得暴力又激进，抢断、后仰、跳投、补篮，一气呵成，让人连防守的机会都没有。

场上的比分已经是绝对性碾压的局面，这是一场从开始就看得到结局的比赛。

周茜全程都在尖叫。前半场她还觉得没什么意思，没想到后半场突然变得这么精彩，全程高能，让人目不暇接。

尤其薛裴撩起球服下摆擦汗时，刚好露出了整整齐齐的六块腹肌，周茜的目光完全没有办法从那个部位离开一秒钟。

她一边录视频一边脸红："完了，我好像爱上薛裴了。不行，依依，你快点儿打醒我，我知道我配不上他。"

朱依依没理会周茜的玩笑话，手心已经捏出了汗。刚才李昼防守时，差点儿被薛裴撞倒……她担心李昼会受伤。

此时，场上的李昼也有些急了，这一场球赛他的风头被薛裴抢得彻底。时间已经过了一半，他还一个球都没投进。好几次他好不容易拿到球，结果投篮时被薛裴给盖了帽。

今天薛裴好像就是故意在针对自己似的，李昼心里生出了不少怨气。眼看着薛裴准备跳投，李昼一时心急，从侧边跑到薛裴前面想挡住他的进攻，结果非但没挡住球，落地时还不小心摔倒了。

"砰"的一声，有人倒在地上，发出重重的闷响，让人心颤。

朱依依被吓了一跳，立刻从观众席上跑了下来。

周时御是最先反应过来的，从场沿跑过来连忙将李昼扶到一边，挽起他的裤腿查看伤势。膝盖处已经破了皮，血"汩汩"地往外冒，李昼疼得倒吸了一口凉气。

大家都围了过来，除了薛裴。

周时御起身去休息室："我先给你拿点儿东西消毒一下，先别乱动。"

球场上大家磕磕碰碰都是难免的，周时御也不是第一次遇到这种情况。李昼这伤看起来还没有薛裴大学那会儿受的伤严重，估计就是皮外伤，只不过看起来有些吓人。

朱依依这会儿已经赶到了。眼见那血已经沿着李昼的膝盖处一路蜿蜒至小腿，滴在地板上，太过触目惊心，她本就泪点低，眼眶霎时间就红了，也不知是被吓的，还是因为心疼。

"是不是很疼，要不要去医院看看？"朱依依在旁边蹲下。

李昼皱紧眉头，汗沿着额角往下流，脸色有些苍白："我没事，你别哭。"

"怎么回事？怎么突然就摔倒了？"

她的座位刚好是视野盲区，她还没看清到底发生了什么，李昼已经倒在了地上。周茜说，李昼也许是防守的时候摔下来的。

李昼欲言又止，往休息室的方向看了一眼，小声说道："怪我刚才心急了想抢篮板，薛裴那会儿不小心碰了我一下……我就没站稳。"

在这句话的语境里，"不小心"似乎有另一种解读方式。

薛裴从外面抽了根烟回来，在篮球馆门口遇到了刚从药店回来的朱依依。

她行色匆匆，手上还拿着一个装着药膏和棉签的塑料袋。

她直直地往前走去，好像没打算搭理他。

擦肩而过时，薛裴喊住了朱依依。

"他好点儿没？"

连名字薛裴都不屑于称呼，只用了"他"来代称，那语气很僵硬，不像是问候，反倒像是相反的意味。

"嗯。"

朱依依敷衍地应了一声，往门里走了几步，想了想又回过头，在他面前站定，一脸欲言又止的表情。

薛裴这才发现她眼眶还红着，像是刚哭过。他猛地想起之前周时御对他说的话，说他大学那会儿打篮球受了伤，她也是眼泪汪汪的。

她是像现在这样吗？薛裴想。

他还没从回忆中抽离思绪，就听到了眼前的人隐忍的质问声："薛裴，我知道你打篮球很厉害，但你能不能考虑一下别人，只是一场比赛非要弄成现在这样吗？"

朱依依确实很愤怒，打篮球不过是为了娱乐，大家都是成年人了，何必为了出风头给别人难堪？

"什么意思？"薛裴皱眉，茫然的神色出现在他的眼眸里。他极少露出这样的神情，片刻后，好像想明白了，却仍觉得不可思议，以至不怒反笑，挑眉反问道："你以为是我推的他？你真是这么想的？"

薛裴这么一说，朱依依忽然有些不确定了，声音弱了些："不是吗？"

可在薛裴看来，她是全然在维护李昼。

"我的手根本没碰到他。"薛裴太阳穴处"突突"地跳。他极力压制住心头的怒意，见朱依依仍不信，心里竟涌起从未有过的难受的情绪："怎么？你觉得我在说谎？"

朱依依沉默。

"你不相信我。"薛裴平静地说出了这个事实——心脏处像被一根细长的针从上至下刺穿，搅得血肉模糊，令他快喘不上气来。

朱依依抬头，直视他的双眼："虽然不太了解篮球，可我看得出来，你刚才在针对李昼，是吗？"

薛裴突然语塞了。

夜幕已经降临，马路上车流如梭，昏暗的灯光在他的身上投出好看的光影，却显得他是那样孤寂。

许久后，薛裴终于点了点头，承认道："是，我是在针对他。"

"为什么？"朱依依不能理解。

对啊，为什么呢？

连薛裴自己都不知道这个问题的答案。

大概是因为他不习惯朱依依的世界里多了一个男人，而那个男人竟然还是个这么没用的东西。

可这句话薛裴终究没有说出口。他只是站在路灯下又点起了一根烟，呼出烟雾的瞬间，开口道："你刚才不是问我能不能考虑别人的感受吗？现在我可以告诉你答案——李昼，他不在我考虑的范围内。"

朱依依拿着药膏回到休息室里时，李昼的伤口已经被包扎好了。他正靠在沙发上刷短视频，见她推开门走进来，便把手机反扣上，只是手机里还传出了热歌的背景音乐，声音在这安静的休息室里显得有些刺耳。

朱依依看向他的膝盖处的绷带："包扎好了？"

"嗯，刚才有个球友恰好是医生，就帮忙包扎了一下。我给你发了消息，让你不用去买药了，你可能没看到。"

说着，李昼拿过她的手机，果然显示有几条未读消息。

朱依依确实没看手机："那这些药膏……？"

李昼双手接过药膏，放进带来的公文包内："没事，我拿回家再用。你跑了很远才买到吗？怎么去了这么久？"

想到刚才发生的事，朱依依沉默了几秒。

"不远，只是路有点儿难找，花了点儿时间。"

李昼揉了揉她的头发："依依，辛苦你了，让你担心了。"

"你还疼不疼？有没有好点儿？"她在他旁边坐下。

"好多了，就是下周可能要请两天假。"李昼情绪有些低落，想着请两天假这个月的全勤奖又泡汤了，于是懊悔地说道，"刚才我们应该听你的话回家休息的，就不会弄成现在这样了，看来今日不宜运动。"

两个人陷入短暂的沉默状态中，犹豫了一阵，朱依依还是问了出来："刚才真是薛裴……"

"推你的吗"几个字她还没说出口，周时御就走了进来。他已经把球服换了，穿上了深灰色大衣，脖子上系着一条暗青色围巾。他在休息室里四处张望，还是没看到某人的身影。

"薛裴呢？你看到他了吗？"周时御问朱依依，"打电话他不接，给他发消息他也没回，他不会忘了我们今晚还有个应酬吧？少了他可不行，我一个人应付不来。"

朱依依眼睑低垂："刚才在门口。"

"行，那我先找找。"周时御说完，望向负伤的李昼，走过去拍了拍他的肩膀："等你腿伤好了，我和薛裴再请你吃饭。你无端端来这里受了伤，我都有些过意不去了。"

"没事的，小伤，过几天就好了。"李昼当着周时御的面，态度又变了些，扶着沙发站起来给周时御递了张名片，"这是我的名片，有什么用得上的地方你都可以找我，有合适的合作机会也可以多推荐推荐。"

周时御愣了一瞬，很快面色如常地应下："好，那我们下次再见。"

时候不早了，球馆里的人已经走得差不多了。朱依依搀着李昼走出大门，在路边等出租车，想着先送李昼回家休息。

这会儿天冷，室外温度在零摄氏度以下，幸好今日他们穿得够多，不至于在寒风中冷得哆嗦。只是李昼将身体的重量往朱依依的身上倾斜了过去，她本就瘦小，更觉吃力，肩膀处酸痛难言。

她搀扶着李昼，只希望出租车快点儿到来。她现在心里太乱了，需要时间去消化今天发生的所有的事情。

忽然，李昼好像看到了什么，视线停在了不远处的垃圾桶上。

"依依，你看这……"后半句话他没有说下去。

朱依依顺着李昼的视线望过去，看到她下午送给薛裴的那双白色球鞋此刻正安静地躺在垃圾桶里，混在那一堆肮脏恶臭的废弃品中，散发出了难闻的味道。

他把她送的新年礼物扔了。

蓝色的工卡在感应器上"嘀"了一声，在机器传出"打卡成功"的提示音后，朱依依右手挂着工卡，左手拎着早餐走进了办公室的大门。

她的工位不太好找，在东南面最边角的位置，她要绕过走廊，再往右拐两次，一路走到尽头才，几乎穿过了四分之三的办公区域。

不过边缘部门的待遇便是这样。

路过会议室时，朱依依往里看了一眼，有人在。

市场部的小董正打着哈欠按亮墙上的灯，瞧见她打了声招呼："早啊，依依姐。"

说着，小董走到投影仪前连上多媒体接口线，又把文件拷到电脑里。

今天是他们公司年终总结汇报的日子，大家都来得比往常早。

墙上的时钟指向九点时，小董在门口吆喝道："年终总结的 PPT 已经拷好了，大家先进会议室吧。领导马上就到了，当我求你们了，别再拖拖拉拉了。"

说完，他双手合十做祈祷状。

"来了，来了，马上就好。"

有椅子拖动的声音响起。

"小董，我的 PPT 要更新一下，我重新发你一份。"

"我也是！我刚加了两个新的数据进去。"

"行，你们赶紧发我，快点儿。"

一阵喧闹过后，会议室里渐渐坐满人，朱依依和晓芸找了个角落的位子坐了下来。

这一年一度的年终总结会，就算他们想逃也逃不掉。听说这次会议结束后会公布本年度升职员工的名单，朱依依没抱任何期望，在这个公司待了三年，几位高层领导连她的名字都没记住，升职名单里自然不会有她的名字。

她上台汇报时，领导们甚至连头也没抬，不是在低头玩手机，就是在交头接耳地聊着什么。

临近汇报结束时，有位领导问了她一句，来这里工作多久了。

她低声说道："快三年了。"

"三年了啊，那也有段时间了，"大腹便便的中年领导翻了翻她的汇报材料，撇嘴摇头，不过开口时还是给了她一点儿面子，"看来以后得努力才行哪。"

朱依依勉强地笑了笑，拿好汇报材料从台上下来。

到了公布晋升名单的环节，果然没有她的名字，她倒是不意外，继续忙着手头上的工作。她最近联络上了一个有20万粉丝的健身博主，对方合作意向挺大，而且对接的商务专员也很有礼貌，沟通起来很高效专业。

她正写着合作的策划案，一条消息弹了出来。

晓芸在微信上给她发了个"抱抱"的表情包，大概是在安慰她。

朱依依笑了笑，回复："没事，早就猜到了。"

说实话，她情绪上并没有太大的波动，不知道这算是好事还是坏事。

不知从什么时候开始，她对这些事看得越来越淡。回想起来，无论是上学那会儿还是毕业后出来工作，她好像都没有过什么高光时刻。在很久之前，她就接受了自己平庸的事实。

有一句话是这么说的："一个人成长的标志，就是在日复一日的生活里终于意识到自己真的只是个普通人。"而她从高考复读失利后，就已经认清了现实。

尤其有薛裴这样的人做对比，她早就知道自己一辈子可能都不会有什么大的成就，哪怕再努力，也不过是按照社会时钟按部就班地生活。

世界上有几十亿人，怎么可能每个人都出类拔萃呢？

她已经不想再逼自己，也不想让自己再陷入焦虑和无尽的自怨自艾的情绪之中。

在这个世界上，努力就能做成的事才是少数，很多事情不是努力就有用的，她只求尽力就好。

领导发言环节，朱依依放空了一会儿。

晓芸误以为她是在难过，又发了条微信安慰她："没事，依依，明年我们好好干，到时候这狗领导肯定不是这副嘴脸。"

其实，晓芸内心有点儿为朱依依愤愤不平。虽然才来这家公司半年，但在晓芸看来，朱依依的工作能力远比名单上的某些人的要强，而且朱依依又勤奋努力，只是不爱在领导面前表现，不会来事，也不擅长和领导们打交道。有时候朱依依自己独立完成的工作，功劳往往被别人瓜分了五成。

她加了最多的班，拿到的却是最少的报酬。

朱依依不爱表现，也一直不争不抢的，因此工作三年，还待在原来的岗位上，一直都在舒适圈里打转，循规蹈矩，日复一日。

晓芸也不好评价这种性格到底好不好，但在职场上朱依依确实容易吃亏。

朱依依这种性格还反映在择偶观上。晓芸曾经见过朱依依的男朋友，那是一个长相很老实可靠的男人，对朱依依很好，常来接她下班，但……晓芸总觉得两个人之间相处没什么火花。不过自从和他在一起后，朱依依脸上的笑容倒是多了些，性格也开朗了不少。

晓芸曾经问过朱依依为什么会和他在一起，朱依依说："因为我们是高中同学，知根知底的，家里人也喜欢。"

"那你呢？你喜欢他吗？"

朱依依当时沉默了片刻后，笑了笑，没有回答。

中午，朱依依去了附近的一家茶餐厅吃午饭。

她吃到一半时，朱远庭不知怎么给她打了个视频电话。

都十二点半了，他这会儿不应该快午睡了吗？

她刚接通视频电话，朱远庭就明知故问道："姐，你在吃饭呀？"

他今天好像心情不错，笑得嘴咧到了耳根。

她看他这背景像是在学校的操场上，后面还拉着红色的横幅写着"热烈欢迎知名校友"——后面的字被挡住了，她看不见。

"有事就说，"朱依依没好气地回了一句，"借钱免谈。"

"嘁，我才不缺钱呢。我就算缺钱也不找你要啊。"朱远庭不屑地撇了撇嘴，仰起头，"我就是想跟你分享一下我喜悦的心情。"

见他咧着嘴，乐得像个傻子似的，朱依依觉着好笑，随口问他："有什么喜事，让你乐成这样？"

"姐，我跟你说，我可能很快要在学校里出名了。"

朱依依来了兴趣，以为他是做了什么出格的事情，筷子都放了下来："来，展开讲讲，你又做什么了？"

回忆起今天早上的事情，朱远庭眉梢上都挂着喜悦之色："薛裴哥今天不是来我们学校了吗？他被校长邀请回学校做校友分享！早上，他在全校人面前演讲，还特意提到我了！那一刻，你懂什么叫万众瞩目吗？几千个人的目光一下子齐刷刷地聚焦在我身上，连我们班的班主任都回过头来看我呢……"

听到薛裴的名字，朱依依只觉得这饭菜都变味了，有一股馊味。

"姐，你怎么这个反应？你就不好奇薛裴哥说了什么？"朱远庭似乎不满她的冷淡反应。

"哦，他说什么了？"

"他说他有个弟弟在高二（12）班，叫朱远庭，让大家帮他监督我学习。"朱远庭说得眉飞色舞，得意得整个人快飘了起来，"妈耶，现在全校的人都知道我有个高考状元的哥哥了，都找我打听这打听那的！哎呀，反正我就是倍儿有面儿！"

"说完了？"朱依依面无表情地听完了。

他就为这事大中午给她打一通电话？

朱远庭也是闲得慌。

"欸，反正你不懂。"

"他什么时候回老家了？"朱依依随口问道。

"前两天啊，薛裴哥没和你说吗？我还以为你知道呢。"

恰巧这会儿薛裴结束了和领导们的交谈，朝朱远庭走过来，朱远庭瞬间把镜头对准了薛裴。薛裴今天穿得很正式，一身剪裁得体的西装，湖水蓝的斜纹领带，袖口半挽，露出一块江诗丹顿陀飞轮腕表，无论从哪个细节看来，俨然是年轻英俊的商业新贵的模样。

他被一群人簇拥着，简直是风光无限。

"你和谁打电话呢？"说话间，薛裴已经凑了过来，在朱远庭旁边坐下。

屏幕里骤然出现薛裴的脸，朱依依刚才还泛着笑意的眼睛一下平静了下来，立刻将镜头移到了别处。

有那么一瞬间，她想把电话挂了。

大概薛裴也不想见到她，神色顿时变了变，只看了一眼屏幕就出了取景框，镜头里只有其衬衫的一角。

那天篮球馆的事情发生后，朱依依再也没联系过薛裴。当然，薛裴也一样没联系她。

她想：他们应该有了共同的默契，那就是最好不要再见面，既然彼此已经撕破脸了，那也没必要再维持表面上的和平样子。

在朱依依心里，"薛裴"这个名字已经永久性地进入了黑名单里。

因为看到他的这一秒，她又想起了那双被扔在垃圾桶里的球鞋。

这些天，她总会反复回想起那一幕，每每想起来似乎都还能闻到那阵脏臭难闻的味道。

她想：幸好，幸好她已经不爱他了。所以无论他再做什么，都无法再伤害到她了。

朱远庭没察觉到他们之间的暗流涌动，径自往下说着："姐，你都不知道薛裴哥在学校里有多受欢迎，好多人问他要联系方式，我都被我们班的女生问得烦了。"

"是吗？"朱依依顿了顿，又说，"他快比你们大10岁了，你们班的女生不嫌他的年纪大吗？"

话音刚落，屏幕那头就传来一声冷笑声，声音出自谁，很显然。

"姐，你这话说的……"朱远庭"啧啧"了两声，"你不会对你男朋友说话也这么刻薄吧？别到时候还没带回家你们就分手了，妈现在可是天天盼着你带那个叫什么李昼的人回家呢。"

薛裴心里一沉。

他忽然意识到，原来朱依依已经把她和李昼交往的事情告诉家里了。

这头，朱依依开口："有些人不懂得尊重别人，自然也不会得到别人的尊重。"

她意有所指。

薛裴直接把朱远庭的手机拿了过来，挑了挑眉："看来我应该就是你所说的'有些人'。"

此时屏幕里只剩下薛裴一个人的脸，他的五官的每一寸都被放大到了屏幕上，朱依依拿着手机的右手捏得紧了些。

她闷声说："你知道就好。"

她本以为他会恼怒地把电话挂断，没想到薛裴却提起了另一件事："你和李昼的事情，你告诉家里了？"

"嗯。"

薛裴难以置信地皱了皱眉："可是你们才交往了一个月。"

他不能理解朱依依在这件事上的所有决定，这么一段不稳定的关系，她竟然会做出这种不理智的行为。

"但已经认识十年了。"

薛裴沉默了几秒，突然轻声喊她的小名："一一。"

这一声喊得极其温柔旖旎，他那双含情的眼睛似乎透过屏幕要望到她的灵魂深处。

朱依依握着手机的右手颤了一下。

"算上今年的话，我和你是不是认识快二十年了？"薛裴似乎在感慨，"如果能活到80岁，那我们已经一起度过了四分之一的人生。"

朱依依看向远处，视线一下失去了焦距，变得模糊。

"是啊，二十年了。"

在这短短的几秒钟里，朱依依很认真地想了想。她和薛裴认识二十年了，她爱他爱了整整十年，见证了他的成长，见证了他的每一段恋爱，见证了他从稚嫩到成熟，见证了他走向和自己截然不同的人生，见证了他离她的生活越来越远。

从前，她用尽全力去接近他，却总是徒劳，从而无数次地感受到挫败、自卑、无奈和不甘。她总会不自觉地比较，计算和他的差距。

现在，当她终于为这段暗恋画上句号时，才看清了很多一直以来没意识到的事情，现在想想那十年的坚持是那么可笑。

是不是曾经也有很多次，她的感情也像那双被扔到垃圾桶里的球鞋一样被薛裴随意地丢弃了？

她还愣着，忽然听到薛裴问她。

"一一，我想知道，"薛裴盯着她的双眼，好像此刻她就在他的眼前一般，"如果那天真是我推的李昼，你会怎么做？"

"什么意思？"她没听懂。

"如果我和李昼之间，你只能选一个。"

问出这个问题后，薛裴竟然无来由地有些紧张，动了动喉咙，屏住了呼吸。

这些天以来，他一直想问她，究竟是他们之间快二十年的感情重要，还是刚交往一个月的李昼更重要……

那天她对他的质问，让他这些天都难以入眠。这么多年以来，朱依依还是第一次对他说出那些指责的话，并且长达十天没有与他联系。

他知道这个问题太过幼稚与可笑，不像他平常会问出来的问题。或者说其实他知道这个问题的答案，知道朱依依根本不会选择李昼，可还是想确认，确认他在她心里仍然占据着不可取代的位置。

朱依依沉默了好一阵才开口。

薛裴听见她说："我觉得你也不缺我这一个朋友。"

太阳穴"突突"地跳着，薛裴攥紧了右手，冬天的风刮在脸上，心也跟着冷了半截。

电话那头朱依依说话的声音很轻，像是在告别什么。

"薛裴，我觉得，我们以后尽量不要再联系了。"

朱远庭不知道发生了什么，只看到薛裴接完电话回来后脸色不太好，却也没多想。他姐从小就和薛裴哥吵吵闹闹，然后没几天就和好了，他一直没当回事。

"对了，薛裴哥，昨晚我妈去集市里买了芹淮果，想让你带点儿给我姐，明天你来一趟我们家吧。"

芹淮果是他们老家的特产，别处想买都买不到，朱依依从小就爱吃。现在正巧是芹淮果结果的时节，再过一阵子，味道就没那么好了，所以吴秀珍昨天特意去买了好几斤，想让薛裴带过去给朱依依尝尝鲜。

"我妈还说要给我姐的男朋友也带点儿过去，可能要装满一箱了。"朱远庭没见过李昼几次，也不知道对方为人到底怎么样，说到这里，忽然转过头去问薛裴，"对了，薛裴哥，你和我姐的男朋友熟不熟呀？觉得他人怎么样？"

薛裴沉默了几秒钟，面无表情地说了四个字："一无是处。"

薛裴最后还是捎了一箱芹淮果回来，在顶楼公寓的冰箱里放了一天后，决定让周时御拿给朱依依。

周时御来到他家看到那一箱东西，联想起这几天发生的事，"啧啧"了两声："怎么？你们还真的闹别扭了啊？不至于吧。"

薛裴没说话，戴着耳机在电脑前打游戏。这是国外最近很流行的一款末日生存类游戏，刚拿了国外的年度最佳游戏奖，制作方有意向和衔时合作。原本这是个很好的合作机会，但对方提出的条件有些苛刻，所以他还在考虑。

"不就是不小心摔伤了她的男朋友吗？朱依依不至于这么恋爱脑吧？"周时御确实感到有些费解，甚至可以说是摸不着头脑，"是不是李昼后来又添油加醋地说了什么？看着挺老实的一个人，怎么心眼儿那么小？那你也卖惨去，那天我还看到李昼肘击了你几下呢。"

那天在球场上，李昼有好几次犯规，周时御可是看得清清楚楚，只不过想着这又不是什么正式比赛，没必要较真。

"不会还真是李昼说了什么吧？"周时御觉得自己好奇中又带着点儿看热闹的心态，"要不改天见到朱依依，我旁敲侧击地提一提？"

薛裴目光都没从电脑上离开，像是根本不在意："没必要。"

"真没想到事情会闹成这样，朱依依也太偏心了。"周时御躺在沙发上看薛裴打游戏，一边记录游戏数据，一边跷着腿说道，"说实话，这事我还真是挺意外的。"

"意外什么？"

"我以前还真怀疑过朱依依是不是喜欢你呢，不然她怎么会对你那么好？周末来回几个小时往咱们学校跑，国庆节七天假期哪里都不去。你要去图书馆学习，她就跟你一起；你让她考证，她就听你的话去考证。你说什么，她都愿意去尝试。

"还有你去国外比赛她比你还紧张，一天发五条消息问我你考得怎么样；你一生病她急得跟什么似的，忙里忙外。就你打篮球摔伤那次，她凌晨三点还在给我发摔伤的人有哪些忌口的。你说这不是爱情，狗都不信！"

薛裴连鼠标都忘了点，游戏里背着弩弓的人物下一秒就被击倒在地上，屏幕上显示出了"您已被击杀"的提醒。

他和朱依依是怎么走到现在这一步的呢？薛裴想。

薛裴一向自诩聪明，可在这个问题上，竟没有丝毫头绪。

昨天夜里，他复盘了所有的一切，但最终没找到任何症结。也许他只是需要时间去适应，适应朱依依的生活里出现了另一个男人，而这个男人的身份是她的男朋友。

从高二那年发现朱依依喜欢自己开始，薛裴曾有一段时间陷入迷茫、慌乱、不知所措的情绪中。

感情是双向的，他知道自己对朱依依并非男女之爱，所以一直以来都希望她能尽快开始一段感情，不要在他身上浪费时间。可真到了这一天，原来是这样的感觉，失落、困惑、烦闷、焦躁……和他预想中的不一样。

他并非要朱依依一辈子围着他转，只是无法接受被忽视、被隔离在她的世界外。

当她那么果断地说出以后不再联系的时候，薛裴忽然觉得原来他们之间的二十年对她来说竟一文不值。

周时御耸了耸肩："不过现在看来，我当初确实看走眼了。毕竟她为了李昼都要和你绝交了。这还只是皮外伤，李昼要是伤得再重一点儿，她不得跟你拼命？她现在不仅是不喜欢你，可能还恨上你了。没想到啊，薛裴，原来你的魅力也是有死角的。"

像薛裴这样的人，竟然也有人看不上啊……周时御现在的心情可以用诧异来形容。

游戏尚未结束，薛裴就把电脑关了。他走到阳台上点了根烟。冬天的风带着渗入骨头的寒意，可奇怪的是，他并不觉得冷。

烟燃尽，火星渐渐熄灭，周时御不知道什么时候站在了他身后，双目望向远处的高楼。

"不过你最近还真有点儿反常，像变了个人似的。"

就拿上次在篮球场的事来说，李昼不过是想在女朋友面前表现一下，这也无可厚非，但薛裴那天不知犯什么冲，非要较那个劲，打得那么狠，让别人无处发挥，在女朋友面前丢脸。

而这件事情最吊诡之处就在于，薛裴从来不是那种爱出风头的人。相反，他和薛裴认识这么多年来，薛裴对旁人一向谦和有礼、温文尔雅、沉稳冷静，与人相处没一处是不得体妥帖的。可偏偏那天，他像撕掉了以前那些虚假的伪装，那暴戾的样子连周时御都觉得有些陌生。

想着，周时御踢了那箱芹淮果一脚，说："既然你都和朱依依闹翻了，这箱东西干脆就不送过去了呗，吃力不讨好。"

薛裴正好站在风口，他的声音在风中变得遥远、深沉，还带着些不易察觉的情绪："送过去吧，她爱吃这个。"

"人都跟你老死不相往来了，你还管她爱吃什么。"

薛裴面无表情地回头看了周时御一眼，那眼神看得周时御的心里发毛。

周时御连连点头："行，行，行，我去送。"

当天下午，周时御就把这箱果子给朱依依送了过去。

去的路上他都觉得有点儿滑稽，想想自己好歹也是个游戏公司的首席技术官，现在沦落到给人当送快递的，还顺带充当了传话筒和金牌调解员的角色。

"这是你妈妈喊薛裴给你带回来的，薛裴今天还有事，就让我顺便拿过来了。"周时御气喘吁吁地说着，把那箱水果放在门口，又伸手抹了抹额头上的汗。

他近来工作忙，没怎么去健身房锻炼，体力也跟不上了，以至扛着这箱水果爬上七楼都有些吃不消了。

"谢谢啊，辛苦你跑一趟了。"朱依依看他这样，有些过意不去。

周时御摆了摆手："这有啥？就那几步路，再说了，薛裴让我拿过来，那我肯定使命必达。"

听到薛裴的名字，朱依依沉默了，嘴角的笑容淡了些。

"进来坐一会儿吧，我给你倒杯花茶，刚泡的味道正好。我早上还做了些点心，做多了，你带些回去吃吧。"

听到有吃的东西，周时御二话不说进了门："行，那我就不客气啦。"

朱依依给周时御倒了杯茶，又拿出早上刚烤的点心放在茶几上，想着再去洗些水果，便在厨房里忙活了一会儿。

这间屋子的隔音不是太好，她听到客厅里的周时御在打电话。

"嗯嗯，刚送到……我在她家里坐着呢。你放心，我不会乱说话，你们之间的事，我才懒得掺和呢……她在厨房里，你没有什么话想让我转告的？……行，那我挂啦。"

为避免尴尬，等周时御打完电话，朱依依才从厨房里走出来。她又看了一眼墙角那满满一大箱的果子，知道吴秀珍肯定是把薛裴的份也算上了，所以才买了这么多，一时有些头痛。

这么多不知道要吃到什么时候，她便对周时御说："要不你也拿点儿回去吃吧，太多了我也吃不完。"

周时御还真是第一次见这个果子，刚才来的路上就想尝尝味道了，可又想着一个合格的快递员是不能私自食用顾客的食物的，起码得先得到顾客的同意才行。

"那我先尝一个。"

他也没客气，当下就从盘子里拿出一个果子，剥开果皮，一整个塞进了嘴里。

出乎他的意料，这个看起来有点儿丑的果子还真是挺好吃的，味道甘甜，汁水饱满，一点儿都不涩，吃完口里还留着淡淡的果香，很清爽。

"那我拿些给我女朋友也尝尝，她肯定爱吃。"

朱依依笑了笑，进厨房里拿了个购物袋，给他装了满满一袋果子。

看着朱依依忙里忙外的，周时御想：她还真是个不错的女孩儿，人温柔又细心，说话轻声细语的，笑起来还有个小酒窝，怪可爱的。

他大学那会儿就想给她介绍对象来着，可后来又想他身边有哪个人能比薛裴更出众，更耀眼？以薛裴为标杆去审视了一圈身边的男性后，周时御放弃这个想法。

后来，这件事就这样不了了之了。

"依依，你和薛裴……还真是吵架了啊？"

"嗯。"

"就因为那天的事？"

朱依依认真地想了想，摇头："也不全是，有很多因素。"

她和薛裴之间的事情，总归不是三言两语能概括完的。

"那你是怎么想的呢？"

周时御看朱依依这样子，好像是真的狠下心了似的。她这人平时看着挺好说话的，但其实心里很有主见，一旦决定了什么事就很难改变。

他又忍不住替薛裴说话："其实薛裴挺关心你的。你看你们俩吵架，他还惦记着你爱吃这个，让我给你送过来。你别怪我多嘴，我就是觉得你们这么多年的感情，因为这点儿小事就闹翻了，不值得。"

可朱依依听到这话没有悲伤，也没有难过，就像在谈论今天的天气一样平淡："已经不重要了，他现在对我来说只是一个普通的同学、普通的邻居，我相信他也是这么想的。"

周时御咋舌。

这事闹得这么严重？

既然对方这么说，周时御也不好再说什么，便将话题岔开又聊了几句和李昼有关的事情。周时御原以为朱依依不过是想和李昼谈谈恋爱试试——在他看来，初恋一般不都是拿来试错的吗？有几对初恋情侣是能走到最后的？

可他没想到的是两个人竟然真的是以结婚为目的去谈恋爱的。

他震惊地走出门，准备给薛裴发消息说自己准备走了。他想着刚才这些聊天内容还是不要让薛裴知道比较好，免得徒生事端。

可当他拿出手机时才发现，原来刚才电话一直没挂。

午睡没睡好，朱依依起床时头脑有些昏昏沉沉的。她躺在床上望着天花板发了一会儿呆，意识稍微清醒了些。

手机放在床头，她拿起来看了一眼，发现在一个小时前，吴秀珍给她发了好几条语音消息。吴秀珍大概是在买菜的路上，朱依依还能隐约听到市场里的菜贩的吆喝声。

妈："依依啊，那箱水果，薛裴给你拿过去了没？"

妈："路上磕磕碰碰的，果子没坏吧？"

妈："你记得啊，别一下子吃太多，免得吃坏了肚子，这果子很寒凉的。你要是吃不完就给李昼也拿点儿过去，知道没？"

朱依依听完这几段语音后，给吴秀珍回了个"猫猫点头"的表情包。

下一秒，吴秀珍就打了电话过来。

"睡醒了啊？"

"嗯，刚醒。"

朱依依一边应着，一边开了免提，在书架上拿了本书下来，是昨晚还没看完的一本侦探小说。

"你和那个李昼最近相处得怎么样啊，都没听你提起的？"吴秀珍有些心急，猜测道，"别是黄了吧？"

朱依依叹了叹气："没有，你想到哪儿去了？"

吴秀珍打开了话匣子："我和你爸一致觉得李昼这孩子还不错，但是呢，就两点不好：第一个是身高差了点儿，第二个就是工作太辛苦了。唉，他当初要是考上公务员就更理想了。"

朱依依没好气地笑了笑。

吴秀珍好几次打电话过来都在强调李昼的身高问题，话里话外都是惋惜之意。

朱依依笑着说："那下次我让他穿好增高鞋垫再去看你吧……

"你这孩子！我跟你说认真的呢！"对朱依依的冷幽默，吴秀珍并不买单，嫌弃地打断了她的话，"妈问你，你是不是真的对他有意思才和他在一起的？你认真地回答。"

朱依依敛住了脸上的笑容，翻书的手指一直停在那里。她沉默了一会儿，说："是，我觉得李昼人挺好的。"

吴秀珍舒了一口气，放下心来："妈也不是要逼你……就是看你这么多年一直不谈恋爱，我和你爸心里着急。哪怕你谈了又分手，妈也能接受。就是看你一直没动静，我才更担心。去年我和你爸还说呢，也不知道是不是因为我和他老是吵架，所以才让你对婚姻那么恐惧。"

"当然不是。"朱依依的眼眶莫名其妙地红了红，她说"和你们没关系，是我之前一直想不通而已。"

"那就好，那你可要和李昼好好相处，脾气别那么倔，别像平时和薛裴相处那样，老是吵来吵去的。"

"嗯，知道了。"

挂了电话，朱依依化了淡妆，换了身衣服，准备出门。

今天是周末，她本就打算去一趟李昼的出租屋，给他拿些芹淮果过去，顺带去超市买一些补品给他。

过了这么些天，李昼那条腿已经好得差不多了，伤口处也结了痂。看到李昼伤口好了，朱依依终于放下心来，缓了一口气。

李昼知道她今天要来，还特意做了四菜一汤。他一大早就起床去市场买好了菜，然后回家一直忙活到下午。朱依依喜欢吃大闸蟹，他还特意挑了几只大的，做了一道姜葱炒蟹。

见朱依依吃得满嘴是油，李昼细心地拿纸巾给她擦着脸，笑着说道："吃归吃，怎么把脸都弄脏了？"

"好吃嘛，顾不上什么形象了。"

这话没有半分恭维的成分在，平心而论，李昼的厨艺确实不错，做的菜很合她的口味，不仅会做粤菜、湘菜，网上那些奇奇怪怪的网红菜式他看一遍也能做出个样子来。

朱依依说完，喝了一口丝瓜豆腐汤。热腾腾的汤下肚，朱依依满足地打了个饱嗝儿，觉得身子都暖和了不少。

"这么爱吃我做的菜，不如你搬来我家附近吧。我楼下正好有房子在出租，我打听过了，房租和你现在的差不多，就是水电费用高一些，这儿离你上班的地方也近。"朱依依的脸蛋儿有点儿圆，低头吃饭时有些可爱，李昼忍不住伸手捏了一下她的脸，"等你搬过来，我天天煮饭给你吃。"

这话听起来很心动，但朱依依最近还没有换房子的打算，而且现在两个人感情还不稳定，搬得近了，反而容易闹矛盾。

"我现在的房子租期还没到呢，现在退租的话，押金就拿不回来了。"

"也是，不着急。"李昼大概也是随口这么一说，没多问，很快就转移了话题，"对了，我上周听老孙说薛裴已经在北城买了好几套房子。按照北城现在的房价，那可真不是一般人能做到的，看来现在做游戏比我想象的还要赚钱哪。"

李昼前几天又遇到了薛裴。他去远泞路那一带跑业务，需要上门拜访某位客户，走出小区时迎面撞上了薛裴。薛裴正开着车准备进来，两个人打了个照面。薛裴好像没想搭理他，车窗都没降下来，看了他一眼就移开了视线。

那个小区可以说是寸土寸金。大家都调侃"远泞一块砖，三线城市一套房"，李昼是真没料到薛裴能住在那里。

想起这几次遇到薛裴，他开的车都不一样，好几辆都是百万元左右的车，李昼想想也是自己眼界小了。李昼还记得当初他刚听说薛裴毕业去做游戏的时候，还在心里鄙夷：怎么北大毕业的人，这么没出息？

原来现在游戏行业竟赚钱到这种地步。

朱依依眼睑低垂，没过多评价："是吧，他还没毕业就买了一套公寓，在淮森路那边。他之前大学炒股也赚了些钱。"

李昼显然有些震惊："果然北大毕业的人就是不一样啊，你看我们累死累活一年到头也买不起市中心公寓的一个卫生间。"

朱依依笑了笑，没说话。

两个人吃完饭窝在沙发上一起看综艺节目，是一个推理的真人秀节目，朱依依信心十足，提议谁猜错凶手谁就去洗碗，李昼笑着答应了。

一个半小时的节目，中间有一段剧情特别瘆人，背景音乐也阴森森的，朱依依不自觉地神经紧绷。李昼将她搂得紧了些，又把毛毯往她身上盖。

他取笑道："害怕还要看，晚上做噩梦了怎么办？"

"那我就打电话骚扰你，让你也别想睡了。"朱依依吓唬他。

李昼"哈哈"大笑："行，那我今晚不关机睡觉了，免得你找不到我。"

寒冬天气，室内没有暖气，两个人靠在一起取暖看电视，李昼忽然有感而发："依依，你知道吗？你就是我想象中的女朋友的样子。"

"什么样子？"

"反正就是跟你在一起特别安心。"灯光下，李昼望着她的眼睛，"让我很想有个家。"

第五章
保持距离

薛裴最近去了南方出差。有个商业论坛邀请他出席，地点定在琼市，和北城相隔了两千多公里。年底事忙，他本想推辞不去，但后来又应了下来。近来他的情绪不太对，这次出差他就当是去散心。

琼市常年四季如春，冬天温度都在 15 摄氏度左右，周时御刚下飞机便热得冒汗，提议先回酒店换身衣服。他裹着围巾，穿着羊绒大衣，走在路上实在太惹眼，回头率过高。

"没想到这么热，大冬天的还能热出汗来。"周时御把围巾摘了下来，搭在臂弯处，"不怪我——我还是第一次来，低估了这里的天气。你呢？之前来过没？"

薛裴点头："嗯，来过。"

薛裴想起他第一次来琼市，还是十多年前的事情了。

他和朱依依两家人第一次家庭出游便是选在琼市。他记得很清楚，也是在冬天。那阵她寒假作业没写完，白天到处玩，晚上便去他的房间里赶作业，写十分钟玩一个小时，没点儿定性。

往往前一秒她还躺在床上看漫画，下一秒听到走廊里有脚步声，就能一个鲤鱼打挺从床上跳起来。当叔叔阿姨拧开房门走进来时，她已经端端正正地坐在书桌前假装学习了，还脸不红心不跳的。

那个时候，她年纪还小，很爱撒娇，也很黏人，一有求于他就喊他"薛裴哥哥"。他对此也是真受用，有求必应，但后来不知从什么时候开始她连"哥哥"也不喊了，直呼他的名字。

薛裴神色黯了黯，不再往下想。

从酒店出来，直接乘坐主办方派的车去了论坛现场。他们去得有些晚了，刚到没多久，就轮到薛裴上台发言。当薛裴站到会场中央的那一刻，周时御看到台下的女观众的眼睛都亮了起来。

啧啧，这该死的魅力。

不出所料，午宴上薛裴成了在场所有人的视线追逐的焦点。外表英俊、年轻有为、谈吐不凡，单是这几个条件就足够让人心动。周时御在一旁品着红酒，懒懒散散地看着薛裴游刃有余地拒绝了一个又一个女人，话术都不带变的。

"刚才这个这么漂亮，你都不喜欢呀？"

听说那女孩儿的父亲还是大学教授，母亲是北城著名的企业家，那女孩儿本身是硕士在读，周时御倒觉得那女孩儿和薛裴挺般配的。

薛裴没理会他的调侃。

他早已过了会冲动地开始一段恋情的年纪，现在对爱情的态度比以往审慎了许多。他不想辜负别人，也不想把爱情当成游戏。

"我先回酒店了。"

今天一直在连轴转，从北到南，没有停下来歇过，薛裴的确有些累了。

回到酒店后，他洗了个热水澡，刚从浴室里出来，就接到了朱远庭打来的电话。

"薛裴哥，你现在有空没？帮我看看这道化学题呗，这里碳酸钠晶体失水的能量变化是怎么算出来的啊？我看了答案都没弄懂。"

过两天就要期末考试了，现在朱远庭心里慌得不行，想趁着最后关头冲刺一下。

薛裴看了一眼题目，不算太难，但题干的干扰项很多，解题思路需要特别清晰才能运算正确。他讲解了将近半个小时，朱远庭终于弄明白了。

"谢谢薛裴哥，我就知道你一说我就懂！对了，你什么时候放假呀？过年回家你想吃啥？我悄悄让我姐给你做！"开空头支票这一招，朱远庭向来玩得很熟。

听到他说的话，薛裴倒是愣了一瞬："还不知道，可能要到除夕当天。"

"啊？这么晚哪，我还想着等你回来，我和你，还有我姐一块儿去漫展玩。"朱远庭显而易见地失落了起来。

"漫展是什么时候？"

"27 号。"

薛裴看了一眼日历，说："看情况吧。"

就算他提前回去，估计朱依依也不想见到他。他这些天严格地恪守着朱依依所说的话，能不见面就不要见面。这些天他心里也憋着一股气，等着朱依依主动来找他。

他越来越觉得，朱依依大概快沉不住气了。

他了解她的。

"你姐姐什么时候放假？"他问。

"昨天她打电话回来，说是 25 号。"朱远庭显然不知道他们之间发生了什么事，"你们今年还一块儿回来不？"

"不。"

"也对，我姐应该和她男朋友一块儿回来。"

"嗯……"

两个人又聊了几句，快下午三点了，薛裴准备挂电话睡个午觉，朱远庭却好像想起了什么，语气变得兴奋起来："薛裴哥，我跟你讲个很有意思的事情。"

薛裴回话的声音温和起来："说来听听。"

"昨晚我去书房里找东西，无意间翻到我姐高中的语文课本，你说她平时上课是不是天天开小差啊？"

"偶尔。"薛裴的眼底染上笑意，他想起的却是上课时朱依依有些婴儿肥的脸趴在书桌上睡觉的样子，"你又是怎么知道的？"

薛裴虽然这么问，但知道朱依依并不像朱远庭说的那样——她以前也有过很用功学习的时候，尤其是在复读那年。

"因为她上课时都在画你啊。"

"画什么？"

薛裴呼吸一窒，心跳都停了一拍，以为自己听错了。

"画你。"朱远庭以为他不信，一下发了好几张图片过来，说话声音得意扬扬的，"你别说，我姐画得还挺用心的，我一眼就认出来画的是你。"

薛裴点开图片的那一秒，眼眶一下有些发热。

在朱远庭发过来的照片里，薛裴看到了朱依依画的自己。她画得确实很用心，连发丝都一根根勾勒了出来：坐在书桌前计算数学题的他、被老师叫起来回答问题的他、趴在课桌上闭眼休息的他、在球场上打篮球的他……

透过这些久远的画像，薛裴好像看到了当年朱依依画画时的样子——眼睑低垂，刘海儿从耳后滑落，她专注时眉头总是皱得很紧，右手拿着铅笔一笔一画地在纸上描摹。

"你再看这张，她把你画得好丑！估计那时候你惹她生气了，她才把你画成这样。"朱远庭笑着说，"哈哈，我姐报复心还挺强。"

薛裴看向最后一张图——朱依依在一幅画好的人像上打了个大大的"×"，还用圆珠笔给他添了两束长长的胡子一直垂到肩膀，眼睛也画成了荷包蛋的形状，头发还用红笔上了色，像"杀马特"一样，绘画笔法极其潦草。

他禁不住笑出声来，心底仍然热热的。

朱依依真可爱，他想。

临近春节假期，大家都无心上班，除了那些急着完成的事情，其他小事都推到了年后。"年后再说"，成为了人们的共识。

朱依依也终于过了一段清闲的日子。每天按时上下班，不用再加班了，再者公司的组织架构有所调整，她和晓芸被调到了另一个组，虽然工作内容没怎么改变，但跟着的领导比以前那位要和善多了。

这算是一个好消息，另一个好消息是在春节放假的前一天，朱依依终于领到了年终奖。

她战战兢兢地点开工商银行的 APP（应用程序），当看到上面的数字时，眉头都舒展了，终于露出了笑容。

19756.5，快 2 万块钱了。

朱依依对这个数字挺满意，一整天心情都不错。虽然在高消费的北城，她这点儿钱算不上什么，但好歹过年回家也可以给吴秀珍包个大红包了。

当晚她就和李昼去商场买了好些保健品准备带回家给爸妈，但在选礼物给朱远庭时倒是犯了愁，选了好半天最后听李昼的话买了一盒乐高的积木。

第二天一早，他们就出发回桐城，这回朱依依终于记得买晕车药了，不过没想到的是，李昼也给她买了。

她看着车窗前放着的药盒，有些感动。

"谢谢。"她说。

李昼笑着摸了摸她的头："说什么'谢谢'呢，这是我应该做的。"

春节前的高速公路很堵，一直到傍晚他们才抵达了朱依依的家。由于时间实在太晚，李昼没有进门，只在小区门口和朱依依的父母打了声招呼就回去了。

也好，免去了很多尴尬的场面，朱依依都怕吴秀珍把李昼吓到。

吃完晚饭后，朱依依把礼物拿给了朱远庭。

他正在书房里做去年的高考英语试卷，听说有礼物收，眼睛登时就亮了起来，立刻跑了过来。

"是什么？"朱远庭一脸期待的表情，"没想到我还有礼物收，谢谢姐姐！"

当朱依依把礼物从行李箱里拿出来时，他的表情一百八十度大转变。

朱远庭撇了撇嘴，失望地说："啊？怎么是积木？"

朱依依愣了愣："不喜欢吗？"

"你今年没和薛裴哥一起去买吗？"朱远庭拿起那盒积木看了又看，惋惜地叹了一口气，"姐，你买这个太浪费钱了。我平时不玩积木的，好几百块钱呢，你还不如折现给我。"

往年朱依依都是和薛裴一块儿去买年货带回家的，朱远庭的礼物也是他们一起选的。

她不了解她弟的精神世界，对这种年龄的小男生喜欢什么是真的不知道。所以，往常都是薛裴说哪个好，她就买哪个，很省心省力，而且买的东西朱远庭也挺喜欢。

朱远庭见他姐不说话，以为她生气了，解释道："姐，我不是不喜欢你的礼物，只是真的不喜欢玩这个……"

"我知道，没生气，你继续做题吧。"朱依依表情很淡然。

"我搞到了三张星城动漫展的套票，过两天我们一块儿去吧，顺便喊上你男朋友。"朱远庭说起来还有些遗憾，"本来想等薛裴哥一块儿去的，现在只能便宜你男朋友喽。"

"什么意思？"朱依依问了一句。

"薛裴哥要到除夕那天才能回来呢。"

"哦。"朱依依没再说话。

她想起上次她和薛裴说话已经是二十多天前的事情了。

过了两日，朱依依带着李昼和朱远庭一块儿去了动漫展。为了融入年轻人，朱依依还特意穿得年轻了一些，把以前衣柜里的羊角扣大衣穿出来，还用蝴蝶结发圈扎了个马尾。李昼大概是第一次去这种地方，穿着太过商务，在人群中显得格格不入，引来了不少人的目光。

说实话，朱远庭看着都有点儿尴尬，可还能咋办？

如果让朱远庭选，他心目中理想的姐夫该是像薛裴这样的——有钱，学历高，长得帅，还对他那么好，他那一屋子的手办和游戏机几乎都是薛裴给他买的。

他正想东想西，就被他姐喊过去拍照。朱依依想和一位漂亮的女扮演者合影，朱远庭拿起手机"咔咔"拍了几张。他姐今天心情貌似不错，笑得很灿烂，脸颊上的小酒窝都露了出来。

朱远庭随手就把这张照片发给了薛裴："你看我姐笑得傻里傻气的！今天她穿得像不像个高中生？"

半个小时后，薛裴回了两条消息过来。

"挺像。"

"他怎么也在？"

他？这张照片里没有男人啊。

直到放大了这张照片，朱远庭才终于明白薛裴所说的"他"是谁。在一个不起眼的角落里，李昼正拎着朱依依的手提包，望着门口的方向。这人背影这么模糊，薛裴哥竟然还认得出来，眼力真不错。

"你说我姐的男朋友啊，他和我们一块儿来的。"

说着，朱远庭又给薛裴发了一张照片，是他姐和她男朋友的合照。两个人站在一个蜘蛛侠的巨型手办前，朱依依拿着杯奶茶，李昼搂着她的腰，乍看上去还挺般配。

朱远庭将消息发出去后，薛裴没有再回复了。

朱远庭想：他大概是忙昏头了没看到。

很快就到了除夕，朱依依和朱远庭一大早就起了床，贴对联，包饺子，买年货，里里外外地忙活了半天，累得够呛。偏偏吴秀珍一直旁敲侧击地打听朱依依和李昼的进展，像是恨不得过完年就把她嫁出去，令她听着都有些心累。

她本来还打算过几天领李昼回家见见的，现在都有些犹豫了。

吃完年夜饭，他们一家人就拎着水果、点心去薛裴家串门看春晚。每年的除夕他们两家都是在一起过的，今年自然也不例外。

去之前朱依依还有些抗拒心理，可站在他家门前时忽然想开了。放假这么多天，她和薛裴不可能完全不见的。薛阿姨一直以来对她这么好，她不可能因为薛裴就对薛阿姨避而不见。

朱依依做好了心理建设，可去之后才发现原来薛裴还没回来。

"薛裴今年工作忙。六点多的时候，我给他打电话，听他说刚到承州，不知道到家得几点了。"薛妈妈说起来还有点儿担心，这大过年的，儿子还要在路上奔波，年夜饭都赶不上一口热的。

"承州啊，"朱建兴琢磨了一下，"那还有一两百公里呢。"

吴秀珍眼看着这饭菜就快凉了，拍了一下朱依依的手臂："依依，你给薛裴打个电话问问他到哪儿了，我们提前把菜热一热，待会儿薛裴一回来就能吃了。"

突然被点到名，朱依依愣了愣，攥着手机的右手渗出了汗。

当着这么多人的面也不好拒绝，她迟缓地应了一声："好。"

拨电话的时候，朱依依喉咙有些发紧，跟刚跑完八百米似的，干涩难受。

电话接通得太快，朱依依还没想好要说什么，攥着手机的手又紧了紧……

两个人就这么沉默了几秒钟，最后还是薛裴先开口："有事？"

男人生疏的语气让朱依依的心往下沉了沉，她不想让家人看出异样，还在假装着热络，笑着问："嗯，你到哪儿啦？"

"在邑城服务区。"薛裴顿了顿，声音亦有些紧绷，"怎么了？"

邑城离他们这儿还有差不多一个小时的车程。

"没事，那应该快到了。"朱依依不知道该说什么了，可望着薛阿姨殷切的眼神，又补充了一句，"那你路上注意安全，等你回家吃饭。"

后半句话她说得很轻，在薛裴听来，有种莫名其妙的温柔的意味包裹在里面。

薛裴那边忽然没了声，朱依依以为是高速公路上没了信号，正想把电话挂了，在最后一秒终于听到他的回答："好。"

这通二十秒不到的电话让朱依依情绪起起落落，一口气憋在心里没处发泄。幸好大家都围在电视机前看春晚，气氛融洽，都有说有笑的，没人看出她的反常表现。

在播放到春晚的某个小品的时候，趴在窗口的朱远庭突然高声喊了一句："薛裴哥回来了！"

说完，朱远庭连棉鞋都没换，就一溜烟地跑下楼去，情绪之兴奋比朱依依回家那天有过之而无不及。

"你看这孩子……"吴秀珍没好气地笑了笑，"从放寒假那天就开始念叨，天天盼着薛裴回来。"

薛妈妈笑得很欣慰："孩子们感情好嘛，薛裴也一直把阿庭当亲弟弟的。"

没一会儿，楼道里就传来声响，紧接着声控灯也亮了起来。柔和的灯光逐渐映出人的轮廓，薛裴的身影出现在门口，一袭黑色的大衣修饰出高大的身形，内搭的浅色毛衣显得他更加温文尔雅，气质翩然。他右手提着行李箱，臂弯处搭着条深灰色的围巾。

朱依依的神情有些不自然，因为那条围巾是她早几年送的。

大概他已经忘记了，才会这样不避讳地搭在身上。

"都快九点了，你饿不饿？路上有没有吃东西？"盼了一天的人可算是回来了，薛妈妈走上前左右打量了一番，越看越心疼，"儿子，怎么感觉你又瘦了？脸都小了一圈，是不是工作太辛苦了啊？"

薛裴笑了笑，侧过脸去："每次回家您都这么说。"

薛妈妈不服气，找来朱依依当帮手："依依，你来说句公道话，薛裴是不是瘦了？"

正在嗑瓜子的朱依依愣了愣神，把瓜子壳从嘴边拿了下来，缓缓转过头去。和薛裴四目相对的瞬间，两个人一时都有些尴尬。朱依依扯了扯嘴角，笑得勉强："嗯，好像是瘦了点儿。"

"你看，依依都这么说，平时是不是工作太忙了，都来不及吃饭？"薛妈妈话里话外都心疼得不行："依依啊，你和薛裴都在北城，你可得帮我多看着他，让他多注意身体。"

朱依依将表面功夫做足："好，阿姨，你放心，我一定会监督他的。"

薛裴自然听出了她敷衍的语气，看着沙发上的她的背影，眼神黯了黯。

一路风尘仆仆，身上都沾了不少味道，薛裴去卧室换了身衣服。

看着他的房门关上，朱依依松了一口气，继续嗑瓜子看电视。

几分钟后，旁边的沙发突然陷了下去，薛裴在她旁边坐了下来，不经意间裤腿挨上了她的腿。朱依依的后背绷直了，也不能怪他是故意的，因为就只有这里还空了个位子，但她还是有些许不自在，嗑瓜子的速度都慢了许多。

吴秀珍关心地问道："薛裴，路上是不是很堵？怎么这么晚才到？"

"是有些堵，让大家担心了。"薛裴的眼睛弯弯，笑得体，他为人处世一向妥帖周到，又问候道，"叔叔阿姨，你们吃过饭了吗？"

朱远庭在一旁抢话："我们很早就吃了！因为我姐才四点钟就说饿死了，要吃炸鸡翅，所以全家都提前了吃饭的时间……"

朱依依黑了脸，拧着朱远庭的胳膊不松手，示意他别再往下说了。

"啊，痛，痛，痛，我不说了，不说了！姐，你快松开！"

看着他们在那里打闹，薛裴眼底不自觉地染了笑意，那目光落到朱依依脸上，连他自己都没察觉里面包裹着炽热的想念。

他算了算，今天是他们二十五天后的第一次见面。

他们认识十多年，还是第一次冷战这么久，没有打一个电话，没有发一条短信。两个人就好像两个陌生人一样生活在同一座城市里，互不相识，互不打扰。

薛裴吃完年夜饭出来后，朱依依不见了，茶几上那包瓜子还剩了大半。

朱远庭像是知道他想问什么，指了指楼上："你找我姐啊？她去天台上看烟花啦，刚才市中心那一带有烟花表演。这么冷的天，我姐可真耐冻啊。"

薛裴走到天台上时，朱依依正背对着门口靠在栏杆上打电话，天台风大，灯光很暗，她的发丝在风中狂舞，像一首在黑夜里凌乱的诗。

薛裴在朱依依身后静静地看了很久，也静静地听了很久。

她大概正在和李昼打电话。

"我还不困，你呢？……对，在薛裴家，可能要守完岁才回去……是有些无聊，所以不想挂电话，你再陪我聊一会儿嘛……你要陪我一起守岁吗？……嗯，想的……想你。"

听到这里，薛裴转过身，悄无声息地离开了，背影混在夜色里浓得像墨。

他想起刚才在邑城服务区，接到朱依依的电话时的欣喜情绪。她在电话那头说等他回家吃饭，薛裴在侧视镜里看到了自己禁不住弯起的嘴角。

从邑城回来的路上，他开得很快，还以为……她想见他。

朱依依和李昼打了半个小时的电话才下楼。夜越深天台上的风越大，她觉得自己的手都快被冻僵了。

这么冷的天气，她只想舒舒服服地泡个热水澡后睡觉。于是她下楼后径自回了家，回到家后在微信上和吴秀珍说了句太困了，想先回家休息，让吴秀珍帮忙和叔叔阿姨说一声。

很快吴秀珍发了句语音过来，让她早点儿休息，别熬夜。

朱依依洗完澡后在房间里一边吹头发，一边看电影。那电影是李昼给她推荐的喜剧片，还挺有意思的。她边看边笑，一整天紧绷的心情终于放松了下来。

她看了半个小时，见李昼在微信上问她："怎么样？好不好看？"

朱依依回："挺好看的。"

她顺手给他拍了平板电脑上正在播放的进度条。

李昼："头发吹干就早点儿睡，不要熬夜哟。"

朱依依："嗯嗯。"

临近十二点，大门传来钥匙扭动的声音，紧接着朱远庭咋咋呼呼地跑进她的房间里，一股脑儿地把几个红包扔到了她面前，动作风风火火的。

"红包！叔叔阿姨给你的。"朱远庭语气轻快，把红包往她眼前又推了推，"红包已送到，那我先走喽。"

说完他跟脚底抹了油似的，急着想走。

朱依依心里暖暖的，笑着说："我都这个岁数了，还有红包领啊？"

朱远庭把魔爪伸向了那几个红包，笑嘻嘻地说："姐，你是不是不要啊？那给我算了。"

"谁说我不要的？松手！"朱依依打掉他的手，瞪了他一眼，不过看了一眼发现不太对劲，"怎么是三个？"

除了叔叔阿姨给的，还有一个是谁给的？

"哦，那个是薛裴哥给你的。"

朱依依拿红包的手就那么停在了那里。

朱远庭没看出她的异样，径自往下说着："薛裴哥刚才特地让我拿给你的！他也给我包了一个大红包，还给我带了最新款的电脑！不行，我待会儿得发个状态嘚瑟一下，让我的同学们羡慕去。"

"这么贵的礼物你也敢收，朱远庭，你的胆子越来越大了啊。"朱依依弹了一下他的脑门。

朱远庭来了情绪，反驳道："这是我期末考试的奖励！而且刚才我已经非常诚恳地道过谢了。"

"你的'谢谢'值几个钱？"朱依依教训他，"那电脑得好几万块钱吧，你赶紧把礼物给我退回去，不然我就告诉爸妈。"

朱远庭有点儿难过，小声说："真的要退回去吗？"

"对，"朱依依态度很强硬，"没的商量。"

"好吧。"

朱远庭哼哼了几声，骂骂咧咧地走了。

朱远庭走后，屋里突然安静下来，朱依依盯着桌面上薛裴给的红包发起了呆，视线逐渐失焦。墙上的时钟"嘀嗒"地走着，秒针和分针重叠后又分开。

在十二点整点时，朱依依终于拆开了薛裴给她的红包。

除了那厚厚的一沓人民币外，在红包背面写着一行字，笔势苍劲有力，一看就知道出自谁之手。

薛裴在上面写着："新年快乐，依依。"

春节第一天，朱依依和周茜去了市中心那一带逛街买衣服。到了下午，李昼打电话问她在哪儿，说他妈妈做了些红枣糕，让她带点儿回去和家人一起尝尝。

朱依依没好意思拒绝，便带了两盒红枣糕回家。吴秀珍一开始还嫌她乱买东西，说家里人不爱吃这甜的点心，后来一听说是李昼的妈妈做的，笑得眼睛都眯了起来，立刻去厨房洗了手，拿起一块塞进嘴里，乐得嘴都合不拢了。

"不是说不爱吃吗？"朱依依故意问道。

吴秀珍眉飞色舞地说："这可是李昼的妈妈做的，能不尝尝吗？"

两副面孔，出神入化。

吴秀珍吃完甚至拿了一块红枣糕去厨房给朱建兴："建兴，你快来尝尝，咱们的亲家做的红枣糕，味道可甜可甜了，真是好手艺。"

她妈妈还专门演这一出戏给她看，朱依依简直哭笑不得。

李昼给她发来短信："怎么样，会不会太甜？你爸妈吃不吃得惯？"

朱依依看着厨房里造作表演的两个人，叹了一口气，回复："吃得惯，他们很喜欢。"

李昼："那改天你来我家多拿点儿回去吃。"

朱依依顿了顿，没回复。

她知道这是见家长的另一种说法，但……

对她来说，这好像有点儿太快了。

客厅里吴秀珍还在拿红枣糕说事，为了逃离这个战场，朱依依只好去书房里找朱远庭打游戏。

朱远庭正在显摆薛裴之前送给他的手办，一边说一边着视频，大概是录给同学看的。朱依依对这些东西一窍不通，就在旁边听着他在那里吹嘘。

好半天，朱远庭像是才发现她在这里，转过头问她："姐，你来这里是干吗的？"

"找你打游戏。"朱依依仰躺在沙发上，双手枕在脑后，"你吹完牛了没？快点儿上号。"

"你早说啊。"朱远庭把旁边的台式电脑摁了开机，滔滔不绝地说着，"我们来玩薛裴哥的公司新出的游戏吧，最近可火了，我待会儿给你也整个账号。"

"不要，懒得学。"

朱依依很少玩端游，也玩不明白，拒绝了朱远庭的请求，拉着他陪她一块儿打别的竞技游戏。

一连打了两把游戏都输，朱依依的评分低得离谱，濒临被队友举报的边缘，她也是太久没玩了，确实找不到手感。

朱远庭笑话她："姐，你现在这技术，说你小学生都是抬举你了。"

朱依依踹了她弟的电脑椅一脚。

"行，行，行，我不说了。"朱远庭就此打住。

准备开第三局游戏的时候，朱远庭拉了个人进来，是薛裴。

一见到薛裴的头像，朱依依立刻按向退出组队按键，可朱远庭的手速比她的手速还要快——她正准备退出，朱远庭已经把游戏开了。

"对了，姐，我把薛裴哥也喊来了。我一个人带不动你，免得待会儿输了你又骂我。"

朱依依面无表情地说道："闭嘴。"

游戏就这么稀里糊涂地开始了。

到了选英雄的时候，薛裴问她："你想玩什么位置？"

那声音轻轻柔柔的，似有羽毛拂过，朱依依不免想起那个写着"新年快乐"的红包，心情更加复杂。

她不知道薛裴这是在上演哪一出。

"姐，问你呢！你发什么呆？"朱远庭用手肘碰了碰她的肩膀。

朱依依才发现轮到自己选英雄了。她回过神来，还有五秒钟的时间，连忙选了个平时不常玩的英雄。

"你要玩射手啊。"朱远庭本来想选射手的，可现在也没办法了，"姐，你别坑我啊，我都没见你玩过几次射手……我这把可是准备拿战力英雄的。"

朱依依现在是骑虎难下，可嘴还是很硬："少废话。"

轮到薛裴选英雄的时候，见他秒选了辅助，朱远庭表示不理解。薛裴一贯是玩打野类英雄的，怎么这回玩了辅助？

"薛裴哥，你玩辅助？"

薛裴应了一声："嗯，我保护你姐姐。"

大脑短暂地空白，朱依依愣了愣。

朱远庭倒是笑得欢："也是啊，是得保护好我姐，只要她不坑，我们准能赢。"

进入游戏界面后，薛裴的确做到了如他所说的"保护"朱依依。朱依依去哪里，他就跟到哪里。她出塔，他也出塔；她去打小野怪，他也去打小野怪；她回城，他满血也跟着回城。甚至她网络卡了靠墙一直走，薛裴也跟着模仿她的动作，好像在逗她玩似的。

两个人在游戏里几乎零交流，只有在敌人过来抓她时，薛裴会提醒她往回走，或者在把敌人拉过来时，会提醒她击杀目标。饶是朱依依技术平平，这一局下来也杀了差不多十个人头。朱远庭笑称薛裴这是把饭喂到她嘴里了，就算是拴条狗都能赢。

朱依依起初还以为是自己厉害，听朱远庭这么一说，才意识到这是薛裴的功劳。

原先还算心情不错，现在她只觉得扫兴。

"怎么样？"薛裴好像在和她说话。

朱依依："什么怎么样？"

"我保护得好不好？"

朱依依顿了顿，说："不知道。"

薛裴轻轻笑了一声，他的声音本就低沉，这么一笑更是撩人了。朱依依感觉耳膜处跟有轻微的电流声经过似的，有酥酥麻麻的痒意。

不过朱依依早对这免疫了，只想知道薛裴到底在做什么。

下一局游戏，为了不让薛裴跟着自己，朱依依没有选射手，而是选了一个功能性辅助英雄，技能是可以给队友加血。

薛裴这回选了一个打野英雄。

朱依依想：这一局游戏终于不用和薛裴有交集了。

可游戏一开始，他就发了个信号"跟着我"。

朱依依在游戏里打了个问号。

"这回轮到你保护我了。"他说。

朱依依一整晚都在避免和他说话，可这下是真的忍不住了。

"我拿什么保护你？"朱依依玩的这个英雄压根儿就跟不上他，更谈不上保护了。她不知道薛裴安了什么心，让她跟着他。

朱远庭这把玩的是射手，虽然也觉得让他姐保护薛裴有点儿扯，但也没表示反对，憋着笑说道："没事，姐，你不用管我，就跟着薛裴哥吧。"

游戏开局五分钟后，朱依依才明白薛裴让她跟着他是什么意思。

"过来敌方野区，给你拿蓝 buff（游戏中指增益系的各种魔法）。"

"过来，给个二技能，收人头。"

"跟着我。"

…………

朱依依蒙了。

朱远庭眼红得"嗷嗷"叫："薛裴哥，你偏心，好东西全都给我姐了！"

薛裴顿了顿，笑着说："嗯，我偏心。"

不只偏心，他还觉得自己有点儿犯贱。

他明知道朱依依不想搭理他，不想和他说话，可还是想出现在她面前，还是想和她说话。

朱依依不是一个思路清晰的人。

她一直知道自己的逻辑思维能力不太好，想问题很容易一根筋，稍微复杂一点儿的问题就能纠结上半天。

她对她和薛裴之间的关系的认识，还停留在上一次两个人发生激烈冲突时。

他问她，如果他和李昼之间只能选一个，她会怎么选择。

她不太记得当时她是怎么说的了，大概意思是两个人以后尽量不要联系了。

她说出这句决绝的话，当然不仅是因为篮球场上的那件事，那不过是个导火索。真正的原因，是她每次看到薛裴总会想起一些很傻的过往，那些场景像鞭尸一样来来回回地在她的脑海中循环播放。

她从前一腔热血地付出，自以为伟大，自以为感人至深，自以为会守得云开见月明。她见证了他一段又一段的恋情，甚至怀揣着最恶毒的心眼儿期盼着他们分开。每次看到薛裴，她都会想起自己曾经有多刻薄，有多不堪。只要见不到薛裴，她就可以假装没有发生过那些事情，好像就能抹掉她暗恋过他的事实。

所以，那天她把话说得很明白。薛裴挂掉电话时，从屏幕那头望了她一眼，像是要望进她的灵魂深处去。他最后说了声"好"。

她以为这已经成为他们之间的共识，可现在薛裴对她的态度让她有些茫然，好像之前的事情都不存在了一样。

她宁愿薛裴不要再理会她，就把她当作陌生人一样，她的心还不会这么难受，偏偏他又像以前一样对她好，好像什么事都没发生过。

第二天，吴秀珍包了一大盘饺子，喊朱依依给薛裴家送去。

朱依依踌躇了好一阵，没动身。

她原本想喊朱远庭去送，可他这会儿又不知道跑哪儿去了，没在家，可能是出门找同学玩去了还没回来。

她想着等朱远庭回来再说。

吴秀珍收拾好厨房走出来，发现朱依依还坐在沙发上，那盘饺子原封不动地在茶几上放着。

她就纳闷儿了："怎么还在这儿坐着？还不给你薛叔叔他们送过去！"

朱依依推托："等阿庭回来再送过去吧。他不是正好要去找薛裴辅导功课吗？"

"等他回来，这饺子都凉了！就这几步路的距离你还不乐意了，别这么懒着了，赶紧去。"

朱依依最后只能认了命，从沙发上起来，捧着一大盘饺子，敲响了薛裴家的门。

而开门的人正好是她最不想见到的薛裴。

薛裴今天大概没出门，身上穿着一套浅蓝色的家居服，头发没怎么打理，自然地垂落在眼睑处，那样子像是刚睡醒不久，抬眼慵懒地望向她。

"来了？"他语气自然，像是两个人之间从未发生过任何不快的事似的。

朱依依没再看他，立刻把那盘饺子递了过去，冷淡地说："嗯，刚煮好的饺子，我妈让我拿过来给叔叔阿姨。"

"哦？"薛裴尾音上扬，那双桃花眼似笑非笑，"难道没有给我的吗？"

知道薛裴是在故意曲解她话里的意思，朱依依没有搭话。

她想：他们上一次已经把话说得很明白了，此刻没有什么开玩笑的必要。

这时她又听见他问："什么馅儿的？"

"紫菜鲜肉。"

这是朱依依最爱吃的口味，薛裴一听就知道是她缠着吴阿姨做的。

他笑了笑，说："这么多年你还吃不腻。"

朱依依面无表情地把那盘饺子放在茶几上就准备走："没事的话，我先回去了。"

下一秒，她身后的薛裴喊住了她："你是不是忘了什么？"

朱依依转过头疑惑地看着他。

和她对视的瞬间，薛裴动了动喉结，无奈地叹了一口气："你还没有和我说'新年快乐'。"

想起昨天夜里的新年红包，朱依依沉默了几秒后，开口："新年快乐，工作顺利。"

薛裴终于露出了笑容，眉眼间都带着笑意，这二十多天的压抑的心情似乎缓解了些。

他承认这回是他先沉不住气。

向她低头求和，也没有他想象中的那么难。

这么想着，薛裴习惯性地伸手去揉朱依依的头发，可她立刻往后躲了躲。

薛裴眼底有片刻的错愕之色。

朱依依神情严肃地说道："我有男朋友了。"

"所以呢？"薛裴声音很闷，再也没有刚才那漫不经心的语气。

"我们之间相处要有边界感，"朱依依顿了顿，又说，"你不要总是摸我的头发，被李昼看到不好。"

薛裴敛住了脸上的笑意，周身的气压也跟着低了几分，心里生出一股莫名其妙的烦闷的情绪。

不知道过了多久，他讽刺地勾了勾唇："行。"

"我那天说的话是认真的。"朱依依再望向他时，眼底已经没有了从前的崇拜与爱，"我那天说，我们以后尽量还是不要联系了，这句话是认真的。"

薛裴沉默地望着她。

朱依依刚转过身，就听见薛裴在身后低声说了一句："一定要这样吗？"

她回过头看着他的眼睛，认真地回答："对，一定要这样。"

这个并不愉快的插曲加剧了两个人的关系恶化的程度。

接下来的几天，朱依依和薛裴形成了某种默契——能不见就不见。

他们都在极力避免出现在同一个空间里。

朱依依一家人去薛裴家做客，薛裴就找借口出门；薛裴要是过来串门，朱依依就回房间里休息。偶尔迎面碰上，只要没有家人在场，他们就跟陌生人似的面无表情地擦肩而过。

有一天早上，她刚起床，伸了个懒腰走出房门，没想到薛裴就在客厅里坐着，双眼直勾勾地朝她望了过来。她打了一半的哈欠就这么憋了回去。不过薛裴也只看了她一眼，便收回了视线。

连一旁的朱远庭都感受到了这诡异的气氛，联想起这几天发生的事，大概也猜到了点儿什么。

他姐肯定是和薛裴闹矛盾了，貌似闹得还挺严重的。

听说李昼的妈妈喜欢在金桐花园附近晨练，春节这几天，吴秀珍一大早就起床赶去金桐花园，想着能不能碰上李昼的妈妈，可以一块儿坐下来聊聊。

经过这几天，吴秀珍已经不指望朱依依会主动地带李昼过来了，一提起这事朱依依总是推托，没个正形。吴秀珍也不是要逼着她现在就结婚，只是想着刚好是春节，有个由头大家一起吃顿饭，可以考察考察，看看李昼为人靠不靠谱。

吴秀珍说不动她，只好自己主动出击。

不料这几天总是不赶巧，吴秀珍都没碰上人，反倒是回来的路上碰见了薛裴的妈妈好几回。

这天，两个人又有说有笑地回到了小区门口，吴秀珍说起她明天准备回乡下探亲的事情。

"我妈不肯来城里住，说住不习惯也不适应，就盼着我过年这几天回乡下看她。我正赶着回家收拾东西呢，明天一早就走。"

薛裴的妈妈一听这话，有些感慨："自从我妈去世之后，我都好多年没回过老家了，都不知道现在乡下变成什么样了，有时真想回乡下看看，呼吸一下新鲜的空气也是好的。只是现在已经找不到理由回去了，家里的老人也全都不在了。"

这话听得吴秀珍的鼻子都酸了酸，当下她就邀请薛裴的妈妈一块儿去乡下住几天，正好现在放假了，孩子们也有时间。

"乡下空气多好啊，风景也好，看着都舒心，城里待腻了是该换个环境了。你听我的，和我一块儿回去。"

薛裴的妈妈有些心动，但还是拿不定主意。

她怕打扰到吴秀珍家里的老人，那就不好了。

"我爸已经走了好几年了，我妈现在年纪大了，就喜欢家里热热闹闹的。"吴秀珍一向说一不二，立刻就把这事定了下来，"我想起乡下那屋还有好几间空房呢，你就当报了旅游团，开开心心地玩，什么都别想。你昨天不是说薛裴的爸爸去了外地，你一个人待在家里也闷得慌，不如去乡下透透气。"

薛裴的妈妈终于点头应下，说今晚就回去收拾行李。

吴秀珍这边已经决定好了，朱依依还什么都不知道。朱依依本来还想着回老家这几天终于可以不用见到薛裴了，昨晚睡觉都睡得特别香。

但第二天，当她看到薛裴的车停在她家楼下时，整个人如遭重击，拿着行李箱直愣愣地站在门口不动了。

薛裴的脸上没什么表情，像是为了避开她，他转身上了车。

那头吴秀珍喊她赶紧把行李拿到薛裴的车上："你和阿庭坐薛裴的车走，别磨蹭了，快放好行李，大家等你老半天了！"

朱依依还蒙着："什么情况？"

朱远庭在一旁搭话："你不知道吗？薛裴哥也跟我们一块儿回老家。"

"为什么？"

"哪有为什么？"朱远庭兴高采烈地说，帮她把行李扛到后备箱里，又在她耳边小声说道，"你和薛裴哥正好可以趁这个机会和好，妈这回可算做了件好事。"

朱依依彻底沉默，一早的好心情算是被毁得彻彻底底了。

朱远庭倒是在旁边哼起歌来。

乡下多无聊啊，薛裴在的话，他们还能一块儿打打游戏、聊聊天什么的，想想多有意思。

在上车前，朱依依用余光瞥到了薛裴的侧脸。

车窗半降，他单手握着方向盘，薄唇紧抿，脸色异常冷峻，大概也对这次的行程很不满。

"上车呀，姐。"

朱远庭说完就拉开车门，坐在了副驾驶座上，一边玩着游戏一边和薛裴东拉西扯地聊天，气氛终于缓和了些，没有了刚才死寂的气息。

朱依依最后还是上了车。

轿车驶向马路中央，她靠在后座上闭目养神，因为戴着耳机，也听不见朱远庭和薛裴到底在聊什么，心情渐渐平复下来。

中途李昼倒是给她打了个电话，问她现在在哪儿。

朱依依忽然想起了什么，声音里带着些歉意，说道："我昨天忘记告诉你了，我要回老家住几天，可能要下周才回来。"

明天是情人节，他们本来约好一起去电影院看电影的。

"这么巧？"李昼无奈地笑了笑，"我也正好想和你说，我这几天都不在桐城呢。我朋友那边缺个人拉货，师傅都回去过年了，有批急单没人运送，问我要不要过去帮忙。我想着在家也没什么事就答应了，一天少说也能赚五六百块钱呢。"

"拉货？"朱依依愣了愣，记起了之前李昼和她提起过他有一个朋友是开食品加工厂的，有时候送货要忙活到凌晨两三点，"会不会很辛苦？"

"我辛苦点儿没关系！再说了，我们这个年纪的人哪有不辛苦的。"李昼声音里倒不见疲惫之意，反而让人听出了对未来的期盼之意，"我就想赶紧赚到付首付的钱，咱们就能在北城有个落脚的地方了。不过明天就是情人节了，到时候不能陪你过节了，你不会生气吧？没想到咱们的第一个情人节竟然要分隔两地。"

"不会，"朱依依望着窗外的风景，喉咙有些干涩，"我怎么会生气？那你别太累了，开车记得要注意安全。"

"嗯嗯，那先提前和你说句'情人节快乐'，我今晚凌晨可能没时间看手机。"李昼笑着说，"等你下周回来，咱们再把电影补上。"

"好，情人节快乐。"朱依依也跟着弯了弯嘴角。

这时薛裴通过后视镜忽然看了她一眼，虽面无表情，可那气氛一下变得有些怪异，她当下就敛住了笑容，太扫兴了。

和李昼匆匆地聊了几句后，朱依依就挂了电话。

不明所以的朱远庭好奇地回过头问："刚才是你男朋友打过来的电话吗？就是那个叫李昼的？"

"嗯。"她不自然地应了一声。

朱远庭瞬间就明白了："难怪你刚才一会儿哭一会儿笑的。姐，以前可没看出来你这么感性呢，怎么你们几天不见，你就要哭了呀？"

"少管闲事。"朱依依作势就要把抱枕砸过去。

朱远庭被吓得缩了缩脖子，拿薛裴当挡箭牌："薛裴哥，救我，我姐又恼羞成怒了！"

驾驶座上的薛裴仍旧是那副面无表情的模样，转过头沉声说了一句：

"系好安全带，马上到高速公路了。"

这话像是对朱远庭说的，又像是对她说的。

接下来的一个小时里，朱依依没有再说话。

到了目的地，她下车去后备箱拿行李，身后忽然传来薛裴低沉的声音："我来吧。"

紧接着，没有给她任何反应的时间，一双骨节分明、强劲有力的手就从她的右侧越过，将车上的黑色行李箱拿了下来，放在地上。

朱依依客套地说了声"谢谢"，没有看薛裴的表情，就推着行李箱走到了里屋。

外婆在门口的藤椅上坐着，本来还眯着眼睛打盹，听到外面有响动才缓缓睁开眼，一见这么多人，眼睛都明亮了不少，扶着把手颤巍巍地站了起来，想上前迎接他们。

吴秀珍连忙走了过去，心疼地说道："妈，这么冷的天，你怎么在这风口处坐着？"

说着，吴秀珍把围巾给她披好了。

"我不冷，屋里头暖和着呢。"

外婆笑得和蔼，又走近了两步打量着薛裴，布满褶皱的右手搭上他的肩膀，声音里难掩惊喜与意外之意，对吴秀珍说道："哎哟，这就是依依的男朋友吧？你昨天在电话里怎么没说长得这么高，这么俊哪？我早就说依依肯定是个有福气的孩子，现在看来还真是！"

早几年，她就找人给依依看过面相，那人一看就说依依以后是大富大贵的命呢！所以这事过去那么久了，她还一直记着。

外婆对薛裴越看越满意，而薛裴愣了愣，大概不知道怎么解释，停顿了片刻后，乖顺地喊了声："外婆好。"

朱依依尴尬得抠紧了手，立刻解释："外婆，您认错人了。"

"认错人了？"外婆往后看了看，也没见这屋里还有别人啊。

吴秀珍一见乱了套，自己都不好意思了，走过去说道："妈，这是我邻居的儿子，叫薛裴，和依依一块儿长大的，不是依依的男朋友。"

"哦，"外婆点了点头，苍老的脸上露出惋惜的神色，又望向薛裴说道，"那就可惜了。"

朱依依走过去挽着她："外婆，我男朋友这几天有事不能过来，下次再带他来见您，好不好？"

外婆连连应下："好，那外婆可就记着了啊。"

薛裴看了一眼朱依依，下颌线紧绷，没说话。

这场尴尬的意外就这么告一段落。

时值正午，大家都有些饿了，因为没有提前准备，厨房里也没多少吃的东西，只有一些早上现摘的菜叶和半斤猪肉，这会儿也赶不及去买吃的了，众人便随便对付着吃了一顿。

不过外婆倒是很高兴，大概是很久没有这么多人陪她一块儿吃饭了，胃口也好了不少，还多添了一碗饭，又听吴秀珍说薛裴是北大毕业的，对着薛裴又是一顿夸。

吴秀珍叹了叹气，说起老生常谈的话题："唉，你看都是一起长大的，我们依依就……"

她说到后半句，朱依依刚好从厨房里盛好饭走出来。薛裴意识到接下来吴秀珍要说什么，立刻打断了谈话，将话题引向了别处。

饭后，朱远庭带着薛裴在屋里头参观。这房屋已经有些历史了，墙壁的白漆已经发灰，家具大多旧了，客厅里还放着老式的电视机，一打开都是雪花，唯一好的是宽敞通风，坐北朝南，阳光比较充足，比城里还要暖和一些。

朱依依一大早起来，吃完饭就困了，把行李箱里的东西收拾好后，换了身衣服就回房间里睡起了午觉。

她还没睡多久，就听到"咚咚咚"的敲门声，让人心烦气躁。

她以为是朱远庭来闹她，黑着脸拉开门，谁知门口站着的是薛裴，心里憋着的那股气又不好发作，但脸色仍旧是不好的。

"有事？"她问。

薛裴看了一眼她身上穿着的睡衣："你换件衣服，我在楼下等你。"

"去哪儿？"

薛裴："阿姨让我们去镇上买菜，晚上吃的。"

这村落太偏僻，平常要买点儿好吃的东西都得去镇上，交通极其不便利，朱依依以前来过知道这边的情况，只是现在去是不是有点儿太早了？她本来还想再睡会儿的。

"现在吗？"

薛裴点头。

估计他是考虑到傍晚去的话回来就天黑了，这边晚上路不好走。

"行吧，等我几分钟。"说完，朱依依关上门开始换衣服。

想到一会儿还要和薛裴一块儿去镇上，朱依依心情更是烦闷，路过时踢了一脚门口前放着的行李箱。

大概命运就是这样，她越不想和薛裴有牵扯的时候，反而总是有那么多迫不得已的情况。

等她换好衣服下楼，薛裴果然在门口站着等她。

他长得高，几乎够到了门梁，那气质和整个破旧古朴的环境格格不入，像是乡村油画里突然闯入了从大城市里来的少年，过于突兀。

见她下来，薛裴收回了视线，往门外走了几步。

走到楼下，朱依依才发现门口就只有薛裴一个人。

朱远庭呢？

薛裴像是知道她想问什么："阿庭在镇上等我们呢。他刚才自己去了，没带手机和钱包，借了人家的手机打了电话来，让我们过去接他。"

朱依依扶着额头："这个傻子。"

门口放着一辆自行车，是薛裴向邻居借的。他刚才问过了，这里离镇上远，走路去不现实，并且村里的路太窄了，开轿车去的话拐不过弯。

薛裴已经很多年没骑过自行车了。

他上一次骑自行车，还是朱依依复读那年的高考前夕。他担心她考试压力太大，便从学校请了两天假回来陪她考试，但又不希望给她造成心理负担，所以和她说那两天学校正好没课，所以他想着回家一趟。

那天傍晚，他骑自行车载着朱依依几乎绕了桐城一圈，直到晚霞落下，他们才在岍心湖旁停了下来。

湖面的风很大，两个人的衣衫在风中"簌簌"作响，朱依依望着湖面开始发呆。

"怎么样？还紧不紧张？"

朱依依小声说了句："有点儿。"

"不用紧张，你已经准备得很好了，按往常来看，考上一本院校肯定没问题的。"薛裴揉了揉她的头发，安慰道，"等你考完试，我带你出去玩。"

朱依依的眼睛霎时间亮了，她问："真的？去哪儿呀？"

"你想去哪儿就去哪儿，听你的。"薛裴看着她高兴的模样，也跟着弯了弯嘴角。

"那我想去海城，听班里的同学说，那里的日出特别漂亮，而且有很多好吃的东西。我早就想去了，就是没人陪我去。"

"好，那就去海城。"

薛裴已经决定了，这个暑假都空出来陪她。

他正想着，忽然听见朱依依问了一句："我听说你和珊雯分手了，是真的吗？"

"嗯。"

那都是很久之前的事了，只是他一直没和朱依依提起。

朱依依不解，追问："为什么呢？"

薛裴停顿了片刻，回答："我们性格不太合适。"

朱依依没想到会是这个原因，但也没继续追问，只说了一句："那你难不难过？"

"还好。"他讲话的声音融入了傍晚的风声中，没什么别的情绪。

朱依依仰头打量着他的脸，似乎是在确认他话里的真实性。

"恋爱分手是很正常的事，等你以后恋爱了就知道了。和你平时喜欢看的那些小说不一样，不是每段感情会那么深刻，能让人痛苦得死去活来的不叫爱，叫折磨。"

朱依依似懂非懂地点了点头。

回家的路上，朱依依坐在后座上拽着他的衬衫的一角，路灯灯光将少女的身影映在脚边。她踌躇了好一阵才对他说："薛裴，如果我高考考到一本线的分数，就告诉你一个秘密吧。"

"这么神秘，"薛裴笑了笑，"还要等到高考后才能说？"

"哎呀，反正到时候你就知道了。"

直到现在，他都不知道当年她说的秘密究竟是什么。

他只记得朱依依高考那两天，他几乎没怎么入睡。每场考试，他都在考场前等她出来。而她每次走出大门一看见他，总是面带笑容地一路小跑奔向他。

在考英语前，她在考场门前对他说："薛裴，我能不能蹭一下高考状元的喜气呀？"

薛裴没好气地笑了笑，不知道她哪里来的这么多的说法，但也由着她。

"怎么蹭？"

"那你站好，别动。"

薛裴虽然不知道她要干什么，但还是听她的话，在原地站着。

下一秒，朱依依忽然伸手抱住了他，耳朵正好贴在他的心脏处。薛裴愣了愣——连他自己都没意识到心里的异样的情绪，整个过程只不过短短几秒，时间却好像被无限拉长了。

他听见了一阵急促的心跳声，不知是她的还是自己的。

"好了，我宣布我蹭到了！"

说完，朱依依就跑进了考场里。他看着她的背影，她的耳朵还红着。

想起以前的事，薛裴脸上的神情不自觉地柔和了些。

他回过神来，跨坐在车座上，双足抵着地面，对她说了一句："上车。"

他今天穿着件黑色的连帽卫衣，坐在自行车上还真有些像从漫画里走出来的少年。朱依依一时想起了很多个场景，画面像电影一样在脑海中闪过。

她一时愣了愣，迟迟没有动静。

薛裴像是没了耐心："还不上车？"

"你要载我？"她用的是疑问的语气。

薛裴挑了挑眉，饶有兴致地揶揄道："或者，你可以再向邻居借一辆。"

薛裴这话是在逗她。

他知道朱依依不会骑自行车。

也不能说不会，只是自从初中的时候骑车摔过一次差点儿骨折之后，她就再也不敢骑自行车了。当然，薛裴也不敢再让她骑。

知道薛裴是在嘲讽自己，可朱依依也没有办法。恰好这会儿吴秀珍走过来催他们出发，她只好板着脸坐上车。

"坐稳了，这里路不好走。"薛裴回头看了她一眼。

"嗯，知道了。"

乡村的路很颠簸，薛裴虽然骑得不快，但朱依依还是觉得摇摇晃晃的，很没安全感。她两只手紧紧地握着后座的架子，身体僵硬地挺直，像是要和他拉开距离。

薛裴大概也发现了，眼神变了变。

昨天夜里下了雨，路上有些滑，拐弯的时候，车胎磕到了路边的一颗石子，朱依依差点儿从车上摔下来，慌乱惊恐中一把搂住了薛裴的腰，抱得严严实实的。

即便隔着卫衣，她都能感受到他的腰腹处的力量，腰紧实劲瘦。指尖隐约触碰到了腹肌的轮廓，朱依依的手像被烫到了似的，她察觉到那一刻，薛裴的身体也僵了僵。

她正要松手，就听见他沉声说："抱紧了，别待会儿摔下来。"

朱依依自然不会抱他一路。

等到了平稳处，她立刻就松开了手。

村里的路弯弯绕绕的，后面的路薛裴不会走，朱依依只好一直给他指路。

两个人的对话简短且生疏，一直重复着几句——

"往哪儿走？"

"右。"

到了下一个巷口，薛裴又问："哪儿？"

"左。"

再后来他也不问了，一直是朱依依在说话。

"路口右拐。

"左转。

"直走。"

沉默了一会儿，薛裴又问："还有多远？"

"快到了。"

自行车骑到路口，朱依依已经看到了她的傻弟弟在马路对面那间杂货铺里朝他们招手。

朱远庭倒是一点儿都不嫌丢人似的，大声喊道："我在这儿！我在这儿！"

"真是没救了。"朱依依吐槽。

等车少了一些，朱依依就从马路上走了过去。

"你们可算来了！"朱远庭激动得像见了救星，"姐，你快过来帮我把电话费付了！幸好这家店的老板借了我手机打电话，不然我都不知道上哪儿找你们，又得山长水远地跑回家一趟了。"

朱远庭今天也是撞了邪，什么坏事都碰见了。下午他自告奋勇地出来买菜，还特意拿了几张现金揣在兜里，怕一会儿要是不能微信支付起码还能有现金可以用。

可偏偏出门前他忘记把外套捎上了，手机和现金都没带，只好在这里给薛裴打电话，让他们过来找他。

朱依依正想嘲讽他几句，薛裴却笑着说："没事了，下次就不要这么冒冒失失了。"

朱远庭举起四指发誓，绝对没有下次。

三个人沿着路边一路走到菜市场，薛裴身上那气质招来不少人的目光，朱依依都不自在了起来——当事人似乎已经习惯了，没当回事。不过长得好也有好处，他们买菜的时候，那阿姨送的配菜比他们买的菜还要多。

"姐，我们还要买什么菜呀？妈说了一遍，我给忘了。"

"想吃什么就买什么。"朱依依边走边看，补充了一句，"主要多买些外婆爱吃的东西。"

其实在来的路上，朱依依就已经想好要买什么了，目标很明确，不到半个小时手里就已经沉甸甸的了。

她在路边的小摊贩那里买了几根玉米，打算拿来做配菜，正扫码付款，回头发现薛裴不见了。

她以为薛裴刚才走丢了，四处张望着，正准备给他打电话，视线瞥到马路对面，终于在一家卖糖糕的店前面看到了他的身影。

冬日的阳光下，他逆光站着，连发丝都透着金色的光。那么有生活气的场景，他站在那里倒像是文艺片里抽出来的一帧。

朱依依只看了一秒就收回了视线。

薛裴回来的时候，手上拿着一个纸袋子，袋子还冒着热气。

朱远庭好奇地问："薛裴哥，你买的是什么啊？"

"糖糕，"薛裴顿了顿，望向朱依依，"某人爱吃的。"

买好了菜，天已经快黑了，朱依依看了一眼时间，现在出发的话，回到家差不多六点，时间刚刚好。

可朱远庭被集市里热闹的吆喝声吸引了全部的注意力，走得越来越慢，每走两步就要回头看一看。

眼看着就要走出集市，朱远庭终于憋不住，拽了拽朱依依的羽绒服帽子，提议道："姐，我们去玩那个吧！"

朱依依回过头，顺着他的视线望向不远处一个打气球枪的小摊。那边有很多小孩儿围着，看上去都是初高中生的模样，恰巧这时有人用玩具枪击中了气球，"砰"的一声格外响亮，人群里又是一阵喧闹声响起。

朱依依望着眼前比自己高了一截的朱远庭，撇了撇嘴："你今年多大了？"

"过完年16岁了。"他如实回答。

"你还知道你16岁啊，还玩这个？"

朱远庭似乎不满她的鄙夷态度，反驳："不都说男人至死是少年？更别说我现在就是少年！姐，我就玩十分钟，耽误不了多少时间的。"

朱依依继续往前走，没说话。

见朱依依没反应，朱远庭只好向薛裴求救："薛裴哥，你帮我劝劝我姐吧。"

薛裴看了一眼时间，见还早，笑着说道："要不就让阿庭玩一会儿，现在还早。"

朱依依没理会他的话，径直往前走去。

朱远庭仍在旁边软磨硬泡，扯了扯她的衣袖，一双无辜的眼睛闪烁着期待的光。

朱依依最后还是松了口。

她主要是担心朱远庭今晚回家闷闷不乐的，外婆看见也会不高兴。

"行，说好了啊，就十分钟。"

"谢谢姐姐！"朱远庭嘴甜了起来，"我待会儿要是拿到礼物，全都给你。"

朱依依翻了个白眼，没好气地说："你能拿到再说吧。"

朱远庭走到小摊前，问了老板，说是十块钱十枪，便问朱依依要了十块钱。朱依依直接扫码转了二十块钱过去，让他一次玩个够。

"姐，你今天怎么对我这么好？我受宠若惊了。"

朱依依没搭理他的恭维话。

朱远庭又问："你要哪个奖品？我保证给你赢回来。"

朱依依倒还认真地挑了起来，最后选了个难度最大的奖品——一个穿着婚纱、捧着花的小熊公仔。

店主说，这个要累计打中十枪才能获得。

这游戏看起来简单，但操作起来并不容易，并且距离设置得太远，不好瞄准，朱远庭打了十枪就中了两次，朱依依一边嘲笑他一边在旁边看热闹。

薛裴看着她的侧脸，眉眼间还掺着笑意。

最后，朱远庭把二十次机会全都用完了，一共就打中了五次。

朱远庭的心情可以用挫败来形容，回去的路上他还在抱怨："一定是枪的问题，这个枪太轻了，一点儿手感都没有。"

一行人走到路口，薛裴的手机忽然响了。

他停下来，到路边接了个电话，说的是法语，朱依依一个字都听不懂。

几分钟后，他才挂了电话，对朱依依和朱远庭说："你们先回去吧。"

朱远庭疑惑："那你呢？"

"我有份文件需要回复。"朱依依的外婆家还没有接通无线网络，现在看来只能去网吧，薛裴顿了顿，又说，"不用等我，你们先回去，别耽误了时间。"

"好吧。"朱远庭好像有些不高兴，撇了撇嘴。

虽然心里想跟着薛裴去网吧玩会儿，但他姐不会骑车，所以他还是得跟着他姐回去。

走之前，朱远庭又问："对了，薛裴哥，你还记得回去的路吗？"

薛裴点头："嗯，大概记得的。"

他记忆力一向不错，记这点儿路没什么难度。

朱依依好像并没有在意他什么时候回去，什么话都没问，只对朱远庭说了一句："走吧，回到家天都快黑了。"

薛裴从镇上回来已经是两个小时后的事情了，天色已经彻底暗了下来。

薛妈妈见人回来了，终于放下心来。这边路这么复杂，她还担心薛裴找不到路回来，刚才在村口那里等了好一阵，打电话过去薛裴也没接，估计是路上没信号。

薛妈妈边说着边走进厨房里："可算回来了，我去把饭菜热一热，你怎么这么晚才回来，都饿坏了吧？"

"有些文件要处理，让大家担心了，回来的路上没信号。"薛裴将大衣脱下放在沙发旁，接着问，"你们都吃过饭了吗？"

薛妈妈说道："我们都吃过了，今晚还是依依掌勺呢，煮了满满一大桌菜，可用心了，还特意给你留了你爱吃的菜，你待会儿多吃点儿。"

"是吗？"薛裴笑了笑，可客厅里并没有发现朱依依的身影。沙发上倒是横着一件白色的羽绒服，他记得这是朱依依和李昼的情侣款，脸色冷了些。

吴秀珍恰好从厨房里走了出来："薛裴，你回来这一趟，不会耽误到你的工作吧？"

"不会的，只是一些小事情，已经处理好了。"

"那就好。"

"对了，你手上拿着的是什么啊？"

薛裴眉眼柔和了些，望着那个小熊玩偶说："这个是给依依的。"

薛裴吃完饭，把那个小熊玩偶放到了朱依依的房间门口，离开时，又回头看了一眼。

设想着待会儿朱依依看到时的反应，薛裴弯了弯嘴角。

经过院子时，他隐约听见朱依依的声音就在不远处。她好像正在和什么人打电话，声音是外放的，所以他听得很清楚，走近了才发现，她打的是视频电话。

电话那头的人，很显然就是李昼。

薛裴的脚步突兀地停在了那里没动，他却也没离开，听着他们俩的对话。

李昼："今天过得怎么样？玩得开心吗？"

朱依依想了想："还挺开心的。"

其实对她来说，没有什么烦心事，就已经算是开心的一天了。

她不用为了工作烦恼，可以和家人待在一起聊聊天，看会儿电视，就已经是很幸福的一天了。

李昼在那边吃着泡面，问她："你今天一直待在家里吗？有没有出去走走？"

"有啊，下午和我弟去镇上买了些吃的东西，晚上回来煮了一顿大餐，忙活了好一阵。说起来就好笑，我弟下午去镇上忘记带钱了，手机也没带，还得我过去赎他回来。"朱依依坐在凳子上，边说边笑，"我弟平时学习挺好的，但在生活上老是丢三落四，不带脑子出门。"

李昼跟着笑了起来："就你们两个去的吗？"

朱依依停顿了两秒后，说："嗯，就我们俩。"

他们还在往下说着，站在朱依依身后的薛裴脸色却比外面的天气还要冷些。

夜风从院子里灌进来，吹乱了薛裴额前的头发，插在口袋里的右手摸了摸烟盒，最后还是没拿出来。

薛裴转身往回走去，回到客厅里，看到茶几上还放着他给朱依依买的糖糕——从数量来看，她一口都没动。

当下他不知怎么又走了出去，或许是带着一种报复性的心态，走到朱依依身后，故意说了一句："原来你在这里，阿姨刚才找你呢。"

说完，他还弯了弯腰凑近些，屏幕里他的脸一闪而过。

下一秒，他满意地听到了电话那头传来李昼的声音："薛裴？"

朱依依当下愣住了，皱了皱眉，回过头，对上的是薛裴略显无辜的眼神。他耸了耸肩，像是才发现她在打电话。

"哦，你们在打视频电话啊，那继续聊吧。"

话虽这么说，他却没有走远，在一旁的藤椅上坐下后，望着院子里那盆快被冻僵了的花。

电话那头的李昼问道："薛裴也跟你一块儿回老家了？"

"嗯，我妈邀请他们一家人过来玩几天。"

李昼迟疑了片刻，说："你们两家人关系这么好，真让人羡慕，看着就跟一家人似的。"

朱依依没作声。

李昼开起玩笑来："那你准备什么时候把我也带回去？我也想尝尝你外婆的手艺了，你上回不是说她包饺子特别好吃吗？"

朱依依没料到他会提到这一茬，耳朵有些烫："怎么又说起这个？"

"我开玩笑的。我知道你还没准备好，就是随便说说。"

朱依依转移了话题："你今天工作怎么样？累不累？"

"能赚到钱就不累。"已经是晚上十点多了，李昼还在货车上坐着，抹了抹汗，"我上次答应你的，等赚到钱就给你买一份好点儿的礼物，现在终于可以兑现了……"

两个人又聊了一阵，朱依依准备去洗澡了才把电话挂断。

当伸着懒腰回过头时，她发现薛裴还坐在那里，正看着她，眼神意味不明。

"你怎么还在这里？"她问。

薛裴挑了挑眉："我在这儿乘凉，不可以吗？"

室外快零摄氏度的天气，他还在这儿乘凉，怕是脑子烧坏了。

"你很闲？"

他居然在这里偷听她讲电话。

"嗯，挺闲的。"他回。

"那你继续乘凉吧，我进屋了。"

薛裴忽然开口问了一句："买给你的糖糕，怎么不吃？"

朱依依冷声说："不想吃。"

"因为是我买的？"薛裴抬眼看着她。

朱依依眼里没什么情绪，说道："只是不喜欢吃了。"

刚才还漫不经心的薛裴表情忽然严肃了起来："真的不喜欢了？"

"对。"

薛裴又问："以后都不喜欢了吗？"

"对。"她语气坚定地回道。

薛裴声音低沉了不少："说喜欢就喜欢，说不喜欢就不喜欢，那糖糕该怎么办？"

他话里有话，可朱依依没有听懂，只回了一句："那就扔了吧。"

朱依依离开后，薛裴还在院子里坐了一会儿。

他望向天上的月——明明还是那么圆，可他还是觉得不够圆满。

等回到客厅里时，他发现原本放在桌面上的糖糕不见了。

薛裴弯了弯嘴角，心情隐隐有些雀跃，但还不到一秒，笑容就僵硬在了脸上。

在一旁的垃圾桶里，他看到了下午他给她买的那份糖糕，用纸袋装着，一个都没动。

他好像忽然明白了一颗真心被践踏的心情，原来是这样的。

这天晚上，薛裴做了一个很漫长的梦。

在梦里，他回到了那个暑假。

那个暑假，他是和朱依依一起度过的。她父母去了外地旅行，所以她在他家里住了一整个暑假的时间。

她所住的客房就在他的房间的正对面，故而时常过来找他一起玩游戏。

有一天下午，他做完习题准备午睡休息，刚闭上眼睛，忽然听到门口传来了一阵熟悉的脚步声。

即便此刻闭着眼睛，他也能猜到来人是朱依依。

他听见她轻轻推开他的房门，小声问道："薛裴，你睡着了吗？我饿了，好想吃东西。"

薛裴那会儿想捉弄她，便没有说话，装作正在熟睡。

"真的睡着了？"她嘀咕着。

那脚步声离他越来越近……他隐约察觉到朱依依已经站在他的床前，因为那脚步声就此停止了，有浅浅的呼吸打在他的脸上。

他意识到她在弯腰凑近，安静地注视着他。

薛裴正想睁眼吓朱依依，忽然她的手覆上他的脸颊，又捏了下他的脸。他以为她这是在和他玩闹，但似乎她只是为了确认他是真的睡着了。

下一秒，他听见她轻声说了四个字："我喜欢你。"

"薛裴，我喜欢你。"她又重复了一遍。

薛裴全身的神经霎时间绷紧，大脑一片空白，如同短路，"嗡嗡"作响。

直到门关上，他才敢睁开眼睛。

在这个下午，薛裴忽然意识到一个事实——朱依依喜欢他。

这个认知让薛裴再也无法平静下来。

朱依依走了好一阵，他还望着天花板心跳如擂鼓，再也无法入睡。从前朱依依对他的好如同走马灯一样在脑袋内播放，他一直以来都认为他和朱依依之间是最纯粹的亲情，可就在这一天，朱依依以一种他从未料想过的方式打破了他的认知。

那个下午薛裴想了很多很多，心里无比笃定的是，他对朱依依没有除了亲情之外的情感。

为了掐灭朱依依对自己的感情，薛裴做了一件他后半辈子都为之后悔的蠢事——他把江珊雯带到了朱依依面前。

那个周末，在动漫城门前，朱依依看到了江珊雯。那一刻他看到朱依依的脸色变了，女孩儿回过头望着自己的神情里夹杂着震惊、难堪、委屈和希望破灭后的心灰意冷。

那双总是看着他的眼睛，失去了光。

好像下一秒她就要哭出来，却仍然勉强地维持着脸上的笑容，生怕被他看穿。

"你长得真好看。"她对江珊雯说。

她像是发自内心地这么觉得。

话音落下时，他留意到本来和他并排站着的朱依依悄悄往右边挪了一步，离他远了一些。

梦里的薛裴还没开口，他就已经醒了过来，头脑昏昏沉沉的，如同宿醉。

窗外不知什么时候下起了雨，"淅淅沥沥"的，敲打着窗户，为这静默的夜里增添了几分寒意。

薛裴久不能寐，站在窗口望向门前那棵在风雨中矗立的古树。雨水冲刷着窗户，视线一下模糊，一下清晰，他看不清那棵树，好像也看不清自己的心。

昨夜下了小雨，乡间的空气更加清新，田间的风景像是被擦拭干净了一般，万物焕然一新。

朱依依一早起来就跟着外婆去菜园子里做农活，中午又带着外婆去集市里逛了一圈。外婆很久没出去走动了，看到街上一些新鲜的玩意儿"啧啧"称奇，拿起来看了又看，脸上是久违的兴奋之色，朱依依看得心里一阵酸涩。

"外婆，您为什么不愿意搬来城里和我们一起住啊？城里还有很多好玩的地方，我还没带您去呢。"

满是皱纹的手抚上了朱依依的手背，安抚地轻拍了两下，外婆和蔼地笑着说道："你外公走的那年，我答应过他，要在这屋子里陪着他的。你不用担心，外婆身体还硬朗着呢。你们有空的时候多回来看看，外婆就很高兴了，不过下次回来不要带那么多补品了，吃不完都浪费了。"

朱依依眼睛红红的，想说点儿什么又没说出口。

"等你结婚了，外婆再去城里看你好不好？到时候你可得带外婆好好逛逛。"

似乎没料想到话题会绕到这里来，朱依依迟疑了一会儿，点头说"好"。

从集市里回去后，朱依依把买的小玩意儿都装进了行李箱里。她给周茜买了几个小玩偶，想着周茜肯定会喜欢。

躺在床上，午觉没睡着，朱依依侧身朝向窗外，静静地发了一会儿呆。光是看着这田间的风景，都能感受到大自然抚慰人心的力量，在这样的环境里，她好像什么都可以不用想，什么都可以先抛在一边，不用想下个月要交多少房租，不用想今年的工作计划怎么完成，不用想未来的路要怎么走。

她好像越来越喜欢在这里的生活。

朱依依下楼时朱远庭正在门口逗弄邻居家的大狗，见她下楼了声："姐，你这么快就睡醒了啊。"

"没睡着。"

"我和阿黄吵到你了？"

阿黄是这只大狗的名字。

"没有，就是没睡着。"

"哦，和我无关就行。"朱远庭眨了眨眼，提议道，"那要不我们一起去楼上找薛裴哥打游戏吧？"

"你是怎么考到年级第五名的？"

听说他这次期末考试考了665分，朱依依都不敢相信。

"你弟弟聪明呗，又不是死读书就能考到好成绩。"朱远庭得意扬扬起来，走进客厅里，靠在沙发上往后伸懒腰。

不过得意的神情只维持了几秒，不知想到什么，他有些失落，叹了一口气。

"怎么这副表情？"朱依依好奇地问道。

朱远庭有些丧气地说："我要是能考到年级第二名就好了。"

"怎么不是年级第一名？"

"因为第一名是不可战胜的。"

"你不试试怎么知道？"

朱远庭看着不像是这么轻易服输的人。

"唉，你别问了，反正我就是不想考第一名。"

眼见朱远庭的肢体动作突然扭捏起来，朱依依嗅到了八卦的气息，到他旁边坐下，旁敲侧击了一番后，才听他终于支支吾吾地说："如果我考到年级第二名的话，她会不会对我刮目相看呢？"

原来是这样啊……

朱依依伸手戳他的肩膀："那这么说，年级第一名是女孩儿？"

朱依依还是第一次见她弟露出这么羞涩的神情——他极不自然地点了点头，有一下没一下地拨弄着衣服上的拉链，像是手都不知道往哪里放。

"有出息啊。"

朱依依伸手薅了薅他的头发，让他把女孩儿的照片给她看看。

朱远庭扭捏了一阵，在手机相册里翻了翻，找到一张班级大合照："第一排左边第三个。"

朱依依凑近看了看，那是一个有些瘦小的女孩儿，齐肩短发，鼻梁上架着副眼镜，笑得很腼腆，不是第一眼就让人惊艳的长相，但看起来很舒服。

朱依依还没说什么，朱远庭反而敏感起来，把手机收了回去："不许说她不好看！反正在我眼里，她就是最好看的！"

看他这样子，朱依依忽然想感慨年轻真好，这么纯粹的暗恋大概只会发生在他这个懵懂的年纪了。

"那你对她表白过没？"

"还不是时候，我不想打扰她，等高考完吧。反正我一定要和她考到同一所学校去，实在不行，那也得去同一座城市。"

见他语气坚定，眼睛里闪着希望的光，朱依依不知想到了什么，望着院子外面已经被冻枯萎的花，苦笑了一下，说道："那你要加油了。"

到了傍晚，他们去村口小卖部买了满满一箱的烟花，一下花了三百多块钱，全是朱远庭付的。他新年刚领了压岁钱，现在花起钱来特别豪气。

邻居家的小朋友看到这么多烟花全都围了过来，不过只是眼馋地看着，又不敢拿，圆溜溜的眼睛望向朱依依，那渴望的眼神能把人瞬间融化。

当听到朱依依说这些烟花是买来给他们玩的的时候，小朋友们高兴得跳了起来，一口一个"谢谢依依姐"，喊得特别甜。听着这些可爱的童音，朱依依笑得眼睛眯了起来。

"姐，你有必要笑成这样吗？"

面对朱远庭，朱依依又是另一副表情，瞪了他一眼："管好你自己。"

朱远庭耸了耸肩，背过身，拿起打火机点了一根冲天炮，烟花"嗖"地飞到空中又炸开，"砰"的一声，朱依依猝不及防地被吓了一跳，两手捂住耳朵，心都颤了颤。

恶作剧成功！

看到朱依依回头怒视自己的眼神，朱远庭在一旁"哈哈"大笑。

"幼稚死了。"

他都16岁了，还跟小孩儿似的。

朱依依正要过去打他，刚转过身就看到了在门口处站着的薛裴。薛裴嘴角有着淡淡的笑意，大概是看到了刚才朱远庭捉弄她的那一幕。

朱依依立刻转过身去，没和他搭话。

这时，邻居家的小妹妹点了一根仙女棒，眨巴着大眼睛问她："依依姐，我们老师说仙女棒可以许愿，是真的吗？"

"是啊。"朱依依一本正经地点头。

"那你刚才怎么不许愿？"

朱依依不忍心破坏小朋友的幻想，装模作样地闭上了眼睛："姐姐刚才忘了，现在许好不好？"

朱远庭在一旁憋笑："让你骗小朋友。"

朱依依瞪了他一眼，重新闭上眼开始许愿。

黑暗的夜里，远处隐约看到山影重重，朱依依在微弱的火光中双手合十，在这夜色的衬托中还真有几分虔诚的味道。

薛裴看着她的身影，心脏莫名其妙地颤了一下。自从那件事之后，他已经很久没看到朱依依这么安静柔和的一面了。

仙女棒还在燃烧，此刻，他很想知道她究竟许了什么愿望，这个愿望又和谁有关。

"薛裴哥，你怎么来了？"朱远庭这才发现薛裴的身影，刚才听说他在房间里开视频会议，所以就没喊他。

薛裴弯了弯嘴角："听阿姨说你们在放烟花，我出来看看。"

"你来得正好！我姐刚才还喊我过去帮忙呢，你快去看看她在捣鼓什么。"

朱远庭知道他姐和薛裴最近吵架了，想给他们制造机会相处。这些天看他们俩一直冷战，他的心里都快别扭死了，每次都要靠他活跃气氛。

你们赶紧和好吧，朱远庭在心里默念。

朱依依正弯腰从纸箱里把仙女棒拿出来分给小朋友们，旁边突然多了一个人。

鼻间涌入一阵熟悉的男士香水味，不用回头，她都知道来人是谁。

薛裴帮她把纸箱里的烟花拿出来，整整齐齐地摆放在了地上。

昨晚下过雨，朱依依担心烟花放在地上沾到水，指向不远处的长椅："放那边吧。"

薛裴看了她一眼，点头说"好"。

他们俩难得这么安静地待着，没有往日剑拔弩张的气氛，薛裴主动地开了口："说起来，我们也很久没有一起放烟花了。"

朱依依认真地想了想，有六七年了。

薛裴坐在长椅的那头，望向那群在院子里打闹的小朋友——他们正捂着耳朵等待烟火爆炸的那一刻，表情既期待又害怕，薛裴似乎也被这气氛感染了。

这个夜晚好像有了些年味，就像回到了很多年前。

"我想起来，你小时候特别喜欢玩一种烟花，"大概是想起以前的事，薛裴笑了笑，"点燃后就会不停地在地上旋转，在夜里特别漂亮，你还记不记得？"

尘封的记忆突然被人拭去了上面的灰，朱依依似乎又回到了多年前的那个夜晚。她和薛裴一起在天台上放烟花，风太大，薛裴特意站在风口处为她挡风，少年的眼里映着绚烂的烟火，璀璨如天上的星星。

她不再往下想。

"说起来，最近我总会想起一些以前的事情，那些细枝末节的片段从前大概是被忽略了，现在想来竟觉得很美好。"夜晚，薛裴的声音也变得温柔，他像是沉浸在了过去的回忆里。

朱依依没说话。

寒冷的夜里，远处有户人家也放起了烟花。那烟花擦破此刻安静的夜空，朱依依和薛裴同时抬起头看着那烟花升到空中又落下来，火星四溅，那转瞬即逝的美景绚烂又夺目。

烟火落幕，这个世界重新归于安静，像什么事都没发生过一样。

朱依依想：就像她曾经对薛裴的感情，从开始到结束就像是在她心里放了一场璀璨的烟花，那么炽热又盛大，可观众永远只有自己一个人，不会再有第二个人知晓自己的感情。

一旁的薛裴想起刚才她虔诚许愿的样子，忽然问她："你刚才许了什么愿？"

朱依依反应过来他是在说她哄小朋友的事情。

"想变成有钱人。"

在今年以前，她每次过年都会许两个愿望，但现在只剩下这一个了。

薛裴还没开口，有个叫小佟的胖乎乎的小朋友跑了过来，踮起脚递给薛裴一根仙女棒，奶声奶气地说："哥哥，打火机，点。"

薛裴帮小佟点燃了仙女棒，刚要递给他，可他没有伸手来接仙女棒，而是拉了拉朱依依的手："姐姐，我也要许愿，你帮我拿着。"

"好，姐姐帮你拿着。"

那根点燃的仙女棒又从薛裴的手里被转交到朱依依的手中。

小佟眯起眼睛认真地许愿，嘴里"叽里咕噜"地不知道在说什么，薛裴眼里有了笑意，身上的精英气质削减了不少，侧脸柔和得像一幅画。

等小佟睁开眼睛，朱依依好奇地问他："佟佟，你刚才许什么愿啦？可以告诉姐姐吗？"

小佟奶声奶气地说："我希望开学的时候，小花可以做我的同桌。"

朱依依捏了捏他的脸："你喜欢小花对不对？"

小佟重重地点头，下一秒又委屈起来："可是她嫌我学习太差了，都不肯跟我玩。"

朱依依顿时有些哭笑不得。

薛裴这时也弯下腰，用指腹轻轻抹掉小佟眼角上的泪痕，英俊的脸上难得有了些亲和的表情。他语气柔和地说："明天哥哥姐姐带你去找小花玩好不好？"

"真的吗？"小佟果然止住了眼泪。

薛裴点头，把小佟的围巾裹得严实了些："不过你要帮哥哥一个忙。"

"什么忙？"

朱依依皱了皱眉，好奇薛裴葫芦里卖的什么药。

"你帮哥哥许个愿吧。"

看着薛裴一本正经地逗小孩儿的样子，朱依依鄙夷地笑出了声来："你还信这个？你不是说你是坚定的唯物主义者吗？"

薛裴声音低沉了些："有时候也不那么坚定。"

朱依依想起前段时间隐约听吴秀珍提起过，薛裴最近有个新的海外项目，砸了不少钱，迷信也正常。

小佟像是生怕薛裴反悔，使劲地晃着他的手："哥哥，你要许什么愿？我帮你！"

薛裴眼中翻涌着某种情绪，灼热的眼神望向朱依依："就许——希望依依姐姐不要再生我的气了。"

他说得很慢，沙哑的嗓音糅进这月色之中，在这个寒冷的夜晚，一切感观都变得迟钝了，可唯独他的声音是那么清晰。

朱依依心脏猛然颤了颤。

她没想过薛裴说的愿望会是这个。

小佟已经闭上眼睛念念有词地许起愿来，可朱依依仍旧沉默着。薛裴拽了一下她的衣袖，笑着说："你不能骗小朋友的。"

薛裴补充道："你刚才对他们说今天许的所有愿望都会成真。"

"不包括你这个。"

朱依依知道薛裴是在借题发挥，便起身想要离开，可薛裴握住了她的手。

"这几天我一直在想我们之间怎么会变得这么陌生。或者，你告诉我，我应该怎么做，我们才能像从前一样？"月色下，他用那双看谁都深情的眼睛望着她，小声说道，"朱依依，你不能这么偏心的。你和李昼在一起了，就不管我了吗？"

薛裴极少流露出这么脆弱的一面。大多数时间他总是冷静、理智、客观，与人交往保持着恰到好处的距离，温和有礼，可又让人觉得遥不可及。

但此刻的薛裴很不一样。

他委屈、不满、愤懑，就像在质问朱依依原本答应给他的东西，为什么转眼就到了别人的手里。

大概是被烟花熏到了眼睛，朱依依此刻眼眶有些发热。

她尚未作答，又听见他沙哑的声音在耳边响起："李昼对你来说就这么重要？是不是比我还重要？"

这时，远处又放起了烟花，他讲的后半句话就这样被淹没在这夜色里。

薛裴最后还是没有兑现对小佟的承诺。

因为第二天一早，他就离开了小镇。

朱依依是在吃午饭时才从朱远庭口中得知这个消息的，说是薛裴的公司还有事要处理，所以薛裴提前回去了。朱依依拿着筷子的右手顿了顿，然后继续低头吃饭。

她记起昨晚他们的对话并不算愉快。

一开始，她的确是想和他好好聊的。

"这段时间我想了很多，其实我们之间没必要到老死不相往来的地步。"她沉默了半晌，补全了后面的话，"或许，我们可以当普通朋友。"

"普通朋友"这四个字让薛裴皱起了眉头。大概是觉得有些讽刺，他忽然轻笑出声，用打火机点燃了手上的香烟，尼古丁的味道随风飘向远处。

"什么样的普通朋友？"薛裴望向远处，似乎在认真地思考，眼中有着少见的茫然之色，"见面点头微笑，平时假装寒暄，节假日群发祝福短信的普通朋友吗？"

朱依依还没回答，薛裴就已经转身离开了。风中，唯有他身上那标志性的男士香水味还在萦绕着。

吴秀珍这会儿倒是想起了一件事，边吃饭边问她："对了，薛裴的妈妈早上临走前让我问问你，最近薛裴有没有什么动静。你跟他两个人都在北城，关系也那么好，应该知道他的情况。"

朱依依没听懂："什么什么动静？"

"就是问你薛裴最近有没有谈女朋友，看他也有两三年没谈对象了，薛裴的妈妈心里着急啊，问他呢，他也什么都不说。你看薛裴现在事业稳定了，年纪也不小了，也是该成家立业了。"

朱依依埋头吃饭，不做出评判："不知道，应该没有吧，没听他提起过。"

"不应该啊，薛裴这么优秀，怎么会还单着呢？依依，你身边有没有什么优秀的女孩儿，给薛裴也介绍介绍？我看薛裴的妈妈整天都在操心呢。按我说，其实也不用担心，薛裴那条件哪里用得着相亲啊？身高、样貌、学历，哪样不是顶尖的？"

朱依依已经听腻了这番说辞，没搭话，可朱远庭像是想到了什么，八卦起来："妈，你还记得我们班的语文老师吗？你上回开家长会见过的。"

"记得，咋了？"

"我觉得她好像对薛裴哥有点儿意思！上个月他不是来学校里宣讲吗？我们班的吴老师走近和他说话的时候脸都红了！那天下课了她还来问了我一些事情，都是和薛裴哥有关的。"

虽然朱远庭不懂这些大人间的情情爱爱的事，但估摸着是八九不离十的。

"真的啊？你这孩子咋现在才说呢？"吴秀珍眼睛亮了亮，把筷子放下，"我记得那个吴老师长得挺漂亮的，而且也是名牌大学毕业的，这么看来还怪合适的呢。改天我去跟薛裴的妈妈说说，介绍他们俩认识一下。"

朱建兴正端着菜从厨房里走出来，叹了一口气："薛裴才多大啊，着什么急？他这年纪正是拼事业的时候。"

"哎，你懂什么？别打岔，煮你的饭去。"吴秀珍嫌弃地将他打发走了。

这时候，外婆在一旁悠悠地说了一句："我看哪，薛裴这孩子还是和我们依依最合适。他那天看依依的眼神，一看就不一样。"

朱依依连连摇头否认，开玩笑地说道："外婆，您那天肯定没戴老花镜。"

餐桌边响起一阵笑声，但话题没有就此终止，吴秀珍接着说道："依依，你回北城后也找机会跟薛裴说说这事。眼看着你也有着落了，薛裴也是该抓紧点儿了。"

碗里的青菜被夹起又放下，朱依依敷衍地应了一声："嗯，等下次见到再说吧。"

薛裴的事，她是真的一点儿都不想再掺和了。

正月初七这天，朱依依一家人开车返回城里，临走的时候，外婆泪眼汪汪地站在家门口朝他们挥手告别。

朱依依裹紧了外婆脖子上的围巾："外婆，您快回去吧，外面风大。"

"妈，您听依依的话别送了，万一冷出病来咋办？"

两个人怎么劝说都没用，外婆好像铁了心要等他们离开后才肯进屋。最后实在没有办法，他们只好先上车。可车已经开远了，朱依依从后车窗回头看去，穿着棉袄的外婆仍在原地站着朝他们挥手。

外婆单薄的身影逐渐缩小成一个模糊不清的点，直到再也看不见，朱依依才肯收回目光。

眼泪砸在手背上，朱依依伸手抹了抹，口袋里还揣着外婆刚才塞给她的新年红包和两个还热乎着的包子。因为担心她路上会饿，所以外婆刚才特意给她捎上的。

朱依依想起刚才外婆不舍的眼神，鼻子又酸了酸。

到了红绿灯路口，朱依依正低着头，视野内突然多了一包纸巾，是朱远庭递过来的。

他小声安慰道："姐，别哭啦，等你下次放假我们再回来看外婆吧。"

朱依依吸了吸鼻子，"嗯"了一声。

车已经开到了大马路上，路宽敞了许多，朱远庭戳了戳她的手："话说你和薛裴哥和好了没？那天我看你们在外面聊了那么久，都聊啥了？"

"你问这么多干吗？"朱依依不想聊任何与薛裴有关的话题。

"看着你们闹矛盾，我心里也不好受，真的。"

他说得倒是有几分诚恳，但朱依依没理会："你有什么好难受的？"

"我很重感情的好不好？以前我们仨经常一起出去玩，可自从你们吵架之后，薛裴哥连咱们家都很少来了。你们到底为什么会吵架啊？我问薛裴哥他也不愿意说……我还是第一次看你们冷战这么久。"

"大人的事，小孩子别打听。"

朱远庭炸毛了："我都 16 岁了，哪里是小孩子了？！"

从南镇到桐城一共三个小时的路程，不过因为朱远庭在一旁插科打诨，时间倒过得挺快，他们感觉没一会儿就回到了桐城。

一到家，朱依依就进房间里补了半天觉。回老家这几天她都没睡好，因为她的房间里有扇窗户是漏风的。风"呼呼"地往里吹着，她睡到半夜总会被冷醒。

下午六点，朱依依趿拉着拖鞋走出房门，朱远庭就从客厅里跑了出来，咋咋呼呼地问她："姐，你是不是给外婆买新的电视啦？"

朱依依有点儿蒙："没有啊。怎么了？"

朱远庭把事情的经过一五一十地说给她听。

原来刚才外婆从乡下打电话过来，说有人去家里装新的电视机，问是不是他们叫人过去装的。

朱依依瞬时警觉，以为这是什么新型的骗局，专门坑骗农村老人群体的，吓得立刻给外婆打了电话过去。不过事情好像和她想的有些不一样，因为那装电视的师傅告诉她，前几天那位先生就已经把款都付了，他们今天只是过来帮忙安装线路，不收取任何费用。

朱依依更是疑惑了，问道："师傅，你知道那个人叫什么吗？"

"姑娘，你等等啊，我找一下单子。"过了一阵，师傅给她念了一串电话号码，接着说，"上面写着是一位姓薛的先生订的，其他的信息没留。"

朱依依沉默了几秒，点头："好的，我大概知道了，麻烦你把电话给我外婆吧。"

电话那头的外婆问："依依，你说这电视机他们是不是送错人了啊？"

"没送错，"朱依依顿了顿才又开了口，"我问了，他们说这个是薛裴给您订的。"

外婆心疼地叹了一口气："哎哟，多浪费钱哪，这电视这么大，肯定很贵，要不还是退了吧，你给他打个电话说说看。"

退是不可能退的了，朱依依抠着掌心，当下更是心情复杂。

在乡下那几天，薛裴常陪着外婆一起看电视。那台老式电视机一打开就是大片雪花，声音"沙沙"地响，他大概就是那个时候打电话订的新电视。

"外婆，既然是他买给您的，您就留着吧，有空的时候，可以喊隔壁的张奶奶一块儿过来看电视，这样就不无聊了。"

"这孩子真是有心了。依依啊，你记得帮外婆和他说声'谢谢'。等地里的红薯和山莓长好了，我给你寄点儿过去，你帮外婆拿些过去谢谢人家。"

朱依依乖巧地应了一声。

电话挂了好一会儿，朱依依看着通讯录上薛裴的电话号码，犹豫了一阵，最后还是没有拨出去。

她想着等回北城之后再约薛裴出来，顺便把电视机的钱转给他。

假期过得很快，转眼十来天的春节假期就要结束了，在李昼的劝说下，朱依依最后还是去了他家一趟。

去之前，她心里极其忐忑，拎着一袋水果站在门口不敢进去，手心都捏出了汗，有种在课堂上被老师点名回答问题时的紧张感。

很多事情是做之前觉得难，自己先在心里设想了种种不好的结局，可一旦开始做了会发现其实并没有那么困难，反倒显得先前那些忧虑都是多余的。这是两个小时后，朱依依从李昼家离开时得出的结论。

事实上，李昼的妈妈比朱依依想象中的还要温柔。

虽然早前就听李昼提起过，他妈妈是一位小学语文老师，性格很温和，平易近人，可见了面朱依依才知道，对方比李昼形容的有过之而无不及。李昼的妈妈说话轻声细语，而且很会照顾人的情绪。朱依依待在李昼家里这两个小时，没有一分钟觉得自己被怠慢，聊天的过程里没有一句话是催他们结婚的，李昼的妈妈反而像是对待一位来家里做客的朋友，随和又亲近。

朱依依还是第一次感受到这样轻松的家庭氛围——这让她对家庭关系有了新的认识。

　　那天，李昼把朱依依送到了她家楼下，笑着问她："怎么样？还紧张吗？"

　　"不紧张了，以后应该都不会紧张了。"朱依依伸了个懒腰，心理上都轻松了不少，"你说得没错，我应该早点儿来拜访阿姨的。"

　　"现在也不晚。"李昼伸手拨开她额前的碎发，"出门的时候我妈对我说，哪怕咱们俩最后没成，也欢迎你常来我们家玩，她真的很喜欢你。你知道的，我爸爸在我很小的时候就和我妈离婚了，我妈妈为了我一直没有再嫁……如果你平时能和她聊聊天，她一定很高兴。"

　　"我会的。我也很喜欢阿姨。"

　　这并不是朱依依敷衍李昼的客套话，而是发自内心的真实感想。今天见到李昼的妈妈，让朱依依想起了她小学时候遇到的一位老师。那位老师优雅知性，对待每个人都是那么温柔，只是后来她转学了就再也没见过那位老师了。

　　李昼笑着打趣："你们相处得那么好，那看来我以后不用操心婆媳矛盾的问题了。"

　　朱依依瞪了他一眼，用力地掐他的手臂。

　　"好了，好了，我不说了，再说我的手臂就要瘀青了。"

第六章
原来长大的感觉并不好

　　第二天，朱依依就坐高铁回了北城。

　　她这回没坐李昼的车，因为堵车实在太要命了。刚好前一天晚上她抢到了高铁票，便选择坐高铁回去。

　　虽然如此，一路上仍是奔波劳累的，一回到出租屋里，她也懒得做饭和洗碗了，在厨房里泡了桶酸菜牛肉面随便对付着吃了就去洗澡。头发还没吹干，她就累得睡了过去，这一觉直接睡到了第二天清早。

　　听说春节过后大家普遍会患上假期综合征，具体表现为一上班就四肢乏力，头脑犯困。上班第一天，朱依依明显地感受到了假期综合征的威力，一整个早上脑袋都昏昏沉沉的，明明前一天晚上睡了差不多九个小时，但还是忍不住犯困，对着电脑老打瞌睡。

　　临近中午十一点时，眼皮越来越重，朱依依支着脑袋打了会儿盹，眼睛刚合上，谁知道领导恰好从办公室里走出来。晓芸一见慌了，连忙碰了碰朱依依的手臂，又咳嗽了两声，把朱依依闹醒了。

　　幸好领导没留意到这边的动静，朱依依才得以逃过一劫。

　　这一幕过于惊险刺激，朱依依这下倒是立刻清醒了，连带着后背都发凉。她揉了揉眼睛，打起了十二分精神。

　　午饭的时候，为了报答晓芸的恩情，朱依依特意请她去附近的一家茶餐厅吃饭。

　　晓芸调侃道："看来你过年领了不少红包啊，居然请我来这里吃饭。"

这家餐厅人均消费 50 元起，对普通的打工族来说已经算是奢侈了，毕竟他们这个抠门公司一顿饭的餐补只有 15 块钱。

"对了，依依，你晚上有没有空？咱们一起去逛街吧？"晓芸喝着冻柠乐，一下没一下地拨着吸管，"咱们都好久没一起出去玩了，趁今晚不用加班去逛逛。"

朱依依正要答应，忽然记起一件事："今晚不行，今晚我得去上课。"

"上课？上什么课？"

"之前公司不是给我们报了个与新媒体有关的培训班吗？本来是周末上课的，现在改到晚上了。"

"这么可恶。"晓芸大概有些失望，回道，"好吧。"

看着她失望的样子，朱依依又有些不忍心："要不我翘课，陪你一起去？"

晓芸露出恨铁不成钢的表情来："那怎么行？我还等着你学成归来带着我用知识改变命运呢，你怎么辜负我的期望？朱依依同学，请端正你的学习态度，不要有这么荒谬的想法！"

朱依依一边笑，一边打开了微信群聊。

这个培训班有个微信群，有时候助教会在上面分享当天的课件资料。

她看到一个小时前，助教邀请了一个人进群，那人的微信名字叫"Chen"，头像是侯麦的某部电影的剧照。

大概这就是上节课助教口中所说的行业大咖，听说刚从国外回来，曾经做过很多大品牌的策划活动，在业内声望很高。这次也是为了配合他，所以才把上课时间改到了晚上。

这次上课的地点定在市中心，离得有些远，朱依依一下班就匆匆忙忙地赶过去，最后在七点半准点到了上课地点。

她走进门时，讲台上已经有人在了，应该就是今天邀请来的讲师。

那人和她想象中的样子有些不同，身姿挺拔，穿着一身烟灰色的手工西装，左侧口袋里露出半截方巾，袖口半挽，站在讲台上正低头望向电脑。从朱依依的角度，她只能看见他的侧脸——他眉头微皱着，似乎正在和主办方沟通着接下来的事宜，远远望去有种内敛的精英气质。

底下有人在小声讨论，全是和课程无关的内容，譬如他是否单身、样貌、学历，等等。

确实，这位讲师在样貌上是过于突出了，这么年轻履历竟然这么优秀，想来主办方能请到他也是下了不少功夫的。

朱依依没有多看，随便找了个位子坐了下来。

她刚坐好，助教就拿着麦克风上场了。

朱依依抬头看着屏幕上那人的名字，忽然觉得有点儿熟——陈宴理。

她反复咀嚼着这几个字，总觉得好像在哪儿听过，可又一点儿信息都想不起来。

她疑惑地望向那人的脸，试图找出一些记忆上的关联处，却正好撞上了他的视线。

那人嘴角含笑地望着她，像是在和她打招呼。

心底生出一股熟悉又陌生的感觉，朱依依眼睛里满是茫然之色。

对方大概是长得和某个男演员有些像，才会让她生出这样的错觉。朱依依只当他刚才冲她笑是偶然的。

助教开始介绍这堂课接下来的内容，朱依依看到讲台上的陈宴理拿出手机在键盘上打字。

下一秒，朱依依放在桌面上的手机振动了一下，屏幕上显示她收到一条新微信。

Chen："好久不见。"

上完课已经是晚上九点半，天已经彻底黑了，朱依依到楼下的便利店里买了瓶矿泉水，经过货架的时候又拿了个全麦面包。

她今天一下班就赶了过来，没吃晚饭，这会儿已经饿得不行，不先吃点儿东西垫垫肚子，估计撑不到回家就要犯胃病。

排队结账的时候，她看到了一个熟悉的背影——陈宴理。他排在队伍前面，和她隔着四五个人。

他长得高，穿着也突出，气质在人群中格外出众，朱依依第一眼就认了出来。

想到刚才那条短信，朱依依犹豫了几秒，最后还是没有和他打招呼。

直到现在，她还有些恍惚。那件事都过去这么多年了，他怎么还记得她？

她早就把当年的事忘得一干二净了。

墙上的时钟"嘀嗒"地走着，很快就轮到陈宴理结账了。

不过他好像遇到了一点儿麻烦。

大概是手机网络不太好，付款码一直转不出来，收银员却对他格外有耐心，一边盯着他的脸，一边指导他使用别的付款方式，这么操作了半分钟，他还是没能成功地付款。

站在陈宴理身后的女孩儿大概是刚才培训班里的学生，甜甜地笑着走到前面，说："老师，要不我帮你付吧？"

陈宴理这时不知怎么回过头来，一眼看到了队伍里的朱依依，眼睛亮了亮，对那女孩儿说："谢谢，不过我刚好有朋友在。"

然后，朱依依看到陈宴理朝她招了招手，示意她过去。

朱依依皱着眉头愣在原地，不确定他是不是在喊自己，万一不是那就出洋相了。

尤其被这么多双眼睛盯着，她脸颊都有些烫，思考更是迟缓。

陈宴理好像看出了她的迟疑，这回开口，喊的是她的名字："依依，帮我付一下款。"

"哦，好。"

从上学那会儿开始，朱依依就一直对老师这个职业保持着天然的敬畏感。陈宴理虽然看起来和她是同龄人，但顶着老师的头衔，朱依依面对他时仍然有些畏畏缩缩的。于是他让她做什么，她就做什么。

她走到收银台前，出示了付款码，"嘀"的一声，屏幕显示扣除了39.8元。

"好了。"她对陈宴理说。

"谢谢。"

付完款朱依依又回到队伍里排队，陈宴理就一直在便利店门口前的座椅边站着，不知道是不是在等她。他肩宽腿长，半个人靠在椅背上，右手拧开了矿泉水瓶，仰头喝水，喉结也跟着上下滚动，大概因为穿着西装，有种禁欲的性感气息。

朱依依收回了视线，望着自己手里拿着的面包。

她想：这人不会真的是在等她吧？

他等她做什么呢？

他怎么还不走？

他快点儿走吧……

朱依依内心的弹幕语句不断地滚动。

队伍缓慢地往前挪动着，陈宴理仍站在刚才的位置。大概等得有些久了，他拿出手机回了几条消息。

朱依依结完账走出便利店，陈宴理很自然地走了过来，走在她右侧的位置。他看了一眼她手里拿着的面包，语气熟稔地问道："还没吃晚饭？"

朱依依点头："嗯，这边离我的公司有些远，路上来不及吃。"

陈宴理轻笑了一声："看来是我考虑不周。"

朱依依不懂他的意思："嗯？"

"看来我应该重新调整一下上课的时间，免得有些人来不及吃晚饭。"陈宴理说完低头看了她一眼，"你说是不是？"

她更是局促，小声说道："不用吧。"

她今天进门的时候观察了一下，自己是最后一个进门的，大家都来得比较早。

"不过，以后都是晚上上课吗？"她问。

如果改到晚上上课，那她的通勤时间就更长了，她从公司到这里要一个小时，从这里再回到出租屋又要一个半小时，一整个晚上几乎都浪费在地铁或公交上。

"不一定。"陈宴理顿了顿，又说，"到时候会配合大家的时间，只是最近我有些事情要处理。"

"噢，好的。"

说话时她一直低着头，陈宴理看着她眼睑低垂的样子，倒是和很多年前有些不一样。

他还记得很多年前的那一天，薛裴把朱依依带到他面前，那是在一家市中心的日料店里。

她那会儿似乎比现在要活泼、开朗许多，也爱笑，不像现在这么内敛、沉闷、安静。

回想起来，那已经是六七年前的事了，陈宴理疑惑的是他竟然还记得这么清楚。那天的每一个细节如同复刻一样存储在他的脑海里，他再次见到她的这一刻，那些褪色的记忆又变得鲜明、生动起来。

陈宴理还记得那天她穿着一件深红色的羊角扣大衣，左侧绣花印着麋鹿。她跟在薛裴旁边走进了门，一路上两个人说说笑笑。薛裴帮她拎着书包，远远看去，两个人倒很像是亲兄妹。

她来之前似乎不知道他的存在，得知他是薛裴的朋友后，笑着和他打了声招呼："你好呀，我叫朱依依。"

"你好，我叫陈宴理。"

他记得她当时眨了眨眼，流露出惊艳的神情："哇，你的名字真好听，不像我这个名字太凑合了。"

那天他们吃的是日料，她不太吃得惯，但话挺密的，和薛裴絮絮叨叨地说起学校里的事情，从食堂的菜式说到某个口音很重的老师。薛裴安静地听着，时不时笑着接几句话。过了一会儿，她拿出手机玩了一会儿游戏，快闯关失败的时候，立刻把手机扔给了薛裴，如同扔烫手山芋一般。

"求救，求救，快点儿帮我！"朱依依双手合十。

薛裴无奈地笑了笑，放下了餐具，接过她的手机，帮她把游戏玩到通关，才把手机给她。

薛裴反应得实在太平常，像是从前这样的情景已经发生过许多次似的。

"她就这样，是不是像还没长大似的？"薛裴这么对他解释。

陈宴理当时喝了一口茶，但笑不语。

吃完这顿饭，他们一起去玩了密室逃脱，薛裴还喊了另外几个朋友。

一共八个人，按照游戏规则要分成四组。

朱依依理所当然地认为自己会和薛裴一组，也一直跟在他旁边——

结果他主动地与另一个人组了队，对她说："依依，你跟着阿理，待会儿我们再会合。"

然后薛裴把朱依依的书包递给了他。

"阿理，你帮我看着她点儿，她平时有点儿胆小，别让那些东西吓着她了。"

"好。"

薛裴又走近了，对朱依依说道："你前段时间不是羡慕你舍友谈恋爱了吗？你总跟着我，怎么认识新朋友？"

朱依依好像才明白今天薛裴安排他们见面的用意——原来是想撮合她和这个刚见面的人。

那一瞬间，陈宴理看到女孩儿的眼睛里闪烁的光芒忽然黯淡了，一下没有了生气。她默默地从他手里把书包接了过去，接下来的半个小时里，再也没开口说话。

陈宴理好几次回过头看她，都在怀疑这个人和早上在日料店里的人是不是同一个，和他那天在篮球场上看到的人是不是同一个。

到了搜证环节，大家各自进入房间里搜集线索，要找到密码才能成功地解锁下一道门与其他队友会合。

门被关上，房间里一片漆黑，只有微弱的光线从外面透进来，陈宴理担心她会不小心踩到地上假的头骨，问她："你会不会害怕？"

"不会。"

过了半分钟，房间里传来诡异的音乐，陈宴理有些不放心。

"要不你过来跟着我？"他顿了顿又说，"你可以拽着我的衣服。"

时间一分一秒地流逝，他没有听到任何应答。

等他再回过头时，视线却撞上了一双澄澈的眼睛。她眼里蓄满了泪，却又强忍着不显露任何异样的情绪。

陈宴理的心在这一刻忽然颤了一瞬。

她大概感到愧疚，小声说道："对不起，我现在情绪不太好，可能要拖你的后腿了。"

"想哭就哭吧，"陈宴理沉默了半晌，低声说道，"这里只有我在，他看不见。"

大概是后半句话触动了她的情绪，几乎是下一秒，她眼中的泪就掉了下来。

她蹲在墙角里，背对着他。在朦胧的光线里，他看到她的肩膀在压抑地颤动。他站在离她半米远的位置，安静地看了她很久。

时至今日，他也不知道为什么对这个场景他竟然记了这么多年，现在想来，那好像是自己第一次模糊地感知到"爱"这个字的重量。

那天，他们这一组拿了最后一名。

其实他早就解出了密室的答案，但还是等她哭完了才输入了密码。

他还记得那天临走前，朱依依对他说的最后一句话是："刚才的事不要告诉他，可以吗？求你。"

他沉默了几秒后，回答："好。"

两个人在夜色中走着。因为下课还没多久，刚才课上有些学生路过看到他们，和陈宴理打了招呼后，都朝朱依依多看了两眼，那眼神带着疑惑、好奇和探究之意。

朱依依对这样的眼神并不陌生。从前她走在薛裴旁边时，也常被这样的眼神审视、观察。

可她仍不自在地往右侧走远了些，与陈宴理拉开一些距离。陈宴理大概有些疑惑，皱了皱眉头。

这里离地铁站还有一段路程，朱依依见旁边的陈宴理好像没有要提前离开的意思，于是两个人就这么安静地继续走着。他倒像是没有任何尴尬的情绪，西装外套搭在臂弯处，看到别人和他打招呼，便微笑致意。

朱依依这会儿已经饿得无法思考，从购物袋里拿出方才买的全麦面包想先吃几口垫垫肚子，撕开包装后又一只手拿着矿泉水瓶想拧开瓶盖，可怎么都打不开。这时，一只修长有力的手接过了那个矿泉水瓶，轻轻一拧，瓶盖松了些，他又将水瓶递给了她。

"好了。"他说。

"谢谢。"她一边走路，一边嚼着面包。

陈宴理不知怎么想起了刚才上课的情形，笑着说："今天的课，你好像听得很用心。"

今天全场那么多人，她是听课最认真的一个。

旁人还偶尔拿出手机回一下消息，她倒是一刻也没走神儿，一直在做笔记。

朱依依很少被人夸赞，这一刻竟有些不好意思起来。

"因为你讲得很好啊。"

这话不是在恭维他，而是她发自内心地这么认为。上一位被邀请过来的老师讲的内容太过学术，只负责搭理论框架但缺乏真正的洞察观点，但陈宴理显然有过很多在大企业的实际操作的经验，也了解现在市场的最新动向，讲得深入浅出，很精彩。

难怪他这么年轻就能有这么漂亮的履历。

陈宴理愣了愣，似乎没想到她会这样说，低下头，刚好看到她眼里流露出崇拜与赞赏的神色——陈宴理上挑的眼尾漾开笑意。

原来除了薛裴，她也会用这样的眼神看他。

快走到地铁站时，朱依依忽然问他："不过，你怎么还会记得我？"

陈宴理眼里藏着星光的倒影，反问道："为什么你会认为我不记得你？"

"因为……"朱依依突兀地停在了这里，没有说下去。

因为我很普通啊。

朱依依在心里把话补充完整了。

她普通到放在人堆里，一眨眼就能被人潮淹没；普通到在大街上随处可见，哪怕她出了洋相，也没有人会留意到她；普通到她习惯了被人遗忘和忽视，反而被人记得才是值得疑惑的事情。

所以刚刚在便利店里，她才会那么惊讶。

她想：在那么狭长的队伍里他是怎么一眼就看到她的？

陈宴理："难道你已经完全忘记我了？"

他的语气听上去似乎有些失望。

朱依依确实已经把他给忘了，忘得彻彻底底。

她早已回想不起那天的细节，如今唯一记得的只有当时的感受——绝望、难过、心灰意冷。

她还记得那天自己有多狼狈。在那间昏暗的密室里，她哭了很久很久，有人从身后给她递了包纸巾。

"我的记忆力不是很好，而且只见过一次，我很容易就忘记了。"

陈宴理想：她倒是没骗他，她的记忆力确实不太好，因为那并不是他们第一次见面。

眼看着地铁站要到了，朱依依在等红绿灯过马路时，小声问他："那个……你也要去地铁站吗？"

"我在这儿等朋友，"陈宴理装作看了一眼手表，"他说一会儿就到。"

"哦，这样。"朱依依心理负担少了些，舒了一口气，语气也难得欢快了起来，"那陈老师，我先回家了。"

"好，再见。"

朱依依走进地铁站里时，回头看了一眼，发现陈宴理竟还在马路对面站着。车流如水，行人如织，他在深冬的夜里朝她挥了挥手。

这个夜忽然有了些暖意。

回到家后，朱依依在快递站点拿到了家里寄过来的红薯和山莓，都是老家那边最有名的特产。

她这头刚收到，吴秀珍就打电话过来了，说这些都是外婆寄过来的，各个都是精挑细选的，让她这两天就给薛裴拿过去，免得放久了就不新鲜了。

朱依依这会儿正在吃泡面，没好气地说："怎么不直接寄到薛裴那儿呢？你又不是不知道地址。"

"我不是惦记着你爱吃红薯嘛！你也留点儿在家里吃，平时周末别老是吃外卖，煮点儿红薯粥吃也好，吃多了外卖身体都要垮了。"

"嗯，知道了。"

"那你记得给薛裴拿过去啊，别忘了。"吴秀珍特意叮嘱，"你得亲自给人送过去知道吗？这样才有诚意，那么贵的电视机，是得好好谢谢人家。"

朱依依木讷地应了声，就挂了电话。

第二天刚好是周末，她刚好要到附近办理证件，就顺路把东西送了过去。

去之前，她没给薛裴打电话。他在与不在都不是关键，反正她知道他的公寓的密码。

她只需要"亲自"把东西送到就行。他人不在的话，她也没办法。到时候吴秀珍问起来，她也有借口可推脱。

薛裴在书房里正开着视频会议，忽然听到门口的密码锁好像被人打开了。

这栋公寓的密码他一共只给过两个人：一个是朱依依，另一个是周时御。周时御已经去了外地出差，那剩下唯一的可能性就是朱依依。

骨节分明的右手在桌面上有节奏地轻敲着，一双桃花眼在金丝眼镜下流淌着意味不明的光，他内心隐隐雀跃，但表情依旧如常，流利地用法语回答着对方的问题。

书房的门只是半掩着，他能听见从客厅里传来的细微的声响，忽然想到，朱依依已经很久没过来了。

薛裴已经想不起她上一次过来是什么时候的事了，这其实一点儿都不重要，但在会议期间，他还是走了走神儿，终于记了起来——是在去年中秋节那天，他们一起去超市买了很多水果，还买了很多食材，似乎她每次过来都会把家里的冰箱填得很满。

她花了一整个下午做了一顿饭，他记得味道很好。然后他们在客厅里看了一个晚上的科幻电影，他还记得那部电影是《银翼杀手2049》，最后她看着看着就开始打瞌睡……

"Eden？"

对方没等到他的回答，喊了声他的名字。

薛裴这才反应过来自己走神儿了，右手支着下巴，请求对方将问题重复一遍。

等会议结束后，周时御一边整理文件，一边在电话里问他："你刚才在想什么呢？笑得那么甜，喊你好几声你都没听见。"

薛裴："没什么。"

"对了，你真的不再考虑一下他的提议？如果我们能得到佩雷的支持，我们工作室在海外市场的发展无疑会更上一个台阶。"周时御觉得可惜，"只是去法国两年而已，你有什么放不下的？况且你现在又没有女朋友，也不担心异地恋什么的。过年过节你回一趟家，其实和在北城没区别，我相信叔叔阿姨也会支持你的决定。"

薛裴拒绝得很坚定："不用考虑了，蛋糕虽大，可风险也大，稳一点儿未必不是件好事。"

"薛裴，你不像是这种束手束脚的人，肯定不是这个原因。"开拓海外市场这事怎么看都是百利而无一害的，并且对方开的条件很优渥，想来是没有理由拒绝的，周时御斟酌着想了想，猜测道，"你不会是舍不得朱依依吧？"

薛裴沉默了一阵，没有否认。

168

他承认他不想离开北城，很大一部分原因是因为朱依依。

他离不开她，也不愿为了事业而去离她那么远的地方。

他们现在的关系已经足够冷淡，两年后，只怕会变得更加陌生。

薛裴挂了电话走到客厅时，朱依依正放好东西从厨房里出来，准备离开。

见到薛裴出现在客厅里，朱依依明显地愣了愣。

她还以为没人在家的。

他身上还穿着浅蓝色的家居服，头发没有像平时一样打理得一丝不苟，自然地往下垂，可高挺的鼻梁上架着一副金丝眼镜，身上既有闲适的慵懒感，又有精英的气质，像是刚处理完工作出来。

朱依依回头望向厨房，向他解释道："外婆给你寄了些红薯和山莓。红薯我放进储物柜里了，山莓放在冰箱底下那层……谢谢你买给外婆的电视机，她很高兴。这几天邻居的奶奶也常过去一块儿看电视，有人陪她聊天，她的心情也好了很多。"

看到朱依依对他的态度不再那么戒备，薛裴眼中笑意潋滟："外婆开心就好。"

眼看着任务已经完成，朱依依拿起沙发上的背包："那没事的话我先走了。"

"你好久没过来了，这就要走了？"薛裴有些失望，低声说道，"你刚才说要谢谢我，那陪我吃顿饭吧。"

说着，薛裴朝朱依依走了过去。两个人近得只剩下一指的距离，她甚至闻得出来昨晚薛裴用的是什么味道的沐浴露。可薛裴像是浑然不觉这么近的距离有什么问题，俯身说道："你想吃什么？我可以学着给你做。"

薛裴要给她做饭？这倒是新奇。

朱依依看了一眼他身上的衣服，又从客观的角度思考了一阵，最后为了她的肠胃着想，决定还是自己来。

她拉开冰箱，里面是空的——储物柜除了她刚带过来的红薯，就是别人送过来的补品。

朱依依看着这个干净整洁的厨房，心想：大概它上一次投入使用还是她去年过来的时候。

为了消耗掉那一大袋红薯，朱依依做了一顿红薯大餐，主食是红薯粥，还做了两道菜，辣炒红薯丝和蒜苗炒红薯，饭后甜品是红薯糖水。

她承认部分黑暗料理是存了整蛊薛裴的心思。

但薛裴很捧场地将菜都尝了一遍，然后给出评价："嗯，这顿饭很有创造力，不过可能吃完这顿，接下来的几天我都不想再碰红薯了。"

朱依依捂着嘴憋笑，努力地让自己不笑出声来。

"开心了？"薛裴偏过头，无奈又宠溺地看着她笑。

"嗯。"

朱依依刚把红薯粥喝完，就收到了晓芸在微信上发过来的消息。

她点开，好几个视频跳了出来——是与公司合作的推广视频，一群大学生穿着他们公司的运动服在打篮球。

晓芸："你看，我们公司的丑衣服被他们穿得多好看，果然年轻就是好啊。"

朱依依放下筷子，笑着回她："是还不错。"

聊完，朱依依又点开那几个视频看了一遍，有个镜头正好拍到一个男生扣篮的瞬间。男生一头红色头发，笑得张扬又野性，充满了年轻人的活力。

说不定将视频发到网上真的能火，朱依依想。

一旁的薛裴见她把这视频看了两三遍，还保存了，拿着筷子的手顿了顿，沉默了几秒后，问道："你怎么开始喜欢看这种东西了？"

这语气颇有质问对方怎么误入歧途的意味在里面。

朱依依不解："哪种东西？"

薛裴抬了抬下巴，望向她的手机。

朱依依这才明白他说的是什么，倒也不恼，大大方方地说："食色，性也，有什么问题？"

薛裴眼神晦涩不明，心里有些不是滋味："看来你的审美变了不少。"

"年轻帅气的男大学生，谁不喜欢？"

薛裴挑眉："所以重点是年轻？"

"当然。"

薛裴像是被噎住了，不置可否。

说着说着，朱依依想起了正经事："对了，你买给外婆的电视机多少钱？"

薛裴实在太了解她了。

她只说了这一句话，他就能猜到她想说什么。

他故意把价格抬高了几倍："这个是我喊日本的朋友订的，加上运费和人工费，应该是两万多人民币。"

"两万多块？"朱依依皱眉，音量也跟着高了不少。

就这么一台普普通通的电视机，竟然要两万多块，朱依依确实被吓到了。

薛裴扶了扶镜框："嗯，怎么了？"

朱依依打消了来时的念头。要是给薛裴转了这两万多块钱，她这个月就要喝西北风了，于是摇了摇头，用自己能想到的最自然的语气说道："没事了，我就问问。"

薛裴低下头，勾了勾嘴角，金丝眼镜下折射着戏谑的光。

吃完饭，朱依依就要走，薛裴执意要送她回去，说是约了朋友在那一带打网球，刚好顺路。既然薛裴都这样说了，朱依依自然没有理由拒绝。

在车上，朱依依忽然想起一件事，随口问道："你最近是单身状态吗？"

或许是她的问题太过突然，又或许是因为薛裴的心乱了，他握着方向盘的右手差点儿打滑，车子差点儿撞上一旁的花坛。

他强装镇定，用一贯的玩笑口吻回道："怎么？我是不是单身状态，你还不清楚吗？"

"那就好。"朱依依把车窗打开了些，声音也被这三月的春风吹散了，"你还记得阿庭的班主任吴老师吗？你上回去学校的时候见过的。家里人想介绍你和她认识，所以让我来问问你。"

薛裴又愣了愣，握紧了方向盘："什么意思？"

"我听阿庭说他们的吴老师对你挺有好感的，后来吴老师还找他打听过你的消息。"

风吹到薛裴脸上，刺骨地寒冷。

薛裴踩下刹车，车就这么停在马路边上。

"所以呢？"

"听说她下个月会来北城三中开交流会，家里的意思是你们可以先见见面。"

薛裴似乎不敢想象，艰难地问道："那你觉得呢？"

朱依依只当薛裴是在问她的看法，如实回道："我觉得她挺适合你的，听说她大学也是在北城读的，名牌大学毕业，人长得也很好看。对了，阿庭给我发过她的照片，我找一下……"

她说着，就翻起了和朱远庭的聊天记录。因为已经有段时间了，她找了好一会儿，大概过了两分钟，才把手机递过去给薛裴看。

"你看，她是不是很有气质？"

薛裴没有看那张照片，或者说他的注意力根本没在照片上。他一寸寸盯紧了朱依依脸上的神情，竟没有看到任何他想要的诸如口是心非之类的情绪出现。

也就是说，她是认真的。

她是真的要将他推给别人。

薛裴的心往下沉了沉。

自那以后，薛裴没有再说话。

车开到了朱依依家楼下，她上了楼后，薛裴并未急着离开，而是靠在车身上点了一根烟，任尼古丁的味道将他淹没。

朱依依以前从来不会给他介绍女朋友的。无论是高中还是大学，连开玩笑她都不曾向他提起过这些事情。

他还记得大学的时候，他曾去她的学校找过她——那是仅有的几次他去找她。

那天，她刚和朋友聚餐回来，他在学校门口等她。

朱依依一见到他，眼里就闪过惊喜之色，高兴地快步走了过来，手里那袋栗子都差点儿抖到地上。

"你怎么来了？怎么不告诉我一声？"朱依依站定时，还在喘粗气，"你等很久了？我下午出去聚餐了，现在才回来。"

薛裴笑着说："没多久，刚来一会儿。"

旁边的女孩儿问她："依依，这是谁呀？"

她斟酌着用词，最后说道："我哥啊。"

薛裴礼貌地回道："你好，我是依依的哥哥，今天刚好有空，所以过来看看她。"

那会儿正好是饭点，得知他还没吃饭，朱依依立刻带他找了个附近的餐厅吃饭。他口味清淡，她选了家粤菜馆。

茶水刚上，她就去了前台点菜，忘了拿上手机。

她的手机的聊天记录正停留在她和舍友的对话上。

舍友："你怎么从来没告诉我们你有个哥哥，还长得那么帅？！"

朱依依："这也没什么好说的。"

舍友："依依，要不你今晚回来摸摸我的衣服的料，看看是不是当你嫂子的料？"

朱依依："……"

舍友："我未来的小姑子，全世界最好的依依同学，你就帮我撮合一下嘛。"

薛裴看到输入栏那行还没发出去的字写着："我帮你问问吧……"

在淮城区的网球馆里，薛裴见到了一位许久没见的旧友——张东峘。

他们当年是在一个科技论坛上认识的，已经有几年没有联系了。薛裴听说对方现在正在从事金融业的工作，在圈内风头正盛，他们这次见面除了叙旧，还有一个目的是谈合作。

不过张东崓是看出来了，薛裴今日的状态不怎么好。要是按照往常，薛裴不可能让他有机会连赢三球。

打到一半，张东崓就已经体力不支了，提议先歇一会儿。他们在休息区坐下后，张东崓的女朋友拿着两瓶矿泉水走了过来，先递给薛裴一瓶。薛裴抬头礼貌地说了声"谢谢"，声音无波无澜的，那女孩儿却愣了愣，耳根不知怎么红了，好一阵才说了句"不客气"。

张东崓刚好留意到这一幕，像是丝毫不介意，还笑着调侃道："看来薛裴你的魅力不减当年哪！不过也是，有你这张脸到哪儿都是把女孩儿迷得七荤八素的？"

他女朋友大概听出了其中的揶揄之意，掐了一把他的手臂，小声解释："我只是看看，看看还不行吗？我又没有怎么样。"

"你紧张什么？我又没怪你。不过说真的，薛裴不喜欢你这一款的。"张东崓笑着回道，提前打消了她那些小心思。

张东崓确实不介意。他本身就是个爱出来玩的人，对男女关系没有什么约束性的概念，不过是激素之间互相吸引，彼此还有感觉就在一起，觉得没意思了就分开。

男女朋友的概念在张东崓的眼里是不存在的，两个人顶多就是互相陪伴的关系，并且他是不婚主义者，从不给对方承诺，也不希望对方跟他要这些不切实际的东西。在和每一任女朋友交往前，他就已经说得很明白了。

休息得差不多了，张东崓从座位上站起来活动活动，刚拿起球拍，忽然想起一件事，问薛裴："对了，我记得你以前不是有个小邻居嘛，怎么今天没来？就那个扎着马尾、背帆布袋的女孩儿——她总是安安静静地坐在观众席那里看你打球。"

虽然已经有好几年不见，张东崓对这人倒是印象深刻，因为女孩儿长得太过普通，他们这个圈子里的人哪个带出来的女人不是长得水水灵灵的？倒是薛裴每次都带着他的小邻居过来，让在场的女性都以为自己有机可乘，大概就是那种心理——连她都可以，那我为什么不去试试？

薛裴仰头喝了一口矿泉水，继而说："她今天没有时间。"

"这样啊，她还在北城工作吧？"

"嗯。"

"你可能不知道，前几年我们一块儿打球，她们女孩儿在观众席上聊天，我当时的女朋友问朱依依为什么选择来北城读书，你也知道朱依依这分数在北城上不了什么好学校，朱依依说因为你在这里。另一个女孩问：'那如果薛裴毕业后去了别的地方工作呢？你也跟着去吗？'她说，反正你去哪儿，她就去哪儿。"张东岖"啧啧"了两声，"你们还真的跟亲兄妹似的，到哪儿都黏着！你们现在怎么样了？"

薛裴走向一旁，嘴里叼着根烟，一边走一边打火，看上去竟有些痞气。

他吸了一口烟，哑声说："没怎么样，她有男朋友了。"

张东岖眼睛瞪得溜圆："真的？"

薛裴点了点头，喉咙有些干涩，仰头望着场馆上的白炽灯，大概是盯得太久了，眼睛竟有些发酸。

回家的路上，风从窗外灌进来，薛裴觉得自己好像比刚才清醒了一些。

可即便这样，他仍然不明白，喜欢了他十年的朱依依，是从哪一刻开始放弃他的……

因为周一要开周会，大家都不敢迟到，朱依依也提前了半个小时到公司整理PPT。

在他们公司，周会是形式大于内容的产物，大家讲的无非就是那些老生常谈的内容，每个人花两三分钟就能讲完，但没有人会这么做。大家都默契地把时长拉到二十分钟以上，做足了表面功夫。像1+1=2这么简单浅显的内容，人们一定要加上一些高大上的术语修饰，非要从那么显然的内容里深挖出什么特别的东西来。

领导今天也特别有激情，足足讲到十二点半下班才肯结束这场空洞无聊的会议。

下了班，朱依依和晓芸去附近一家新开的饭店吃饭，还没吃完，那头工作群里就来了任务，一点儿休息时间都不给。

领导在群里@她们俩，让她们下午去一趟北城理工大学，跟那边的负责人对接一下春季高校篮球赛的事情。

这个春季篮球赛是他们部门第一季度的工作重点，上头的人特别重视，听说花了大价钱赞助，势必要弄出点儿水花来，不然钱就白砸了。

能让这个抠门公司花钱是真的不容易，朱依依感触很深，因为来这个公司三年了还是第一次见到他们能掏出这么大一笔钱来打广告。

铁公鸡拔毛，那势必每一根毛都要发挥出最大的利用价值。

因为朱依依和晓芸是刚被调来这个部门的，负责的是最苦最累的活，线上线下两头忙，每天都要在北城各大高校间来回跑，还要负责宣传预热和联系各大高校的负责人，以及给一些学生拍摄短视频发布到社交媒体上。

　　对她们来说，这其实算是一个不错的锻炼机会，但领导定的绩效指标实在太异想天开——一个月时间官方的短视频号要增粉 20 万，达成目标会有 2000 块钱的奖金，但如果低于这个数，就要扣一半的 KPI。晓芸听到这消息后，只想说这狗公司真的疯了。

　　一个只有 832 个粉丝的空白账号，要拍点儿什么内容才能涨粉 20 万？这简直是痴心妄想，而且公司才给那么一点儿推广经费。

　　推广方案也一直在变，这一周她就赶了三份新的推广方案，每天在交上去和重写之间反反复复。她看着系统上调休的工时已经累计到了 21 个小时，这也就意味着自己这周平均每天加班时长都超过 4 个小时。

　　没有加班费，车费也不能报销，从地铁下来走路回家的那段时间，是朱依依每天最沮丧的时候。

　　她常常会发呆想很多事情：如果当初她考上好一点儿的学校，是不是今天就不用过得这么苦这么累？她是不是在找工作的时候就有更大的自主权，不用在这种公司里受气，不用天天熬夜加班还担心自己不知道什么时候就被"优化"了？

　　更消极的时候，她会想：如果下辈子过的还是这样的生活，她宁愿不出生，也不想再来这个世界凑数了。

　　她想起去年搬家的时候遇到的一位师傅。师傅年纪已经快五十岁了，大冬天穿着一件破旧的棉服，那衣服已经缝缝补补了很多次，后背全是歪歪斜斜的针脚。那天天气特别冷，他一个人扛着差不多两米高的衣柜从一楼搬到七楼，大概实在太重，从脖子到脸都处于充血的状态，额角青筋凸起，大滴大滴的汗滑落进眼睛里，刺痛得频频眨眼。

　　他咬着牙齿，颤巍巍地一步一步走上楼梯。

　　朱依依说不清心里是什么滋味，只觉得喉咙有些泛酸。她本想过去帮忙，但大叔喝住了她："小姑娘，不行的，我们领导看到你帮我的话要扣我的钱的！"

　　朱依依只好在旁边一路看着他把那么重的衣柜搬上七楼。

　　他说，搬这一趟就有五十块钱，一个月少说也能攒到三四千块钱，再干几个月就能给他女儿攒够上大学的学费了。

　　虽然这件事已经过去了大半年，可朱依依仍然忘不了那个画面——昏暗的楼道里，男人艰难地爬着楼梯，沉重的衣柜就像一座大山压在他的背上。

那座山的名字大概叫生活。

兴许是这段时间加班太狠，再加上换季的原因，许久没有生病的朱依依竟然熬出了病来。

起初她只是觉得头有点儿重，还以为是这几天太累了，休息一会儿就好了，可没想到这天半夜竟然发起了高烧，额头烫得可以摊鸡蛋，嗓子像在冒火。

她艰难地支起身子，想去客厅拿退烧药，等烧退了第二天再去医院看病。可从卧室到客厅的几步路她都走得摇摇晃晃，地板好像在不停地转，额头上冷汗直冒，身体也软得像一摊水，站都站不稳。

额头的温度越来越高，她的意识也越来越不清醒，有那么一瞬间，她觉得自己可能要被烧傻了。

墙上的时钟指向凌晨四点，她攥着手机的手上全是汗。

她在犹豫要不要给李昼打电话。

朱依依一直是个很怕麻烦别人的人，哪怕已经高烧成这样，仍担心这么晚给李昼打电话会不会影响到他第二天上班。

即便这个人是她的男朋友。

眼皮已经越来越重，好像下一秒眼睛就要合上时，朱依依终于拨通了李昼的电话号码，可传来的是机械的女声以及对方已经关机的提醒，朱依依的心往下沉了沉。

在最后意识残留的时刻，她记得她好像拨通了另一个快捷电话号码。

薛裴是被一阵突兀的电话铃声吵醒的。

他的睡眠很浅，几乎是铃声一响他就醒了过来。

他接通电话，电话那头传来朱依依虚弱的声音："薛裴，很抱歉这么晚打扰你。我好像发烧了，你能……能过来送我去医院吗？"

她在电话那头礼貌且陌生地询问着，声音虚弱如同呓语，薛裴整颗心顿时像被针扎了一下，痛感从里到外蔓延。

从前最爱黏着他的朱依依，现在连生病给他打电话都变得这么小心翼翼。

薛裴披了件大衣，抄起车钥匙立刻跑下了楼。

电梯的楼层提示灯一闪一闪的，在这静谧的夜里更让人心情难以平静，薛裴焦躁得恨不得立刻出现在她面前。

大概是他这边太安静了，朱依依忽然开口，那声音里充满了不确定性。

她问的是："薛裴，你会来吗？"

"别怕，我马上到。"

他温柔的声音传到电话那头，仿佛有了让人安心的力量。

朱依依小声说了声"好"。

电话一直没挂。

轿车在马路上一路疾驰，在这个三月的春夜里，薛裴慌乱得握着方向盘的手都出了汗。

好像又回到了多年前的那个夜晚，那个暑假，朱依依的爸妈去了外地旅游，朱依依在薛裴家里借住——那两天他的爸妈去了邻市参加婚礼，只剩下他和朱依依在家里，没想到半夜朱依依就发了高烧。

也是在这样一个四下无人的夜里，他背着高烧的朱依依在大马路上心急火燎，焦急地等待着来往的车辆。他人生中第一次觉得时间流逝得那么缓慢，那么煎熬。

路灯把他们的影子拉得很长，这夜实在太安静，路上没有一辆车经过。

薛裴背上的衣服洇湿了一片，身后有隐隐的抽泣声传来。

他意识到朱依依哭了。

"好好的，怎么哭了？"他一时有些慌乱。

朱依依的眼泪打湿了他的衬衫，她那会儿年纪还小，一边抽泣一边说道："薛裴，我有点儿害怕。"

薛裴柔声说道："别怕，我在这儿呢。"

"我的额头好烫，你说我会不会被烧傻啊？万一变傻了肯定考不上大学了，那我以后怎么办？"

薛裴"扑哧"地笑了一声，将她放到一旁的长椅上。

"你怎么还有空想这个？"

"薛裴，我要是变傻了，你会照顾我吗？"

"会。"薛裴握着她的手，"这下你可以放心了？"

朱依依仍旧是病恹恹的样子，语气里却带着期待之意："那你会照顾我多久？"

薛裴想了想，很认真地回答："你说多久就多久。"

"这可是你说的。"

"嗯，我说的。"

薛裴赶到朱依依家楼下的时候，电话那头已经没了声音。

他用力地敲门，也没有听到任何应答声。

幸好薛裴在门口的鞋盒里找到了备用钥匙打开了门。

朱依依已经靠在沙发上睡着了，脸色苍白。薛裴用手探了她的额头，烫得不像话。他没有一刻犹豫，立刻抱着她下了楼。

朱依依半梦半醒间感觉自己好像被别人抱了起来，那怀抱温暖、熟悉，带着少年淡淡的沐浴露的香气。意识好像渐渐变得无序，那感觉就像一下回到了十年前，她还是那个无忧无虑的小女孩儿，而不是已经被社会重捶过的成年人。

她无意识地往薛裴怀里钻了钻，就像小孩儿在噩梦中寻找安全的庇护所。那一刻，薛裴顿了顿脚步，听见自己心跳如擂鼓。

愣怔间，他听见朱依依小声喊他的名字："薛裴。"

"嗯，是我。"

朱依依听到他的声音，明明还闭着眼睛，眼泪却倏地掉了下来。就像小时候生了病，家里人来学校接她回家，她一见到他们就委屈得不行，眼泪大滴大滴地往下掉。

薛裴心脏都像被攥紧了："不哭，没事的。"

"我好像已经烧到40℃了，额头很烫。"

"马上到楼下了，我带你去医院，好不好？"

"嗯。"

生病中的朱依依好像一下又对他放下了所有的防备。或者说，在高烧中朱依依早已经忘记他们之间发生过什么，好像又变成了小时候那个依赖他、爱跟在他身后的朱依依。

车上，副驾驶座上的她一直在自言自语地说着什么，如孩童梦中的呓语……

"薛裴，原来长大的感觉没有那么好。"

抽泣声让她的话语变得支离破碎，她那些眼泪好像流不完似的。

"我好想回到以前，想变成以前的朱依依。"

这样她就不用加班，不用被逼着相亲，不用背负父母的期望而活着。

在这安静无人的红绿灯路口，薛裴望着那不断跳跃着的红色交通指示灯，开口说道："我也想做回以前的薛裴，那个曾经被你依赖的薛裴。"

第七章

忌妒与逃避

　　到了医院，看完病后，朱依依终于躺在医院的病床上沉沉地睡去，而薛裴在一旁清醒地坐着，仍旧没有丝毫睡意。

　　在他的印象里朱依依极少生病，可一病起来就能拖上一两周都不见好。她一生病就变得脆弱又爱哭，跟小时候一模一样。

　　吊瓶还输着液，薛裴握住了朱依依另一边的手。她身上的热度从掌心向他传递过来，他握紧了她的手，右手又探了探她的额头，好像比来时温度降了许多。

　　病房里只亮着一盏微弱的灯，薛裴借着这光仔细地打量着朱依依的脸，从额头往下，眉毛、眼睛、鼻子、嘴巴……他已经很久没有和她这样安静地待在一个空间里了，也很久没有这样仔细地看过她了。

　　这个慌乱又漫长的夜晚，横亘在他们之间的只有他和朱依依共同经历的过去，没有那些无关紧要的人物。他隐约意识到有个答案已在心里萌芽，将要破土而出。

　　不知看了多久，薛裴做了一个连他自己都不解的动作——在这个安静的空间里，鼻腔里萦绕的都是医院消毒水的味道，他忽然弯腰亲了朱依依。

　　那是一个蜻蜓点水的吻，小心翼翼的，不带任何情欲，也许还夹杂着试探和好奇的意味，一如多年前那个下午，朱依依在他的房间里留下的那个露水般的吻。

　　天快亮了，这个夜晚终将过去。

朱依依醒来时，薛裴刚从楼下买了早餐上来，是她爱吃的小笼包和蒸饺，还有一份小米粥。

看见她醒了，薛裴把早餐随手放好，走过来探了探她的额头。

发现已经没有那么烫了，薛裴松了一口气，把被子掖好。

"别着凉了。"他声音温柔地说道。

薛裴俯身时与朱依依靠得很近，浅浅的气息打在她的耳侧，引起一阵战栗感，她有些不自在地别过了脸。

大概是烧糊涂了，昨晚的事情她已经不大记得了。看到薛裴出现在这里，她反应了好一会儿。

"现在感觉怎么样？还头晕吗？"

薛裴把热粥倒在瓷碗里，用勺子搅拌散热——这么寻常的动作他做起来竟是赏心悦目的。他刚才回家换上了一身干净的衣服，现在衣服上还有淡淡的香气。

"已经好多了。"朱依依犹豫了几秒，还是问了一句，"昨晚……你送我过来的？"

薛裴抬头："不然呢？"

"哦，谢谢，"朱依依诚恳地道谢，"昨晚打扰你了。"

这生疏的语气让薛裴皱了皱眉。余光看到她正在翻看手机上的通话记录，不知看到了什么，他的视线停顿了一秒，一不留神碗里的热粥溅到了他的手上，烫出了红印，他却丝毫不觉。

等过了几分钟，他才开口问道："昨晚你也打电话给李昼了？"

"嗯。"

"然后呢？"薛裴像是故意这么说，声音冷若坚冰，"他怎么没来？"

"他的手机关机了。"

薛裴冷哼了一声："所以你才打电话给我？"

朱依依没说话，却也算是默认了。

薛裴想明白了。

所以，他只是她的备选。

因为她找不到李昼，所以才找的他。

有一股闷气滞在心口，薛裴很想问些什么，可没有立场。

李昼是她的男朋友，而他是什么？

他不过是个"普通朋友"。

朱依依在微信上和领导请了假，又拍了张打吊瓶的图发过去，领导这才信了，让她回来再补个请假条。请完假，她又和晓芸说了一声。晓芸洋洋洒洒地发了一大段话过来，让她好好照顾身体，公司的事情不用担心。

心里有些感动，朱依依放下了手机，对着薛裴的背影说道："我生病的事，你别告诉我妈，她最近身体不太好，免得她又担心。"

薛裴应了一声，把粥放到桌子上，又从抽屉里拿出医生开好的药。

"吃完早餐，记得吃药。"说完，薛裴小声补充了一句，"我问过了，不苦的。"

桌面上还放着一包水果硬糖，大概是薛裴刚才去楼下的便利店买的。

朱依依眼神黯了黯，问他："你吃早餐了吗？"

"没。"

"那一起吃吧，你买了这么多，我也吃不完。"不过说完后，朱依依又指着对面的椅子，说道，"你去那边的小桌子上吃。"

薛裴不解："为什么？"

"我怕传染给你。"

薛裴想起昨晚的事，忽然弯了弯嘴角，轻笑了一声。

要是传染的话，大概他早已经被传染上了。

"没事，我不怕。"他说。

两个人就这么挤在一张小餐桌边吃早饭，有一句没一句地聊着。聊着聊着，朱依依倒是想起了一件紧要的事。

她边喝粥边问他："薛裴，这周六你有时间吗？"

以为朱依依要约自己，薛裴爽快地说道："有，怎么了？"

"上回和你提起过的，就是阿庭的老师这周会来北城，她说她周六刚好有时间。"

薛裴拿着筷子的手顿了顿，随后冷漠地应了一声："哦，你好像很关心这件事。"

朱依依低头喝粥："家里一直在问。"

"你希望我去？"

"嗯。"

薛裴觉得呼吸都有些困难，有股气郁结在胸腔里。

"为什么？"

"我觉得你和她挺般配的，见一下也挺好。"

这是朱依依的心里话，因为在她心里，薛裴就适合那样的女孩儿——学历高、漂亮、温婉、大方，就像曾经的江珊雯。

"生病了就好好养病，别总操心别人的事。"

两个人吃完早餐后，医生又来病房里给朱依依测了一次体温，换了新的吊瓶，又叮嘱了她几句。

薛裴就在旁边陪着她，在病房里待了一整个上午。朱依依看见他不时去走廊里接电话，面色凝重，大概是在处理工作。

薛裴接完电话后又回来坐着。

朱依依想了想，说："你回公司吧。我现在好多了，你不用陪着我的。"

薛裴却问她："中午想吃什么？要不要喝汤？"

薛裴记得她小时候生病总爱喝排骨汤。

朱依依被他带到了沟里，已经忘记刚才想说什么，顺着他的话点头："都可以，清淡点儿的就好，你看能买到什么我就吃什么。"

直到薛裴走出病房，朱依依才想起她刚才明明是想让薛裴回公司去的。

薛裴开车去超市买了菜，回来照着菜谱煮了排骨山药汤，又做了几道朱依依爱吃的菜。他是第一次做饭，没什么经验，尝试了好几次才成功。他是天生的完美主义者，什么事都想要做到最好，但在做饭上，从这第一次的成果来看……他确实不算有天赋。

在把汤倒进保温盒里的时候，汤汁从里面溅了出来，薛裴不小心被烫到了手，手背霎时间红了一大片还起了泡。将手放在水龙头下冲水的时候，他想：等明天再试验几次，大概就不会这么笨拙了。

开车去医院的路上，薛裴的心情还算不错，他想：待会儿如果朱依依夸这些菜好吃的话，那他就告诉她这些全都是他一个人做的，但她要是说难吃，自己就说这些都是在楼下的餐馆里买的。

所有的猜想在走到病房门口时戛然而止，因为薛裴看到李昼出现在了病房里。

李昼就坐在朱依依的病床前，手里捧着一个白色的瓷碗，右手舀了一口汤递到朱依依的唇边，而朱依依的脸上是薛裴未曾见过的神情——她低垂着眼睑，似乎还有些害羞，耳根泛红，但总归不是抗拒的，也不像刚才刻意要和薛裴拉开距离的样子。

这个温馨的画面好像一盆从头上淋下的冷水，让薛裴此刻彻底清醒了。他像是瞬间坠入了冰窟里，因为感觉到手心都是冰凉的，心脏处也好像被塞入了一块冰，彻骨的寒意从心脏蔓延到了皮肤。

他清楚地感受到了一种真切的忌妒的情绪。

是的，是忌妒，他忌妒李昼，忌妒她对李昼的亲昵态度，忌妒她对李昼笑，忌妒她在李昼面前流露出羞涩的神情。

他忌妒李昼是她的男朋友。

半个小时后，有护士经过朱依依的病房门口，在垃圾桶里看到了一个崭新的保温饭盒，旁边还有一束名贵的花。

朱依依退烧后立刻就出院了。

一来是公司那边的事太多，她再不回去上班，晓芸一个人忙不过来；二来她不希望李昼天天往这边跑，耽误他的工作。

虽然身体还没完全恢复，不过她再慢慢调理两三天应该就没事了。

出院的时候，朱依依给薛裴发了条短信，信息打了又删，删了又打。虽不知道该说些什么，可不管怎么样，她还是得谢谢他。

昨天夜里，有些记忆忽然像潮水一样涌了上来，她记起了那天的细节。薛裴在电话里温柔地安抚着她，抱着她走下楼，有位护士说他照顾了她一整夜，没有合过眼。

犹豫了许久，最后朱依依发送了最简短的一句话："我今天出院了，谢谢你的照顾。"

过了大概半个小时，薛裴才回消息，只有一个字："嗯。"

这个"嗯"字让朱依依将接下来想问的话咽了下去。

她原想问他那天中午去了哪儿，怎么说去买午饭后就再也没出现了，是不是出了什么事，可后来想想，他也没必要向她交代这些事。

他来与不来，她都不该感到奇怪。

回到公司，朱依依又继续忙着春季篮球赛的宣传推广活动，忙碌得几乎没有时间吃饭，药也是想起来才吃一顿，这个病就这么拖了一周才见好。

朱依依很早就知道，人的勤奋程度和收获并不一定是成正比的。在四月初，她领到了三月份的工资，被扣了一千五百块钱，因为绩效没达标。

比起晓芸的愤懑和不甘，朱依依倒显得过于平静，大概是因为有了心理准备，所以这件事并没有想象中的那么难以接受。朱依依也不再是以前那个会与领导据理力争的新人了，懂得了什么是所谓的职场规则。没有人会愿意听她们辩解，领导们只会看业绩。他们定下了规矩，她们没完成，那任何争辩的话都没有用。

晚上，朱依依在记账本里记下了这笔工资，想着这个月如果省吃俭用的话应该也能按计划完成攒钱的目标。朱依依出来工作这几年也攒了一些钱，想等攒够了钱，就回老家买一套属于自己的小房子，先交首付，然后再慢慢供房。虽然按照目前的情况来看，她还不知道什么时候才能实现她的愿望。

还没记完账，她就接到了朱远庭打过来的电话。

她一接通电话，他就开门见山地问："姐，薛裴哥那边怎么说？"

"什么怎么说？"

"他对我们语文老师的印象怎么样？他们俩聊得来吗？"朱远庭的语气里还有点儿期待之意，他一边转着笔一边说，"我不敢去问我们老师，只好来问你了，你就告诉我吧。"

朱依依看了一眼日期，原来今天已经是周六了。

"你还是去问薛裴吧，问我没用。"

她也不知道他们到底有没有见面。

"你就给我透露一点儿嘛，就一点儿。"

朱依依一边记账，一边回道："你再这么好奇，我就告诉你们老师，反正我的手上现在有她的联系方式。"

她这招果然把朱远庭唬住了。

他一下像泄了气的皮球："算了，算了，我不问了，行了吧？真没劲。"

朱依依正准备挂电话，又听到朱远庭在那边支支吾吾地问："对了，你们女孩儿平时喜欢收到什么礼物啊？如果，我是说如果有个男生送了你一套球星签名的珍藏版篮球服，会不会显得特傻？"

朱依依放下手里的笔，笑着说："你给女孩子送篮球服了？你给我讲讲你的解题思路。"

除非那个女孩儿也喜欢打篮球，不然这礼物他算是白送了。

"又笑我，你就知道笑我！"朱远庭撇了撇嘴，"那你倒是给我个参考啊，前几天给你发消息你也不回。"

朱依依这才想起他给自己发了消息这事。她那会儿大概还在住院，看了一眼消息忘记回了。

"是要送给你喜欢的那个女孩儿是吧？"

朱远庭摸着脑袋，有点儿不好意思地"嗯"了一声。

"过几天就是她的生日了，我想送她点儿东西。"

朱依依愣了愣："你要向她表白了？"

"才不是，"朱远庭心里还是有分寸的，这么关键的时候，自己不能影响到她的学习，"我就是作为普通同学想送她一个礼物。"

"这样啊，姐帮你想想。"朱依依靠在椅背上望向窗外的月亮，开始认真地思考这个问题，"既然是作为同学送的礼物，那就不能是太私人的物品，那要不送支钢笔吧，或者送个笔记本，不过是不是有点儿太老套了？"

离开校园生活太久了，她都不知道现在的高中生都喜欢什么东西了。

朱依依还没说出个所以然来，朱远庭就心急地反问道："那薛裴哥以前送你的那些生日礼物，哪个是你最喜欢的？"

朱远庭想着从这里面找点儿灵感参考参考。他记得薛裴送过他姐很多东西，项链、耳环、香水、珍藏版诗集，什么都有。

指间的笔掉在了地上，朱依依没有弯腰去捡，不知想到什么，嘴角的笑容淡了些。

"我的答案没什么参考价值。"

"你说来听听嘛。"朱远庭想了想，问道，"是薛裴哥去瑞士比赛带回来的耳环，还是那个放在柜子里的香水？"

都不是。

朱依依眼神黯淡了些，真正珍贵的礼物，往往是用钱买不到的。

朱依依顿了顿，喉咙有些干涩："是千纸鹤，他曾经给我折了一百个千纸鹤。"

朱依依捡起掉在地上的笔，在纸上画了画，笔珠已经磨损了，写起来断断续续的。有些东西一旦坏了，就很难再回到以前。

"千纸鹤？"朱远庭显然很意外，在电话那头笑得很大声，"哈哈哈——怎么他还做过这么幼稚的事情啊？太老土了，我们现在的学生都不兴这一套了。"

朱远庭实在很难把高冷的薛裴和这么幼稚的举动联系在一起，折千纸鹤不都是女孩子才会做的事情吗？

薛裴当然不会主动地去做这些事情，当初是朱依依要求的。

初三那年，班里不知怎么流行起折千纸鹤来。

坐在朱依依前桌的女孩儿就收到了朋友送她的一百个千纸鹤，用透明的玻璃瓶装着，特别好看，说是折够一百个就能许愿。

朱依依其实也没有多相信这个事情，但就是天天缠着薛裴给她折，吃饭的时候说，去他家找他玩的时候说，在他身边转悠念叨个不停。

放学回家的路上，她坐在薛裴的自行车后座上，装作失落地自言自语道："唉，班里的莫晓慧就收到两瓶满满的千纸鹤了，我还一个都没有，都没有人要送我……我真的好可怜哪。"

其实她知道薛裴不会做这件事，就是闹着玩的。看着薛裴一脸无奈的表情她就觉得心里舒畅，就跟捉弄成功了似的。

所以当她的生日那天，薛裴喊她下楼，从背后拿出一个漂亮的玻璃瓶时，她当时是真的惊讶得说不出话来。

那玻璃瓶里放着满满的千纸鹤，瓶口上还缠着一闪一闪的灯，漂亮得让她移不开视线。

薛裴有些不自在地把那玻璃瓶塞到了她的手里："给你，拿着。"

她又惊又喜地问："薛裴，你折的？"

夏天的风鼓起少年的衣衫，额前的碎发遮盖着眼睑，喉结动了动，他别过脸，像是怕被她取笑似的，好一会儿才轻轻地"嗯"了一声。

"折给我的？"

"不然呢？"少年挑了挑眉，"不是你说想要吗？"

朱依依如获至宝，将玻璃瓶捧在手心里左右打量，心里好像被什么东西填满了。她一想到薛裴放学后坐在房间里，表情无奈不屑又一本正经地折千纸鹤的样子，心里就甜丝丝的。

薛裴见她笑了，也跟着弯了弯嘴角。

"满意了？"

"满意了。"

"喜欢吗？"

朱依依点头："超级喜欢！"

这瓶千纸鹤比莫晓慧收到的还要漂亮呢，朱依依已经想好了，今晚要把它摆在床头的桌子上，应该会做个很甜很甜的梦吧。

薛裴揉她的头发："怎么还跟长不大似的？"

朱依依笑着说："我本来就还没长大呀。"

"这么幼稚的事，我只做这一次，"少年悦耳的声音夹杂着蝉鸣声，很有夏日的味道，"下次别再来闹我了。"

"知道了，这一百个千纸鹤，我会好好收藏起来的。"

"不是说要许愿吗？"薛裴像是忽然想起这件事，"就许期末考试考到班里前五名吧。"

"这也太难了吧。"

…………

电话那头的人沉默了很久，朱远庭还以为朱依依已经挂了电话。

"姐，你还在听吗？"他小声问道。

"嗯。"

"那你最后许了什么愿？"

朱依依停顿了很久，喉咙有些干涩。

那时候，她许的愿是：想和薛裴永远永远在一起。

培训班恢复了之前的上课时间。

朱依依周日一大早就出了门，免得像上次一样差点儿迟到。

她到的时候，阶梯教室里只有零星几个人。她找了个后排的座位坐好。反正闲着也是闲着，朱依依干脆从书包里拿出笔记本电脑忙起了公司的工作。

她刚敲下第一行字，陈宴理就到了。

他今天穿得比上次要休闲一些，一袭浅灰色的薄款风衣衬得人更为英俊贵气，宛如画报上的模特。助教跟在他旁边，正和他说着什么，他偶尔点头回应。

他进门时，正在电脑上修改着文稿的朱依依并没有看到他。

助教是个刚毕业没多久的男生，和陈宴理说话时有些磕磕巴巴的。明明他大学时是学校辩论队的，口齿和思维逻辑一向清晰，但遇到眼前这人，总觉得对方有种莫名其妙的气场，导致自己说话时姿态不自觉地就摆得很低。

他想：或许这也是慕强心态的一种。

他正传达着领导对陈宴理的邀约，忽然发现对方好像从进门开始就变得有些心不在焉。他顺着对方的视线望去，却没看到任何重要的信息点。

那窗边只有一个女孩儿坐在那里对着电脑打字。

他觉得那女孩儿挺面熟的，好像从第一期讲座开始就来了，但没什么存在感，上课时也不爱发言，直到现在，他的大脑也没记住她到底叫什么。

临近中午，终于下课。

讲台上好些人还在问问题，朱依依其实也有事想问陈宴理，但看他现在好像抽不开身，便只能问旁边的助教。

她戳了一下助教的肩膀，助教终于转过头来。

她小声询问道："您好，上节课的课件可以发我一下吗？我前两天问了另一个助教，但他一直没回复，所以想问一下你这边保存了吗？"

助教愣了愣，翻了一下手机："哦，我好像有。那你先加一下我的微信吧，我现在发你。"

说着，他掏出手机打开微信的二维码，让朱依依加他。

他们这边正加着微信，陈宴理这时忽然转过头来，正好看到这一幕，脸色变了变，嘴角的笑容都敛住了。

助教已经把文件发了过去，朱依依感激地说了声"谢谢"，回到座位拿起书包走出了教室。

　　她在楼道里等电梯，好不容易等来了一趟，但里面已经挤满了人。

　　朱依依皱了皱眉，看来只能等下一趟了。

　　五分钟后，终于又来了一趟电梯。

　　朱依依刚走进去，身后忽然也跟着走进来一个人。

　　她仰头望着这个高大的背影，心想：刚才讲台上不是还有很多人吗？他怎么这么快就出来了？

　　电梯很快就到了一楼，朱依依走出电梯时，陈宴理似乎等了等她，和她一起走了出去。

　　朱依依正想着和陈宴理打声招呼缓解一下尴尬的气氛，忽然听到他问："你们刚才怎么加微信了？"

　　"我问助教老师要上一节课的课件。"

　　陈宴理似乎松了一口气，低头看向她："怎么不直接问我？"

　　"刚才人太多了，我就想着还是不要打扰你了。"

　　见她眼神有些闪躲，陈宴理笑着问道："你是不是有些……怕我？"

　　"我……"这话让朱依依的心更发慌了，她本想用其他话搪塞过去，但最后还是如实说道，"我从小成绩不好，所以就有些怕老师，可能成生理本能了。"

　　陈宴理被她逗笑，心情跟着愉悦了不少。

　　"那看来我不应该答应他们来当这个特邀讲师。不过你上周没来，是有什么事吗？"

　　"我上周生病了，所以就没来。"朱依依想了想，又说，"我和另一个助教请了假的。"

　　陈宴理脸色凝重了些："现在好些了吗？"

　　"已经没事了。"

　　走着走着，陈宴理貌似不经意地提起了一件事："我发现，你好像有不回我的消息的习惯。"

　　"嗯？"

　　朱依依拿出手机，这才发现原来几天前陈宴理给她发过一条消息："怎么今天没来？是有什么事吗？"

　　"对不起，我那会儿可能看到忘记回复了。"

　　陈宴理："其实，前两年经过桐城时……"

　　他话还没说完，朱依依忽然看到马路对面的车，一眼就认出了那是李昼的车牌号码。

她回过头，笑着对陈宴理说："陈老师，那我先走了。"

陈宴理疑惑地问道："怎么？"

"我男朋友今天来接我，"朱依依指向马路对面的车，"我们约好了待会儿一起去吃饭。"

陈宴理的脚步就这么突兀地停了下来。

篮球春季赛结束后，朱依依终于没那么忙了。

这天下班后，她回家熬了汤准备拿去李昼的公司。

担心晚高峰的地铁人太多太挤，会把汤弄洒，朱依依还特地打了车过去。二环的路塞车是常态，虽然早有心理准备，但堵了半个小时之后，朱依依又开始后悔怎么没坐地铁。车上的计价表一直在跳，朱依依肉疼得不敢再看价格。

八点左右，朱依依终于到了李昼的公司楼下。她一只手提着保温盒，给他打了个电话。

李昼事先不知道她要过来，接到朱依依的电话时还以为她是在开玩笑，直到在落地窗前看到她在马路对面的身影才确信了这是真的。惊喜与意外的情绪在胸腔内交织，李昼匆匆地把文件合上就下楼来接她。

很快，他就到了一楼大厅。走出大厦的玻璃门，他看到朱依依正在便利店前朝他招手，眉眼弯了弯。

因为今天要见客户，李昼出门前打扮了一番，穿得西装革履的，头发还喷了发胶。见朱依依盯着他，他倒不好意思起来了，摸了摸后脑勺儿。

"是不是穿得很奇怪？"李昼低头打量着身上的西装，"今天去城东那边见了个客户，就换了身衣服，回到公司忘记换回来了。"

"第一次见你这样穿，"朱依依笑了笑，"很适合你。"

听到女朋友这么说，李昼傻乐了一会儿，拉着朱依依的手就往大厦里面走去。

他准备带她去公司的茶水间里吃晚饭，顺便参观一下他的工位。

但朱依依怕影响不好，提议在附近找个地方坐会儿就行，可李昼还是坚持，说今天他的办公室里没什么人在，大家都已经下班了，而且他的同事之前也经常这么干，就算被撞见了也没什么。

电梯在十二楼停下，朱依依跟在李昼身后走进公司里，果然像他说的一样，公司里已经没什么人了，只有一个戴着黑框眼镜的女孩儿在处理财务报表。李昼过去打了声招呼，对方抬头看了朱依依一眼，熟络地打趣道：

"昼哥，这是你女朋友吧？"

"对，她知道我今晚要加班，给我送晚饭来了。"李昼转过头给朱依依介绍："这是我们财务部的小张，是咱们隔壁市的，今年刚毕业。"

"你好。"朱依依腼腆地打了声招呼。

寒暄了一番后，两个人回到茶水间里坐下开始吃饭。

朱依依扯了几张纸巾垫在桌面上，免得弄脏了待会儿擦不干净。李昼边拧开保温盒，边问道："不过你今天怎么来了？来之前你也不告诉我一声，是为了给我惊喜吗？"

说起来，这还是朱依依第一次给他送晚饭。

"今天刚好有空，下班早，就去市场买了些菜。"

"不会是因为你生病的时候我照顾了你，所以你也礼尚往来吧？"李昼想到有这种可能，倒是有些泄气，"依依，你可千万别对我这么客气。你是我的女朋友，我照顾你不是应该的吗？"

"不是啊，"朱依依眨了眨眼，"我没这么想。"

话虽这么说，可朱依依的确是抱着那样的想法才给李昼送饭的。吴秀珍从小就教导她，别人对她好一分，那她以后就要还别人一分，不能让别人白白付出。

"你没这么想就好，那我就不客气啦。"说着，李昼就捧着瓷碗喝了一口汤。

朱依依今天煮的是虫草花鸡汤，还炒了两个小菜。见李昼吃得一脸满足的表情，脸颊上还蹭了油，朱依依拿过桌面上的纸巾给他擦了擦脸。

谁知道这时候门忽然被用力地推开了，她的手就这么尴尬地顿在那里。

有个头发染成五颜六色的人，看起来像是才十七八岁的年纪，站在门口，厌恶地皱了皱眉。

李昼被吓了一跳，从沙发上站了起来，战战兢兢地说："小周总，您是要找谁吗？"

"高敬呢？"

"哦，高经理好像去楼下开会了，要不我帮您喊高经理上来？"

那人眼皮都没抬，在沙发上坐下："行，你去吧。"

李昼扭头对朱依依小声说道："那我先下去一会儿，很快就回来，你先吃着。"

朱依依点头："好。"

李昼走后，茶水间里就只剩下朱依依和这个没什么礼貌的人了。室内安静得有些诡异，只听得见朱依依用筷子夹菜吃饭的动静。后来，她也没再动筷，担心给李昼造成不必要的麻烦。

那人在另一侧的沙发上悠悠地坐着，时不时望向腕间的手表。

"哎，给我倒杯水。"那人忽然开口。

朱依依在脑海里确认了三遍，确定他这是在使唤她。

她本来不想理会对方，但秉着多一事不如少一事的原则，还是起身从饮水机旁抽了个一次性纸杯出来，接了杯温水放在桌子中间，也没说话，就那么放着，那人很自然地伸手将纸杯拿了过去。

幸好没多久，李昼就推开门走了进来，许是刚才走得太急了，站定时还微微喘着粗气。

"小周总，高经理已经在会议室里等您了。"

"行。"那人收起手机，慢条斯理地起身往门外走去。

等他离开后，李昼才重新把门关上："没吓着你吧。"

朱依依摇头："没有。"

跑这一趟，热出了一身汗，李昼把空调打开，又脱下了西装外套搭在沙发上，给朱依依解释："刚才那个人是我们老板的儿子，平时都把我们当保姆使唤的，为人处世就那个性格，你别介意。

"我们私下都说他是投胎能手。他是独生子，家里对他宠得不行。他要风得风要雨得雨，几百万元的跑车，说买就买，眼睛都不眨的。你说我买双球鞋都得放进购物车里挑一挑呢，人家就打个电话的工夫，第二天车就到了。

"我们都说，这栋楼迟早是他的。"

李昼的语气里尽是羡慕之意，他用筷子搅拌着碗里的饭："我经常想，要是我有这样的出身多好。我才不会像他那样挥霍——像他那样，迟早有一天把家业败光。"

朱依依笑了笑，不置可否，就当是听了个八卦消息，听完就算了。

吃完饭，见李昼还要接着加班，朱依依便在旁边陪着他，帮他处理了几份表单，又拿起桌面上的书看了一会儿。那是一本讲医药营销的书，朱依依看得云里雾里的，那些专有名词越看越困。

她趴在桌面上想休息几分钟，谁知道就真的睡着了。

再次醒来时对面那栋大楼的灯已经灭了，朱依依揉了揉眼睛，迷迷糊糊地问："几点了？"

"已经十点半了。"李昼把电脑上的网页都关了，按下关机键，"我正想喊你，没想到你这就醒了。"

她竟然睡了差不多一个小时。

大概是因为维持同一个姿势太久了，肩胛骨处还有点儿疼，朱依依活动了一下脖颈，问他："工作完成了？"

"嗯，"李昼提起公文包，牵起她的手，"走，我们回家喽。"

夜色已深，李昼开车送朱依依到了出租屋楼下。因为时间实在太晚，他就没上楼。

北城四月的风还有些寒，朱依依拢紧了身上的薄风衣，关上车门，和李昼挥手道别，还没走几步，车上的李昼忽然喊了她一声。

"依依，等一下！"

她在黑夜里站定，回过头去。

李昼已经从车上下来了。

朱依依疑惑："怎么了？我是不是落了东西在车上？"

"没有，"李昼又走近了几步，眼睛在月光下很亮，"就突然想再和你说说话。"

朱依依抿紧嘴角，然后小心翼翼地说："不过已经快十一点半了。"

明天大家都还得上班呢。

"就聊几句。"李昼领着她在一旁的长椅上坐下，握着她的手低声说道，"你知道刚才在公司里，你在我旁边睡着的时候，我在想什么吗？"

"想什么？"

"好想……好想娶你回家。"

朱依依愣住了，放在李昼后背上的手松了松。

"原来被人关心是这么幸福的感觉。"李昼没察觉到她的异常，缓缓说道，"我今天特别开心，因为有你陪在我身边，加班到这个点，竟然一点儿都不觉得累。我现在就想努力地工作，赶紧攒钱在北城买房，等我们结了婚就可以搬过来一起住了。"

朱依依沉默着没说话。

她不知道该说什么。

李昼还沉浸在自己的构想里，又问道："你说两居室会不会太小？一个当宝宝房，另一个当主卧，你觉得呢？"

朱依依呆呆地望向远处的月亮，木讷地说："你决定就好。"

她和李昼的未来会是什么样的，这个问题她还没有认真地想过。

这天晚上睡觉前，朱依依侧躺在床上刷了会儿朋友圈，忽然发现在十分钟前，李昼发了一条状态，配图是两张照片：一张是她今天煮的虫草花鸡汤；另一张是她趴在桌子上睡觉的照片——远处是高楼矗立的背景，她逆光枕在书上，嘴角竟还微微弯着，像是想到了什么好事。

朱依依呆呆地看了几秒，然后把手机放到床头的柜子上，忽然没有了任何睡意。

月初发了工资，朱依依给吴秀珍转了一千块钱当家用。

钱刚转过去没多久，吴秀珍就发了语音消息过来，长达三十六秒——

"哎，你怎么又把钱转过来了？上个月我不是和你说了吗？你的工资就自己存着，不用给我和你爸打钱，你的工资也不多，你攒起来以后总有用得到的地方，我和你爸还有退休金呢。"

下一秒，吴秀珍就把钱退了回来。

经过这么一轮，钱又转回了朱依依的账户里，她最后只悄悄给朱建兴转了五百块钱当私房钱，剩下的转到了另一张银行卡里。那张卡里的钱是她专门存起来回老家买房的，虽然目前来看还不够付首付的。

她正在记账本上记着，不知怎么忽然想起了那天李昼对她说的话："我现在就想努力地工作，赶紧攒钱在北城买房，等我们结了婚就可以搬过来一起住了。"

她想：如果她也省吃俭用一些的话，两个人一起攒钱在北城买房是不是就没那么辛苦了？

第二天傍晚，朱依依正准备下班，晓芸忽然戳了戳她的肩膀。

"走这么快干吗？"晓芸今天心情好像不错，脸上一整天都带着笑容，"要和男朋友约会去啊？"

"没有，难得不用加班，不回家在这儿做什么？"

"难得不用加班，那当然是和我一起出去吃好吃的！"晓芸朝她眨了眨眼睛，"最近有家火锅店可火了，我老早就想去，但都没时间，不如今天你陪我去吧。刚好昨天发了工资，我请你吃饭。"

朱依依心疼晓芸的钱，刚要拒绝，就听到晓芸说："我上个月拿了全勤，这可是历史上的第一次，你就给我个机会请你吃饭嘛。"

既然晓芸都这么说了，朱依依便没有拒绝。

正好是下班时间，火锅店门口很多人在等位。

朱依依去前台取号，回来的时候，正好撞上了周时御和他们工作室的几个小伙伴——他们正准备进去。

周时御停下了脚步，和朱依依打招呼："这么巧，你也过来吃饭？"

"嗯，我和同事一块儿来的。网上说这家店味道还不错，我们想过来尝尝。"

"味道确实还行。"周时御回头看着门口那个背包的女孩儿，示意朱依依把她同事也喊过来，"算了，你们也别等了，过来一起吃吧，我们订了个大包间，待会儿薛裴就到了。"

朱依依看了一眼小票，排在前面的还有 23 桌客人，轮到她们时估计都得晚上七八点了。

"我先问问我同事。"

她怕晓芸看到这么多陌生人会尴尬。

朱依依去找晓芸的时候，周时御也特地过来和晓芸打了声招呼。周时御是那种很有亲和力的长相，长得有点儿小帅，哄女孩子很有一套，只说了几句话就把晓芸逗乐了。

最后一行人就这么在二楼的包间里坐了下来。

点菜的时候，朱依依听到他们在闲聊。

"对了，时御哥，怎么回事？老大怎么突然就说不来了？"

周时御耸了耸肩："我也不知道，说是有事要处理。"

说实话，周时御也有些不解。他前脚和薛裴说在这边遇到了朱依依，薛裴后脚就说有急事，不过来了。

难不成这两个人又吵架了？不过他看朱依依这样子也不像啊。

"散伙饭老大都不来，我们几个在这儿一顿吃，这像话吗？"

"什么散伙饭？阿七，你会不会说话？老大只是去出差，怎么就成散伙饭了？老大又不是以后都不回来了。"

"不过他怎么突然就答应去国外了，之前不是一直都不同意的吗？"

周时御轻笑了一声："谁知道呢。"

朱依依只当薛裴像往常一样要去国外出差，随口问道："他这次要去哪个国家？"

端着茶杯的手明显地顿了顿，周时御侧过头望着朱依依，眉头紧蹙："要去法国的事，薛裴没告诉你？"

朱依依摇头，不明白周时御为什么会是这个反应。

这些工作上的事薛裴也没必要全都告诉她。

"要去法国的事，他从没和你提起过吗？我还以为他会先告诉你再做决定，毕竟这回不是十天半个月的事，"周时御顿了顿，又说，"而是两年。"

朱依依有那么一瞬间怀疑自己是不是听错了。

"奇怪的是，我之前怎么劝薛裴他都不愿意去，上个月不知怎么改变了主意。不过啊，他的想法我一向猜不透。"周时御夹起一块肥牛在油碟里蘸了蘸酱，感慨道，"你都不知道法国那边的人给了多丰厚的条件，我之前怎么劝他他都没兴趣……"

周时御后面还说了什么，朱依依已经听不清了。

她呆呆地看着锅里正不停翻滚的红油，汤底在灯光下折射出了诱人的光泽。

饭吃到一半，朱依依走出包间，握着手机在走廊里站着。来往的服务员以为朱依依需要帮忙，过来礼貌地询问了两遍。

她挤出了一个笑容，说："没事，只是里面太闷了，想在这儿透透气。"

不知在这里站了多久，最后，她还是拨通了薛裴的电话号码。

那头的人很快就接通了电话，但朱依依想好的话就这么卡在喉咙里，什么都说不出来，双方便一直这么沉默着。

她说不清现在是一种什么样的心情。大概是因为这消息来得太突然，她想去求证这个消息是真是假，即便知道周时御不会拿这种事和她开玩笑。

"怎么想起给我打电话了？"薛裴在电话那头轻轻笑了一声。

朱依依喉咙有些干涩："你要出国了？"

薛裴"嗯"了一声，又问她："火锅好吃吗？"

"还行。"

"少吃点儿，"薛裴声音里带着温和的笑意，"别又生病了。"

"嗯，知道。"

"应得倒是快，要做得到才好，"薛裴低沉的声音好像一下变远了，有着虚无缥缈的不真实感，还带着些怅然若失的感觉，"以后你要是再生病，我就没办法赶回来送你去医院了。"

话音刚落，薛裴似乎意识到了什么，自嘲地笑了笑："不过也是，你有李昼，用不着我。"

话题就这么停在这里，不上不下的。

火锅店楼下有人在过生日，大声唱着《生日歌》，起哄声越来越大，倒是让这通电话里的沉默气氛显得没那么尴尬了。

朱依依想起，似乎再过几日就是薛裴的生日了。

她想了好一会儿才问他："你打算什么时候走，时间定好了吗？"

"下周六早上十点的飞机。"

朱依依算了算，那天正好是他生日的前一天。

"这么快？"她问。

"嗯，事情有点儿急。"

朱依依陷入了长久的沉默之中，捏着电话的手渗出了汗。薛裴竟也没挂电话，就这么等着她的下一句话。

可她只是说了一句："也挺好，听周时御说那是个很重要的项目。"

"或许吧。"薛裴的声音里没什么波澜，他像是根本不在意。

"那我提前祝你项目成功！"朱依依看着楼下正在过生日的那家人，视线逐渐失焦，"不过我知道，你做什么事都会成功的。"

薛裴笑了笑，竟难过了起来："那你要来送我吗？"他又补充了一句，"如果有时间的话。"

他们之间说话已经变得越来越客气了。

"好啊，有空的。"朱依依不知道该怎么继续说下去，便找了个借口准备挂电话，"对了，我同事喊我，那我先进去吃饭了。"

"好。"

"再见。"

"嗯，再见。"

挂了电话后，朱依依在原地站了许久。这一瞬间，她好像想了很多事，又好像什么都没想。

她知道自己并非对薛裴还存有什么心思，只是从未想过有一天他会去那么远的地方，一待就是两年。

北城一连下了好几日的雨，"淅淅沥沥"的，柏油路面一直没干过，这阴雨连绵的天气倒是像极了南方。

薛裴已经收拾好了行李，只有一个黑色的行李箱。

他走出房门前，视线停留在室内的某处，久久没有移开。

那是一个放在床头柜上的相框，里面装着的是他和朱依依的合照。照片上的两个人都还很稚嫩，一副稚气未脱的模样，朱依依当年还是披肩发、齐刘海儿，穿着蓝白相间的校服裤，像个还没长大的高中生。

这张照片是在薛裴大二的时候拍的，那年朱依依刚上大一。

在春天的一个周末，他约了朱依依一起去登山。因为她的体质实在太差了，他想趁着这好天气带她多到户外走走，让她多锻炼锻炼身体。

他不带着她，她就总不爱运动。

可那次登山的运动量超出了她的预料，她一下有些吃不消，到了后半程几乎是走一个小时就要休息半个小时。他也拿她没办法，只能跟着她一起慢悠悠地往上走。

看她身上的背包有些重，薛裴默不作声地把她的粉色背包拿了过来背在肩侧，想要减轻些她身上的负担。

他一米八七的高个子，背着这个粉色的小背包，大概显得有些怪异。朱依依停了下来，盯着他，忍不住一直笑。

　　薛裴还以为她是在笑话自己，正要把背包扔给她，可她下一句话说的是："薛裴，你真好。"

　　他当下愣住了。

　　"除了我爸我妈，就你对我最好了。"她说。

　　他怕她误解，想了想，说："你以后肯定会遇到对你更好的人。"

　　"真的吗？"她眼神黯淡了些，不太相信。

　　"嗯。"

　　"希望吧。"

　　说完这句话她就转过身去，这回倒是走得比刚才快了一些。

　　一直到傍晚，他们终于登上了山顶。为了记录这一路的艰辛，朱依依喊了一位路人帮他们拍下了这张照片。

　　晚霞漫天，远处有飞鸟掠过，他们站在山顶上肩并着肩，面向镜头微笑。

　　"咔嚓"一声，画面就这么定格在了这一刻。

　　后来朱依依将这张照片洗了出来，给了他一张，他便放在相框里，随手摆放在床头，这一放就是好几年。他搬了好几次家，但始终没忘记把它带走。

　　可这一次出门前，薛裴最后还是没有把相框放进行李箱里。

　　在关上房门前，他回头看了一眼，当是告别。

　　有些事一旦越过雷池就再也无法挽回，在事情尚且可控时他就该及时止步。

　　恍惚间他想起了那天在病房里的亲吻，嘴唇相碰的热度、发烫的耳根、急促的心跳、意乱情迷的气氛，一切都那么陌生……当某个想法从心底冒出来时，连他自己都被吓了一跳。

　　下一秒，他又想到李昼发的那两张照片。她为李昼煮汤，去李昼的公司陪李昼加班，好像真的已经如他从前所希望的那样——不再爱他了。

　　十年了，她终于放下他了。

　　他本应该高兴的，却变得焦躁、不安、心慌。他从未像现在这般反常，可不明白这些反常的表现是出自习惯、占有欲、亲情还是……爱？

　　如果这是一道选择题，他已经在心里选好了标准答案，所以不再去计较那个真实的答案是什么。

　　那对他来说已经没有意义。

　　旁人都说感情是世界上最不受控的，可薛裴不这么认为。他向来能很好地控制自己的情绪，以及自己的感情。

薛裴拎着行李箱走下楼，周时御望着那个半大的行李箱，总觉得薛裴一点儿都不像是个出远门的人，倒像是去邻市度假，住上几天就回来了。

薛裴到机场的时候，朱依依已经在大厅里坐着等他了。

她今天穿了一条素色的碎花裙，外面套了一件米白色针织衫，黑色长发垂在肩膀上。薛裴极少看她这么打扮，似乎和李昼谈恋爱以来，她的穿衣风格也变化了许多，从以前的卫衣、牛仔裤变成了现在的长裙。

算起来，他们已经有一个月没见了。

"朱依依竟然来得比我们还早，你看她多有心。"周时御发现了在人群中的朱依依，朝她招了招手，转身对薛裴说，"反倒是你，这么重要的事情都不和她商量商量，还要我转告。"

薛裴淡淡地说："没有必要。"

周时御意外地挑了挑眉，心想：你就嘴硬吧。

谈话间，薛裴已经走到了机场大厅里，离朱依依也越来越近，越是靠近，他的脚步反而越来越缓慢。

薛裴忽然发现自己不知道该怎么面对她。

或许他今天不该让她来的。

可朱依依并未察觉薛裴内心的波动。在她看来，那仍旧是风度翩翩、优雅清贵的薛裴，永远都那么冷静理智，好像没什么人或者事物能牵动他的情绪。

"等很久了？"薛裴问她。

朱依依摇头："没有，刚到一会儿。"

周时御好像发现了什么，看着朱依依座位旁放着的餐盒："这么贴心哪，你还给我们买了早餐。早上起得太早了，我还没吃早餐呢。"

朱依依也只是来的路上顺便买的："吃吧，本来就是给你们买的。"

周时御随意地在旁边坐下，丝毫不客气地拿起一个热气腾腾的包子就吃了起来，边嚼边说："说起来，真的好想念大学那会儿你每周给薛裴带吃的，那么多花样的甜品，好多我是第一次吃——本来我都不好这一口的。"

朱依依被逗笑了："那改天我有时间做的话，顺便拿去你们公司。"

"哇，可以吗？"

周时御乐得正想答应，忽听薛裴把话突兀地插了进来："你不是还要赶回去开会？"

"坏了，你不说我都给忘了。"

周时御这才猛然想起，匆匆地把剩下的半个包子扔进嘴里，和朱依依告了别。

周时御此时此刻并没有多少离愁别绪。他打算过两个月去法国一趟，和那边的游戏公司谈具体的合作模式，和薛裴见面的机会还多着。

他想着到时候把朱依依也拐过去玩一两周好了——她可以出国散散心，他也顺便可以给薛裴一个惊喜。

周时御走后，朱依依把座位上的早餐袋子收拾了一下，忽然听到薛裴冷冷地说了一句："不用给他做。"

"什么？"朱依依没听懂。

薛裴重复道："不用给他做甜品。"

"为什么？"

"他只是开玩笑，你不用当真。"

"哦，好的。"朱依依坐直了身子，声音里没什么情绪。

两个人并排坐着，就这么沉默了一阵。

来之前，朱依依原本有很多问题想问他，比如问他为什么突然决定去法国，最近工作是不是不顺利……

可看到他的这一刻，她什么都不想问了。

她忽然也觉得，他去法国才是最好的选择。

阳光从落地窗外透了进来，照在人身上暖洋洋的，机场人来人往，有情侣在大厅里拥抱告别，泪眼朦胧地诉说着情话。

朱依依从别处收回视线："阿姨知道你今天走吗？"

"嗯，早上刚通了电话。"

"阿姨前几天和我说，她有些担心你一个人在国外会不适应。"

"在那边会有新的团队，我也不全是一个人扛着。"薛裴将西装外套搭在手边，随意地问道，"你怎么不问我为什么会去法国？"

"你肯定有你的原因。衔时是你的心血，你肯定想把它发展好。"

朱依依转过头望向他，眼神里透露的全然是信任之意。薛裴不知怎么感觉喉咙竟干涩了起来。

或许，有很长一段时间，他都不能再看到这样的她了。

他很想告诉她：其实，原因是你。

朱依依忽然想起了什么，从背包里拿出一个包装好的礼盒递给薛裴，最上面还歪歪斜斜地绑着彩带："给你的。"

薛裴愣了愣，眼里闪过意外和惊喜之色。

朱依依小声说："提前祝你生日快乐。"

薛裴恍然记起原来明天是自己的生日。

朱依依竟然还替他记着。

薛裴心里一热。

想到以后应该没什么机会见面了，朱依依这会儿难得开起了玩笑："这礼物其实有点儿寒酸，你别抱有什么期待。不过你不喜欢的话也没办法退了，跨国邮费那么贵，寄回来不划算的。"

薛裴轻笑，弯了弯嘴角："你什么时候对自己这么没信心了？"

朱依依想说，她一直都对自己没什么信心的，尤其是在他面前。

不过，幸好那已经是过去的事了。

"对了，朱远庭知道我今天要来送你，特意让我转告你。"

"转告什么？"

"他说，他会想你的。"

阳光越来越猛烈，薛裴站在阴影与阳光的交界处，回过头时，眼神已然变了变。

"那你呢？你会想我吗？"

可这两句话最终淹没在飞机起飞的轰鸣声中了，朱依依什么都没听到。

朱依依站在机场大厅里看着薛裴缓缓走入安检口。在拐弯处，薛裴忽然回头看了她一眼，说了句什么话，可距离实在太远，她没听清。

直到走出机场，她才反应过来薛裴刚才说的是什么。

他说的是"再见"。

这简单的两个字，此时此刻更像是一种告别，郑重的告别。

薛裴在飞机上打开了朱依依送他的礼物。

那是一个陶瓷的杯子，淡雅的水青色，形状很别致，一看就知道是她手工做的，右下角还刻着他的英文名"Eden"。

朱依依向来喜欢捣鼓这些手工的玩意儿，也做得像模像样。薛裴静静地观赏了很久，最后把它放回包装盒里，这才发现底部还有一张明信片，上面规规整整地写着"前程似锦"四个字。

飞机穿过云层，薛裴透过舷窗望向如棉花般的云层，难得有豁然开朗之感，就像解开了一道攻克许久的难题，得出答案的瞬间，一切都变得清晰明了。

这大概是他和朱依依之间最好的结局了，他想。

不过他没预料到的是，等他下次再回来时，参加的是她的订婚宴。

直到那一刻，薛裴才知道他失去的是什么。

他失去的是一颗再也无法挽回的真心。

第八章

求婚戒指

薛裴离开后，朱依依的生活并没有发生多大的变化，一如既往地平淡，上班、下班，两点一线，偶尔也三点一线，如果下班早她会顺路去李昼的公司和他一起吃饭。

日子就这样一天又一天地重复，没什么惊喜，但她觉得这样的生活很好，每一天都过得很踏实安稳。

一开始她还会偶尔想起薛裴，可不知从什么时候起，薛裴的名字好像从她的生活中被剔除了，剔除得干干净净，没留一点儿痕迹。

除了有几次和家里人打电话时，吴秀珍突然提起薛裴的名字，朱依依当下怔了怔。就在那一刻，她忽然意识到原来薛裴已经离开这么久了，而她竟然没再想起过这个人。

好像也没有什么值得她再去想的事。

她和李昼的关系也变得越来越亲近，他平时工作虽忙，但闲下来也会接送她上下班。周末他们会去邻市旅游，也是他提前准备好攻略，很少需要她费心。

这天，临近下班，朱依依正在处理市场部的同事发过来的报表，是关于下个季度推广预算的数据。那表格并不算复杂，但数据繁杂且琐碎，估计她还要一个小时才能弄好。

她正心急着，微信忽然弹出李昼发过来的消息："我到啦。"

他们今天原本约好了一起看电影，但她没想到李昼来得这么快。

朱依依心里有了压力，匆匆地回复完李昼，又切回 Excel 页面，想着赶紧做完工作将表格交上去。晓芸大概看出了她的窘境，把这活揽了过去，让她先下班去看电影。

朱依依心里感激："谢啦，明天给你带好吃的。"

"你说的啊，明早我要吃你做的牛腩酥！"

"没问题。"

朱依依心里暖乎乎的，和晓芸道别后，拎起背包走出了门。

他们到电影院时，电影已经开场五分钟了。

两个人看的是一部好莱坞刚上映的大片。全场几乎坐满了人，他们选的座位在第五排最中间，走道的位置特别窄，朱依依低头弯腰地不断从别人面前穿过去。

她走得小心翼翼，生怕踩到别人的脚。大概是挡到了后面的人的视线，有人不耐烦地咂嘴，朱依依一时心急便走得快些。但怕什么就来什么——下一秒，她就真的踩到了旁边人的脚。

严格说来，也怪不得她。那人腿长得没位置放，把路堵得严严实实的，她已经走在最外缘了，还是踩到了人。

借着大银幕幽蓝的灯光，朱依依看到了一双黑色的皮鞋。她红着脸道了歉，一抬头，发现对方竟然还是熟人。

她没想到会在这里碰上陈宴理。

他大概也是刚下了班过来的，穿得很正式，领带松松垮垮地扯开了，有种随意的慵懒的气息，眼尾黑色的小痣在幽蓝的灯光的映衬下显得有些冷。他旁边还坐着一个女孩儿，大概是他的女朋友，长相明艳，比很多明星还要好看些。他们原本还在交谈，因为这个插曲，好像打断了他们的谈话。

"对不起，对不起。"朱依依匆匆地道了歉，还没等陈宴理回应，就弯腰在自己的座位上坐下了。

李昼不清楚发生了什么事，走在朱依依身后，等她坐下后，便也跟着坐了下来。

两个人开始专心地看电影。

这是一部科幻大片，电影剧情很复杂，多线并行，朱依依觉得自己的脑子都不太够用了。她前一秒以为凶手是这个人，下一秒剧情好像又反转了。直到结局，她都没弄懂到底谁才是真正的凶手，抑或所有人都是凶手。

电影已经散场，朱依依仍旧一头雾水。

她正准备问李昼，转过头就发现李昼竟然已经睡着了，头枕在椅背上，眼镜滑至鼻翼上，怀里还抱着爆米花桶，也不知道睡了多久。

朱依依盯了他一会儿，觉得挺有意思的，便用手机拍了张照片。

但她拍照的音效没关，"咔嚓"一声，倒是把李昼吵醒了。

他迷迷糊糊地问她："看完了？"

"嗯。"

"好不好看？我昨晚加班到凌晨，两三点才回到家，所以刚才看到一半就犯困了。"李昼打了个哈欠，"不好意思啊，依依。"

朱依依笑了笑："你和我道歉做什么？"

"我怕你觉得和你约会，我不用心。"

"怎么会？"

李昼放下心来，把眼镜戴好，整理了一下皱巴巴的衬衫："看来这电影不好看，我们俩就不该凑这个热闹。"

说实话，李昼都有些心疼电影票钱，还不如拿这钱去吃点儿好吃的呢。

两个人正聊着，有个温润的声音插了进来——

"这么巧，竟然在这里遇到你。"

李昼愣怔地回过头去，望着这个身形高大、气质不俗的男人，还以为对方认错人了，往后退了一步，让出一条路来让对方通过。

陈宴理打量着眼前这个穿着普通的男人，礼貌地笑了笑，伸出手来："我是朱依依培训班的老师陈宴理。"

李昼点头，看了一眼朱依依，见对方点头后，马上笑着说："原来是你，没想到这么年轻，我之前听依依提起过你。"

"是吗？她怎么说的？"陈宴理饶有兴致地望向李昼，等待着他的下文。

"她提起有位新来的老师很有人格魅力，听说是从国外留学回来什么的，能力很强。"

"谬赞了。"陈宴理嘴角的笑意更浓了。他看了一眼腕表，视线停留在朱依依身上："你们待会儿有没有事？我有位朋友正巧从外地过来，想尝点儿特色菜，可我也是刚回国，对此不太了解，不知道你们有没有推荐的地方？方便的话，不如我做东，大家一起吃顿晚饭吧。"

这邀约有些突然，况且大家也不算很熟悉，朱依依怕李昼会尴尬，连忙拒绝："谢谢你的好意，不过我们已经买好菜了，就不打扰你们啦。"

陈宴理似乎有些失望，却也没说什么。几个人走出商场大门，朱依依和陈宴理道别后就坐上了李昼的车。

在外面吃饭太贵，他们开车去超市买了打折的蔬菜和肉回家做饭。

李昼在厨房里忙活，朱依依在旁边打下手，两个人闲聊着今天在公司里发生的琐事，厨房里不时响起阵阵笑声，这温馨的画面颇有家的感觉。

只是，李昼不知想到什么，问了一句："依依，你最近和薛裴联系过吗？"

朱依依手上的动作停顿了一刹那，随后继续洗着青菜，缓缓说道："没有啊。"

"你说，薛裴这会儿在干吗呢？"

"可能在工作吧。"

"也是，他那边和我们有时差，这会儿应该还是下午？"

"是吧。"

话题就这么结束了。

李昼大概也只是随口一提。

水龙头还开着，水声"哗哗"响，朱依依的思绪飘远了。

她认真地算了算，原来距离薛裴离开那天，已经过去三个多月了。

这三个多月，薛裴没有和朱依依联系过，她也没有主动地问起薛裴在法国的生活。

他们最后一次聊天内容停留在他下飞机后给她发的一条短信上，只有三个字："我到了。"

她当时回道："好。"

朱依依很早就知道，成年人的关系不可能一成不变，由亲到疏，从熟悉到陌生，听起来似乎要经历很漫长的过程，其实短短几个月就可以发生很多事。

不过有一次朱远庭倒是打电话过来说起薛裴的动态——薛裴从法国那边给他寄了一套书，还有一套蝴蝶标本。

"姐，我觉得那套蝴蝶标本应该是给你的。"

"为什么？"

"你以前不是很喜欢那首诗吗？"朱远庭用力地回忆，可怎么都想不起来，"就你书架上那本诗集，叫什么来着？我一下忘记了……"

朱依依笑了笑，没当一回事。

结果那天晚上，朱远庭给朱依依发了一张照片，照片拍的是她放在书架上的那本聂鲁达的诗集。

他拍下的那一页写着——

我喜欢你是寂静的，仿佛你消失了一样，

你从远处聆听我，我的声音却无法触及你。

…………

你从所有的事物中浮现，充满了我的灵魂。

你像我的灵魂，一只梦的蝴蝶……

"怎么样，我就说吧。"朱远庭在为自己的记忆力得意扬扬，"连我都知道你以前喜欢这首诗，还摘抄过，没理由薛裴哥会不记得。"

不得不说，朱远庭的联想能力真不是一般强，因为这一首诗就认定这套蝴蝶标本是薛裴送给她的。

朱依依没当真，这理由实在太牵强附会了。

薛裴去法国的第三个月，朱依依在市中心的超市里遇到了周时御。

那会儿她正推着购物车在零食区乱逛，忽然有个人从身后拍了拍她的肩膀。她戴着耳机听不见脚步声，猛地被吓了一跳，回过头才发现原来是周时御。

朱依依连忙摘下了耳机。

"吓到你了？"周时御笑了笑，望向她前面的购物车，里面只放了几包薯片，"你下班刚过来？"

"是啊，今天刚好有空。"朱依依问他，"你呢？"

"我正好路过，看到有个人的背影很像你，就进来看看，原来还真是。"

说实话，周时御有些惊喜。

因为他原打算过几天就去找朱依依的，没想到今天在这边碰上了，那正好可以和她聊聊正事。

周时御熟稔地帮她推着购物车："对了，我告诉你一个消息。"

朱依依好奇地抬眼问他："什么？"

"下周我要去一趟法国，待个三五天。"

周时御已经把机票都订好了，一切都已安排妥当，就差她了。

朱依依没什么特别的反应："是要去出差？"

"也不全是去出差，主要是想去看看薛裴。"周时御开起了玩笑，"怕他在法国过得太舒坦了，我过去给他找点儿事忙。"

朱依依眼里有淡淡的笑意。

"你今年的年假还没用吧？"周时御问她。

不明白周时御怎么关心起了这个，但朱依依还是如实回答道："还没。"

周时御松了一口气，当下就有了决定："那正好，下周你和我一块儿去吧。薛裴肯定很想你了，我们过去给他一个大惊喜。"

后半句话让朱依依的神色变了变，她沉默着没说话。

"你说，他到时候见到你会是什么反应？"光是想象那个场面，周时御就觉得有意思，语气很欢快地说道，"对了，你看一下有什么需要买的东西，今天一块儿买了带过去。"

"你玩得开心点儿，我就不去凑热闹了。"朱依依声音平静地说道。

"你不去？"周时御停下脚步，不解了，"为什么？"

"下周我公司有事，走不开。"

周时御似乎不信，俯身看着她的表情，又提议："那你什么时候能休假？没事，我可以等你。你这个月没空的话，那下个月？"

朱依依摇了摇头，垂下眼睑："你还是不用等我了。其实，我不太想去。"

她不想去？

周时御仔细地品味了一下这三个字，皱了皱眉。

他好像越来越读不懂朱依依和薛裴之间的关系了。

"为什么？"

朱依依没有回答，只是沉默着往前走去，根据列好的购物清单，将货架上的商品放进购物车里。

"那你有没有什么东西要带给他的？我帮你带过去。"

"没有。"

周时御听见眼前的人这样说。

法国的夏天炎热得似乎要将人热化，阳光炙烤着马路，路上行人撑着太阳伞步伐匆匆。比起在这儿晒太阳，他们更想到海边沙滩上度假，在凉爽的海风里度过这个酷暑。

咖啡厅里，Marine 正和同事 Léa 调侃这见鬼的炎热的天气，可对方再次将话题扭转到了她刚才所说的那位英俊的亚洲男人身上。

"Marine，我向你保证，那绝对是我见过的最有气质的亚洲男人，比我在电影里看到的任何一张亚洲面孔都要帅气一万倍。"

Marine 不耐烦地望向窗外，对这个话题依旧提不起兴趣。实际上她正在为下午的会议而感到心烦，以至无法专注地与 Léa 谈话。

她只附和地问道："你们在哪儿碰见的？"

"就在早上的电梯里。"

Léa一边搅动着杯中的咖啡，一边眉飞色舞地说起今天的"艳遇"，红晕悄悄爬上了她的脸颊。

当她复述出整件事后，好像又经历了一次心脏急速跳动的时刻："今天早上的电梯格外拥挤，那个亚洲男人就站在我身前。不知到了几楼，电梯门打开，有人走了进来。他往后退了一步，不小心碰到了我的肩膀，便转身用法语和我说了句'抱歉'。天哪，他的嗓音就像大提琴的声音一样低沉又浑厚……"

"Léa，你太夸张了。你知道吗？你现在就像电影里陷入爱情中的痴情的女人，而且还是没有好结局的那种。"Marine没好气地摇了摇头，试图让她变得清醒。

Léa丝毫没有受到打击："我保证，你如果见到他，就知道我说的每一个字都是那么贴切。"

Marine不以为然，甚至没把她的话放在心上。

直到下午开会，当走进会议室里看到坐在主位上的那个亚洲男人时，她才承认Léa的话确实没有任何夸张的成分。

那是一个英俊得过分的亚洲男人。

男人上身穿着一件显得禁欲的黑色衬衫，颈间系着暗色条纹领带，整体沉闷压抑的穿搭风格却因那张挑不出缺点的脸而显得熠熠生辉。宽肩撑起衬衫的轮廓，完美的肌肉线条隐约可见，他只是坐在那里就让人移不开视线。他有着令无数少女魂牵梦萦的英俊的五官，那双褐色的眼睛里好像写满了忧郁的故事，让人忍不住探究一二。

Marine整场会议都有些心神不宁——轮到她发言时，她的双眼更是不敢直视男人的眼睛。

她知道她并不是这个会议室里唯一感到心猿意马的人。

而且，她还留意到男人的手上尚未佩戴婚戒。

会议结束后，总监邀请他一起参加史密斯先生举办的宴会。那是一个名流齐聚的高端晚宴，Marine曾在开会时听总监提起过。

可男人委婉地拒绝了。

他薄唇微弯，笑得礼貌又疏离："晚上有位朋友从中国过来，很抱歉，辜负了您的好意。"

眼看着男人将要乘坐电梯离开，Marine心里竟涌起一阵失落的情绪。

她想：这应该是她最后一次能见到这么英俊的男人了。

薛裴参加完会议后从 HOTBLA 大厦里走了出来。阳光依旧猛烈，强烈的光刺激得薛裴眯了眯眼。

助理连忙走过来为他撑伞："薛先生，车已经到了，我们现在离开吗？"

"嗯，现在。"

助理一边撑伞，一边恭敬地扶住车门。薛裴低头弯腰上了车，车厢内的冷气缓解了片刻的疲惫感。薛裴看了一眼时间，对助理说："直接去机场。"

"好的，薛先生。"

车内播放着柔和的轻音乐，薛裴靠在椅背上闭目养神，大概是昨夜没休息好，后半程竟真的睡着了，还做了一个短暂的梦，梦境支离破碎，竟有种诡谲的美感。

梦只做到一半，他就被助理喊醒了。

"薛先生，我们已经到了。"助理轻声提醒。

醒来更觉疲惫，大脑神经高度紧绷，薛裴揉了揉太阳穴，在车上缓了一阵才下车。

而此时，周时御已经在贵宾休息室里悠闲地喝着咖啡等待着薛裴的出现了。

没多久，他终于看到了薛裴的身影。

但在薛裴朝周时御走来的瞬间，他却愣了愣，因为第一眼没认出来那是薛裴。

没想到，短短几个月，薛裴的气质变化这么大。

怎么说呢，人还是那个人，但周时御总觉得有什么变了似的。薛裴好像瘦了些，五官轮廓变得更立体了，气质也更沉稳成熟，金丝眼镜下是一双让人捉摸不透的眼睛，眼神里流露出的是对万事万物都漠不关心的态度，好像没什么人或者事物能引起他的兴趣。

冷血。

周时御竟然在薛裴身上看到了这个词。

如果说以前的薛裴还带着点儿学生气，那双眼睛里还能看出点儿梦想和热爱，那现在的薛裴已经完全退去了青涩感，更像是一个在生意场上杀伐果断的野心家，不谈梦想，只计较利益得失。

可奇怪的是，周时御反而觉得这样的薛裴好像比以前更有魅力了，或许是因为薛裴身上多了一种故事感。

周时御越来越觉得薛裴出国的决定是那么正确，或许薛裴早该做出这个决定，那样衔时的未来一定比现在要好上许多。

周时御还在发愣，薛裴已经朝他走了过来。

"飞机提前到了？"

"是啊，提前了差不多半个小时。"周时御靠在沙发上，给薛裴倒了杯咖啡，故作失望地说道，"看来你不太欢迎我，都不提前一点儿来，竟然还是卡点到的。"

薛裴："刚才有个会议，耽误了些时间。"

"什么会议？"

薛裴如实说道："和一个游戏发行商约了见面，过两天介绍你们认识。对了，方案你都带过来了？"

周时御叹气，仰躺在沙发上："我刚来你就和我聊工作啊？上吊也得让人喘口气吧，我可没你这么精力充沛。"

"这不是你先提起的话题？"薛裴无奈地笑了笑，走过去拍了拍他的肩膀，"走吧，我订好了餐厅。"

知道周时御要来，薛裴已经预订了餐厅，菜品都是按照周时御的口味选的。

"等一下，"周时御忽然起了点儿捉弄薛裴的心思，在沙发上跷起二郎腿，望向墙上的时钟似乎在确认时间，"再等一个人，估计她也快到了。"

薛裴应了一声，没什么反应，只当是工作室还有其他人要来。

见薛裴一点儿都不好奇，周时御更觉得有意思了。

他就想知道，如果薛裴知道朱依依要来，会是什么反应，还能保持现在这副漠不关心的表情吗？

薛裴刚坐下打开手提电脑，就听见周时御悠悠地说："再过两个小时，朱依依坐的那趟飞机应该就到了。"

话音落下的瞬间，周时御看到薛裴修长漂亮的手指就那么突兀地停在键盘上，那张完美得似乎没有任何感情的面具终于被揭了下来——周时御捕捉到了薛裴眼里一闪而过的意外之色。

果然薛裴刚才沉稳冷漠的样子都是表象——周时御有种意料之内的得意感。

金丝眼镜下冷静的双眼忽然有了光彩，薛裴望向周时御时眼神带着压抑不住的情绪："她要来？怎么没听她提起？"

薛裴的声音都有了些变化。

短短几秒内，薛裴想了很多。他想起前几天他与客户会面，路过一条步行街时，里面有很多老式的中古店，或许她会喜欢，转念又想到他今天为周时御预订的餐厅的食物她不一定吃得惯。

薛裴连忙吩咐助理重新去订餐厅，正浏览着附近的餐厅介绍时，忽然听到周时御憋着笑说："薛裴，我开玩笑的，你还真的当真了？"

薛裴的脸色霎时间冷了下来，他再次望向周时御时那眼神冷漠中夹杂着失落。

"你什么时候喜欢拿这些事情来开玩笑了？"

周时御这才意识到自己开了个多过火的玩笑，边道歉边解释："我本来是要把朱依依喊过来的，想着你们这么久没见，所以想带她过来玩儿天。那天我在超市里碰见她的时候，还特意问了她。"

他停在这里，薛裴没说话，似乎在等他的下文。

"但是，我怎么说她都不愿意来。"周时御斟酌着用词，"可能是工作确实很忙吧，也可能是她不想和她男朋友分开那么久。"

薛裴不知想到什么，脸上神色阴沉了许多，沉声说道："不来也好。下次你不要再去打扰她了。"

"你们最近没有联系吗？"周时御终于还是问出了心中的疑惑。他想起那天他对朱依依说起薛裴的事，她好像不关心，也不想知道。

薛裴在机场外点了一根烟："没联系。"

"为什么？"

"没有为什么。"薛裴吐出了一口烟，尼古丁的味道有些苦涩，在胸腔内蔓延，"她有她的生活，我有我的生活。"

周时御听出了言外之意，于是再也没提过和朱依依有关的事。

抽完那根烟，薛裴上了车。

周时御也跟着坐在后座上，原本想再说些什么，可看着薛裴冷峻的侧脸，又将话咽了回去。

一路上，周时御都有些如坐针毡。

他是越来越看不懂薛裴和朱依依这两个人了。

这一晚，他们在 Le Gabriel 餐厅用了晚餐，聊的都是些工作上的事，话题枯燥乏味。

夜幕降临，通过落地窗能看到巴黎夜空中的星星，薛裴喝了点儿红酒，眼神渐渐有些迷离。

服务生正往杯中倒着红酒，灯光下酒液如同上好的绸缎缓缓流动。

周时御忽然听到薛裴哑声问了一句："她最近过得怎么样？"

周时御愣了愣："谁？"

薛裴平静的语气中藏着暗流："她和李昼怎么样了？"

周时御这才反应过来薛裴问的是朱依依，笑着说："两个人感情挺稳定的，上次我去打网球还看到他们俩了。李昼在场上打球，朱依依在场下给他拿着矿泉水和毛巾。反正我看过去的时候，朱依依总是笑着的……"

周时御还没说完，薛裴就打断了他，那身酒意好像散去了，眼神恢复了清明："不早了，回去吧。"

当晚，薛裴回到别墅里，在浴室里冲了个热水澡。

温热的水流从上至下冲刷着身体，水珠从锁骨一路往下，滑过块块分明的腹肌，一身的酒气也渐渐消散，闭上眼的这几秒，薛裴想到了很多很多事。

时间好像被切割成了一个又一个碎片，浮现在他的眼前，这些画面他这几个月总反反复复地想起。

高一，他在楼下等朱依依一起上学。因为朱依依总爱睡懒觉，所以他总要在楼下等上十几分钟。

大冬天，室外很冷，朱依依的起床气很严重，好几次他都看到朱依依一边穿着校服外套，一边急急忙忙地走下楼梯，朝他跑过来。他无奈地笑着，接过她肩上的书包。

"明天再这样，我就不等你了。"他这么对她说。

一开始朱依依当了真，好几天来得比他还早，后来大概知道他是在吓唬她，又变回了老样子，继续赖床。

有时候出门太晚快迟到了，他只好骑自行车载朱依依上学。她悠闲地坐在车后座上，一边晃着双腿一边吃油条。早晨的风打在身上有股寒意，薛裴担心朱依依冷，又把校服外套脱了下来，给她盖着腿。

朱依依在车后座上似乎是在自言自语——

"薛裴，你怎么骑车也骑得这么好？一点儿都不会颠簸，你看我的豆浆一点儿都没洒。

"薛裴，为什么我总迟到，你都不生我的气啊？你对所有人脾气都这么好吗？

"薛裴，待会儿体育课我想请假，你帮我和体育委员说说好不好？你们俩关系这么好，他肯定会答应的！

"对了，昨天老师留的数学作业最后一道大题的答案是什么呀？我算了一晚上都没算出来。"

她一路上"叽叽喳喳"地说着，似乎也不需要他的回应。

高二，薛裴代表学校和邻市的重点高中打篮球赛，朱依依在场下使劲地给他喊着"加油"。尽管每次进球场下都是一片欢呼声，可奇怪的是他总能从所有的声音里精确无误地分辨出哪个声音来自朱依依。

他每次进球都能捕捉到场下朱依依热切地望向他的眼神。

他也总是习惯性地追逐她的视线。

她眼里的崇拜之色对他来说是最好的鼓舞。

高三，他们不在一个班，朱依依也用功了很多。她不再总是围绕着他转，有时课间他过来找她，能看到她正在请教前桌男同学问题。两个人凑得很近，有说有笑的。

薛裴走到窗口，正想喊朱依依，却听到她夸赞那位男同学："哇，你太厉害了！你这么一说我就全明白了，看来以后我就可以不用老是去问薛裴了。"

听到这话，薛裴竟觉得胸口莫名其妙地紧了紧。

那天他生了闷气，没有等她下课。她放学后还特意来他家里找他，却又不敢进来，只趴在他的房间窗口上，因为身高不够，只露出了半截脑袋。

她轻轻敲了敲窗户。

书桌前的薛裴听见她委屈地问："你今天怎么没等我下课？"

他默不作声，拿笔的右手在草稿纸上顿了顿。

"是不是一模考试考差了？"朱依依还在猜测原因，"可是你就算考差了，也还是第一名呀。"

"不是。"

"那是因为什么呢？"朱依依实在想不到原因，"难道是叔叔阿姨吵架了？"

猜测已经越来越离谱，薛裴没再回答。

朱依依最后也不知道他那天因何而生气。

记忆还在回溯，他又想起朱依依刚上大一那年，他给她介绍了男朋友。

那些记忆刚冒出来，薛裴就将眼前的镜子砸碎了，好像这样那些记忆就能从大脑中删除又重组。

满手的血沿着手臂蜿蜒而下，他命令自己不再往下想。

薛裴从浴室里走了出来，浴衣松松垮垮地挂在身上，半湿的头发往下滴着水。他找到医药箱随手包扎了一下伤口，血慢慢止住了。

他站在落地窗前望着这座星光璀璨的城，某些念头一旦产生就很难再打消。

终于，他还是拨通了那个烂熟于心的电话号码。

在拨通电话的那一刻，薛裴感觉到自己的手在微微颤抖。

大概是酒精在作祟，他变得感性、失控，忽然有很多很多话想对朱依依说。

电话拨通了，可那边始终无人接听。

直至电话那头机械的女声响起，薛裴才想起中国和法国有六个小时的时差，现在应该是北京时间的凌晨四点。

这个夜晚重新变得安静又难熬。

翌日，薛裴睡到自然醒，清晨的阳光透过窗帘在地上投下阴影。

一切好像又恢复如常，只有那些细微的伤痕提醒他昨晚发生了什么事。

他拿过床头的手机，发现朱依依在三个小时前给他发了微信："昨晚手机开了睡眠模式，有什么急事吗？"

薛裴平静地望向不远处的高楼，随后回复："没事，打错了。"

过了一阵，朱依依回了消息过来："噢，好的。"

阳光下微尘飘浮，薛裴低头看了手机很久，直到视线逐渐失焦。

或许，他该庆幸朱依依没有接到昨晚的那通电话。有些话他一旦说出去，就彻底回不了头了。

人不该在意识不清醒时做出任何决定。

他一直以来都严格地遵守着这条准则。

一周后，周时御回国。

薛裴那天有事走不开，只好让助理开车送周时御到机场。周时御也没觉得有什么被怠慢的——薛裴就那个性格，周时御又不是不知道。

大学的时候，周时御就见识过薛裴在实验室里的样子——不吃不喝都可以待上一整天，也只有朱依依来学校找他，他才肯从实验室里出来。

"哥，前面有点儿堵，我们可能要绕点儿路才行。"

助理小莫忽然开口，打断了周时御的回忆。周时御看了一眼腕表，时间还很充裕。

"行，你看着办吧，我也没来几天，不知道该怎么走。"

"好嘞，哥，包在我身上。我保证让您准时上飞机。"

助理是南方人，说话却有股东北口音，为人爽朗又有干劲。他来法国这边已经好几年了，一路上给周时御介绍着当地的特色建筑。

下车时，他打开后备箱要帮周时御拿行李。周时御见他瘦瘦弱弱的，摆了摆手："你放着我来吧。你帮我拿那堆礼物就行，就我座位旁边那些。"

一开始小莫还有点儿不好意思，觉得自己帮不上什么忙，见周时御态度坚决，才终于应下。

拉开车门，看到后座上那一大堆奢侈品的纸袋，他"啧啧"惊叹："哥，这些都是你要带回国的礼物啊？这么多！是不是买给嫂子的？"

"是啊，不然她天天念叨我，我可受不了。"周时御想起女朋友眉眼都温柔了不少，颇有铁汉柔情的意思，想了想，又补充道，"不过也不全是给我女朋友的，有一份礼物是帮你老板买的。"

"啊？帮薛总买的？"

"是啊。"

周时御想起昨天，他特意开车去 Le Village Royal（注：皇家村，位于巴黎市中心的街道）给他女朋友买礼物，逛了好几家奢侈品店，薛裴就在附近的咖啡厅里坐着等他。

"不是，你就这么看着？"他问薛裴，大为不解。

薛裴对着电脑回复邮件，面无表情地回道："怎么？"

"你就……没有什么要买给朱依依的？我顺道帮你带回去。"

薛裴停顿了片刻像是在思考，过了好一阵才说："不用了。"

周时御对薛裴的行为大失所望。

不过他倒是觉得这场面很熟悉。他记得他来之前问朱依依有没有什么需要带给薛裴的东西，朱依依也是同样的反应，先是愣了愣，然后摇头拒绝。

这两个人真不愧是从小一起长大的，在某些方面还真是很像。

最后，周时御自作主张地替薛裴买了一份礼物带给朱依依。

薛裴没想到朱依依会主动地联系他——时间是在周时御回国后的第三天。

这天薛裴应酬结束回到公寓，壁灯亮起，一室冷清。这里明明是最热闹、最繁华的地段，他一拉开窗帘就能将整座城市的景致收于眼底，但这里从未给过他家的感觉。

前些日子，他好像找到了症结所在。他让人完全按照 1∶1 复刻了北城公寓的装修布局，但仍旧是不一样的：那个冰箱不会再存放着满满的水果和蔬菜，客厅里的花瓶不会再有新鲜的花，餐桌上不会摆满美味的食物……

看似什么都没变，其实什么都变了。

薛裴坐在吧台边喝了点儿酒。近来他习惯用酒精助眠，酒意微醺之时，手机铃声突兀地在空旷的公寓里响起。

在看到来电显示的那一刻，薛裴有些恍惚，杯中的酒在灯光下摇曳。

接通电话的瞬间，薛裴算了算时间，现在大概是国内的凌晨。

而在这个时间点，朱依依给他打了电话。

这通时隔四个月之久的电话，让两个人都有些不知所措。

沉默了一会儿后，他听见朱依依问他："你在忙？"

"没有，我已经到家了。"薛裴不自觉地舔了舔下嘴唇——这是他紧张的象征。

"哦，我也是想着你这会儿应该已经下班了，所以才给你打的电话。"朱依依说话一如既往地柔声细语，大概是太长时间没联系，两个人之间的气氛倒不像以前那样剑拔弩张，"那你吃饭了吗？"

"还没，没什么想吃的。"

朱依依笑着说道："离开了这么久，是不是想念家里的菜了？在那边会不会吃不习惯？"

朱依依只是寒暄了一句，薛裴的眼眶竟有些热，他压低了声音："嗯，是。"

"对了，你送我的礼物，周时御今天拿过来给我了。"朱依依在电话那头笑了笑，"谢谢你的礼物，我很喜欢。其实前段时间我就在网上看到过这个小象玩偶，就是太贵了，当时没舍得买，没想到最后它还是来到我身边了。"

礼物？

薛裴只花了几秒钟就明白了这是怎么一回事。

可他此时此刻责怪的竟然不是周时御的自作主张。

薛裴忽然觉得他这段时间所有的伪装都是无效的——他骗不过自己。她只对他说了声"谢谢"，他就已经在后悔怎么没给她买礼物，还需要假周时御之手。

像是补救一样，薛裴有些急切地问道："你还有什么想要的东西吗？我寄回去。"

"不用，不用，我什么也不缺，不要浪费钱了。"

薛裴还想说点儿什么，可电话那头的朱依依打了个哈欠，说："已经很晚了，那我先睡了，你也早点儿休息。"

挂了电话，薛裴还坐在吧台边没动，杯中的红酒映在他的眼眸中，周身笼罩着的气息似乎是阴郁的，又似乎将要透露出一些生机。

明亮的灯光下，他却像是身处黑暗之中陷入了混沌与挣扎的状态中。

但他不知道的是，周时御送的是一对情侣玩偶，而那礼物一般是送给好事将近的情侣的。

朱依依的出租屋这几天格外热闹。

这个二十多平方米的房子终于住进了一位新的家庭成员，是一只可爱的小奶猫。小猫眼睛又大又圆，抬头看人时眼睛水汪汪的，那眼神能让人瞬间融化。

每天朱依依一回到家，它就走到门口蹭她的脚，在地上打滚撒娇，格外黏人。朱依依现在除了上班几乎都不愿意出门，只想在家里陪着它。

这只流浪猫是李昼送给她的。

那天下了点儿小雨，他们从超市买了菜回来，撑伞往李昼的出租屋走去，快走到他家楼下时，朱依依忽然听到从路边的花坛里传来一声猫叫。她低头看去，发现一只小三花正怯生生地用那双圆溜溜的眼睛打量着她。

朱依依刚想要伸手去摸它，它却往回缩了缩身子，钻进花坛的深处，不愿意出来了。

朱依依当下有些许的失落，离开时还频频回头看，有些不舍。

过了几日，李昼忽然说要给她一个惊喜。

等到他家后，她发现那天她看到的流浪猫正躺在猫窝里呼呼大睡，怀里还抱着一个仿真的玩具小鱼，舒服得"呼噜呼噜"地叫。

"是不是很可爱？"李昼问她。

朱依依没抑制住内心的欣喜之情，抬头望向李昼："你领养它了？"

"我替你领养的，那天看你好像很喜欢。"李昼伸手抚摩猫猫的脑袋，"我已经给它做好驱虫了，等过两天我们带它去打疫苗，这样你随时可以过来看它。"

朱依依弯腰给猫猫顺毛，越看越喜欢，思考了一会儿问他："那它叫什么名字好呢？"

"你来起吧。"

朱依依想了好一会儿，提议道："那要不就叫它粥粥吧？"

"粥粥"和"昼昼"正好是谐音。

李昼思忖了片刻好像明白了，嘴角的笑意更浓："行，都听你的。"

这几天朱依依闲下来就在网上购买猫猫的玩具，下班后就往李昼家跑。

没多久，李昼就出差了，朱依依便把粥粥接过来照顾。

周末，周茜去朱依依家做客，刚打开门，就看到一个圆滚滚的小东西朝她跑了过来，在她的脚边来回蹭着。

"哎呀，这是什么可爱的小东西？"周茜一把将猫抱了起来，亲了亲它的耳朵。

粥粥一点儿也不怕生，往她怀里继续蹭着。

"依依，你什么时候开始养猫了？之前你不是说出租屋太小了不想养，怎么现在改变主意了？"

朱依依以前的确不想养猫，即便真的很喜欢小动物。

她在这座城市里生活了这么多年，但从前总觉得没有归属感，总觉得有一天她肯定会离开这座城市。她想着等她耗尽了对薛裴的喜欢，就回老家找一份稳定的工作，薪水不高，但也不会像现在这么辛苦。

后来，她终于不再喜欢薛裴了，但发现她还是愿意在这座城市里生活下去。从前或许是为了薛裴，但现在她留在这里的理由是为了自己。

她慢慢接纳了可以在北城生活很久的想法，也愿意接纳另一个小生命进入她的生活中。粥粥来了之后，朱依依也开始有了家的感觉。

她说："我打算过段时间换个大点儿的房子。"

周茜叹息地说道："你早该换了。你现在住得又偏，还是七楼。说实话，有时候我想来找你，一想到这么远，就懒得过来了。"

周茜是个行动派，立刻给朱依依推了几个中介，继而又问起这只猫的来历。朱依依如实和周茜说了，周茜果然免不了一顿调侃。

"哦，原来这就是你和李昼的宝贝女儿啊，难怪这么可爱。"

朱依依嘴角带着笑意："又瞎说。"

"哪里瞎说了？不过你们俩感情还真是越来越好了。"周茜打探道，"那你有没有什么打算？"

朱依依没听懂她的问题："能有什么打算？"

"你们也谈了这么久了，就没想过你们的未来？"

眼里闪过片刻的茫然神色，朱依依看了一眼正在周茜怀里熟睡的粥粥，说："顺其自然吧，有些事情该发生的时候自然就会发生。"

周茜白了她一眼："又给我打太极。"

周茜在这里吃了晚饭，临走前看到了摆在客厅里的一对毛茸茸的玩偶。

她记得这玩意儿不便宜，看起来做工这么精致，也不像是仿版。

"你买的？"

"不是，薛裴让朋友从法国带回来的。"

"我就说，我看你也不是会将钱花在这种东西上的人。"周茜拿起玩偶来看了一眼，"我同事之前结婚的时候我本来也想送她这个东西的，但是太贵了，下不去手，不过现在看到实物，真的很精致，物有所值。"

朱依依认同地点了点头，坐在沙发上拿着逗猫棒和粥粥玩。

周茜还在看着玩偶，片刻后恍然大悟般地说："不过依依，你说薛裴送这个礼物给你是不是有什么用意？看来他跟我一样，都希望你和李昼赶紧完成人生大事。等你和李昼结婚那天，你可得提前通知他，让他从法国回来参加你们的婚礼，顺便给你们俩包个大红包。"

朱依依听到这话笑了笑，没说话。

在 Gauss 先生举办的高端酒会上，薛裴遇到了江珊雯。

她今晚打扮得很精致，一袭露背长裙腰间点缀着碎钻，黑发红唇，分外明艳动人。

宴会厅里，她正坐在沙发上品酒。

她不是一个人来的。

在她的右手边，是一位高大英俊的法国男人。男人西装革履，留着卷曲的长发，颇有艺术家的气质，和她很是般配。

三个人迎面碰上的时候，薛裴倒没有任何尴尬的感觉，礼貌地展露了笑意当是打了招呼，无意与他们攀谈。不过江珊雯当下就松开了男伴的手，在法国男人耳边不知说了句什么，然后笑着朝薛裴走了过来。

"聊聊？"走近后，江珊雯主动地和他碰了碰杯，展露笑意。

薛裴望向不远处的男人，薄唇弯了弯："似乎不太方便。"

"昨天刚认识的，一位巴黎的设计师，不太熟，只是刚好在门口遇到了。"

江珊雯主动地向薛裴解释，不过看薛裴淡然的神色，他似乎也不在意她说了什么。她神色黯然了些，但仍旧没有被他的冷淡态度击退，像是早已习惯。

她装作开玩笑："你什么时候对我这么抗拒了？我们也半年没见了，连叙叙旧都不愿意吗？"

江珊雯这么说，薛裴也不便再拒绝。他看了一眼腕表——宴会还没正式开始，他还有二十分钟的时间。

在一旁的沙发上坐下，薛裴抿了一口红酒。这么简单的动作他做起来格外赏心悦目，举手投足间散发着优雅又迷人的魅力。

江珊雯有半年多时间没再见到他了，这一见，旧日那些心动的情绪瞬间像红酒一样在心中摇荡。

她时常想：在年少的时候能和薛裴这样的人谈一场恋爱，大抵也算圆满。

和薛裴分手后，她谈过很多任男朋友，但没有一个人能让她这样念念不忘。此后交往的每一任男朋友，她总会不自觉地拿来和薛裴比较，总会想如果是薛裴，他肯定不会这样做，不会说那些不尊重女性的话，不会犯那些低级错误，不会做那些没脑子的蠢事，不会脑子里只剩下性。

"斯人若彩虹，遇上方知有。"

她想：这辈子她再也遇不到那样的人了。他光是站在那里就能让她的心七上八下，忐忑一整天。被他注视的每一秒，都让她心动不已，难以忘怀。

"你说，巴黎就这么点儿地方，我们这半年来竟然一直都遇不到，是不是很奇怪？"

薛裴不置可否，问道："你什么时候过来的？"

江珊雯故作遗憾地说："看来你都没留意过我的朋友圈，我来得可比你早。二月份那会儿我就调过来了，一直没离开过。"

薛裴望向外面的夜色："来法国后，我很少用国内的社交软件了。"

"真的？我怎么不相信呢？"江珊雯佯装开玩笑，右手支着下巴望向他，"那你平时和家里人怎么联系？朱依依没找你吗？"

"我和她很少联系了。"薛裴声音低沉了不少。

他说得淡然，江珊雯倒有些意外。

"为什么？"

"很多事情都没有为什么。"

"不会是因为她交男朋友了吧？"江珊雯挑眉，有点儿像是在看热闹。

迟疑了两秒，薛裴不知怎么勾了勾唇，有些漫不经心地说："或许是吧。"

江珊雯说话直来直去，一点儿也没避讳："说实话，我很意外。我以前总觉得她会一直这么喜欢你下去呢，想着大概要到你结婚那天，她才能释怀那十年的感情。现在看来，是我想错了……不过也是，都十年了，足够一个人死心一百回、一千回了，何况她这才死心第一回。等到下次见面，我得当面恭喜她才行。"

薛裴轻笑了一声，没说话，修长的手指握紧了杯身，泛起青筋的指节昭示着情绪的变化，可偏偏眼底还是那漠不关心的神色。

江珊雯没留意到这些细节，往下说道："我看她的朋友圈，她和她男朋友还挺甜蜜的，前不久好像还一起领养了小动物。"

薛裴笑着抿了一口红酒："是吗？没太留意。"

江珊雯想要从他脸上看出些异样来，可发现无论她说了什么，他好像始终是兴致不高的模样。

没多久，宴会正式开始，薛裴被主办方邀请前往主会场。他走之前，江珊雯忽然从包里掏出一张名片递给他。薛裴低头看了眼，名片上是熟悉的名字——周永强，是他高中时候的数学老师。

薛裴疑惑："你怎么会有周老师的名片？"

"前几天我在街上碰见他了。他不知道什么时候也来了法国，在 Passage Verdeau（维尔多廊街）经营一家书店。没想到这么多年了，他还能认出我来。我和他说你也在法国后，他就给了我一张名片，想来，他大概以为我们还在一起，想让我将名片转交给你。"

薛裴收下那张名片，点了点头，没有任何铺垫和迟疑，起身对她说了句："抱歉，我还有事，先离开了。"

江珊雯甚至没来得及和他说句"再见"，他的背影就从门口消失了。

薛裴走了好一阵后，江珊雯坐在沙发上独自喝完了那杯红酒。她喝得有些醉了，没等宴会结束就提前离开了，摇摇晃晃地走到车库，发现刚才的法国男人还在车里等她。

"结束了？"男人凑近闻了闻她身上的酒味，皱了皱眉头，关切地说，"Chloe，你今天喝得有点儿多了，看来你们刚才聊得并不算愉快。"

江珊雯降下车窗，想透透气，说话有气无力的："开车吧，今晚去我的公寓。"

男人还在往下追问："你这么失落，难道是因为刚才那个中国男人？"

江珊雯点了根烟，头发随着动作滑落在肩颈上。火光映照着她美丽的脸，有种文艺电影般的颓废感。她默不作声地抽完了那根烟，才低声笑了笑，算是默认。

"你和他是什么关系？"

江珊雯懒懒地抬眼，醉眼蒙眬地望向他："如果我说是旧情人，你会生气吗？"

"不会，"法国男人笑了笑，俯身帮她系好安全带，"因为他看起来对你没什么兴趣。"

江珊雯听到这话，也不觉得生气，反倒笑了笑。

连一个外人都看得出来的事情，只有她还看不清真相。

将近十点，宴会结束。

从热闹中抽身的薛裴敛住了眉眼间的笑意，整个人都显得冷漠了不少。他身上沾着淡淡的酒气，许是有些醉了，走路有些摇晃。一旁的侍应生要过来扶他，他摆了摆手。

助理小莫一见薛裴走过来，立刻下车给他打开车门，问道："薛总，今晚这么快就结束了？我还以为要到十二点呢。"

"嗯。"

"那我们现在回公寓还是去公司？"

薛裴望向窗外这座流光溢彩的城市。来了半年，他依旧没能在这里获得任何归属感。

"回公寓吧。"他说。

"好嘞。"

小莫打转方向盘，汽车平稳地行驶在马路上。车厢内流淌着舒缓的音乐，薛裴靠在后座上闭上眼睛，原想休憩一会儿，但想到的是一张熟悉而生动的脸。

在这个安静的夜晚，他又想起了朱依依。

没有任何预兆，他无来由地又陷入了一种烦闷、无法纾解的情绪当中。

其实刚才他对江珊雯撒谎了。

他说他来法国后没有再关注朱依依的生活，是假的。

事实上，最近这两个月像是戒断反应起了作用一样，他变得越来越病态、偏执，连他自己都觉得陌生。

几乎每天，他都会点开她的朋友圈，看她的生活动态。

这是如今他唯一能了解她的途径——他想知道她现在过得怎么样，是否提起过他，哪怕只言片语。

但他看到的是一张又一张照片，她和李昼的。

他们在一起过恋爱一百天的纪念日，她和李昼去吃了火锅。照片里她只露出了半张脸，不过似乎笑得很开心。

劳动节假期，他们一起去云城看了日出。她背对镜头靠在栏杆上，背着一个登山的双肩包。薛裴发现她的头发好像长了一些，她好像比以前更瘦了。

他们还去了一个当地的 livehouse（音乐展演空间）看乐队表演，她很兴奋地录了一段视频，可现场实在太嘈杂，人声、音乐声混在一起极其刺耳。在最后几秒钟，她好像说了句什么话。薛裴看了六七遍后，终于听懂了，她是在对李昼说"谢谢你带我来这里"。

他还看到他们一起养了一只猫，猫叫"粥粥"。一开始他还没意识到什么，直到看见了周茜在底下的调侃，才明白原来猫的名字取自李昼的名字的谐音。

他好像意识到曾经他存在于朱依依身边的痕迹已经被李昼彻底抹去了。

大概是今晚喝的酒的后劲太大，薛裴竟然又有了一些不该萌生的想法。

他竟然在想：如果他告诉朱依依，他好像有点儿喜欢她了，她会不会和李昼分手，和他在一起？

下一秒，他就觉得他一定是疯了才会突然有这么荒谬的想法。

窗外的风吹进来，他清醒了一些，那个荒唐的念头也渐渐从他的思绪中被剔除干净。

酒意已经散去不少，到了红绿灯路口，薛裴习惯性地再次点进朱依依的朋友圈里，忽然发觉有些不对，好像少了些什么。

他眉头微皱，往下翻了翻，一直拉到底部，反复确认，仍然难以置信——朱依依把所有与他有关的内容都删掉了。

他送给她的书、他们去旅行时拍下的风景照、他送给她的生日礼物，以及她 18 岁那年，他们在学校前的餐馆里拍下的合照……

那些对他而言那么美好的记忆，她删得彻彻底底，一丝不留。

茫然的神色出现在薛裴的脸上，他承认，他从来没有一刻像现在这么慌乱。

快到目的地了，助理小莫缓缓将车驶进车库里，正打转方向盘时，忽然听到后座上传来薛总的声音，一开始还以为是自己听错了。

"你知道为什么有些人会删掉以前的朋友圈吗？"

"啊？"小莫愣了愣，确认薛总是在问自己后，回答道，"不想留着就删了吧，我也会经常删除。"

"如果只删掉了和某一个人有关的内容呢？"

小莫很自然地回答道："那应该就是想彻底忘记这个人，重新开始吧。"

222

重新开始……薛裴默默反复咀嚼着这几个字，心却一点点地往下沉。

朱依依要重新开始了，那他呢？

他该怎么办？

从那天晚上起，薛裴开始持续性地失眠，甚至吃所有助眠类的药物都没有用。心脏好像悬在一根细细的长线上，只要他一想起朱依依，就像是触发了某种机关，心像是从高空急速地往下坠落，摔得粉碎。

失眠的这些夜里，他近乎自虐地看完了手机上保存的所有与朱依依的聊天记录。

过去了六年，他仍然能从这只言片语里还原出当时的场景，还原出朱依依曾经对他有多偏爱。

在留存下来的聊天记录里，第一条消息是六年前她发过来的一张照片。

那是一张五个人的合照，朱依依站在最边上，中间穿着蓝白衬衫的男生手上捧着一个奖杯。

从照片来看，那大概是在学术竞赛的现场，他们刚在台上领了奖，朱依依就和他分享了这个好消息。

不过她发过来的消息是："看，我和我们班的'班草'合影了！"

当时他明明一眼就看出来了，却还是酸溜溜地回道："谁啊？哪个是'班草'？"

朱依依："哇，不是吧，薛裴你有没有审美，这都看不出来？"

照片里一共只有三个男的，一个长得膀大脖子粗，一个笑起来脸上都是褶子，只有中间那个眉眼清秀些。

薛裴却回道："在我看来，长得都差不多。"

朱依依："哦。"

话题停在这里，朱依依没再发消息过来。

过了十分钟，他又发了消息过去："你真觉得中间那男的长得帅？"

朱依依："你看，你明明就看出来了，还装蒜。"

薛裴："也就一般吧。"

朱依依很快就回了过来："班里很多女生喜欢他的，不过我觉得你比他帅很多很多很多。"

凌晨三点，薛裴看着这句话，嘴角有了些笑意。

那些时候，他们几乎每天都会聊天。朱依依常给他分享学校里发生的趣事，有时候是说起那个很严厉的留着"地中海"发型的老师，有时候是问他学习上的事情，有时候是给他发游戏里的链接，让他点进去帮她复活……

她对他几乎无话不谈。

有一阵，他关在实验室里，没办法带手机。

她有一门考试考得很不理想，情绪很差，在微信上给他连发了一页的消息，懊悔自己在考试时审错了题目，把本来会做的题目答错了。

他看到消息时，已经过去了六个小时。

他一出实验室，就给她打了电话过去。

薛裴还没说话，她先不好意思起来："薛裴，你刚刚是不是在忙，我是不是打扰到你了？"

薛裴竟从她的话语里听出了小心翼翼的情绪。

薛裴向她解释完后，问她现在心情怎么样。她说："我现在已经好很多啦！给你发完消息后，我感觉我又复活了。"

他明明一字未回，她却说从他这里获得了安慰。

往后翻了几页，薛裴发现有两个月的聊天记录几乎是没有的。

那两个月，朱依依再也没有主动地给他发消息，偶尔几条，都是关于家里的事情，寥寥几句就结束了话题。

在这个夜晚，薛裴很认真地想了想，终于记起了原因。

因为那段时间他谈恋爱了，朱依依便不再天天找他。

她收起了分享欲，和他保持着普通朋友的距离，不再过问他的生活。

那两个月，她是怎么度过的？

薛裴忽然意识到曾经的他有多残忍。

在一个清闲的周末，薛裴终于去拜访周老师了。

他的书店开在人流量并不大的巷口拐角处，店面很窄小，堪堪容得下两个人通过，门口还摆着一盆九里香。薛裴到的时候正好是工作日下午，几乎没什么人路过，来往的车辆很少，环境清静，颇有隐世而居的格调。

周永强见他来，自是高兴得很，立刻走出门来迎他，得知他是特意来看自己的，三两下就把店门关了，邀请他到楼上坐。走至楼梯上，薛裴才发现原来楼上的房间就是周永强的住所，只有二三十平方米大小，但家具摆放得特别整齐，南面还有扇窗，下午阳光照进来，屋内光线充足。

"反正这个点也没什么人买书，不如上楼歇会儿。"周永强虽然已经不教书了，但身上还是有着文人的气质，调侃道，"要不怎么说呢，现在在巴黎比乞丐还穷的，也就我们这些开二手书店的了。"

薛裴不认同,却也顺着他的话往下说:"这一带位置确实有些偏僻,如果换个地方,或许会好点儿。"

"没办法,也就这里容得下我这个老骨头了。不过也好,这里安静,要是搬去了闹市里,天天吵吵嚷嚷的,我还不一定能习惯。"

薛裴在一旁的木椅上坐下,周永强从房间里拿出那套一直舍不得用的茶具,给他沏了一壶普洱,边忙活边说道:"来了法国这么久,还是戒不掉这喝茶的习惯哪。"

薛裴以前就记得周永强喜爱喝茶,今日带来的也是特地托朋友空运过来的上等西湖龙井。他刚拿出来,周永强眼睛就亮了,将茶捧在手心里横竖打量了好一阵。

"这茶叶可不是普通人能寻到的,可谓千金难买,有市无价。"

早前周永强就听说薛裴事业发展得越来越好,现在看来果然如此。

"你别说,高二我还当你们班主任的时候,就知道你这孩子以后肯定有出息。果不其然,你一考就考了个高考状元,不知道多给咱们学校争气。"周永强想起以前的事,眼睛望向远处,有些感叹,"那一阵好多电视台的记者要过来采访,问你的相关情况,连我都接到好几个电话!"

薛裴微微笑着,抿了一口茶,没说话。

那已经是过去的事了,他不愿意多谈,随手翻起了一旁书架上的书。

"说起来,你以前在学校里可真受欢迎,昨天我女儿整理我的房间里的东西,还在教案里找出了好几封女同学写给你的信。她还觉得奇怪,特地从国内打电话问我,怎么全都是写给这个叫'薛裴'的人的,这人到底是什么人物……"周永强边说边笑,两指扶了扶厚重的镜片。

薛裴原本对这个话题不感兴趣,直到周永强貌似提到了那个人。

"我记得其中有一封信是那个经常跟在你的屁股后面的女孩儿写的。她个子不太高,瘦瘦小小的,姓什么来着?我一下给忘了。"周永强摸了摸后脑勺儿,越是心急越是想不起来,又补充道,"那女孩儿以前还经常和你一块儿上下学的,看着挺乖巧老实的,没想到竟然做出这种事来。"

翻书的动作顿了顿,薛裴心里"轰"的一声——像钢琴突然被按下了一个重音,扰乱了他所有的心绪。

心里有个答案逐渐明朗,可他不敢去想。

周永强径自琢磨了好一阵,忽然一拍脑袋,说道:"对,女孩儿叫朱依依,我想起来了!"

有块石头在心里应声落地,大脑忽然一片空白,薛裴不知怎么连声音都有些颤抖："老师，您确定……确定是她吗？"

"我确定！我对这个朱依依印象可深着呢。"周永强想起多年前的事，还有些忍俊不禁，"那孩子啊，性格里多半带点儿倔。我那会儿没收了她写给你的信，把她喊到办公室里，当着办公室里那么多老师的面问她知道错了没。她当时倒是应得乖巧，说知道错了。你猜她下一句话说了什么？她说：'老师，我应该毕业后再跟薛裴告白的，现在还是学习比较重要。'"

周永强说到后面，一下被气笑了："不过你还别说，那次之后，她学习起来倒还真的用功了不少。"

薛裴觉得浑身的血液似乎都在倒流，太阳穴处钝钝地疼。他踌躇了许久，哑声问道："周老师，那封信……可以让我看看吗？"

周永强还不知道发生了什么，脸上的笑意尚未消退："我昨天喊我女儿把那些信都扔了，不知道她扔了没，都快十年的东西了，放在家里也占地方。"

薛裴脸色几近苍白，嘴唇没有一丝血色，慌乱的神色爬上双眸，喉咙有些泛酸。他牢牢地握着对方的手，郑重地请求："周老师，这封信对我很重要，无论如何，我求您，一定要把它找回来。"

十几日后，薛裴终于看到了十年前朱依依给他写的那封信，是周永强亲手交给他的。

周永强说本来信已经被扔进了垃圾桶里，幸好那天电话打得及时，垃圾还没来得及处理。听薛裴这么一说，周永强立刻敦促他女儿第二天就将信寄了过来。

薛裴接过这封信时，骨节分明的手竟有些颤抖。

十年，这张薄薄的纸承载了十年的重量。

十年前的朱依依想对他说的这些话，十年后，他终于看到了……

可是，现在的他已经不再拥有她最珍贵的爱。

那天下午，薛裴坐在客厅里，犹豫了很久才把这封信打开。当年粉红色的信笺已经泛黄，字迹也变得有些模糊，上面的每一个字都写得极其工整，她前所未有地认真，在这张纸上书写着对他的喜欢——

　　　　薛裴，你应该想不到我会给你写信吧。
　　　　而且这不是一般的信哟。
　　　　你现在肯定以为我是在捉弄你，但这次我真的是认真的。

我最近发现我好像真的有点儿喜欢你，可能也不止一点儿。我也是第一次喜欢一个人，不知道这到底算多还是算少。

　　就是有时候吃饭我会忍不住想到你，写作业也会忽然走神儿，睡觉前看着天花板也会想你现在到底在做什么……而且每天早上一想到你在楼下等我，刷牙的时候我心里都甜丝丝的，连上学都不那么讨厌了。最近在学习上，我也特别有动力。因为你这么优秀，我也不能懒着呀。

　　你都不知道，自从意识到我喜欢你之后，我好像变得有些奇怪了。你骑自行车的时候，我都不敢抱着你的腰，因为心跳会变得好快好快，快到像是要从胸腔里蹦出来。所以，最近我都只敢拽着你的衣角，不知道你有没有发现……

　　上周三，我们上课快迟到了，你嫌我走得慢，忽然拉起我的手让我走快点儿，手上那片被你触碰的皮肤忽然变得很烫。那天明明风很大，天气还有点儿冷，可是我连耳根都是热热的。到教室后，孙青青问我为什么脸这么红，我都不知道该怎么说，只好拿课本挡住了脸。这些你都不知道吧……

　　说起来，我可是鼓起很大勇气才给你写这封信的，因为学校里喜欢你的女生有很多很多。我的成绩不好，长得也不是特别好看，对比起来，好像没有什么优势，可是我真的很喜欢你，怎么办呢？

　　不过我隐约觉得你也有一点点喜欢我吧，因为班里那么多漂亮的女生给你写信，你都没理，还是每天等我一起放学。竞赛拿的奖学金你也都是给我买好吃的，会给我买我喜欢的鞋子，给我折千纸鹤，还特别有耐心地教我数学题……而且我留意到你每次打篮球，投篮成功后第一个看向的人都是我哟！所以薛裴，你应该也有一点点喜欢我吧。

　　哈哈，我最近总在想我们在一起之后的事情，想着想着自己就开始傻笑。如果我们在一起了，我想天天牵着你的手。因为冬天实在太冷了，你的手又特别暖和，你要是牵着我，我就不用戴棉手套啦。

　　话题扯远了，写着写着，我忽然想到另一种情况——如果你不喜欢我，那我该怎么办呢？只要我一想到这种可能，鼻子就有点儿酸了。

　　薛裴，如果你不喜欢我的话，那我们以后还是少见面吧。

　　你以后就不要来接我上学、放学了，周末也不要来给我补习功课了。因为我怕你对我这么好，就算你拒绝了我，我还是会喜欢你，因为喜欢你真的是一件很简单的事情。

拒绝我，你也不用不好意思，我可能哭一会儿就好了。很快就是暑假了，我有很多时间可以慢慢适应的。你不用担心我没有人喜欢，我还是有很多优点的。你不喜欢，以后多的是人喜欢我呢。所以，你如果不喜欢我，就直白地拒绝我吧，不要给我留任何希望。

很快就期末考试了，祝你考试顺顺利利！

P.S.（附言）：要是写作文能够像给你写信一样简单，那该多好啊，因为几乎不用思考，我就能洋洋洒洒地写一大堆，写我有多喜欢你。

薛裴读完最后一段话，视线忽然变得模糊，几乎看不清信笺上的任何一个字。他半躬着身子，肩膀微微抖动着，情绪压抑得几近崩溃。

十年，他和朱依依错过了十年。

造成他们错过的原因不是这封迟来的信，也不是没收了这封信的周老师，而是他自己。

是他一直没有意识到，在很多年前，他就喜欢她。

他没有发现每天早上在楼下等待她上学的每一秒，其实他心里也隐隐雀跃；没有发现他每次投篮进球看向的那个人，就是他心里最渴望得到爱慕的人；没有发现他总会不经意地记住她的喜好，记住她所有的生活习惯。

他从前总不肯承认，他厌恶李昱出现在她身边，是因为忌妒；不肯承认，在巴黎的每一天，他无数次想买下一张机票飞回去；不肯承认他对她的好是出于爱，而不是狗屁的亲情。

"薛裴，承认吧，你就是个自私的懦夫。"在这个阳光正好的午后，他听见灵魂里另一个自我这样说道。

而此刻在北城，天色已晚，朱依依刚下地铁，走在回家的路上。

经过小区门口的巷子时，她在一家东北饺子馆买了份夜宵。她才搬来这里一个月，但老板已经认得她了，因为她每天都是这个点过来，买的还都是同一种馅儿的饺子。

老板这回见她都没问，就给她打包好了饺子，和她拉起家常来："姑娘，今晚又加班到这么晚哪？"

"是啊。"朱依依笑着点了点头，拿出手机扫描墙上的二维码转了十二块钱过去。

很快，墙上的机器就播放了到账的提醒。

"姑娘，看你天天都这么晚才回来，工作一定很辛苦吧？"老板说罢，把打包好的饺子递给她，又送了她一份小菜，"我女儿也在外地打工，一年都回不来几次，每天都打电话跟我抱怨工作有多累。不过现在这社会，有什么工作不辛苦呢？工资高的工作辛苦，工资低的也辛苦，人嘛，各自有各自的苦。"

朱依依咀嚼着最后这几个字，想了想，说得也对。

不辛苦的人恐怕是少数，大多数人像她一样为了一日三餐而奔波劳碌。

离开饺子馆后，朱依依拿着夜宵往家里走，踩着月光和落叶，耳机里放的正是一首苦情的粤语歌，越发衬得这秋天格外萧瑟。

在门口换好鞋后，朱依依用钥匙拧开了出租屋的门锁。

客厅里一片漆黑。

她正习惯性地伸手去摸墙上的开关，就在这一刹那，整个人好像掉进了一场绚烂的梦境中。

有浪漫的音乐响起，墙上的彩灯跟随着音乐一闪一闪的，彩带在头上炸开，发光的彩色气球飘浮在屋顶上，映衬得这个黑夜无比梦幻，让人如同坠入童话世界里。

朱依依那双因生活而疲惫的眼睛，在彩色灯光的映衬下，短暂地染上了些许光彩。

恍惚间她以为自己进错了房子，直到看到李昼捧着花从卧室里缓缓走出来。他今天穿得很正式，还特地换上了西装，打了领带，头发往后梳得一丝不苟。他面带笑容地望向朱依依，想要装作从容，可她看见他捧花的右手轻微颤抖着。

他在紧张。

朱依依见到这一幕，眼眶竟热了热。

"学委，别紧张，刚才咱们演练了那么多遍，这回争取一次过。"周茜和晓芸一人手里拿着一串气球，在旁边给他加油鼓劲。

朱依依瞧见晓芸也在这里，有些哭笑不得："你不是说今晚有约会吗？"

晓芸望向李昼的方向，说："比起约会，当然还是见证你的人生大事比较重要啊。"

李昼在朱依依面前站定，柔声说："你别怪她，是我让她帮我瞒着你的。依依，我们俩都在异乡打拼，这里不比老家有那么多亲人朋友，所以我联系了你在北城最好的朋友，希望她们可以为我证明——我接下来要说的每一个字都是经过认真思考的，并且会用余生来履行。"

周茜在一旁起哄鼓掌。李昼忽然屈膝跪在地上，仰头望向朱依依，那双黑亮的眼睛映着壁灯一闪一闪的光，诚恳中又闪烁着期待的光。

"依依，你还记得我们相亲那次，临走的时候我说什么吗？那会儿我要送你礼物，是一瓶香水，你说太贵重了不敢收，让我留给下一个相亲对象。我当时对你说，我知道是你我才来的。

"我还记得你当时的表情特别惊讶。其实每年的同学聚会，我都会默默留意你，只是你一直都没发现。也是，我不是那些同学里混得最好的，也不是里面最幽默、最会说段子逗大家笑的。好几次我想和你说话，最后都没说成，但是命运很神奇，我们就这么意外地相亲了。

"虽然我们交往的时间不算长，但从你答应做我的女朋友那一天开始，我就一直在努力地攒钱。因为我想在北城买房，让我们可以有一个家。房子可能不会很大，但是可以让我们在这个陌生的城市里有个栖息之所，有一个真正意义上的家。

"就在上个月，我终于实现了这个小小的目标。所以，我才迫不及待地想要告诉你……或许你会觉得有些突兀，但我发誓我今天说的每一个字都是认真的。

"我知道我这个人很闷，不浪漫，也不够体贴，和我在一起以后你可能还要吃很多的苦，但我一定会尽我所能地对你好，让你过上你想要的生活。依依，你愿意相信我吗？"

这时，粥粥也从房间里跑了出来，在朱依依脚边蹭了蹭。她弯腰将它抱起后才发现，在它的脖子上系着一卷字条。她打开，上面写着"带走我们吧"。

眼泪在眼眶里打转，朱依依往上仰着头，才不至于让眼泪流下来。

人这一生决定进入婚姻有几个瞬间：突如其来的冲动、深思熟虑后的考量，或者渴望改变现有的生活……

朱依依觉得她都是。

她从前并不觉得婚姻会是疲惫生活的救赎，但在这个夜晚，李昼给她造了一场梦，让她愿意相信这句话或许是真的。

所以在这一刻，她做了一件她认为正确的事——她戴上了李昼的求婚戒指。

第九章
赤道难留雪花

都说人逢喜事精神爽，吴秀珍这几日可谓是心情舒畅，容光焕发，买菜回来的路上碰见人，不管熟不熟悉，都是笑盈盈的，和人没聊两句，就把话题扯到自家女儿身上来。

后来，几乎整个叠翠小区都传开了——三栋 B 座一单元那家的女儿要嫁人了，订婚宴就在这个月 5 号举行。

朱依依一开始还有些难为情，后来见吴秀珍是真的开心，也就由着她了。

从小到大，朱依依好像都没让吴秀珍这么真心实意地开心过，要是这回能让吴秀珍开心久一点儿也好。

这几日，每天中午吃完饭，她都能听到吴秀珍坐在沙发上给亲戚们打电话——

"对，就这个月 5 号，在桐迎大酒店三楼……男方是我们桐城本地人，不过在北城买了房的，做医药销售的，工作忙是忙了点儿，但对我们依依挺好的……是高中同学，大家都知根知底的，他来过好几次，不然我也不放心就这么把女儿嫁出去是不是？说好了啊，这个月 5 号，记得要来。人到了就行，不用随礼，真不用，不是跟你们客气……"

这些话，朱依依在家这几天听了无数遍。每次一到这个时间点，朱远庭就要捂起耳朵去书房，顺便把门也关得严严实实的，企图隔绝客厅里所有的声响。

"姐，我真怀疑我的耳朵都起茧了。我昨晚睡觉前，脑子里全都是这个声音：'对，桐迎大酒店三楼，到时候记得要来，说好了啊……'"

朱远庭捏着嗓子模仿吴秀珍说话的语调，又挤眉弄眼了一番。朱依依被他逗笑，边笑边拿枕头砸他。

"是不是模仿得很像？"

"嗯，可太像了。"

朱远庭得意地笑，双手交叠在脑后，仰躺在沙发上望着天花板，不知想到什么，忽然严肃了起来："姐，结婚是一种什么样的感觉呀？"

朱依依被问住了，思索了几秒钟，说："紧张、忐忑、期待、憧憬……什么感觉都有。"

朱远庭似懂非懂，又迟疑地问道："你是自己决定的，还是因为爸妈催你，才……？"

"当然是我自己决定的。"

朱远庭舒了一口气，这才放下心来："上个月妈突然和我说你要结婚了，我那天晚上一宿都没睡着。因为你没怎么和我提起过那个男人，我也不知道他对你好不好。我就只见过他几次，不过这几天倒是觉得他还行，忙里忙外的，也没一句埋怨的话。"

"看不出来，你还挺关心我。你放心，我自己想清楚了的。"

朱依依听着心里有点儿感动。他们一家人向来不擅长表达，尤其是在感情方面，有什么想法都是放在心里，她没想到朱远庭会和她说这些话。

"你要是真的不想结，记得告诉我，我和你一起对抗爸妈的强权。你是我姐，我肯定站在你这边。"

朱依依鼻子酸了酸，揉了揉朱远庭的头发："行，我记着了。"

离订婚宴的日子越来越近，朱依依这几日都忙得头昏脑涨的，不仅要确认宾客名单，还要确认当天宴席的菜式，检查现场的布置摆放，还要抽时间去试敬酒服……几乎每天都是早出晚归。

这天，朱依依刚从外面回来，一打开门就看到薛裴的妈妈坐在客厅里，正和吴秀珍聊天。

朱依依乖巧地喊了声"阿姨好"。

薛裴的妈妈笑得眉眼弯弯，招呼她过来坐。

吴秀珍见她来，问她："酒店那边怎么说？"

"谈好了，到时候结尾款再给我们重新算。"

昨天李昼托了关系打听到他有位远房亲戚恰巧在桐迎大酒店工作，说是可以把租用场地的价格压低一些，所以今天他们一大早就出门请人吃了顿饭，忙到现在才回来。

"那就好，能省下大几千块钱呢，你看李昼多会过日子，在这个社会，没点儿人脉是真不行。"吴秀珍说着说着，想起了另一茬，"对了，前两天我喊你给薛裴打电话，你到底打了没有？"

"还没。"朱依依说完，沉默了半晌。

其实她觉得没有必要，今天忙了一天，说话都有些有气无力的："他应该没时间，而且他的工作那么忙，来回一趟多麻烦。"

吴秀珍急了："你不问怎么知道呢？你做事总拖拖拉拉的，还得我催。"

薛裴的妈妈安抚地拍了拍朱依依的手背，在一旁说道："这么大的喜事，薛裴就是再忙也得回来一趟，哪怕赶不上明天的订婚宴，我们两家人也得一起吃顿饭庆祝庆祝。前两天我就想和他说的，但又想着这么重要的事，还是你自己告诉他比较好。依依，你就是太怕麻烦别人了。那我来打电话吧，他也好久没回来了，我和他爸都不知道多想见他。"

说着，薛裴的妈妈就拿出手机，拨通了电话。

薛裴这段时间几乎住在了公司里，每天都忙到凌晨。

他越来越像一台运算精密的工作机器，每天保持大脑高速地运转，丝毫不觉得疲惫，也不再有任何多余的情绪，除了——在想到某个名字的时候。

那个名字是一个禁忌，他一想起，所有的理智就被击溃。

他不分昼夜地工作，快速地推进着项目，给了自己一个月的时间。

等忙完这个阶段的事情，他打算回国休息一个月。

这是他给自己的最后机会。

他想：他已经不能再等了，已经没有多少时间可以浪费。

他迫不及待地想要告诉她所有的事情，在她面前坦承他的怯懦、卑劣、悔恨、忌妒、不甘。他要告诉她，他终于看清了自己的心，他从前的确做了许多错事，现在知道错了，会用尽一切方法弥补他们之间的十年时光。

从做了这个决定的那天起，薛裴几乎每天都会梦见她。

接到家里打过来的电话时，薛裴刚开完一个重要的会议。一切都很顺利，没出任何纰漏，他今日难得心情不错。

他从大厦里走出来，外面阳光正好，助理跟在一旁正要为他撑伞，就在这个时候，手机响了起来，是家里打来的电话。

薛裴看了一眼腕表，推算着国内的时间，接通电话，温声问道："怎么今天想起给我打电话？"

电话那头他的母亲还没说几句话，就笑着催促："薛裴，这几天你抽时间回一趟家里吧。"

薛裴弯了弯嘴角："怎么？是有什么喜事吗？"

"确实是有大喜事，大家都在盼着你回来呢。你吴阿姨天天都在念叨，这么重要的事情你可不能缺席。"

薛裴这下更是好奇，走得也慢了些。

薛妈妈声音里都透着喜悦之情："哎呀，我还是让依依来和你讲吧，我来讲不合适。"

很快，电话那头就换了人。

"喂，薛裴。"

当朱依依的声音从电话那头传过来时，薛裴的喉结动了动。

已经有三个月没再听到她的声音，薛裴握着手机的右手更紧了些。明明心里已经慌乱至极，他却还是装作自然地问道："家里是有什么喜事，弄得这么神秘？"他猜测着，"你升职了？"

"不是，"朱依依说到后半句，自己倒不好意思起来，声音也小了许多，"其实也没什么，就是我和李昼要订婚了，想问一下你有没有时间回来……"

薛裴听到这话时先是愣了愣，随即脑子里"嗡"的一声，世界好像变成了真空的，远处矗立的高楼在他的眼前瞬间坍塌，一切都是那么荒诞离奇、不真实。

他在人行道上突兀地停了下来。

"刚才有车经过，我没太听清，你再说一遍？"

在法国巴黎的街头，薛裴站在闹市的马路中央，周遭人声嘈杂，可从电话里，他的耳朵清楚地听到朱依依复述了一遍："我和李昼要订婚了，订婚宴在明天，你有时间回来参加吗？没时间的话也没关系的……"

这一刻，薛裴几乎丧失了所有的思考能力，唇色苍白如纸，几乎拿不稳手机。

接下来朱依依还说了什么，他已经听不清了。他有些耳鸣，路边的汽车鸣笛声仿佛被放大了一百倍钻进耳朵里，发出尖锐刺耳的声响，大脑有些缺氧。

助理看着他额头上冒出的冷汗，在一旁紧张地问道："薛总，你怎么了？是不是身体不舒服？"

薛裴缓了好一阵才拿起手机。有些话他想对朱依依说，一些很重要的话。

他从未对她说过的话。

当薛裴再次拿起电话时，电话那头的人却成了李昼。

"薛裴，你还在听吗？"

"说。"

"刚才你没说话，我还以为你已经挂了电话呢。"听到薛裴的声音，李昼似乎有些意外，"不知道你最近工作忙不忙，如果有时间的话，我还是很希望你能来参加我和依依的订婚宴的。毕竟你们从小一起长大，你要是能在现场，依依一定会很开心的。"

助理观察着薛裴的表情，不知电话那头的人说了什么，他老板脸上的神情变了变，有种风雨欲来的压迫感，气压越来越低。片刻后，他听见他的老板几乎是咬牙切齿地说道："好的，我马上回去。"

薛裴坐了下午三点的飞机回国。

在飞机上，他度过了人生中最煎熬的十二个小时。

这十二个小时，他望着舷窗外的云层，想起了几个月前他来法国时的心情。那时候他以为他做了最正确、最果断的决定，以为这是他和朱依依之间最好的结局。

可直到这一刻，他终于发现，他人生中做过的最错误的两件事：第一件是把江珊雯带到朱依依面前，以此拒绝了朱依依的爱；第二件就是在意识到他对朱依依的感情不再纯粹时，选择离开北城，离开她的身边。

像是一种报应，他做的每一件事，都在把他爱的人越推越远。

飞机在云城落地，他在路边拦了辆出租车直奔桐城，离得越近，他的心跳得越快。

他知道，他在奔赴一场既定的宿命。

踏上桐迎大酒店的台阶，薛裴尚未走进门就听到了酒杯相碰的声音以及宾客热烈的交谈声，每个人的脸上都洋溢着喜悦的笑容。

而他手里拖着行李箱，风尘仆仆地走进来，格外突兀。

最先发现他的人是李昼。李昼正弯腰给长辈递烟，视线触及门口时，愣了愣，似乎不太敢相信自己看到的画面。

"薛裴？你这么快就回来了？"李昼边说边迎了过来，脸上满是意外与惊喜之色，难以置信地看了一眼手表，"我还以为你最早也要晚上才能到呢。"

李昼此刻的笑容实在太刺眼，薛裴右手紧攥，极力在控制情绪。

恰巧，正在招呼客人的吴秀珍这会儿也看到了薛裴，走了过来。

"薛裴，你这么快就到啦，路上一定很累吧？"

吴秀珍对从法国到中国的距离没什么概念，但看到他这么急着赶回来，心里也是高兴得紧。两个人不愧是从小一块儿长大的，薛裴对他们家依依果然上心，连夜就赶回来了。

"不累。"薛裴维持着得体的笑容，转而问道，"依依呢？我带了礼物给她。"

"依依今天穿着高跟鞋站了半天，刚去楼上的化妆间歇一会儿。"吴秀珍说完，又补充了一句，"就在楼上拐角第一个房间，你一上楼就看到了。"

他笑着回答："好的，那我先去看看依依。"

薛裴转过身，眼神全然变了个样，刚才所有温文尔雅的风度仿佛不曾在脸上停留过。

站在化妆间门口，薛裴踌躇了许久，终于敲门。

从昨天开始，薛裴一直强迫自己冷静，以保持稳定的情绪。他的情绪不能慌乱、失控，因为他需要在最短的时间内整理好所有的说辞，说服朱依依终止这场荒唐的订婚宴。

可在朱依依打开门的那一刻，他看到了她身上穿着的旗袍，眼睛忽然红了。

这是他第一次见她穿旗袍，却是在她和别人的订婚宴上。

朱依依见到他似乎很吃惊，皱了皱眉头。在她开口说出第一句话前，薛裴推开门走了进去，"咔嗒"一声，门被反锁上了。

对上朱依依略显惊恐的眼神，他说："给我五分钟。"

朱依依望着眼前本应在法国的人，此刻却出现在一万公里外的小县城里，出现在这个逼仄的化妆间里。

室内没有开窗，空气沉闷又压抑，他们之间仅隔着一指的距离，在社交距离中这代表着绝对亲密，朱依依甚至能闻到他身上萦绕的烟草味，混杂着木质香水的淡香。

他站在她面前，如同一堵密不透风的高墙，压迫得人喘不过气来，让她不得不抬头看向他。

几个月不见，薛裴像是彻底变了一个人，那张英俊的脸上再也不见从前少年的稚气。他消瘦了许多，下颌线更是分明，五官立体如同雕刻，只是一向优雅清贵的他现在显露出了某种病态的颓靡感，黑色的衬衫上有明显的褶子，眼底缠绕着大片的红血丝，昭示着这一路上他有多奔忙。

"你怎么回来了？"朱依依见他神色疲惫，似乎没怎么休息好，"你如果很忙的话，不用为了这件事赶回来的。"

薛裴勾了勾唇，却不像是在笑："你的订婚宴，我怎么能缺席？"

就像很多年前，她18岁生日那天，他特意从北城赶回来给她过生日，那时候也是这么对她说的："你的生日，我怎么能不来呢？"

"对了，我给你准备了订婚礼物，不知道你会不会喜欢。"薛裴慢条斯理地打开黑色的丝绒盒子，里面放着一对金色手镯，在灯光的照耀下手镯泛着华丽的光泽，"回国前我特意去取的。其实前几天就做好了，可我想着不急，等我有时间再去拿也不迟，但好像还是晚了一步。"

弄清他的来意后，朱依依神色缓和了许多，再联想起他这风尘仆仆的模样，竟有几分感动，望向他真诚地说道："谢谢你特意赶回来。"

薛裴愣了愣："不客气。"

她正要接过盒子，一只修长又漂亮的手却扣住了她的手腕，拇指抵在手腕内侧，另一只手动作轻柔地替她戴上了手镯。他指尖冰冷带着寒意，在她裸露的皮肤上引起阵阵战栗感。

他嗓音低沉，像是在诉说一个久远的故事："设计师告诉我，这件作品的灵感取自希腊神话里一个很古老的传说，传闻戴上它的恋人，会得到神的祝福。"

原来这手镯有这层含义。

朱依依认真地打量着腕间的手镯，这才发现内侧还镌刻着文字和一些符号，但又没看懂刻的是什么。

她好奇地问："这是我和李昼的名字吗？"

"不是，"薛裴微微笑着，平静地道出答案，"另一个名字是我的。"

震惊之下，朱依依的大脑一片空白，她皱了皱眉头，眼神茫然。

她几乎以为她听错了，或者薛裴说错了。

回过神后，她第一反应就是将手镯摘下来，可它扣得太紧，她的手竟一时无法轻易地将其取下。

"别摘，求你。"

薛裴强硬地握住她的手腕，一刻也不愿松开，那双深沉如海的眼睛望向她时带着卑微的乞求之色，让人想起那幅著名的油画——将要行刑的犯人，还在渴求着审判者最后一次怜悯。他想为自己争取最后一次辩护的机会。

"我一向自认聪明，但在一件事上频频犯错。我爱一个人，可是又不承认我爱她，不断告诉我自己，我对她只是亲情，不是爱。这些年，我一直这样催眠自己。我习惯了对她好，也习惯了她对我好。我从来没想过有一天会失去她的爱，更没有想过她会把这份爱收回，再转赠给别人。

"当我开始失去她的时候，终于意识到有什么变了。我以为只要离开她，我就能对那段感情逐渐脱敏，后来发现在国外的每一天，我生活中唯一的乐趣就是看她的朋友圈，看她今天吃了什么，做了什么，过得开不开心，是不是又熬夜加班了。

"可是我什么都不能做。我明明很想她，却不能去找她。

"前段时间，我在法国遇到了以前的一位老师。他说他曾经没收过一封情书，是十年前一个女孩儿写给我的。从那天起，我每天晚上都要看完这封信才能入睡。好几次做梦，我都梦见她在低头给我写信，握着笔一笔一画地写着，终于有一次，在梦里，我真的收到了那封情书，是她亲自拿给我的。我刚想答应她，可是梦就醒了，似乎是个不好的征兆。

"我早知道我的人生不会太过圆满，直到昨天那通电话，那把悬在我的脖子上的刀终于落了下来。在飞机上的那十二个小时里，我想过很多卑劣的方法终止这场订婚宴，但是……我想到在那一万种可能里，如果有一种可能是你愿意和我走呢？如果你也对那十年心有不甘呢？那……"

朱依依好像听明白了什么，打断了他的深情演讲："原来，你一直知道我喜欢你，对吗？"

她脸色霎时间变得惨白，往后退了一步，和他拉开了距离，望向他的眼神里只剩下厌恶。

空气变得更加压抑，室内安静得没有任何声响。

薛裴喉结动了动，声音已然有些哽咽："对不起，依依。"

"你从什么时候开始知道的？"朱依依追问着，语气有些急迫，"五年前？"

薛裴沉默着，没有说话。

"十年前？"

从薛裴的眼神里，朱依依得到了答案。

这一刻，她不知怎么竟笑了笑，眼睛也霎时间红了："我本来以为我藏得很好的，原来你一直都知道。那你为什么不直白地告诉我呢？"

她忽然觉得可笑——原来她自认为单恋的十年、患得患失的十年，一直都有观众——他见证了她小心翼翼的难堪、试探却又收回的讨好、一次又一次毫无原则的让步。

原来，这些他都知道。

"对不起，对不起……"薛裴固执地重复着道歉，俯身将她圈在自己的怀里，仿佛将她划入自己的领地之内，"过去的十年我做了很多错事，但未来我们还会有很多个十年、二十年……我发誓，我一定不会再放开你的手。我不求你爱我，也不求你像从前一样待我好，但你不能在我最爱你的时候，选择放弃我。"

楼下还在播放着《婚礼进行曲》，化妆间里贴满了红色的窗花，角落里堆着宾客们送来的礼物，垒成了一座小山，到处是一派喜庆的气息，更映衬得这画面有多荒谬又诡异。

朱依依几乎用尽了全力挣脱了他的束缚，褪下那个如同手铐一样的手镯，塞回他的手里："薛裴，你果然还是那么自私。

"你以为我永远都会在原地等你，只要你招一招手，我就会不顾一切地和你走吗？你的爱珍贵，付出就必须得到回应，难道我的真心就卑贱，就可以一次又一次地被践踏、被忽视？

"其实，我们之间不存在错过。一直以来都是我仰视你，但你从来没有低头看过我。爱你那十年我从不觉得有任何遗憾，但今天你毁了我曾经的十年。"

心脏处似被一只无形的手揪紧不断地抽痛着，薛裴几乎无法喘息，很想为自己辩解，可这时候却一句话都说不出来。当直面这一切时，他才知道过去的自己有多残忍自私。

朱依依望向化妆镜上红色的窗花，又望向镜中的自己，透过那镜面，似乎看到了很久之前的自己："你知道我决定不爱你的那天，是什么时候吗？就在去年你给我介绍男朋友那天，在进门的那一刻我忽然想通了——我不想再追逐一个总是站在镁光灯下的人，我需要的是一盏能够照亮我的灯。

"你的人生光鲜亮丽，我的人生虽然惨淡又平凡，但无论是以前还是现在，我从未想过插手你的人生，希望你也能如此。"

薛裴从未预想过会得到这样的回答。他想过她会拒绝他，但未曾想过她竟然连一丝一毫的犹豫、动摇都没有。

在来之前，他以为他手上握着很多筹码，那漫长的十年，她曾经炽热又真诚地爱过他，他们拥有那么多美好的回忆……他甚至庆幸自己有着一副还不错的皮囊，或许会为自己增加一些胜算。

可现在薛裴发现了，这些所谓的筹码大多是她给他的，一旦她收回，他就什么都没有了，而他的这张脸，也对她失去了所有的吸引力。

酒店的隔音不是太好，薛裴尚未开口，就听见楼道处传来一阵急促的脚步声。

脚步声离得越来越近，紧接着是敲门声，继而是门把来回被拧动的声音，似乎下一秒来人就要闯进来了。

朱依依无来由地感到紧张，可是本应该紧张的那个人，对这一切漠不关心，眼底什么情绪都没有。

门怎么都打不开，那人似乎有些费解，在门外自言自语道："怎么反锁了？"

听见是朱远庭的声音，朱依依悬在半空中的一颗心终于落下。

她松了一口气，朝门外说："我刚才休息的时候锁上了，怎么？找我有事？"

朱远庭终于停下动作："哦，周茜姐到了，姐夫正在楼下招待着呢，你收拾好就下来呗。"

"嗯，我一会儿就下去。"

临走前，朱远庭想起了另一件事："对了，薛裴哥在这儿吗？我听姐夫说他上楼来找你了。"

看了一眼站在身前的男人，朱依依沉声说道："他刚才下去了。"

"哦，那我再找找。"朱远庭说完后就跑下楼去了。

门外终于没了动静，这一切该到此为止了。

朱依依到茶几上拿了份宾客名单，正要走出门，却被一双强劲有力的手从身后拽住了她的手腕。薛裴身形高大，往前走了一步，就将门彻底挡住了。

朱依依彻底没了办法，只能威胁地说道："那我打电话给李昼，让他来开门。"

谁知薛裴笑了笑，眼底有着轻微的嘲弄之色，说："好啊，我帮你打。"

说着，薛裴竟真的拿出了手机，忽然想起从未存过李昼的电话号码，又将手机递到了朱依依的手上。

"你打吧。"他说。

手机屏幕停留在输入号码的页面上，朱依依抬眼望着薛裴，只觉得眼前的人实在让她陌生。

　　一向为人处世无一处不得体周到，在所有人眼中永远谦和有礼、斯文儒雅的薛裴，今天好像撕破了长久以来佩戴的面具，展现了他的疯狂、冷漠和阴鸷的一面。

　　她觉得薛裴大概真的是疯了。

　　两个人就这么对峙了好一阵，朱依依极力控制着她的情绪，可是一开口眼泪就不受控制地流了下来："薛裴，你是不是要毁了我的人生才肯作罢？"

　　她眼里的泪，让薛裴心里一颤，握着她的手渐渐松开。

　　在走出门前，朱依依听见他说："我只是想让你爱我，仅此而已。"

　　朱依依走到大厅时，李昼正在给客人倒酒寒暄，脸上堆着公式化的笑容。他今天一整天都在招呼客人，给他们倒酒、敬酒、递烟，没有一刻停下来过。

　　朱依依看见他衣服后背都洇出了汗，心疼地说："你也上楼休息一会儿吧，这儿还有我呢。"

　　"不用，我今天可精神了，"李昼打趣地说着，揉了揉朱依依的肩膀，"再熬两天都不成问题！你怎么这就下来了，休息好了？"

　　"嗯，休息好了。"

　　瞧见她脚上又换上了高跟鞋，李昼关切地问道："脚还酸不酸？我刚才让周茜去买平底鞋了，待会儿你就换上吧，看你脚后跟都磨出血了。"

　　"没事，就这一天而已。"

　　"刚才周茜找你，我原想着你和薛裴还在聊天，不想让她去打扰你们的，没想到阿庭跑得倒快，几步就跑上楼去了，没有打扰到你们吧？"

　　李昼说完，观察着朱依依脸上的表情。

　　想起刚才的事，朱依依皱紧眉头，神色有些不自然地回道："没有，就随便聊了几句。"

　　李昼似乎对这个话题颇感兴趣，笑着问："你们都聊什么了？"

　　朱依依停顿了片刻，只摘了其中一句："没聊什么，他只说在法国遇到了周老师，去拜访了周老师。"

　　李昼听到"周老师"，皱了皱眉，迟疑地问道："周永强？"

　　"是。"朱依依瞧见他脸色不太好，问道，"怎么了？"

"没事，只是有些意外，周老师家不是在桐城吗？怎么去法国了？"

朱依依摇头："我也不太清楚。"

"那薛裴还有没有说别的事？"

朱依依想了想，回道："没了。"

话题就到这里结束了，但李昼好像从这时开始就有些心不在焉。朱依依喊了他半天，他才反应过来。

晚上七点半，订婚宴正式开始。

主持人在台上拿着麦克风暖场，推进宴会的流程。吴秀珍是个好面子的人，这场订婚宴邀请了不少亲戚、朋友，几乎是按照结婚的规模来办的。

到了交换订婚信物的环节，朱依依和李昼在台上交换了订婚的戒指。女款的戒指其实买小了，只戴到中节指骨处就套不进去了，见李昼有些歉疚，朱依依小声安慰道："没事，你看，还是可以戴进去的。"

主持人误以为他们是在说什么亲密的话，忽然起哄让他们亲一个，紧接着全场都跟着喊了起来："亲一个！亲一个！"

朱依依脸皮薄，耳朵都红得快要滴血。李昼大概看出了她羞怯，用眼神征求着她的意见，见她没拒绝，便凑近了些，右手托着她的后脑勺儿亲了上去。

一阵欢呼声响起。

不少人拿起手机拍照录像，而台下有一双阴冷如鹰隼一样的眼睛正望向那对正在热烈地拥吻的新人，男人握着酒杯的手骨节泛白，手臂上青筋凸起，似乎要将杯子捏碎。

薛裴的妈妈录完像扭过头望向薛裴，见他脸色苍白，嘴唇似乎没有一丝血色，以为他生病了，关切地问道："薛裴，你怎么了，脸色这么差？"

一秒之内，薛裴的脸色就恢复如常，他微笑着说道："没事，只是在飞机上没休息好。"

两个人交换完信物，下一个环节是亲朋致辞。吴秀珍和朱建兴在台上洋洋洒洒地说了一通后，主持人又看向台下，拖长了尾音说："还有没有亲朋好友想要上台送祝福的——"

大概是薛裴的模样实在太出挑，众多宾客里，主持人一眼就瞧见了他："坐在主桌边的那位帅哥，听说是女方十多年的好朋友。两家人感情这么好，帅哥今天有没有什么话想要对她说的？"

薛裴许久没动身，薛裴的妈妈怕人下不来台，小声说道："你就去说两句嘛。依依结婚这么重要的事情，你作为哥哥，是该上去说几句才对。"

薛裴沉默了几秒，才应道："好。"

瞧见薛裴走上了台，朱依依握着话筒的手都冒出了汗。对上薛裴投过来的意味不明的眼神，她心里有些慌乱。

今天的薛裴实在太反常，她不知道当着这么多人的面他会说出些什么话来。

薛裴站在台上，就在她和李昼的对面。

可是，他记得曾经站在她旁边的人明明是他——这二十年来，都是他陪在她身边的。

一瞬间，无数话语在脑海中闪回，她旧日对他的亲昵举动、无条件的偏爱，此刻薛裴想起来足以把他的心脏搅得血肉模糊。

这一刻，他很想对她说出那些藏在心里很久的话，很想不管不顾地毁掉这一场荒谬的订婚宴。可是当他的双目望向台下他最熟悉的亲人和朋友时，看到他们眼中闪烁着期待的光，他知道他应该扮演父母心中最引以为傲的儿子、邻居口中最有出息的榜样、同学眼中前途无限的表率。那他呢？他又该扮演怎样的自己？

在那些话将要说出口的时刻，他看到了朱依依紧张甚至是恳求的眼神。

最后，在所有想说的话里，薛裴选了最言不由衷的一句："订婚快乐，依依。"

敬完一轮酒后，朱依依和李昼回到主桌吃饭。

朱依依落座时才发现薛裴坐的位子正好在她对面。

她望过去时，恰巧和薛裴的视线对上了。

他们之中最先移开视线的是薛裴。他仰头喝了一口酒，喉结上下滚动着。他今晚大概喝了不少酒，眼神已经有了些醉意。

众人的话题正围绕着薛裴展开，大概已经聊了一会儿，李昼的妈妈正和薛裴的妈妈打趣："你家孩子可真会长啊，怎么能比那电视上的男明星还要上镜？刚才他一站上台，我看到周围好多小姑娘眼睛都亮了。"

薛裴的妈妈大概也听惯了这些夸奖，但还是谦虚地说道："哪有，他也就是个子长得高了点儿。"

这话连吴秀珍都听不下去了："你这就太谦虚了。就这么一会儿，都好几个人来问我薛裴的情况了，说要给他介绍对象呢，我都应不过来，毕竟这事还得问你的意见才行。"

薛裴的妈妈乐得不成样子："那多好啊，我正愁着呢，你看依依都结婚了，我们薛裴还一点儿动静都没有。他就是平时工作太忙了，都没时间想这些事。"

"那择日不如撞日，一会儿就介绍他们认识一下吧……"

下一秒，薛裴打断了她们的对话，声音有些冷："谢谢阿姨，不过我已经有喜欢的人了。"

这回惊讶的人换成了薛裴的爸爸，连筷子都放了下来："你有喜欢的人了？怎么之前一直没听你提起过？你不会是在国外交的吧？我和你妈可都不会说外语，这可咋办？是不是得报个班学学啊？"

李昼正给朱依依夹着菜，不知说了句什么，朱依依也跟着弯起嘴角，也给李昼夹了一块鱼肉。

薛裴沉默了一会儿，回答道："不是国外的。"

吴秀珍也好奇起来："我们认不认识？"

"嗯，认识。"

朱依依捏紧了筷子，这顿饭忽然变得难以下咽。薛裴就像那个随时会爆炸的地雷，让她每时每刻都在提心吊胆，生怕他会突然说出些什么话来。

吴秀珍恍然大悟："噢，你说的是阿庭班的那个语文老师吧？"

"不是，"薛裴说，"我和她没见过面。"

吴秀珍感到惋惜："唉，那老师多好啊，事业单位，长得又漂亮，你们真的挺合适的。"

薛裴的妈妈一向没那么多条条框框的要求，也从不干预薛裴的择偶情况："不管是什么条件，只要你喜欢就行。那你什么时候把那女孩儿带回家里看看吧，我和你爸都等了好几年了。"

"好，"薛裴笑着应道，望向某人的方向，声音低沉道，"会有那一天的。"

今天是依依和李昼的大喜日子，薛裴的妈妈大概觉得不好在这时聊太多关于薛裴的事情，便又将话题绕了回去。

"别说我们薛裴了，你看依依今天多漂亮，这身旗袍穿起来真显身材，多有气质，和李昼站一块儿真是登对。"

李昼不好意思地笑了笑："阿姨过奖了。"

吴秀珍确实有些得意，打量着自家女儿，感慨道："我们家孩子收拾起来还是挺漂亮的，毕竟我和她爸的基因在这儿，孩子难看不到哪儿去。平时她就是不爱收拾，天天素着张脸，穿的衣服乱七八糟的，也就你们家李昼有眼光。"

李昼的妈妈本就满意这个儿媳妇，今天一整天脸上都挂着笑容，附和道："以后他们要是生了孩子，一定要随妈妈才行，要是生了女儿像我们家李昼这样的，那就嫁不出去了。"

知道这是玩笑话，大家都配合地笑了起来。朱依依被大家说得脸都红了，李昼则是显露出了些许的尴尬之色。

有人却站起身来："不好意思，我出去一下。"

桐城十月的天和夏天一般热，路灯下，他呼出了一口烟。烟雾缭绕的瞬间，他仰头望着路灯下成群的飞虫。由于趋光性，它们会一直奔向有光之处。

薛裴静静地看了很久，一根烟快要燃尽的时候，有人给他打了个电话。

周时御在电话那头有些着急："我听小莫说，你回国了是吗？"

薛裴应了一声："是。"

周时御拍了拍脑袋，实在费解："怎么突然回来了，也不和我说一声？后天不是还有个会？你现在回来，那边的事怎么办？"

"是吧。"薛裴停顿了几秒，再开口时喉咙有些泛酸，"可是我管不了那么多了。"

周时御还是第一次听见这个天之骄子说出这样消极又悲观的话，倒是觉得有些新鲜。

他好奇地问道："怎么了？发生什么大事了？"

"她订婚了，就在今天。"

这几个字从口中说出来时，薛裴心里翻江倒海，仿佛又经历了一次方才的时刻。

"谁？"周时御心一沉，猜测道，"你的初恋？那个叫江珊雯的？"

"是朱依依。"

"真的啊？她怎么一点儿消息都不告诉我？"周时御打从心底里替她高兴，最近和她没怎么联系，没想到竟然都发展到结婚这一步了，"那是好事啊，难怪你特意赶回来参加订婚宴。"

"我是回来阻止她订婚的。"

周时御接下来的话就这么咽回去了。

好半天，他才说出一句话来："什么意思？"

"我是回来抢婚的。"

这句话的杀伤力实在太大，周时御怀疑自己是不是出现了幻听。

他反复确认了通话界面，确认这是薛裴打过来的电话。

"抢婚？你？"周时御小心翼翼地猜测着，"你千万别告诉我，她要结婚了，你才发现原来你爱的是她……"

"是。"

震惊之下，周时御几乎失去了组织语言的能力，不知过了多久，才欲言又止地说道："不是，薛裴，你这样是不是不太道德？"

"那又怎么样？"薛裴再次望向路灯下成群的飞虫，呼出一口烟，声音也变得虚无缥缈，"我不要什么所谓道德，只要我爱的人在我身边。"

薛裴挂了电话，还在路灯下站了好一会儿。

他极少会有这样迷茫、无助的时刻，就像是在大雾弥漫的海面上忽然失去了航向的船，不知道自己该往哪儿去，也不知道该向谁呼救。

在此之前，他的人生过得实在太顺利，无论是学业、事业还是爱情，他想要的一定都能得到。他极少会为了什么而苦恼，即便是创业初始那段时间，虽觉得累，但没有一刻是迷茫的，因为知道自己一定会成功。

可是现在，他不知道该怎么做才能挽回一个人的真心，要怎么做才能将以前那个爱他的朱依依找回来。

所有慌乱、茫然的情绪背后，或许因为他无法承受失败的后果。

晚霞在天边铺开，远处飞鸟掠过，路灯将他的影子拉长，气氛显得清冷又孤寂，连带着那口他刚呼出的烟雾都成了文艺电影里最美的一帧。

不远处，有人将这一幕定格。

薛裴循着声音望过去，一个扎着马尾的女孩儿将镜头对准了他。

薛裴皱了皱眉，别开了脸，正欲走进酒店里，那女孩儿却朝他跑了过来，拦住了他的去路，并向他说明来意——她是北城某个著名杂志社的签约摄影师，恰巧路过这边采风，想约他拍一组照片，不知道他有没有时间。

薛裴冷着脸说："没时间，抱歉。"

还是第一次被这么直白地拒绝，女孩儿有些失望，不过看他现在的确是情绪不太好，连忙向他道歉："对不起，我刚才是不是打扰到你了？我就是第一次见到这么有故事感的画面，如果不留下来，一定会很遗憾的。"

男人没说话，她径自猜测着："你是已经签约的模特吗？那要不我联系你的经纪公司？我真的很希望可以给你拍一组照片！"

薛裴已经没了耐心，不予回答。

"那我请你喝杯咖啡，可以吗？"女孩儿不依不饶地跟在他身后，打开了微信的二维码，"如果你也是单身的话，这是我的微信。"

朱依依刚走出酒店的大门，听到的就是这句话。

视线在薛裴和那女孩儿身上停留了几秒钟，朱依依顿时了然，脸上没有任何多余的表情，也没打算打扰他们，只朝薛裴的方向说了句："阿姨见你这么久没回来，让我出来看看。没事，你们继续。"

说完，她转身走进了酒店里。

薛裴几步追了上去，神情有些紧张，跟在她旁边解释道："我不认识她，也没添加她的任何联系方式。"

朱依依脚步一刻也没停："和我有什么关系？"

"不知道，可我就是想告诉你。"薛裴自嘲地笑了笑，似乎自己也觉得很费解，"我不希望你误会。"

就在这时候，朱依依走得慢了些，回过头来，望向他的眼神里充满了疑惑，还有一些不可思议。

她说："你觉得我会关心？"

薛裴的脚步就这么停住了，他没再跟上去。

订婚宴临近结束，场上开始拍合照，十分热闹。

朱依依和李昼站在中间，不少宾客上台和新人合影。

拍了好几轮，吴秀珍看着出来的成片，没有一张是满意的，连带着觉得李昼这人做事都不太妥当。因为这摄影师是李昼找的，听说没花多少钱，是个业余的，在此之前从来没接过婚庆的活。

吴秀珍平时虽然节俭，但这么重要的日子，觉得再省也不能在这个时候省钱。因为事先就知道李昼家条件不太好，所以这酒店的场地、餐饮费用全是他们家出的，她就是想让亲戚朋友都知道，他们家依依哪怕订婚宴也要办得风风光光的。

可这照片拍成这样，传出去岂不是让人看了笑话？

吴秀珍心里有些窝火，正气着忽然记起以前薛裴也学过摄影，听说大学时候还拿过什么金奖还是银奖来着。

"对了，薛裴，我记得你以前不是学过摄影吗？"

"是学过一段时间。"

"那太好了！"吴秀珍像是找到了救命稻草，脸色由阴转晴，"那薛裴，剩下的合照你来帮忙拍吧！现在这摄影师跟听不懂人话似的，大家都还没摆好造型呢，他的手就按快门了。"

薛裴望着台上笑盈盈的朱依依，还有站在她旁边的李昼，沉默了半晌，说："好。"

从那人手里接过相机，薛裴走到正中间的位置，调度着站位。

朱依依才发现原来换了人，神色也不自然了起来，望向镜头时，总觉得薛裴正在看她。

又一轮宾客上台，李昼搂着朱依依的腰，笑得满面春风。

镜头对焦的那一刻，薛裴喉咙有些干涩，最后快速地按下了快门。

半个小时后，宾客们终于走得差不多了。朱依依正准备从台上下来，薛裴却走了过来，把相机递给了李昼："你也帮我和依依拍一张合照吧，我们好多年没拍过合照了。"

李昼有些难以置信地瞪大了眼睛："我？"

薛裴说得理所当然，那笑容温和纯良，似乎没什么坏心眼儿："嗯，可以吗？"

见李昼迟疑了几秒，薛裴又补充了一句："不会拍的话，我可以教你。"

这么多双眼睛看着，李昼也不好拒绝，免得显得自己不够大方，最后还是拿起相机走到了台下。

而台上，薛裴站在了朱依依身侧。两个人挨得很近，他一低头就能看到她耳后那颗藏在碎发间的小痣。他的脑海中冒出很多个念头，比如，这么近的距离，他只要一伸手，就可以将她搂在怀里。

薛裴靠得太近，朱依依身子僵硬，只能把注意力放在台下的李昼身上。

可就在照片定格的那一刻，薛裴忽然俯身凑近，在她耳边小声说了句什么，那气声传入她的耳里引起一阵痒意。

她听见他说："依依，这是我们的第十二张合照。"

订婚宴结束，李昼拿着车钥匙去酒店负一层把车开了上来。

这会儿已经接近十二点，车库里几乎没什么人，入口处的灯大概是坏了，还没修好，这一段路都是黑漆漆的。

所以在这里撞见薛裴的时候，李昼是真的被吓了一跳。

李昼甚至觉得，薛裴好像就是在等自己。

薛裴确实已经在这里等了好一会儿，久到已经又点了一根烟，猩红的火苗一闪一闪的，黑暗中映得那张脸有种矛盾的美感，脆弱又有些阴冷。

尼古丁的味道蔓延开来，薛裴抬眼问他："准备走了？"

"嗯，"李昼点头，"现在时间也不早了。"

薛裴用指尖点了点烟身，烟灰落在了地上。他忽然说了一句："刚才的照片我看了，拍得不错。"

他指的是他和朱依依的合照。

李昼愣了愣，不知道薛裴究竟是什么意思："是吗？我也只是随手拍的。"

"听阿姨说，你是上个月向依依求婚的？"薛裴顿了顿，又问道，"哪一天？"

"15号。"

这么重要的日子，李昼自然记得很清楚。

微弱的光线里，薛裴陷入了沉思之中。

他很认真地想了想，那天好像正好是他去拜访周老师的日子。

原来，从看清自己的那天起，他就已经失去她了。

"没别的事的话，那我就先走了。"李昼看了一眼手表，神色匆匆地说，"依依有些累了，我们也准备回去休息了。"

不知是哪句话让薛裴的情绪失控了，黑暗中，薛裴将脸彻底隐匿了起来。

因此李昼没看到薛裴那双蕴满了寒意的眼睛，只听见薛裴笑着说："对了，我有样礼物要送给你。"

李昼回到车上时，朱依依已经靠在座椅上睡着了。

瞧见她睡得这么安稳，李昼也生出一种幸福感来。他静静地看了好一会儿，心想：他终于也有个家了。

车内的冷气开得有些大，李昼从车后座上拿了一张毯子给她盖上。

大概是真的太累了，一路上她都没醒，李昼也特意将车开得慢了一些。

等醒过来时，朱依依迷迷糊糊地看了一眼手机，发现自己睡了差不多一个钟头。

车已经停在她家门口了。

她揉了揉眼睛，头脑还是一片混沌："你怎么不喊醒我？"

"没关系，你多睡会儿。你今天太累了。"

"你也很累啊。"朱依依鼻子发酸，"那我要是一直不醒，你就这么一直等下去吗？"

"我都等了你那么多年了，这一会儿算什么？"这个夜晚，李昼忽然有了许多倾诉的欲望，"你知道为什么我希望在今天订婚吗？"

朱依依摇了摇头。

"你真的不记得了？"李昼笑着揭晓了答案，"因为这是去年我们相亲见面的日子。"

她当下恍然大悟："对不起，我一下忘记了。"

李昼揉了揉她的头发，安抚道："没事，以后我都替我们记着。"

朱依依还来不及感动，视线忽然停留在李昼的手腕上，诧异的神情在她的眼中久久未散，眉头皱得很紧。

她迟疑着，最后还是问了出来："这是什么？"

"哦，刚才我在车库里遇到了薛裴，这是他送我们的订婚礼物。他还特意在那里等我，原来是想送我们这个。"李昼低头看着这金色的手镯，眼睛也跟着亮了亮，"你说，以薛裴的身家，他送的应该是纯金的吧？"

朱依依的脸色立刻冷了下来，她说："这太贵重了，李昼，我们改天还是还回去吧。"

"依依，你就是心理负担太重了。你和薛裴这么多年的交情，你要订婚了，他送你这个也不奇怪，而且他的生意做得那么大，也不差这点儿钱的。"李昼说的也都是些心里话。

朱依依情绪有些激动："不是，这个真的不能要！"

"可是……"李昼本来还想再说些什么，但见她态度实在坚决，内心挣扎了一阵，最后把手镯摘了下来，放回了那个名贵的盒子里。

"好，听你的，那我改天就还给他，好不好？依依，你别生气。"

朱依依只觉得现在头痛得要命："我不是生气，只是……"

她只是不知道事情怎么会变成现在这样。

这本应该是她人生中极幸福的一天，为什么变得乱七八糟的？

朱依依这一整夜几乎没合过眼。

卧室里分明没有时钟，她耳边却好像听到秒针"嘀嗒""嘀嗒"走动的声音，这个安静的夜晚变得更加漫长。

这和她想象中的订婚情形实在太不一样。

她以为今天会是喜悦、感动、幸福、浪漫交织的一天，会成为她人生的新的开始，可这些心情不知怎么都被稀释了——她感受到的更多的是疲惫、焦躁、困惑和无奈。

夜晚总是容易胡思乱想，也容易情绪化，当所有的问题都堆积在一起时，她又开始习惯性地逃避问题。她强迫自己什么都不去想，望着天花板静静地发呆。

到了后半夜,她仍旧没有任何睡意,只好从床上起来,就着温水吃了颗褪黑素。快天亮时,她才觉得眼皮有些重,终于睡着了。

一直到第二天中午,朱依依才睡醒。

她拿过手机,发现在一个小时前,李昼一连给她发了好几条语音消息,大概是有急事找她。

朱依依点开语音,李昼讲话的声音听起来很着急:"依依,我已经在回北城的路上了。上个月有批订单出了问题,虽然不是很严重,但我还是得回公司一趟,因为处理不好的话,这个月的绩效就泡汤了。我没有办法,只能先去客户那边了解一下情况。等忙完,我再赶回来好不好?"

听到这里,朱依依停顿了好一阵,才点开第二条语音消息,视线也渐渐失去了焦距。

"对不起啊,订婚的第二天没能陪着你,事情来得实在太突然,所以没来得及和你商量就走了,再加上领导也一直在催我,我早上八点就出发了,现在刚到沣城服务区。"

大概见她一直没回复消息,他最后一条消息是:"依依,你是不是生我的气了?等这个月发工资了,我带你去旅游好不好?"

一时很多话涌了上来,朱依依在键盘上打了又删,删了又打,最后只回了简短的一句话:"没事,你安心地工作。"

她理解李昼工作的难处,但心里多少还是有些失落。尤其在昨天之后,她本想着今天可以和他聊一聊,再一起把那对手镯还给薛裴。

酒店那边还有些事情要收尾,需要核算具体的费用,所以朱依依今天还得过去一趟。出门前,吴秀珍得知李昼回了北城,眉毛皱成个"川"字。

"怎么回事?这刚订了婚,他又跑去哪儿了?"吴秀珍来了气,声音突然变大,"什么破工作,放假了都没个休息的时间,一声不吭地就跑回去了,一点儿担当都没有!"

朱依依在玄关处换鞋,坐在矮凳上沉默地系着鞋带,没吭声。

大概是看出她情绪不好,吴秀珍声音缓和了一些,到厨房把正在煮饭的朱建兴叫了出来:"没事,他没空去,那喊你爸陪你一块儿去处理剩下的事情。等李昼回来,妈真得替你说说他才行,订婚第二天就往外面跑,这像什么话。"

朱依依闷声回道:"我自己会处理好的。"

吴秀珍大概也觉得自己逾矩了,叹了一口气,说:"唉,你们小两口儿的事，你们自己看着办吧，我也不好多说什么。"

朱建兴到卧室去拿车钥匙，等收拾妥当了，他们这才准备出门。

朱依依走在前面，刚打开门，就看到薛裴站在门口，手上捧着一摞书。

他轻笑了一声，望向朱依依："这么巧，你们准备出门？"

他今日倒是不见昨天的颓靡姿态，反而有种气定神闲的从容样子，上身穿着件单薄的白衬衫，领口处空着两颗纽扣没系，锁骨线条半隐在衬衫下，有种慵懒的随性感。

四目相对的瞬间，薛裴似笑非笑地望着朱依依。她皱了皱眉，当作没看见。

只有朱建兴笑呵呵地和他打着招呼："阿庭那小子又喊你过来补习啦？"

薛裴笑得温文儒雅："是。"

"那可真是太麻烦你了！你的工作那么忙，还经常麻烦你，"朱建兴开着玩笑，"要是按照外面那些补习班的价格来算，我们还真付不起。"

薛裴回道："您做饭这么好吃，我平时多过来蹭几顿饭就当是付补习费了。"

听到有人夸自己的厨艺，朱建兴腰杆都挺直了，那迫切的语气像是恨不得立刻就给薛裴露一手："那薛裴，你在这里多坐一会儿，我和依依处理完事情很快就回来。"

见目的达到，薛裴心情不错，弯了弯嘴角："好，那我就不客气了。"

他们还在寒暄着，朱依依已经听不下去，便走出了门。

朱建兴这才想起正事："那说好了啊，中午你留在家里吃饭，我先走了。"

望着某个离开的背影，薛裴眼神黯了黯，应了声："好。"

薛裴进门打了声招呼后，径自去了书房。

朱远庭这会儿正坐在电脑前打游戏，听到门口有动静，回头看了一眼，见是薛裴，眼睛霎时间亮了亮。

"薛裴哥，你怎么过来了？"

薛裴把带来的那摞书放在茶几上："过来给你补习。"

朱远庭摸了摸鼻子，有点儿为难："可是我今天不太想学。这几天放假一直在帮我姐和我姐夫跑东跑西的，可把我累死了。"

这话说完后，朱远庭迟迟没有听到薛裴的回复。电脑屏幕上背着弓弩的战士已经倒下，他惋惜地痛骂了一声，扔了鼠标，靠在电脑椅上，正想吐槽这猪队友，忽然听到薛裴语气阴沉地说了一句："他不是你的姐夫。"

"啊？什么意思？"朱远庭瞪大了眼睛，疑惑地回过头，"他不是的话，那谁是呢？"

沙发上，薛裴打开了三岛由纪夫的短篇小说，翻了几页，视线却也没聚焦在任何一行字上。他顿了顿，说道："以后你会知道的。"

这一刻，朱远庭觉得自己的脑子有点儿不太够用。

他迟钝地应了一声："哦。"

打完这把游戏，朱远庭退出了游戏界面，薛裴不知什么时候站在了他的身后，目光似乎停留在电脑上的某个图标上。

朱远庭顺着薛裴的视线望过去，是他姐之前很爱玩的一款经营类游戏，玩家可以在上面创建角色、建房子、开农场什么的。去年国庆节回家的时候，他还见她玩过手游版，只是后来不知怎么他姐就没玩了。

"以前我姐可爱玩这个游戏了。有时候她没空，还让我帮她做任务领材料，不过现在好像不怎么玩了。"

朱远庭也是突然想起这件事，点开了图标，想着上去帮她做做任务。

他刚登上去，就收到一封邮件提示玩家已经有 327 天没有登录了。

"你看，我姐果然很久没玩了。"朱远庭说着点开了游戏地图，"啧啧"感叹，"不过我姐对待这个游戏真的很用心，之前还找了好多攻略去建这个房子，房子的名字就叫'一一的家'。"

朱依依在游戏里建了一个乡村小屋，虽然房子面积不大，但布置得特别温馨，每一个细节都做得很细致，一看就是按照自己梦想中的房子来建造的。客厅里，女主人正坐在电视机前看电视，脚边卧着一只吐着舌头的狗狗，后院里种满了花，棚架上晾着辣椒，入口处还搭了一个很可爱的狗窝。

薛裴的视线却停留在屏幕上的某处——在这所房子里，有一位男主人，穿着白色的衬衫正坐在书房里工作。

朱远庭"扑哧"一声笑了出来："你看我姐随手捏的这个男的还有点儿像你呢。"

鼠标在屏幕上移动着，朱远庭本想按退出，却不小心点开了门口的红色邮筒。

屏幕上弹出了最近一封朋友的来信，时间显示正好是最后一次登录的时间。

游戏里的好友问她："一一，最近怎么不上来玩啦？还想找你交换材料呢。对了，你和 X 先生怎么样了现在？"

她在游戏里回道："不想玩这个游戏啦，抱歉，以后应该不会再登上来了。"

朱远庭把信件关了，一边帮忙做着日常任务，一边说："你说我姐怎么做事都是一阵一阵的呢？以前她那么喜欢，现在连登录都不想登录了……"

身后的薛裴没有应答，朱远庭还以为他已经出去了，疑惑地回过头时却愣住了，一时不知道发生了什么。

迟疑了一会儿，朱远庭才小心翼翼地开口："薛裴哥，你眼睛怎么红了？"

"没事。"薛裴说。

国庆节假期快结束时，李昼终于从北城赶回来了。

一回到桐城，李昼连家都没回，就先开车去了叠翠小区。

他到的那会儿，朱依依刚换好衣服准备出门。

李昼庆幸自己来得正是时候，今天是他们班的同学聚会，正好可以接她一块儿过去。他们刚订婚，如果只有依依一个人过去，免不了会被以前的同学说闲话。

见到李昼，朱依依确实有些意外。因为明天就是假期的最后一天，她原以为李昼不会回来的，毕竟北城和老家有几百公里的距离，假期路上这么堵，来回都要花不少时间。

"你怎么回来了？"

李昼笑了笑，说得理所当然："你还在这里，我就回来了啊。"

这两日他一直忙着工作，都没怎么给她打过电话，心里也有些愧疚，走近了些，试探性地问："依依，你没生我的气吧？"

如果还是处于情侣阶段，朱依依一定会回答"没有"。许是家庭原因，她很少会主动地与别人谈论自己的真实感受。但现在，既然自己已经决定和李昼长久地走下去，他以后会成为最亲密的家人，她就不希望在他面前还要隐藏自己的真实情绪。

她想了想，说出心里话："下次如果还有类似的情况，你可以先和我商量吗？或者你提前告知我一声也好。你就这样走了，我没有感受到作为伴侣的尊重。"

李昼愣了愣。大概是因为朱依依平时都太好说话了，所以他都习惯性地自己做了决定，没有征求过她的意见，这次也是如此。

"依依，这次是我做得不对，下次一定和你商量，好不好？"

李昼的道歉有几分诚恳，朱依依这两日来惴惴不安的心情也消解了不少。

"事情处理好了吗？"

"都处理好了，很顺利。"李昼不知想到什么，又说道，"对了，我把之前在银行存的定期存款取了一些出来。订婚宴的钱，多少我也该给一些的，不然丈母娘在背后说我的坏话怎么办？"

听到后半句话，朱依依没好气地笑了笑，看了一眼时间，也不早了，便催促道："快迟到了，我们先过去吧。"

同学聚会的地点仍旧是在丰茂大酒店，等他们到时，果然人已经差不多到齐了。还没走进门，他们就听到里面传来了热烈的交谈声。

班长正在倒酒，见他们来，调侃道："李昼，你今天走运了，我们来之前还说谁先迟到，谁就要请大家吃饭的。不过薛裴刚才已经买单了，不然你不得大出血啊？"

这话里话外多少有些讽刺和对比的意思在，不过李昼倒也不觉得尴尬，笑着回话："那幸好有薛裴在，我最近还真没剩什么钱了，那点儿积蓄全用来买婚房了。"

大家都跟着笑了起来，又起哄了一番，作为话题人物的薛裴却由始至终没有回过头，后背好似僵了一瞬，背对着门口抿了一口酒，那动作看起来也是赏心悦目的。

从朱依依的角度，她刚好能看到他的侧脸。他今天依旧穿得人模狗样，坐在最中间的位子上，被所有人簇拥着。有人过来找他敬酒，他点了点头。

她暗自庆幸，那一桌已经坐满了人。

也是，往年他在的时候，大家都争着抢着要坐那一桌，想来那边也不会有多余的位子。

这时，周茜朝她招了招手："依依，这边！"

周茜今天来得比朱依依早一些，特意留了位子，就在薛裴的邻桌。朱依依看了一眼，座位正好是背对的，免去了很多尴尬的场面。

她刚坐下，就听见邻桌的人正聊着股市。大家兴致都很高，还没聊几句，就有人问起薛裴的看法。

周茜鄙夷地耸了耸肩，小声和朱依依吐槽："夸张吧，这会儿在聊股市，刚才在聊新能源和什么元宇宙，每聊一个话题，都要问问薛裴的意见，像是生怕错过了什么财富密码似的。今年经济不好，大家想赚钱都想疯了。"

李昼在给朱依依夹菜，问周茜："那你听出了什么没有？"

周茜摇头撇嘴："这钱我注定赚不来，完全听不懂。"

邻桌的人在聊股票，他们这桌就八卦得多，当年全年级最八卦的男生就坐在这边——有他在的地方，聊的都是些两性情感类的话题，几乎所有人的隐私都被问了一通。

也是这时候，朱依依才知道原来李昼之前谈过两个女朋友，一个是大学时候谈的，另一个是前两年谈的。

她之前没问过李昼的情感经历，因为在他们这个年龄，有几段感情经历很正常。

当着这么多人的面，李昼也没避讳这个话题，全都一五一十地说了出来。只是在被问及分手的原因时，他面露尴尬之色，最后含糊地转移了话题。

饭吃到一半，大家玩起了游戏。

游戏其实很无趣，但因为有惩罚机制，所以大家都来了精神，就等着逮到谁就让谁出丑。

朱依依前几轮都玩得很认真，但最后一轮走神儿就犯了错。

前面的惩罚都玩得太过了，周茜怕她下不来台，就提议大家还是问问题好了。

这次刚好是班长发问。他平时和朱依依不太熟，也不好为难人，就问了个最简单的问题："就说一下初吻吧，什么时候？"

虽然早有心理准备，但当着这么多人的面，朱依依还是有些不好意思。往年同学聚会，围绕在她周围的话题都是关于薛裴的——今年，她还是第一次被问到与自己有关的私事。

李昼见她害羞了，主动地替她解围："我帮依依回答吧，去年跨年那天。"

众人的目光在他们两个人中间来回游走，最后定格在了朱依依身上。

"是吗？"有人问。

朱依依点头："嗯。"

大家又是一阵调侃，连周茜也跟着闹她，挤眉弄眼地说："原来你们刚在一起就亲啦。这进度可以啊，那现在发展到什么程度了？"

周茜刚说完，一个低沉的声音就插了进来，那人礼貌地问道："这边可以加一个座位吗？"

班长仰头望向声音的来源处，眼里闪过惊讶的神色。他怎么也没想到薛裴竟然会对这种游戏感兴趣。

很快，服务生在这桌加了一张座椅，就在朱依依的斜对面。

因为薛裴的加入，大家一开始都有些拘谨，担心会冒犯他，问的话题也都是不痛不痒的，不过后来玩开了，气氛一上来，也顾不得那么多了。

薛裴今天好像不在状态，走了好几次神儿，才半个小时，就出了两次错。

有个女孩儿逮住机会，问他："薛神一直以来都那么优秀，在我们这帮同学眼里，你完美得像个假人似的，好像没有什么喜怒哀乐。其实，你内心有没有过什么阴暗面？"

"阴暗面……"薛裴重复了一遍这个词，眸中映着杯中红酒的色泽，那张脸愈显迷人，"很多。"

"比如呢？"

"比如在某一个瞬间，我憎恨所有表面的平静，想推翻所有看似正确的事。我想破坏那些看起来那么美好，却与我意志相悖的既定事实，重新开始。"

在白炽灯的照耀下，金丝眼镜折射着意味不明的光，薛裴眼里有种病态的疯狂之色，只是在座的人都没听懂，只觉得不愧是视作楷模的薛裴，最阴暗的一面仅此而已。

只有朱依依听懂了他说的话，握着筷子的手捏紧了些。

几轮过后，又是薛裴出了错，这回的惩罚是"在通讯录上选一个人进行电话告白"。

似乎觉得这个惩罚有点儿意思，薛裴的眼睛亮了亮，在大家的注视下，他缓缓拿起了手机，手指在屏幕上轻点，似乎在翻找通讯录里的电话号码。很快，他点下确认键，将手机附在了耳边。

大家都安静了下来，只剩下拨通电话的"嘟嘟"声。朱依依整颗心都悬在半空中，手心沁出了汗，心跳从未有一刻像现在这么剧烈。

虽然她认为，在这么多人面前，他不会做出这样的事。

可是，下一秒，她放在桌面上的手机就响了起来。

这一刻，时间好像静止了，朱依依脑海里出现了男人刚说过的话——"我……想推翻所有看似正确的事……重新开始。"

手机还响着，朱依依慌乱中迅速地找到了借口："大家误会了，这是我家里打过来的电话。"

说着，朱依依假装接通了电话，一边走出门，一边念念有词地说着："妈，我在参加同学聚会呢。知道了，待会儿就回去，再过半个小时吧……"

直到走进电梯里，朱依依才终于松了一口气。她伸手摸了摸额头，竟全是冷汗。

无妄之灾，朱依依想到了这个词。

这件事错不在她！为什么反而是她这样躲躲藏藏的，而真正不道德的人没有丝毫愧疚之心？

她决定今晚回去就和李昼把话说清楚，不能再等了。

朱依依去马路对面的便利店里买了瓶矿泉水，在店里坐着休息，打算等到聚会快结束时再回去。

一个小时后，聚会已经接近尾声，李昼看着被众人围绕着的薛裴，从身后拍了拍薛裴的肩膀。

薛裴疑惑地回过头，见是他，嘴角的笑容淡了些。

"怎么了？"

李昼犹豫了片刻，从口袋里掏出了什么："薛裴，这个手镯还是还给你吧，太贵重了，我们不能要。"

视线停在丝绒盒子上几秒，薛裴脸上维持着得体的笑容，说："不贵重的，只是一点儿心意。"

"我收了，依依会生气的。"

"那你扔了……"话还没说完，薛裴又突兀地停了下来，从他手中接过盒子，"行，那我留着吧，以后总有机会用到的。"

"嗯，那我先走了，依依还在楼下等我。"

在李昼走出门前，薛裴似乎想起了什么，叫住了他。

薛裴开门见山地问："当年的事，是你做的吧？"

李昼不明所以："什么事？"

薛裴弯了弯薄唇，说了一个字："信。"

晚上七点，聚会结束，李昼开车送朱依依回家。

从坐上车开始，朱依依一直在思考怎么开口——那些事情一直盘踞在她的脑海里，压得她喘不过气来。她想把这段时间以来发生的事情都告诉李昼，但他一路上都有些心不在焉的。她问一句他答一句，反应都慢了半拍。

到了红绿灯路口，指示灯还是红色，他都没留意，直直地开了过去。

眼看就要撞到人，朱依依瞳孔骤缩，立刻喝住了他！他猛地踩下了刹车，轮胎摩擦地面发出刺耳的声响，最后，车在离行人还有半米时停了下来。

李昼脸色铁青，握着方向盘的手都在发抖，反应过来后立刻下车给人道歉。而坐在副驾驶座上的朱依依惊魂未定，右手捂着胸口，竟有种死里逃生的感觉。

没一会儿，李昼就回到了车上，但并未向她解释什么，重新发动了轿车。

两个人就这么沉默着，直至车停在了小区门口。李昼说时间太晚了，想先回去休息，就不上楼和长辈打招呼了。

在他走之前，朱依依反复叮嘱："那你路上一定要注意安全，小心开车，不要疲劳驾驶。"

李昼勉强地挤出了一个笑容："我会的，你放心。"

这一天发生了太多事。

回到家，朱依依竟有种精疲力竭的感觉，仰躺在书房的沙发上静静地发了一会儿呆。客厅里吴秀珍和朱建兴正在看八点档的肥皂剧，时不时传来低低的声音；朱远庭正在他的房间里打着游戏，骂着队友……一切都和往常一样平静安稳，除了她。

不知怎么的，在这个时候她竟然很想来一根烟。

她想知道，在吐出烟圈的时候，那些烦恼是不是就会跟着消散了？

最后，她还是将这股冲动压了下去，去浴室里洗完澡出来，头发还没吹干，手机就响了。

看到屏幕上显示的电话号码，视线停顿几秒，按下静音，她若无其事地打开培训班群聊里的课件，鼠标上下滑动。

很快，微信弹出了一条消息："我在楼下。"

她依旧没理会，戴上耳机浏览着课件，渐渐地就将这件事忘在了脑后。

直到一个小时后，她走到客厅里喝水，不经意间往楼下看了一眼，发现薛裴竟还在那里站着。他倚在树干上望向楼上的方向，月色下他的身影显得孤独又单薄。

杯中的水已经满了，水开始往外溢，朱依依猛地回过神来，把饮水机的按钮关闭。

· 259 ·

还没喝完水，她就下了楼。整个楼道里都回响着她急促的脚步声。她走得很快，带着股无名的怒火。

短短三天的时间，她的生活被搅得天翻地覆、不得安宁，而他竟然还能像什么事都没发生一样出现在她面前，一次又一次地挑战她的底线。

似乎没想到她会下楼，她走过来时，薛裴朝她笑了笑，从那温和的笑容里竟能看到些少年薛裴的影子——如同多年前站在这棵香樟树下等她一起上学，见她过来他便是这样笑着。

朱依依只觉得薛裴好像患上了精神分裂症，明明在两个小时前还是一副居高临下、喜怒无形的姿态，现在突然又成了温柔无害的少年。

"一一，"她刚走近，薛裴就用方言喊她的小名，念起她的名字时他的嘴角总是弯着，尾音上扬，"我今天好像有点儿喝醉了。"

他眉目深沉，眼睛里好似藏着一层雾，身上笼罩着淡淡的酒气，那语气自然，和往常没什么不同，像是在和她抱怨为什么喝了那么多酒。

"喝醉了就回去睡觉，"朱依依指着东南方向那栋楼，有些不耐烦地说道，"你家在那边。"

"我还不想回去，就想见你。"薛裴眼里那层雾渐渐散去，声音变得悠远又缥缈，"我还记得刚毕业那一年，衔时发展刚刚起步，那会儿几乎每天都有应酬。有时候我喝醉了，你还会过来给我煮醒酒汤。在国外的时候，我尝试过让人做了一回，但味道还是不一样……"

那些陈芝麻烂谷子的事情，朱依依早就已经忘得一干二净了。不过既然薛裴提起，她也正好把话敞开讲："薛裴，如果你真的想感谢我过去对你的付出，那就请你不要再来打扰我的生活。你要弄清楚一件事，我从来不欠你什么。"

薛裴却好像没听懂她说的话，自顾自地往下说着："就在刚才，我忽然想到，李昼喝醉的时候，你也会给他煮醒酒汤吗？你也会在旁边照顾他一整个晚上吗？"

说到最后一句，薛裴喉咙竟有些干涩。

这些天，他一直刻意去忽略朱依依和李昼之间交往的种种细节。但在这个被酒精支配的夜晚，这些想法一冒出来，他就头痛欲裂，比宿醉还要难受。

而更让他难受的是朱依依接下来的话——

"我以前对你好，是因为喜欢你，所以可以毫无保留地付出，可以半夜一个人坐车从城北过来，一整晚不睡觉地照顾你，会担心你工作太累，熬坏了身体，周末过来给你煮汤。

"你那会儿说让我也搬到附近来，还给我付了房租，我拒绝了。因为做这些事不是为了得到什么报酬，也不是为了让你喜欢我才去做的，而是因为我觉得值得。可是薛裴，你明白吗？我现在真的已经一点儿都不喜欢你了，所以不想再对你好，也不想再回忆起以前那些事情。"

不知是不是喝醉的原因，薛裴无端地弯了弯嘴角，笑得有些讽刺："这就是你刚才在聚会上撒谎的原因吗？因为不喜欢我了，所以那些过去你全部要否认。"

朱依依仰头看着他："我撒什么谎了？"

"我们的初吻。"

薛裴一直望着她，似乎要望到她的灵魂深处。

过了好一阵，朱依依才反应过来他是在说什么，立刻否认道："那不算。"

"为什么？"

"没有为什么。"

朱依依不想回答这无聊的问题，正要转身离开，眼前的薛裴却忽然俯身，右手托住她的后脑勺儿，膝盖抵住了她的双腿，左手按住了她的手腕。身后就是香樟树，她没有任何退路。

两个人鼻尖几乎碰到鼻尖，薛裴喉结上下滚动着，似乎在压抑着什么。

"如果我现在亲下去，算不算？"

树影摇晃，酒气弥漫，气氛变得旖旎又暧昧，朱依依却没有任何情绪，甚至连惊恐之色都没有。

她觉得自己好像已经从这具身体里抽离了出来，眼神变得空洞。

她安静地说起了一件旧事："你知道高二那年暑假，我们从动漫展回来那天，我从楼上往下看的时候，看到了什么吗？我刚好看到你和江珊雯在这棵树下。"朱依依笑了笑，把话说完整，"其实在那一天，我就该死心的。"

假期结束，朱依依坐李昼的车回了北城。

坐在车上那漫长的几个小时，她原以为李昼会和她解释那天他表现反常的原因，但直到最后都没有得到答案。

中途有一段时间，他们没有说一句话，生疏得像陌生人。她想起假期前夕他们坐车回来时满是憧憬的心情，两个人从上车那一刻开始一直聊到下车都不愿分开。

她回想起那画面，竟觉得恍如隔世。

　　车停在出租屋前，李昼没有下车送她。在朱依依下车前，他捏了捏她的掌心，说："依依，我最近工作那边出了点儿问题，所以情绪不太好，等调整好状态再来找你，好不好？"

　　她关切地问："出什么事了吗？"

　　李昼仍旧闪烁其词："我会处理好的，你别担心。"

　　"嗯。"

　　"对了，薛裴最近有没有和你说什么？"

　　停顿了片刻，朱依依回答道："没有。"

　　听见她的话，李昼好像如释重负，离开时脸上终于有了些笑容。

　　国庆节过后，朱依依也渐渐忙碌了起来，最近他们公司正处于业务转型阶段。

　　大概是因为去年业绩太差，中层领导大换血，又空降了一个高层，是个在圈内颇有资历的人物，在这行已经干了二十多年。新官上任三把火，这人一来就扬言要拓展现在的业务线，重新定位目标客户群体，不能只盯着下沉市场的用户。

　　一开始，大家都不怎么服气。直到他一下拉来了好几个合作和联名商，大家才相信这个新来的领导确实有点儿东西，也不知道为什么会屈尊来他们这种破公司。

　　"这段时间麻烦大家加加班，尽快把策划案交上来，我已经跟人事部那边沟通过了，会给大家申请加班费和交通费用，等项目结束后会根据个人表现按比例算提成！大家好好干吧！"

　　领导还在台上说着，晓芸在微信上私聊朱依依："人刚来，饼就画好了。"

　　朱依依笑了笑，回她："好歹有饼可画，而且还给我们争取了加班费。"

　　在此之前，他们无论加班到多晚都是没有交通补贴的。不管怎么说，朱依依对这个新来的大领导还是很有好感的，看上去这是个干实事的人。

　　新项目是和某个著名的潮牌联名，双方都要出营销方案，他们这个三线运动品牌怎么说也算是高攀了，领导一再强调不能马虎对待，争取下次继续合作。

　　朱依依和晓芸这半个月几乎每天都加班到深夜才能回家，有几天甚至在公司里通宵工作到第二天早上才回家洗澡。

　　这天下了班，在去地铁的路上，晓芸愤愤不平地吐槽："依依，你真的不觉得庞姐太过分了吗？我们整个组的人都在加班，她作为组长，每天都是六点钟就走了。我们辛辛苦苦地赶出来的方案，她放在那里不看，也不给我们提修改意见！等到大领导催了，她才让我们改，然后又得通宵加班，真是气死人了！"

不只是晓芸，大家都对组长颇有微词。通宵加班实在太耗费人的精神，也影响工作效率，朱依依都觉得最近作息日夜颠倒后，有时半夜心脏会猛地抽痛。

聊了一会儿，两个人就走到了地铁口。

"你怎么还坐3号线哪？你男朋友不是住在8号线那边吗？"晓芸说完，眨了眨眼睛，惊讶地说，"你别告诉我你们都订婚了，还没有同居？"

"本来我是打算国庆节假期结束后，就搬去他那边的，但后来出了些状况。"

见朱依依脸色不太好，晓芸琢磨了好一阵，才小心翼翼地开口："你们吵架了？"

"也不是，"初秋的夜里，朱依依叹了一口气，"我也不知道究竟怎么了。等他没那么忙了，我打算找他聊一聊。"

"难怪最近都不见你男朋友来接你下班，我还以为订婚了你们的关系会更进一步呢。"晓芸不知想到什么，凑近她耳边小声问道，"对了，你们那方面生活和不和谐？"

没想到晓芸会突然问起这个，朱依依摇了摇头，说："我们其实还没试过。"

"不是吧！你们都订婚了，还没有……吗？"

交往这一年，李昼也从未提出过更进一步的要求。

"那你有没有想过，万一，我是说万一他不行的话……你怎么办？"

朱依依愣了愣。

她的确从来没想过这个问题。

这天晚上回到家，她竟然久违地在楼下看到了李昼。

半个月不见，他好像换了个人似的，梳着油头，上身穿着件藏蓝色Polo衫（原本是贵族打马球的时候所穿的服装，现指一种有领T恤），下身穿着条西装裤，手上拿着个黑色公文包，看上去像老了10岁。

"依依，你回来啦。"

李昼满面春风地朝她走过来，脚上锃亮的皮鞋在地上踩踏出了不小的动静。

朱依依打量着他这身装扮："你今天怎么穿成这样？"

"我今天去和大老板们谈生意了，那穿衣风格不得跟上嘛，就是要穿得显老，别人才会信任你。"

朱依依没好气地笑了笑。

不过他身上的男士香水味实在有些刺鼻，她想着改天给他买瓶好些的。

她正想着，李昼突然递给她一个购物袋，语气颇为得意地说道："给你的礼物，你打开看看喜不喜欢？"

朱依依确实有些意外，李昼平时一向节俭，除了节假日，很少会送她礼物。

她犹豫了一阵打开礼物看了一眼，是某轻奢品牌的包包，吊牌上还标着价格 1980 元。

李昼还是第一次送她这么贵重的礼物。

想到李昼还要还房贷，朱依依想了想，把包包退回到他手上，找借口说道："我上个月才买了包包，还用不上，你还是退了吧。"

"依依，你不用替我省钱，很快我们就不用再过这种紧巴巴的苦日子了。"说到这里，李昼眼睛里闪烁着对财富渴望的光，连声音都格外洪亮，"相信我，我们很快就会变有钱了！"

第十章
出　局

那天之后，李昼又消失了一段时间。

朱依依偶尔接到他的电话，总能听到喝酒应酬的声音，问及他最近在做什么，他也总是神秘兮兮地说："依依，等我把这件事做成了，你就知道了，到时候给你一个大大的惊喜。"

虽然同是在北城，但订婚这一个月以来，他们只见了两面。

时间越长，朱依依的心也越担忧，但近来她实在忙得过分，便没有主动地去找他。

周一，是新项目提案的日子。

这是她第一次参与这么重要的提案。虽然只是负责当个背景板在那里坐着，但前一天晚上，她还是失眠了一小会儿，心情隐隐有些期待。

第二天，她一早就去了公司打印文件，布置会议室。

因为九点钟就要开会，八点半他们团队的人基本都到齐了，除了负责提案的庞姐。新来的大领导姓肖，是个急性子的中年男人，一见都这个点了还有人没来，先是在会议室里发了一通脾气，一时什么脏话都骂了出来。

大家全都低头望着文稿，被吓得一句话都不敢说，生怕说错了什么话，把火引到自己身上。

"还愣着干吗？赶紧给她打电话！"肖总声音都拔高了几度。

晓芸离得最近，颤巍巍地拿出手机给庞姐打了电话过去，但一直都是忙音，没有人接听。

她握着手机，没有挂断电话，一边打一边和领导汇报："肖总，庞姐还是没接电话，需要我给她的家人打个电话吗？"

肖总还来不及说什么，就有人敲了敲会议室的门，说Skelet那边的人已经到了，正在茶水间里坐着。心情已经烦闷到了极致，肖总把打印出来的那堆资料砸到桌面上，问道："你们几个，谁比较熟悉这份提案？"

会议室里安静得只剩下投影仪轻微的电流声，大家都没有说话。

这么大的项目，谁都想抓住这个机会表现。但没有百分之一百的把握，谁也不敢在这个时候上台救场，万一出了什么差错，背不起这个责任。而且有好几个人是中途加入的，对这个项目也不了解。

见无人应声，肖总怒极反笑："你们这个组天天加班，都干什么了？这么多人，没一个有用的？"

台下，晓芸碰了碰朱依依的手。

在他们这几个人里，没有谁能比朱依依更熟悉这份策划案的内容：一来她从项目开始就跟到现在；二来这份方案大部分的创意是她想的；三来这段时间庞姐一直把文件交给她整理，连讲稿都是她帮庞姐写的。

手心捏出了汗，纸张边缘都被泅湿了，时间好像被按下了慢速播放键，短短几秒内，朱依依经历了一场漫长的心理斗争。

一直以来，她都习惯站在幕后当个背景板，从没想过自己站在聚光灯下会是什么样。

从高中开始，她就害怕在众人面前发言，害怕自己说话会结巴，害怕自己说错答案，害怕自己站到台上后会紧张得一句话都说不出来。她总会担心一些尚未发生的事情。

肖总已经走到门口，在最后一刻，有人拉开椅子站了起来，一个清脆的声音在会议室里响起："肖总，我想试试。"

走到门口的肖总回过头看了一眼，见是个瘦瘦小小的女孩儿，扎着马尾，长得挺乖巧安静的。他想起之前在公司加班好像见过她几次，望向她脖子上挂着的工牌："好，待会儿由你负责讲解。"

大概是察觉到她的紧张，走出那扇门前，肖总回头对她说了一句："不要紧张，就算说错了，我也不会吃人是不是？"

大家都跟着笑了笑，会议室里的气氛稍稍缓和了一些。

肖总去了茶水间接待客户，朱依依又快速地过了一遍讲稿，即便已经紧张得心快要跳出胸口，仍旧没有后悔刚才的决定。

试试吧，她对自己说。

266

十分钟后，会议室的门再次被推开，发出沉闷的声响。在朱依依听来，这就像是运动员起跑前信号枪发出的声响一般，她的心也跟着吊了起来。

在走进来的那四五个人里，朱依依一眼就看到了人群中最突出、最耀眼的那一个。那人身着一身剪裁得体的银灰色暗纹西装，配着湖水蓝的领带，不疾不徐地走进会议室里。即将落座时，他的视线恰巧与她的撞上，他愣怔了片刻，似乎有些意外，随后嘴角漾开淡淡的笑意。后来在一起后，朱依依回想起来，似乎每次见他，他都是这样笑着。

而此时此刻，朱依依的惊讶程度不亚于他的。

仔细算来，她和陈宴理已经有半年没见。

培训班的课程，他上了三个月就结束了。听说原本他只是受邀来讲几节课的，后来不知怎么就延长到了三个月之久。

课程结束那天，他在讲台上说："以后还有疑问的话，欢迎大家来找我交流。"而后他又看向某个方向，说了句，"永久售后服务。"

下课后，助教提议大家一起和陈老师吃顿饭，当是送别。班里的同学当然乐意，无论是陈宴理这个人本身还是他手上握着的人脉资源，没人会不眼馋，自然不会放过这样的机会。

那天，几乎所有人都参加了聚餐，除了朱依依。

她走到门口的时候，陈宴理突然喊住了她，见她背着背包似乎正要离开，迟疑地问道："你……不来吗？"

"不好意思，我男朋友刚才打电话过来说剐花了别人的车，我现在要过去一趟。"

"严重吗？"陈宴理顿了顿，又问，"需不需要我帮忙？"

"不用，不用，我们可以处理好的。"

"好，再见。"

那一次，就是他们在这之前的最后一次见面。

肖总望着眼前气度不凡的年轻人，正疑惑着，就听见旁边的人向他们介绍："肖总，这是我们集团总部新来的创意总监Bertram。今天他正巧有空，所以顺道过来看看。"

Skelet潮牌隶属于TRA集团，肖总听到这里连忙过去握手，没想到这么个项目竟然能引起总部的重视。

众人寒暄一番过后，陈宴理在位子上落座，肖总为大家介绍了项目进展的概况后，又看向朱依依："接下来具体的执行方案，由我们的同事朱依依来为大家讲解。"

朱依依从座位上起身，走向讲台的那几步，觉得自己的腿都有些发软。

她站到屏幕前，往台下看了一眼。众人里，她看到正中间的陈宴理向她投来赞许和肯定的眼神——不知怎么的，在这一刻，就是这一个眼神让她得到了莫名其妙的鼓舞。

她好像松了一口气。

接下来的半个小时，她脱稿完成了这次项目方案的讲述，一开始仍有些胆怯，后面渐入佳境，虽然讲得不是多引人入胜，但也算完整流畅，没有拖后腿。

等朱依依讲述完毕后，陈宴理就这个方案提出了几个疑问，比如街头互动装置具体的摆放位置、预估达到的曝光度、配套的媒介方案等。

她和团队的其他成员都一一回答上了。

陈宴理满意地点了点头，合起了文件，说："还不错，期待看到项目落地的那天。"

肖总也终于露出了笑容。

会议结束后，朱依依回到座位上，想起刚才那一个小时的经历，仍觉得有些不真实感。从前也有过许多像这样的机会摆在她的面前，但她从来没有迈出过那一步。这还是她第一次站起来，主动地说"我想试试"。

或许在别人看来，这件事没有多了不起，但在她心里意义重大。

她还在发着呆，肖总忽然朝她的工位走了过来。

"朱依依，中午 Skelet 这边的人留在这里吃饭，你也一起来吧。项目后续进度，你来负责跟进。"

她愣了愣："好的，肖总。"

"你现在去预订一下中午吃饭的位置，大概一个半小时之后，我带他们过去。"

"好。"

肖总走了之后，晓芸扯了扯朱依依的衣袖："依依，你看出点儿什么没有？"

"什么？"

晓芸给她打气："看样子肖总现在是要重用你啊，都让你过去一起吃饭了。你要加油啊，成败在此一举。"

朱依依早已不是什么职场新人了。肖总刚才话里的意思，她也能听出个大概来，唯一担心的是——机会来了，她真的能做好吗？

吃饭的地点定在附近的银都，朱依依预约好位置后就提前过去了。在路上，她接到了庞姐打过来的电话。庞姐问她现在在哪里，犹豫了一会儿，她最后还是告知了庞姐具体的地点。

因为Skelet那边有几个人是从邻市过来的，朱依依还得先给他们订酒店，忙了好一阵，一个小时就这么过去了。

她正在酒店大厅里办着房卡，庞姐就过来了。

庞姐一来，就要抢她手里的活，说："依依，我来吧。这些事本来就该我来干的，早上真是辛苦你了。"

听出了庞姐的言外之意，朱依依没顺着她的话往下说："没关系，我马上就办好了，不麻烦您了。"

见朱依依不上套，庞姐又打起了感情牌："早上真的太对不起大家了，都怪我家孩子，昨晚半夜发高烧，我一直照顾他到凌晨五点，实在太困了就睡了一会儿。我睡之前特意叮嘱我老公七点钟就要叫醒我的，但他那人真是靠不住！我睡着之后，他没多久也睡了。我醒来那会儿都慌了，都不知道该怎么面对你们。"

"那你家孩子现在身体好点儿了吗？"

似乎没想到朱依依会问起这个，庞姐愣了愣，说："好很多了，就是还有些低烧。你看我这上有老下有小的，真的太不容易了。我一直以来为这个项目付出了那么多，偏偏就今天出了岔子。这个项目真的是我的心血，要是没了它，我可怎么养家糊口啊？

"依依，你看你还这么年轻，还是把这个项目还给我吧。"

庞姐说着还哽咽起来，一时间大厅里很多人看向这边。

朱依依极少遇到这样的场面，推托着说道："要不你和肖总说吧，这是肖总的安排。如果他同意的话，我没意见。"

"肖总现在正火大着呢，我怎么敢去找他呀？要不等过两天，你和肖总说你能力不足，之前没有独立带团队的经验，所以没办法负责这么重要的项目……我相信肖总会理解的。"

原来庞姐早就已经把算盘打好了。因为肖总那边不好说话，所以庞姐就把主意打到她这边来了。

"可是庞姐，这个项目我也一直跟着……所以，我想试一试。"

"这个项目领导有多重视，你也是知道的，不是想试就能拿来试的。我看得出来，你心里其实也没什么自信，对不对？"

最后一句话击中了朱依依的软肋，她陷入了长久的沉默之中。

十二点整，肖总带着陈宴理一行人来到了银都。

当肖总看到庞姐出现在这里时，脸色阴沉了些，却也没说什么。

庞姐热情地招待着他们。她在职场里待了十几年，早就修炼成精了，用餐时自来熟地和大家拉起了家常，顺带聊起了今天早上的方案，把那些有亮点的地方都说成了自己的创意。

朱依依一直低着头吃饭，没揭穿她，也没附和，看上去似乎真是来吃饭的。

坐在主位上的陈宴理却突然笑着开口："是吗？我怎么听说街头互动装置是这位小姐的创意呢？"

说完，他看向了朱依依的方向。

庞姐尴尬地笑了笑，不着痕迹地找好了借口："我记错了……这个确实是依依想的，不过后面是我负责细化的这个方案。"

这顿饭接近尾声时，朱依依去了楼下一趟，回来时正好碰到陈宴理在一楼大厅里听电话。

她礼貌地对陈宴理笑了笑，当作打了招呼，准备往楼上走时，他喊住了她。他右手指了指电话，用嘴型对她说："等我。"

朱依依只好在一楼的沙发上坐着等他。

等陈宴理接完电话，朱依依的《消消乐》也快过关了，她听见他走过来时轻笑了一声，不知道是不是在笑她，便有些尴尬地把手机反扣在了沙发上。

陈宴理抬了抬下巴："你继续。"

朱依依迟疑着说道："不了吧。"

陈宴理在她对面坐下，忽然感慨了一句："上次那顿散伙饭，现在算是补上了。"

没想到都过去大半年了，他还记着上次的事，不过她心里也觉得有些可惜。因为那天算是他们培训班的第一次聚会，也是第一次合照，而她都没在。

朱依依客气地说："上次之后，我原本想单独请你吃饭谢谢你的，后来担心你工作太忙了，就没去打扰你。"

"那么说来，你算是欠我一顿饭。"

开玩笑把自己带进沟里了，朱依依只能硬着头皮答应下来，如果按照今天的餐饮标准请他吃饭，那她大半个月的工资就没了。但想起刚才用餐时他还特意替她讲话，她现在仍觉得感激。

"刚才谢谢你替我说话。"

提起这件事，陈宴理表情严肃了一些："不过，你怎么自己都不知道争取呢？"

"我……习惯了。"

从前也是一样，她习惯了沉默，习惯按照别人的话去做，习惯做一个默默无闻的背景板，也习惯了被人忽视。

"这个项目如果做好了，会成为目前你的职业生涯里最好的作品，也会成为你以后去大公司的跳板，无论从哪个角度来看，你都应该争取的。"

朱依依搓着手："可我担心的就是自己做不好。"

"很多事情都是做了才知道结果。你为什么要先否定自己？"陈宴理笑了笑，"在你身上，我看到的潜力比你表现出来的要多很多。"

在他此刻的眼神中，朱依依又看到了早上他望向她时的赞赏和肯定。

她从小到大，很多人说她不行。

从前，吴秀珍最爱对她说的话是："你看看人家薛裴，再看看你自己！你这个高考成绩，我在小区里都没脸见人了！"

老师也喜欢对她说："数学就考这点儿分数，行不行啊你？"

连李昼也常对她说："工作不用那么努力，我们能力有限，不出什么大的差错，保住这份工作就不错了。"

说起来，这还是她第一次接收到他人对她的能力的肯定，第一次有人这么直白且坚定地对她说："在你身上，我看到的潜力比你表现出来的要多很多。"

"我不是让你一定要走出舒适圈，只是觉得你不该只是这样，"陈宴理顿了顿，补充了后半句话，"不该只像背景板一样存在。

"朱依依，不要让我失望，知道吗？"

和 Skelet 的人吃完饭回来已经是下午三点了，朱依依一回到工位上坐下，晓芸就迫不及待地找她打听情况。

"怎么样？我们是不是真的要换组长了？你都不知道阿张一听说要换组长，开心得都想放鞭炮了。你说庞姐多讨人厌，我们这么多人没一个喜欢她的。"

担心被别人听到对话内容，朱依依指了指微信，示意在微信上聊。

她刚登上微信，就看到肖总把庞姐喊进了办公室里。关上门后，她听不见任何声响，不知道里面是什么状况。

约莫过了半小时，庞姐从办公室里出来了，板着张脸，情绪似乎不是很好。她径直走到朱依依的工位前，余光也没瞧朱依依，对着空气说了一句："肖总找你。"

留下这么一句话，她就走了。

反应过来她是在和自己说话，朱依依收拾好桌面上的文件后，连忙起身从座位上离开。

其实朱依依已经大致猜到这次谈话的内容了，所以在敲门前，短暂地给自己做了心理建设。

敲门声响起的同时，门内传来了肖总浑厚的嗓音："进来。"

朱依依推开门走了进去，一进门就看到了肖总身后的墙壁上挂着的山水画，右侧是几乎占据了一面墙的书籍，室内的装饰不多，显得有些空落落的。

她没有多看，关上门后在他面前站定，就像是被老师叫来办公室训话的学生。

肖总见她这副谨小慎微的模样，没好气地笑了笑，说："坐吧。"

"好。"

朱依依刚坐下，就听见肖总问她："今年是你来公司的第四年了？"

"是，我刚毕业就过来了。"

"在一家公司待四年时间，也不短了……"肖总翻阅着人事部刚送过来的资料，皱了皱眉头，"因为你早上表现得不错，所以我特意找人事部要了你这几年的年终总结汇报。说实话，我很意外，你这几年做的怎么全是一些琐碎的事，之前从来没参与过核心项目？"

朱依依被说得脸颊有些发烫，如实回答道："是，这是第一次。"

肖总没想为难她，只是觉得她这几年时间实在太浪费了："在职场上，单是工作认真负责是不够的，闷头干事固然没错，但我们需要的是有进取心的人，要是没有竞争精神就只能做底层的螺丝钉。

"我早上确实有意要把这个项目交给你负责，但你好像还没有过独立带领团队的经验。你认真地思考后告诉我，如果我把这个项目交给你统筹，你有没有信心做好？"

眼前这个瘦瘦小小的女孩儿沉默了一会儿，似乎真是在思考。

当她再次望向他时，眼神却前所未有地坚定。

她声音不大，但有种让人信服的力量。

"肖总，我不会辜负您的期望的。"

在这行干了这么多年，肖郅锋不是第一次接触像朱依依这样性格的人——在职场上总像个透明人一样，不争不抢，不爱表现，只知道一味闷头做事，不懂得争取机会。

但与此同时，他也一直相信沉默内向的人都有某种强大的内驱力和行动力，只要将他们心里那把火点燃，一定会有意想不到的收获。

很快，肖郅锋就见识到了这个女孩儿的魄力。在谈话后的第三天，他就收到了一份更加完善，几乎可以立刻落地执行的方案。

在会议室里，她向他讲述了这份方案的整体逻辑和设想。这一次，她没有像那天一样胆怯，眼中多了几分自信。

肖郅锋终于露出了满意的笑容。

下班前，他召开了一次会议，当众公布了更换组长的消息。

"因为考虑到朱依依是第一次带团队，大家要多协助她，有任何情况及时向我反映。"说到这里，肖郅锋望向朱依依的方向，"大家只要记住一件事，我从来不会亏待努力的人。"

接手这个项目之后，朱依依几乎将所有的精力都放在了这上面，连通勤时间都在和各个场地的负责人沟通。虽然有时候忙起来顾不上吃饭，但她的确感到了前所未有的充实。

听说港城月末要举办一场大型的城市涂鸦活动，朱依依打算亲自去拜访主办方，看有没有机会进行深度的合作。

她递交了方案上去，Skelet那边也派了人过来一起跟进。

因为时间紧迫，朱依依第二天中午就出发去了港城。

就在这架去往港城的飞机上，朱依依又遇到了陈宴理。

他今天穿得格外休闲，黑色长款风衣、牛仔裤，一点儿都不像是去工作的，反倒像是去度假的。

朱依依旁边的座位上坐着一个二十岁出头的男孩儿，陈宴理弯腰和男孩儿沟通了一阵。男孩儿一听对方坐的是头等舱，爽快地答应了下来，两个人就这么互换了座位。

因为上次的事，朱依依现在看到陈宴理，再也不像以往那么抵触。从前在她的眼里，陈宴理身上最大的标签就是"薛裴的朋友"，她每每见到他，总能回忆起那些狼狈又难堪的时刻，但现在，她的心态有了改变。

她热情地和他打招呼："这么巧。"

陈宴理弯了弯嘴角："也不算巧，我们本来就是订的同一班飞机。"

朱依依这才反应过来，他们也是要去港城参加城市涂鸦的活动。

"过两天正好是我母亲的生日，我本来也打算回家一趟。"

朱依依有些惊讶："原来你家在港城。那这么说来，你是不是会说粤语？"

陈宴理笑着随口说了句什么，说起粤语时，他的声音有些不一样，有种莫名其妙的温柔的感觉。

朱依依听不懂，眨了眨眼，向他请教："这是什么意思？"

陈宴理却卖起了关子，望向窗外："以后再告诉你。"

朱依依最讨厌的就是说话只说一半的人，皱了皱眉头，便也用家乡话回了他一句。

这回疑惑的人变成了他："什么意思？"

朱依依憋着笑说："是骂你的话。"

陈宴理低低地笑出了声："那这句话就不用翻译了。"

飞机马上就要起飞，朱依依正准备将手机设为飞行模式，忽然看到陈宴理正看着手机上的一段视频，嘴角带着笑意。

她用余光看到那好像是一段狗狗的视频。

意识到这样不太礼貌，朱依依马上收回了视线。

不过下一秒，陈宴理就将手机递到了她眼前。

"我家的狗狗，叫 Wille，我差不多有半年没见到它了。它今天大概知道我要回来，特别兴奋。"

视频里是一只棕白毛色的阿拉斯加雪橇犬，正在公园里撒欢儿地来回绕圈跑，跑累了又对着镜头吐舌头。朱依依看久了，竟觉得有些眼熟，像是以前在哪里见过。

"好可爱，好想抱一下。"

陈宴理似乎正等着她的这句话："那周末带它出来陪你玩。"

朱依依有些惊喜："可以吗？！"

"当然可以。"

养宠物的人总有很多话题可以聊，朱依依早上出门前，刚把粥粥送去了寄养中心，一想到还要差不多一周才能回来，朱依依的心情都有些低落。

她正在翻看相册里粥粥的照片，陈宴理在旁边说道："很可爱，像你。"

"是吗？可是我朋友说它长得像爸爸。"见陈宴理似乎有些疑惑，朱依依又补充了一句，"哦，它爸爸就是我男朋友。"

愣了几秒钟后，陈宴理应了一声："嗯。"

四个小时后，飞机终于在港城落地，这会儿正好是晚饭时间，陈宴理说起港城有一家很有名的餐厅，提议可以先去那里吃晚餐。

开车去市中心的路上，陈宴理想起了什么，问她："对了，薛裴最近怎么样？"

已经很久没再听到薛裴的名字了，朱依依嘴角的笑迅速地冷了下来，含糊地说了一句："挺好的。"

"说起来，月初我在云城遇到了薛裴，他看起来确实状态不错。"

"是吗？"

朱依依想起上次见面他离开时的眼神，不知怎么竟笑了笑。

果然，像薛裴那样的人，没有什么能影响到他的情绪。

薛裴近来也在出差，大部分的时间是在飞机上度过的。

年底有很多商业论坛，他和周时御都在受邀之列。这些论坛大多是校友举办的，他们不好推托。

这天傍晚，在开车前往论坛举办地的路上，等红灯那会儿周时御瞥了一眼薛裴，发现他正在看他和朱依依以前的合照——大概是很久之前拍的，两个人身上都穿着校服。

周时御心里一阵感叹。这段时间，他一直不敢过问薛裴关于朱依依的事。虽然这人表面看上去和以前没什么不同，但从法国回来后，他再也没见薛裴脸上露出过笑容，除了在这种时候，比如回忆起和朱依依的往事。

他觉得薛裴快魔怔了。

红灯变成了绿灯，周时御扭转方向盘，轻踩油门，汽车驶入主干道。他终究还是没忍住，开了口："薛裴，有时候人真的得认命，错过了就是错过了。就算她以前喜欢过你，但她现在已经订婚了，你不能做这些不光彩的事。"

"不光彩吗？"

从薛裴的语气来看，他似乎真的对此感到疑惑。

"她都订婚了，说不定马上就要结婚……"

"那我就等她离婚。"

周时御沉默了。

原来只要一个人足够没有底线，道德就约束不了他。

周时御承认，他已经越来越看不懂薛裴了。

"法国那边的事，你真不打算管了？"周时御觉得实在太离谱，"我以前怎么没看出来，你薛裴还是个恋爱脑，为了爱情连事业都不要了是不是？你不努力工作，到时候朱依依跟着你一起吃苦啊？"

听到后半句话，薛裴好像有些触动，难得地勾了勾唇，说："等处理完这边的事，我会回去的。"

靠近市中心的路段，路况越来越堵，还有半个小时论坛就要开始，周时御正准备踩油门加速，忽然听到薛裴沉声说了一句："停车。"

"什么？"

他们这都快到了，停什么车啊？

周时御没理会，径自往前开着，直到薛裴又重复了一遍，这次是不容拒绝的口吻。

"停车。"

周时御疑惑地顺着薛裴的视线往窗外看去，好像终于明白了薛裴突然反常的缘由。

马路对面，朱依依和一个穿着考究的男人正在等红绿灯，两个人还有说有笑的。

陈宴理推荐的茶餐厅在市中心最热闹的地段，听说是港城有名的老字号餐厅，很多文艺片曾在这里取过景，门口还有好些人在拍照留念。

这会儿正好是饭点，等座的人特别多，休息区里都坐满了人。

朱依依中午没什么胃口，只吃了一个全麦面包，现在闻着饭菜飘出来的香味，馋得要命。眼见服务员又端出了一盘炸得金黄酥脆的鸡翅，她不自觉地就咽了咽口水。

取号单上显示在他们前面还有12桌，朱依依提议先去附近的小吃街逛一逛。

陈宴理嘴角含笑，望向她："饿了？"

经过飞机上的相处，两个人的距离拉近了不少，朱依依诚实地点头，声音里难掩对食物的渴望："已经饿得快不行了。"

小吃街离这里有一千多米，朱依依是第一次来港城，不认识路，全程都跟在陈宴理身后。但他平时大概也很少来这样的地方，对小巷里弯弯绕绕的路不太熟悉，迷路了两次后，两个人站在一堵封闭的墙壁前沉默了几秒，同时笑出了声。

最后，他们还是靠导航才顺利地抵达了目的地。

在小吃街才逛了几分钟，朱依依就买了不少东西，还顺带把夜宵也一块儿买了。陈宴理见她手上拿的东西太多，便主动地接过了她的行李箱。

朱依依愣了几秒，觉得这样好像有些太亲密了。但陈宴理的动作实在太过自然，她要是拒绝，反倒显得是自己多想了。

路过某家网红奶茶店时，朱依依有些渴了。点单时，她特意多点了一杯，当作给陈宴理陪她走了这么远路过来的谢礼。

将奶茶递给他的时候，像是怕他会拒绝，她说："今天有活动，第二杯半价。"

杯身是热的，陈宴理接过来时，热度从掌心传递了过来。低头看着这花花绿绿的杯身，他不禁弯了弯嘴角。

正好是绿灯，两个人一边过马路，一边聊着刚才在街边看到的炸酥合和格仔饼。朱依依想如果这个方案能执行的话，到时候他们组出差就可以带晓芸过来尝尝。

她还在絮絮叨叨地说着，旁边的陈宴理却放缓了脚步，忽然开口说："薛裴也来港城了？"

听到这个名字，朱依依停了下来。

马路对面，薛裴靠在红色的邮筒旁，一边打着电话，一边望着他们一步步走过来。

他似乎已经在那里站了一会儿了。在朱依依即将从斑马线处走过来时，他摁灭了手中的香烟。

港城的冬天气温不算太低，但在看到薛裴出现的那一刻，朱依依觉得杯里的奶茶都凉了半截。

四目相对的瞬间，薛裴移开了视线，又望向两个人手上拿着的五颜六色的奶茶，继而是那个橙色的行李箱。如果他没记错，陈宴理手上拿着的行李箱也是朱依依的。

薛裴的神色变得有些复杂，最后还是他先开的口："你们怎么在这儿？"

他不记得，陈宴理和朱依依这几年来有任何交集。

陈宴理回答得自然，像是在说一件稀松平常的事："工作上遇见了，恰好一起过来出差。"

薛裴皱了皱眉："就你们两个？"

"其他同事先回酒店了，我们先过来吃饭。"

从薛裴的话里，陈宴理感受到了莫名其妙的敌意，还来不及细想其中的原因，就听见薛裴说："我也正要去吃饭。"

"一起吧。"

一旁的周时御难以置信地转头望向睁眼说瞎话的薛裴，挣扎一番后，把想说的话又咽了回去，脸上堆着假笑，配合地说道："对，我们也是出来吃饭的。"

"既然这么巧，那就一起吃吧。"陈宴理低头征求意见："依依，你觉得呢？"

当下这个情景也由不得她拒绝——她只好点了点头。

"怎么买了这么多油炸的东西？"薛裴望向她手上拿着的油炸食物，"吃多了，明天喉咙不舒服。"

朱依依礼貌地回答："谢谢你的关心，我心里有数。"

陈宴理原先订的是两个人的座位，现在换成了包间。服务员在前面领路，上楼梯时，薛裴接过了陈宴理手里的橙色行李箱，沉声说道："我来吧，不麻烦你了。"

陈宴理眉头微皱，若有所思地看了一眼薛裴，最后松开了手。

四个人落座后，包间内的气氛一时有些尴尬。

只有周时御拼命在活跃场子："我和薛裴也是这两天才到的。说起来，港城的天气比起北城的天气可真是热太多了，我女朋友还专门挑了些羽绒服给我带过来，我真的是都快热出痱子了……"

说完后，周时御又觉得这个话题似乎不太合适，有在薛裴面前秀恩爱的嫌疑。

于是，他又想着换个话题。

瞧见朱依依买了那么多吃的，周时御便和她聊起家常："依依，你买了这么多吃的啊。哪个好吃，给我推荐推荐呗？明天我也出去逛逛，顺带寄点儿回去给家里人尝尝。"

聊起吃的，朱依依兴致高了些，和他分享刚才在路上遇到的几家店，有个地址说错了，陈宴理还帮忙补充了句。周时御倒是觉得这两个人看起来关系匪浅，不像是刚认识一天两天的模样。

桌面上摆着一个包装精美的糕点礼盒，一看就是要送礼的，周时御好奇地问道："这个是买给同事的？"

朱依依否认："买给李昼的妈妈的，她喜欢吃这家的点心。"

望着薛裴紧绷的脸，周时御觉得自己似乎又问错话了。

这顿饭吃得提心吊胆，周时御尴尬得额头上都冒出了汗，没想到更提心吊胆的事还在后面。

坐在对面的陈宴理忽然开口问薛裴："你和江珊雯最近怎么样了？我听说她现在还在法国？"

平地一声惊雷，周时御的筷子抖了抖。

而薛裴仍在低头饮茶，面不改色地回道："是吗？我不太清楚，很久没联系了。"

陈宴理不知他们的个中缘由，只陈述事实："她前段时间找我打听过你，说你们在法国那次聊得不太愉快，想知道你最近怎么样。"

气氛一时诡异得可怕，周时御如坐针毡，心想：这人还真会问问题，专门挑最不该问的来问。

这一刻，周时御宁愿自己在那个无聊的论坛上发呆，都不想在这里饱受折磨。

陈宴理话音落下后，周时御神情紧张地望向朱依依，发现她好像根本没在听，脸上连一丝一毫的波动都没有。

没一会儿，她的手机响了，她接起电话就走出了门。电话是主办方打过来的，问她明天什么时候能到场。

接完电话回来后，朱依依和陈宴理沟通了刚才电话里的内容，说明天九点钟，御福广场有活动，需要提前半个小时到。

薛裴低沉的声音突兀地插入："你们公司有合作？怎么没听你提起过？"

朱依依疑惑地望向他："有什么必要一定要告诉你吗？"

这话一出，连陈宴理也愣了愣。朱依依向来与人为善，他还是第一次见她出现这样强烈的情绪。

陈宴理默不作声地观察着朱依依和薛裴，联想起多年前在那家日料店里两个人亲昵如兄妹的场景，现在两个人面对面坐着却像是陌生人一般。

这顿饭结束后，周时御开车送薛裴回酒店。

刚才的情形让周时御对这件事有了新的认知。虽然他不知道两个人之间具体发生了什么，但可以确定的是，从前那个每周往他们学校跑、围着薛裴转的朱依依是再也不会回来了。

他现在看到的是朱依依对薛裴冷淡的样子，但是在那漫长的十年里，在那炽热又长久的单恋过程中，究竟为薛裴付出了多少，只有朱依依本人才知道。

连他都觉得薛裴不该再与朱依依纠缠，该让朱依依过她想要的平淡幸福的日子。薛裴现在不过是无法适应突然的情感剥离——或许在某一天，他就会释然今日的种种事情。

再者，以薛裴的条件，自然不会缺人向他示好。这件事有很多解决方法，薛裴选择了最偏激的一种。

"说句不该说的，连我都看出来了，现在朱依依眼里是真的没有你了。你说她一个文文静静的女孩儿，对你这么恶语相向，代表了什么你还不清楚吗？要不是真的厌恶你，她不会做到这个份儿上。"

华灯初上，窗外霓虹灯闪烁，灯光映入眼眸，给那双盛满忧郁的眼睛染上了些许温暖的气息。

薛裴忽然有了倾诉的欲望："我现在每天醒来，都在想如果一睁开眼，我能回到十年前就好了。如果那一天，我能正视对她的感情，如果那一天，亲手收下了那封情书，你说，我和她的结局是不是会变得不一样？或许，现在我们已经组建了家庭，晚上我回到家，她会给我留一盏灯……"

周时御陷入了长久的沉默之中。

最终，他仍是狠了狠心："决定和李昼结婚，朱依依肯定是经过深思熟虑的。我不认为她会突然放弃李昼，和你在一起，你想这些事太不现实了。"

车厢内安静了一阵，薛裴不知想到什么，眼神变得有些阴鸷："所以，我和李昼之间，总有人要出局。不过，出局的那个人肯定不会是我。"

翌日，因为有工作在身，朱依依一大早就醒了。

她简单地洗漱完，下楼吃早餐。

在桌面上放下餐盘，朱依依拿出纸巾擦了擦座椅。就在她低头的这几秒，有人在她对面坐下了。

朱依依抬头，见是他，没搭理，低头开始喝粥。

"我昨天晚上搬过来了。"薛裴后半句话语气很轻，竟有些小心翼翼的感觉，"你今天几点下班？这边有个水族馆，我记得你以前毕业旅行不是有个愿望是想去水族馆看表演吗？"

朱依依头也没抬，说："现在不想看了。"

"为什么？"

"迟到的愿望，就算现在实现了，也不会是当时的心情了。"

显然，朱依依话里有话。

就这么安静了一阵，薛裴再次开口，语气里有几分诚恳："上次的事，我向你道歉。很多事情是我欠缺考虑，给你造成了困扰。"

"你是在为哪一件事道歉？"朱依依望向眼前这个让她感到既熟悉又陌生的人，"是在为我订婚时突然闯进来胡言乱语，还是在为同学聚会上让我难堪，抑或是在为那天在你和初恋女友在一起的树下，说那些意味不明的话道歉？"

薛裴呼吸一窒，艰难地说："每一件。"

薛裴正准备再说些什么，朱依依看了一眼时间，开始收拾餐盘："抱歉，我要去上班了，现在没时间听你忏悔。"

见她的餐盘里的食物几乎一样没少，薛裴眼神黯了黯，似乎有些失落。

等朱依依换好衣服从楼上下来时，薛裴还在原来的位子上坐着，望向窗外不知在想什么。

接下来连续几天，无论她几点下楼，都能在同样的位置见到薛裴。而这回，他甚至帮她买好了早餐，点心的款式很精致，并不是酒店里提供的自助早餐。

他长腿交叠，姿态优雅地靠在椅背上，见她下楼，招手示意她过来，像两个人之间从没产生过任何嫌隙。

"你今天比昨天早了半个小时，"薛裴替她准备好餐具，语气亲昵地说，"今天有急事？"

朱依依没说话，他又递了两张票过来。

余光瞥见是今晚七点半，某个乐队的 livehouse 表演，朱依依觉得有些眼熟，片刻后记了起来，这是今年劳动节假期时她和李昼去看过的表演。那会儿她很兴奋，还拍了视频发在朋友圈里。

"我知道你和李昼已经去过了，"冬日清晨的阳光照在玻璃杯上留下好看的阴影，薛裴眼睑低垂，声音也变得很轻，"你可以陪我去一次吗？"

这么多年来，他们还没一起去看过乐队表演。

朱依依正要回答，微信群一下弹出了很多消息——主办方在群里 @ 她，问她还要多久能到。她放下手里的牛角包，手指在餐巾纸上抹了抹，立刻回了消息过去。

等回完消息，她发现薛裴还在等她的答复，那两张门票还摆在座位中间。她思考了一阵，由衷地发出了疑问："薛裴，你没有自己的工作和生活吗？"

薛裴拿起咖啡杯的手顿住。

"如果你没有，抱歉，我有——我还有很多事情要忙。我有我的工作，有我的家庭，没时间天天听你在我面前说这些，也没时间和你怀旧。"

朱依依说得越是冷静、条理清晰，薛裴的心越是往下沉。

那种浓重的窒息感又翻涌了上来，他为自己辩解："我没想打扰你的生活……只是，你以前对我的好，我想一点点地还给你。"

朱依依像是听到了什么笑话："可是以前我喜欢你的时候，是你选择视而不见的，不是吗？"

这句话正中软肋，薛裴一句话也说不出口了，握着杯身的手骨节泛白。

"薛裴，有时候我真的觉得，你是不是犯贱！"

在话说出口的瞬间，朱依依就意识到不对了。她承认自己此刻过于情绪化，即便内心对薛裴再反感，也不该说出这些带有侮辱性的词语。

她以为薛裴会失控暴怒，从座位上离开，但他只是脸色惨白，低声道："是啊，我也觉得。"

朱依依心脏一颤，喉咙干涩。

像薛裴那样骄傲的人，她从来没想过会从他口中听到这样的话。

看到他此刻的表情，或许她该感到某种报复性的快感，但……

她不知怎么的，只觉得难过。

最后还是薛裴开了口："不是有急事吗？吃完早餐，我送你过去。"

一路上两个人没有任何交流，朱依依频频望向手表，时而回复微信上的消息。下车时，她拿起背包就要走，但在关上车门前，停顿了几秒，还是说了一句："谢谢。"

因为这句"谢谢"，薛裴像是受到了莫大的肯定，一整天心情都不错。周时御见到他时，还以为他撞了邪。

下午五点，薛裴开车恰巧又经过了御福广场。

熙熙攘攘的人群中，他一眼就看到了朱依依。

冬日的阳光下，她穿着黑色的羊角扣大衣，手里拿着图纸，正在和好几个人沟通着什么，边说边比画，不知聊到了什么，她的眼里亮晶晶的，又拿出手机里的图片给他们看。

这是薛裴第一次看见朱依依工作时的样子。

她自信、大方、笑得灿烂，在人群中似乎正闪着光。

恍惚间，薛裴想起了朱依依刚毕业找工作的那会儿。那时她特别没有信心，在招聘网站上一连给好几家公司投了简历，最后只有一家公司约她去面试。

她很珍惜那次面试的机会，紧张得不行，周末约他出来，在他面前练习了无数次自我介绍，也让他模仿面试官问她问题，帮她纠正，就连吃饭的时候嘴里都在背着简历上的关键信息。

原来现在的她，已经成长到可以独当一面了。

他的依依，越来越优秀了。

有份文件需要找场地的负责人签字，朱依依在展馆里到处找人，一连问了好几个人都说不知负责人去哪儿了。她正焦急着，手机突然响了起来。

没看来电显示，她直接接听了电话。

"喂，依依。"

听到对方的声音，朱依依有些愣怔。

李昼已经很久没给她打过电话了。

"依依，你现在在忙吗？"

电话那头，李昼语气很急切。

"在忙，怎么了？"

"你之前是不是说，你存了一笔钱打算回老家买房子？有十来万块？"

"是……"

"这笔钱可以先让我拿来周转一下吗？我现在有急用。"像是怕她挂断电话，李昼说得很快，"我知道很冒昧，但实在没办法了！过两个月我肯定全部都还给你。"

广场上人太多，声音嘈杂，朱依依走到一处偏僻的角落里，压低声音问道："你到底去做什么了？为什么需要这么多钱？"

"现在不是说这些事的时候！"李昼长长地叹了一口气，几乎有些胡言乱语，"有一批医药器材，我哥们儿说有渠道可以低价卖给我，本来是稳赚不赔的生意，已经聊好了，不知怎么的那边的人全都跑了！现在这些玩意儿全砸到我手里了……我欠了那么大的窟窿还不上，现在就怕他们打电话去找我妈！我妈那么大岁数可禁不起刺激……"

朱依依听得冷汗直冒，忽然意识到什么，打断了他的话："李昼，你借了高利贷？"

支支吾吾了好一阵，李昼终于开口："是借了一点儿。"

朱依依听到李昼的回答，太阳穴"突突"地跳着，扶着墙壁腿仍旧在发软。

她声音都在发抖："你借了多少？"

"一开始我没借多少的，但现在利滚利，数字越来越大……我也不知道怎么会变成这样。"李昼几乎是用恳求的语气说，"依依，要不你去和薛裴说一下，问他借点儿钱可以吗？你和他关系这么好，你问他借，他一定愿意借给你的！而且这一百来万元对他来说也不是多大的数目，等这批器材卖掉了，我立刻把钱还给他！我发誓！"

"你让我用什么立场问他借钱？"

大概是真的被逼急了，李昼开始口不择言，声音突然变大："他不是喜欢你吗？这点儿钱，他不可能不借的！"

今日傍晚港城降了温，风"呼呼"地刮着脸，挂了电话后，朱依依浑身都没了力气。她望着被冻得通红的手，以及中指上的订婚戒指，就这一刹那，眼睛已经红了。

薛裴晚上有约——史密斯夫人知道他来了港城，邀请他共进晚餐。

地址定在了一家欧式装修风格的西餐厅。这家西餐厅除了接待贵宾，平时鲜少对外开放。墙上那幅色彩迷幻的作品据说是某位印象派画家的真迹，餐厅的主人下了好些功夫才弄来这里。

两个人行了贴面礼，微笑着寒暄了一番。

薛裴随意地将西服搭在了椅背上，一落座，史密斯夫人就问起他的近况。英俊的脸上短暂地出现了茫然之色，他一时有些难以开口，笑而不语。

史密斯夫人与他碰了碰杯："看来 Eden 最近遇到了难题？"

薛裴抿了一口红酒："也不算，只是在等一个合适的时机。"

餐厅内正弹奏着李斯特的《死之舞》，这是李斯特的所有作品里薛裴最喜欢的一首。他衣袖半挽，拿起刀叉切着盘中的食物，动作轻缓优雅，但在音乐的烘托下竟有了杀伐果断的气质。

史密斯夫人好奇地问他："什么样的时机？"

用餐巾擦拭了嘴角，薛裴卖了个关子："一会儿你就知道了。"

这曲《死之舞》弹至第五变奏时，一旁的侍应生忽然拿着他的手机走了过来，半弯着腰双手将手机递给他，说道："先生，您的电话。"

看了一眼上面的来电显示，薛裴似乎并不感到意外，向史密斯夫人微笑示意："我说的时机到了。"

走到门外，薛裴在电话自动挂断前最后一秒接听了这通来电。

不出意料，电话那头是一个走投无路的男人急切的求助声。那人急得声音都变了调，频频哀求薛裴给予帮助，话里话外都在传递一个信息——他需要钱，一大笔钱。

听完他这大段陈述，或者说是哭诉，薛裴慢条斯理地点燃了一根香烟。烟雾朦胧，升至空中，为这个冬夜增添了几分暖意。

薛裴望着这冬夜的画景，百无聊赖地玩着手中的打火机，火舌蹿出，衬得他的脸明明灭灭，神色让人捉摸不定。

"说完了？"他问电话那头的人。

"薛裴，求你一定要帮我，现在只有你能帮我了！"

薛裴勾了勾唇："我当然可以帮你，不过……

"我也有条件。"

面包有毒
著

下 册

青岛出版集团 | 青岛出版社

第十一章
就这一刻让时间停止

李昼提出解除婚约那天是星期六。

港城天文台发出寒冷天气预警，提醒有强烈的冷空气即将南下，未来一周或将刷新今年最低气温记录。

所有的一切，都是在电话里进行的——

"依依，这件事是我对不起你。都怪我实在太想证明自己，也太想让你过上好的生活，所以才会不顾一切地去冒这个险。我一开始真的只是想着能赚几万块钱就够了，可后来又想到还欠了那么多房贷，要是能提前把房贷还上，我们以后的日子就不用过得那么辛苦……

"可是，我忘了，我们不过是普通人。要是真的有这么容易赚钱的机会，怎么会轮到我头上来呢？"

李昼大概喝了点儿酒，在那边又哭又笑，说到最后，笑得有些悲怆，胸腔不断颤动，又开始剧烈地咳嗽。

朱依依的心都跟着揪在一起，她捏紧了手机，问他："你现在在哪里呢？"

"我还在外面躲着，过几天就回去了。"

"我待会儿先把那十万块钱转给你，你先还上，之后的钱再想别的办法。实在不行，我们就去报警，总会有办法的。"

朱依依这几日噩梦连连，没睡过一个好觉，到网上一搜，弹出的关于高利贷的新闻看得人毛骨悚然。她担心李昼这么下去会出事。

没想到朱依依真的愿意拿出所有的钱帮自己填窟窿，李昼在电话那头哽咽了："不用啦，你还要回老家买房呢，这些钱自己收好。我那天就是胡言乱语的，你别当真。要是真拿了你这么多年的积蓄，我成什么混账东西了？"

朱依依也急了："那你接下来要怎么办？万一他们真的去找阿姨……"

"你别担心，有个朋友愿意帮我这个忙……我昨天已经把钱都还上了，再过两天就能回北城了。"

紧绷的神经得到了短暂的放松，那颗压在心里的石头终于被人挪开，朱依依舒了一口气，一时激动得语不成句："那这样，等我从港城回去，就一起去登门拜访这位朋友，谢谢他的帮助。这么大一笔钱，一定要打好欠条，以后我们慢慢能把钱还上的。"

她说到这里，李昼反而不吭声了，电话那头只能听见酒瓶放在桌面上的声音。

"怎么了？"

"依依，我不想连累你，我们还是……分开吧。"李昼说话的声音越来越小，带着哭腔，"我也不能再让你跟着我过这种苦日子了。你很好，是我做错了事……我应该付出代价的。"

大脑空白了一瞬，朱依依的视线渐渐变得模糊。

这段时间实在发生了太多事，无论是工作还是生活都发生了翻天覆地的变化，她本来想着和李昼见面好好聊聊，再决定未来要怎么走下去。

她承认这次的事情让她对这段关系产生了极大的不信任感。她也想过不再继续下去了，但这么重要的事情，怎么能在电话里随便地决定？

"李昼，等我下周回北城，我们再聊这个问题，好吗？"

"不，我没脸再见你。我明天会和叔叔阿姨说清楚的——我会向他们道歉。"李昼忽然苦笑道，"依依，粥粥以后就交给你照顾吧。它跟着我，也只会受苦。"

她和李昼一年多的感情，结束在这通 4 分 21 秒的电话里。

她低头望向手机，在记录纪念日的 APP 上，显示着今天是她和李昼订婚的第 76 天。

鼻子酸了酸，眼泪在眼眶里酝酿，但她还来不及难过，就有人推开办公室的门走了出来。那人提醒她还有五分钟就要开会，大家都准备好了，就差她一个。

没有任何喘息的时间，她仰起头眨了眨眼，不让眼泪掉下来，转过身时勉强地挤了个笑容，跟在他身后走了进去。

会议开了一个半小时，她在视频里向肖总汇报了这次工作的具体进展和接下来的规划。整个过程中，她都尽量保持情绪稳定，不显露出任何异样。

在工作时间里，成年人没有悲伤的权利。

大概是压抑得太久，会议结束，推开门的那一刻，朱依依竟觉得有缺氧般的眩晕感，有些头重脚轻。

马路对面有家便利店，她进门买了一包女士香烟，还买了一个防风打火机。

这个时候，除了抽烟，她甚至不知道该怎么释放自己的情绪。

晚上十点，这么冷的天，大街上已经没什么人了。她在路边的长椅上坐了一会儿，树叶被风吹得"沙沙"作响，她的围巾也被吹得歪歪斜斜的。

她买的是防风打火机，但不知是风太大，还是打火机出了问题，好几次都没点着，火舌刚蹿出来就灭了，她的情绪已濒临崩溃的边缘。

她想：她只是想抽根烟，为什么那么难？

她只是想拥有一段平淡幸福的婚姻，为什么那么难？

为什么在别人眼中那么简单的事情，一到她身上就总是出问题？

眼泪是在一瞬间流下来的，沿着脸颊砸在手上，像烟灰掉在手上一样滚烫。

夜很静，她只听见了风声和轻缓的脚步声。

夜色里，有人走了过来。

紧接着，她的视线内出现了一包纸巾，还没开封过的。

她抬头看去，对上了陈宴理明亮的目光，和此刻的月色一样。

这一幕和多年前密室里的情形重叠，很奇怪，朱依依发现她总能在最狼狈的时候遇到他，以前是，现在也是。

他开口第一句话，不是问她为什么哭，而是问她："冷吗？"

不知怎么的，她反而哭得更厉害，肩膀都剧烈地颤抖着。

她低头时，陈宴理将颈间系着的银灰色围巾裹在了她身上，也覆在了她原本的围巾之上，动作极轻。

热度将她包围，鼻间萦绕着淡淡的皮革香水味，就像是一个安慰的拥抱。

不知道哭了多久，朱依依终于停了下来。

陈宴理望着长椅上放着的那包刚打开的香烟，对她说："我猜，你是第一次抽烟。"停顿了几秒，他又笑着纠正，"从刚才看来，应该还没成功。"

他的笑容有某种感染力，朱依依脸上的泪痕还没干，不好意思地别过了脸："你都看到了？"

"现在还想抽吗？"

"嗯。"朱依依点头。

这会儿风小了一些，朱依依从烟盒里抽出一根香烟，动作极不熟练地含在嘴里，正想拿过打火机点燃，陈宴理忽然凑了过来。他离她很近，低声说道："你的打火机大概是坏了，我帮你。"

话音落下时，风从南面吹了过来，她的发丝拂过他的颈间，他喉结动了动。

香烟终于被点燃，在夜里发出微弱的猩红火光，朱依依学着平常看到的那样猛吸了一口。那股味道在鼻腔内蔓延开来，她猝不及防地被呛到，剧烈地咳嗽起来。

陈宴理拍着她的后背，笑着问她："怎么样？"

朱依依摇头："不怎么样。"

"这说明，你和它不适合。"

这话让朱依依愣了愣。

她不知道在这句话里，他说的是"它"还是"他"。

"我曾经有一段时间很颓靡、消沉，依赖酒精。但后来我发现，它除了让我的生活变得更加消极外，没有任何好处。其实尼古丁和酒精一样，只能短暂地麻痹人的神经，从本质上来看解决不了任何问题。"

陈宴理的声音本就低沉，此刻朱依依听起来竟感觉有某种蛊惑的意味。

"如果你想让心情变好的话，我倒是有一个方法。"

"什么方法？"

"要不要和我一起……去维港看日出？"

望着他的双眼，朱依依竟说不出任何拒绝的话。

起身离开时，陈宴理帮她把剩下的烟都扔进了垃圾桶里。

因为有急事要处理，薛裴提前了两天返回北城。

周时御觉得奇怪。他本以为薛裴会等朱依依一起回，没想到这回薛裴竟然愿意听他的。

飞机上，他终究还是没忍住，提出了这个疑问。薛裴原本在翻阅财经报纸，听到他的话后，转过头看向他，说："不是你说的吗？"

周时御心里一惊："我说什么了？"

"你说，我要是不努力工作，到时候依依跟着我岂不是要一起吃苦？"薛裴似乎心情不错，对他笑了笑，"我当然不能让她吃苦。"

周时御咋舌，脸上的表情变来变去，很是精彩。

联想起薛裴这几日精神焕发的模样，他心里有了一个大胆的猜想，却又不敢确定。

"你……不会是做了什么，把人家小两口儿拆散了吧？"

周时御说出口时，都有些磕磕巴巴的，本能地愿意相信薛裴不会做出这样的事来。

薛裴合上报纸，靠在椅背上闭目养神，说话轻飘飘的："我没做什么，不过是在适当的时候，扮演了一个救世主的角色，仅此而已。"

飞机到达北城是在下午三点，薛裴还没走出机场大厅，就接到了吴秀珍打过来的电话。

吴阿姨平时鲜少会打电话给他，今天大概是有急事。

"喂，薛裴，你现在忙不忙？阿姨有件事想拜托你。"

"我现在不忙。"薛裴特意去了一个安静的地方，"阿姨，您说。"

"依依最近有没有找你聊过？"吴秀珍说完犹豫了一阵，才又开口，"李昼的事，她告诉你了吗？"

原来是这件事。

薛裴心中了然，声音一贯温和有礼："没有，发生什么事了吗？"

"唉，李昼那孩子糊涂啊，非要捣鼓什么医疗器材，砸了一大笔钱进去，还找人借了高利贷，一百多万元哪！我听到的时候，心脏都快受不了了。幸好昨天他主动地提出和依依解除婚约，不然我也是不可能让依依和这样的人结婚的。"

吴秀珍情绪有些激动，朱建兴也在一旁叹气："还好现在发现得早，要是等结婚了，有孩子了，再发生这种事，那就晚了。"

薛裴望向落地窗外，若有所思。

他想：李昼这人还算诚信，答应他的事都做到了。

"阿姨，那依依现在还好吗？"

"电话里听不出什么来，我就怕她什么事都憋着，不和家里说，所以才给你打这个电话。薛裴，你最近要帮忙多劝一下依依才行，周末多带她出去散散心，别让她再想着那个李昼了。"

薛裴弯了弯薄唇，笑着应下："阿姨，我会的，您放心。"

"对了，薛裴，你有没有什么靠谱的朋友，可以介绍给依依认识的？"吴秀珍这一整天都在发愁，"我打算等依依过完年，再给她介绍几个优秀的男孩子，但就怕因为李昼这事，她会反感。"

薛裴转瞬间敛住了神色，表情变得凝重。

跨年这天，港城真正变成了不夜之城，霓虹灯绚烂，广场上人头攒动，从高处往下看黑压压的一片，就像沙丁鱼一样挤在密闭的罐头里。

朱依依和晓芸走出居酒屋时，几乎是被人群推着走的。

晓芸今晚喝得有点儿多，从口袋里掏出手机看了一眼："原来还有十分钟就到十二点了，难怪这么多人。"

晓芸是昨天刚到的港城。听说了朱依依和李昼分手的消息后，她处理完手头的工作，又休了两天年假，过来陪朱依依散心，顺带旅游。

今天一下班，她们就约好去附近的居酒屋喝酒，不醉不归。本来只是她们俩，后来 Skelet 那边的人不知怎么也听说了这件事，两个人的局就这样变成了整个项目组的聚餐。

他们一行人浩浩荡荡地走出办公楼，边走边聊起最近上映的电影，一路上说说笑笑，插科打诨，刚走出大门，就遇见了陈宴理。

他似乎正准备驱车离开。

有人看了一眼时间，和他贫嘴，提前祝他新年快乐。

他笑了笑，视线停留在某个人身上，车窗半降，问道："你们这么多人准备去哪儿？"

"我们准备去喝酒，总监要不要一起来？"

"不过总监不是港城本地人吗？今晚应该有约了吧？"

陈宴理低头，在微信上回了个消息，对他们说："现在没有了。"

阿 Ken："哇，看看，我们好大的面子，让总监放别人鸽子了！让我们为对方默哀一分钟！"

大家又是一阵哄笑。

这半个月以来，大家都相处得挺愉快的，平时工作也爱互相挖苦调侃，到了居酒屋里，几杯酒下肚，开起玩笑来更是没个正形。

气氛一上来，晓芸喝蒙了，聊天时说漏了嘴，把朱依依和男朋友解除婚约的事也说了出去。阿 Ken 本来还在摇着色子，一听这话立刻停了下来，望向朱依依。

本来还热闹的场子一下就冷了，眼看着就要变成十点档的情感节目，幸好有人出来救场，把气氛带了起来："没事，依依，旧的不去，新的不来！你看我们哥儿几个全都是单身，除了总监，随你挑，春节回去见丈母娘不是问题。"

酒局上的话，没人会当真。朱依依知道大家是在安慰自己，配合地笑了笑。

本来在安静地喝酒的陈宴理忽然开口说了句："为什么把我除外？"

这回连晓芸都愣住了，目光在朱依依和陈宴理间来回徘徊。

啧，她怎么觉得这气氛好像有点儿暧昧呢？

不过很快就有人岔开了话题，聊起了基金和股票。晓芸看着朱依依一脸淡定的表情，又觉得是自己想多了。

临近十二点，广场上的人越来越多，每个人都在等待新年钟声敲响的那一刻，在他们的脸上，写满了对新一年的憧憬。

在 2021 年的最后一分钟，朱依依的手机里弹出了一条消息。

Chen："刚才的事……"

陈宴理似乎还没组织好接下来的语言，朱依依却先回了过去："我知道刚才大家都喝醉了，不会当真。"

对方一直显示输入中……

这会儿远处放起了烟花，人群中一阵骚动，晓芸看朱依依在玩手机，碰了碰她的胳膊示意她抬头看。因此，她便把手机放了下来。

最后十秒，大屏幕开始倒计时。

朱依依和晓芸也跟着大家一起喊："五、四、三、二……"

最后一秒，有烟花在头顶上绽开，天空亮如白昼，烟花似流星垂落天际。

人群中，陈宴理忽然回头望向她，笑意在眼底漾开。

朱依依这才想起刚才他好像发了消息过来，自己还没来得及看。

她打开手机，显示有未读消息。

Chen："如果我说，我没喝醉呢？"

元旦假期结束，朱依依在港城这边的工作也告一段落。

第二天，她就回了北城。

从飞机上下来，大概因为昨晚没睡好，换乘地铁时她稀里糊涂地跟着人潮走，直到拉着行李箱上了地铁，才发现乘坐的是反方向的。

这趟地铁的终点站是她以前住的出租屋。

她没有中途下车，而是一直坐到了终点站。

她也说不清是为什么，就是忽然想再回以前住的地方看看。

城中村里楼与楼之间的距离特别窄，路面崎岖不平，空气里总能闻到一股废水排泄的味道。朱依依走进弯弯绕绕的巷子里，有辆摩托车从身旁呼啸而过，险些撞到她的行李箱——她被吓了一跳。

她走到楼下，碰巧遇到了以前的房东，一个长相很和善的阿姨，没想到房东阿姨竟还能认出她来。房东阿姨倒完垃圾后热情地和她打招呼："你怎么回来了？是不是还想回这边租房呀？那我告诉你，你是真的来巧了，你以前住的那个房子上个月刚腾了出来，现在还没找到租客呢。"

朱依依笑着摆了摆手："没有，我只是刚好经过。"

房东阿姨说房间又重新装修了一遍，非要邀请她上楼看看，哪怕不租房也没关系。盛情难却，朱依依便应了下来。

将钥匙插入，拧开铁门，朱依依跟在房东阿姨身后走了进去。只是刚走上楼梯，朱依依忽然想起了什么，抬头望向头上的灯。

楼道口那盏灯已经换了，从透明的钨丝灯换成了乳白色的白炽灯。

她站在那里呆呆地望了好几秒，大概看得久了，眼睛有些泛酸。

记忆本没有开关，但在这一刻，望着这盏灯，她一下想起了很多事情。

李昼第一次打动她，便是特意过来为她换了这盏灯。

她接着又想起李昼向她求婚那天，她满心欢喜地戴上了那枚并不合适的戒指，原来从一开始就早有预兆。

她本以为婚姻会成为疲惫生活的救赎，会是对抗平庸生活的解药……

但现在，她明白了婚姻从来不是什么避风港，也不是能把人从水里拉上来的浮木。

大概是她太久没动，房东阿姨回过头问她："怎么啦？"

朱依依笑了笑，说："没事。"

见她盯着墙上的灯，房东阿姨又说："这灯哪，上个月不知怎么忽然坏了，所以前几天我就让人过来换了。还是白炽灯好啊，你看照得多亮堂。"

"嗯。"

朱依依解除婚约的消息，很快就传到了周时御的耳朵里。

他听见时，竟没觉得多意外。事实上，这段时间他也能察觉出来，因为薛裴的心情也跟着好了不少，薛裴不再每天惨兮兮地拿着以前的照片反反复复地看了。

他不知道薛裴究竟对李昼做了什么，也没问，但想也知道，李昼怎么玩得过薛裴？

他一时不知道该替朱依依开心还是难过。

这天下了班，周时御约了朋友一起去打网球。谁知对方突然爽了约，他只好临时约薛裴过来救场。在他的苦苦哀求下，薛裴终于答应，说等这边的事情结束就过去。

周时御在场馆里坐着等他，玩腻了手机，又站起来舒展了一下身体。

今天是工作日，场馆里人不多，所以他一眼就看到了某个熟悉的身影。饶有兴味地看了好一阵后，等薛裴到了，他颇为神秘地说："薛裴，你猜我刚才看见谁了？"

薛裴头也没抬，好像没什么兴趣。

周时御又自顾自地往下说道："陈宴理和他的小女友。他的女朋友看起来年纪挺小的，估计还在上大学。"

周时御想起上回在港城时薛裴紧张的样子，"扑哧"一声笑了出来，忍不住对他说："薛裴，你真的别太敏感了。上次我都不好意思说你，你太小家子气了。虽然朱依依是长得挺可爱的，但没到那份儿上，请你收好你那无处不在的'雄竞'心理，行吗？弄得别人多尴尬啊。"

薛裴没理会他的话，继续系着鞋带。

两个人走出休息室时，没想到正好迎面撞上了陈宴理。陈宴理大概也有些意外，愣怔了片刻，和他们打了声招呼。

周时御望着陈宴理旁边那女孩儿——女孩儿五官长得很出挑，皮肤白皙，大概是因为刚运动完，脸颊红红的，一身蓝白相间的运动服，还扎了个马尾，衬得整个人青春洋溢，和陈宴理看起来挺般配。

四个人闲聊了一会儿，周时御看时间还早，约陈宴理一起吃晚饭，可陈宴理说待会儿还要送那女孩儿回学校，要先走。薛裴若有所思地打量着他们，好像终于放下心来了。

临走前，他不知怎么想起了上次朱依依说的话，知道陈宴理和她工作上会有很多交集，便对陈宴理说了一句："对了，平时替我多照顾一下依依。"

陈宴理愣了愣，知道他大概是误会了什么，却也没辩解，笑着回道："好啊。"

周一开周会，肖总当着所有人的面公布了两个消息：一是今年第一季度的整体工作计划；二是人员晋升公示名单终于下来了，去年一共有三位同事职级晋升。

他按照名单依次念出了这三位同事的名字，当念到"朱依依"时，除了项目一组的团队成员，其他组的人都在交头接耳，面面相觑。

在此之前，他们几乎没听说过这个名字，也对其没有任何印象。等到朱依依站到台上时，他们才恍然大悟，终于把名字和脸对上了号。

"她成了策划经理，那庞姐呢？"

"不知道，应该就是降级了吧。"

"不是说去年庞姐出事了吗？她差点儿把项目搞砸了，我要是肖总，也不敢用她了啊。"

…………

探究的目光在身上来回打量，朱依依站在台上的那几分钟，下面议论声不断，她的脸上维持着礼貌的笑容，条理清晰地将一早准备好的内容说完了。

此刻的压力对她来说也是动力。

她不想再做以前那个无名无姓、像隐形人一样存在的朱依依，也不能再像以前一样畏畏缩缩的——现在她代表的不只是自己，还有整个团队。

述职发言结束后，她看到晓芸在台下十分捧场地给她鼓着掌，晓芸还碰了碰旁边的阿张示意他也跟着一起鼓掌。

朱依依心里热热的。

她想：无论如何，她也不能辜负他们的期望。

开完会回来，朱依依就换了工位，从之前的角落里更换到了庞姐的座位上。

她走过来时，庞姐正要把桌面上的东西搬走。庞姐装模作样地说了句"恭喜"，后又话里有话地说道："有些人专门靠钻空子上位的，就是不知道下次还能不能有这么好的机会了。我看哪，那些没能力的人就算被架上去了，很快就会现出原形的。"

这番话很明显是在内涵自己，朱依依没理会，拿过湿纸巾擦拭桌面上的灰尘。

晓芸在工位上捏着鼻子，扇着风道："谁在说话？这也太酸了吧，离得这么远我都闻到了。"

庞姐回头瞪了她一眼，那张脸气得五颜六色的。

中午，朱依依准备请团队里的人吃饭。

因为不知道大家喜欢吃什么，她在微信群里发了好几家餐厅的链接，有韩国料理，也有中式的川菜、粤菜。结果大家都很替她省钱，选的是人均消费最低的一家餐厅。

因为下午还要上班，大家就只喝了一点儿酒。

碰杯的时候，阿张说："那以后我们是不是该改口叫经理了？"

朱依依听着这称呼觉得有点儿别扭，连连摆手："还是叫我依依吧，叫经理我也不习惯。"

晓芸鄙夷地看着她："叫经理就不习惯了？我还指望你以后当总监，带我们整个组的人一起走上人生巅峰呢。"

"就是，就是……"

朱依依差点儿被饮料呛到，偏过头咳嗽了起来。

从餐厅步行回公司的路上，朱依依走在后面，想了想，给陈宴理发了消息过去："你晚上有时间吗？"

其实，这件事她最该感谢的就是他。

如果那天不是他鼓励自己，她可能没有勇气迈出那一步。

将消息发出去后一直没有收到回复，朱依依等着等着就趴在工位的枕头上睡着了。

等她午休醒来，才收到他的回复。

Chen："开了一个上午的会，刚结束。"

Chen："是不是有什么好消息要和我分享？"

第一句话，他大概是在和她解释为什么他过了这么久才回复。

而这第二句话，他猜得也太准了。

朱依依想了想，回："说，你是不是偷听了我们公司的机密？"

刚走出会议室的陈宴理弯了弯嘴角，正欲回复，就看到朱依依拍了张照片发过来，是天花板上的摄像头。

依依："这就是你在我司装的监控吧？"

陈宴理盯着这条消息几秒，忍不住嘴角上扬。

阿 Ken 迎面撞上他，一时愣住。无论怎么看，阿 Ken 都觉得总监现在浑身都在冒粉红色的泡泡。

阿 Ken 故意凑过去，假装要偷看他的短信。谁知总监立刻收好了手机，抬头望向阿 Ken 时眼底还带着笑意。

"有事？"陈宴理问。

"总监，如实招来，最近是不是谈恋爱了？"

陈宴理思考了一会儿，笑着回答："或许吧。"

因为要请陈宴理吃饭，朱依依这次特别正式，提前订好了位置。

地点是城郊的一家西餐厅，临江而建的，傍晚时分，从落地窗往外看，夕阳余晖落在江面上，颇有诗意，碰杯时，杯中夕阳的残影好像也跟着酒一起摇晃。

陈宴理刚落座，朱依依就把菜单递给了他，假装阔绰地说："今晚随便点，都算我的，不要替我省钱。"

陈宴理被她逗笑，翻阅着菜单："那我就不客气了。"

说是这样说，但从点的食物来看，他似乎并不舍得让她花钱，点了好几样，最后还够不上人均的价格。

朱依依最后又点了一瓶红酒，才把菜单递给侍应生。

她向来是有点儿好事就藏不住的性格，还没等陈宴理问，就开口说道："我今天确实有好消息要和你分享。"

陈宴理嘴角含笑，望向她："什么好消息？"

"我今天正式升职啦，工资也提了一点点……其实也不算一点点，反正对我来说挺多的，差不多是以前两个月的工资！"她眉飞色舞地说道。

陈宴理从她脸上的表情看得出来，她是发自内心地开心。她这么毫无戒备地和他分享着这个消息，大概是真的把他当成了重要的人。想到这里，他勾了勾唇。

喝了点儿红酒，在酒精的作用下，朱依依彻底打开了话匣子："这对我来说，真的是很大的肯定。接手这个项目以来，我才知道原来我也是可以完成这些看起来那么困难的事情。你不知道，我以前和陌生人对接工作都会很紧张的，打电话前还要预先打草稿，现在竟然可以去陌生的城市，和那么多陌生人一起工作半个月。而且，做到这些事没有我想象中的那么困难……"

"其实你一直很优秀，只是缺少展现的机会和平台。"

在对方的注视下，朱依依有了剖析自我的欲望："我有没有和你说过，我复读过一年？"

陈宴理摇了摇头。

"我曾经复读过一年，但是很丢脸，第二次考得比第一次还差。"说到这里，她本想假装豁达地笑笑，眼睛却渐渐红了，"第二次高考失利的时候，我有很长一段时间都不知道该怎么办。那段时间，我一闭上眼就在回忆那天考试的细节——涂答题卡、做数学最后一页的大题、做英语的阅读理解、检查答题卷，我不知道究竟是哪个环节出了问题。从那天起，那个分数每时每刻都在提醒我，我有多失败。我明明努力了啊，但为什么还是没有用？所以，我总觉得在我身上不会再发生什么好事了。因为不想再去尝试新的事情，我把自己彻底封闭了起来，好像这样就不会再受到伤害。"

这些话，她从没和别人说起过。哪怕是面对着薛裴，她也从未和他提起过只言片语，但不知为什么，她总觉得眼前的人值得她信任。

语言安慰的效果太有限，如果此刻不是在餐厅里，陈宴理很想给她一个拥抱。

他不是一个容易共情的人，但现在他的心也像被泡在柠檬水里一样酸酸涩涩的。他不知道该如何描述这种感受。

陈宴理："我刚才在想，如果我能遇到当年高考失利的那个朱依依，一定会对她说——不要为了这个分数难过，因为七年后的你，会变得很优秀，会有自己的一番事业，也会有自己所热爱的事情，虽然自己的人生走了不少弯路，但最后还是会抵达理想的终点。"

这番话让朱依依忍不住鼻酸，被理解的感动和委屈的情绪在心里交织。

她已经记不清，这是第几次在陈宴理面前掉眼泪了。

过了好一会儿，她终于平复了心情，也终于记起了今天的正事——这些话是她来之前就想好了的。

她放下手里的餐具，表情严肃了些："还有一件事就是，这几天我想清楚啦，我觉得我们不是那么合适。你太好了，对我来说太遥远，又太完美。这段时间你一直给我职业上的建议，生活上也对我无微不至，我不知道你为什么对我那么好。你学历高，工作能力好，长得也很好看，可我没有那么好，只是个普通人。我想了很久，甚至不知道我有什么值得你喜欢的。"

陈宴理握着刀叉的手顿了顿，抬头望向她："这是你的真实想法？"

朱依依迟疑了一会儿，说："是。"

沉默了半晌，陈宴理望着餐桌上精美的食物，说："看来这才是这顿饭真正的目的。"

朱依依没说话，当作默认。

"我想问你一个问题。"

"什么？"

"你对我有没有好感？"

陈宴理的眼睛一眨不眨地望着她，他似乎要从她的脸上得出真正的答案。

没预想过他会这样问，朱依依愣住，认真地想了一阵，最后诚实地点了点头。

她承认，有这么优秀的人陪伴在身边，在她的情绪最低落的时候一直给予鼓励和支持，她很难不对他产生好感。

陈宴理紧绷的嘴角终于弯了弯，深沉的眉目变得柔和。

"那我有没有其他方面让你不满意的？"

朱依依摇头。

"也不是因为上一段感情，所以拒绝我？"

"不是。"

"那看来像你说的，你拒绝我，是因为我们不合适，但'合适'不该是一段感情的开始，'喜欢'才是。"陈宴理说得认真，声音低沉，"事实上，我并不如你所想象的那么完美，也不喜欢用'完美'这个词来束缚自己。完美，意味着样样优秀，不允许失败，没有自己的脾气和缺点，我做不到。我经历过很多次失败，也经历过迷茫颓废的时光，也不是对所有人都那么温和。我有自己的野心和抱负，会为了争取一个机会，对其他竞争者使手段……

"如果你觉得我呈现在你面前的是完美的一面，是因为我喜欢你，所以展现的都是好的一面。"

北城的冬天一如既往地寒冷，不知什么时候外面下起了小雪，大街上的人都穿起了羽绒服。

从餐厅出来已经是晚上九点，一推开门就感受到寒风袭来，朱依依裹紧了身上的大衣和围巾，搓着手，说话时呼出白气："我总觉得今年冬天好像特别冷。"

"是吗？"陈宴理仰头望向天空的飘雪，眼神变得悠远。

从朱依依的角度，她恰好能看到他英俊的侧脸，还有他嘴角那淡淡的笑意。

"我倒觉得今年冬天比以往温暖了许多。"

话音落下，陈宴理很自然地牵起她的手，几乎是与她十指相扣。男人身上的热度从指尖开始传递，朱依依觉得暖的不只是手，连脸颊都变得滚烫起来。

男人观察着她此刻害羞的表情，脸上渐渐有了促狭的笑意。

"你觉得呢？"

朱依依一时不知道该说什么，所有的注意力都在两个人的手上，心头如小鹿乱撞。

他又握得紧了些："现在有没有好一点儿，还冷吗？"

朱依依声如蚊呐："嗯，好像是没那么冷了。"

她想：刚才她明明没有答应他，为什么现在看来好像他们已经在一起了？

握住的手没有再松开，他们就这么牵着手走在冬日的大街上，一路说着话，雪地里留下了并行的脚印。

"我没记错的话，刚才好像有人一直在夸我？"

朱依依这会儿只好装傻："有吗？"

"有人说我温柔体贴、学历高、工作能力好，"陈宴理说到这里，走得越来越慢，低下头看着她，"还说我长得好看？"

朱依依一张脸红得似乎要滴出血来："没有啊。"

"怎么有人开始耍赖了？"

"不可以吗？"

"可以。"

走到这段路的尽头，他忽然停了下来，声音比这夜色还要温柔："所以，要不要和我试试？"

月光下，他的眼神显得那么真诚。

城市涂鸦活动结束后，公司内部开了一次总结会议。

肖总特意邀请了 Skelet 的人过来参加，一起复盘活动效果，分析上个阶段有哪些不足之处，以及明确接下来的工作目标。

Skelet 那边的人来得比预期的还要早——会议室还没布置好，他们就已经到了。

朱依依让晓芸先去打印文件，又捧着电脑慌慌忙忙地走进会议室里。她走得太快，一下撞上了从门口走出来的陈宴理。

电脑差点儿掉在地上，幸好陈宴理伸手帮她接住了电脑，电脑这才幸免于难。

陈宴理："小心。"

朱依依接过电脑时，两个人的手不经意地触碰在一起，她的心跳都漏了一拍，重新将电脑抱在怀里。

"谢谢。"

"不客气。"

这么简单平常的一句话，大概是因为他说话时声音低沉，朱依依听在耳朵里竟觉得有某种暧昧的意味。

朱依依强装镇定地把电脑放在桌面上，刚连上投影仪，又听到陈宴理问她："我下楼买咖啡，要不要帮你带？"

刚走进门的肖总听到这句话，一看这不是乱套了嘛，连忙说道："朱依依，你下楼买吧，顺带问问大家都要喝什么，待会儿把账单发给我，我请客。"

朱依依愣了愣，把电脑合上："好，我马上去。"

她拿着便笺纸和笔问了一圈，记录每个人要喝的口味，问到陈宴理时，他把便笺纸拿了过去，笑盈盈地望向她。朱依依有些不明所以。

陈宴理笑了笑："给你增加工作量了，我觉得我应该负点儿责任。"

最后是两个人一起下楼买的咖啡。

不知怎么今天的电梯异常拥挤，最先走进电梯里的朱依依和陈宴理被挤到了人群最里面的位置，两个人肩膀靠着肩膀，几乎没有一丝缝隙。

大概是电梯里太闷了，朱依依脸都有些热。

电梯停在五楼，有人走了进来，电梯里一下挤得严严实实的，旁边有个中年男人往她这边凑了过来，陈宴理伸手搂住了她的肩膀，把她与那男人隔开了一定的距离。

即便她今天穿着厚重的外套，仍能感觉那只手放在她的右侧肩膀上的温度……

她心里涌起了一丝丝隐秘又喜悦的情绪。

等那男人走出电梯后，陈宴理才松开手。朱依依望着不断下降的楼层数字，眼观鼻鼻观心，努力地让自己平复心情。

原来不是电梯里太闷，是她自己的问题。

终于走出电梯，她疑惑地问道："你们今天怎么来得那么早？"

她记得会议的时间定的是下午三点，他们两点半就到了。

陈宴理嘴角含笑，望向她："你说呢？"

朱依依蒙了："我怎么知道？"

"可能是因为，有人想早点儿见到你。"

朱依依控制不住地欣喜，却又不想被陈宴理看到，便扭过头不再看他，望向街边的广告牌。

担心会影响工作，朱依依又警告似的对他说："以后上班时间，禁止说这些。"

陈宴理咳嗽了两声，配合地换了腔调，严肃地回道："好的，朱小姐，刚才是我冒昧了。"

会议一连开了两个小时，临近结束时，气氛有些压抑，因为肖总和Skelet的市场部经理在方案上产生了一些分歧，讨论得有些激烈，一时大家都不敢出声。

从会议室里走出来，朱依依脑子还"嗡嗡"地响着，宛如劫后重生。

晓芸小声吐槽："肖总脾气一上来，真是八匹马都拉不回来，太吓人了。"

朱依依想起来也胆战心惊，刚才都担心两个领导要在会议室里吵起来。

回到工位上，她开始整理刚才会议上的要点，一忙起来都忘记了时间。

快下班那会儿，她收到了一条消息。

Chen："我在楼下等你。"

他竟然还没走？

朱依依看了一眼时间。距离会议结束已经过去一个小时了，他不会一直在这里等着吧？

她匆匆地把工作收尾，背着包下楼，走下楼的这几分钟里，她的心情竟然有些雀跃。

走进车库里，她一眼就看到了陈宴理的车，白色的玛莎拉蒂。

陈宴理大概早就看到她了，下车给她拉开了车门。

"刚才开会是不是被吓到了？"

朱依依没掩饰自己的情绪："有点儿。"

陈宴理揉了揉她的头发："那你以后要习惯，在我看来，这还属于正常讨论的范畴。"

说起来，朱依依还有一件事要问他："对了，你今天开会好像都不怎么说话？"

陈宴理打转方向盘，语气稀松平常地说："忘了告诉你，我现在已经不负责这个项目了。"

因为他们之间的关系，他决定暂时退出这个项目。

"啊？"朱依依惊诧，不解地问，"那你今天过来做什么？"

陈宴理转过头望向她："当然是来接女朋友下班啊。"

晓芸发现，朱依依最近好像有点儿不太对劲。

先是中午吃饭的时候，朱依依时不时看着手机的聊天页面傻笑，自己一问她在笑什么，她又把手机藏好说没什么；然后周末这两天朱依依竟然主动地约自己一起去逛街买衣服，穿衣风格也变化了很多，不像以前那么沉闷；并且，平时总是素着一张脸上班的朱依依，现在偶尔还会化个淡妆，看上去气色也好了不少。

更重要的是气质的变化，朱依依现在与人交往时变得自信大方，游刃有余，看上去和以前判若两人，魅力倍增。

不知怎么的，晓芸想起了以前在网上看到的一句话："人被爱着的时候，是会发光的。"

晓芸心里隐隐约约有了答案，但又不敢确定。

终于，在这天下班的时候，晓芸找到了机会。

那会儿已经是晚上十点了，整层楼就只剩下她们两个。

关好灯和空调，一走进电梯里，晓芸就打趣道："朱依依同学，此时此刻，给你一个机会向我坦白。"

朱依依没听懂，笑着问她："坦白什么？"

"你和陈总监是不是……？"

晓芸只说了前半句，但看到朱依依脸上那藏不住的幸福的表情，就知道自己肯定是猜对了。

"天哪！"晓芸激动得声音都变了调，回想起之前的细节，一副"果然如此"的表情，"我就知道，他肯定对你有意思！难怪开会的时候，他看你的眼神都不一样。"

"哪有你说的那么夸张？"

"能和这么温柔绅士的男人谈恋爱，想想都值了。"晓芸又问她，"那你最近怎么还老是加班？是我的话，就天天和他黏在一起，恋爱才是正经事啊。"

朱依依笑着回她："和他在一起了，才更要努力地工作啊。"

"为什么？"

晓芸想：总监看起来也不像会缺钱的样子。

"因为，我想让他看到我更优秀的一面。"

朱依依说完这句话，晓芸转身望向她，夜色里，她的眼睛里闪烁着对未来的憧憬。

两个人走出大门，就见马路对面正停着一辆白色的轿车。英俊的男人靠在车身上，朝她们笑了笑。

正好是绿灯，晓芸碰了碰朱依依的肩膀，催促道："快过去吧，别让人家等久了。"

"好，那我先走啦。"朱依依对她挥了挥手，"明天见。"

"明天见！"

看着朱依依朝陈宴理跑过去的背影，晓芸竟有落泪的冲动。

从前朱依依和李昼在一起时，晓芸从未在她脸上看到过这样的神情，现在好像整个人都变得生动了。

真好。

朱依依终于遇到了真正的爱情，而不是一个合适的人。

一月中旬，吴秀珍和朱建兴来北城看望朱依依。

来之前，他们没有告诉自家女儿，而是让薛裴去高铁站接他们。

恰巧是周日，朱依依还在厨房里煮着午餐，忽然听到门口传来了一阵敲门声。

她以为是陈宴理来了，连忙关掉水龙头，急匆匆地从厨房走出去开门。

所以在给薛裴打开门的时候，她还是笑着的。

许久没有见到朱依依的薛裴，这一刻反而愣了愣。他不记得有多久看到她满眼期待与欣喜的眼神了。

连带着薛裴都感染到了她的快乐，笑着问她："今天心情这么好？"

笑容渐渐从脸上消失，朱依依把门敞开，让他进来："是挺好的。"

大概是因为最近想通了不少事情，她现在看到薛裴竟也没有像以前那样反感。

朱依依望向他身后的吴秀珍和朱建兴，这才发现薛裴手上还帮忙拿着行李箱。

"爸、妈，你们怎么来了？"

"我们担心你啊，这就过来了。"

吴秀珍这段时间在家里总是惴惴不安的，吃也吃不好，睡也睡不好，发生了这么大的事情，也不见她打电话回来说什么。她不哭也不怨，反而更让人担心。吴秀珍就怕她把事憋在心里，到时候憋出病来。

朱依依简直哭笑不得："担心我做什么，我这不是好好的？"

吴秀珍仔细地打量着自己的女儿，好像是这么回事，看着这脸色比之前还好上了几分。

"没事就好，没事就好。"吴秀珍这下终于放下心来，"那就当我和你爸来北城旅游嘛，陪你一起散散心。"

朱依依已经进了门，而薛裴还站在门口，视线停留在门口的鞋架上。

他看到那鞋架底层放着一双蓝色的男式拖鞋，看上去像是情侣款。

他想：怎么李昼的东西还放在这里？

这样想着，薛裴进门时把那双拖鞋扔进了一旁的垃圾桶里。

他刚走进门，就有一个圆滚滚的小东西在他的脚边蹭来蹭去，像是在撒娇。

刚放好行李箱的朱依依看到这一幕，朝粥粥招手示意它过来："粥粥，快来妈妈这里。"

她记得薛裴以前不太喜欢小动物。

但粥粥今天特别不听话，仍然在薛裴脚边打着滚。薛裴不知怎么笑了笑，弯腰一把将粥粥抱在了怀里。他抚摸着它后背上的毛，弯了弯嘴角，得意地说道："看来它挺喜欢我。"

朱依依也觉得奇怪，平时粥粥没有这么黏人的。

她提醒："小心衣服粘上猫毛。"

"没关系，"薛裴抱着粥粥在沙发上坐下，貌似不经意地提起，"不过，是不是该给它换个名字了？"

朱依依还没回答，吴秀珍就从厨房里走了出来："依依啊，你这厨房怎么这么小，挤得我和你爸两个人都转不过身！连个抽油烟机都没有，你平时到底怎么做饭哪？"

"我来吧。我快煮好了，你和爸到客厅里坐着就行。"

只是朱依依刚走进厨房里，打开煤气灶，门外又响起了敲门声。

薛裴正要去开门，却见朱依依从厨房里急急忙忙地跑了出来。

她微微喘着粗气："我来吧，有个快递要本人签收。"

她暂时还不想让家里人知道陈宴理的存在，不然吴秀珍肯定又要每天问来问去，催着她结婚。

朱依依迅速地打开门又合上。坐在沙发上的薛裴觉得有些奇怪，因为从他的角度望出去，看到了一双黑色的皮鞋，好像还有点儿眼熟……

朱依依身上还系着围裙，头发随意地扎在脑后，几缕发丝垂在脸颊两侧，看起来有些乱糟糟的。她大概是刚从厨房里出来，袖子半挽卡在臂弯处，手上湿漉漉的，还在往下滴着水。

陈宴理疑惑地望向她，以及她身后突然被关上的门："怎么了？"

朱依依一时有些难以启齿。

尤其她看到陈宴理手上还捧着一束花，是淡雅的小苍兰，花瓣上沾着晶莹的水珠。

"我爸妈今天来看我，所以……"朱依依说话声越来越小，"所以，我说我出来取快递。"

陈宴理明白了是怎么一回事，低声笑道："原来我成快递员了。"

"我随口胡诌的。"

朱依依以为他会生气，正想着要怎么和他解释，没想到他从口袋里拿出了一块整齐的方巾。男人那双修长又漂亮的手覆在了她的手臂上，温柔地擦拭着上面的水珠，末了又帮她把袖子拉了下来。

现在室外的温度接近零下，她身上穿的家居服很单薄，他担心她会被冻到。

朱依依这么多年极少被人这样认真、细致地对待，眼睛竟然红了红。

连她都觉得眼前这个人是上天派来拯救她的。

望着他手里的花，朱依依犹豫了一阵："这花……？"

知道她现在不方便拿，陈宴理笑着说道："这束花，我先替你保管。"

"好。"

朱依依住的地方在四楼。她换了双鞋子先送他下楼，顺带去驿站取快递。

两个人沿着楼梯往下走，陈宴理不知想到什么，忽然问她："薛裴也在吗？"

朱依依愣了愣，放缓脚步。

他是怎么知道的？

"刚才在门口，我好像看到他的鞋了。"

朱依依如实回答道："他送我爸妈过来的。我爸妈第一次来北城不知道我的具体住址，所以就联系了他。我也是才知道这件事的。"

"没关系，那我下次再来。"

陈宴理语气里隐约有着委屈与低落之意。

他只是这样说了一句，朱依依就觉得心里酸酸胀胀的。本来说好她今天请他吃饭的，现在却连门都不让他进，尤其薛裴还在里面，难免让人多想。

走到楼道口，她伸手环住他的后背，脸颊贴在他紧实的胸膛上，靠得那样近，似乎能听见他的心跳声。

"对不起。"她小声说着。

这个温暖的拥抱让所有失落的情绪都随之消散，心脏好像一下被填满，陈宴理摸了摸她的头，安抚道："这有什么可对不起的？"

说罢，他又将她抱紧了些："以后不要轻易跟别人道歉，知不知道？"

"嗯，知道了。"朱依依乖巧地应着，就这样抱着他，心里充斥着前所未有的安全感和幸福感。

临走前，朱依依和他挥手告别。

陈宴理却想起了什么，像煞有介事地对她说："不过，你要答应我一件事。"

"什么？"

"这几天不可以和薛裴单独待在一起，"他缓缓补充了后半句话，"我会吃醋。"

朱依依到楼下便利店买了酱油和其他调味料，又去驿站取了这几天的快递。

手上拿着满满当当的东西，朱依依抱着快递走进门时，吴秀珍瞧见她回来了，问她："快递不是送上楼的吗？你怎么去了这么久？"

谎话张口就来，朱依依自然地回道："我想起家里没酱油了，就下楼去买了瓶酱油，还买了点儿别的东西。"

"哦，"吴秀珍不疑有他，接过她手里的购物袋，忽然瞥到她的脸，"那你的脸怎么红红的？过敏了？"

坐在沙发上的薛裴也抬眼望了过去，瞧见她脸上露出类似少女羞涩的情态，眼神顿时变得深沉起来。

这么明显吗？

朱依依摸了摸脸颊，随口说道："可能是外面太冷了，被冻到了，一会儿就好了。"

说完她怕露馅儿，转身就进了厨房里。

过了一阵，薛裴仍觉得有些不对，起身走到窗口往外看去。

楼下什么人也没有，只有铺天盖地的积雪和一台黑色的轿车。

厨房里，朱依依正在洗菜，想起刚才那个拥抱，心里仍是甜丝丝的，就像冰块加进了可乐里，甜得冒泡。

近来每次见面结束，她总会不自觉地想起那些亲密的细节，然后傻笑。

她这会儿正哼着一首不知名的歌曲，薛裴就走了进来。

听到脚步声，朱依依回头看了一眼，然后立刻停止了自我放飞式的哼唱。

"怎么了？"她问。

她以为是吴秀珍要找她。

薛裴："我过来帮忙。"

"不用了，我自己来就行。"朱依依说得诚恳，"也没什么需要帮忙的，快弄好了。"

她这么说着，薛裴仍旧没出去，就在旁边站着看她。被他盯着心里发毛，朱依依最后没了办法，只好让他洗菜，自己则走到旁边的料理台前切胡萝卜丝。

两个人这样安静地待在一个空间里，对薛裴来说已是难得。

跨年那天，他曾给她发过短信，但她没有回复；他给她送的礼物，至今仍没有被签收。

自港城见面后，她没有再和她说过只言片语。

后来他想：关心则乱，他这段时间一直用错了方法。

他了解她的性格——他逼得越紧，她越是反感。或许他该慢慢来，应该再变回以前她爱慕的那个谦和有礼的薛裴，而不是一个急于求爱的疯子。

从今天来看，他的想法是对的。

她对他的态度果然缓和了许多。

他一边洗着蔬菜，一边问她："听阿姨说你最近升职了？"

"是。"

"什么时候的事，怎么没听你提起？"

"就上周。"

想起上次在御福广场看到的场景，薛裴很想再说些什么，但最后开口只说了三个字："恭喜啊。"

"嗯，谢谢。"

聊天的话题简短又尴尬，朱依依回得敷衍，然后就听薛裴说道："说起来，前段时间我在网球馆里遇到了陈宴理。"

朱依依切菜的手顿了顿，速度也慢了下来："哦，是吗？"

"我让他工作上多照顾你一些。你平时总是不懂得争取，容易错失机会。"

朱依依沉默着，没说话。

"你们工作上经常联系？"

"偶尔，"朱依依专注地切着胡萝卜丝，又说，"他现在不负责这个项目了。"

薛裴当下了然："他工作上没有为难你吧？"

"没有，"朱依依说完，想了想，又补充了一句，"他人挺好的。"

朱依依将饭菜端到客厅的饭桌上时，吴秀珍正从朱依依的卧室里走出来，帮她把脏衣服拿去洗衣机里。

吴秀珍是闲不下来的性格，就这么一会儿帮朱依依拖好了地，又收拾了一遍客厅，屋子看上去整洁了许多。收拾好这一切，她才肯洗手吃饭。

餐桌边，朱建兴又和薛裴聊起了北城贵得离谱的房价，简直是寸土寸金。

吴秀珍想起了什么："依依，你这个房子就只有一个房间，那我和你爸今晚住在哪里啊？"

朱依依已经想好了，指着不远处的一栋建筑："这附近有个酒店，我待会儿带你们过去。"

话音刚落，薛裴就适时地说道："我在淮阳区有套房子，还空着，家具都齐全。叔叔阿姨如果不介意的话，可以先住在那边。"

吴秀珍脸上乐开了花。她本就不喜欢到酒店里住，不干净，还有一股子气味，睡不习惯，但表面还是推托着："这多不好意思啊，刚才还麻烦你送我们过来，现在又要在你那里借住。"

"没事，现在房子空着也是空着。"说完，薛裴望着正在低头吃饭的朱依依，"我们都是一家人，没什么不好意思的。"

听到这意有所指的话，朱依依皱了皱眉头。

就这样，吴秀珍和朱建兴就在薛裴的房子里住了下来。

正因如此，朱依依这段时间几乎每天下了班都过来一起吃晚饭，和薛裴也见得越来越频繁。

听吴秀珍说这几日薛裴休了假，陪着他们将北城著名的景点都逛了一圈，带他们去参观博物馆、奥林匹克公园、海洋馆，还买了很多东西，说要带回去给薛阿姨。

朱依依每天刷新朋友圈都能看到吴秀珍拍的游客照，照片里她和朱建兴都龇牙笑着，在景点前合影。

挺好的，她难得看见他们这么开心。

这天，朱依依下了班过去，竟然看见薛裴在跟吴秀珍学做饭。

他穿着浅蓝色的家居服，腰间系着条小熊围裙，手长脚长地站在厨房里，身上的精英气质和厨房的烟火气格外不和谐。

朱依依走进厨房里时，他竟不好意思了起来，别过脸没看她。

砧板上放着切得歪歪扭扭的茄子切片，旁边放着一盘还没搅拌均匀的肉碎，他们像是在做茄子酿。

吴秀珍说道："你看，薛裴多有心，今天跟我学了几道菜，都是你喜欢吃的！你待会儿可得多吃点儿啊！"

看着料理台前系着围裙的背影，朱依依一时有很多话想说，但又什么都说不出口。

如鲠在喉，说的大概就是她此时的心情。

薛裴回过头看向她，笑得温和："你先在客厅里休息一会儿，马上做好了。"

朱依依收回视线，说："好。"

客厅里正播放着晚间新闻，她坐在沙发上，却一个字都看不进去。

吴秀珍不知什么时候也从厨房里出来了，和朱建兴不无感慨地说道："唉，你看，薛裴这孩子多好，这么优秀，还愿意下厨房干家务活，就是我们依依没这福气，可惜了。你说他要是我们家女婿，多长脸！"

朱建兴摇了摇头，示意她别再往下说了："你别总当着女儿的面说这些。"

"这不是事实吗？不用我说，她也知道。"

吃饭时，吴秀珍不停地夸薛裴做的菜。她单是一个人夸还不够，又给朱依依夹了好几块茄子酿，让朱依依点评。

"依依，你来尝一下，薛裴第一次做的，是不是很好吃？"

朱依依抬起头，正好对上了薛裴满是期待的眼神。

顶着他的视线，她用筷子夹起茄子酿尝了一口，说："嗯，是挺好吃的。"

但接下来，她再也没动过筷。

这顿饭对她来说，实在难以下咽。她决定待会儿就和薛裴把话说清楚。

吃完饭，薛裴送她下楼。

刚走进电梯里，朱依依就开口："薛裴，其实你没有必要做这些事的。"

薛裴低头看着她："我只是想着以后可以做饭给你吃。不过这次做得不太好，我刚才看你也只吃了几口，是不是太咸了？"

在他脸上，她竟看出了几分腼腆的试探之色。

朱依依心里有种说不出来的滋味。

电梯门已经合上，所有的声响都被隔绝在外。

思考了好一阵，朱依依像是下定了决心，终于将这句话说了出来："薛裴，我已经有喜欢的人了。"

两个人沉默了一秒、两秒……

死一般的寂静气氛在这个狭窄的空间里蔓延开来。

薛裴的脸色变了变，似乎难以置信，他轻笑了一声，语气轻飘飘的："怎么可能？"

她和李昼才分手多久？他了解她的性格，她不像是会这么仓促地进入下一段感情的人。

这大概是她拒绝他的托词。

然后他看见朱依依的脸上出现了曾经望向他那般的神情，她望向前方，却像是在看另一个人。

"他是我真的很喜欢的人。最近和他在一起我很开心，也很幸福——那种感觉是我从来没有体会过的。我觉得我的生活也在他的引导下慢慢变好了。我开始期待每天的到来，也期待每天都能看见他。我很珍惜这段感情，所以希望你不要在我身上浪费时间了。"

电梯数字在不断下降，与此同时，不断下坠的还有他的心。

身上的围裙沾着肉酱调料的污渍，右手的食指上缠绕着止血绷带，薛裴低头看着这样的自己，这一刻觉得无比可笑。

伪装出来的谦和的神色从脸上退去，薛裴薄唇抿紧，脸色变得铁青。

"是谁？"

到了一楼，电梯门已经打开，朱依依没有回答他的问题，快步走了出去。

外面又下起了雪，雪花纷纷扬扬，风也在"呼呼"地吹着，连耳朵都被刮得生疼。

朱依依呼出一口白气，心想：这个冬天好像越来越冷了。

她越走越急，裹紧了身上的羊绒大衣。

身后有急促的脚步声跟了上来，她知道是谁，没有回头去看。

此刻的雪地空旷又安静，两个人一前一后地走着，就像是写意画里笔墨错落的两个点。

快走到人行道上时，薛裴忽然拽住了她的手。

他停顿了好一阵才开口说话："你刚才说你很喜欢他，"薛裴极力抑制着自己的情绪，当问出后半句话时，声音都在颤抖，"比当初喜欢我，还要喜欢吗？"

薛裴的话，让朱依依陷入了长久的静默之中。

她的反应让薛裴总算感到了一些安慰。他松了一口气，被伤得血肉模糊的心渐渐恢复，由碎片重新拼凑成整体。

"如果我有哪里做得不对的，你可以告诉我。"薛裴将姿态放低，语气里能听出诚恳之意，"饭菜不合你的口味，我可以再学；有哪些话、哪些行为让你觉得不舒服，我也会改。我会学着怎么和你相处，再重新开始……可我现在就像走进了死胡同里，不知道哪里才是出口。"

"薛裴，其实你不用改变什么，也没有做错任何事。"

薛裴愣住。

"如果你愿意，我们可以像以前一样相处。就像从前你装作不知道我喜欢你一样，我现在也会把你当成一起长大的朋友，会永远记得你对我的好。"说到这里，朱依依笑得有些苦涩，"其实我知道我复读那年高考，你是特意请假回来陪我考试的。那十年的时光我不会忘，不过……现在对我来说，那份感动已经不是当初的心情了。"

有雪花落在肩头，薛裴却像是浑然不觉。

"你知道吗？和他在一起后，我甚至不那么恨你了，也不想再埋怨任何事了。我才知道原来一段健康的恋情，是真的可以让人释怀很多事情，连以前的遗憾都觉得是一种成全。"

释怀。

萧瑟的夜里，薛裴冷笑了几声。

朱依依坐地铁回到家那会儿，已经是晚上十点了。

刚才路过夜宵档时，她买了份小馄饨。她今晚都没怎么吃饭，这会儿确实饿了。

她坐在饭桌前正准备吃饭，陈宴理忽然发了消息过来。

因为最近要陪着爸妈，她和陈宴理见面的机会也少了很多，聊天也没以前那么频繁了。

Chen："告诉你一个好消息，我把 Wille 接过来了。"

朱依依把勺子放到一边，有些惊喜地回道："什么时候的事？"

上次去港城，原本他们约好跨年后就去看 Wille 的，但后来工作上有冲突，就没去成，没想到他现在把它接过来了。

很快，陈宴理就回了消息过来。

Chen："在你没回我的消息的时候。"

朱依依一时有些哭笑不得，往上翻了翻聊天记录。他说的大概是前两天她忙着工作忘记回他消息的事情——他竟然还记得。

她低头喝了口馄饨汤，想了想，回："某人怎么还在记仇？"

Chen："那明天……要不要来看看两个狗子？"

随后，陈宴理发了照片过来，可她怎么看，都只看见了 Wille。

她疑惑地问他："另一个在哪儿？"

陈宴理圈出了照片里的自己。

Chen："这里。"

在这个精疲力竭的夜晚，因为这条消息，朱依依脸上终于露出了笑容。

Chen："好久没见我女朋友了，有点儿想她，不知道她有没有想我？"

看到这条消息，那些不愉快的情绪好像立刻被抛到了脑后，朱依依望向窗外，忽然觉得今天也没有那么糟糕了。

至少，她还可以期待明天的到来。

因为下午还要陪爸妈一起出去玩，所以第二天一早，朱依依就去了陈宴理住的小区。

两个人一起在小区楼下遛狗。

陈宴理牵着她的手，而她牵着 Wille 的牵引绳。

周六的早上，小区里很多人在晨跑。大概是因为陈宴理的外形过于出众，很多人路过他们身边时都朝他们看了过来，形形色色的眼光将两个人从头扫到脚。

陈宴理或许看出了她的不自在，将她的手握得更紧。

"我猜，他们一定是在羡慕我。"

朱依依没好气地笑道："我也觉得。"

走至附近的公园，他们在长椅上休息了一会儿。Wille 乖巧地伏在朱依依的脚边，伸着舌头喘着气。

Wille 是棕白毛色的阿拉斯加雪橇犬，性情温驯，也很亲近人。朱依依一边抚摩它的后背上的毛，一边对陈宴理说道："不知怎么的，我总觉得 Wille 有点儿眼熟，像是以前在哪里见过。"

这种莫名其妙的熟悉感，让她觉得有些怪异。

听到她的话，陈宴理拧开矿泉水瓶，仰头喝了一口水，笑着说："你以前确实见过。"

朱依依愣了愣："什么？"

"前几年我刚来北城上学，在闵安路租了一套公寓，顺带把 Wille 也接了过来。但还没几天，有朋友来我家里聚会，没把门关紧，它就自己跑出去了。

"Wille 对我来说就像家人一样——那几天我特别着急，几乎发动了身边所有的朋友去找，也在网上发布了很多消息，但还是没用。然后有一天，附近的宠物救助中心给我打电话，说有个女孩儿捡到了一只狗狗，狗狗和 Wille 很像。"

于是，当下他立刻开车过去。

在宠物救助中心，他终于看到了 Wille。

它在外面流浪了好几天，毛色都变得灰扑扑的了，腹部那里包扎着绷带，大概是受了伤。他心疼得红了眼睛。

宠物救助中心的工作人员说那女孩儿担心伤口受感染，所以带它去宠物医院看了病才送过来的。

他当下心里感激，想当面答谢她。

"你来晚了一步。你进门的时候，那女孩儿刚走。而且你酬谢的钱，她也没要。她说如果你同意的话，可以捐给我们救助中心或者其他宠物基金会。"工作人员拿出一份表格递给他，"不过很奇怪，她是一个人来的，但上面写的是两个人的名字。"

他接过表格看了一眼，发现有一个人竟然还是自己认识的。

那天，他抱着 Wille 坐上车，刚准备打转方向盘离开，就看到薛裴推着自行车和一个女孩儿并肩走着。

他听见他们在说话——

"告诉你，我今天做了一件好事。"

"什么好事，说来听听？"

"我上午做完兼职，在路边捡到了一只狗狗，那狗狗长得特别可爱，估计是走丢了。我刚才把它送到了这边的宠物救助中心，然后工作人员告诉我，失主悬赏了两万块钱呢——我都吓了一跳。"

薛裴笑着问她："然后呢？"

"这么大一笔钱我不敢要，所以就以我们俩的名义将钱捐给宠物救助中心啦。"女孩儿仰着头望向薛裴，用开玩笑的口吻说道，"你不是很快就要出国参加竞赛了吗？我这是给你积攒好运呢，到时候你一定可以超常发挥。"

薛裴摸了摸她的头，语气宠溺地说："我们依依这么棒啊，谢谢。"

…………

从那以后，陈宴理常常能在闵安路的一家奶茶店里看见这个女孩儿。

她好像长期在那里做兼职，有一次他实在好奇，便进去点了一杯水果茶。

那天店里的客人不多，她在和另一个店员聊天。

她说快到圣诞节了，她想攒钱送朋友一瓶男士用的香水，问对方有没有什么推荐的。

"你要什么价位的？"

"1000 元左右吧。"

"这么贵啊？！我还以为你要买两三百块钱的呢。"

"因为要送给很重要的人，所以想买好一点儿的。"

"是送给男朋友吧，不然你怎么舍得花一个月的工资给他买香水？"

女孩儿回答的声音听起来有些低落："不是男朋友。"

"那就是你喜欢的人咯？"

她沉默了好一会儿，才点头。

他大概猜到了什么，但还不敢确定。

直到圣诞节那天，薛裴组了一个局，邀请了很多朋友，他也在内。

不出意外，他又看见了她。

不过这次，她的脸上不再是那样生动的表情，她在角落里安静地坐着，很拘束，没怎么说话。

他能想到原因，因为那天薛裴的女朋友也来了。

说不清为什么，聚会上他一直留意着她。

到了送礼物的环节，发生了一件尴尬的事，她和薛裴的女朋友送的礼物撞了，两个人送的是同一款男士香水。现场很多人起哄，包括薛裴的女朋友。

她有些难为情，支支吾吾地解释，却也没解释出什么来，没一会儿就去了卫生间。

他猜，她大概是哭了。

等她从卫生间里出来，果然她的眼睛红红的，而薛裴正被人群簇拥着和他的女朋友一起切蛋糕。室内有人放起了手持礼花，热闹的气氛下没人发现她的异常。

她离开的时候，他跟在她身后出了门。那么冷的天，她就坐在公交站的椅子上吹着冷风，头埋在膝盖处，肩膀不住地颤抖。

他很想给她递一张纸巾，但最后还是没有这么做。

后来，和薛裴一起打球时，他不经意地问起了她的消息。薛裴说她是邻居家的妹妹，从小一起长大的，关系很好，就像亲妹妹一样。

他开玩笑地说："那她有男朋友了吗？"

薛裴拿过毛巾擦着汗，愣了愣："还没有，怎么？"

"不如介绍我们认识一下？"

薛裴当时笑了笑，爽快利落地说道："好啊。"

"在日料店的那一次，是我们第一次正式见面，其实那天看到你在密室里哭的时候，我就已经后悔了。我忽然意识到我做了多么残忍的一件事。"

他以一种最残忍、最难堪的方式，亲手戳破了她对薛裴的幻想。

陈宴理望向远处，再次开口："以前你很喜欢薛裴吧？"

喜欢到连捐助善款时，她都要将他的名字写在一起。

"嗯。"朱依依没有否认。

"其实有时候，我很羡慕薛裴。你知道有一种人，他什么都不用做，就很容易将别人的光芒遮盖住，也很轻易就能获得别人的喜欢。不过另一个反面是优秀的人也容易招来恶意，但薛裴是个例外。因为差距太大了，哪怕你把他拉下神坛，自己也得不到什么好处，那个机会还是落不到你的头上。"

朱依依还是第一次听他提起关于薛裴的事情。

"有一件事我记得很清楚——大一那年我们曾经一起参加过竞赛的集训，那个比赛很重要，关乎学校的荣誉，很多人到了晚上还回寝室里挑灯夜读……你猜薛裴在做什么？"陈宴理笑了笑，继续往下说，"他在写信，用那种五颜六色的信纸，特别像小女孩儿才会用的，写得特别认真。他说有个朋友复读了，他想要鼓励她考到北城来。更吊诡的是，那次比赛的结果出来后，他还是第一名。"

前面朱依依还能做到内心毫无波澜，但听完后半段内容，她的头垂了下去，攥紧了掌心。

"其实，我一直以来都认为他对你不是单纯的亲情，只是他自己没发觉。"陈宴理想了想，继续说道，"说起来，我有一点比他好，就是我比他更先看清了自己的心。"

这些话其实他早就想告诉她了。

他愿意给她机会再选择一次。

停顿了很久，他问："你现在还喜欢他吗？"

朱依依立刻摇头："当然没有。"

眼底有笑意漾开，他忽然低头靠在了朱依依的肩窝处，小声说道："那说好了，以后也不可以再喜欢薛裴，你不可以再喜欢他。"

下午朱依依去了薛裴家，站在门口，做了好一阵心理建设，最后还是鼓足勇气输入了密码。

她将门打开，客厅里却空无一人。

朱建兴在厨房里炒着菜，吴秀珍刚晾完衣服从阳台上走进来。她这几天在薛裴的房子里都住习惯了，觉得在北城生活也挺好。

"依依啊，要不你干脆搬过来住算了，这里不比你那出租屋好？"吴秀珍想起她住在那逼仄拥挤的房子里，就觉得心疼，"你平时按月付房租给薛裴就行了，反正他这房子空着也是空着。"

吴秀珍对这一带的房租没有概念，要是真按市场价来算，恐怕朱依依要把她一个月的工资都搭进去。

朱依依只当没听见这话，左耳进右耳出。

吃饭的时候，餐桌边只有他们三个人，薛裴不在。这几日薛裴一直陪着他们二老聊天，今天不在，吴秀珍反倒觉得不习惯了。

因为薛裴不在，于是有些话题又被提了起来。

"薛裴最近谈恋爱了没有？"

朱依依低头吃饭："不知道。"

"他上次不是说他有喜欢的人了吗？怎么没见他领那女孩子回家？薛裴的妈妈都盼了好几个月了。"

吴秀珍觉得奇怪：以薛裴这条件，怎么会过去这么久了，都没动静呢？

"要不是他说有喜欢的人了，妈都想帮你争取一下了。你看他从小对你又好，对父母又孝顺，我们来这儿一趟，他忙前忙后的，还带我和你爸到处去玩……你说，去哪里找这么好的女婿啊？"

朱依依反驳："他就算再好，也不是所有人都喜欢的。"

"你还嫌弃上了。"吴秀珍提起另外一茬，"对了，你三婶前几天说要给你介绍一个男孩子，对方在国企里工作，我看了照片，样貌也挺端正，就是年纪大了点儿，比你大了四五岁……"

积压已久的情绪在这一刻爆发，朱依依努力地保持着声音平稳："妈，能不能别管我了，你就让我消停一会儿，行吗？"

"什么意思？我不管你，谁管你？"吴秀珍一下来了气，把筷子放到桌面上，"你都多大年纪了，在我们老家，有几个姑娘像你这么大还不结婚的？李昼那事过去了就过去了，你要学会向前看！我和你爸都是担心你，不然也不会特意过来看你。"

"我现在工作很忙，真的没有时间去想那些事情。我工作已经很累了，不想周末放假了还要去应付那些陌生人，被别人挑来拣去的。你觉得那样我会开心吗？"

她向来习惯了逆来顺受，习惯了听父母的话去做事，习惯了隐藏自己真实的想法去迎合父母的期望，但……

她从没有一刻是快乐的。

"工作再重要，能有人生大事重要？你挣的钱再多，以后老了，身边连个伴儿都没有，我看你怎么办！"

"可是，我已经决定了——"朱依依终于说出了口，"我不想结婚了。"

就这一句话，把吴秀珍气得够呛。

当天，他们就收拾行李回了老家。

离开的时候，她送他们到车站，吴秀珍径自上了车，连头都没回，只有朱建兴拍着她的肩膀，叹了叹气："唉，你这孩子，明知道你妈的脾气，还专门说那些话气她。"

朱依依也不解释，笑了笑，说道："爸，你快上车吧，外面冷，等过年我再回去看你们。"

快要发车的时候，朱建兴终于转身上了车。

看着朱建兴步履蹒跚的背影，以及后脑勺儿花白的头发，朱依依红了眼睛。

她不知道自己是不是做错了。

这段时间，薛裴去了海城。

从去的那天起，他就切断了所有和外界的联系，没有任何人找得到他。

近来他总觉得这日子像是空心的，没有实感，也没有重量。从前工作能带给他很多成就感，激增的下载量和用户数字、不断增加的银行存款、添置的不动产，这些都曾是他的动力。

他期待开拓新的市场、新的商业版图，也乐于去拓展人脉与争取资源，一天时间安排得满满当当的。而现在呢，当银行存款上的数字翻上一番后，他好像有些麻木了。

他还记得他在北城买第一套房的时候，他还没毕业。那套房子并不大，位置也不算好，他本打算买来投资的。

当他把这件事告知朱依依后，她很意外。

大概她没想到他倒腾的游戏会这么值钱。

她在电话里就已经很激动了："薛裴，你太厉害了！"

她还说："苟富贵，无相忘。"

薛裴当时笑着回她："等我努力地赚钱，到时候在北城买一套大的别墅，我们两家人就可以住在一起了。"

朱依依想了想，说："完了，薛裴，你这么说之后，我现在就不想努力了。"

那段时间，她常常过来。她实习的地方离这里不远，有时候下班晚了，赶不上公交车，就住在楼上的房间里。

他现在想来，大概那算是一段同居的日子。

下了班他们会一起逛超市买菜，然后她在厨房里做饭，他在书房里工作。做好了饭，她就小声敲门说："开饭啦。"

他渐渐发现她有很多坏毛病，比如爱买垃圾食品，吃了第二天又喉咙痛，但也不长教训，好了继续吃，怎么说她也不听。

他没收她的零食，她还会发脾气。后来，他也就随着她了。

有一次，她问他："薛裴，你以前也这么管着你的女朋友吗？"

他当时愣了愣。那一刻，他忽然发现他好像从不关心她们喜欢的是什么。

来海城的第四天，薛裴一个人在海边从日出看到日落，就这样静静地看了一天。

这是朱依依曾经想来的地方……

可惜那年她复读后高考失败了，在家里待着怎么也不愿出门。

而在七年后，来到这里的只剩他一个人。

就像这些年，他好像得到了很多东西，但再也得不到那个人投来的崇拜的眼神。

日落时分景色很美，很多游客在拍照。

他终于打开手机，拍下了一张照片。

下午六点半，音乐会散场，朱依依正从剧院里走出来。

背包里放着的手机振动了一下，她拿出来看了一眼，然后又将其放了回去。

见她脸色有些不好，陈宴理好奇地问道："怎么了？"

转瞬间，朱依依脸色恢复如常，笑着说："没什么，垃圾短信。"

陈宴理想起刚才瞥见的页面，眼神黯了黯，没再问下去。

今日北城气温回暖，下了好几天的雪终于停了下来。

两个人走在大街上，还没走几步，陈宴理忽然开口说道："刚才忘了告诉你，你今天很漂亮。"

因为要来看音乐会，朱依依出门前打扮了一下，棕色大衣里穿着一条橄榄绿的吊带收腰连衣裙。她肩颈线条漂亮，很适合露肩的装束，但平时很少这样穿，所以有些不习惯。

朱依依内心雀跃，表面仍装作平静，说："谢谢。"

"今晚的表演你喜欢吗？"

今晚来演奏的是他很喜欢的一支交响乐团。在伦敦留学的时候他曾看过几次他们的表演，听说他们要来北城演出，一早就买好了票，想带她过来看。

朱依依点头："喜欢啊。"

不过在来之前她的确有些忐忑。她平时很少出入这样的场所，以前和李昼约会一般都是去看电影或者去吃东西。这还是她第一次来看音乐会，原以为自己没有办法欣赏这么高雅的艺术，但和他在一起，好像无论做什么事都很有意思。

她脸上的欣喜之色很明显，陈宴理不知想起了什么，笑着说："英国有一位畅销书作家叫马特·海格，曾经说过一句话。"

"什么话？"

朱依依有点儿蒙：怎么突然开始上课了？

月色下，他的声音沙哑又低沉。

"他说，阅读可以穿梭时间，音乐可以逃离时间，而亲吻……可以停止时间。"

他说到最后，语调越来越慢，似乎在调情，气氛暧昧得不像话，朱依依的耳朵红了一半。

华灯初上，霓虹灯闪烁，他停了下来，弯腰俯身。

"就在这一刻，我想让时间停止。"

这是一个温柔细腻的吻，让人想起春日云雾笼罩在山间，阳光从高处落下时的场景。

唇舌描摹着口腔的形状，逐渐深入纠缠，像是在努力地探索着什么，肌肤相贴，温度升高，两个独立的生命个体在冬夜里分享着彼此的体温。

这一刻，两个人连灵魂都是滚烫的。

朱依依完全被动地跟随着他的节奏，身体恍如浸泡在水里一样，软绵绵的，找不到任何支点。

她好像第一次感受到了情动——就像干涸的鱼需要汲取水和氧气一样，她渴望得到更多东西。

最后一吻落在眼睑处，他轻轻地亲吻着她的眼睑，放在她腰间的右手往里一按，拥抱得更深了。

结束时，朱依依像经历了一次漫长的航行，有些眩晕。她低着头不敢看陈宴理的眼睛，他竟还故意笑着问她："感觉怎么样？"

她别过脸，口是心非地说道："不怎么样。"

陈宴理眼中有促狭的笑意。他凑近了些，观察着她脸上的表情："看来有人不太满意。"

大冬天，朱依依的脸热得像是发高烧，她想了想，心里又有点儿别扭。

"你……之前谈过很多次恋爱吗？"

陈宴理扭过头看着她："怎么这么问？"

"随便问问。"她小声说道。

陈宴理屈着手指计算："嗯，确实不少。"

朱依依有点儿情绪低落，迟疑地问："'不少'那是多少？"

见她好像当真了，陈宴理终于正经起来，回答道："谈过两段，一段在大学，另一段在国外。"

"哦。"

"还有什么想问的？"

"没有了。"

朱依依说的是心里话。

还没走几步，他又打趣："在吃醋？"

朱依依立刻反驳："才没有。"

"那就是我刚才吻技不错。"

送朱依依回家的路上，陈宴理想起了他的两段恋情。

那两段恋情的开始，更多的是因为他对爱情的好奇。

他承认他对爱情最开始的认知，是从观察开始的，而观察的样本就是朱依依。

他总能想起那些细节——她写下的两个人的名字、那瓶令人难堪的香水、密室里为薛裴流下的眼泪……这些构成了他最懵懂的认知。

他的第一段恋情，从暧昧到确认关系不过只用了一周，而从确认关系到分手只用了二十天，就像速食产品一样，打开了包装，再过几天东西就腐坏了，最后只能将其扔进垃圾桶里。

他也曾被人热烈张扬地追求过，闹得轰轰烈烈、尽人皆知。那女孩儿每天等他上课、下课。他去哪儿，她就跟到哪儿。经过了一段时间，他开始犹豫着要不要接受她，但在这个想法产生的第二天，却发现对方已有了新欢。

几经辗转，话传到了他的耳朵里。

"陈宴理那人太难搞了，追了两个月还是油盐不进，算了。"

他渐渐相信永恒的爱情只存在于虚构之中，而爱情的本质不过是速朽与互利。

时隔三年，在出国后，他交往过一任女朋友，时间仅持续了半年，最后两个人和平分手。

这么多年，他好像从没得到过那样炽热、浓重、不计回报的爱，也从未被人长久而热烈地爱过。

朱依依和家里的关系越闹越僵，她也不知道怎么会走到了这一步。

自从那次争吵过后，吴秀珍再也没给她打过电话，只有朱建兴在快放春节假的时候，打电话过来问她什么时候可以回家。

"你妈天天盼着你回家呢，今天晨练一回来，又在念叨。"朱建兴边说边叹气，"你想吃什么，等你放假了爸给你煮。上次见你越来越瘦了，最近工作是不是很辛苦？"

"不辛苦，你别担心。"朱依依声音有些哽咽，"我应该下周就放假了。"

"今年怎么这么晚哪？农历得二十七八了吧？"

朱依依还没来得及说话，就听见电话那头传来了吴秀珍的声音："谁让你打电话的？挂了！都不想结婚的人，还回家干吗？免得被人笑话！"

电话就这样强硬地被挂断了。

听筒里传来漫长的"嘟嘟"声，她坐在沙发上，无力地抱住膝盖。

她想：看来今年是没办法回家了。

那天晚上，她把一早订好的高铁票退了。

陈宴理得知这个消息后，很快就买了两张去雾城的机票。

"接下来这几天，交给我。"

她疑惑地问道："你不回家了吗？"

"但我总不能让我女朋友一个人在这里过年。"陈宴理在电话那头笑着说，"万一想我了，又见不到，她会难过的。"

朱依依听到这话，鼻子酸了酸。

这是他们确定关系后的第一次旅行。陈宴理制订了周详的旅行计划，只是在飞机上，朱依依看着那上面罗列的场所，眉头皱得很深。

"这……有没有平民版的？"

陈宴理疑惑地问道："怎么了？"

上面随便一家餐厅人均消费都是几千块钱起的，住的酒店更是不用说，以平时她的消费习惯来看，她确实有些接受不了。

他们这样出来玩一次，不知道要花多少钱。

他好像明白了她的顾虑，伸手捏了捏她的脸："不用替你男朋友省钱。"

陈宴理家庭条件不差，从小没为钱犯过愁，高中毕业刚考上政法大学，父母就奖励了他一辆车。他花钱随性惯了，自然不觉得省下这点儿钱有什么用。

他只想让她好好享受这个假期。

在他的说服下，朱依依终于答应了下来。

虽然如此，朱依依更喜欢的还是街边那些苍蝇馆子。在她看来，那才是一座城市最真实的风味。

那几天他们走遍了雾城的街头巷尾，也拍了不少照片。

她很久没有这么快乐过了。她最喜欢做的事是每天早上一洗漱完就敲开他的房间的门，看到他头发乱糟糟刚睁开眼的样子，就莫名其妙地觉得可爱。

可爱。

连她都没想到会将这个词用在陈宴理身上。

陈宴理洗漱完，从浴室里出来，仍是睡眼惺忪。

"你怎么每天都醒得这么早？假期不睡晚一些吗？"

朱依依一本正经地说："打工人的生物钟就是早上七点半，望周知。"

这会儿客房服务员正好送来早餐，陈宴理喝了一口咖啡，笑道："抱歉，没当过打工人。"

朱依依知道他是在故意气她，把沙发上的抱枕砸了过去。

室内开着暖气，他身上还穿着白色的浴袍，枕头砸过来时，腰间的系带松了松，衣服又敞开了些，露出锁骨以下的肌肉轮廓，饱满又充满力量，再往下是块块分明的腹肌。

而那浴袍松松垮垮地挂在他身上，要掉不掉的。

陈宴理回过头，眼底含笑："你是故意的。"

朱依依的脸"唰"的一下红了，她别开脸，立刻澄清："我……我可是个很正直的人。"

陈宴理弯了弯嘴角："是吗？"

朱依依不想回答他的问题，到书架前随手拿了本书，翻了几页，假装在看书。

陈宴理："书拿反了。"

朱依依愣了愣，还真的手忙脚乱地把书颠倒了过来。

这下她才是真的拿反了。

陈宴理低声笑了起来，胸腔都在轻微颤动。

被捉弄的朱依依放下书走了过来，正想找他算账，猝不及防地被迎面抱住——他将下巴抵在她的肩窝处，手环在她的腰间。

"快让我抱一下。"他说。

他身上有淡淡的沐浴露的味道，像是海风里夹杂着柠檬的香气，很是清新好闻。朱依依发现很多以前和李昼在一起时会抗拒的亲密举动，现在竟然一点儿都不排斥。

这个清晨的拥抱让她的心头充斥着前所未有的幸福感。

"谢谢你。"

陈宴理笑道："谢我做什么？"

"反正就是要谢谢你。"

谢谢你在我最难过的时候，陪在我身边，也谢谢你让我感受到这样美好的爱情，让我觉得未来还有很多事情值得期待。

闹了好一阵，两个人坐在一起吃早餐，从落地窗往外看，可以将整座城市的风景尽收眼底。

朱依依一边吃着早餐，一边说："你知道吗？你刚才头发乱的时候，好像 Wille。"

她说完还用手比画了一下他的头发。

"哦，你说我像狗。"

"狗狗多可爱啊，明明是你沾光了。"

"行。"陈宴理放下手里的咖啡杯，朝她伸手，"把手机给我。"

"怎么？"

她疑惑地将手机递了过去。

等他把手机还给她时，她看到他把他在她的手机上的备注改成了"一一的专属小狗"。

下午，陈宴理带她去了雾城最有名的蹦极地点。

即便她不恐高，但站在上面仍有些害怕，全程不敢松开陈宴理的手。听说这跳台高度有 60 米，她想：要是一不小心掉下去，就真成粉身碎骨了。

两个人站在跳台上，教练为他们绑上了橡皮条。冬天的风吹得头发遮住了眼睛，朱依依往下看了看，又有些退缩。

一旁的陈宴理说道："每次遇到难题的时候，我都告诉自己，跳下去，就是一次重生。现在站在跳台上我或许会很害怕，但大难不死的感觉会让人上瘾。"

他此刻的眼神给了她安全感，就像在告诉她"相信我"。

两个人一跃而下的时候，风声在耳边呼啸，周遭的景物都在快速地倒退，恐惧与未知带来的兴奋感占据了所有的神经，尖叫成了仅剩的本能，刺激得心脏似乎要停跳。

在急速坠落的过程中，她好像感悟到了他说的话的意思——她好像重新活了一遍。

在回去的路上，朱依依问他："你说，刚才绳索要是断了怎么办？"

"那我们就是……为爱殉情了。"

除夕那天晚上，他们哪儿都没去，就窝在酒店里看电影。

他们看的是一部小众的与哲学有关的电影，讲的是存在主义大师尼采和医生布雷尔的故事。她不太看得懂，靠在他的肩膀上，没一会儿就睡着了。

不知睡了多久，等她睁开眼的时候，还有些恍惚。

室内像是重新布置过，烛光摇曳，满地是散落的花瓣，蛋糕摆在最中央，旁边放着一架复古留声机。留声机正流泻出浪漫的音乐，是电影《诺丁山》的插曲 she。

She may be the face I can't forget .

（她，也许是一张我无法忘记的容颜。）

A trace of pleasure I regret .

（牵动着我的欢愉与悔恨。）

May be my treasure or the price I have to pay .

（也许是我今生必须为之付出的珍宝。）

　　陈宴理为她戴上新年礼物时，气氛变得更加意乱情迷。这个吻不知道是谁主动的，大概也没有人在意是谁先主动的。

　　陈宴理修长的手在朱依依的发丝间穿插而过，两个人抵在墙上，吻得急切又热烈，让人想起了夏季滂沱的暴雨，密密麻麻地砸下，无法躲避。

　　时间好像定格在这个半昏半醒的夜晚，眼睛里藏着水雾，而理智早已被卷到了大海深处，他们被触碰的肌肤热得像快要化掉的流心蛋糕。

　　"你身上好香。"他说话时，他的呼吸就在她的颈间，声音低哑得不像话，说话如同调情。

　　看着他情动的脸，朱依依忽然很想伸手去摸他的喉结。

　　她一直以来都觉得他的喉结很性感。

　　她将手指从上往下缓缓滑过，引起一阵战栗感，如同电流穿过身体，酥酥麻麻的。

　　这是一个越过禁区的信号。

　　陈宴理按住她作乱的手，声音已经无法维持平稳，说话时有轻微的喘息声。

　　"依依！"他喊着她的名字。

　　这个时候，她的名字就成了世界上最旖旎、最暧昧的符号。

　　酒店的床头柜上放着相关的用品，他打开了抽屉，修长的手指缓缓撕开了包装。

　　他征询着她的意见："可以吗？"

　　对上他的眼神，她用行动代替了回答。

　　两个人都是懵懂又生疏，却有着无尽的耐心与热情，昏黄的灯光下，汗沿着后背滴落。

　　空气是灼热的，谁都明白接下来会发生什么。

　　客厅里的复古留声机还在缓慢转动，诉说着这是一个多么浪漫的夜晚。

　　但就在新年钟声敲响的那一刻，有人在外面按响了门铃，极其急促又不耐烦，一下又一下，似乎是某种不好的信号。

当浪漫被惊扰，一切都戛然而止，陈宴理亲了亲她的额头，哑声说道："等我一会儿，我先去开门。"

从卧室到客厅的那段路，他还没有意识到接下来会发生什么事。

门被打开的瞬间，他眼里闪过一丝意外之色，握住门把的手也加重了力度。

这个浪漫旖旎的夜晚闯入了不速之客，对方的大衣上还落着未融化的雪花。

他不知道薛裴是怎么找来这里的。

薛裴似乎已经隐忍到了极致，下颌线紧绷，视线下移至陈宴理锁骨上的吻痕上，眼里有着山雨欲来的阴沉。

"薛裴，你怎么……？"

粗鄙的话语落下的同时，薛裴紧攥的拳头也落在了陈宴理的脸上。

第十二章
他的心死在这个冬夜

这骤然的一拳薛裴几乎用了所有的力气，饶是陈宴理反应足够快，立刻偏过了头，仍无法躲避。

有那么一秒，视野里的世界是摇晃的、漆黑的，紧接着右侧脸颊传来剧烈的疼痛感，陈宴理往后退了几步，撞到了身后的墙壁，发出"砰"的一声闷响。

陈宴理努力地平复情绪，态度也变得强硬："薛裴，你现在不能进去。"

他挡在门前的举动，以及颈间显眼的抓痕，在薛裴看来，更像是欲盖弥彰。

薛裴脸色阴郁，暴怒中早已失去了所有的理智，动手将陈宴理推开，几步就走了进去。

陈宴理在身后怒喝："薛裴！"

皮鞋踩踏着地上的玫瑰花瓣，发出的声响如同密集又急促的鼓点，但越靠近卧室，薛裴反而走得越慢。

胆怯、恐惧甚至是退缩的情绪涌上，他人生中第一次有了不敢面对的事情。

他在心里祈求，不能是她。

里面的人一定不能是她。

可惜老天没能听见他心中的祷告。

站在门口的这一刻，薛裴浑身的力气像是被抽干了。

如果说在来的路上还怀着一丝希望，那么在走进卧室里看到这一切时，他已经濒临了崩溃与绝望的边缘。

他终于明白什么是剔骨之痛。

如同从身上硬生生地剜下来一块肉，那块肉还连着骨头，鲜血淋漓，疼得人无法喘息。

看到出现在门口的薛裴，朱依依有些恍惚和茫然。她皱了皱眉头，不知道到底发生了什么，但本能地感到难堪，抓紧了身上的被褥。

陈宴理最先反应过来，再不复刚才的绅士气度，冷着脸立刻把卧室的门关上，遮挡住了薛裴的视线。

当底线被侵犯，他自然没必要与薛裴客气。

他话中有话："原来你有窥探别人私生活的习惯。"

"你对她做了什么？！"薛裴攥紧了拳头，手腕上青筋凸起，双手揪住了陈宴理的衣领。

"我们是男女朋友的关系，自然是做我们该做的事。"陈宴理把薛裴的手拿开，轻笑了一声，"我想，这应该和你无关。"

这句话就像是压倒骆驼的最后一根稻草，郁气结在胸口，薛裴觉得全身的血液像是在倒流，头痛欲裂。

这是一个噩梦般的夜晚，薛裴觉得这肯定是一场噩梦，不知道该用什么样的方法才能从这个梦中醒过来。

陈宴理："如果还当我是朋友，你现在可以离开了。"

薛裴冷笑："朋友？"

这挑衅的话让薛裴冷峻的脸上只余狰狞和暴戾之色，拳头如暴风骤雨般落下，没有任何分寸和余地。陈宴理这回没有退让，终于还了手。

或许人类就是有嗜血的天性，一经激发，就无法收场。

留声机应声倒在地上，摔得四分五裂，唱针不再动弹，正在播放的《亚麻色头发的少女》就此终止。

这个夜晚似乎被撕开了一个口，空气里只剩下浓重的血腥味。

得以喘息的瞬间，陈宴理质问道："薛裴，你有什么立场做这些事？！"

薛裴的拳头停了下来。

"你要弄清楚一件事，依依已经不喜欢你了。"这后半句话，陈宴理是一字一顿地说的。

身体上所有的疼痛都没有这一句话致命，薛裴茫然片刻，似乎在给自己找一个名正言顺地出现在这里的理由。

片刻后，他想到了答案，薄唇弯了弯，眼中只剩疯狂与偏执之色："那又怎么样？我爱她就够了。"

陈宴理抹掉嘴角上的血，忽然感慨道："薛裴，你真的疯了！"

"咔嗒"一声，卧室的门被打开，朱依依已经换好衣服走了出来。

客厅早已是一片狼藉，所有浪漫梦幻的布置，现在全都毁了，还没来得及品尝的蛋糕掉在地上，奶油四溅。

不知怎么的，她莫名其妙地想起了她办订婚宴那天，也是一样——她在离幸福最近的时候，在以为马上就能圆满的时候，都会出现意外。

然后从那一天起，她再也没有过过一天平静的日子。

薛裴手上还沾着血迹，想要伸手去拉她，却被她躲开了。

"依依，跟我回家吧。"薛裴硬是挤出了一个笑容，声音却是沙哑的，还有些哽咽，"叔叔阿姨都很想你，我买了明天的机票，和他们说好了，我来接你一起回去。"

朱依依像是没看见他，也没听见他的话，沉默着走到柜子前，弯下腰来。她刚来第一天出去玩磕到了脚，那天找东西的时候记得这些医药用品好像就放在这里。

她拉开抽屉，果然东西都在。她拿出酒精、棉签和止血绷带，放在茶几上。

陈宴理的脸颊上有几处明显的伤口，她担心不及时处理会留下伤疤。两个人坐在沙发上，朱依依用棉签蘸了酒精要帮陈宴理擦拭伤口。他没说话，配合地把脸凑了过去。

棉签轻轻覆盖在伤口处，她声音温柔地问："痛不痛？"

陈宴理摇头："不痛。"

伤口有些深，朱依依皱眉，仔细地观察着："以后不会留疤吧？"

"要是留疤了呢？"陈宴理撒娇似的说道，"你会嫌弃我吗？"

他们旁若无人地说着话，像是全然忘了这间房子里还有第三个人存在。

薛裴一个人站在原地，不知道该作何反应。

室内开着暖气，他却觉得大概世界上所有的雪都下在了这里，彻骨的冷意自下而上蔓延，身体如坠冰窟。

处理好伤口后，朱依依把药箱放回了原位，才朝薛裴走过来。

她站在他面前，两个人却像隔着世界上最遥远的距离。

她给薛裴留着最后的体面："我和我爸说好了，过几天再回去的，你可能听错了。"

她说罢，视线停在他沾着血的脸上，语气生疏，脸上没什么表情："对了，楼下对面有一间药店，你去处理一下吧。"

她转身时，薛裴拽紧了她的手。她白色的袖口上留下了鲜红的血渍，有些触目惊心。

朱依依皱了皱眉头，已然有些不耐烦："还有别的事吗？我们准备休息了。"

墙上的时钟已经指向十二点半，这场闹剧也该结束了。

力度收紧，那双手越拽越牢，似乎只有这样，他才能获得些许慰藉感。

他沉默片刻，再次开口，却是道歉："对不起。"

朱依依没有任何反应。

"我不知道，我们怎么会变成这样……"

朱依依已经不想再去计较任何事，无奈地叹气，望向他的眼神真诚又恳切："薛裴，我很累，真的，你放过我吧。"

他霎时间红了眼睛："对不起，我做不到。"

薛裴走出酒店大门时，不远处的广场上放起了烟花，场面绚烂盛大又浪漫。

大街上挂着红色的灯笼，预示着这是新的一年，日历翻新，所有的事情好像都会有新的开始，所有的过去都好像能暂时被抛下。

夜色很深，薛裴坐在长椅上抽了一根烟。

因为手实在抖得厉害，他很久才点着烟，就像是某种不好的预兆。

来往的路人都盯着他的脸，窃窃私语着，他知道此刻他有多骇人。

眉骨处还在不断往下渗着血，半凝固的血则糊在右眼的眼尾处，很黏稠，让他差点儿睁不开眼睛。

他没有伸手去擦血迹，而是让那血沿着脸颊一路往下滑至下颌处，最后滴落在黑色的大衣上，隐没不见。

打火机的火光映着这张脸，在他眼中，有着毁灭一切的疯狂与绝望的神色。

想起今天早上收到的那些照片，他忽然笑得悲怆。

因为好奇她所谓"喜欢的人"，所以他找人调查了她近段时间的行踪。

那一张张照片拍得唯美又浪漫，街头巷尾的拥抱，浪漫的烛光晚餐，他们一起去蹦极，一起去寺庙祈福，她脸上有着许久未见的笑容。

和当初与李昼在一起时不同，她望向陈宴理时眼中充满了崇拜和真切的快乐之色。

他想起上次见面时，她说："和他在一起后，我甚至不那么恨你了，也不想再埋怨任何事。"

她让他成全她。

刚才在飞机上难熬的三个小时里，他望着这些照片，心想：是不是一直以来他获得的东西太多，又获得得太轻易，所以注定要失去最重要的东西作为交换？

他想起她情动的样子，忍不住伏在膝上，肩膀不住地颤抖着。

继而他剧烈地咳嗽起来，像是要把心肺都咳出来。

在这个夜晚，他望着迷雾的尽头，心死在了这个冬夜里。

客厅已经被收拾了一遍，东西摆放回原来的位置，地上的蛋糕的痕迹也被打扫得干干净净，乍一看，和两个小时前好像没有任何区别。

但谁都知道，总有什么东西不一样了。

窗外飘雪，今夜月色却很好，朱依依坐在阳台的摇椅上看月亮，很快旁边的位子有人坐下。

毛毯盖在她身上，右手被握住，温度从他身上传了过来。他掌心处还有伤口，朱依依碰到绷带时，心像被烫了一下，内疚的情绪渐渐涌了上来。

陈宴理似乎知道她接下来要说什么，先开启了话题。

"刚才其实是我人生中第一次和别人打架，不过我想应该表现得不差，"陈宴理仰头望向夜空中闪烁的繁星，"没想到在这个年纪了，还能有这样的体验。"

陈宴理用一种调侃的语气说着，想要减少她心里的愧疚感。

事实上虽然他反应很快，但显然不是薛裴的对手——暴怒中的人出手是不知轻重的。

他想：如果刚才他不还手，现在大概已经进了医院。

当然，更关键的是他从未想过薛裴会用这么暴力的方式来解决问题。

陈宴理的话让朱依依陷入了回忆之中。

薛裴以前打过架吗？

其实他是打过的。

他上学时候唯一一次受到处分就是因为动手打人，事情闹得很大，连薛叔叔都被请到了学校里。

事情轰动全校的原因大概是谁也没想到薛裴有一天竟然会动手打人。

初二那年，她和薛裴被分在相邻的两个班，课间薛裴有时候会来班里找她。

正值青春期，当时班里有些男生总喜欢做一些出格的事情来吸引别人的注意力，一开始是扯女生的头发，后来越来越过分，还喜欢扯女生的内衣肩带。围观的人笑得越大声，他们越得意。

那会儿坐在朱依依座位后面的是一个不学无术的小混混。听说他哥哥是学校什么团体的人，他则整天以欺凌别人为乐。朱依依对他避之不及，没怎么和他说过话。

那天，不知道他是不是和别人打了赌，课间的时候来找她的麻烦，扯乱了她的头发后，又得寸进尺地扯她的内衣肩带，引得围观的男生一阵哄笑。

那时薛裴正好过来找她，见到这一幕，立刻变了脸色，几步跑了过来，在窗边就把对方的领子提了起来，抬手就是一拳，而后又把那人的头摁住，"哐"地往玻璃窗上撞。朱依依被吓得魂都没了，让薛裴赶紧停下来。

最后，薛裴把那人打进了医院，缝了好几针。家里赔了不少钱，他也受到了学校的处分。

因为违纪情节严重，薛裴被要求在全校人面前读检讨书。

那封检讨书表面上写得很诚恳，后来被张贴在告示栏上，别人才发现原来斜角线上的字连起来刚好是一句骂人的话。

那天薛裴当众检讨完，朱依依和他坐在操场上吹风。

她问他："后悔了没？谁让你那么冲动的？"

"不后悔，有什么好后悔的？"少年转过身，夏天的风鼓起了他的校服。他脸上不见任何消沉难过的情绪，反倒笑了笑："就算退学了，我也不后悔。"

朱依依戳了一下他的肩膀："我才不信。"

"为什么不信？"

"那你以后不读书了，要去做什么？"

薛裴大概也没想好，望着远处的天空，说："我又不是只会读书，怕什么？"

"薛裴，谢谢你。"

听到她道谢，薛裴反而有些别扭："不用。"

"不过经过这次的事情后，估计班里的男生都不敢和我说话了。"

薛裴捏了一下她的脸，笑着说："是吗？那真不错。"

"想什么呢，这么入神？"陈宴理见她一直沉默着，问她。

朱依依这才回过神来，摇了摇头："没什么。"沉默了几秒，她补充道，"就是突然想起那个蛋糕还没尝，挺可惜的。"

陈宴理轻声笑道："那明天我再去买，好不好？"

"好。"

这个夜晚谁都没有睡意，两个人看着漆黑的夜空说起了遥远的往事。

这是新年，却适合怀旧。

朱依依说起以前和家里人一起去外地旅游，结果到了景点自己和家里人走丢的事情。聊着聊着她又想起了朱远庭，还有一百多天他就要高考了，不知道他现在准备得怎么样。

这会儿她竟有点儿想家："后天我想回家一趟。"

陈宴理有些意外，但还是说了声"好"。

朱依依担忧地望向他的脸："你身上的伤，家里人要是问起来……"

"没事，我到时候和他们说，我在外面欠了别人很多钱被人揍了。"

朱依依知道他是在开玩笑，靠在他的肩膀上低声笑了起来。

陈宴理伸手将她搂了过来："现在心情有没有好一点儿？"

"这取决于你的伤口有没有好一点儿。"

时间一分一秒地过去，这个混乱的夜晚终于归于平静。

天快亮时，陈宴理终于开口问她："你要不要……给他打个电话？"

他没有明说"他"是谁，但彼此都听懂了。

"不用。"她说。

大年初二，朱依依坐高铁回了桐城。

出租车停在小区门口，朱依依下了车，只有朱远庭在那里等着给她拿行李。

"姐，你可算到了，外面冷死我了。"

路上都是积雪，靴子踩在地上发出"吱吱"的声音，家家户户都换上了新的对联，辞旧迎新。

像是怕她会失落，朱远庭和她解释："其实爸刚才也在门口等你了，但是妈把他喊回去了。"

"嗯，没事。"

"对了，雾城好玩吗？"

"好玩啊。"

"你一个人去的？"

"还有我男朋友。"

朱远庭愣住，以为自己听错了，震惊地回过头，问："你谈男朋友了？"

"对啊，"朱依依比了个噤声的手势，"别告诉爸妈。"

"绝对不说。"朱远庭立刻做了个拉链封住嘴的动作。

生怕他姐又遇到像李昼一样的男人，朱远庭好奇地问道："长啥样？快让我看看。"

朱依依想了想，故作神秘地说道："很帅。"

聊到这里，朱远庭来了精神，也不急着进门，拉着他姐在小区里的长椅上坐了下来。

"我信不过你的眼光，快给我看看照片。"

朱依依把手机解锁了递过去，她的手机的屏保就是他们的合照。

"哇，真的假的？"朱远庭惊讶得合不拢嘴，扭过头看向了她，又看到相册里他们其他的照片，才确认这不是他姐合成的，"竟然长得和薛裴哥一样。"

朱依依皱了皱眉："哪里一样？"

"帅的程度一样。"

在朱远庭心里，"薛裴"已经成为衡量一个人的长相的形容词了。

朱远庭把手机递给她，说道："你要是今年带他回家，妈肯定不舍得骂你。她会恨不得把你供起来，最好明天就结婚。"

朱依依脸色变了变："说好了，这件事不要说出去。"

"行，"朱远庭认真地发起了毒誓，"我要是说出去，今年高考就不及格。对了，怎么只有你一个？薛裴哥呢？他不是去找你了吗？"

听到这个名字，朱依依的眼神黯了黯，她不愿再往下说，便含糊地回道："他还有别的事，暂时没回来。"

"哦。"

朱远庭想起除夕那天，薛裴原本在他家里坐得好好的，后来接了个电话脸色就变了，走得特别匆忙，行李都没带。

外面实在太冷，他们聊了一会儿就拿着行李回家了。

刚推开门，朱远庭就朝客厅喊道："爸、妈，姐回来了！"

朱依依还没开口，就看到原本在客厅里看电视的吴秀珍立刻拿着织毛衣的工具走进卧室里，"砰"的一声关上了门，看都没看她一眼。

朱依依窘迫地站在客厅里。

朱建兴走进厨房里给她热菜，嘴里说道："没事，过两天就好了，你也知道，你妈就这个脾气。"

朱依依勉强地笑了笑。

其实她知道，事情不会再好起来了。

这是他们家过得最安静的一个新年，也是最没有年味的一个新年。

高考将近，朱远庭天天在书房里复习备考。吴秀珍对她避之不及，看到她也当没看见。家里气氛太沉闷，朱建兴也不愿意待在家里，一闲下来就去公园和别人下象棋。

朱依依回到家反而无所事事起来。偶尔晚上陈宴理会给她打电话，一打就是一两个小时，这是她每天最放松的时刻。

有一次两个人正打着视频，他妈妈刚好经过，好奇地凑了过来。

朱依依紧张得表情都不自然起来，小声地和她打了声招呼："阿姨，晚上好。"

电话那头陈宴理和他妈妈说了句什么，说的是粤语，朱依依没听懂。

"依依，我妈说想和你聊几句，"陈宴理眉眼温柔地征询朱依依的意见，"不过她的普通话不太好，你别笑她。"

"不会，不会。"

很快，屏幕那头换了人。朱依依原本靠在椅背上，现在连忙坐直了身子。

隔着屏幕她也能瞧见他妈妈保养得很好，皮肤状态很年轻，不仅样貌长得很好，衣着也珠光宝气的。

"听阿理说，你上个月来过港城了？"

"是，上个月出差刚好是去港城。"

"难怪那阵他放假天天往外跑，都不想回家了，煮好汤都不见人回来。"她笑了笑，开始控诉陈宴理的"罪状"，"而且每天一回到家，他就知道傻笑。"

陈宴理挂不住脸，在旁边用粤语小声说着什么。

这个话题终于就此打住。

"你们年轻人的事我就不操心了，仔大仔世界（注：孩子长大了，有自己的想法）。我对他没什么要求，凡事他喜欢就行，不过呢，你们最好不要超过 30 岁结婚。你们有没有聊过这方面的问题？"

朱依依愣住，一下不知该作何反应。

陈宴理把手机拿了回来，说："下次放假要不要过来玩？"

他话里大概没有见家长的意思，但朱依依无来由地敏感起来。

"以后再说吧，很晚了，我先睡觉了。"

匆匆地挂了电话，她发现聊到这样的话题，她的心里已经没有了对婚姻和家庭的憧憬，甚至觉得反感。

她恐惧进入一段婚姻关系里。

雪停的时候，朱依依终于出了一趟门，和朱远庭一起去滑雪场玩了半天。

中间休息了一会儿，她接到了周时御给她打的电话。

"依依，你能联系上薛裴吗？"他语气很急迫。

朱依依："怎么？"

"他的电话一直打不通，已经好几天了。"

朱依依叹了叹气。

她已经记不清这是第几个告知她这个消息的人了。

联系不上薛裴，一下所有人都来问她，连薛叔叔也问了她好几遍。

她尽量语气平和地说道："他春节没回家，我也不知道他去哪儿了。"

薛裴就像突然消失了一样，没有了消息。

其实那天晚上从落地窗往外看的时候，她看到他了。

她看到了他落寞的背影。他在长椅上坐了一夜，等到第二天她下楼时，长椅上除了一个纯黑色的丝绒首饰盒，什么也没有。

或许，那是他原本想给她的新年礼物。

下午三点，赵雯琇准时来到了医院。

她刚在办公室里坐下，助理就告诉她，薛先生已经到了。

整理文件的手停顿了一下，赵雯琇稍稍感到意外，抬头说道："好，我知道了。"

门重新被关上，在等待的这几分钟里，赵雯琇走了一会儿神。

作为北城资深的心理医生，她这些年遇见过不少病人，形形色色的，但像这位薛先生一样给她留下深刻印象的不多。

在此之前，他仅来过两次。

说实话，她是意外的，仅从她个人的经验来看，越富有的人反而越难被感情问题所困扰，因为在他们身上，能寻得价值认同感的事情实在太多了。他们有太多东西值得关注，名利、财富、地位，而爱情往往显得无足轻重。

更何况，他年轻、英俊，无论从哪个方面来看，都称得上是万中无一，获得一段圆满的感情对这样的成功人士来说并不困难。

一开始接受治疗时，问答中他表现出了较为强烈的抗拒情绪，大概认为这是一种自我示弱的行为。短暂的冥想过后，她给了他一张空白的画纸，希望能从他的绘画中看出他真实的心理状态。

但他的画，反而让她更加担忧。

这是一幅有巨大冲击力的画，画中的世界扭曲、阴暗、诡谲，世界是颠倒的、失序的，画面中央的男人跪在地上，密密麻麻的钢针穿透他的身体，明明是黑白的图像却让人感觉如有鲜血"汩汩"地流出。

画中唯一正常的是一位穿着校服的女孩儿。她趴在教室的课桌上睡觉，表情恬静，而窗外早已狂风大作。

赵雯琇认为，这可能是他心里最后的精神角落。

这天的治疗过程没有持续太久，结束时，她给出了个人建议，建议对方尝试逐渐远离这段感情，慢慢转移生活的重心，避免痛苦加剧，否则会在泥沼中越陷越深。

但就是从这天起，薛裴再也没有踏入她的办公室。

薛裴知道自己的心理出现了问题。

心理医生告诉他，他现在的精神状态很危险，稍有不慎，就容易出现极端化的行为。

失眠已经成为常态，只要一闭上眼，他就会陷入自虐式的回忆中。

哪怕他刻意去屏蔽所有不愉快的记忆，比如忘记那个血腥的夜晚，忘记她冷漠的眼神，但记忆像在体内生了根——从他介绍两个人相识那天起，到港城那次偶遇，接着到那个夜晚，他几乎记得每一个细节。

他总会不断想起新年那天——当他坐在长椅上崩溃的时候，酒店的房间里正在发生什么事？两个人是不是在继续进行着刚才被他破坏的好事？

他每每想到这里，心脏就痛得快要痉挛，几乎要出现幻觉。

薛裴在北城郊区的房子里待了一段时间，因为这是他和朱依依的家。

室内的装潢与她多年前在模拟游戏里建造的一模一样：复古老旧的电视机、淡蓝色的布艺沙发，后院种满了鲜花，棚架上还晾着辣椒。

他命人还原了所有的细节。

这里已经完工了一段时间，他原打算过段时间带她来看的，但还是迟了。

他们似乎总在错过。

这些天，他住在这幢房子里，好像看到了他们在这里生活的模样。

早上他会送她出门上班，傍晚下班后她会坐在客厅里看电视。猫趴在她的腿上，睡得香甜，他则在厨房里为她做饭。有时她会从身后搂住他的腰，撒娇说她饿了，催他做得快一些。

三月的第一天，周时御终于见到了薛裴。

那天正好有一个重要的会议，周时御原以为薛裴不会来了。当在楼下看见薛裴的车时，他还以为自己出现了幻觉。

担忧了这么久，这下见到薛裴了，周时御竟觉得自己白担心了。

薛裴仍旧是那么人模狗样，西装挺括，笑容迷人，一走进会议室里，合作方的眼睛就恨不得长在他的身上。

会议比想象中的要顺利，周时御不禁感慨，果然这张脸就是最好的杀器。

当晚，周时御硬拉着薛裴去喝酒，说要庆祝他涅槃重生。

周时御也是前段时间才得知朱依依有对象了，而且对象还是陈宴理。周时御被吓了一跳，不敢想象薛裴要是知道了这事会是什么样的反应。

他暗自祈祷最好薛裴永远都不知道这件事……

但从打不通薛裴的电话那天开始，他就知道完了。

不过现在看薛裴这状态，应该没什么事，周时御想：应该是薛裴自己想通了。

这么想着，周时御试探地提起了朱依依的名字，下一秒，薛裴的脸色就变了。

果然，这个名字是禁忌。

情绪是在顷刻间崩溃的，眸中的笑意消退，握着酒杯的手力度骤然收紧，薛裴沉默着喝了一杯又一杯酒，直至眼神迷离。

桌面上的酒都被喝空了，薛裴大概是真的喝醉了，开始自言自语地说着什么。

他说，这么多天，他一直在等她的电话，但是怎么都等不到。

他说，这是他作茧自缚，这是他的报应。

薛裴说到最后，眼睛红了。

这是第一次，周时御看到薛裴流泪，心都狠狠地抽了抽。

那么自信、傲慢的一个人，竟然会在公众场所失态。

周时御好像终于明白了什么叫刻骨铭心的爱。

他庆幸自己没经历过这么深刻的爱情。

送薛裴回家的路上，周时御打开了车窗，风从外面灌了进来，酒意渐渐散去。

一时间他想起了很多很多往事，如胶片在脑海中闪回。

"你现在这样，让我怎么相信你是以前的薛裴？不过说起来，她也只是谈了男朋友，还没结婚呢，你也不用太悲观了。"

薛裴："但这次不一样。"

"哪里不一样？"

"我能看出来，她是真的喜欢他。"

薛裴的眼中有着难以掩饰的悲伤之色，承认这一点，对他来说很艰难。

周时御沉默了。

轿车停在十字路口处，有一对年轻的情侣牵着手从马路中间走过，女孩儿手上拿着一个气球。

薛裴像是终于做出了一个重要的决定："时御，我想好了。"

"什么？"

薛裴略哑的声音融进了风里："我不能就这样放弃。"

春节假期过后，朱依依又回到了之前忙碌的工作状态，除了周末，平时基本都待在公司里。

肖总让她负责下一季度的宣传方案，重点着力在短视频上。他们官方的短视频号运营了一年多，现在粉丝数堪堪超过二十万个，点赞数极不稳定，多的时候五六百个，少的时候只有几十个，对后期的渠道推广很不利。

晓芸这几天加班加点地给她整理了一份名单，都是符合他们的预算的年轻网红，表格里把报价、粉丝数量和植入方式都写得清清楚楚。

因为预算有限，且关乎绩效和活动效果，朱依依做决定前很是谨慎。毕竟是真金白银砸下去，她生怕出了差错影响到整个团队的绩效评定。

所以周末去陈宴理的公寓时，她还在琢磨着这件事，吃饭都有些心不在焉。

晓芸提供的名单已经被筛选了一些，她还想再看看别的博主。

吃完饭，朱依依就坐在沙发上继续刷着短视频。陈宴理从书房里走了出来，在她旁边坐了下来。

大概是好奇她为什么一整晚都心神不宁的，他凑过去看了一眼。

不巧的是，此刻屏幕里播放的正好是一个擦边视频——一个穿着紧身黑色西装衬衫的男博主正对着镜头扭腰跳舞。

朱依依捏紧了手机，尴尬得冷汗直冒。

陈宴理挑了挑眉："没事，你继续。"

朱依依只能硬着头皮继续往下滑，大概是因为最近看了太多男博主的视频，大数据给她推荐的都是一些擦边男博主的变装视频。

视频开头，男博主往往裹得严严实实的。然后音乐逐渐变慢，紫色的氛围灯光一打，紧接着男博主身上的衣服褪下，满屏幕充斥着的是腹肌和胸肌，高清镜头从下往上拍，每一寸皮肤都被放大特写。

朱依依太阳穴都跳了跳，尤其陈宴理还在旁边看着。

她顶着他的目光，感觉手机好像都发烫了。

他语气仍旧是戏谑的："继续。"

接下来，一连三个都是这样的视频。

陈宴理终于忍不住没收了她的手机，将她抵在沙发上，意有所指地说道："原来某人茶饭不思是因为这个。"

天大的诬蔑。

朱依依立刻和他解释，把工作群里的表格给他看。

陈宴理似信非信，弯了弯嘴角："以后不准看了。"

"我这也是为了工作。"朱依依故作苦恼地眨了眨眼，"我也不想看的。其实我对这些腹肌什么的一点儿兴趣都没有。"

知道朱依依是在逗自己，但陈宴理还是不可避免地吃醋了，在她的脖颈处轻咬了一口，语气警告地说："再看就罚款。"

"你这算不算是赤裸裸的剥削行为？"

趴在地上的 Wille 也跟着"汪汪"叫了两声，似乎在表示赞同。

陈宴理笑着说："你和 Wille 现在统一战线了，是吧？"

朱依依弯腰和 Wille 击掌："看来平时没白疼你。"

这天，朱依依临走的时候，陈宴理神秘兮兮地让她伸手。

她只好照做，掌心向上伸出。

很快，她手上多了两样东西：一是他的工资卡，二是他的公寓的钥匙。

朱依依愣在原地。

以为她是不好意思，陈宴理把工资卡和钥匙塞到她的大衣口袋里，又帮她把围巾重新系好。

"夜晚风大，别着凉了。"他看了一眼，出租车已经停在楼下，"到家给我打电话。"

朱依依沉默了一会儿，从口袋里把那两样东西拿了出来，还给了他。

陈宴理有些意外："怎么了？"

"这样不太好。"

陈宴理揉了揉她的头发，声音温柔地说："我看阿 Ken 他们谈恋爱了，都会给女朋友工资卡的。没什么不好的，你不要有心理负担。"

他话音刚落，就听见朱依依闷声说道："我们可以谈不以结婚为前提的恋爱吗？"

陈宴理脸上的表情僵住，月色下，他的眼神显而易见地变得迷茫与脆弱。

思索过后，他终于开口："是我哪里做得不好吗？"

听见他低落的声音，连朱依依都觉得自己太不知好歹。

但她最害怕的是会辜负他。

经历了上一段仓促的感情后，她不确定短时间内自己是否还有勇气踏入婚姻的殿堂。尤其是在吴秀珍不断的催促下，她已经产生了强烈的反感情绪。

"对不起，是我的问题。"

自那天起，他们有一周的时间没有联系。

这是他们交往以来第一次冷战。或许也算不上冷战，只是他们都需要时间思考这段感情的未来。

习惯了两个人的生活后，重新回到一个人的状态，往往需要经历很长的适应期，陈宴理承认他有些适应不了。

他晚上回到家，准备关上门时，Wille 就会围在他脚边摇着尾巴，像是提醒他不要关门。

他俯身摸它的头，叹了叹气："你是不是想她了？"

其实他也想她了。

好几次他都想拿起手机打电话给她，但就像是在和自己较劲，最后还是没有拨通那个电话号码。

因为他见过朱依依爱薛裴的样子——她毫无保留地充满热情，没有原则地做出让步。他总忍不住与之对比，想知道她会不会为他妥协。

就这样，一周过去了，他没有等来朱依依的电话，反倒等来了薛裴的。

彼时，陈宴理刚结束了视频会议，放在桌面上的手机忽然振动了起来。

瞥见上面的来电显示，他愣怔片刻，表情也严肃了起来。

他抬了抬手，对阿Ken说："你先出去一下，我接个电话。"

门被关上后，陈宴理拿着手机走到窗边，从高处往下俯瞰，车辆如同蚂蚁般渺小。

"喂。"他省去了称呼，对方亦然。

"在工作？"

电话那头薛裴的声音一贯沉稳，没有多余的情绪。

"对，刚开完会，有事吗？"

"下午六点，你楼下的咖啡馆见。"

说完这句话，薛裴就挂断了电话，似乎没给陈宴理任何拒绝的机会。

挂了电话后，陈宴理站在窗边思索了一阵，忽然轻笑了一声。

六点整，在楼下的咖啡馆里，陈宴理见到了薛裴。

时隔一个月，那天剑拔弩张的两个人此刻面对面坐着，安静得有些诡异，但谁都能感知到其中的暗流涌动。

陈宴理望着坐在对面的薛裴，忽然后悔那天怎么没用力，薛裴的脸上竟然没留下任何伤痕。

"有事？"

薛裴没有太多的耐心，直入主题："你应该清楚我找你的目的。"

"抱歉，我不清楚。"陈宴理弯了弯嘴角，抿了一口咖啡，"我唯一清楚的是，当初是你介绍我们认识的。我不明白你现在有什么意图。"

单是听见这番话，薛裴就无法维持表面上的礼貌了。拳头紧攥后又松开，他极力控制着自己的情绪。

"有些事虽然迟了几年，但最后一样会回到正轨上。如果你曾经见过她对我的好，就会知道她在你身上付出的感情远不到十分之一，"薛裴的眼神变得笃定，他说，"她再也不会像当初爱我一样去爱其他人。"

这句话戳中了陈宴理的软肋，他轻叩桌面的手停了下来，脸色变了。

过了好一阵，他才说道："我想我要纠正你的一个误区，我和她在一起，不是因为我希望她对我好，而是我想对她好。薛裴，我没有你那么自私。"

杯中的咖啡已经变冷，室内的气压越来越低。

在离开前，薛裴留下了一句似是而非的话。听罢，陈宴理皱了皱眉，终于抬眼看向薛裴。

薛裴说："她和你在一起不过是在报复我，你相信吗？"

朱依依收到了朱建兴给她寄的几袋板鸭和其他一些特产。

好几个纸箱子，很沉，她刚捧着快递走到家门口，电话就响了起来。

她腾不出手去拿手机，便任它这样响着。

用钥匙打开出租屋的门，将东西扔在地上，朱依依把手洗干净后这才接通了电话。

"依依，你拿到快递了吧？薛裴那份我也一起寄过去了，你改天有空就顺路拿过去给他吧。"

突然听到薛裴的名字，朱依依恍惚了几秒。

"你们联系上他了？"

"嗯，前几天他打电话回来了，说前段时间去寺庙里了。"朱建兴在电话那头一边下着象棋一边说着，"他是做生意的嘛。你看我们楼下那个大老板不也年年去寺庙里礼佛？"

"嗯，也是。"朱依依含糊地应下，打算明天就把这些东西给薛裴寄过去。

她拆开快递包装，想着明天给晓芸拿一些特产过去尝尝，剩下的便全放到厨房的柜子里储存了起来。

她似乎也习惯了，有什么好吃的都想和陈宴理一起分享。

只是，她不知道以后还有没有机会。

这么想着，她心里有些泛酸。

朱依依正发着呆，就听见有人敲门。

心里雀跃了一秒，她跑到浴室里的镜子前整理了一下头发，才跑去开门。

她打开门，就见薛裴站在门口，脸色苍白，身上的衣服也穿得单薄，眼睑上方还贴着绷带，整个人看起来像被风一吹就要倒，没有任何攻击性。

他小心翼翼地问道："我可以进去吗？"

朱依依看到他脸上的伤，将拒绝的话咽回了喉咙里。

距离那天的事已经过去了一个月，她没想到他的伤口竟然还没好。

"进来吧，拖鞋在鞋架上。"

朱依依想：正好可以让他把家里寄过来的特产带回去。

薛裴望着鞋架上的蓝色拖鞋，视线停留了许久。他好像终于明白了什么，脸色沉了沉。

原来两个人那时候就在一起了。

薛裴走进门时，脚一跛一跛的，朱依依瞧着不太对劲。

似乎看出了她心里的疑问，他装作不在意地回答道："那天地上有块玻璃扎进去了，没及时处理好，落下了病根。"

朱依依心里一颤，倒热水的手偏了一下，差点儿烫到自己。

"哦。"

"春节这段时间，我去了寺庙里诵经。这一趟我想清楚了很多事情，也放下了很多事情，才知道我以前的行为有多可憎。我今天来是想向你道歉的。"薛裴的语气很诚恳，他似乎是在真心地忏悔，"前几天我约了阿理出来，已经当面向他道过歉了，不过他没接受。我能理解，我那天确实太过分了。"

朱依依观察着他脸上的表情，见他不像是在撒谎。

"其实你说得对，过去的事情都过去了，以后我只希望能和你像家人一样相处。我现在已经有了正在相处的对象，不会再对你造成任何困扰，也不会再有越界的行为。"

薛裴的话，让朱依依稍稍放下心来。

她和薛裴本就不该走到这一步。如果可以，她当然希望能和他友好地相处。

聊了一阵，朱依依进厨房里给薛裴拿家里寄过来的年货，走出客厅时，却见他靠在沙发上，眉头紧紧皱着，大滴大滴的汗沿着脸颊往下掉，似乎正在承受极大的痛苦。

"怎么了？"

"不好意思，腿上的伤口好像发炎了，我要先回家换药，"薛裴唇色苍白，说话只剩气声，苦笑着说道，"看来今天来得真不是时候。"

"让我看看。"

朱依依蹲下身，小心翼翼地掀起他的裤腿。果然，他右侧小腿上被包扎起来的伤口已经渗出了血，将整片绷带都浸湿了。

即便隔着绷带她仍能看见里面腐烂的肉，过于触目惊心，她的手像触电一样倏地缩了回去。

"这么严重，你怎么不去医院看看？"

薛裴低着头，闷声说道："这是我应得的。"

这个夜晚充满了谎言的味道，走到楼下的薛裴在黑暗中点了一根烟。

他仰头望着天上的月亮，越来越觉得自己像一条无家可归的野狗，不知哪里才是他的归途。

司机打开了车门："薛先生，现在回去吗？"

"嗯。"

一路寂静，只剩风声。

回到家，薛裴捋起裤腿，刚才渗出血的伤口已被重新包扎。他的手缓缓解开了绷带，将消毒过的刀片刺进肉里，从表皮到骨头，痛感递增，他痛得五官皱在了一起。

疼痛席卷全身，连神经末梢都在颤抖，他竟觉得有些痛快，靠在沙发上低声笑了起来。

他希望这伤口永远都不会好。

他要永远、永远记住这种感觉。

百隆是淮城区人流量最大的购物商场，附近一带都是商圈，一到周末，到处人山人海，喧闹嘈杂，尤其是一楼的商铺，挤得更是水泄不通。

朱依依一连等了两趟电梯都是满载。

实在热得不行，晓芸把身上的大衣脱了下来，用手扇着风。

"不行了，不管说什么我明天都要调休了，大周末来这里简直是受罪。"晓芸把脖子上的工牌的绳子重新整理了一下，看了看手表，"今天的活动几点结束来着？"

朱依依打开群里的文件又确认了一遍："估计得六点多了。"

上个月他们公司的运动服饰刚入驻了百隆商场四楼，今天在专卖店弄了场线下的活动，邀请了不少媒体、大V过来宣传，受邀的还有很多品牌的合作方，排面给得很足，大多是肖总这么多年积累起来的资源和人脉。

虽然这个活动不是他们团队负责的，但人手不够，公司只好安排他们过来跟进活动的流程。因为邀请人数不少，他们还要负责接待嘉宾。

朱依依看到名单上的某个名字时，眼神黯了黯，对晓芸说："待会儿你下去接待吧，我负责后面的流程就行。"

晓芸疑惑，凑过去看了一眼，笑着打趣："怎么？这都要避嫌啊？"

其实她觉得没什么必要。朱依依和陈宴理平时藏得好，公司里除了她，没有别人知道这事。

朱依依否认："不是避嫌。"

瞧见她脸色不对，晓芸有了不好的猜想："你们俩不会是……吵架了吧？"

第三趟电梯停下，门打开，这回终于有了空位，朱依依和晓芸立刻走了进去。

按下四楼的按钮后，朱依依又听见晓芸说："不过总监看起来也不像是会吵架的人哪。"

因为是上班时间，朱依依不想谈论这些事情，而且一时半会儿也解释不清楚，便含糊地说道："改天再告诉你。"

她和陈宴理已经有段时间没联系了。

微信上的对话还停留在一个月前的那天，她偶尔刷到他的朋友圈，都是关于 Wille 的动态，再也没有其他的内容。

虽然彼此没有明说，但她想：情侣之间超过一个月不联系应该就算是分手了吧。

这次的问题出在她的身上，她不能强求别人也跟她一样谈一段没有未来，也没有承诺的恋爱。是她没有在一开始就告诉陈宴理自己的想法，浪费了对方的时间。

九点半那会儿，晓芸到一楼接他们上来。

同行的人不少，动静很大，陈宴理走进门时，朱依依正好看向了门口的方向，两个人的视线骤然相交，无处隐藏。

茫然了片刻，朱依依先对他笑了笑。

即便两个人没有缘分继续走下去，她还是对他很感激。

他对她来说，不只是曾经在一起的恋人，还有更深层的意义。

门口的陈宴理也礼貌地对她点头，然后移开了视线。

对视的这几秒，朱依依竟有种松了一口气的感觉。

原来和平分手是这样的，没有争吵，没有指责，没有嫌隙，再见面两个人还是可以像朋友一样。

临近中午，店里的人越来越多，签名墙上写满了密密麻麻的名字，朱依依一边确认着人员名单，一边和媒体沟通。她不是一个能分心做很多事的人，一忙起来就没再顾及别的事。

她这头刚和媒体记者聊完，晓芸就跑了过来，小声附在她的耳边说："你还不管管，你男人被搭讪了。"

朱依依后知后觉地朝休息区那边看了过去。一个穿着潮牌的女孩儿正和陈宴理说着什么，两个人有说有笑的。离得太远，她听不清具体的聊天内容，但认为和她猜想的应该差不了多少。

朱依依丝毫不觉得意外，他那么优秀，像这样的场面肯定经常能遇到。

朱依依正想着，陈宴理好像朝她的方向看了过来。她立刻收回了视线，整理展柜上陈列的服饰。

"看来男朋友太帅也不行，"晓芸在旁边小声吐槽，"太多人觊觎了，没有安全感。"

朱依依听见晓芸的话，心里莫名其妙地有些酸涩："没有，其实我们已经分手了。"

正要走过来和朱依依解释的陈宴理，就这样在她身后停住了脚步。

翌日傍晚，薛裴来找朱依依。

朱依依打开门见到他时有些意外："你怎么来了？"

视线下移，看到他手里提着的精美的包装盒，她接过来后，才看到原来是饭菜，还热乎着。她一打开包装盒，香味就出来了。

"你拿回去吧，我已经煮好饭了。"

薛裴这才留意到她身上的围裙，神情黯然："今天刚好有空，想着和你们聚聚，要是不方便的话就算了。"

朱依依没听明白"你们"指的到底是谁，但还是把门敞开了，让他先进来。

在玄关处换鞋时，薛裴随意地扫了一眼，倒是有了新的发现。

原本放在最上面那层的蓝色拖鞋现在已经被放到了底层，和满是灰尘的闲置物品放在一起。那鞋上面已经积了一层薄薄的灰，像是有段时间没穿过了。

薛裴弯了弯嘴角。

朱依依将餐盒放在饭桌上，逐个摆开，几乎摆满了整张桌子，实在有些夸张。

她回过头，问他："怎么买了这么多？"

薛裴环顾四周，表情有些无辜："阿理今天怎么不在？我还买了他那份呢。"

从朱依依脸上流露出的低落的神情，薛裴得到了答案——是令他满意的答案。

朱依依进了厨房里。刚才还有几道菜没下锅，她让薛裴在客厅里先坐一会儿。

　　薛裴听话地在沙发上坐下，刚拿起书看了几眼，桌面上的手机就振动了一下。

　　屏幕上显示，朱依依的手机有消息进来。

　　"——的专属小狗"发来一张图片。

　　薛裴一眼就认了出来，这个头像是陈宴理的。

　　看着这个备注，薛裴的眉头皱得很深，他再没有看书的闲情逸致，视线聚焦在了手机上。

　　朱依依煮好饭出来已经是半个小时之后的事了。

　　两个人面对面坐着吃饭。

　　朱依依一边吃饭，一边查看手机上的未读消息。很显然，她看到了刚才陈宴理给她发的消息。

　　薛裴看到她迟疑了好一阵才点开那张图片。从他的角度，他隐约能看到是狗狗的照片。

　　手机被拿起又放下，编辑好的消息又逐字被删除了，朱依依似乎不知道该怎么回。

　　薛裴的脸色沉了沉，他朝正在软垫上躺着的粥粥拍了拍手，示意它看过来。粥粥听到了他的召唤，浑圆的眼睛望向他，从客厅中央跑了过来。薛裴一张开手，粥粥立刻跳进了他的怀里。

　　朱依依终于放下了手机，提醒道："你小心它弄到你的腿。"

　　薛裴揉着粥粥的脑袋，笑着说道："粥粥这么乖，不会的。"

　　接下来，粥粥果然乖乖地窝在他的怀里，没有乱动。朱依依有些哭笑不得，平时她的衣服都能被它咬破，现在它居然这么听话。

　　"对了，你的腿现在怎么样了？"

　　"好一些了，就是有时候半夜会突然疼得睡不着。"

　　朱依依思考了一会儿："你还是去医院看看吧。"

　　"你能陪我去吗？"薛裴的神情看起来竟有些可怜，他说，"一个人不想去医院。"

　　朱依依抬眼看向他："你的女朋友呢？"

　　"哦，她不在北城。"

　　似乎担心朱依依不信，薛裴拿出手机给她看了一眼。朱依依看着照片上漂亮的女孩儿，果然符合薛裴一贯以来的审美。

和 Skelet 联名的服饰上市那天，肖总请了大家一起去吃饭庆祝。

朱依依那天原本在调休，硬是被肖总叫了出来，说项目组所有人都在，不能缺席。

她住的地方离得远，到饭店的时候餐桌边已经坐满了人，唯一的空位就在肖总旁边，而另一边坐的就是陈宴理。

难怪这个位子会空出来，大概没有人出来吃饭还想坐在领导旁边。

这桌只能坐十二个人，但他们一共有十三个人，服务员多添了张椅子，座位与座位之间挨得更近。

朱依依坐下的时候，右手不小心碰到了陈宴理的手臂，差点儿把他的筷子都弄掉了。她尴尬地缩回了手，小声地说了一句："不好意思。"

"没事。"

两个人客气又礼貌，谨守着距离和分寸。

没一会儿，肖总就示意她给陈宴理倒酒，大概是想促进日后的合作。朱依依刚拿起酒瓶，陈宴理就接了过去："不用麻烦，我自己来吧。"

朱依依松开了手："好。"

晓芸在一旁看得揪心：这么般配的一对情侣，怎么就散了呢？

中年男人在酒桌上的话题往往是从吹牛开始的，肖总也不例外，借着几杯酒，说起了自己年轻时候的罗曼史，说他上学那会儿是学校里的风云人物，有好几个女生倒追他，但他一心只顾着学习，只好辜负了别人，最后一毕业就听从家里的安排匆匆地结婚又离婚了。

话题不知怎么就转到朱依依身上来了。

好事不出门，坏事传千里，她去年和男朋友解除婚约的事情在办公室里早就不是秘密了，肖总却是近来才听说的，望向她的眼神中都带着同情之意。

"要我说啊，现在的年轻人就得多谈几段恋爱。其实婚姻也跟比稿一样，你不多看几家，怎么知道哪个最适合你？对不对？"

大家都敷衍地点了点头，该夹菜的夹菜，该吃饭的吃饭。

见大家都没什么反应，肖总便开始点名了："朱依依，你说是吧？"

朱依依配合地敬了他一杯酒："肖总说得对。"

"千万不能因噎废食，失败一次算不得什么，人生无论在什么时候，都不能缺少从头再来的勇气！"

"嗯。"朱依依说着仰头喝了一口白酒，这酒很烈，她的喉咙瞬间跟被火烧过似的，脸都皱在了一起。

"那你现在谈对象了没？"

朱依依一下愣住了。虽不想在聚餐时谈论自己的感情问题，但这么多双眼睛看着，她也不好糊弄过去。

最后，她摇了摇头，说："还没有。"

底下有人起哄："哇，肖总是要做媒了吗？"

肖总确实是有这个想法。他来这里也有半年多了，对朱依依的印象很不错，觉得这女孩儿做事挺勤奋踏实的，是个会过日子的人。

"我有个侄子是做金融分析师的，人很优秀，之前在沪市发展，最近工作有变动就搬来了北城。你要是同意的话，明天我就介绍你们俩认识。你们年纪都差不多大，肯定处得来。"

她还没回答，陈宴理就在桌底下握住了她的手腕，极其用力。

掌心收紧，手腕处传来剧烈的疼痛感，从这力度她能感知到对方此刻内心的情绪。

餐桌上仍是风平浪静的，只有他们彼此知道发生了什么。

体温在升高，所有的注意力都集中在手腕上，她望向旁边的陈宴理，想从他脸上找到答案，但他没有看她，亦没有表现出任何异常。

"你别有心理负担，年轻人多交几个朋友总没错的。"见朱依依没说话，肖总又补充了一句。

"谢谢肖总的好意，不过我最近还不想考虑这方面的事情。"

肖总明显地有些失望，正想往下说些什么，晓芸适时地出来替朱依依解围："依依最近天天加班，也没时间谈恋爱啊。要不肖总你先给她减少一些工作量吧，不然这恋爱谈了也是白谈，都没时间见面。"

见晓芸拿出了工作当挡箭牌，肖总没好气地笑了笑，总算没有再说下去。

新一轮的话题已经开始，但餐桌下的手仍握在一起，如果有人路过肯定能发现这里的异常。

怕被别人看到，朱依依轻咳了一声，挣扎着想松开手。但陈宴理像是故意的，直到有人起身那一刻，才渐渐放开了手。

手上仍有余温，朱依依脸颊滚烫，不知道这是什么状况。

她局促地坐着，细嚼慢咽地对付着面前的白米饭。然后，她面前的骨瓷碟里多了几块牛肉，是陈宴理夹的。

不少人好奇地看了过来，包括肖总。她怔了怔，认认真真地道起谢来，就像乙方对甲方那样，毕恭毕敬地说："谢谢总监。"

"不客气。"

这顿饭临近尾声时，朱依依终于松了一口气。

她想起上周陈宴理曾经找过她一次，就在薛裴过来做客的那一天。

他在微信上给她发了一张 Wille 的照片，除了照片，没有任何文字。

她不知道这代表什么，所以想了很久才回复："Wille 怎么好像不太开心的样子？"

但陈宴理再也没回消息过来。

吃完饭，朱依依和晓芸在饭店一楼门口打车。晓芸和她聊起最近上映的热门电影，这时有辆车在她们面前停了下来。

后座的车窗被摇了下来，露出陈宴理的脸，他绅士地发出邀请："很晚了，我送你们回去吧。"

晓芸一看就知道是怎么回事，很上道地说："我打的车快到了，你送依依吧，她住得远。"

朱依依还没说话，晓芸又挤眉弄眼地对她说道："你们明天要是还没和好，就是我失职了。"

朱依依最后还是上了车。

今晚陈宴理喝了点儿酒，喊了代驾。他坐在后排的位子上，朱依依上车时就坐在他旁边。

她今天穿的是职业装，白衬衫和黑色包臀裙，还扎了高马尾，藏在碎发间的小痣若隐若现。陈宴理靠近时能闻见她身上淡淡的香水味，不浓烈，也不刺鼻，和她给人的感觉一样，清爽干净，就像高山上的泉水。

昏暗的灯光下，陈宴理盯着她，回想起重逢后第一次在教室里见面，她背着挎包，戴着黑框眼镜，原来已经过去这么久了。

她越来越自信，工作上也越来越耀眼。

他越来越喜欢和她待在一起的感觉，很舒服自在，好像可以忘掉所有的烦恼。

他开始享受被她关心的感觉。哪怕晚上只是一句"晚安"，他也觉得这个夜晚和以往有所不同。

分开的这些天，他终于明白了电影里的那句话："原来，一个人吃饭没有两个人吃饭开心。"

朱依依知道陈宴理在看她，却只能装作什么都不知道。

她端端正正地坐在那里，故作专心地看着手机上的新闻。只是到了红绿灯路口，陈宴理忽然低头靠在她的肩膀处，她的身体僵硬了一瞬。

"如果我刚才不在，你是不是就答应了？"他问。

朱依依眼观鼻鼻观心："什么？"

"肖总给你介绍男朋友，你会答应吗？"

朱依依立刻摇头。

陈宴理眼中有了一丝光彩："为什么？"

"最近工作忙，没有时间。"

她已经没有任何多余的精力再去开始一段感情——像晓芸说的，她现在工作确实忙不过来。她想把事情做好，不想让那些看好她的人失望。

并且，能遇到互相喜欢的人的概率太小，她并不想草率地踏入婚姻，而相亲的最终目的就是结婚——她本能地排斥相亲这种形式。

陈宴理没听到想要的答案，声音低落了起来："没有别的原因了？"

"有，"朱依依鼓起勇气，对他说出了真心话，"因为还是很喜欢你，所以……"

她相信她这辈子再也不会遇到像他这么好的人，愿意包容她，引导她一步一步地变好。

只要她一想起他，浮现在眼前的都是他的优点。正因为他那么好，所以她才觉得自己辜负了他的真心。

她知道自己不会是他的最优解，他还有更多更好的选择，他没必要浪费时间等待她不确定的答案。他这一个月以来的沉默表现，在她看来已经给出了他的答案。

"嗯。"

"很喜欢？"

"对。"

陈宴理："那为什么……不来找我？"

关于爱情，他是绝对的理想主义者。

所以在那天，她提出那个要求时，他确实接受不了。因为在他看来，这是因为她不信任他，也不够爱他。

薛裴的话时刻在他的耳边回响，日复一日，猜疑、忌妒滋长，他渐渐也失去了信心。

朱依依："我怕我会辜负你。"

陈宴理沉默了一阵，认真地回答道："那就辜负吧。"

他不想再较劲了，也不想知道她是不是为了报复薛裴才和他在一起的。

只要，这一刻彼此是快乐的，就足够了。

朱依依霎时间就红了眼睛，伸手在眼睑处挡了一下，免得在他面前失态。

感动还没持续多久，她放在包里的手机就振动了几下。

肖总给她发来了侄子的照片，还有微信名片。

肖总："刚才吃饭的时候人太多，我知道你不好意思回答，你这几天考虑一下再告诉我。"

朱依依拿着手机，就像拿着烫手山芋。

陈宴理抬了抬下巴，不满地望向她。

朱依依本想关闭聊天页面，却不小心点开了对方的照片。

陈宴理有些孩子气地说："删了，快点儿。"

在他的注视下，朱依依删掉了那几张照片，并且再次和肖总表明自己真的没有这方面的想法。

陈宴理的脸色这才缓和了些。

送朱依依到她家楼下时，他们并肩走在漆黑的夜色中。春天的风吹起他们单薄的衣衫，两个人的手握得很紧。

朱依依不知想到什么，戳了戳陈宴理的肩膀："你说，我上辈子是不是救过你的命？"

陈宴理转过头："怎么说？"

"不然你怎么对我这么好？"

陈宴理："那这么说，我们上辈子也在一起了？"

朱依依眼睛亮晶晶的，仰头望向他："没有吧，一般这种故事都是上辈子我舍身救了你的命，然后你修炼千年化成人形，来找我报恩的。"

陈宴理被她奇怪的想法逗笑，揉了揉她的头发。

刚好送她到了门口，陈宴理笑着对她说："那晚安了，大恩人。"

关上门前，朱依依在门后和他挥手，眨了眨眼："晚安，男狐狸精。"

陈宴理诧异了一瞬，反应过来后低声笑了起来。

薛裴在厨房里待了好一会儿了。

他对着已经撕开真空包装的板鸭拍了好几张照片，然后给朱依依发过去："板鸭怎么做？"

没一会儿，朱依依就回了消息过来。

她发了两个菜谱的链接，一个是清蒸板鸭，另一个是笋干焖板鸭，让他自己挑着做。

薛裴愣了愣，有些失望。他原想着和她打视频电话，让她教他做的。

她近来总不搭理他，他无从下手。

一个小时后，他终于成功地糟蹋了一份食材，对着已经煮到变色的板鸭又拍了一张照片发给她。

薛裴："按照教程做的，不知道怎么会这样……是不是教程出错了？"

朱依依回了个问号过来。

下一秒，他立刻打了视频电话过去。

朱依依这会儿正在家里做手工，接通电话后将手机放在一边，按下免提，继续手上的动作。

她问他："你真的按教程做了？"

怎么可能连鸭子的颜色都变了？

薛裴语气诚恳地说道："真的。"

"你现在有空吗？我这边煮，你帮忙看看哪个步骤出了问题。"

朱依依看了一眼时间，说："行。"

不知道薛裴是不是故意的，从第一个步骤开始就频频出错。

油还没温，他就将生姜、蒜瓣混着板鸭一起扔进了锅里。菜谱上表明要用黄酒炒匀，他却倒成了白醋，难怪颜色这些都不对。

朱依依的太阳穴直跳，因为这些板鸭都是朱建兴自己亲手腌制再拿去真空包装的，她实在心疼食材，被薛裴这么糟蹋了一遍后，就算回锅也肯定不能吃了。

她好心地劝道："要不还是算了吧，你吃点儿别的行吗？"

薛裴似乎还打算继续尝试："我再试一次，这回肯定不会出差错了。"

朱依依连忙喊停："改天你和你女朋友一起过来，我给你们做。你别折腾了，真的，放过它们吧。"

目的达到，薛裴露出了笑容。

他想：她终于邀请他一起吃饭了。

他心情瞬间大好："那你什么时候有时间？"

朱依依还没回答，门口就有人敲门。

这敲门声让她的心情变得雀跃，她立刻对他说："我先挂了，改天再说。"

朱依依随手一按，以为挂断了电话，将手机往沙发上一扔，就跑去开门。

电话"挂"得猝不及防，薛裴眉头皱得很深，一股闷气积聚在胸口。此时的屏幕里一片漆黑，薛裴什么都看不见，却能听见声音。

他能听见她跑去开门时有多急迫和期待，也能听见她的声音里的热情之意，与刚才和他打电话时截然不同。

如果能未卜先知，他早该在听见陈宴理的声音时就挂断这个电话。

但错就错在，他犯贱地听了下去。

于是，他听见了电话那头的声音。

那声音离他越来越近，大概两个人正在沙发上。

"不要亲耳朵，太痒了。"

"这里呢？"

"也不行。"

"你今天想我了没？"

"当然。"

…………

"砰"的一声，手机砸在墙上，四分五裂。

大理石料理台上所有的食物已经被倒进了垃圾桶里。

厨房里一地狼藉，摔碎的餐盘、打翻的食物，地板上几乎没有落脚处。

薛裴踩着玻璃碎片走出厨房。玻璃碎裂的声音传入耳里异常清晰，他似乎已经不知道什么是疼痛。

床头的抽屉里放着稳定情绪的药物，薛裴吃了药，坐在阳台上吹了一会儿风。

滴落在地板上的血，鲜红、刺眼，他近来喜欢上了这种感觉。宁愿身体上的疼痛更剧烈，这样他就无法分辨那痛感是从何而来……

而那腐烂入骨的肉，或许就像他的心脏一样早已腐烂不堪了。

他越来越不知道，这样的日子什么时候才能到头，也越来越没有把握，她对他还有没有一点点喜欢之情。

如果真的没有了呢？

药物起了作用，在风声的包围中，他终于靠在沙发上睡着了。

他又开始反复做同一个梦，再次睁开眼时已是半夜，眼角处还有未风干的泪水。

后半夜，他开车去了朱依依家楼下。万籁俱寂，他抬头望向她的房间，那里一片漆黑。

一些画面在脑海中快速地闪过，他抑制住一脚踹开门的冲动，不再往下想，但地上的烟蒂越来越多。

第二天清早，朱依依拿着早餐出门，一路哼着歌。

她走到树荫下，给陈宴理发了刚才拍的照片："看我研发的新中式早餐，想不想吃？！"

陈宴理很快就回了消息过来，是一段语音。她一边听一边往小区门口走，嘴角的笑意越来越明显。

经过小区门口时，她留意到有一辆黑色的轿车停在那里。因为觉得有些眼熟，她便低头看了一眼车牌。

这一看，她倒是倍感迷惑。

薛裴的车怎么停在这里？

她正想着，身后便传来他的声音。

"今天这么早？"

朱依依回过头去，看见薛裴扶了扶镜框，笑得斯文儒雅。薄款的棕色长风衣穿在他的身上，衬得他像杂志封面上的模特。

"早上正好经过这边，想着顺路送你。"

说话时，他不经意地点开了他与周时御的聊天记录，上面显示周时御给他发的定位地址离朱依依的公司只有两个街区。

在副驾驶座上系好安全带后，朱依依问他："那你能先送我去津沇路吗？"

他应得很快："可以，不过你去那里做什么？"

尤其是这一大早的。

朱依依指着她手里的保温袋："我想去给他送早餐。"

轿车正要从巷口开向主干道，方向盘却差点儿打滑，薛裴面色阴沉地望向她捧着的保温袋，握着方向盘的手青筋凸起。过了好一阵，他才问出口："你们……和好了？"

"嗯，和好了。"朱依依顿了顿，笑着说，"其实本来就没什么。"

"挺好。"他说。

第十三章
日出时让恋爱终结

清明节放三天假，朱依依原打算回一趟老家。

朱远庭快要高考了，她想回去看看他复习得怎么样。

她这头刚坐上去高铁站的出租车，那头肖总的电话就到了。

肖总喊她跟他一起去云城出差："三个小时后的飞机，你直接来机场这边吧。等会合了，我再展开和你说。"

事情来得突然，计划好的假期就这么泡汤了，还不知道接下来几天要面临的是什么样的事情，朱依依心情有些沉重，只好跟司机说临时改了地点，先去机场。

幸好她的行李箱里带着笔记本电脑，候机那会儿，肖总一边和她说着相关的情况，她一边浏览文件。

她一忙起来，就忘记给家里打电话了。

直到快下飞机时，她才想起这事。

这会儿已经是晚上十点多了，他们可能还在等她一起吃饭。

于是，她立刻打开了手机。

屏幕上显示有五个未接来电，都是家里打过来的。

她正要打电话回去，下一秒，电话就响了起来。

"这么晚了，怎么还没到？"

听见是吴秀珍的声音，朱依依愣在了原地。

仔细算来，她们已经有三个多月没说过一句话了，以至在辨别出是吴秀珍的声音的那一刻，朱依依就有些鼻酸。

她一时语塞，缓了几秒才开口："我出差了，刚下飞机，忘记和你们说了。"

吴秀珍问："那这个假期，你都不回来了？"

"嗯。"

吴秀珍的声音低沉了些，大概她是有些失望的："哦，没事，那你好好工作，工作重要。"

晚上的机场很嘈杂，人来人往，朱依依却觉得此刻她的心很静，只听得见电话那头吴秀珍的声音。

她几乎能猜想到吴秀珍给她打这个电话，经历了多少内心的挣扎，像她妈那么要强的人，很少会先低头。

再开口时，朱依依有些哽咽："妈，你还在生气吗？"

"气，怎么不气？"吴秀珍说着眼睛也红了，"我就知道你性格随了我，两个人都那么倔，认准的事，谁说都没用。"

朱依依揉了揉眼睛："是啊。"

"薛裴今天到家里和我说了很多，我才知道你这些年心里头憋了那么多事。从小你有什么不开心的事都不知道和家里说，在外面工作也是报喜不报忧。你一直都那么听家里人的话，我说什么你都会去做……你也没告诉我你自己是怎么想的。"

"其实你读书那会儿，我不是嫌你比别的孩子差劲，就是觉得这样说能让你进步，能让你铆着劲地努力，等考上好大学了，以后才能过上好点儿的生活。妈没读过多少书，也不会讲什么大道理，不知道你听了那些话会那么难受，也不知道会让你变得越来越自卑、不敢说话，也没有了自信……"

朱依依挂了电话后，眼泪还一直往外涌。她坐在机场大厅的座位上，哭得肩膀都在不住地抖动，好像要把这么多年来所有的委屈都哭出来。

肖总在旁边已经站了好一会儿，大概也猜到了什么，和她开着玩笑："放假要跟我一起出差，这么难过啊，哭成这样？"

朱依依一时又哭又笑的，立刻把眼泪抹干："不是。"

"想家了吧？"

朱依依吸了吸鼻子，点头："嗯，有点儿。"

肖总给她递了包纸巾："等出差结束后，我给你放一周的假，而且节假日加班这几天有三倍的工资，到时候你和家里人想去哪儿玩就去哪儿玩，还能避开人流高峰期，多好。"

知道肖总是在安慰自己，朱依依也不好在这里多耽误时间，赶紧把眼泪擦干，和他一起到大门外等酒店的人派车过来接他们。

还没走几步，她就点开计算器计算，这三倍的工资到底有多少钱。

到了酒店，朱依依收拾好行李，想了想，给薛裴发了条信息，只有两个字："谢谢。"

后面她又发了一个表情包，是一个猫猫从盒子里钻出来对着镜头鞠躬道谢。

这会儿薛裴刚洗完澡从浴室里出来，身上披着一件松松垮垮的浴衣，头发还在往下滴着水，水珠沿着锁骨滑落到胸前。

他回到房间里，随手拿起手机，发现在五分钟前，朱依依给他发了两条消息。

擦头发的手就这样停了下来，他看着这两条消息，心情一下攀升至顶点。

她已经很久没主动地给他发过消息了。

薛裴嘴角上扬，在微信上打出两个字："不用。"

片刻后，他又逐字按下删除，点开周时御的对话框，迅速地打字："你平时那些猫猫狗狗的表情包从哪里弄来的？"

周时御发了个问号过来。

薛裴："给我发点儿。"

薛裴："快。"

周时御："什么玩意儿？"

周时御："被盗号了？"

薛裴："别废话。"

这回他发的是语音，声音严肃得像是在对待工作。

周时御也回了他一段语音，全是无情的嘲笑声。

接着，周时御一连给他发了二三十个表情包。

周时御："可以了吧，够你和朱依依聊十个回合了。"

薛裴："OK（好）。"

周时御："对了，再提醒一句，一般有女朋友的人会有这种表情包库存的，希望你也能早点儿加入我们。"

薛裴没好气地笑了笑，懒得再回复他。

捧着手机坐在床沿上，任头发上的水珠滴落在肩膀上，薛裴想了好一阵，从那些表情包里挑了一个最可爱的发给朱依依。

然后，他打字问她："听阿姨说，你清明节不回家了？"

十分钟后，朱依依回了消息过来："对，我出差了。"

薛裴："去哪儿出差？"

朱依依："云城。"

朱依依："对了，我记得阿姨上次是不是说想买这边的普洱茶？是碎银子还是小金沱我不太记得了。你问问，我改天买点儿寄回去。"

薛裴心里一热，回道："好，我明天问她。"

薛裴还在打字，朱依依的消息又弹了出来。

"很晚了，我先休息了。"

薛裴有些意犹未尽，把编辑好的消息删除后，回道："好，晚安。"

后面他又附上了一个可爱的小猫的表情包。

他等了十分钟，朱依依没再回消息过来。

大概她已经睡着了。

睡觉前，薛裴反复看着这几条消息，嘴角的笑意越来越深。

这天晚上，他总算睡了个好觉。

朱依依在云城待了将近半个月，除了刚开始那几天忙一点儿，其余时间的工作节奏并不如想象中那么紧凑。

在出差的最后两天，肖总带她出席了业内著名的展会。

那是她第一次接触这么多同行业的大咖。大学时老师在课堂上拿来当案例的营销活动，背后操盘的就是这些人物。

现在他们就这么站在朱依依的面前，肖总为她引见的时候，只是礼节性地握手，她都紧张得屏住了呼吸，有种难以言喻的激动的感觉。

"我们公司新的项目经理，能力还不错，上回港城的活动就是她的创意。"肖总向别人介绍她时这么说着。

因为肖总的这一句话，别人望向她的眼神里也多了一分欣赏之意。

她能看出来，这一趟行程肖总是要带她拓展资源和人脉的。这几天，她跟着肖总学到了不少东西，改变的不只是对单个问题的看法，还有看待问题的方式。她心里万分感激。

从展会回去的路上，肖总和她聊起家常，问她下周休假这几天打算去哪里玩。

朱依依这会儿就跟打了鸡血似的，亢奋地说："肖总，我还是不休假了，上回交的方案有些地方还没完善好。"

从小她就是个一根筋的人——谁对她好，她就会加倍地找机会报答。她不知道怎么感谢肖总的提携，就想着最起码要把工作做得漂亮一些，不能辜负他的期望。

肖总大概听明白了她的意思，竟在一旁笑了起来，眼角的皱纹都加深了不少。

"逃避加班的人我见多了，主动加班的你还是第一个。不过你不休假，我可没有钱给你。"肖总开玩笑地摆了摆手，"真正好的创意，都是从生活里得出来的，你天天待在大城市的格子间里，能想出来什么好点子？"

朱依依还在思考，又听见他说："作为领导，我当然希望你能回公司加班，给我和公司卖命；但作为过来人，我建议你还是多和家里人走走。等你年纪再大一点儿，就会明白'难得有闲'这四个字有多重要了。"

朱依依被他的话说动了。

出差一结束她就坐高铁回了桐城，打算陪家里人一起度过这个假期。

到家那天，她还没从出租车上下来，就看到吴秀珍在小区门口等着。

车刚停下，吴秀珍就去后备箱帮她拿行李，嘴里念叨着："可算回来了啊。"

瞥见吴秀珍两颊花白的头发和越来越佝偻的背，朱依依眼睛都有些酸涩。

"妈，还是我来吧，你别待会儿把腰弄伤了。"

"瞎说什么呢？我这天天去公园里锻炼，身体硬朗得不行，你爸跑得还没我快呢。"

朱依依无奈地笑了笑，最后拗不过她，只好由着她。

吃饭那会儿，朱依依才得知原来家里都已经安排好时间了，打算周末这两天去环岛旅行，路线都已经定好了，就在邻市。

往年他们家和薛裴家都会约好一起去旅行，这次自然也不例外。

晚上，朱依依和陈宴理打电话，正好聊起这个话题。

陈宴理在电脑上查阅着天气和附近的景点，问她："你东西都收拾好了吗？"

"都收拾好啦。"

这本来是很寻常的一次聊天，结果朱依依提到薛裴也会去时，陈宴理沉默了好一阵。

朱依依望着屏幕上的通话时长，在床上翻了个身，小心翼翼地问："你不开心了？"

"嗯。"

朱依依看不见他的神情，但从这声简短的回答中也能猜想到他此刻的情绪。

朱依依："别不开心，你知道我早就不喜欢他了。"

"但他喜欢你。"

朱依依连忙否认："他有女朋友了。我看过照片，他女朋友很漂亮。"

陈宴理又是一阵沉默。

时间一分一秒地过去，当吴秀珍的脚步声在门外响起时，朱依依连忙把床头的灯关掉，与此同时，耳机里终于传来了陈宴理的声音。

"你们不能分开去吗？又不是真的一家人。"

这是一个很头痛的问题。

朱依依不知道该怎么和他解释他们家和薛裴家的关系，在吴秀珍眼里，有血缘关系的亲戚都比不上薛叔叔和薛阿姨那么亲近。

他们是二十多年的邻居，朝夕相处，大事小事都会互相帮忙。在她小学那会儿，朱建兴生了一场大病，肝脏出了问题，要做手术，家里一时拿不出那么多钱，问遍了亲戚都没凑够，最后是薛叔叔向厂里预支了工资帮忙垫付的。就这个恩情，都足够让朱建兴记一辈子。他住院那一个多月，也全靠薛叔叔和薛阿姨轮流帮忙照顾，不然吴秀珍一个人肯定要累垮了。

她那时候虽然还小，但也能感知到这份真情的重量。

她和陈宴理的这通电话最后以不欢而散收场。

互道"晚安"后，朱依依躺在床上仍旧毫无睡意，直到凌晨两点才终于睡了过去。

朱依依睡得晚，醒得却早。

最后的结果就是她一上车就昏昏沉沉地睡到了下车。

经过两个多小时的行程，两家人终于到达了岣沙岛。

岣沙岛在桐城的东南面，岛上风光旖旎，很适合度假。

朱依依却无心欣赏，频频打着哈欠。薛裴走过来递给她一瓶无糖饮料，顺便帮她拧开了瓶盖。

"昨晚没睡好？"

"嗯，有点儿。"

递给她的饮料她没有伸手接，薛裴当下心里了然。

将饮料放在地板上，薛裴弯了弯嘴角："你是不是和阿理闹矛盾了？"

朱依依立刻扭过头看向他，瞳孔缩小，甚至以为他是不是窃听了她的电话。

薛裴笑着补充："我猜的。我猜他知道我们一起出来旅行，生气了。"薛裴不紧不慢地喝了一口水，动作极其赏心悦目，"要不我给他打个电话解释一下吧？由我去说的话，他应该会相信的。"

薛裴的语气很真诚，但朱依依还是谢绝了他的好意："不用了，不麻烦你了。"

"你有没有听说过一个著名的定律叫'24小时法则'？"

"什么？"

"它是指企业在处理负面舆情的时候，最好要在24小时内启动危机管理机制，不然问题就会无限扩散，造成事态恶化的结果。"薛裴停顿了片刻，望向远处的海滩，继续说道，"其实感情危机也一样，你们才在一起不久，正是信任感薄弱的时候，有问题更要及时解决，拖下去只会加剧事情恶化。"

薛裴似乎是在认真地给她分析问题，就像小时候教她做功课一样，帮她分析题干和要素。朱依依此刻从他的眼睛里确实已经看不到任何的男女之情了——她相信薛裴是真的放下她了。

薛裴的建议，她听进去了。

"那我晚上给他打个电话看看。"

"嗯。"

薛裴说完就起身去帮忙搭帐篷。朱依依看着微信上和陈宴理的对话框，打了一行字，又删掉了。

她还是晚上再找他吧，这会儿说不定他还在忙。

傍晚时分，海风清爽，晚霞漫天，吴秀珍在海边披着丝巾摆造型，朱建兴则弓着腰为她和薛阿姨拍照。为了这趟旅行，吴秀珍做足了准备，在网上买了一堆丝巾，花花绿绿的，颜色很鲜艳。

朱依依看到这一幕，也忍不住用手机记录了下来。

原本有些阴郁的心情也渐渐明朗，这样简单温馨的快乐，她已经很久没感受过了。

那头朱远庭已经换上了衣服和薛裴去冲浪。朱远庭是新手，在冲浪板上站都站不稳，摔进了海里好几次，姿势极其狼狈。见状，朱依依忍不住笑出声来。

"姐，你自己都不敢玩，就知道嘲笑我！"

朱远庭朝朱依依投来警告的眼神，她终于收敛了一些。

薛裴正拿着毛巾擦拭头发，看见朱依依此刻无忧无虑的笑容，空洞的心被填补得很满。她现在的样子和10岁、15岁、20岁的她逐渐重叠在一起，在他的人生记忆里留下了永难磨灭的印记。

夕阳下山前，两家人在海边拍大合照，长辈们都站在第一排，朱依依、朱远庭和薛裴站在后面。摄像机定格画面时，朱远庭故意捉弄朱依依，喊了她一声，她便朝他的方向看了过去，嘴角的笑意还停留在脸上。

但最后成片出来，大概因为视觉差，看上去像是朱依依正仰头望向薛裴笑。

薛裴看了很久很久，将这张照片保存了下来。

很久之前，她便像这样专注地望向他，那时候她的眼里从来没有第二个人。

他会一步一步把属于他的东西都拿回来。

晚上九点半，话剧表演散场。

陈宴理去后台献花。

他气质出众，走进来时吸引了不少人的目光。他此前来过几回，大家都知道他是袁蕙芸的哥哥，纷纷给他指路："你是来找小袁的吧，她在最里面的化妆间里。"

"谢谢。"

袁蕙芸正在卸妆，瞧见只有陈宴理一个人在，往他身后看了又看，疑惑地问道："哥，你女朋友呢？你不是说今天要带你女朋友过来看我表演吗？"

陈宴理似乎预料到她会这样问，微笑着回道："她今天有事，没来。"

袁蕙芸有些失望："我还想着终于可以见到嫂子了呢。"

"等你下次去杭市演出，我再带她来看你表演。到时候，你可要好好表现。"

两个人正说着，陈宴理的手机忽然振动了一下。

他点开手机看，薛裴给他发了三张照片，是他们两家人的合照。

夕阳下，薛裴站在朱依依旁边，两个人头发被海风吹乱，对着镜头笑得灿烂。

陈宴理脸上的表情霎时间变了，右手指节泛白。

一分钟后，薛裴缓缓撤回了消息，说："不好意思，我发错人了。"

帐篷里实在太闷，朱依依起身关掉了在床头放着的小风扇，蹑手蹑脚地拉开了内侧的拉链。

临近十二点，沙滩上已经没什么人了。白天的热闹喧嚣退去，现在变得很安静，波光粼粼的海岸，浮光跃金，浪潮冲刷礁石的声音传入耳里，就像治愈人的催眠曲。

朱依依坐在海边，浮躁的心情被安抚得彻底。

她给陈宴理打了个电话。

她以为他已经睡了，没想到电话很快就被接通了。

电话一被接通，她就故作轻松地说："女朋友来突击检查了，如实上报，正在做什么？"

陈宴理轻笑了一声，酒杯晃动，发出轻微的声响："在喝酒。"

男人那声音确实像刚喝过酒一样，吐字很慢，尾音上扬，有种慵懒迷人的性感的气息。

"你还在外面？"

"对。"

"好男人都是十二点前就回家的，"朱依依顿了顿，假装在看手表，"你还有十分钟的时间。"

陈宴理压抑了一天的低落心情终于缓解了一些："马上回去了。"

朱依依把手放在海水里，有一下没一下地拨弄着："想我了吗？"

"嗯。"陈宴理走出了酒吧。看到门口的代驾，他把钥匙扔给了对方："你呢？今天有没有想我？"

"当然有啊。"

"看你们玩得那么开心，我还以为你已经把我忘了。"

陈宴理话里的醋意快要溢出来了。

朱依依立刻否认："怎么可能？"

陈宴理不经意地说道："薛裴给我发照片了，你们好像玩得很开心。"

"啊？"朱依依蒙了，"他怎么给你发照片？"

"他说发错人了，你说我该不该相信？"

他想起那张被撤回的照片，那股烦闷的情绪又涌了上来。

陈宴理不敢相信这么低级的伎俩竟然是薛裴会做出来的。即便知道薛裴是在故意激怒他，他也没办法做到完完全全不在意。

他越想忽略，就越是难受。

朱依依眉头紧皱，好像明白了什么。

电话挂断了好一会儿，她没有起身回到露营点，而是坐在海边吹着风。音乐播放器里正放着一首轻缓的英文歌，她跟着哼了几句，仰头望向天上的月亮。

如果此刻她回过头，就能看到不远处有人正无声地注视着她。

薛裴已经在那里站了好一会儿。

夜里不安全，他担心她一个人出来会遇到危险。她走出帐篷没多久，他就一直跟在她身后。

离得那么远，他听不见她在说什么，也不想听见。他渐渐学会了自我欺骗。

他就当作这是只属于他们之间的夜晚，没有任何人打扰。

这几天，他发现自己对药物的依赖性没那么强烈了。因为她在他的身边，在他能随处看到的地方。身上的伤口也在慢慢痊愈，他觉得一切都在向着好的方向发展。

夜风轻柔，丝质衬衫被风一吹，几乎贴在身上，在朱依依起身离开前，他也隐没在了夜色中。

这个夜，仍旧安静得像什么都没发生过一样。

第二天早上，朱依依刚洗漱完，吴秀珍就喊她过去吃早餐。

"大家都在等你呢，别磨磨蹭蹭的。"

"来了！"

朱依依一路小跑过来，到餐桌前反而停了下来。

她的座位在薛裴的旁边，一向都是这样安排的，但这会儿她不知怎么的心里有点儿别扭，于是戳了戳朱远庭的后背，让他和她换位子。朱远庭骂骂咧咧的，最后还是起身和她换了。

薛裴喝了一口咖啡，望向朱依依时表情若有所思。

下午，他们在海边烧烤，他递给朱依依的食物，她转手就给了朱远庭。

一整天，她都在刻意避着他。

休假结束前，薛裴算好了时间，打算和她同一天回北城。

但就在前一天晚上，朱依依告诉他，她刚好抢到高铁的票，就不坐他的车了。

这显然是借口。

"你最近在避着我吗？"

朱依依也不避讳，直白地说道："薛裴，我们以后还是少联系吧。"

同样的话，薛裴早就听过一遍，只是这一次的理由又是什么？

"怎么了？"

"我不希望他不开心。"

这么简单的一句话，足以在薛裴的胸口上扎上一刀。

偏偏已经被扎得鲜血淋漓的他还要装作什么事都没发生一样，装作温文尔雅，善解人意。

"但你很清楚，我们之间只是最单纯不过的朋友，不是吗？"薛裴扶了扶镜框，嗓音低沉平稳，从心理学的角度来说，这样的声音更容易让人信服，"上次阿庭拿我的手机发照片，好像不小心误发给宴理了，可能让宴理误解了。"

朱依依蒙了：原来照片是朱远庭发的？

她还没说话，又听见薛裴情绪低落地说道："不过没关系，我尊重你的选择。我不希望看到你不开心。

"对了，我妈这次旅行的时候买了不少东西，是准备给你的。东西有些重，你坐高铁带着不方便，我到时候给你寄过去吧。"

这番说辞滴水不漏，薛裴满意地看到朱依依脸上的表情从笃定变成了迷茫。

他弯了弯嘴角。

朱依依回到家第一时间就去找了朱远庭。

他正在书房里做英语模拟卷，她等他答完完形填空才拉开旁边的椅子坐下。

朱远庭被她看得心里发毛。

她开门见山地问："我们露营那天你用薛裴的手机了？"

朱远庭搞不清楚这是什么状况，但还是点了点头："是啊，咋了？"

"然后，你发错照片给别人了？"

"是有这么一回事，怎么了？"

不过这事也不能怪他——他原本想把那几张照片发给自己的，结果点发送的时候，看到一个人的头像和备注都和自己的很像，这才发错了。

"没事了，你继续做题吧。"

朱依依坐高铁回到北城的那天，陈宴理还特意去接她了。

出差加上休假，他们已经有二十多天没见了。刚出站，朱依依一看到陈宴理就立刻跑了过去。

陈宴理张开手接住了她，而后还故意看向出口的方向，问她："怎么薛裴不在？我还以为你们会一起回来。"

朱依依和他开玩笑："他在后面呢，马上就来了。"

果然，陈宴理下一秒表情就变了。

陈宴理知道她是在捉弄他后，捏了捏她的脸："再有下次，我真的生气了。"

回去的路上，朱依依打开日历，认真地算着日子，还有不到一周就到陈宴理的生日了。

她已经准备了很久，但这次出差耽误了不少时间，不知道按照原计划能不能完成。

薛裴刚和技术总监开完会，周时御在他的办公室里聊着移动端上个月的总体情况，刚开了个头，助理就在外面敲门，说有客人来访。

周时御："预约过吗？"

"没有。"

"叫什么名字？"

"他只说他姓陈，别的没有透露。"

周时御还没意识到什么，薛裴反而从电脑前抬起头来，沉声说道："让他进来吧。"

没多久，助理就领着陈宴理走了进来。

见到来人，周时御如临大敌，摸了摸鼻子，咳嗽了两声，对薛裴说："那个……我突然想起来刚才 Jason 找我有事。那我就先出去了啊，你们俩慢慢聊。"

周时御一走，门重新合上，室内落针可闻。

薛裴微笑着抬手示意："请坐。"

陈宴理仍站在原地，不买薛裴的账："不用了，其实也没什么重要的事……"

他正欲说出后半句话，视线忽然停留在薛裴的办公桌上放着的合照上，久久没有移开视线。

那是薛裴和朱依依的合照——照片上的两个人都还很青涩，朱依依还留着刘海儿，估计刚成年。

薛裴顺着陈宴理的视线望过去，弯了弯嘴角："是她 18 岁生日那天拍的，就在我们学校门前的面馆。那时候她还在复读，我请了假回来陪她过生日。她很开心……"

陈宴理立刻打断了他的话："都快十年前的事了，估计她早就忘了。"

"没关系，如果你想听这样的故事，我还有很多可以分享，近的话可以追溯到上周，远的话可以追溯到二十年前，不知道你对哪一段内容比较感兴趣？"

薛裴气定神闲的模样，让陈宴理不气反笑。

"薛裴，你知道你现在的行为叫什么吗？"

"第三者？"薛裴说完，皱了皱眉头，又否定了这个称呼，笑得相当无辜，"可我还没开始做什么呢，你已经有危机感了吗？"

薛裴太懂得怎么撩动别人的情绪了。

陈宴理攥紧了拳头，越过桌面揪住了薛裴的衣领。

就在这一瞬间，陈宴理想起他和薛裴第一次见面是在法国，那次游学所有同行的人里，他对薛裴的印象最深。他很欣赏薛裴，也想和薛裴交朋友，但一直找不到机会。

后来有一次集体活动，他在途中和大家走散了，又不会法语，迷了路，正好遇上同样落单的薛裴，两个人脱离既定的行程，在外面玩了一天。薛裴说他早就想这么做了，跟着那么多人一起玩太没意思。

两个人有很多兴趣爱好相似，就这么聊了一路。陈宴理惊讶于薛裴竟然可以用法语和当地人自由地交流，薛裴则说他都是自学的，也才学了两个月。

当天回去的路上，两个人添加了联系方式。

备注名字时，薛裴对他说："我叫薛裴，裴是'事裴成锦'的'裴'，你呢？"

"我知道你，应该说这一届学生里没有不认识你的。"

薛裴说："是吗？原来我这么有名啊。"

而现在，眼前的人越看越令他陌生。

"薛裴，我本来以为你应该至少还有些做人的底线。"

薛裴将他的手松开，活动了一下手腕，笑着回道："我本来就没有底线，你看错我了。"

陈宴理走出了办公室。

周时御打量着他临走时脸上阴郁的神情，觉得事情不太妙。

果然，周时御一推开门，就怔住了。

桌面上的物件被横扫在地上，满地狼藉，薛裴坐在正中间，右侧脸颊受了伤，一块青一块紫的，正慢条斯理地用指腹抹去脸上的血渍。

从嘴角沿着脸颊，他用指腹抹出了一道长长的血痕，有些恐怖。

周时御被吓了一跳，有些难以置信。

"你被打了？"

"不是很正常吗？"

薛裴面不改色，镇定得丝毫不像是刚经历过这场风波的人。

周时御附和道："也是，像你这种缺德的人，是该被打。"

薛裴抬头看了周时御一眼，他立刻把后面的话咽了回去。

血渍还凝在脸上，薛裴用那沾了血的右手点了一根烟，香烟的表面也染上了一层血色，颇为诡异，尤其薛裴的脸上还带着痞笑。

周时御不解："不是，你怎么还笑得出来？"

薛裴缓缓吐烟："他越在意我，说明他们的感情越不牢固，我不该高兴吗？"

这人太可怕了。

周时御庆幸自己没遇到像薛裴这样的敌人。

"脸上的伤，待会儿去处理一下吧。"周时御善意地提醒。

要是这张脸废了，不要说别的，连他都觉得可惜。

"那陈宴理今天来找你做什么？"

"他邀请我参加他的生日会。"

"啊？"周时御还以为自己听错了，"为什么？"

他看他们这剑拔弩张的样子，两个人也不像是能心平气和地坐在一起的关系。

薛裴当然清楚陈宴理的想法。

他想起刚才陈宴理临走前说的话。

"我听依依说，你不是有女朋友了吗？那就带过来吧。"

"好啊。"薛裴应得很快，没有一丝一毫的犹豫。

"你打算骗她到什么时候？"陈宴理停顿了片刻，才继续说，"你真以为你做这些有用吗？"

"不知道，试试看吧，"薛裴说得很轻松，笑着望向陈宴理的脸，"看看我能不能拆散你们。"

晚上九点，S.I.K 顶楼热闹得一如白昼，礼花在头上绽开，人群中响起一阵欢呼声。陈宴理被簇拥在人群中央，朱依依和他的朋友打着招呼。

今天的生日宴，陈宴理邀请了不少朋友，大多是多年的旧识，有刚在影展拿了奖的新锐女导演，朱依依前几天刷微博的时候还看到过她的专访，真人比视频里更有魅力，也有年轻的大学教授和青年作家。朱依依还是第一次见到这么多陈宴理的朋友，他耐心地为她介绍着。

换作以前，面对这些闪闪发光的人物，她第一反应或许是自卑、退却，觉得无法融入他的世界里，也不敢与他们攀谈，但现在，她的心态变了。

他们的谈吐、学识、对问题的看法，都让她心生敬佩。单是这样听他们聊天，她都觉得是一种享受。

加上了联系方式后，朱依依又悄悄地在微博上关注了那位女导演，想着周末把她的电影都看一遍。

这时，一个低沉的声音突兀地插入——

"不好意思，来晚了。"

听见薛裴的声音出现在这里，朱依依还有些恍惚。

她猛地回过头，在门口的薛裴恰巧向她看了过来，微笑着和她点了点头。

"路上有些堵车，望见谅。"

薛裴今天穿得随意，简洁的黑色衬衫，最上方空了两个纽扣没系，衣服下的肌肉线条隐约可见，臂弯处搭着西装外套，身上的香水是独特的木质香气——前调是沉香和檀木香，和他本人一样，神秘又引人遐思。

"你怎么来了？"朱依依问。

"我不能来吗？"薛裴笑了笑，望向陈宴理，"说起来，还是阿理特意去邀请我的呢。"

陈宴理低头轻挽袖口："是，是我亲自去邀请他的，顺便还探讨了一些别的问题。"

朱依依："什么？"

陈宴理那么反感薛裴，她以为他们私下不会再有什么交集了。

陈宴理意有所指："一些关于人性的讨论。"

薛裴听到这话，轻笑了一声："就是可惜最后没能达成共识。"

停顿了片刻，陈宴理又缓缓开口："对了，那天本来想给你推荐一本书的，就是时间太匆忙，一下忘记了。"

"你说。"

"《叔本华论道德与自由》，我觉得你应该看一看，或许会有所感悟。"

薛裴听明白了对方话里夹枪带棒的讽刺意味，脸上却也没什么情绪波动，扯了扯嘴角。

只有朱依依的视线一直停留在薛裴旁边的女孩儿身上，她打断了他们的谈话："这就是你的女朋友吧？好漂亮。"

朱依依其实刚才就认出来了——她记得薛裴的手机上的那张照片。因为女孩儿实在太过惊艳，所以过了这么久她还能立刻将眼前的人和照片里的人对上号。

薛裴给他们介绍："是，她叫谢遥。"

"你们好。"

那女孩儿似乎有些腼腆，小声和他们打招呼，问什么就答什么。

朱依依担心她会无聊，带她到前面吃茶点。

女孩儿间熟络得快，从交谈中朱依依得知谢遥去年刚毕业，现在在一家杂志社当校对。

朱依依好奇地问道："那你们是怎么认识的？"

谢遥想了想，回答："是朋友介绍的。"

朱依依不疑有他，聊了一会儿，看着她精致的五官，又不自觉地夸赞道："你真的长得好漂亮。许愿下辈子女娲可以把我捏成这样。"

谢遥被夸得有些不好意思，也渐渐和朱依依亲近起来："没有，其实我站在薛裴旁边没什么自信的。"

"为什么？"朱依依很惊讶，"你们站在一起很般配啊。"

正要走上前的薛裴听到这句话，停下了脚步。

被喜欢的人夸自己和别人般配，是什么样的感受？

不知怎么的，在这个间隙，薛裴想起了一件很久远的事。

大约是在两年前的国庆节，李昼在同学聚会后送她回来，他得知后，对她说李昼是个不错的发展对象，值得考虑。

他不记得当时的朱依依是什么样的表情，只知道自己现在心里堵得难受，闷得快喘不过气来。

这时，他又听见朱依依对谢遥说："相信我，薛阿姨要是见到你，一定会很喜欢你的。"

他整颗心脏有着密密麻麻的痛感，绵长而深入，好像再也不会停下来。

她再也不会像从前那样，因为他身边出现了异性而感到难过。

她给他最真诚的祝福，不过是因为她不再爱他。

晚上十一点，陈宴理切完蛋糕，到了送礼环节。

展柜里摆满了大家送的礼物，什么都有。薛裴送的是一块手表——助理去挑的，薛裴甚至都没耐心打开看。

朱依依是最后一个送的。她抱着一个透明的亚克力箱子走了出来。

箱子里面放着十来个包装好的礼物盒子，大小不一，箱子中间写着"生日盲盒"。

大家都好奇地凑了过来。

陈宴理又惊又喜，嘴角含笑："都是给我的？"

朱依依眨了眨眼，摇头："当然不是，答对一个问题才可以抽一次。"

陈宴理装作担忧："万一一个都没答对怎么办？有安慰奖吗？"

"没有。"朱依依笑着催促道，"准备好了吗？"

陈宴理乖巧地点头。

"第一个问题，我们第一次见面的日子？"

"第二个问题，我们的恋爱纪念日？"

"第三个问题，我们第一次旅行的目的地？"

这些问题，陈宴理几乎不用思考就说出了答案。

围观的朋友算是看明白了，这不是什么送礼环节，而是喂"狗粮"环节。

薛裴就在暗处的座位上安静地看着陈宴理从箱子里抽出朱依依为他准备的礼物。

她准备得很用心，就像曾经为他准备礼物那样。

第一件礼物是一张黑胶唱片，封面是宇航员在太空漫步，背后是星光璀璨的夜空，朱依依在上面写着"To my star（致我的星星）"。

第二件礼物是一个手工钱包，是她自己亲手缝的，花了一个月的时间才完成。

第三件礼物是一个玻璃碎片做成的小型投影装置，中间是一盏灯，也是她自己在网上看着教程做的。

薛裴下颌线绷紧，低头喝酒。

人群还在起哄，哪怕他刻意去忽略外界的声音，但还是听到了那些刺耳、聒噪的言语。

两个人旁若无人地拥抱、亲吻、示爱。

他看到朱依依终于自信地在所有人面前表达了自己对另一个人的爱。

他忽然明白了陈宴理邀请他来这里的意图，不是为了拆穿他，而是为了让他见证这浪漫的爱情故事。

一切都像是在提醒他，他不过是观众，是局外人。

最后一份礼物也被拆开了，临近尾声，陈宴理说："其实，我最应该感谢的人就是薛裴。如果没有他，我和依依也不会认识。"

只是，当环视全场时，他才发现薛裴早就已经不在了。

薛裴的座位那边，只剩下半杯尚未喝完的酒。

陈宴理度过了一个最难忘的生日。

那是一个属于酒精、属于音乐、属于浪漫的夜晚。

彻夜狂欢，碰杯声清脆，在众人的祝福声中，他望向了朱依依，发现她那双明亮乌黑的眼睛也正专注地望着自己。

她眼神中的内容，将这一秒无限拉长。

陈宴理在自己"怦怦"的心跳声中，听见了内心的另一句祈祷。

他希望，以后每一个生日，她都能在他身边。

或许恋爱中的人在热恋的时候，总是不可避免地想到了永恒，却不知道原来再往前走一步就是深渊。

生日宴后，他们的感情在加速地升温，工作外的时间，他们都待在一起。

上班、下班、一日三餐，虽然他们没有同居，但也相差无几。两个人工作都忙，但再忙也总能挤出时间陪伴对方。

朱依依学会了很多新菜式，都是口味清淡的粤菜。她煮的菜，第一口都是先让他尝。

他家里也一下多了许多可爱的小玩意儿，女式的抓夹及发圈、新的抱枕、地毯和会根据气压变化预测天气的风暴瓶……每次陈宴理下班回家看见她蹲在地上拆快递，就知道过一会儿她便会兴冲冲地将东西拿到书房里，满眼期待地问他："可爱吗？"

只要他点头说下"可爱"二字，不到一周，他的书房的办公桌上就会多出各种各样的小物件，很精致有趣。

他去沪市出差了两周，她周末也悄悄跟了过来。为了给他一个惊喜，她来之前没告诉他，一个人在他下榻的酒店里等了半天，直到当晚他应酬完回到酒店才知道这件事。他问及原因，她说"有点儿想你，所以就赶过来啦"。

他们有了很多情侣同款的衣服，她在某社交平台上还开了个账号，偶尔分享他们的情侣装。她告诉他，原本只是随手发一发，没想到有一条笔记火了，竟然有好几千人关注她，催她多更新。

于是，那段时间家里又多了许多新的快递包裹。

都说恋爱使人降智，在这件事上陈宴理很有发言权。

朱依依平时很少会和他撒娇，慢慢地，反而是他学会了这项技能。

几乎是无师自通，他也不知道自己怎么会变得这么幼稚，在微信上给朱依依发的消息总被她笑话。

有时候她会威胁他，要曝光和他的聊天记录给阿 Ken 他们看。

"让他们看看平时高冷的总监，背地里在微信上'汪汪汪，今天几点回家呀'。"

他笑着辩解："我是在学 Wille 给你发消息。"

他们做了许多幼稚的事，比如在右侧锁骨往下三厘米的位置文了对方的名字，他要让她永远记住他。

水满则溢，月盈则亏。

陈宴理越在乎，就越想占有对方的全部，也更难容忍感情里的瑕疵。

每一次薛裴的出现，都在慢慢点燃横亘在他们之间的引线。

在一次又一次的试探中，陈宴理渐渐失去了理智和判断力。

他越发在意薛裴若有若无的挑衅行为，也开始猜测朱依依不愿步入婚姻的理由：是因为李昼带给她的对婚姻的阴影，还是因为她无法释怀与薛裴的那十年时光？无论是哪个答案，陈宴理都难以接受。

他们的感情急转而下是从一件很小的事情开始的。

那天是陈宴理的团队的庆功宴。

但就在庆功宴开始的半个小时前，朱依依在微信上告诉他，她弟弟毕业旅行来了北城，不知怎么的在酒吧里和别人发生了争执，她现在得过去一趟。

他也跟着紧张起来。

他立刻走下楼，往车库的方向赶："在哪个酒吧？我和你一起去，你一个人去不安全。"

"没事，你别担心，我弟给薛裴打电话了。薛裴已经在那边处理了，我现在赶过去先看看具体情况。"情急之下，朱依依说话时没考虑太多，"今天是你的庆功宴，你怎么能缺席？

"等事情结束后，我再赶过去。"

掌心里的钥匙冰冷，他站在电梯门口，任车库里幽暗的灯光打在脸上。他沉默了几秒，最后说："好，那有事你记得给我打电话。"

他其实很想告诉她，这个庆功宴没有那么重要，他随时可以离开。

他希望听到的是，她需要他。

当晚，他滴酒未沾。庆功宴还没结束，他就提前离开了，打电话给朱依依，但电话那头一直是忙音。

他回到公寓，一直等到凌晨十二点，朱依依才给他回了电话。她说刚才在酒吧里没有信号，现在刚走出来，事情已经处理好了，准备领弟弟回出租屋那边。

就在这安静的几秒里，他隐约听见了薛裴的说话声。

薛裴说的是"走吧，我送你们回家"。

挂断电话后，陈宴理忽然悲观地想：就算他让朱依依删除掉所有与薛裴有关的联系方式也没用，他们总有千丝万缕的关系，能让他们见面、产生交集。而薛裴以亲情作为幌子，总能一次又一次地替她排忧解难，骗取她的同情。

感情一旦有了缺口，就很难再被修复回最初的模样。

没几日，他和朱依依的弟弟见了面。这是朱依依第一次向他介绍她的家人，他很重视。

她弟弟很聪明，也很健谈，交流中不时地提起他们姐弟一起长大的趣事，难免会提到薛裴。

于是，陈宴理从第三人的视角，再次听见了朱依依和薛裴的成长故事，像是校园青春电影的爱情范本。

"我姐啊，以前一放学就爱往薛裴哥家里跑，不是去抄作业，就是去蹭吃的。薛裴哥对我们也很好的，拿了奖学金就给我和我姐买礼物了，自己都没剩多少钱。

"我们小时候还许愿以后要买一个大房子，大家一起住。"

陈宴理配合地笑了笑，没搭话。

八月中旬，陈宴理的妈妈来了北城一趟，朱依依在市中心的餐厅订了位置。

席间气氛融洽，他妈妈对朱依依很满意，恨不得立刻就让他成家，很自然地提到了老生常谈的话题——催他们结婚。

朱依依愣怔了片刻，默不作声地把话题引到了其他地方。

陈宴理明白了她的态度，心往下沉了沉。

当晚回家的路上，朱依依问他："你还没有和你妈妈说吗？"

她以为陈宴理已经将她的情况告知家里人了。

这是他们时隔半年后，再次讨论起这个问题。

陈宴理说出了真心话："我始终觉得，你或许只是一时抗拒。"

他总觉得，只要他对她足够好，她的想法总会慢慢改变。她只是暂时性地对婚姻感到失望——如果她真的爱他，他有信心改变她现在的看法。

朱依依望着地上自己的影子，小声说道："那……如果不是呢？"

连她自己都无法给出肯定的答案。

陈宴理握住她的手，却也觉得有什么东西正在他们中间渐渐消散。

"我们相处了这么久，你对我还是不信任吗？"

朱依依沉默不语，因为这不是一句信任或者不信任就能够解释的问题。

她爱他，也享受现在和他在一起的生活状态，但有些想法，不是那么容易改变的，有些恐惧情绪，不是那么容易被消除的。

她才与吴秀珍在这个问题上达成短暂的和解，不想再次掉入另一个催婚的循环中。

这个话题是他们之间的禁区。

自那天起，两个人都有意减少了联系。

陈宴理再次联系她，是在八月的最后一个周末。

他约她一起去看日出。

湛宁山是北城著名的日出观赏地，海拔高，地理位置优越，日出时云海在山峦间流动，美如仙境。

朱依依和陈宴理是中午出发的。山间的路很陡，后面半程，朱依依走得有些吃力，陈宴理弯下腰来想要背她。

朱依依犹豫了好一阵，才搂住他的肩："是不是很重？"

"不重，"陈宴理笑着说，"身上都是骨头。"

"要不我还是下来吧。"

"天快黑了，路不好走，"陈宴理顿了顿，又说，"别乱动，听话。"

就这样，在天黑前，他们终于到达了山顶。

他们坐在睡袋上聊了一整晚，从第一次见面到第一次旅行，无话不谈。

就像在维多利亚港那晚一样，他们不知疲倦地说着话，直到黎明到来，城市苏醒。

这个夜晚快要过去时，陈宴理终于开了口。

"对了，有一个好消息要告诉你，"陈宴理顿了顿，才又继续说，"我上周升职了。"

从他此刻的表情来看，她却看不出这是个好消息。

"是吗？"朱依依发自内心地替他感到高兴，"恭喜你。"

陈宴理喉结滚动，艰难地开口："从九月开始，我会被调回港城任职，以后……就留在港城了。"

夜晚风大，朱依依的心猛地颤了颤，她听懂了他话里的暗示意味，一时有些慌乱。

其实在来之前，她就预感到了什么。

她扭过头望着山下村落里零星的灯火，随即又恢复如常，笑着说："挺好的，离家里也近，阿姨应该会很高兴。"

只是两个人十指紧扣的手渐渐松开。

有人先抽出了手。

陈宴理有种命中注定的无力感，即便已经预知了结局，还是问道："那你呢？你愿意和我一起去港城发展吗？"

这些话他在心里想过无数遍。

他在逼她做出选择。

他希望她能和他一起去港城，离薛裴越远越好。

等待的这几秒钟比整个夜晚都要漫长，但在朱依依开口的那一刻，他又打断了她："在日出之前，可以先不要告诉我答案。"

他想和她安静地看完这场日出，因为这也许是他们看的最后一场日出。

太阳从云层中喷薄而出，朱依依逆光坐着，连发丝都透着金色的光。

她拿出手机拍了一张照片。

将手机放回口袋里的同时，她起身站了起来。

"那我先走啦。"

这句话已经是她的答案。

阳光有些刺眼，陈宴理看久了感觉眼睛有些酸涩。

"还认得下山的路吗？要不要等等我？"他问。

"慢慢找，总能找到的。"

陈宴理听明白了她的意思，笑了笑。

朱依依和陈宴理道别，拿起背包准备离开，还没走几步，又听见身后的陈宴理说："还记得我过生日那天，我以为那是我们在一起度过的第一个生日，原来已经是最后一个。"

她停住了脚步，久久没有转过身去。

陈宴理看见她伸手抹了抹脸颊，回过头时眼睛红了。

"那我提前祝你，以后每一个生日都越来越开心。"

陈宴理很想对她说声"谢谢"，但知道说完这句话后，她就真的要走了。

他沉默着。

朱依依突然把背包扔在地上，向他跑过来，一把抱住了他。

这是离别的拥抱。

"我好像一直都没有告诉你，我真的很感谢你。在遇到你之前，我一直畏首畏尾，什么都不敢去做，只知道在角落里埋头干活，以为不会有人留意到我，也不会有人看到我的努力。

"是你鼓励我去争取，去尝试，去做那些离我很遥远的事情。更重要的是，你让我知道原来我也值得被爱、被珍惜，让我知道我被选择不是因为合适和听话……

"但我真的没有底气去一座陌生的城市重新开始。我很喜欢我现在的工作和同事，也想继续留在这座城市里。对不起。"

陈宴理想：其实他们之间的问题并不复杂，他放不下那些计较与猜疑，而她也给不了曾经那些热忱的感情。

究竟是他要的东西太多，还是她给的太少？

又或许一切只是因为他们遇到的时机不对。

离开北城的那天，陈宴理在上飞机前，点开了她的社交平台账号。

在一个小时前，她发了一条动态，是一张日出的照片，还有一句话："谢谢大家的关注，不过我和他的故事到此结束啦。"

第十四章
转 机

朱依依走出首都机场，觉得今天的阳光异常刺眼，便伸手在眼睛处挡了挡。

坐进出租车里后，她转过头从后车窗玻璃望出去，一切都和往常一样。

他大概不知道她来过，她也不想让他知道。

司机瞧见她没带行李，和她搭话："来送朋友啊？"

"是啊。"

司机打趣道："这么热的天还愿意出门，肯定是很重要的朋友。"

朱依依笑了笑。

"你说，外面这天气啊，站一会儿都要中暑了……"

朱依依背包里的手机忽然振动了一下。

她收到了陈宴理发过来的消息——大概他是在飞机起飞前最后一刻给她发的。

Chen："其实，我也不是一定要让你放下在北城的一切陪我去港城，只是想要一个承诺——我知道，你给不了。我不只是在逼你做出选择，也是在逼自己。"

Chen："我从前对婚姻没什么向往。有人曾经说我太过理想主义，没有烟火气，肯定无法忍受从爱情迈入婚姻的过程，因为所有的婚姻走到最后，免不了要面对一地鸡毛的窘境，我很认同。但后来，我又觉得如果和你在一起，即便婚姻只能沦为柴米油盐的生活，也让我很向往。"

Chen："我总觉得我们不该就这样结束，但想了想，继续走下去大概也是一样的结果。我理解你的选择，以后工作上如果有问题，你还是可以来找我。我之前说过的，在我这里，你享有终身售后服务。"

眼泪砸在手机屏幕上，朱依依视线逐渐模糊。

朱依依想起刚才他进安检口前，最后回头看了一眼，或许是在人群中找她。

这几天她一直在想：如果一开始她相亲遇到的人是他，而不是李昼，故事会不会是另一种结局？

但生活总是禁不起推敲和假设。

两年前的她对未来没有任何憧憬，也不抱有希望。她看到她的人生只有一种可能，那就是听吴秀珍的话，找个合适的男人结婚，过平平淡淡的日子，可以没有爱情，只要彼此合适，就这样浑浑噩噩地过完这一生也没关系。

她认为结婚就是找一个人一起平摊房租、水电，节省生活成本，在不断的争吵与妥协中消磨时间。李昼曾经短暂地给过她希望，让她以为婚姻会成为生活的救赎，只是最后又残忍地打破了她的幻想。

她今年28岁。经历了一段失败的、差点儿踏入婚姻的感情，因此她更不想被社会时钟推着走，不想被她妈妈所说的30岁前结婚的想法所束缚。她享受恋爱的过程，但婚姻是需要更加谨慎对待的课题。她渐渐觉得对她来说，婚姻并不是生活的必需品。

从前，她富有牺牲感，喜欢做一些自我感动的事情：因为薛裴在北城上学，填报高考志愿时，北城之外的学校，她都不纳入考虑范围内。她习惯以薛裴为目标，习惯将自己的人生和别人的人生挂钩……现在过去这么多年，她明白了当初的决定有多傻。

她无法再像以前一样无条件地爱一个人，也不会再为了对方而放弃自己的工作、交友圈，去陌生的地方重新开始。因为现在的工作和社交圈子，才是她所有安全感的来源。

晚上，朱依依洗澡时低头望着锁骨下的文身，上面刻着陈宴理的名字。

她呆呆地看了好久，神色黯了黯。

她还记得他们文完文身那天，陈宴理问她的话。

"文在这里的话，你会永远记得我吗？"

她点头说："会啊，那你呢？"

陈宴理笑着回道："我也会，想知道为什么吗？"

"为什么？"

"因为'狗狗'会永远记得'主人'的，除非'主人'先不要他了。"

朱依依眼里闪着泪光。

她想：她不会将这个文身洗掉，因为这是段感情存在过的证明。

得知朱依依分手的消息时，薛裴正在邻市参加一个重要的商业论坛，即将作为受邀嘉宾上台发言。

上一位嘉宾已经从台上下来了，工作人员来到他的座位旁，指引他走到讲台右侧。

在上台前，薛裴看了一眼手机。

然后，他发现五分钟前谢遥给他发了一条消息。

"我昨天和依依姐一起出来吃饭，她好像已经和她男朋友分手了。"

就是这一条消息，让薛裴的心情再也无法平静下来。

在巨大的喜悦的冲击之下，他大脑几乎一片空白，无法进行任何有效的思考。

听说人在极度兴奋时，会出现生理性手抖的情况，薛裴看了一眼正在颤抖的左手，原来这个说法是真的。

主持人已经介绍完毕，薛裴还站在原地没有动身，旁边的工作人员小声提醒："薛先生，到您了。"

薛裴这才回过神来，几步走上讲台。

他没有准备讲稿的习惯，现在站在讲台上，想好的内容已经忘得一干二净，所有的注意力都在那行字上——"她好像已经和她男朋友分手了。"

他们分手了，终于分手了。

薛裴有如坠入了梦境中，弯了弯嘴角。

"抱歉，因为一些突发状况，我已经忘了我接下来要说些什么了。"

台下的人以为这是故意设置的环节，都配合地笑了起来。

薛裴甚至还回头看了一眼今天论坛的主题，思索了片刻，重新组织着语言。

大家以为这是节目效果，观众席上传来一阵笑声。

只有刚才的工作人员知道，这不是什么节目效果，而是真的。

他捏了一把汗，不过下一秒，他的顾虑就被打消了。

台上的薛先生很快就进入了状态，或许是因为前面的铺垫，大家听得反而更加认真。

薛裴想：这可能是他有史以来做得最差的一次演讲，不过管它呢。

论坛结束后，原本还有一个晚宴，薛裴拒绝了邀请，提前离开了。

车驶离地下车库，薛裴将车开至马路上，还没几分钟，就踩下刹车，将车靠边停下了。

他摇下车窗，缓缓点了一根烟，并喊来了代驾。

他现在的状态不适合驾驶。

他现在情绪激动得几乎握不住方向盘。

连他都想笑话自己这副不值钱的样子。

两个小时后，车停在朱依依的出租屋楼下，代驾观察着他脸上的神色，问道："先生是特意赶回来陪女朋友的吗？"

薛裴愣了愣，笑着点头："嗯。"

下车前，薛裴付了代驾三倍的价钱，对方半鞠躬地连连道谢，还不知道自己到底是哪句话说对了。

在朱依依的出租屋前站了好一会儿，薛裴才鼓起勇气敲门。

只是他等了好半天，都没人来开门。

薛裴就这么静静地等着，很有耐心。

那条只有 26 个字的短信被他反复看着。

他甚至想下楼跑两圈。

一直到晚上七点，朱依依从外面回来，他才恍然大悟今天是工作日，朱依依刚下班。

朱依依左手拎着刚在菜市场买回来的菜，右手在挎包里摸索着钥匙，表情疑惑地望着他："你怎么在这里？"

薛裴还没找好借口，朱依依又问道："我妈让你过来拿月饼的？"

临近中秋节，家里寄了很多月饼过来，吴秀珍前几日喊她拿一些给薛裴，但她这几日都在赶项目，渐渐把这事忘了。

没想到朱依依帮自己找好了借口，他笑着点头："是，阿姨让我过来的。"

薛裴顺理成章地进了朱依依的出租屋里，并且蹭了一顿晚饭。

吃饭时，朱依依想起了什么，说："我妈寄了很多过来，你要是吃不完的话，可以拿点儿给谢遥。"

"嗯，行。"薛裴貌似不经意地提起，"对了，我听谢遥说，你和阿理分开了？"

朱依依拿着筷子的手顿了顿，过了好一阵才点了点头："是，分开有一阵了。"

从她嘴里听到确切的答案，薛裴快要控制不住脸上的笑容，却又不能显露出任何异样。

他清了清嗓子："怎么分手了？前段时间不是还好好的吗？"

朱依依不愿多谈，含糊地回了一句："很多原因。"

其实薛裴根本不关心到底是什么原因，只需要知道他们是真的分手了。

最好，他们永远都不要复合。

他也不会再给机会让他们复合。

这天晚上，薛裴兴奋得一整晚都没睡着，从他和朱依依的孩子的小名，一直想到学区房的位置。

后半夜，他给周时御打电话，约周时御出来喝酒。

周时御以为他在朱依依那里又受到了什么刺激，担心他会出事，半夜开车到了他家附近的酒吧。

周时御到时薛裴已经喝得半醉，双眼迷离，头搭在右手上望着杯中摇晃的液体。

"我的努力是有用的。"

"什么？"

"他们终于分手了。"

说话时，薛裴闭上了眼睛，周时御看到他的眼角隐有泪光。

周时御听到他继续"喃喃"地说道："他终于把依依还给我了。"

朱远庭考上了北城理工大学。

还没开学，他就提前一周来了北城——一个人待在老家实在闲不住。

朱远庭学的是软件工程专业，白天一有时间就往薛裴的公司跑，说是去学习，晚上薛裴再送他回来。

这么一来，朱依依和薛裴几乎天天见面。

薛裴每天都在朱依依的出租屋里待到晚上十点多才回家。朱依依在卧室里工作，他就在客厅里给朱远庭讲数据结构与算法，都是软件工程专业的相关知识。

朱远庭实在有些吃不消，这还没开学呢，怎么就开始补课了？

他小声埋怨："哥，其实我也不用这么努力的。"

其实薛裴只是想在这里待得久一点儿，久到能和她说上一句"晚安"再离开。

薛裴的公司离这里很远，每天往返很耗时间，朱远庭原想在薛裴家里住的，但被朱依依以不能打扰别人为由驳回了。薛裴不知怎么的也不同意，朱远庭一下成了万人嫌，晚上只好乖乖地回出租屋里睡客厅。

只是客厅里的沙发又窄又小，他一米八的个子，脚都伸不直，每天起床都腰酸背痛的。

好不容易熬到新生入学，那天正好是周日，朱依依和薛裴陪他去学校报到，办理入学手续。

朱远庭带过来的行李不算多，一个行李箱，还有两个旅行袋。朱依依正准备帮他推行李箱，薛裴就接了过去。

"我来吧，你休息一下。"

最后，朱依依手里除了一张校园指示图，什么都没拿。

反倒是朱远庭很积极地把手里的旅行袋递向了她："姐，那你帮我拿会儿呗，我这个好重的。"

这头话音刚落，被薛裴看了一眼，朱远庭又缩回了手，讪讪地说道："我开玩笑的，还是我自己来吧。"

今天的阳光尤其猛烈，还没走几步路就热得汗流浃背，朱依依撑着伞，看着路边的指示牌，对照着手里的地图。

她还没反应过来，薛裴忽然弯腰钻到了她的伞下。

两个人的距离一下拉得很近，鼻间被男士香水的味道侵袭，朱依依有些愣怔，只是他的动作过于自然，就像是上学时候他总不爱带伞，每次放学回家的路上都要蹭她的。

走在前面的朱远庭回过头刚好看到这一幕，不满地说道："怎么只有我一个人在太阳底下晒着？好哇，你们俩欺负我，让我拿最重的行李，晒最大的太阳。"

薛裴似乎心情很好，笑了笑，没有反驳。

朱依依始终有些不自在，把伞扔给朱远庭，自己快走了几步，走到树荫下把校园地图拿起来挡太阳。

薛裴眼睑低垂，若有所思。

前面就是男生宿舍楼，朱依依不太方便进去，想起很快就要军训了，便到校园的小超市里给朱远庭买防晒霜和其他生活用品。

薛裴帮忙拿行李上楼，朱远庭的宿舍在三楼，是四人间，他算是来得晚的，宿舍里差不多人都到齐了。

朱远庭打开行李箱收拾东西时，薛裴打量着这里的住宿环境。

"薛裴哥，我姐上大学那会儿，是不是也是你送她去报到的？"

"嗯。"

想起很多年前的事，薛裴眼神变得柔和。

朱依依那会儿有些丢三落四的，又不认路，很依赖他。他拿着一张校园地图，带她一起去领军训服，办理饭卡、图书馆的证件。

她去宿舍楼上收拾东西，没一会儿就发现忘买了好几样东西。薛裴在女生宿舍楼下等她，每隔几分钟就会收到她的消息。

"薛裴，帮我买双拖鞋，我一会儿下去拿！

"啊啊啊，衣架我也忘记买了。

"还有沐浴露！

"顺便买瓶驱蚊液，听说这里晚上好多蚊子。"

薛裴一整个下午，都在超市和她的宿舍楼下往返。

最后，他得到了朱依依由衷的感叹："薛裴，幸好有你在，不然我晚上要跑断腿了，我总是一会儿想起一个。"

他想：大概朱依依早已经忘记这些事情了。

朱远庭去阳台洗新买的毛巾，有个男同学刚冲完澡在那里晾衣服，开始和他搭话套近乎。

"哎，你姐怎么没上楼呢？"

朱远庭疑惑地问："我姐？你刚才见到我姐了？"

"你们在校门口下车，我就在你们后面呢。"

"哦，我姐说这是男生宿舍，她不方便上来。"

"这有什么？和宿管员说一声就行。"男同学小声说道，"不过说真的，你姐的背影和我前女友的背影好像啊，刚才看到我都恍惚了。"

朱远庭才不信呢，皱了皱眉头："你就编吧。"

"真的，不信待会儿给你看照片。"男同学又接着问，"对了，外面那个是你哥吧？开的那车贼帅。"

"我是他姐夫。"薛裴不知什么时候站在了阳台门口，冷眼看着男同学，脸上的神情显然不太好。

这掷地有声的五个字，让朱远庭的手抖了抖。

"啪"的一声，他刚洗好的毛巾就这么掉在了地上。

他震惊地望向薛裴。

他没听错吧？

姐夫？

朱远庭觉得要么是自己出现了幻听，要么就是自己理解错了"姐夫"的意思。

男同学说错了话，连连道歉："对不起，我没别的意思，只是觉得有点儿像而已。"

从宿舍楼上下来，朱远庭还在想着刚才的事，走路都心不在焉的。

他回想着这几天薛裴和他姐之间的互动，怎么看都不像情侣啊。

"哥，你刚才是在和我舍友开玩笑吧？"

薛裴笑着回了句："你觉得呢？"

朱远庭眨了眨眼："真的假的？"

信息过载，朱远庭的大脑一下短路了，他仿佛听到了"刺刺"的电流声在脑海中闪过。

这……算怎么回事？

"可是，我姐好像不喜欢你。"

朱远庭说得直接——虽然薛裴很好，但朱远庭能看出来他姐对薛裴没那方面的意思。

"她到现在都不舍得把她前男友留下来的东西扔掉呢。"

这话无疑在薛裴的心上捅了个窟窿。

"我觉得他们还会复合的。"

薛裴声音变得低沉："不可能。"

朱远庭知道自己踩了雷区，乖乖地闭嘴。

走到楼下，薛裴又问他："生活费够用吗？"

朱远庭点头："够的。"

临走的时候，薛裴给了他一个新的钱包："开学礼物，拿着。"

等薛裴驱车离开后，朱远庭才把钱包打开，然后忍不住说了句脏话。

他没想到，钱包里面竟然还有一张银行卡。

回去的路上，薛裴收到了朱远庭发过来的消息。

"谢谢姐夫！"他还附带了三个"鞠躬"的表情包。

恰逢红灯，副驾驶座上的朱依依看到聊天框上面写着朱远庭的名字。

"怎么了？他是不是落了什么？"

"没有。"薛裴弯了弯嘴角。

九月还没过完，谢遥和薛裴就分手了。

朱依依是在谢遥的朋友圈里看到的消息。

那会儿她还在下班的地铁上，刷到这条朋友圈的时候都愣了愣。

她正想着到家找谢遥聊聊，没想到谢遥先联系了她。

两个人分手的理由很简单。

谢遥说和薛裴在一起没什么共同话题，长期相处起来，双方都觉得不太合适，于是选择了和平分手。

她说得有理有据，但不知怎么的，朱依依觉得整件事都透露着诡异的感觉，却又说不清哪里不对。

直到看到薛裴，她好像才明白了原因。

因为在他脸上，她竟看不到一丝一毫分手后难过的神情。

月底，公司人事有变动，项目二组的经理辞职了，一时招不到新人，肖总只好让朱依依先暂时接管项目二组的工作。

这下工作量成倍地增加，朱依依几乎每天都忙到凌晨才打车回家，连国庆节长假也是如此。

这天，晓芸已经在打车软件上叫了车，准备和朱依依一起拼车回家。

只是到楼下，朱依依发现薛裴正从旁边的便利店里走出来，指间还夹着一根点燃的香烟。

不过在看到她的刹那，薛裴立刻掐灭了烟，将其扔到了一旁的垃圾桶里，动作行云流水。

但当他走近了，朱依依仍能闻到强烈的尼古丁的味道。

她疑惑地问道："你怎么在这里？"

"阿姨担心你这么晚回家不安全，让我过来接你。"

一个小时前，朱依依在他们家的群里发了消息，说今晚要加班，一会儿把顺风车司机的车牌号发到这里。

晓芸打量着面前英俊的男人，因为太有距离感，以至都不敢上前打招呼。

她小声地问朱依依："这位是……？"

朱依依随口说道："我邻居，也在北城工作。"

"邻居"这个生疏的称呼让薛裴愣了愣，片刻后，他的表情恢复如常。

"时间不早了，先上车吧。"

朱依依没多想，让晓芸取消了行程。

但第二天晓芸告诉朱依依，她六点钟下楼拿外卖那会儿就看到这辆车停在公司门口了。

也就是说，他起码在公司门口等了五个多小时。

朱依依原本在吃午餐，这下忽然没了胃口。

薛裴越来越多的举动，让朱依依有了一些不好的猜测。

国庆节假期因为要加班，朱依依只能放三天假。

放假前夕，他们组的人一起去聚餐。结束后大家还没尽兴，于是又去附近唱歌。

这段时间加班太狠，大家都压抑了太久，一下玩兴奋了，朱依依难得释放自己一回，撕心裂肺地唱了一晚上的歌，又喝了不少酒，恨不得把自己泡在酒精里。

这个减压之夜，大家都玩到凌晨才走。

有个男同事开了车过来，顺路送朱依依和晓芸。晓芸住得比朱依依近，朱依依是最后一个下车的。

她今天确实喝多了，看月亮都能看出重影来，走路歪歪扭扭的。

男同事本想上去扶她，又觉得不合规矩，陪她走进小区里才离开。

"经理，那我先走啦，你早点儿休息。"

朱依依看了一眼时间，原来已经十二点多了。

"嗯，今晚麻烦你了。"

"没事，这有什么？"

朱依依笑着和他挥手告别："拜拜。"

"拜拜。"

朱依依走到自家楼下，才发现薛裴不知什么时候来了，在一楼的铁门旁站着。

今晚的月色很暗，路灯散发着微弱的光，他的脸一半隐在阴影里，表情让人看不真切，指尖还把玩着打火机，说话时，他的声音却有些沙哑："新认识的朋友？"

他在问刚才送她回来的男人。

朱依依没理会他，从背包里掏出钥匙准备开门。只是薛裴太高，把光源都挡住了，她看不清钥匙的形状，试了好几次都没对。

朱依依不耐烦地朝他摆了摆手："你让开一点儿。"

薛裴纹丝不动地站着，话题仍围绕在那个男人身上。

"你们在哪儿认识的？酒吧？他开的车都快报废了。"

"他个子也不高，看起来不怎么样。"

薛裴的语气越来越酸。

朱依依终于停下手里的动作，看了他一眼："你懂得尊重别人吗？他是我的同事。"

她的语气很差，薛裴也不生气，反而笑了笑，放下心来。

"对不起，那我下次当面和他道歉，好不好？"

"不用了。"

朱依依终于找对了钥匙，打开了门。

薛裴跟在她身后上了楼。

两个人的脚步声填满了整个楼道，站在玄关处，朱依依回头望着身后的薛裴，灯光下，他堪称完美的五官更加立体，那双看谁都深情的眼睛亮晶晶的，像坠满了星光。

他好奇地问道："怎么这样看着我？"

此时此刻，只要一想到薛裴可能还喜欢自己这件事，朱依依就觉得头痛。

昨天，她遇到了谢遥。在她的旁敲侧击下，谢遥终于告诉了她真相。原来，谢遥和薛裴并非情侣关系。那他们为什么要假装是情侣？

随手脱下高跟鞋扔在地上，朱依依靠在沙发上缓了一阵。

头实在太沉了，她现在什么都不愿意去想。

薛裴跟在她身后帮她把鞋放回鞋架上，摆放得整整齐齐的。

薛裴帮她打开了客厅的电视，是她平时常看的综艺节目，又进了厨房里。朱依依听见里面一阵捣鼓声，不知道他在做什么。

没一会儿，他就从厨房里出来了，捧着一杯蜂蜜水，还是温热的，放在她的手上。

"头痛不痛？先醒醒酒。"薛裴看着她脸上还没退去的醉意，"今天怎么喝了这么多酒？"

这会儿酒有点儿上头，朱依依故意气他："因为想起他了。"

在这个语境里，谁都明白这个"他"指的是谁。

朱依依闭着眼，不知道薛裴现在到底是什么神情，但能感觉到薛裴放在沙发上的手骤然握紧，沙发陷进去一块。

她以为薛裴会生气，然后立刻从这里离开，但他只是沉默了很久很久，站在那里一动不动，就像画室里没有灵魂的雕像矗立在原地。

电视机里还在播放热闹的综艺节目，朱依依却觉得此刻安静得连秒针跳动的声音都清晰可闻。

好半天，她才听见薛裴低落的声音。

他说："就这么喜欢吗？"

综艺节目里，那两位主持人还在互相捧哏，电视机里传来阵阵笑声，却显得这气氛更加诡异。

朱依依没回答，于是他又重复问了一遍。

"你就这么喜欢他？"

这回她没有犹豫，点头应了一声："对。"

薛裴的喉结动了动，他想说什么，最后又没说出口。他看着桌面上那杯冲调好的蜂蜜水——蜂蜜水还在往外冒着热气，她一口也没喝。

大概他一离开，她就会将它倒掉。

朱依依望向墙上的时钟，心想：大概她再数十个数，他就会离开。

这时，厨房里传来"叮"的一声，薛裴似乎想起了什么，又走了进去。

厨房的门没关，朱依依扭过头，正好看到薛裴站在料理台前的背影。

他正在煮面，筷子快速地搅拌着锅里的面条，然后打了个鸡蛋，又倒了点儿酱油。薛裴的体态一向很好，此时他站得笔直，从背影来看，比起做饭，更像是在做实验。

等他从里面出来，朱依依已经将注意力转移到了别处。

"面煮好了，你饿了记得吃。下次就算心情不好，也别喝这么多酒，晚上回家不安全，"薛裴柔声叮嘱着，"你好好休息，我先回去了。"

这样的薛裴很不像他，不咄咄逼人，不骄矜，也不那么歇斯底里，朱依依的眼睛突如其来地有些干涩。

薛裴已经走到玄关处，正要推开门，又听见朱依依喊他的名字。

"薛裴！"

他猛地转过头，眼神半是疑惑，半是期待。至于在期待什么，他自己也说不清楚。

"怎么了？"他问。

"你还喜欢我，是吗？"

大概是因为真的喝醉了，这会儿她什么话都敢说出口。

这个问题让薛裴愣在原地，一时不知道该作何反应。他感到局促、紧张，一下连手都不知道该往哪里放，耳根也渐渐红了。

只是还没等他回答，朱依依就说："你别喜欢我，真的，不要喜欢我。"她语气很强硬，听上去像是没有任何回旋的余地，"我不知道你最近这些行为到底是什么意思，也不想去猜，但不管你是怎么想的，我和你都没有可能。"

薛裴木讷地站着，心脏像被一只无形的手攥紧，室内的空气越来越稀薄。

朱依依把话说得越来越重："我不需要你在楼下等四五个小时接我下班，也不需要你刻意讨好我。还有，你给我发的那些'早安''晚安'的信息，对我来说没有任何意义——我其实根本不想回复。"

"打扰到你了吗？"薛裴勉强扯了扯嘴角，像做错事一样捏紧了手机，"那我明天不发了。"

薛裴小心翼翼的语气，让她心里更是堵得慌。

她本以为这件事早在半年前就已经结束了，她和薛裴不会再有"朋友"以外的关系，但直到今天才发现一切还在原地踏步，自己只是被他蒙在鼓里。

"你对我而言，已经没有任何男女之间的吸引力了。以前我喜欢你，喜欢你的脸，喜欢你的优秀，喜欢你身上所有的光环。现在你比以前更优秀，但对我来说已经没有任何吸引力了。

"刚才送我回来的同事，大概你一点儿也瞧不上他，但对我来说，他比起你，更让我有和异性相处的感觉。被他夸赞，我会觉得开心；但面对你，无论你做什么，我都不会再有心动的感觉。"

今晚这些话其实并不全是真实的想法，她只是不想再和薛裴纠缠在一起了。

她太了解薛裴，了解他的弱点、他的痛处。她太知道怎么说，会让薛裴难过，会让他彻底死心。

果然，薛裴听完这番话后变了脸色。

没有什么比这些话更伤人。

"你说的是真的？"薛裴笑得有些苦涩，"我对你已经没有吸引力了吗？"

半掩的门重新被合上，像是某种沉默的信号。

这段时间，薛裴再也没服用过精神类的药物，但现在，站在这里，隐隐觉得那种绝望、痛苦、无助的感觉又将自己包围了起来。

他好像要失控。

从门口走过来的这几步，薛裴觉得自己将要做出一些不可挽回的事情。

比如，他想用那些越界的行为来证明她说的话并不是真的。

他想用膝盖抵着她的双腿，将她以前送他的领带系在她的手上，打上死结。他想让他们的气息交叠在一起，让自己也染上她身上浓重的酒气。

他想占有她的全部，在她身上留下他的痕迹。

但在最后一刻，他还是克制住了内心的冲动，让这些旖旎的画面从脑海中消散。

朱依依不知道他经历了怎样的内心挣扎，只觉得他的脸色不太对。

其实他们都知道，很多事情都回不去了，那些无忧无虑的时光、那些真挚炽热的感情，都风干在过去的岁月里，成了无法复刻的记忆。

在她的心里，这段感情早就应该画下句号。

"薛裴，其实你没有多爱我。你只是无法接受喜欢了你十年的人突然不喜欢你了，只是习惯了我对你好，习惯了被人全心全意地爱着。"

"不是的。"薛裴的声音沙哑得不像话，头痛得像要分裂成两半，"你知道吗？我无法接受的是，我们本来可以很好的，我们本来会过得很幸福的，是我……是我将所有的事情都搞砸了。"

朱依依拿过一旁的遥控器，把电视节目的音量调大了一些。

她想：今晚喝醉的人，到底是她，还是薛裴？不然她怎么会看到薛裴在她面前落泪？

"但就算真的回到十年前，你就会喜欢我吗？"朱依依仰头望着天花板，"薛裴，承认吧，我们本来就会走到这一步的。"

这天晚上，她把薛裴送到了门口。

薛裴回过头，嘴唇翕动，终于说道："我知道你还没放下他。没关系，我陪你一起忘记他。相信我，我会让你慢慢忘记他的。"

朱依依想了想，然后摇头回答："对不起，我不想忘记。"

国庆节后，朱依依的工作节奏越来越快。

除了要配合正常的宣传节点策划活动，还有个公司内部的比稿会，每个项目组的人都要参加，一时间大家都叫苦连天，本来工作就够忙了，还要做这些形式主义的事情。

朱依依更是忙得焦头烂额，晚饭都来不及吃。

幸好薛裴从那天以后没再出现。

生活已经够累了，她没有多余的时间去处理那些事情。对现在的她来说，时间是最奢侈，也是最珍贵的东西。

项目二组经理的位置依旧空缺着，肖总面试了好几个人，都不满意。应聘者要么是工作经验不足，要么是薪资要得太高，总有让人不满意的地方。

最后，他把朱依依喊到了办公室里。

他手上拿着她的考勤表，扫了几眼："我看你从上个月开始，每天都在加班。"

朱依依没掩饰："是，最近事情挺多的。"

肖总："是在忙二组的事情吧，忙不过来？"

"嗯，"朱依依点了点头，如实汇报情况，"二组的任务很重，我还不太适应，有时候的确应付不来，所以上个月的 KPI 也没达标。"

"我看你就是太有责任心了，不懂得把事情分摊给其他人，全揽在自己身上，能不累吗？"肖总喝了一口茶，停顿了几秒，又说，"二组这边一直招不到人，我在想，要不就让你负责算了。我看你上个月做得也还不错，离达标没差多远，薪资方面人事会再和你谈……"

肖总觉得这是双赢的选择，一方面有能力的人得到了重用，另一方面又节约了人力成本。

朱依依听出了肖总话里的意思——这大概已经是天降馅儿饼的好事，但这会儿，她开心不起来。被架在这个位置上，她本身经验就不足，再按照这个工作强度继续工作下去……她怀疑自己过不了多久就要猝死。

钱和健康，她总要选一样。

虽然她毫无疑问地选健康，但多少又有些不甘心，因为这个机会确实很难得，如果现在放弃了，或许还要再奋斗三五年才够得着这个位置。

肖总看出了她在犹豫："你这几天考虑一下，下周一给我答案吧。"

这个问题就这么横亘在脑海里，让她日思夜想，下不定决心。

周末，她又独自去了一趟湛宁山，这回是去看日落。

这段时间，每当觉得迷茫的时候，她都会来这里看看，不是为了怀念什么，而是在这里总能让自己的心安定下来。

她想起第一次来的时候，她走得很吃力，后半程还要陈宴理背她。

可后来，她每次过来都是一个人登上了山顶。原来，有些路一个人走的时候，也是能走完的。当身旁没有人可以依赖时，你就会咬着牙坚持下去。

傍晚五点半，晚霞漫天，天空成了橘子汽水的颜色。山间的风吹动她的头发，那些烦恼好像全都忘在了脑后，她一瞬间有了豁然开朗之感。

她正拍着照片，身后忽然传来熟悉的声音——

"好看吗？"

转过身后，她恍惚了片刻，手机差点儿掉在地上。

逆着光，她以为自己看到了陈宴理。

鞋、衣服、腕表、领带，甚至连右手袖口挽起的弧度全都一样，除了那张脸。

薛裴是第三次跟在她身后，登上这座山。

她从前不爱运动，总嫌爬山累。他总要劝说许久，她才愿意去。而现在，她竟也能独自一人一刻不停地走上几个小时的路，为了看一场日落。

这大概是她和那个人在一起后养成的习惯。

他知道，那个人改变了她很多。

登山的路上，他就走在离她不远的地方。她从未回过头，因此也从未发现跟在她身后的他。

她每次都走一样的路线，坐在一样的观景点。她喜欢一个人静静地坐在离人群很远的地方，在太阳快下山的时候，仰头望着将要没入云层的太阳，哼起一支走调的《夕阳之歌》。

唱到最后，声音越来越弱，或许她是在怀念什么。

其实，他知道这座山对她来说意味着什么。

他一直都知道。

这是她和陈宴理最后一次见面的地点。

她一次又一次地来这里，或许是因为又想起了那个人。

朱依依此刻的眼神，更加印证了这一点。

薛裴在她旁边坐下了。

薛裴身上熟悉的味道让她怔了怔。很多话堵在胸口，却又什么都说不出来，她需要时间去思考现在的状况。

最后，他们沉默了许久，还是薛裴先开的口，只有两个字。

他问她：“像吗？”

朱依依攥着掌心。

薛裴将声音压低了些，又问：“像他吗？”

朱依依望向远处的风景，终于点头：“嗯。”

薛裴弯了弯嘴角，转过头看她，余晖落在他的眼里，掩去了忧郁的神色。

“现在，是不是有吸引力了？”

心猛地颤了颤，像是钢琴落下一个重音，又戛然而止，朱依依终于转过头认真地看着他的脸。她不知道一向心比天高的薛裴是怎么说服自己做出这样的事来的。

曾经的薛裴，绝对不会允许自己模仿别人，哪怕一分一秒。

"薛裴，你没必要做这些的。"

那不过是她随口胡诌的一句话，原来真的伤他这么深。

"这些天我一直在想，如果我是他的话，你会多看我一眼吗？你会用不那么厌恶的眼神看我吗？"薛裴顿了顿，又说，"我想试一试。"

他已经走进了一条死胡同里，四面都是垒起来的高墙，没有任何突破口。他不知道该怎么做才是对的，什么才是正确的答案。

后来，他想明白了。他之所以找不到正确的答案，是因为答案在另一个人身上。

我不是恨你，只是太累了。

她在心里小声说道。

朱依依没有把话说出口，知道薛裴不会明白的。

她不知道该怎么和他解释，她从未真正从心底厌恶过他，厌恶的只是这段剪不断理还乱的关系。

她只是希望一切到此为止，保留最后的体面。

最后，两个人都沉默了下来，观看今天的日落。

太阳隐没在云层里，天渐渐黑了，周围的人已经拿出带来的食物，铺在方格垫子上，吃完就准备下山。

朱依依没带多少东西，只带了一块面包和一瓶水。她从背包里拿出食物，撕开包装袋，正准备吃，想了想，又停了下来，问薛裴："你要吃吗？"

他好像没带任何食物。

她的话让薛裴猛地抬起头，眼睛亮了一瞬。

"可以吗？"

朱依依没说话，拿了一张纸巾垫在表面，然后将面包撕了一半递给他。

这半块面包，对此刻的他来说有着不同的意义。

他想起小时候，他们经常一起分享食物，她过年去亲戚家串门，有什么好吃的，总会偷偷带回来给他。

薛裴接过她递过来的半块面包，喉咙有些干涩，说了声"谢谢"。

两个人匆匆地吃完了晚餐。

薛裴拧开瓶盖喝了一口水，连那瓶水也是陈宴理一贯喝的品牌。

朱依依呆呆地看了很久。

薛裴察觉到她的异常，问她："怎么了？"

"没什么。"朱依依催促道,"天快黑了,下山吧。"

这段下山的路朱依依已经走了太多次,薛裴看上去也对此很熟悉,两个人一路上几乎没有任何交流,就这么沉默着走了将近两个小时。

两个人唯一的对话是,走到半程时,薛裴忽然问她:"你和他还有联系吗?"

朱依依走路的速度慢了下来。

过了一会儿,她才回答:"很少。"

"嗯。"

到了山脚,天已经彻底黑了下来,薛裴走在前面,黑夜里,他的背影和陈宴理的背影几乎彻底重叠在一起,连她都有些辨认不清楚了。

她说不清现在心里是什么滋味,酸涩、烦闷、压抑……一时百般情绪涌了上来,眼睛渐渐红了。

薛裴回过头时,看到的就是正在抹眼泪的她。

他停了下来,走近,想帮她擦眼泪,又迟疑地缩回了手,话语像是在自责:"我是不是又做错了?是不是……又让你难过了?"

朱依依摇头,已经哽咽到说不出话来。

许是这段时间加班太频繁,心理压力太大,她已经敏感到任何一件微不足道的事情都能让她的情绪失控。

薛裴很想给她一个拥抱,最后说的却是:"我可以像他一样抱你吗?"

她还没开口,他已经抱住了她。

在这个夜晚,他终于拥有了一个拥抱,虽然是以别人的名义。

她已经很久没离薛裴这么近了。他环住她的后背时,指节都在轻颤。她的头靠在他的肩膀上,发丝轻碰他的脸颊,他不敢闭上双眼,担心这是一个转瞬即逝的梦。

因为只有在梦里,她才会这样对他。

他最近又开始吃药,偶尔会产生一些幻觉,就像现在这样的画面,他们亲密无间,如同往日。

有个词叫普鲁斯特效应,是指"只要闻到曾经闻过的味道,就会开启当时的那段记忆"。

薛裴想:他今天喷了和那个人一样的香水,她会不会想起那个人呢?

此刻万籁俱寂,月色如银,当朱依依抬头要望向他时,他却用手捂住了她的眼睛,不让她看到他的脸。

"你上次说你不想忘记他,"他声音低沉中带着温柔,"我可以假装是他,陪在你身边，可以吗？"

"薛裴，你的自尊呢？"

"没有了。"

他早就没有自尊了。

"你能明白吗？我只想好好生活，这与你是谁没有任何关系。"

薛裴却像是没听见她的话，继续往下问着："还是你希望我的脸也和他的脸一样？"

大脑"嗡"的一声，朱依依难以置信地望向他："薛裴，你是不是疯了？"

"就当我疯了吧。"薛裴无力地笑了笑，"清醒的人太累了，我不想活得那么累。"

薛裴承认自己已经没有理智可言。

尖锐的物体划破皮肤，他开始喜欢聆听鲜血融入水中"汩汩"流动的声音，身体的疼痛带来的精神震颤，总有短暂的痛快感。

他知道他生病了，病得很严重，但药物也无法抑制那些正在快速滋长的念头。

他不想失去她，也不能失去她。

在她身上，他吃了这辈子所有的苦头。

在她和李昼取消婚约的时候，他以为她终于回来了，于是游刃有余地等着，等着她回头，等着一切恢复如初，直到那个残忍的夜晚，撕碎了所有的假象。

从那个夜晚开始，他的信念崩塌了，于是他用尽了卑劣的手段，做尽了他所不齿的事。

他像摇尾乞怜的狗，但再也无法重新获得主人的宠爱。

他知道，她永远不会再像从前一样对他了。

北城的秋天，夜晚风大，他站在风口处，忽然想起周时御对他说过的话。

周时御说："其实感情这回事，都是一开始爱得要生要死，等后面想清楚了，就忘得一干二净了。每段感情都会经历这个过程，总有一天，你会释怀。"

但他和她之间横亘着的不是一年、两年，而是二十多年。从记事起，他就拥有和她一起的回忆。她给他的是从未有过的偏爱——他青涩的少年时光，他事业上的每一步成长，她都陪在他身边。他生活的每一个片段，都曾留下她的痕迹。

她早已融入他的生命中的日日夜夜以及呼吸的每个瞬间，无法抽离。

拥抱还留有余温，朱依依望着眼前的人，生出另一种陌生感。

她知道薛裴误会了她对陈宴理的感情。

她和陈宴理之间早已没有任何遗憾，她更不需要通过薛裴来怀念什么。

不是每一段感情都要走到最后才叫有始有终。她上次那些话不过是为了让薛裴死心，让他到此为止，但未曾料想到会让他变成现在这样。

眼角上的泪还没风干，她看着薛裴，忽然开口："把衣服脱了。"

薛裴愣了愣："嗯？"

她指向他身上的外套。

薛裴的眼里闪过茫然之色，但他还是把外套脱了下来。

朱依依接过他手里的衣服，扔进了一旁的垃圾桶里。

薛裴在原地看着，不明白她在做什么。

朱依依又盯着他的脸："低头。"

薛裴听话地弯腰半蹲，与她的视线平行。

朱依依把他额前的头发往后抓，直到他看起来完全不像陈宴理了才收回手。

"为什么要做这些？"朱依依重新打量着眼前的人，因为刚哭过，说话时还带着鼻音，"你就做你自己不好吗？"

薛裴此刻的眼神澄澈又明亮："可是，你不喜欢。"

他"喃喃"地说道："你不喜欢这张脸，也不喜欢我。"

话题又回到了这个问题上。

"我们之间的问题没有你想的这么简单，"朱依依叹了叹气，尽可能平静地说出自己的想法，"除了感情，我们对未来生活的规划也不一样。"

薛裴眼睛亮了亮："我没有具体的规划，可以按照你的来。如果你想留在北城，我们就在北城定居；如果你想去别的城市发展，我也可以去别的城市；我会减少出差的频次，在你身边陪你；我也会努力工作，给你想要的生活。"

"努力工作"这几个字从薛裴口里说出来，有种说不出的诡异感。

朱依依还没说话，又听见他说："我知道你不喜欢抽烟的人——我最近已经很少抽了，真的。"

她低头避开他的眼神："我现在没有时间谈恋爱，也没有精力再去维系一段感情。"

"我知道你现在工作很忙，"薛裴语气很真诚，"我不会在你上班时打扰你的。"

她每说一句，他都能找到反驳的理由。

"我可能一辈子都不会结婚，你能接受吗？"

唯有说到这里时，薛裴停了下来，专注地望向她。

突出的喉结上下滑动，他沉默了很久才问："为什么？"

朱依依摇了摇头："没有为什么。"

朱依依最后还是拒绝了难得的晋升机会。

不只是为了健康着想，其实她心里也清楚，她还没有成长到可以坐上那个位子。

肖总虽然有些失望，但也只是在她走出门时，问了一句："不后悔？"

朱依依想了想，还是摇头。

肖总笑着打趣道："我看你明天就要后悔。"

肖总说的是对的，都不用等到明天，走出办公室的刹那，她刚把门关上，就有点儿后悔了。

但幸好，她这个人够倔，决定了就不会回头。

十月末，项目二组来了新的领导，是一个看起来很有魄力的中年男人。男人鼻梁上架着厚厚的黑框眼镜，看上去挺有城府的，刚来的第一周，朱依依就把手头上的事情全都交接了过去。

工作减轻了大半，她终于空闲下来，也卸下了心里的重担。

有时候，她觉得自己这辈子可能就只有这点儿出息。这么大的馅儿饼掉下来，她都接不住，大概注定了没有平步青云的命，只能艰难地一步一步往上爬。

这样一来，攒钱回老家买房的目标又遥远了一些，她在记账本上涂涂抹抹，最后叹了叹气，把本子合上。

她想：什么时候工资增长的速度，能赶上老家房价增长的速度就好了。

不过不用加班后，她晚上好歹能睡个好觉了。

下班后的时间终于属于自己，她抽空去报了个烘焙班。对她来说，这是最解压，也是最治愈人的事。

周末上课，她做了布朗尼和半熟芝士。那家烘焙店离朱远庭的学校不远，她下课后便顺路拿过去给他。

她到的时候，朱远庭正在篮球场上打球。刚投进了一个三分球、队友跑过来和他击掌，他挑了挑眉，没一会儿，又抢断了对方队员的球，配合队友拿下两分。

朱依依平时很少看朱远庭打球，没想到他还挺帅。

她在观众席上随便找了个位子坐下。

场上的比分咬得很紧，只是周围的人聊天的话题似乎没在篮球上，她一开始还不明白发生了什么，直到瞥到第一排观众席上的某个背影，心里了然。

原来如此。

朱远庭是在中场休息时，才发现他姐来了。

他那会儿还在和薛裴说话，边说着边拧开矿泉水的瓶盖："姐夫，我看你还是少来看我打球吧，你一来，都没人看我了。"

朱远庭虽然是在开玩笑，但话里没有夸张的成分。薛裴只是在场馆边站着，什么都不用做，就能走大部分人的注意力。最难受的是，有个女孩儿前段时间天天来看他打球，给他送水、递毛巾，他原以为属于他的爱情终于要来了，直到她问他要薛裴的联系方式才恍然大悟。

难道他不配得到爱情吗？

将毛巾搭在肩上，朱远庭仰头喝了一口水，忽然指着观众席的某处，惊喜地说道："欸，我姐来了！"

薛裴立刻回过头，正好对上朱依依的目光。

这一次，谁都没有避让。

薛裴弯了弯嘴角。

在那一瞬间，他想的是，他还没有告诉她那天的答案。

休息时间快要结束，队友催朱远庭上场。

朱远庭碰了碰薛裴的肩膀，说话时，把称呼又换了回来，免得待会儿露馅儿："薛裴哥，有个队友要去休息了，怎么样？你要上场玩一会儿吗？"

薛裴回头看了一眼观众席上的人，立刻应下："行，好久没打了，练练手。"

朱远庭明白，孔雀这是要开屏了。

工作群里有人发了一段 60 秒长的语音，朱依依把语音转换成文字后，还是没看明白。

她将听筒放在耳边，按下播放键，但周围的欢呼声实在太大，有些听不清，往球场上看了一眼才知道，原来薛裴不知道什么时候上场了。

她看着球场上熟悉的背影，很快又收回了视线。

群里的同事还在 @ 她，她起身拿着手机走到场馆外，给对方回了个电话。

虽然已经走到了大门口，但她仍能感受到里面热烈的气氛。

此时，球场上的比分已经完全被拉开，朱远庭上半场还在卖力地补救，现在彻底躺平，因为薛裴根本没给对手发挥的机会。同样，他也没给队友发挥的空间，三分球干净利落，丝毫不拖泥带水。

朱远庭听着周围热烈的欢呼声，忽然意识到万众瞩目原来是这种感觉啊，真是让人上瘾。

连队友都特意跑过来和他说："你姐夫有点儿东西啊。"

朱远庭挑眉："那还用说。"

"下次再喊他过来玩啊。"

朱远庭想了想，不敢把话说得那么满："那得看我姐在不在。"

这段时间，薛裴来学校找过他几次，但今天还是第一次愿意上场打球。

虽然朱远庭还没谈过恋爱，但也能理解薛裴的举动。

就像他喜欢的女孩儿在台下看他打球，他也会跟打了鸡血似的，铆着劲儿地表现自己，恨不得把自己会的东西全都亮出来。

这样想着，朱远庭往观众席的位置看了一眼，这一看，才发现他姐的座位空了。

明明刚才他姐还在这里的！

他茫然地四处看了看，确实没瞧见朱依依的踪影。

朱远庭转头望向薛裴——果然，薛裴也正往那个空荡荡的位子看去，眼底的光一下黯了，整个人像是泄了气的皮球。

朱远庭有些费解：为什么他姐连李昼都能接受，却不肯接受薛裴哥呢？

几分钟后，朱依依终于接完电话回来了，在微信上回复同事的消息。

薛裴进球时，回头往观众席的方向看去。

只是，朱依依的注意力并不在他身上，她一直低着头在手机上打字。

她是在和别人聊天吗？和谁聊天呢？

薛裴的心思已经不在球场上了，球赛一结束，他就换好了衣服下来，径直走到观众席上，不经意地朝她的手机上看了一眼，心终于安定下来。

原来她是在玩《消消乐》。

薛裴弯了弯嘴角。

幸好。

晚饭他们是在朱远庭学校附近的餐厅里吃的。

原本球队里有好几个同学也说要一起来，但朱远庭怕露馅儿，不敢答应。

要是让他姐知道他乱认姐夫，不得骂死他？

他冒不起这个风险。

菜已经上齐，朱远庭很大方地说："姐，你难得来我们学校一次，这次我请你呗。"

朱依依没好气地笑了笑，似乎想起了什么，问朱远庭："你的生活费够用吗？"

昨晚吴秀珍给她打电话，问她最近是不是给朱远庭钱了，不然怎么开学两个月了，他都没问家里要过生活费。

听到这个问题，朱远庭和薛裴交换了一下眼色。然后朱远庭战略性地喝了一口水，回答道："够的，我最近比赛也有奖金。"

不只是比赛有奖金，薛裴还给了那么大一笔钱，朱远庭都存了定期存款，不敢乱用。

"有出息啊，"朱依依揉了揉朱远庭的头发，"这么厉害。"

"那当然了。"朱远庭看了一眼旁边的薛裴，把话题绕到了薛裴身上，"对了，姐，你看到薛裴哥刚才那个跳投了吗？简直太帅了！"

"嗯，"朱依依不知道他指的是哪个，随口应了一声，"看到了。"

薛裴听出了她话里的敷衍之意。

"我记得你高中有段时间不是对篮球很感兴趣吗？"朱远庭想起很久远的一件事，"有一次半夜你偷偷跑到客厅里看球赛直播，结果在沙发上睡着了，被妈骂了一通，我现在还记得可清楚了。"

朱依依拿着筷子的手顿了顿。

大概是高二那年，薛裴迷上了打篮球。她为了能和他有共同话题，下课回到家都在恶补篮球知识，虽然看不懂，但还是硬看。有些球赛都是凌晨才开始直播，等家里人睡着后，她就悄悄溜到客厅里打开电视机，灯也不敢开，就坐在沙发上一边看一边打哈欠，然后给薛裴发QQ消息。

"薛裴，你喜欢哪支球队啊？我比较喜欢白色衣服的，因为他们长得帅，哈哈。

"这个比赛几点结束啊？明天要上课，你不困吗？

"薛裴，你是睡着了吗？怎么不回我的消息？"

薛裴看得很专心，回消息回得慢，好几次她都没等到他回消息就睡着了。终于在某一天，电视就这么开了一夜，吴秀珍知道后，骂了她一周才消气。

想起这些事情，恍如隔世，朱依依没说话，薛裴却好像明白了什么，转过头望向朱依依时眼眶都有些热。

察觉到薛裴投过来的目光，朱依依更加不自在了。她夹了块小炒肉，对朱远庭说："是吗？我都忘了。那么久的事了，谁还记得？"

吃完饭，朱远庭准备去图书馆学习。他站在校门口，朝他们挥手："姐，你下次记得再和薛裴哥一起来看我！"

朱依依朝他摆了摆手："快回去吧。"

朱远庭走后，气氛一时有些尴尬。

朱依依随口问道："你平时经常过来？"

没想到朱依依会主动和自己说话，薛裴觉得这已经是一种突破了。

他心里有些雀跃，回道："偶尔。"

朱依依反倒有些不好意思。朱远庭上学这么久，她这是第二次来。薛裴倒是比她这个当姐姐的还要称职。

走到岔路口，朱依依不知道该往哪儿走。刚才她是用导航走过来的，现在不太认得路。

相处这么多年，他们之间总有天然的默契，薛裴很自然地开口说道："右边。"

"哦，好。对了，你是不是给他生活费了？"

薛裴迟疑着没开口，也不愿意骗她。

从他的表情，朱依依就猜出了大概："你不要惯着他。"

"好。"薛裴点头，又补充了一句，"都听你的。"

最后这几个字听起来有种暧昧的意味，朱依依在这之后再也没说话。

快走到路边时，薛裴终于鼓起勇气问她："你待会儿有时间吗？"

她还没回答，马路对面走过来一群学生，从他们中间走过，吵吵闹闹的，他的声音就这么被掩盖了。

其中一个男生笑着和他们打了声招呼："嘿！"

朱依依从来没见过这个人，有些疑惑。

薛裴给她介绍："是阿庭的舍友。"

点头打了声招呼后，他们没有停留多久，继续往前走去，听见身后的男生的朋友疑惑地问道："刚才那两个是……？"

男生很自然地回道："朱远庭的姐姐和姐夫啊。"

薛裴倒吸了一口气，注意着朱依依脸上的表情。

果然，朱依依停住了脚步，皱了皱眉头。

薛裴连忙解释："他可能误会了。"

朱依依："哦。"

两个人走到公交站时，恰巧有辆车到站，朱依依正要上车，薛裴忽然从身后拉住了她的手臂。

"你今晚有时间吗？"薛裴眼神很真诚，"我想带你去一个地方。"

一个半小时后，他们来到了北城的郊区。

站在庭院里，望着面前这栋像是只出现在童话里的乡村小屋，朱依依霎时间红了眼睛。

门口红色的邮筒上挂着一块木牌写着"主人今日不在家"，她伸手摸了摸邮筒的表面，因为被太阳晒了一天，邮筒还有些滚烫。

她也终于意识到这不是梦。

这是很多年前，她在模拟游戏里建造的属于她和薛裴的家。薛裴竟然将它建了出来。

这一刻，她不知道该怎么形容此刻受到的冲击和震撼，或许还有感动。

她木讷地站在原地。

薛裴略显拘谨的声音在她的耳畔响起："不想进去看看吗？"

他走在前面，推开了门。

浅色的沙发、水绿色的桌布、木质的餐桌，墙上还挂着手动翻页的日历，这里的一切她再熟悉不过。

她站在这里，就像闯入了多年前编织的一段梦境。

"你怎么……？"说到一半，她没办法继续说下去了。

"我就是游戏里的那位 X 先生，对吗？"

空气在此刻凝结。

有些记忆是在顷刻间被唤醒的。

她说："对。"

听到她亲口证实，薛裴忽然有些哽咽。

他想起她在游戏里对 X 先生的文字描述——

"X 先生是一个很顾家的男人，也是全世界对我最好的人，虽然他的工作很忙，但都会在晚上九点前到家。我们都是普通的职员，生活过得很紧凑，但每天都很幸福。在结婚的第三年，我们终于有能力买一台小汽车了，他每天都会绕很远的路送我去上班……他的身上有很多很多优点，但有一点不好的是他不喜欢我养宠物。"

这是她想象中和他在一起的生活，他们过着简单却幸福的日子。

朱依依看着墙上那本泛黄的日历，视线逐渐模糊："其实我20岁那年的生日愿望，就是嫁给你，能和你拥有一个家。"

她平淡的语气，在薛裴心里掀起巨浪。

他有很多话想说，最后说出口的却只有"对不起"。

"没什么可对不起的。"朱依依笑得坦然，"20岁的朱依依是这么想的，但现在的我已经不会这么想了。"

薛裴心里酸涩，带她走进了书房里。

书房里，桌面上整整齐齐地摆放着她复读那年写给他的全部信件。

这么多年，他仍旧将信件保存得很好，甚至记得每一封信的内容和日期。

"还记得你写给我的这些信吗？"薛裴笑着说，"我们以前还说过，等到很多年以后可以一起回头看这些信。"

薛裴正要打开第一封信，忽然听见朱依依说："哦，我已经全都烧掉了。"

薛裴太阳穴"突突"地跳着，握着纸张的手泛白，脸上已经没有一丝血色了。

"烧掉了？"他声音都在颤抖。

"对。"

十月的天，薛裴却像是站在冰天雪地里，连声音都没有了温度："为什么？"

他说出这三个字，已经用尽了全身的力气。

"因为觉得没有意义了。"

"没有意义……"薛裴嘴唇翕动，重复着她的话，笑得悲怆，"难道我们的过去，全都不值一提了？"

"不是，只是过去的，都已经过去了。"朱依依说的每一句话都发自内心，"谢谢你做的这一切，也谢谢你圆了我曾经的梦，但是我现在已经不需要了。"

曾经她主动地向他走了九千九百九十九步，但他没有迈出最后一步；现在他也向她走了九千九百九十九步，但她已经不愿意再回头了。

薛裴忽然明白，原来最残忍的是他还留在过去，但她已经决定往前走了。

但他准备好的话还没说完——他心里还保留着最后的希望。

"你上次说的话，我很认真地想过，我们可以不结婚。如果你愿意，我们可以领养一个孩子，我会让他接受最好的教育，会让他在幸福的环境里长大……"

朱依依打断了他的话："薛裴，其实你了解我的。你知道我只要决定了一件事，就永远都不会回头。"

沉默的这几秒里，他像是在等待她的宣判。

然后他听见她说："所以，就到此为止吧。"

十一月，公司团建旅游，这也是所谓一年一度的员工福利。

旅行地点是他们投票决定的，最后定的是南方的一个小镇。

从首都机场出发，朱依依他们坐了三个小时的飞机，以及一个小时的计程车，傍晚才到达清桐镇。

路程很奔波，住宿条件倒是不错，是当地一家有名的民宿，晚上客人坐在阳台的摇椅上往外看，能看到整个小镇最美的风景。

她和晓芸住同一个房间。因为能出来玩，晓芸心情很激动，前一天晚上兴奋地拉着她聊天聊到半夜，一直在查看附近的景点攻略。

连带着朱依依都有了小学生春游前夕的兴奋感。

两个人就这么聊到凌晨两点才睡觉。

因为生物钟，朱依依第二天很早就醒了。这一醒，就再也无法入睡，她轻声洗漱完就去外面买早餐。

这会儿不是旅游旺季，大街上的游客并不多，早上七点半，街上很安静。和大城市的清晨不同，这里没有拥挤的地铁，没有将马路堵得水泄不通的车辆，也没有那么多衣着光鲜、行色匆匆的都市精英。

这里的生活慢悠悠的，大家都不赶时间。路边有刚出蒸笼的包子，还冒着热气，许多商铺也才开门，朱依依走在青石板路上，心情是前所未有地平静。

朱依依买好早餐回去时，晓芸刚睡醒，正躺在床上眯着一只眼睛玩手机。

见门打开，晓芸把手机放了下来。

"依依，你这么早就醒啦。"晓芸揉了揉眼睛，瞥见朱依依手里拿着的早餐，开玩笑道，"完了，还要领导给我买早餐，我的面子也太大了。"

朱依依拿枕头砸她，看了一眼时间，还有半个小时就要下楼集合了，便催促她赶紧起床洗漱。

九点钟，所有人都在一楼集合，一起出发去附近的森林公园。

朱依依原本对行程充满了期待，直到又开始所谓的团队比赛。

团建活动里最让人厌烦的大概就是无处不在的比赛环节，还要美其名曰培养团队的竞争精神。往年朱依依都可以不参加，但现在作为团队的负责人，根本没办法拒绝。

这回，连户外野餐都要搞个知识问答的比赛，答对了的组才有食物。

没有任何意外，他们组在前两轮比赛勇夺最后一名。

第一轮，他们只答对了两道题，分到两个面包。

第二轮，他们连题目都抢不到，只拿到了安慰奖，每个人奖励一个橙子。

一开始他们还以为是自己的问题，后来发现，原来别的组的人都在偷偷作弊，要么拿出手机查答案，要么在微信上发消息求助，主持人看到了也睁一只眼闭一只眼，像是默认了这个规则。

"看来我们还是太老实了。"晓芸欲哭无泪，"已经是最后一轮了，我们不能认输，不然今晚真的要饿死了。"

朱依依决定向朱远庭求助，给他发了好几条微信消息，最后给她打来电话的人却是薛裴。

他打字说道："我帮你。"

朱依依正要拒接，又收到了他发过来的消息。

薛裴："别挂。"

第三轮比赛已经开始，朱依依最后还是接通了电话。

接通电话后，谁都没有说话，朱依依也不知道这个位置的收音效果怎么样，薛裴到底能不能听清题目。

很快，她发现是自己多虑了。

主持人在台上念着题目，有时候还没念完选项，薛裴就已经将答案发了过来。

微信聊天记录上，满满一页都是他发过来的消息。

朱依依不敢全都回答，只选了其中几道，举手抢答。

晓芸大概发现了异常，探头看了一眼，震惊地说："哇，你这个朋友好厉害！"

她刚说完，屏幕那头的人就发过来消息："谢谢。"

晓芸看到他的回应，在旁边笑了起来。

这一轮比赛，他们拿了第二名，拿到了一个蛋糕、一盒片好的烤鸭，还有一盒水果。

出了这口气，晓芸显而易见地开心："谢谢你的那位朋友，我终于吃上肉了！"

朱依依看着野餐垫上放着的食物，不知怎么想起那天在北城郊区的房子里他们的对话内容。

她说，她只要决定了一件事，就永远都不会回头。

薛裴当时的回应是："这么巧，我只要决定了一件事，就永远都不会放弃。

"你如果一直不想结婚，那我就一直等着你。但你不能把我和别人区别对待，不能给别人打 90 分，只给我打 0 分——你不能对我这么不公平。"

薛裴是在会议间隙收到了朱远庭发过来的消息。

"哥，我姐他们公司搞什么抢答比赛，她给我发了好几道题，我现在要上课了，你帮忙看看。"

薛裴回："有什么惩罚吗？"

朱远庭："那倒没有，但我姐说要是答不对就没有吃的。"

薛裴立刻走出会议室，给朱依依打了电话过去。

坐在会议室里的周时御从透明的玻璃门望出去——薛裴穿着单薄的衣衫站在寒风里，手机贴在耳畔，听一会儿，然后在微信对话框里打字回消息，嘴角还带着浅浅的笑意。

二十分钟后，下半场会议开始，薛裴才放下手机走了进来。

他走进门时，脸上的神情与刚才相比已经判若两人，之前的温柔仿佛从未出现过。

周时御知道，薛裴这是从恋爱脑模式又切换回工作模式了。

会议结束后，周时御好奇地问道："朱依依刚才给你打电话了？"

"不是，"薛裴把手机反扣在桌面上，"我主动打过去的。"

周时御忍不住笑出声来："不是我说，你能别这么上赶着吗？"

薛裴像是根本没听见他的话，自顾自地往下说："时御，我想去找她。"

"那就去啊。"

多简单的事。

"但她不想见我。"薛裴脸上的表情有些落寞，"她见到我可能会生气。"

周时御走到阳台上抽烟，说起风凉话："其实我觉得朱依依对你就算不错了。我要是她，哪怕不喜欢你，也要装作喜欢你，先玩弄你的感情，再骗光你的钱，然后把你甩了，最后全身而退，一点儿都不亏。"

他只是在开玩笑，薛裴却像是当真了。

"她不会的……"薛裴苦笑着说道，"因为她连骗都不愿意骗我。"

第二天的行程，是去山上的寺庙里祈福。

这里香火旺盛，人声鼎沸，每天都有很多香客来这里虔诚地祈祷。

朱依依也去求了个平安符。她刚从正殿里走出来，在许愿墙旁边站着的晓芸就朝她招手，示意她过去。

"帮你也拿了一个，听说这个很灵的，我妈还特意叮嘱我一定要过来许愿。"

晓芸指着面前的许愿墙，递给朱依依一个红色的祈福牌。

"对了，我刚才还看到一个跟你同名字的牌子呢。"晓芸拉着她的手走到另一边，"你看，跟你的名字一样的。"

朱依依笑了笑："这么巧？"

嘴角的笑容在她看到上面的字迹时，瞬间凝固。

那块红色的祈福牌上写着："希望刚毕业的朱依依小朋友工作顺利，开开心心。"

落款时间，正好是她大学毕业出来工作的那一年。

那上面的字迹她再熟悉不过。

见她站在原地久久没动，晓芸觉得有些奇怪，疑惑地问道："怎么了？不会真的是你吧？"

朱依依没说话，摇了摇头。

走了一天，回到酒店，大家都累得够呛，连饭都不想下楼吃了。

朱依依最后点了外卖。

电视机上在播放综艺节目，朱依依一边看一边笑。

晓芸忽然开口说了一句："我刚才刷到我高中同学的朋友圈，以前我暗恋的男生今天结婚了。"

朱依依立刻转过头，关切地望着她。

"没事，我不会哭的，只是有点儿感慨。"晓芸摆了摆手，"我和他都已经有五六年没联系了。"

夜晚总是容易伤感，情绪需要一个宣泄口。

"我们高二那年做了半年的同桌，一开始我挺瞧不上他的，觉得他成绩也不好，成天无所事事的……后来校运会上他短跑拿了全校第一，一时成了风云人物。班里很多女生注意到了他，给他送早餐。可能产生好感这种事情也是会跟风的，就因为这样，我也开始留意他，留意他每天穿什么鞋，考试考了多少分，心情好还是差……

"我从来没主动地和他说过话，我们只有在一起打扫卫生时才说上几句话。有一次上体育课，班里的人都走得差不多了，我走得慢，他突然喊住我，让我帮忙拿他的校服外套上去。他的朋友在旁边起哄，我脸烫得像快烧着了。接过他的衣服的时候，我的心跳得特别快，那一整天，我都不敢看他。后来高三分班，我们就没有再联系了，直到高考结束的时候，他送了我一样东西。"

"是什么？"

"是他高二比赛的奖牌。"

说到这里，晓芸停了下来。

朱依依好奇地问道："然后呢？"

"然后就没有然后啦。"晓芸笑着说，"高考后，他去了外地上学，我留在了北城。

"其实我知道，在当年的某时某刻，我们都曾经心意相通，只是我们都没有说出口。虽然事情已经过去那么多年了，但我想起还是觉得挺遗憾的。"

朱依依不知想到什么，给了她一个拥抱。

从清桐镇旅行回来，朱依依带了不少当地的特产。

周末，朱远庭来她的出租屋里蹭饭，她顺道把带回来的特产拿给了他，又给了他另一份，说："买多了，你要是吃不完就拿给薛裴，但不要说是我去旅游拿回来的。"

她不想薛裴误会。

她只是想感谢那天他的帮忙，没有别的意思。

朱远庭当下了然，伸出三指发誓："放心，我绝对不会告诉薛裴哥这是你特意买给他的。"

知道朱远庭是故意曲解自己的意思，朱依依作势要打他。见状，他被吓得立刻跑出了门。

朱远庭办事确实不靠谱。

第二天，她下班从超市里买了菜回来，走到小区门口，就看到薛裴在楼下站着。

每当她觉得薛裴不会再来找她的时候，他都会重新出现在她的生活里。无论她说多难听的话，他都还是像现在这样，平静得像什么事都没发生过一样，和她打招呼。

"今天下班这么早？"

朱依依拿出钥匙开门，薛裴跟在她身后上了楼。

把菜放到厨房后，她走出来时，薛裴还在客厅里站着，没有乱走。

她意有所指地说："我只买了一个人吃的分量。"

薛裴听出了她话里的拒绝之意，但今天他的心情很好，弯了弯嘴角，说道："谢谢你给我带的手信。"

朱依依装作没听懂："你误会了，我不是给你带的。"

薛裴眼底是全然不信的神色。

朱依依解释："昨天阿庭过来，我拿给他的。他可能觉得吃不完才拿给你的。"

薛裴笑着说："可是阿庭已经告诉我了。"

朱依依抑制住在微信上骂人的冲动，捏紧了手机："哦，就算是我给你的，又能代表什么？"

"不代表什么。"薛裴顿了顿，补充了一句，"但我很开心。"

朱依依仰头望着他。

昏黄的灯光为他增添了暖意，他的发丝都透着金色的光。

他轻声说道："像现在这样就很好，只要你不要对我视而不见，不要说那么狠心的话……

"你不需要对我很好，偶尔给我一点儿甜头，我就会很开心的。"

厨房里的水已经烧开了，薛裴看了一眼时间，没再打扰她："你吃晚饭吧，我先走了。"

薛裴走后，朱依依还站在原地，静静地看着那扇已经重新关上的门。

周一，因为工作，薛裴要去外地出差。

候机那会儿，周时御给女朋友打电话报备行程。

"就去几天，下周就回来了……想要什么？回来给你带礼物……没有女同事，就我和薛裴两个人去。"

他将摄像头换为后置："看到了吧，就只有我们两个。"

薛裴看了一眼镜头，脸上没什么表情。

例行查岗环节结束，周时御挂了视频电话，走过来时，一边摇头，一边对薛裴说："没办法，她太黏人了，每次都要问好半天。"

说出口的瞬间，周时御忽然意识到了什么，吸了一口气："嘶，怪我，又没考虑到你的感受。"

薛裴冷哼了一声。

登机前，薛裴想了想，也给朱依依发了消息："我和时御一起去梁城出差几天。"

他自然是没收到回复。

直到飞机抵达梁城，走在机场通道上，薛裴打开手机，发现在一个小时前，朱依依给他回了消息过来。

——："好。"

走着走着，发现旁边的人不见了，周时御回过头，就看见薛裴望着手机上的消息，眉眼弯弯。

"谁给你发消息了，笑得这么开心？"

周时御想探头看，薛裴立刻把手机收好了。

周时御觉得没意思："行，不看了。"

出差这几天，薛裴每天晚上都会给朱依依发消息，说今天做了什么。

虽然大部分时间她不会回复。

出差结束后，薛裴回了一趟老家。

朱建兴去年退休了，在家闲着也是闲着，想找点儿事做。有个棋友说可以低价转让一家商铺给他，就在桐城二中附近，说是开间小卖部或者文具店肯定划得来。朱建兴也不懂那些弯弯绕绕的，犹豫了一段时间都拿不定主意，便想问问薛裴的看法。

薛裴这次回家，也是担心朱建兴被骗，特意回来看看。

回来的第一天，薛裴就陪朱建兴去确认了商铺的具体位置。

实地考察过后，果然对方低价转让是有原因的，薛裴查阅了相关资料，原来桐城二中明年就会在城南建新校区，自此初中部和高中部分开，原址后续人流量肯定会受影响。

当薛裴向对方要房屋产权证明时，对方也是支支吾吾的，说不出个所以然来。

连朱建兴都看出了其中有猫儿腻，没等对方说完，就拉着薛裴走了。

往回走的路上，朱建兴一阵后怕，打着冷战。

"幸好先问了你，不然我这点儿退休金都要被人骗光了。他前两天还催我签合同，说铺子很抢手，很多人在问。"朱建兴越想越觉得不对劲，又问薛裴，"不过你这么急着赶回来，没打扰到你工作吧？"

"没有，我这几天本来也打算回家一趟的。"谈话时，薛裴想起了朱依依前几天发的朋友圈，"对了，叔叔，依依说想吃您做的酱板鸭了，改天我捎点儿过去给她吧。"

朱建兴笑着说："她这孩子就是嘴馋，从小就记着些吃的。"

这一带是老城区，附近有房屋在施工，地上摆满了建材，起重机正在高空作业，空气里都是沙子和水泥的味道。

薛裴掩住了口鼻。

突然手机振动了一下，薛裴看了一眼，是朱依依发过来的消息。

——："你回老家了？"

薛裴走得慢了些，回道："嗯，昨晚刚到的。"

薛裴："你有没有什么想吃的东西？我带点儿回去。"

——："不用。"

不希望话题就此终结，薛裴还想再说些什么，可又不知道能说什么，抬起头思考了一阵。

楼顶上两位工人正从起重机上搬运货物，放在一旁的金属钢板半悬在空中，风一吹摇摇欲坠，发出"哐当哐当"的响声。

薛裴正要提醒走在下面的朱建兴，但就在这一刻，戴着头盔的工人拿走了压在钢板上的重物，那块金属钢板就这么直直地从高处往下坠落。

朱建兴瞳孔骤然缩小，没有任何反应的时间——在最后时刻，薛裴跑上前推开了朱建兴。

"砰"的一声，世界好像变成了黑色，除了疼痛，薛裴感觉所有的知觉都被削弱，听觉也渐渐模糊。

鲜血"汩汩"地流出。

所有人都围了过来。有人在打电话叫救护车，有人在喊他的名字，有人在弯腰查看他的伤势……

手机掉在地上，屏幕已经摔得粉碎。

因此，那条他编辑了一半的信息最终还是没有发出去。

家里给她打电话那会儿，朱依依正在参加公司内部举办的比稿会。

马上就要发言了，她整理着讲稿，准备上台。

这次的比稿虽然没有实质性意义，但如果能被评为第一名，团队能获得五千块的奖金，平分到每个人头上也有几百块。

开会时，她的手机开了勿扰模式，直到开会结束后，她才发现半个小时前吴秀珍给她打了十几个电话。

吴秀珍还是第一次在上班时间给她打电话。

看着这十几个未接来电，朱依依心里隐隐有种不好的预感。

她立刻回了电话。

电话一接通，那头的人就止不住地哭，连话都说不清楚。

磕磕巴巴的语句中，她听明白了吴秀珍的话，指甲瞬间刺进肉里，钻心地疼。

当晚，她就坐高铁回了老家。

四个小时的路程，她反复翻看着薛裴这几天给她发的信息。

他说，他要去出差了。

他说，周时御总是在他面前秀恩爱。

他说，等他回北城，给她一个惊喜。

深夜的高铁空旷而安静，她终于泣不成声，肩膀不断地颤抖。

其实，那天她去寺庙里祈福的时候，给他求了一个平安符。

但她一直没有拿给他。

第十五章
脱离危险

凌晨时分，医院里的灯光显得昏暗，从楼梯口看向走廊的尽头，漆黑而狭窄，却又一眼望不到底。

这里很安静，人闭上眼像是能听见病房里仪器发出的声音，极其规律地在耳边响起。

时间好像停止了很久，她已经不记得这是第几天了。

她也记不清这是第几次隔着玻璃往里看——薛裴仍旧躺在那张病床上，嘴唇苍白干裂，脸上没有一丝血色。

白天，肇事者过来道歉，提着水果篮上门谈论着赔偿事宜，在医院里哭闹着恳求原谅，希望薛裴的家人不要再往下追究。

薛阿姨一个字都不愿意说，也不愿意看他们一眼。

这就像一场闹剧，没有了观众，自然就散场了。

最后是朱依依把他们请走的。

这些天，薛阿姨消瘦了不少，头发也白了许多，走起路来身形摇晃。

肇事者已经走了好一阵，她才靠在朱依依的肩膀上哭了起来，泪水浸湿了朱依依的衣领。朱依依轻轻拍着她的后背，听见她不断重复着："他们怎么赔偿得起……怎么赔偿得起薛裴的人生？他还这么年轻……"

吴秀珍和朱建兴每天都去庙里祈祷，从早上祈祷到下午，回来时衣服上都是香灰的味道。

一向寡言的朱建兴变得更加沉默，可以一整天都一言不发，时常看着走廊尽头窗外的树发呆。

所有人好像都在一夕之间变得苍老，眼睛里失去了所有的光彩。

每一次动手术，大家都在病房门前焦急地等待着，连朱远庭都变得安静了，握着朱依依的手都在发抖。

"手术中"的灯还亮着，一整夜，他们都没合眼。

早上，朱依依下楼买早餐，朱远庭也跟着一起去。

"姐，"朱远庭还红着眼睛，"你说，万一……万一真的……"

话说到这里，他不敢再说下去了。

这是他长这么大以来第一次意识到生命原来这么脆弱，一个月前还在和自己一起打球的薛裴，现在躺在手术台上，戴着呼吸机，一动不动地等待着别人宣布结果。

"其实有件事我一直瞒着你们，"朱远庭从口袋里把那张银行卡拿了出来，递给她，"开学那天薛裴哥给了我一张银行卡……他说你和爸妈赚钱不容易，让我不要问你们拿钱。"

朱依依没有伸手去接银行卡，冷声说道："等他醒了，你自己还给他吧。"

朱远庭像是从她这里得到了信心，语气坚定了些："好，等薛裴哥醒过来，我立刻还给他。"

买好早餐，他们坐电梯上楼，恰巧这时手术室的门打开了。朱依依几步走上前，手里拿着的豆浆差点儿洒出来。

肋骨断裂，颅内出血，医生口中更复杂的名词她没听懂，唯一听懂的是那句"病人现在的情况还是很危险，家属要做好心理准备"。

这一句话无疑是晴天霹雳，她靠着朱远庭的肩膀，才能勉强让自己站稳。

从玻璃窗往里看，医生挡住了视线，她只能看见薛裴身上穿着的病号服，旁边放着各种仪器——他现在只能依靠这些仪器来维持着他的生命体征。

她忽然记起上一次见他，他在小区门口等她回来。

那天，薛裴穿着深棕色的薄款风衣，有种温润的贵气。还没到冬天，他就戴上了她以前送给他的围巾，也不嫌热。

她没有留他吃饭，但临走时，他脸上的表情是显而易见的开心。

他说："你不需要对我很好，偶尔给我一点儿甜头，我就会很开心的。"

许是消毒水的气味闻久了有些犯恶心，朱依依跑去厕所里吐得天昏地暗，吐到最后只剩下干呕。

她站在洗手台前，望着镜中的自己，越看越觉得陌生。

薛裴昏迷的第十天，周时御帮忙联系了转院，从桐城转到了北城。

这段时间，周时御一直在联系国内外脑外科的权威专家，好几天都没睡觉，眼睛里全是红血丝。

办完转院手续后，朱依依代替薛叔叔他们向他道谢。

一向嘻嘻哈哈的周时御此时脸上挤不出一丝笑容："当初要不是薛裴拉我一把的话，我现在还不知道在哪儿呢。他要是出了什么事，我们衔时也就完了。"

又是一次漫长的手术过程，手术室关上门的那一刻，朱依依觉得时间已经停止了。她感知不到黑夜和白天，也不知道今天到底是几号，只觉得天气变冷了。

冬天好像来了，大家的衣服都添了些。

薛裴做手术的这天，她重新回了公司上班，装作什么事都没发生过一样，和团队里的人连轴转地开会。

她从很小的时候就发现，她越在意的事情，最后越会落空，反而是不抱希望的事情，会有出人意料的结果。就像是看奥运会比赛，她的心里支持哪一个队，哪一个队就会爆冷出局，后来她连电视都不敢打开了。

这回好像也应验了。

她下班去医院的路上，收到了朱远庭发过来的消息。

"姐，手术很成功，医生说，薛裴哥已经脱离危险了！"

晚高峰的地铁上，她放下手机，深呼了一口气。

幸好。

薛裴被转入了普通病房，但还没醒过来。

主治医师说薛裴的生命体征已经平稳，但脑水肿严重，还要继续配合治疗，不排除会有成为植物人的风险。

薛阿姨每天都在病床前和他说话，拿着他小时候的相册，说起他童年时淘气的事。朱依依在旁边听着，弯了弯嘴角。

"你看，依依都笑话你了。"

薛阿姨又翻到了薛裴中学时候捧着奖杯拍的照片，一页一页地翻着。

"从小你就没让我费心过，不管做什么都是第一名。开家长会，别的家长都来向我取经，问我平时怎么教育的，其实我什么都没做，都是你一个人在努力。我和你爸都是普通人，事业上帮不上你的忙，你能有现在的成就，全是靠自己打拼来的……"

每次说到最后，薛阿姨都是泪流满面。

深夜，薛阿姨回去休息，朱依依仍待在病房里。

她没有说话，只是在旁边静静地看着他，从眼睛、鼻子到嘴巴，看着他的每一个五官。

旁边的仪器还在"嘀嘀"地响着。

他的手很冷，朱依依起身用热水打湿了毛巾，坐在病床前帮他擦拭着掌心。他的手指修长又漂亮，皮肤很白，几乎透出了毛细血管的颜色，现在他受伤了，手上更是白得几近透明，像是玉石的颜色。

她不知擦拭到第几遍时，他的手上终于有了些温度。

时间已经很晚，朱依依放好毛巾后靠在椅背上睡着了，打算明早直接去公司上班。

第二天，闹钟还没响，朱依依就醒了。

她去卫生间里简单地洗漱了一下。挎包放在柜子上，她伸手把挎包拿下来时，身后传来了熟悉的声音。

"早。"

因为他许久没有发出过任何一个音节，他的声音很干涩。

脑子"嗡"的一声响，朱依依后背僵直，立刻转过头去。

病床上的薛裴脸色仍旧苍白如纸，但那双眼睛正望向她。

无声的对视中，朱依依先红了眼，眼泪一瞬间决堤。

因为太久没说话，他吐字很缓慢，声音听起来极其虚弱。

她凑近了些，听见他问："那天，叔叔没事吧？"

朱依依哽咽得一个字都说不出来，摇了摇头。

医生过来复查时，朱依依到走廊里一个一个地打电话，通知大家薛裴醒了。

这大概是整个十二月最好的消息。

朱依依再进门时，医生刚好复查结束，见到她便叮嘱了几句注意事项。

她坐在病床边上，观察着仪器的数据，但又什么都看不懂，最后望着薛裴问："你现在怎么样？还有没有哪里不舒服？"

薛裴一开始摇了摇头，后又缓慢地动了动指关节。

"手？"朱依依望向他的手，"手不舒服吗？"

薛裴点头。

朱依依疑惑地握住他的手，双手帮他活动着指节："现在呢？有没有好一点儿？"

薛裴的掌心太冰冷，她正想去拿热毛巾敷一下，或许会促进血液循环，但下一秒，他反握住了她的左手。

薛裴身上没多少力气，动作很轻，她随时可以挣脱，但她的身体没动，就这么站着。

她手上的温度传递到了薛裴的手上，他抬头望着她，见她的眼角上还有未干的泪痕，便想伸手帮她擦眼泪，但他的手还抬不起来。

最后他只说了两个字："别哭。"

他这么一说，朱依依又红了眼睛。

"我不会有事的，"薛裴专注地望着她，"我还有很多很多事，还没来得及去做。"

他也还有很多事，还没有和她一起完成。

得知薛裴醒过来的消息后，大家都赶了过来。

清晨的病房里挤满了人。

这么久以来，这是第一次每个人脸上都露出了笑容，不是互相安慰佯装出来的笑，而是发自内心的喜悦的笑容。

无数次绝望过后，他们终于窥见了一些希望。

朱远庭也从学校请假赶了过来，走进病房里，一见到薛裴就哭得不成样子，一边哭一边用袖子擦眼泪，反而把大家都逗笑了。

只是薛裴虽然清醒了过来，但身体状况还不是太好，医生说因为脑出血量过大，脑组织受损严重，还需要治疗一段时间才能完全康复。

他一天里清醒的时间只有两三个小时，其余时间则是眼睛紧闭着躺在床上，像是睡着了，也像是再也不会醒过来。

薛裴住院的这些天，朱依依来医院来得频繁，时常能听到病人家属哀恸的哭声。有病人家属跪在手术室门前整夜地祈祷，也有很多病人就是这样在病床上睡着了，再也不会醒过来。

所以每次看到薛裴神情疲惫地闭上眼睛，她都会有一种无来由的恐慌感。只有在看到跳动的心电图线条时，她心里才能踏实下来。

薛裴清醒时，常和她说话。

他说，昏迷的大部分时间里，大脑是一片混沌的，没有任何意识，但有时也会像做梦一样，梦见许多片段，都是他人生里最快乐的记忆。

比如考上最高学府，比如拿到第一笔投资，又比如初三那年，他花了一周的时间给她叠了一百个千纸鹤，她高兴了很久。

他说："因为梦境太美好，有时都不愿意醒过来。"

梦里，他没有身体上的疼痛，梦里，一切都还来得及。

朱依依沉默了很久，不知道该说什么，最后只说了一句："以后会越来越好的。"

他眼里有了些期待的光："会吗？"

朱依依点头："嗯。"

其实，这个问题没有人知道答案。

年底正是电商行业最忙碌的时候，要赶业绩，也要做来年的工作计划，得知薛裴的身体在慢慢好转后，她就没再每天往医院跑了。

工作的原因，她去邻市出差了几天，只能每天从吴秀珍那里获知薛裴的身体状况。

十二月中下旬，薛裴又接受了一台手术，做颅内血肿穿刺引流。

朱依依虽然在开会，但一整天都心神不宁的，频频走神儿，汇报数据时差点儿出了错。会议结束后，被肖总喊去谈话，除了承认错误，她没有什么能做的。

下班那会儿，她收到了家里打过来的电话，终于松了一口气。

其实她知道手术的成功率很高，但还是难免会担心。她承认她对很多事情的看法很悲观，就像明知道手术有 80% 的成功率，但总会担心剩下的 20% 的失败概率。

她害怕手术前的那次见面会成为他们最后一次见面。

去餐厅的路上，晓芸问她："你朋友生病还没好吗？"

"还没。"朱依依顿了顿，补充了一句，"不过已经好很多了。"

"你别太担心了。还是要先把自己照顾好，不然到时候连你都病倒了，家里人岂不是更难过？"

这一个多月，晓芸眼看着朱依依从圆脸瘦成了瓜子脸，整个人都没了生气。

"嗯，我知道的。"

"你上次不是去庙里给他求了平安符吗？相信我，你朋友一定会没事的。"

朱依依停住了脚步。

她想：等她出差回去，就把平安符拿给他。

手术结束后的第二天，周时御来医院看望薛裴。

他这段时间隔三岔五就过来，薛阿姨也都认识他了，走出门时还和他打了声招呼。

周时御坐在病床前，手法笨拙地削着带过来的苹果。那么大一个苹果被他削得歪歪扭扭的，差不多只剩核儿，表面都快氧化发黄了。

薛裴看着那个苹果一点儿食欲都没有，甚至有点儿反胃。

"有事说事，别浪费时间了。"

周时御左右端量了几秒，自己都觉得惨不忍睹，把那苹果扔进了垃圾篓里。

"行，那我就不削了啊。"

本来他就是走个形式。

周时御到卫生间里把手洗干净，正要和薛裴说工作，刚打开电脑，忽然听见薛裴很认真地问了他一个问题。

薛裴问："我现在是不是很难看？"

周时御笑出了声，觉得不可思议。

他从电脑前抬起头看向了薛裴，调侃道："都什么时候了，你还顾着你这张脸呢？"

薛裴没说话，似乎真的在等他的答案。

周时御清了清嗓子，认真地回答："你可以对你的智商失去信心，但不能对你的脸失去信心。"

薛裴落寞地说道："但她这几天都没来看我。"

原来如此。

周时御这下倒是听明白了。

他一边打开文件，一边假装正经地说道："哦，我那天刚好经过她所在的公司，好像看到有个男同事和她在一起，两个人还挺亲近的。"

薛裴皱了皱眉："什么？！"

薛裴这段时间鲜少情绪起伏，这下倒是心脏跳得很快。

"长什么样？"

他想起了上回深夜送朱依依回家的男同事。

周时御还在说风凉话："长得一般吧，不过人家两条腿都能走路的，身体看起来很健康。"

知道周时御是在故意刺激自己，薛裴沉默了好一阵，没说话。

"所以，你还不赶紧好起来，别躺个一年半载的，到时候她带她的男朋友一起来医院看你，我看你怎么办。"

薛裴扭头望向窗外。这段时间，他每天能看到的就只有窗外这一方风景。冬天，树木早就枯了，昨夜的积雪还挂在树上，很萧条，偶有飞鸟停在枝杈上，又很快飞走，一切都了无生趣。

话说到这里，周时御见好就收。

但周时御临走前，薛裴又喊住了他。

朱依依出差结束那天，下了高铁就打车到了医院。

这会儿已经是晚上，她顺路在附近的餐厅里打包了一份南瓜粥。

她到病房的时候，病房的门是关着的。

她轻声敲了敲门，但没有人应答。她以为薛阿姨在里面睡着了，没听见敲门声，便轻轻推开了门。

房间里，薛裴上半身裸露着，男护工正给他擦拭着手臂。朱依依愣了愣，反应过来后立刻局促又尴尬地退出去关上了门。

她来得不是时候。

站在医院的走廊里，朱依依手里捧着刚买来的粥，一时不知道该不该走。

没多久，门再次被打开，护工对她说："可以了，您进去吧。"

朱依依在门外站了好一会儿才走进去，想起刚才那一幕，看到薛裴的脸，心里还有些不自在。

将粥放在桌面上后，她背对他站着，避开了他的视线。

"你来了？"从她走进门开始，薛裴就眼睛一眨不眨地望着她。

六天……

薛裴想：她已经有六天没过来了，他记得很清楚。

脑海中又回想起那天周时御说的话，薛裴心里竟有点儿委屈。

他很想问她，但没有任何立场。

他知道，就算她真的交了男朋友，也和他没有任何关系。

朱依依觉得他的情绪不太对，问："是不是身体不舒服，要不要喊医生进来看看？"

说着，她就要起身。

薛裴："不用，只是有点儿闷。"

朱依依紧张了起来："哪里闷？"

"领口。"

朱依依低头看了一眼，他的病号服领口往下的两颗纽扣不知怎么的好像系反了，颈间看起来确实有些束缚。

"刚才纽扣没系好，"薛裴停顿了几秒，说，"你可以帮我一下吗？"

她想喊护工回来帮忙，又觉得有些矫情。

内心挣扎了几秒，她最后弯下腰，凑近些。

两个人之间越过了正常的社交距离，薛裴的呼吸就打在她的肩颈处，即便他已经病恹恹地躺在床上，她仍能感觉到他身上强烈的雄性气息，能闻见他刚沐浴完的清爽的味道。

薛裴此时领口半敞，身上的皮肤白得接近透明，喉结上下滑动着。朱依依解开纽扣时不小心碰到了他的锁骨。她强装镇定地缩回了手，当作什么都没发生过。

"怎么了？"他问。

"没事。"朱依依把视线聚焦在那两颗纽扣上，幸好这回没出差错，终于系好了。

她又帮他把被子掖好，免得他着凉。

薛裴开口说了声"谢谢"。

随着距离的拉开，所有旖旎的气氛也渐渐退去。

薛裴瞥见桌面上放着的粥，问她："是买给我的吗？"

"嗯。"朱依依应了一声，问他，"你现在想吃吗？"

薛裴点头，望向她的眼神就像宠物终于看到了主人。

刚才在外面站了一会儿，粥已经凉了一些，朱依依把粥倒到瓷碗里，又拿起勺子，舀了一口递到他面前："你先尝一口，看看烫不烫。"

"好。"

只有在这个时候，薛裴才能享受到她对他无微不至的关心，也只有这个时候，她才会对他这么好，就像从前一样。

房间里很安静，那碗粥已经见了底，在这个过程里，谁都没有说话。

沉默过后，两个人却同时开口。

"你这几天怎么没来？"

"你这几天感觉怎么样？"

又是一阵尴尬的沉默后，朱依依先回答了他的问题："我去出差了，去了五天。"

薛裴眼睛一瞬间亮了："真的？"

"嗯。"

"和上次那个男同事一起去的吗？"

朱依依被他问得愣了愣："是。"

他们团队的人全都去了，郭建当然也在。

"哦。"薛裴没再说话，心里一阵酸涩。

朱依依忽然意识到薛裴大概误解了什么，却也没解释。

这个问题就这么横亘在他们中间，于是两个人之间只剩下沉默。

瓷碗已经被洗干净放到一旁，朱依依从背包里拿出那天在晋安寺求的平安符，悄悄放在他的衣柜里。

"那你好好休息，我先走了。"

这会儿已经是晚上十点了，朱依依拿起背包准备离开。

她还没走到门口，薛裴忽然问她："跨年那天，你会过来吗？"

今天已经是 28 号，还有三天就是新年了。

朱依依想了想，那天有个户外活动，自己可能要忙到凌晨才能走。

"不一定。"

薛裴难掩失望的神色，喉结动了动，声音都沙哑了些："可以帮我打开右边第二层的抽屉吗？"

"好。"朱依依以为里面放的是药，直到弯腰把抽屉拉开——里面只有一样物品，是一个包装好的金色礼盒。

"给你的新年礼物。"

这是那天周时御过来，薛裴特意让周时御去买的。

"提前和你说一声，"薛裴弯了弯嘴角，"新年快乐。"

临近新年，北城的天气一天比一天冷，路上的积雪越来越厚。

朱依依晚上睡觉前没开暖气，结果第二天起床就感冒了，早上坐地铁去公司头重脚轻的，反应都慢半拍。

好不容易熬到中午，她去药店买了一盒白加黑，吃完饭后就着热水吃了一片，午睡醒来后总算头脑清醒了一些，像是能继续运作了。

下午她要出外勤，是跨年活动的线下预热，地点在市中心的商场一楼。

和主办方沟通了半天，才把现场布置好，朱依依传了几张现场的照片发到工作群里 @ 肖总，让他最终确认。

等回复的工夫，她坐在椅子上休息了一阵，抬眼一望，在迎面走过来的人里看见了熟人。

这时，周时御也看到她了。

他似乎也很意外，几步朝她走了过来。

瞥见她脖子上挂着的工牌，想来她应该是在工作，周时御看了一眼时间，问她："你几点下班？"

"再过二十分钟吧。"

周时御点了点头："行，那待会儿等你一起走。"

朱依依还没来得及问他等她做什么，周时御就已经走远了。

下午六点半，朱依依刚把工作服换下来，走出商场大门，就见周时御的车停在路边。他朝她招了招手，示意她过去。

她好奇地问道："找我有什么事吗？"

"我现在要去薛裴家里拿几份文件，但阿姨刚才发了消息过来，让我今晚带些薛裴的衣服过去。"周时御装模作样地看了一下手表，"我八点钟还有个会议，拿完文件就得去开会了，你待会儿要是没事的话，要不帮忙送过去吧。"

听明白了他话里的意思，朱依依应了下来："好。"

她坐上车后，周时御打转方向盘，轿车平稳地驶向主干道。

瞧见她今天一直戴着口罩，周时御问她："怎么一直戴着口罩，感冒了？"

"是有点儿，我怕传染给你们。"

"没事，我这天天健身的人，体质好得不得了。"周时御面不改色地吹完牛，提起了另一件事，"对了，听说你前两天去医院看薛裴了？他应该很高兴吧？"

朱依依望向窗外，含糊地应了一声。

虽然能看出来她不想谈论这个话题，但有些话周时御不得不说出口。

车子到了十字路口，正好是红灯。将车停在斑马线前，周时御转过头看着她："其实有个问题我一直想问你，如果前段时间薛裴一直这么昏迷不醒的话，你会怎么做？"

"照顾他，一直到他醒过来。"

在那段最绝望的时间里，她已经把所有的可能性都想了一遍。

"那如果他成了植物人，永远都醒不过来呢？你就这么把一辈子都搭进去？"

"嗯。"朱依依没有犹豫一秒，点头应了一声。

"那现在呢？"问出这句话时，周时御都替薛裴感到紧张，"现在他已经醒过来了，你们之间的关系，你是怎么考虑的？"

她沉默的这几秒里，车厢内的空气似乎都凝固了。

许是感冒的缘故，大脑几乎无法进行任何有效的思考，这些天，她一直在逃避这个问题。

就像是上学的时候，面对着数学答卷上最后一道大题，她看完题目，干净利落地写下"解"字后，就只能这么看着它一直发呆，直到交卷。

最后，她只说："我不知道。"

车已经开进地下车库里，周时御没有急着下车，笑了笑，对她说："你的答案和薛裴的正好相反，我前几天也问过薛裴同样的问题。我说要是他手术失败成了植物人，再也没办法醒过来，你无论是出于责任还是感情，一定会一直照顾他的。你猜薛裴怎么回答的？"周时御没等朱依依开口，继续说，"他竟然说，要是真的有这么一天，希望能把他的呼吸机停了，他不希望你一辈子耗在他这样的废人身上。他又说，但他既然醒过来了，就不会再给任何人机会……你说，他是不是太自信了？"

"前几天我去医院看他，他让我帮他买件新年礼物。我笑话他，让他别白费力气了，毕竟他都伤成这样了，还记挂着这些有的没的，没多大意义……但他很坚持，说'每年都有的，今年也不能少'。"

视线模糊得像蒙上了一层雾，朱依依喉咙干涩得不像话，说不清是因为感动，还是因为一些别的自己还没意识到的情绪。

乘电梯上了楼，周时御去书房里整理文件，朱依依推开卧室的门，准备帮薛裴收拾衣物和生活用品。

她刚走进门，就看到桌面上摆着密密麻麻的药瓶，东倒西歪地放着，白色的、黄色的药片异常刺眼。

脚步突兀地停了下来，她拿起其中一瓶药，看见在主要适应症状那一栏上写着"此药物主要用于控制精神分裂症或其他精神病的兴奋躁动、紧张焦虑、幻觉、妄想等症状"。

晚上，朱依依到医院时，薛裴已经睡着了。

薛阿姨说，他今天状态不是很好，白天不知怎么的忽然发起烧来，所有人都被吓了一跳，下午吃了药到现在一直没醒。

病房里没开灯，朱依依坐在床沿上，借着月光就这么静静地看着他。

窗外不知什么时候又下起了雪，寒气袭人，朱依依帮他掖好了被子，伸手探了探他的额头，还有些低烧。

安静的病房里，她开始自言自语："给你买了新年礼物，明天你要是还不醒的话，就收不到了。"

她自然听不到他的回答。

夜深了，朱依依把带过来的衣服整齐地叠好，放进了柜子里，离开前又回头看了一眼。

他仍旧躺在病床上，眼睛紧紧地闭着。

跨年这天，北城的气温降到了零下 10℃。

朱依依在外面站了半个小时，冷得直哆嗦，说话时呼出了长长的白气。

活动要一直进行到凌晨两三点才能结束，她和团队的成员沟通了一下，让他们先帮忙处理一些琐碎的事情。终于在十一点那会儿，她把所有的事情都安排好后，才从活动现场离开。

"我把礼物拿给他，马上就回来。"

晓芸爽快地应下："行，你快去吧，这会儿人多不好打车。"

的确，这会儿市中心堵得水泄不通，网约车平台上显示，排在她前面的还有二十多个人。

朱依依等得心急。要不是这里离医院太远，她就步行过去了。

等了差不多半个小时，她终于坐上了出租车。但路实在太堵，她赶到医院那会儿已经过了零点。

当她推开门走进去，看见薛裴的那一刻，他望向她的眼神，让她想起了终于等到主人回家的大狗——大狗耷拉着耳朵，眼巴巴地望着她。

他的眼神太灼热，她下意识地避开了他的视线。

"你还没睡？"

他的情绪显而易见地低落，他说："我还以为你今晚不会来了。"

"路上有些堵车。"朱依依背对着他站着，收拾着桌面，"你一直在……等我吗？"

"嗯。"

昨天他刚发过烧，喉咙还有些干涩沙哑。

薛裴是今天下午才醒的，一醒过来，就有很多人来探望他。

房间的角落里堆满了朋友、合作客户送过来的新年礼物和花篮。

今晚是跨年夜，这扇门被推开了无数次，他也期待了无数次，但来的人都不是她。

薛裴就这么睁着眼望着那扇门，耳边听着秒针轻微的走动声。时间一分一秒地过去，广场上已经传来了跨年的欢呼声，但她还是没出现。

朱依依不知道他的想法。因为待会儿还要回活动场地，她现在没剩多少时间了。

将带来的礼物放在桌子上，她小声说道："给你的新年礼物，不知道你喜不喜欢。"

薛裴听见她的话，脸上的落寞之色一扫而空："给我的？"

"嗯。"

薛裴眼里装满了期待之色："是什么？"

朱依依原想着明天等朱远庭过来，让他打开给薛裴看的，但听薛裴都这么问了，只好把礼物的包装拆开。

里面是一件黑色的风衣，其实没什么特别的，只是最近天气冷，她想着这礼物实用一些。

薛裴已经有两年没收到她的新年礼物了，虽然现在没办法立刻穿上，但视线一直没从那件衣服上移开过。

"等你好起来，就能穿上了。"朱依依想了想，又说，"不过如果不合适的话，也没办法退了。"

"不会不合适的。"说到这里，薛裴和她分享了一个好消息，"我今天复查了一遍。医生说，我身体的各项指标都在慢慢恢复，如果情况乐观的话，再过一个月就能出院了。"

算上今天，这已经是他躺在病床上的第五十天。

他还从未试过休息这么长的时间。

"真的？"朱依依心情有些激动。

这段时间实在太过压抑，就像是一直处于迷雾中的人终于看到了远处的灯塔，她终于看到了一丝希望。

朱依依松了一口气，紧绷的神经渐渐放松，恨不得立刻把时间快进到一个月以后。

"在来的路上，我许了一个新年愿望，希望你能快点儿好起来，看来现在愿望已经实现了一半。"

在这之前，他们之间的气氛都还很融洽，直到薛裴开口问她："那你想听听我的新年愿望吗？"

薛裴的双眼里藏着很多话，从前朱依依就觉得薛裴脸上最漂亮的五官就是他的眼睛，标准的桃花眼，眼尾上挑，含笑时总显得多情。

但此刻的他专注地望着她，带着些小心翼翼的试探之意。

她猜到了他接下来要说的话，于是没有再开口。

就是从这里开始，房间里的两个人陷入了漫长的沉默之中。

时间像是被按下了慢速播放键，变得越来越难熬，她找了个借口离开："我那边还有事没处理完。你好好休息，我先走了。"

她还没起身，就听见他说："我知道你已经不喜欢我了，也知道你最近对我好全都是出自同情或感动……但哪怕是同情也好，感动也好，我都能感受到你对我的关心，就像从前一样……我受伤了，你总是会很紧张，一天里给我发很多消息，问我身体的状况。"

薛裴已经很久没说过这么长的一段话，说得磕磕巴巴的，语意不明。

朱依依背对着他，他看不清她脸上的表情，也没办法从床上起身，只能拉住她放在床沿上的手。

"我想和你重新开始，就像普通的情侣一样，哪怕只是在一起一年或者一个月。你不需要对我承诺什么，我也不会约束你交友……如果在这期间你遇到比我更合适的人，可以接受别人的追求，我不会再打扰你，"薛裴语气接近了哀求，"可以吗？"

薛裴承认，他的想法很卑鄙，在这个时候说这些话，就是在对她进行道德绑架。但他已经没有别的办法再让她回头。

朱依依一直没开口，薛裴眼里的光彩逐渐黯淡。

他正要松开手的那一刻，终于听见了她的回答。

"好。"

听见朱依依的话，薛裴抬眼看向她。

"如果一年之后，我们还是不合适的话，那就分开吧。"说话时，朱依依没有回头看他。

她也不知道这个决定到底是对还是错。

她想：一年的时间足够改变很多事情，或许在尝试过后，薛裴终于发现，他对她的感情不过是一种病态的执念——他不舍的不是她，而是那段看似美好其实千疮百孔的感情。就像生长了很多年的树，表面上树冠茂密，枝叶葱郁，但人走近细看，就会发现树干的表皮已经开裂，里面早已变成空心的了。

薛裴愣了愣。当这段感情被定下最后的期限后，他忽然有了紧迫感。

"从今天开始吗？"他问。

"嗯。"朱依依拿起背包，"那我先走了。"

手机放在床沿上，薛裴伸手将其拿了过来："我叫助理送你过去，你一个人过去不安全。"

朱依依立刻摇头："不用麻烦了。"

这都快凌晨一点了，别人估计还在过节，她觉得没必要因为这点儿小事打扰到别人。

她只好撒谎："我刚才打车过来的，出租车还在楼下等着。"

薛裴放下了手机。

等朱依依走到门口的时候，他又说："等我好起来，可以去接你下班吗？"

朱依依停顿了几秒，回过头说："好。"

医院大门外，没有出租车在等她。

天气很冷，她坐在路边的长椅上，裹紧了身上的大衣。在等待司机接单的这十来分钟里，她拍了拍烟盒，从里面抽出一根烟，接着动作娴熟地点燃了香烟。

那是一款薄荷味的女士香烟，味道很淡，不刺鼻，入喉的感觉很舒服。

她是在薛裴昏迷的那段时间里学会抽烟的。其实她也不用特意学，很自然地就会了。夜晚等待手术的时间太漫长，有时候她就在这里坐着抽完烟再上楼。

近来她已经不常抽了，但此时此刻，忽然又开始想念尼古丁的味道，像一种心灵的抚慰剂。

只是她感冒还没好，抽到一半就开始咳嗽。

咳嗽的这几秒里，她想起了一些很遥远的事。一年前，似乎也是在这样一个深冬的夜里，有人对她说"其实尼古丁和酒精一样，只能短暂地麻痹人的神经，从本质上来看解决不了任何问题"。

这些事想起来已经有些模糊了，朱依依没再往下想。

起身时，她将剩下的半截烟熄灭，而后扔进了垃圾桶里。

她坐车回到活动场地时，已经是凌晨一点半了，工作人员正在拆卸现场的装置。

晓芸见到她，有些惊讶："怎么这么快就回来了？路上都得花一个多小时吧？"

朱依依："总不能让你们自己在这里忙。"

从现场的进度来看，估计全部拆除得忙到三四点，朱依依拿着表单核对着流程，忽然口袋里的手机振动了一下。

薛裴："你到了吗？"

朱依依眉头紧皱，回了消息过去："到了。你怎么还不睡？"

他身体还没好，熬夜只会让伤情加重。

薛裴："我有一点儿开心，所以没睡着。"

朱依依看着这条消息，心情有些复杂，想了好一会儿，最后回他："病人要早点儿睡觉。不聊了，我要去忙了。"

薛裴："好的。"

朱依依正准备把手机放回大衣的口袋里，薛裴又发消息过来了。

薛裴："你明天还过来吗？"

朱依依："应该吧。"

终于结束了对话，朱依依整理了一下思绪，最后决定什么都不想。既然事情已经发生了，她再怎么想也没用。

新年的第一天，他们团队的几个人在寒风中一直忙到凌晨四点才收工，朱依依回到出租屋时累得全身骨头像快要散架，身体的每个零件都像拆卸了重组似的。

人在疲惫的时候是没有思考能力的，洗完澡，她吃了几片感冒药，就在床上沉沉地睡去。

过度劳累的结果是加重感冒了，她醒过来时脑袋昏昏沉沉的，身体一点儿力气都没有。

朱依依拿起手机看了一眼工作群里的消息，往下就是和薛裴的聊天记录。

上面显示，在三个小时前，他撤回了一条消息。

她在键盘上打着字，因为不想让他担心，也不想让吴秀珍赶过来照顾自己，所以没说自己生病的事情。

一一："昨天忙到很晚，今天就不过去了。"

新年的第一天，薛裴就这样在失望的情绪中度过。

听说恋爱都需要仪式感，他提前让周时御买了鲜花，但最后没用上。

不只是第一天，接下来的第二天、第三天，朱依依都没出现。

她说这几天工作忙，走不开，像是一句托词。

他想：她是不是后悔答应他了？

第四天，周时御来看他，带着几份要签的文件。

薛裴有些沉不住气："你找人去查一下。"

"查什么？"

"查一下她的那个男同事这几天都在做什么。"

周时御的表情很精彩，他觉得薛裴简直是草木皆兵。

第五天的傍晚，朱依依终于来医院看他了。

他中午吃了药，睡了好几个小时，那会儿刚醒过来，意识还有些模糊，脸是苍白的颜色。

"你工作忙完了？"

朱依依点了点头："嗯，差不多了。"

她昨天感冒刚好，今天才恢复正常的作息时间。

"你这几天感觉怎么样？"

薛裴摇了摇头："不太好。"

朱依依紧张起来，又听见他笑着说："你如果来看我的话，我会好得快一些。"

朱依依没好气地笑了笑，懒得理会他。

这会儿，薛阿姨正好走进来，手里拿着保温盒，招呼她过来吃饭。薛阿姨知道她今晚要过来，特意多煮了些她爱吃的菜。

只是朱依依还没吃上几口，就有人打电话过来——是跨年那场活动的负责人。朱依依对这个人的印象很深刻，因为对方说话总是只说一半，不一次性讲完。她接完电话刚坐下没一会儿，对方又打了电话过来。

薛阿姨见她一直在忙工作的事，担心她太累了。

"依依，你最近要是工作太忙了，可以不用经常赶过来的。薛裴也好了不少，有我照顾着呢，你工作的事要紧。"

薛裴刚出事那会儿，依依天天往医院跑，请了不少假，把工作都耽误了，薛阿姨现在想起来，总有些过意不去。

朱依依顺着薛阿姨的话应了一声："好，我知道了。"

吃完晚饭，薛阿姨先回去休息，病房里只剩下了他们两个。一时气氛有些尴尬，至少对她来说是这样。

"这几天，我很想你。"

听见薛裴的话，朱依依只应了一声："哦。"

"你呢？"

"我没有。"

这回"哦"的人变成了薛裴。

直到现在，朱依依都不知道该怎么定义她和薛裴的关系。

"可以陪我看一部电影再走吗？"薛裴问。

"你想看什么？"

"看你喜欢的。"

433

问题又回到了朱依依这里。

她最后在新上映的电影里随便选了一部。

薛裴半靠在枕头上，和她一起看电影。

这部电影是国外的悬疑片，整个画面都阴森森的，她看得很认真，这会儿反倒没那么尴尬了。

一下好像又回到了很多年前，他们吃完饭，坐在薛裴的公寓的沙发上一起看电影。

每次猜凶手，她都没猜对。所以，每次都是她去刷碗。好几次她都赖账，假装睡着，最后等薛裴刷完碗，才假装刚醒过来。

这些记忆在脑海中一闪而过，朱依依很快又忘在脑后。

只是，这一次有些不一样。

在看电影的过程中，薛裴忽然握住了朱依依的左手，只是一个简单的举动，她却半边身子都僵住了。

紧张的不只是她，还有薛裴。

手心几乎沁出汗，他怕她会甩开他的手。

两个人都维持着原来的姿势，一动不动，装作若无其事。

谁也没有说话，只能听见电视机里传来的声音。

就在这时，病房的门突然被推开。

朱依依被吓了一跳，立刻挣脱了薛裴的手，条件反射性地站了起来，身上的毯子也随之掉在地上，颇有欲盖弥彰的意味。

推开门走进来的吴秀珍疑惑地看着他们，不知道发生了什么。

"怎么了？"吴秀珍走到朱依依旁边，打量着她的脸，"你的脸怎么红成这样？别是发烧了吧，你要是病了，那可就麻烦了。"

吴秀珍正想伸手探朱依依的额头，就见朱依依用手扇了扇风。

"没有，就是有点儿热。"

薛裴弯了弯嘴角，笑着说道："可能是屋里的暖气开得太大了。"

工作没那么忙的时候，朱依依隔天就会来医院看他。

薛裴的身体已经好了不少，有时候她过来那会儿，他正好在病房里工作，周时御在旁边汇报近期的情况。

薛裴工作时很认真专注，不苟言笑，和微信上天天给她发消息时的样子判若两人。

当然，她还是更习惯前者。

见他们在聊工作，朱依依不方便听，就找借口走出了病房，说下楼去买点儿吃的。

视频会议结束后，周时御把电脑合上，总算松了一口气。

薛裴躺在病床上的这两个月，公司里有好些项目处于停摆的状态，幸好现在薛裴恢复得差不多了，才得以推进下去。周时御也越来越认清现实——衔时如果没有薛裴就只剩下一个空壳，他自己就是一摊烂泥，怎么都糊不上墙。

想到这里，他不无担忧地问道："说实话，你伤得这么重，而且伤的还是大脑，以后不会留下什么后遗症吧？"

"不知道。"

薛裴把手里的文件递给他，还没发生的事，现在担心也没有用。至少从他目前的复查报告来看，没有这种可能性。

话题没再深入，薛裴关心的是另一件事："对了，你刚才和依依聊什么了？"

刚才看到周时御和朱依依在门口聊了一会儿，他在房间里听不太清楚。

周时御回忆了几秒，终于记起了聊天内容，在说之前，表情有些戏谑，问薛裴："你确定要听？我觉得你还是不知道的好。"

薛裴变了变脸色，眉头紧皱："和谁有关的？"

周时御斟酌着用词，意有所指地说了两个字："男人。"

薛裴像是被噎住，抬眼望向周时御，但在他开口之前，又制止了他："算了，不听了。"

没一会儿，薛裴就把周时御打发走了。

朱依依再回到病房里时，周时御已经不在了，而薛裴正在看财经新闻。

这几天都在降温，室外特别冷，朱依依只是出去了这么一会儿，耳朵都被冻得通红，羊角扣大衣上还有未融化的雪。

朱依依刚把手里拎着的粉色保温饭盒放在桌面上，薛裴就示意她坐过去。

她不明所以，在床沿上坐下了。

"给你暖暖。"薛裴突然向她靠近。

话音刚落，薛裴宽大的手掌捂住了她两边的耳朵。霎时间热度将她包围，他手心的温度从她的耳朵蔓延至脸颊上。因为这个动作，朱依依不得不直视他的双眼——男人目光明亮，眼里尽是温柔的笑意。

这么亲密的行为，气氛一时有些旖旎。

"有没有好一些？"薛裴问。

朱依依点头："嗯。"

"外面冷，刚才忘记让你多穿件衣服再出门了。"

"不要紧。"

门没被关好，担心有人会进来，朱依依从床上起身，走到一旁假装收拾桌面。

薛裴问她："你知道明天是什么日子吗？"

作为电商从业者，最基本的职业素养就是对节假日烂熟于心，朱依依认真地想了想，1月10日，农历的腊月十九，好像没什么特别的。

"是什么日子？"

薛裴眼神很动人："是我们在一起第十天的纪念日。"

朱依依笑了笑："十天，算什么纪念日？"

"算的。"

现在的每一天，对他来说都值得纪念。

薛裴眼里充满了期待之色："你明天会过来吗？"

"如果不用加班的话。"

"总是加班，"薛裴看着她忙碌的背影，抱怨道，"我想去劳动局起诉你们公司了。"

他现在听到"加班"这两个字就觉得烦躁。

她笑道："那我也去起诉你们公司好了。"

游戏公司肯定比他们公司加班的情况还要严重。

薛裴没料到她会这么说，有些不满："你应该站在我这边。"

视线瞥到桌面上放着的粉色保温盒，薛裴问她："你刚才回家里了？"

"不是，"朱依依否认，如实说道，"有个叫姚谣的护士让我拿给你的玉米淮山粥。她说，明天再来拿饭盒。"

朱依依是刚才在病房门口被对方叫住的。

女孩儿似乎踌躇了很久，不敢敲门。见朱依依走过来，女孩儿松了一口气，喊住了她，大概以为她和薛裴是亲属关系，所以才这么放心地把这保温饭盒交给她，让她转交。

她早前就听周时御说，薛裴住院以来，有不少人向薛裴示好，如今看来，确实如此。

朱依依的话，让薛裴心里凉了半截，脸色铁青。

虽然知道她已经不喜欢他了，但看到她丝毫不在乎的态度，他心里仍旧很难受。

"她让你拿,你就拿了?"

"不然呢?"

"我们现在是情侣关系,不是吗?"薛裴喉咙干涩,说话的声音变得低沉,"你不能这样,不能还把我推给别人。"

朱依依平静地叙述:"你那天说不会干涉我交友,同样,我也不会干涉你交友……"

"你可以干涉。"薛裴打断了她的话,心里很不是滋味,"你有随时放弃这段关系的权利,但我很确定,除了你,我不会再喜欢任何人了。"

薛裴说得真诚,饶是朱依依再铁石心肠,也难免会有所触动。

朱依依沉默了几秒,说:"那我待会儿把保温盒还给她。"

薛裴终于露出了笑容:"好。"

吃饭时,朱依依打开了电视。电视里正播放着晚间新闻,薛裴的注意力却转移到了别处,他说:"等我出院之后,我们也养一只狗狗吧。"

他似乎对这件事抱有很大的期望:"要叫什么名字呢?"

朱依依疑惑地问道:"你以前不是不喜欢宠物吗?"

"现在觉得有个宠物,家里会热闹一点儿。"

薛裴的确不喜欢小动物,但想让他们之间留下点儿什么。李昼好歹还有个小猫在她家里养着,起着那么硌硬人的名字,而他什么也没有。

朱依依对他话里的真实性存疑。人的想法哪里有那么容易改变的?她担心薛裴只是一时心血来潮。

"等你出院后再说吧。"

这天晚上,她离开病房时窗外的雪下得更大了。铺天盖地的白雪,人反倒成了这个世界里最突兀的色彩。

她站在医院门口打车,一边搓着手哈气,一边等车。

不远处,有个穿着黄色衣服的外卖小哥急匆匆地从电动车上下来,跑得太急,不小心碰到了路人,被对方劈头盖脸地骂了一通。他点头哈腰,连连道歉。

当他转过头时,朱依依却愣住了。

他看到她时,也愣了愣,但顾不上和她打招呼,连忙拿出手机给点餐的人打电话,说话时声音还喘着粗气:"不好意思,刚才送错餐了,我已经重新换了一份拿过来,麻烦您现在出来取一下餐。嗯,可以,好的,我在医院正门这里等您。"

等电话挂断了，李昼才有空和她打招呼，语气有些生疏："好久不见。"

天气太冷，他手上戴着两层手套，举手投足间动作都有些僵硬。

"好久不见。"见到李昼，朱依依都觉得恍惚。

他们的确很久不见了，她认真地回想了一下，大概已经有一年的时间没再听到他的消息。

李昼望向医院门口："这么晚了，你怎么在这里？"

"有个朋友生病了，我过来看他。"

"哦，没什么大碍吧？"

"没有。"朱依依摇头，犹豫地问，"你怎么……？"

"是想问我怎么活成这样了？"

李昼苦笑了一声，一时不知道该从哪里开始说起。这一年的时间发生了太多事，从像过街老鼠一样到处躲债，房贷断供，到薛裴帮他还清债款，他又和别人合伙做生意，把手头的余钱赔得精光。

他的人生在一年前就已经烂掉了。

"不是。"朱依依没有那个意思，但否认过后，看着李昼嘲弄的眼神，忽然不知道该说什么。

"你最近应该过得挺好的吧？"李昼从头到脚打量着她，只觉得她漂亮了很多，气质似乎都和以前与他在一起时不一样了。他由衷地感慨了一句："看来薛裴对你不错！"

朱依依皱了皱眉，没听明白李昼话里的意思，正想问他，恰巧这会儿客人到门口取餐了。他几步走上前，和对方赔笑道歉。

等他送完餐，朱依依走过去问他："你刚才说的话是什么意思？"

"没什么，就字面意思。"李昼往下滑着手机上的订单，重新戴上了头盔，没时间和她多聊，"下一单快要超时了，我先走了。"

次日果然要加班，大家要忙春节大促的活动方案。

这是春节前的最后一个活动节点，所有商家都在铆着劲地拼命，而朱依依为了下个月的年终奖，也不得不打起精神来压榨自己最后的劳动价值。

一忙起来，她自然没办法赶去医院过所谓的"十天纪念日"，因此也不知道薛裴到底准备了什么。

电话那头薛裴的声音很低落，但他也没说什么。

赶在挂断电话前，他又说了一句："那等第一百天纪念日的时候，我们再一起过。"

朱依依一边看着电脑，一边回他："好。"

她像是公事公办的口吻。

一月中旬，薛裴终于能短暂地下床活动了。

为了能尽快出院，薛裴每天都在进行运动康复训练，虽然因为长时间卧床缺乏运动，身体机能下降了很多，使不上劲，但还是咬着牙坚持了下来。

周末，朱依依来医院看薛裴，回完消息抬眼一看，他就在外科楼前的长椅上坐着，身上的衣服穿得单薄，仅在病服外面套了件大衣。

担心他这么折腾会生病，朱依依把脖子上的围巾摘了下来，裹在他身上。

"你怎么自己下楼了？"

薛裴缓缓说："我在等人。"

她朝入口的位置看了一眼："等谁？"

"在等我的女朋友，"薛裴嘴角含笑，望向她，"她说今天会过来的。"

朱依依没好气地笑了笑，在他旁边坐下："哦，那你等到了吗？"

"等到了。"说着，薛裴握住了她的手。

这里是进医院外科大楼的必经之路，人来人往的，朱依依担心被家里人看见，想抽回手，薛裴反而握紧了一些。

"你今天又迟到了十分钟。"

朱依依难得开起了玩笑："上班都有弹性打卡时间，我劝你别太过分了。"

听见她的话，薛裴也跟着笑了起来。

他想：要是能一直这样该多好。

外面实在太冷，朱依依都有些受不了，想着薛裴还穿得这么少，便催促他赶紧上楼。

坐电梯回到病房后，看见她右手拿着保温盒，薛裴警惕了起来，怕又是别的什么人让她拿过来的。

朱依依早就把那件事忘在了脑后："我从家里带过来的，昨天你不是说想喝汤吗？"

他前几天只是随口提了提，没想到她竟然真的记在了心里。

不管她是在扮演"女朋友"的角色，还是真心对他好，薛裴都觉得足够了。

朱依依背对着薛裴，正要把保温盒里的汤倒进瓷碗里，他却从身后环住了她的腰，头靠在她的肩膀处，浅浅的呼吸打在她的颈后。躺在床上这两个月，他早就想这样抱她了。

朱依依皱了皱眉头，差点儿把汤弄洒在桌面上。

她有些不自在："你靠得太近了。"

"不可以吗？"

她正想把薛裴推开，又听见他装可怜："腿有点儿痛，让我再靠一会儿。"

朱依依没有拆穿他，就这么静静地站着。在这个当口儿，她忽然想起一件事。

"我前几天在医院门口看到李昼了。"

薛裴环在朱依依腰间的手渐渐松开。薛裴如临大敌，观察着朱依依脸上的神色："李昼？他来这里做什么？"

当初他给了那一百万元，李昼已经答应他会永远不再在北城出现，消失在她的生活里。

"他来给病人送餐。"

他装作不经意地问了一句："哦，你们聊什么了？"

汤已经盛好，就放在桌面上，往外冒着热气。

朱依依把那天发生的事原原本本地和薛裴说了一遍，而他不着痕迹地把话题岔开了。

"说起来，我也很久没见到他了，不知道他现在过得怎么样。"

薛裴的神情太过坦然，朱依依即便觉得不对劲，也无从考究是哪里出了问题。

晚些时候，朱远庭也从学校过来了。

他分享欲极其旺盛，和薛裴说起学校里的琐事，完了之后，又邀请薛裴和他一起打游戏。

薛裴正要答应，就看到朱依依摇了摇头。

"你自己玩吧。"

被拒绝的朱远庭只好自己坐在旁边打游戏，情绪激动时还骂起了队友。

游戏的声音太大，朱依依实在受不了，让他别影响薛裴休息。

朱远庭还沉浸在游戏里，很自然地开口说道："姐，你是不是心疼姐夫了？"

这话说出口后，病房里的三个人都蒙了。

朱远庭意识到自己说了什么，立刻捂住了嘴，望向薛裴。

朱依依顺着他的视线看过去，目光锁定在薛裴的脸上："你教他这么喊的？"

薛裴嘴角含笑，否认："我没有。"

朱依依仍旧不相信，像是笃定了自己的想法。

"我只是告诉他，我们在一起了。"

捅了这么大一个娄子，朱远庭只能把责任全揽在自己身上："姐，不关薛裴哥的事，是我单方面这么认为的。"见朱依依拿书砸了过来，他一边躲，一边找补，"我发誓，我不会告诉爸妈的！你放心好了，我嘴很严的。"

因为朱远庭在这里，病房里热闹得近乎吵闹。

朱依依离开时，也不管朱远庭愿不愿意，把他也一起领走了。

夜晚，等病房里安静下来后，薛裴站在走廊里吹了一会儿风，脸上早已没有白天时的温柔神色，取而代之的是焦躁、烦闷和不安。

最后，薛裴拨打了某个人的电话。

很快，对面的人就接通了电话。

"查一下李昼的活动范围。"打火机在指间转动，这一整天薛裴都惴惴不安的，无法静下心来，思索了几秒后，又改口，"算了，直接让他换个地方。"

无论是谁，都不能破坏他好不容易求来的幸福。

月底，薛裴终于出院了。

薛阿姨特意花了一天的时间，准备了满满一大桌菜，比过年还要隆重。

他们两家人已经很久没有这样开开心心地坐在一起吃饭了。

朱依依就坐在薛裴的旁边，吃饭的时候，他一直给她的碗里夹吃的，又把剥好的虾放进她前面的餐盘里。她几乎没自己夹过菜，连吴秀珍都察觉到了不对劲。

"哎呀，薛裴，你怎么给依依夹了那么多菜？她哪里吃得完哟？"

朱远庭一副洞察世事的表情，视线在薛裴和他姐之间游移。

他挤眉弄眼，拉长尾音说道："妈，你这就不懂了吧——"

吴秀珍疑惑地问道："我又哪里不懂了？"

朱依依在桌下踢了朱远庭一脚。

这回他终于安安分分地吃饭，不敢再吭声了。

薛阿姨开口："孩子们感情好嘛，这有什么的？薛裴住院的时候，依依一有空就往医院跑，不知道耽误了多少工作上的事情。"

"这话不能这样说，毕竟薛裴是为了救依依她爸才……"吴秀珍说着都哽咽了，"幸好薛裴现在没什么大碍了，不然我和建兴这后半辈子都良心不安。"

幸好，煽情的话题到此为止，大家都很默契地没再往下说，气氛仍旧热热闹闹的。

吃完饭，朱依依在阳台上看星星，薛裴不知道什么时候也从客厅里走了出来，站在她的身后。

雪夜里，月色昏黄，像是酒吧的灯光下威士忌装在酒杯里的颜色。

她刚才经过卧室门口时，想起了一件事："那天周时御让我过来帮忙收拾东西，所以，我去了你的卧室。"

薛裴愣了愣，似乎意识到了什么。

"我看到了你的桌面上放着的药，"朱依依顿了顿，问道，"很严重吗？"

世界变得安静，夜色深沉。

薛裴摇头："我以后不会再吃了。"

"为什么？"

他笑了笑，没有回答。

因为，梦里那些幻觉都已经变成真的了。

李昼的事情有些棘手，薛裴原以为能够轻松地解决了，没想到这天下午，李昼竟然直接找来了。

他刚从电梯里出来，和运营总监沟通着工作，突然身后有人喊了他一声。

"薛裴！"

声音很响亮，许多人看了过来。

薛裴转过身，在一楼大厅里看到了坐在沙发上的李昼。

李昼身上穿着一件皱巴巴的黑色羽绒服，袖口处是白色的，但蹭得已经发黄，衣服左侧还印着品牌的标志，虽然已经被洗得掉了色。

该怪自己记性太好，薛裴想起来了，这衣服有些眼熟，是李昼和朱依依的情侣同款，李昼打篮球受伤那天穿的就是这件羽绒服。

薛裴的眼神黯了黯。

旁边的运营总监是个懂眼色的人，连忙说道："薛总，那具体的方案我们明天再聊，我就不打扰您了。"

"嗯。"

薛裴在原地站着，等着李昼走过来。

李昼从沙发上起身，慢悠悠地走过来，向薛裴伸出手："好久不见了，薛裴。"

薛裴没时间和李昼废话："找我有事？"

李昼看了一眼周围的环境，笑着说："你不是也有事找我吗？"

虽然打着哑谜，但他们对彼此的话都心知肚明。

这里人太多，最后两个人找了家路边的咖啡馆坐下。

李昼已经许久没出入过这样的场合，坐在那里都显得局促。

"我听说，你最近和依依在一起了。"

薛裴抬眼："听谁说的？"

"这你就不用管了。"李昼摸了摸下巴上的胡楂，望向薛裴，眼底尽是讽刺之色，"要我说，你们还真有意思。是不是非要牺牲我这种小人物的命运，才能显出你们爱情的伟大呢？薛裴，我猜，你现在一定很紧张吧？"

"紧张？"薛裴笑着抿了一口咖啡，重复他所说的话，"紧张什么？"

"紧张你曾经做的那些事情，不然你不会这么急着赶我走。"李昼内心依旧愤愤不平，"我知道我应该拿钱办事，离依依越远越好，但是你也不至于连条活路都不给我留。那天只不过是意外，我怎么知道她会出现在医院门口？再说了，我要是离开了北城，我还能去哪儿？"

薛裴已经渐渐失去了耐心，低头看了一眼腕表，距离他和朱依依约定的时间还有半个小时。

"说吧，你想怎么样？"

李昼伸出两根手指，开始要价："我保证这次绝对是最后一次——我不会再出现在她面前，明天就离开北城。"

说完，他舔了舔下唇，自己都不自信起来。

听完他的诉求，薛裴丝毫不觉得意外，从座位上起身："明天早上九点，同一个账户汇款，希望这真的是最后一次。"

起身时，薛裴又从钱包里抽了几张现金，塞进李昼左侧衣服的口袋里："待会儿把这件衣服扔了。"

薛裴最后在七点整准时到了朱依依的公司楼下。

他们今晚约好了一起吃晚饭。

朱依依今天下班早，想买菜回来自己煮，刚好附近有个超市。

薛裴推着购物车，朱依依走在他旁边。

他们先是去买了些菜，她今晚准备做丝瓜排骨汤。两个人一路沉默着，几乎没什么交流，直到路过生活用品区时，薛裴试探性地开口问道："要不买双拖鞋吧？"

薛裴这段时间来得频繁，门口的鞋架上始终没有适合他穿的拖鞋，他一直在等朱依依主动地为他买新的拖鞋，但半个月过去了，她似乎还是没有要为他添置拖鞋的意思。

沉默了几秒，朱依依回答道："哦，好的。"

想起此前在她的出租屋里看到的情侣拖鞋，薛裴提议道："要不我们也买情侣的吧？"

"不用了，我家里那双还能穿，你买你的就好。"

朱依依说话时没想那么多，只是单纯地不想浪费，薛裴却解读出了别的意思，心情起起伏伏的，最后自己随手拿了双黑色的拖鞋。

两个人回到出租屋已经是晚上八点，朱依依去厨房煮汤，薛裴想进去帮忙，但被拒绝了，只好在客厅里坐着。

朱依依还在厨房里切着姜丝，就听到门口有人在敲门。

猜测应该是快递员上门来取件，她朝客厅里的薛裴说道："你帮我寄一下快递，东西放在客厅茶几下面的箱子里，是一本产品的目录册。"

"好。"

被使唤去干活，薛裴的兴致很高，这让他觉得他们就是一对最普通不过的情侣，下了班回到出租屋里一起生活，没有什么为期一年的约定，也没有经历过那么多的波折。

门口的快递员还在等着，薛裴弯腰把茶几下的箱子拉了出来。

下面有两个箱子，他随手打开了其中一个，然后嘴角的笑容就此凝固。

剃须刀、领带、男士香水、衬衫……每一样物品都整整齐齐地摆放着。

薛裴忽然记起朱远庭曾经和他说过："她到现在都不舍得把她前男友留下来的东西扔掉呢。"

"怎么样？能找到吗？"

厨房里的朱依依不放心，便走出来看了一眼，瞥到那个敞开的箱子时，就知道发生了什么。

"我好像找错了，"薛裴装作什么事都没发生过一样，打开了旁边的箱子，"是这个箱子，对吧？"

"对。"朱依依在等待他问自己，但他什么也没问。

蹲在地上的薛裴打开了另一个箱子，一眼就看到了朱依依所说的目录册，终于松了一口气："可算找到了。"

他把东西拿给快递员，然后把门关上。

朱依依还在客厅里站着，刚想解释些什么，薛裴就问她："都煮好了？"

"差不多了。"朱依依对他说，"汤还要再熬一会儿。"

接下来，谁都没有提起这件事，但都知道对方有多在意。

薛裴想：大概她心里永远都有一个位置，是为那个人而留。

原来，发现她还爱着别人这件事，比发现她不爱自己更难受。

吃完饭还不到九点，薛裴第一次这么早便要离开。

见他拿起车钥匙，朱依依也跟在他身后走出了门："我送你下去吧。"

"不用了，"薛裴温声说道，"外面天冷，我自己下去就行。"

"我顺便下楼处理一些东西。"

薛裴回过头，这才看到她手里捧着刚才打开过的木质箱子。

太阳穴"突突"地跳着，薛裴难以置信地望向她。他不知道他有没有理解错，她刚才说的，是不是自己所理解的那个意思……

他也不敢去问。

昏暗的楼道里，两个人并肩走下楼，墙上的影子重叠在一起，就像是亲密无间的恋人。

走到一楼，薛裴走得慢了些，于是看到朱依依把手里捧着的箱子放进了垃圾桶里。

夜色中，她没有回头，径自向他走了过来。

薛裴无来由地眼睛有些泛酸。

他朝她张开了双臂。

拥抱的那一瞬间，她想：或许，她也可以试着重新开始。

第十六章
重新开始

　　她没有告诉薛裴，其实她早就忘了那里还存放着陈宴理留下来的物品。

　　有时候说不清楚为什么会把一样东西留下来，但当舍弃的那一刻，你一定会知道是为了什么而舍弃。

　　对一个人重新建立信任和爱很难，她不知道她和薛裴之间有没有未来，但想试试，就像此前给自己定下的最后期限———一年。

　　一年的时间，或许真的可以改变很多事情，或许他们还可以试着走下去。

　　这个拥抱很漫长，薛裴舍不得松开手。

　　这两年来，他第一次觉得他们的距离那么近。

　　她终于愿意向他走近一步了。

　　他害怕一松开手，就会再次看到她厌恶、冷漠的眼神。

　　此时此刻，他开始装作大度："没关系的。"

　　"嗯？"

　　"就算你把那些东西留下来，我也没关系的。"

　　朱依依愣了愣。

　　她想起刚才吃饭时薛裴失落、难过的神情，这句话显然没有什么说服力。

　　朱依依故意说道："真的？那我待会儿把它拿回来吧。"

　　薛裴心里警铃大作。他立刻松开了环在她腰间的手，观察着她脸上的表情，似乎是在确认她话里的真实性。

　　"你……"薛裴语塞，停顿了几秒，又问，"认真的？"

朱依依眨了眨眼，点头。

他有了新的理由："但是箱子被扔进垃圾桶里，已经脏了。"

"没事，里面的东西没脏。"

薛裴再也找不到借口反驳，眉头皱得很深。

他开始懊恼自己为什么要说出那句话。

见状，朱依依忍不住轻声笑了出来。

薛裴终于意识到了她是故意的。紧绷的神经松懈了片刻，薛裴握住了她的手："你已经扔了，没有机会后悔了。所以，待会儿我走了，你也不能把它拿回来。"

"知道了。"

这会儿，小区里有位女孩儿正走进来，朝他们这边看了一眼，和朱依依打了个招呼，视线在薛裴身上停留了很久。

那女孩儿就住在朱依依家楼下，之前找朱依依借过几次东西。

朱依依也礼貌地和她打了声招呼。

等那女孩儿走后，朱依依又和薛裴说："很晚了，回去休息吧。"

"好。"

临走前，薛裴在她的额头上偷偷亲了一下："晚安。"

因为这个吻，薛裴今晚的心情升至顶点。在去取车的路上，他扯松了颈间的领带，感觉前所未有的喜悦感将自己包围了。

他像是变成了十七八岁情窦初开的少年，走在路上会突然摆出空中投篮的动作，憨傻又稚气。

轿车行驶在马路上，风从窗外灌进来，在后视镜里，薛裴看到了自己弯起的嘴角。

那是陷入爱情里的男人才会有的笑容。

只是，车开到半路，他又胡思乱想起来，心里又隐隐觉得不安。于是刚下高架桥，他就打转方向盘，油门一踩，往来时的方向开。

最后，车在朱依依的小区门口停下。

他快步从车上下来，走到一旁的垃圾桶前，捂住口鼻往里看去。

直到看见那个被扔掉的木质箱子还躺在垃圾桶里，他才松开了紧皱的眉头。

看来，是他多虑了。

但为了谨慎起见，薛裴忍住了恶臭，用两根手指把箱子掀开，确认里面的物品全都还在。

这下，他终于放下心来。

嗯，这仍旧是一个美好的夜晚。

周三，薛裴休了假，周时御只好来家里找他。

周时御到那会儿，薛裴刚从楼上的健身房里出来。

薛裴发丝湿润地往下滴着汗，颈间还挂着擦汗的毛巾，身上白色的运动服被汗浸湿了一半，变成半透明的样子，隐隐显露出身上肌肉的轮廓，块状的腹肌整齐分明，饱含力量，让人血脉偾张。

周时御低头看了看自己，咳嗽了两声，移开了视线。

他早就知道薛裴自从出院以后每天都泡在健身房里，目的是什么，相当明显了。

"你怎么过来了？"说着，薛裴拧开瓶盖，仰头喝水，突出的喉结上下滑动，充满男性的魅力。

周时御这会儿已经把工作都忘在了脑后，笑着揶揄道："真是可惜啊，某人这么卖力地锻炼，天天孔雀开屏似的在别人面前晃悠，竟然到现在还只是牵了牵手，真是可怜。"

薛裴懒得搭理他，接过他手里的文件。

"就是突然想起一句话——以色侍人者，色衰而爱弛。"周时御"啧啧"了两声，又说，"作为好兄弟，希望你不会有这一天。"

薛裴抬眼望向他，终于忍不住开口："滚。"

来这一趟，周时御都被内卷到了，对身材隐隐感到一丝焦虑，于是处理完工作，也到健身房里练了两个小时。他许久没锻炼，一下累得够呛，肌肉酸痛难言。

等他下楼，薛裴已经换了身衣服坐在电脑前，神情很严肃。

周时御还以为薛裴在忙工作上的事，走近一看，原来在看关于烹饪的视频教程。

这人没救了。

"你这是要学做菜啊，这么贤惠？"

"我发现烹饪这件事，比我想象中的要难。"薛裴语气很认真，"她以前为我学了很多新的菜式，肯定付出过很多努力。"

这简简单单的一句话，周时御竟然被感动了。

晚上，薛裴去接朱依依下班。

在去餐厅的路上，他看到朱依依正和周时御在微信上聊天。

怕周时御和她说起什么，薛裴一下紧张起来。

到达目的地后，薛裴才装作不经意地提起："周时御找你了？"

"嗯。"朱依依点了点头，"他说这周末有个活动，是他女朋友的公司举办的，让我们一起去参加捧捧场。"

薛裴皱了皱眉头："什么活动？"

"他说去了就知道了。"朱依依摇头，问薛裴的意见，"我们……要去吗？"

"你想去的话，我们就去。"

朱依依还在思考，周六那天自己确实没什么事要忙。

她低头看向手机，周时御又发来了消息："就当是帮我女朋友一个忙，本来都定好的，但有两个人突然说不参加了，现在一下凑不够人。"

秉着打工人互助的原则，朱依依在微信上回道："好，需要带什么东西过去吗？"

周时御："你把薛裴带过去就行，其他的不用。"

周日，当到达活动现场时，朱依依才明白周时御的话是什么意思。

原来这个线下活动，所有的参与者都是情侣或者夫妻，大家都是成双成对的。

她转头望向了薛裴。

他神色茫然，显然也不知道发生了什么事。

两个人在休息区里等待了片刻，很快就有工作人员指引着他们走进了一个独立的房间里，里面的摆设和教室相似，每张桌子上都放着一支笔、两张考卷。

这是要……考试？

朱依依在座位上坐下，拿起试卷看了一眼，是有关情侣或夫妻亲密关系的问答。

题目很多，一共有四十多道题，她大致浏览了一遍，几乎全是问答型题目。

比如，自己以及对方的兴趣爱好、日常口头禅、喜欢吃什么口味的菜式、对方做过的最让你感动的一件事，还有一些较为隐私的与性相关的问题。

在场有二十对参与者，一半是夫妻，另一半是情侣，朱依依望向旁边桌的薛裴，心想：她和薛裴不该参加这个活动，显然他们的关系不够典型，不足以成为观察样本。

但意外的是，答卷评分出来，他们是第一名，93分。

主持人一手拿着他们两个人的答卷，一手拿着麦克风，用煽情的播音腔说，今天最让他惊讶的是，这对刚在一起一个多月的小情侣，在亲密考验这个环节竟然打败了在场结婚四五年的夫妻，他还是第一次遇到这种情况。

交换答卷时，薛裴拿到了朱依依的试卷，熟悉的字迹，上面写着他的生活习惯：他喜欢用什么味道的香水、什么品牌的牙膏，他最喜欢的电影和书籍，他们第一次吵架和好的时间……这些，原来她全都还记得。

心脏被某种柔软的东西填满，薛裴感觉喉咙有些干涩。

在对方有什么优点这一栏，朱依依写得很简单，只有两个字："好看。"

而在缺点那一栏，她也写得很简单："不一而足。"

薛裴弯了弯嘴角。

原来他现在除了好看，已经一无是处了。

朱依依在一旁翻着答卷，最后一页的话题较为露骨，问的是双方性生活的频率、姿势、时间等等。她只是恰巧翻到了这一页，察觉到薛裴看过来的目光，立刻把答卷反面盖上。

薛裴若有所思地看向她。

"虽然最后一部分题目我们没有答对，"薛裴笑得故意，"但没关系，以后我们可以一起实践。"

最后四个字他说得又缓又轻。

春节放假前，肖总请整个营销部门的人一起到外面吃饭，地点定在附近的一家火锅店。他们一共四十多个人，订了四桌，刚好坐满。

想到明天就开始放假了，一年辛苦到头，终于能休息上一阵，大家都松了一口气，话题扯到了天南地北。这会儿除了工作，大家什么都能聊。

朱依依今天心情也很好。就在来的路上，她收到了建设银行发来的短信，年终奖终于到账了。

她半是期待半是害怕地点开短信详情，然后一整晚都在想着那个数字，藏不住地开心。

于是今晚敬酒她都特别实在，杯杯见底，一点儿都不敷衍。晓芸在旁边扯着她的袖子，让她悠着点儿，别喝得太急。但是难得开心，她仍旧一杯接一杯地喝着。

酒精让人兴奋，快乐的情绪也被放大了许多倍，去年她连轴转地加班、熬夜、开会，现在终于有了回报。再者，加上这笔钱的话，离她回老家买房的目标又近了一些。

还在吃着饭，她忽然想起了什么，拿出手机给薛裴回短信，告诉他今晚要聚餐，就不和他一起吃饭了，估计会很晚才结束，让他不用过来接她。

很快，薛裴就回了消息过来。

薛裴："好吧。"

后面他还加了一个"难过"的表情包。

朱依依没好气地笑了笑，在键盘上敲敲打打，问他今晚打算吃什么。

没一会儿，薛裴发了一张图片过来，是泡面，吃了一半的泡面。

薛裴："只能吃这个了。"

朱依依盯着这张照片几秒，然后把手机反扣在桌上。

他很会装可怜。

近来，他们几乎每天都见面，除了上班时间，其余时间都待在一起，但她更喜欢的是双方都留有空间的关系。

她让薛裴不用过来接她，但他还是来了。

吃完饭已经是晚上九点半，大家有说有笑地往门外走去，约着年后开工前再来这里吃一顿。

火锅店的收银台前放着很多糖果，一行人经过门口时，服务员喊住他们，给了他们每个人一把薄荷糖。朱依依拿了几颗，说了声"谢谢"。

其他同事都打好了车，郭建顺路送她和晓芸回去。他们平时出外勤时也都是这么安排的，她和晓芸都没考驾照，有需要用车的时候都是靠郭建。

朱依依正准备上车，对面马路上有辆车按响了喇叭。在闹市里这喇叭声虽然不算突兀，但还是有很多人看了过去。

有人从车上下来，随手关上了车门。男人戴着一顶黑色的棒球帽，从人行道向这边走了过来，帽檐遮住了他的大半张脸，反而更显神秘，让人将所有的注意力放在了他优越的下颌线条和微微上扬的薄唇上。

这出场方式太过张扬，朱依依看见他走过来，甚至往后退了一步。

薛裴原本只是过来看看，没想打扰她，所以把车停得很远，免得被她发现。但眼看着朱依依又上了那个黄头发男同事的车，他像火药桶一样一点就着，又沉不住气了。

薛裴站在郭建面前，打量了郭建几眼。

看着眼前比自己高上一截的男人，对方似乎对自己还有着强烈的敌意，郭建不明所以地问道："你是……？"

薛裴紧抿着嘴角，等着朱依依开口。

晓芸忽然认出他来，语气有些兴奋地说道："我想起来了，你是依依的邻居吧，我们上回见过的。"

薛裴下意识地想否认，但又把话咽了回去，视线投向朱依依，以为她会回应，但她没否认，也没解释。

他一下就泄了气，有点儿委屈。

郭建和他点了点头："你好。"

"嗯，你好，"薛裴敷衍地应了一声，"那我们先走了。"

过马路的时候，因为身后还有她的同事看着，他不敢去牵她的手，两个人中间拉开了一段距离。有路人从他们中间穿过，显得他们像陌生人一样。

朱依依转过头去看薛裴。刚才那一瞬间，她也说不清自己为什么没有解释。

大概是因为他们现在的关系还太不稳定，再者，薛裴的外形太让人瞩目，她不想成为公司同事茶余饭后的谈资。

走到马路对面，刚关上车门，薛裴就从车后座上拿了张毯子给她盖上。

"还冷不冷？"薛裴说完，又故意说，"我的邻居。"

最后两个字他加重了读音。

"你不开心了？"

"没有。"薛裴口是心非地说着，声音渐弱，"你不承认我的话，我也只能无名无分地跟着你。"

无名无分，这几个字让朱依依弯了弯嘴角。

将手揣在口袋里，朱依依摸到了刚才火锅店服务员送给她的几颗糖果。

薛裴正准备打转方向盘，又听到朱依依对他说："伸手。"

"什么？"薛裴的眼里多了些期待之色，他听话地翻转了手掌，手掌正面朝上。

下一秒，他手里多了几颗薄荷糖，绿色的包装纸，是常见的款式。

"刚才吃火锅的时候拿的。"她说。

薛裴心里有些热，心想：她去聚餐都记得给他带吃的。

果然，她心里还是有他的。

他刚才不应该乱发脾气。

朱依依望向他头顶上的帽子，疑惑地问："你今天怎么戴帽子了？"

"你昨天不是说，头发太短不好看吗？"

她皱了皱眉："我说的？"

朱依依费力地回想。她记得她说的是综艺节目里某个男明星剪了寸头后没那么帅了，和薛裴有什么关系？

大概是他自己对号入座了。

"我看看。"说着，朱依依把他的棒球帽拿了下来，打量着他的脸，发现他的头发已经长出来了好多。她又伸手在他新长出来的头发上摸了一下，发根有些硬，刺刺的。

薛裴一动不动地坐在驾驶座上。刚才，她摸他的脑袋的时候，他觉得自己就像是一条被安抚好的大狗。

刚才那一点点不快的情绪，现在全都消失得无影无踪了。

酒的后劲有点儿大，刚才还没什么感觉，回到出租屋后，朱依依才开始觉得大脑有些昏昏沉沉的，脚步发虚。

喝醉的时候，她不太安静，虽然不至于发酒疯，话却变多了，从早上起床吃了几个鸡蛋到中午饺子店的老板少给了蘸料，事无巨细地一件一件往下说。

薛裴嘴角微勾，在一旁静静地听着。

后来，她又絮絮叨叨地说起自己领到了年终奖的事，还被评优了。

"而且，我拿的是年度优秀员工奖哟！"朱依依还红着脸颊，和他解释，"一个部门只能有一个名额，我是不是很厉害？"

这一幕太过熟悉，薛裴想起高中的时候，她每一次考试上有了进步，都会在第一时间和他分享。

于是，他也像以前那样笑着说道："嗯，我们——真棒。"

"其实，我不是很差劲吧。"朱依依"喃喃"自语，像是在替以前的自己发问，"虽然没有你们那么优秀，不像你和江珊雯总是能随随便便地考第一名，但我也在努力……是你们跑得太快了，我追不上。"

这些话听得薛裴心碎。

他想起以前他做过的那些蠢事，心脏骤然收紧，有些喘不过气来。

其实以前那些事情她全都记得——她记得他喜欢的口味，记得他所有的生活细节，也记得他曾经带给她的伤害。

"对不起。"他低声说着。

他以前做了太多错事，只能现在慢慢弥补。

朱依依半夜醒过来，头还有点儿痛。

她睁开眼，发现自己已经躺在床上了，一时有些弄不清楚状况。

她最后的记忆还是薛裴送她回家——他走在她身后，帮她关上玄关处的门，而她随手打开了墙上的电视机，在客厅的沙发上坐下。

而现在，墙上的时钟指向凌晨三点，她躺在床上裹着被子，中间的记忆好像被格式化了似的，什么都想不起来。

客厅里的灯亮着，她穿上棉拖鞋从房间里走了出去。

薛裴竟然还没走。

他在客厅里坐着，身上还穿着来时的棕色风衣，大概是听见了她的动静，也正转过头看向她。

"头还痛不痛？"

朱依依摇头。

"那还有没有哪里不舒服？"

她仍旧摇头。

得到她的回答，薛裴总算放下心来。

"好，那你好好休息，我先走了。"

见薛裴拿上车钥匙准备出门，朱依依走到门口送他。

临走前，他叮嘱："下次喝了酒，记得给我打电话，不能让那个男的送你回家，很危险。"

特别是今天她喝了那么多酒，万一把人认错了就麻烦了。

朱依依笑道："那你就不危险了？"

薛裴附和地点了点头，声音变得低哑："嗯，的确，我更危险，"他缓缓地补充了后半句话，"因为，我现在就想对你做点儿什么。"

话音落下，朱依依还没反应过来，薛裴就弯腰在她的嘴角上亲了一下。

"当是照顾了你一晚上的报酬。"

放春节假的第二天，朱依依一早就醒了。她在卧室里收拾着行李，地面上堆着好几个打开的储物箱，乍一看去乱糟糟的。

今天是他们回老家桐城的日子。为了避免遇上高速公路最拥堵的时段，将他们出发时间定得很早。

半个小时后，薛裴和朱远庭过来了。朱远庭早早就放了寒假，这段时间都在北城的同学家里住，等他们一起回家。

朱远庭倒是懂事了不少，一走进屋里就问她："姐，还有没有什么要收拾的东西？我帮你。"

"我都收拾好了，你歇着吧。"朱依依说着把行李箱推到客厅里，又去厨房里把电器的插头都拔掉了。

这次放假的时间不长，她只带了一个行李箱和一个旅行袋，装着几件冬天换洗的衣服，还有买给朱建兴和吴秀珍的保健品。

她从厨房里走出来那会儿，薛裴正坐在沙发上抱着粥粥帮它顺毛。粥粥舒服得眯着眼睛，乖乖地趴在他的腿上，仰着头在他身上乱蹭。

薛裴的手指修长白皙，指节屈起，覆盖在粥粥雪白光泽的毛上，冬日的阳光从窗外照进来，使他看起来像是画室里正在被画家描绘于纸上的模特。

虽然朱依依不想承认，但薛裴的确有一副容易迷惑人的皮囊。

瞧见朱依依走了出来，薛裴意有所指地对粥粥说："待会儿爸爸和妈妈一起带你回家，好不好？"

说完，他抬头看了朱依依一眼，眼神里带着试探之意。

朱依依不愿意和他一起养狗狗，他现在唯一的选择只剩下——当粥粥的继父。

这是他最后的希望。

他留意着朱依依的反应，发现她并没有抗拒和纠正他的称呼的意思，当她是默认了，于是在心里把自己的地位拔高了一些，嘴角漾着浅浅的笑意。

他想：起码现在，在她心里，他的地位和粥粥的地位不相上下了。

快到九点，他们拿了行李下楼。

朱远庭走在了最后。因为那双球鞋的鞋带系了老半天都没系好，他有些着急，等系好的时候，发现薛裴哥他们都已经走远了。

他负责帮忙拿旅行袋。袋子不怎么重，他拎起来飞速地跑下楼梯，想跟上他们的脚步，然后在二楼的拐角，终于看到了他们的背影。

不远处，薛裴哥一只手提着行李箱，另一只手牵着他姐的手，两个人十指紧扣地走下了楼梯。

朱远庭霎时间愣住，眼角都跳了跳。

咦，这两个人太肉麻了。

为什么人谈起恋爱来，总喜欢牵手呢？

他们费尽心思地把粥粥接回老家后，没想到还是出了一些意外的状况。

吴秀珍不同意把粥粥带回家里养。她一直不喜欢小动物，觉得太闹腾了，会打扰到她休息，让朱依依在外面找个宠物店寄养。

朱依依正愁着，薛裴不知怎么的知道了这件事，提议可以把粥粥接到他家里去，这样也方便她平时过来看。

"总要承担起一些继父的责任。"

在给她发的消息里，薛裴这么说着。

朱依依看着这条消息，忍不住笑出声来。

春节这段时间，粥粥就先在薛裴家里养着。粥粥被接过去还没几天，薛裴的家里就摆满了各种各样的宠物用品和玩具，朱依依每天过来都能看到薛裴新买的玩具，把整个客厅的角落都堆满了。

　　担心换了环境粥粥会不适应，也担心会打扰到薛阿姨，朱依依白天一有时间就去薛裴家里照顾粥粥。

　　薛裴有时候故意问她："你是来看粥粥的，还是来看我的？"

　　朱依依眨了眨眼："一起看，不行吗？"

　　薛裴得寸进尺："但你都没认真地看过我。"

　　"那我现在看。"说着，朱依依立刻抬起头看向他，从眼睛到鼻子、嘴巴，最后目光又重新定在他的眼睛上，"好了，看完了。"

　　朱依依在开玩笑，薛裴却移开了视线。

　　都说人的眼睛最能传递感情，薛裴在她望向自己的眼中再也看不到从前那样炽热、浓烈的爱意。

　　春节那天，和往年一样，朱依依一家去薛裴家里一起吃年夜饭，包饺子。

　　两家人从下午一直忙到晚上，终于吃上了饭。

　　气氛其乐融融，所有对来年的祝愿都融入在这碰杯声中。

　　吃完年夜饭，他们坐在客厅的沙发上看着春节联欢晚会。尽管离朱依依坐的位子有些远，薛裴仍频频望向她的方向，但她始终专注地看着电视，时不时和朱远庭说着什么。

　　时间到了十一点半，朱依依回了家里一趟，帮吴秀珍拿衣服。

　　她走得匆忙，手机放在桌面上没拿。

　　她刚走没多久，手机就响了起来。

　　"依依没拿手机啊。"薛叔叔提醒了一句，"是不是有什么重要的电话？别耽误了事。"

　　"谁打来的电话？是不是外婆打过来的？"

　　"不是，"薛叔叔念着屏幕上显示的名字，因为不太熟悉，一字一顿地读着，"是一个叫什么陈、宴、理的。"

　　几乎是身体的下意识反应，薛裴攥紧了右手，原本温文尔雅的脸上神色阴沉得可怕，周身笼罩着低气压，眼神变得暴戾。

　　手机仍在响，薛裴就这么静静地看着，直到电话自然挂断。

　　片刻后，朱依依的手机收到了一条新的消息。

　　Chen："新年快乐，依依。"

　　十分钟后，朱依依抱着吴秀珍的大衣走了进来。

夜里风大，朱依依也顺带回去多穿了一件毛衣，免得着凉。

薛阿姨："对了，依依，刚才有人打电话给你。"

"哦，我看看。"朱依依拿起了手机，上面显示有一个未接电话，还有一条微信消息。

从她走进来的那一刻起，薛裴就一直注视着她。

他看到她茫然地拿起了手机，然后脸上的表情变了变，又把手机放下，过了一会儿，手机重新被拿了起来，她开始在键盘上打字。

薛裴的心在一点儿一点儿地往下沉，就像浸泡在了深海里，强烈的窒息感将他包围。

临近零点，朱依依收到了薛裴发过来的短信，只有简短的三个字。

薛裴："来天台。"

朱依依往薛裴的位子望过去，这才发现他不知道什么时候已经不在客厅里了，他刚才手里捧着的书已经合上，放在桌面上。

她把手里拿着的冬枣放下，回了消息过去："去那里做什么？"

而且快到零点了。

十分钟过去了，她仍没有收到薛裴的回复。

她最后还是穿上大衣，走出了门。

楼道里有自动感应灯，她一步一步地走上楼梯，灯也慢慢亮了起来。这里鲜有人上来，灯泡上尽是灰尘，连灯光也雾蒙蒙的。

她手里握着手机，不知道薛裴找她有什么事……

好不容易走到天台上，她缓缓推开了门。生锈的铁门摩擦着地面发出"吱呀"的声响，在这安静的夜晚显得尤其诡异。

手还没从铁门上移开，黑暗中，有人将她拽了过去。

地上的影子交叠在一起，她被对方抵在了墙上。还没等她发问，激烈的亲吻如潮水一样向她袭来，不断侵蚀着她的理智。她的牙关被撬开，口腔内的空气被尽数掠夺，唇舌追逐中，她尝到了他口中淡淡的苦涩的烟草味。

他又抽烟了。

她分神的片刻，耳垂被含住，紧接着被用力地咬了一下。身体一阵战栗，她说不清是疼痛还是愉悦。

时间过得有些缓慢，结束时，朱依依整个胸腔仍在剧烈地起伏，耳边传来他低沉的嗓音。

薛裴问她："你刚才回他消息了？"

直到这一刻，她才明白他的反常是因为什么。

原来他都看到了。

停顿了几秒钟，她如实地应了声："嗯，回了。"

听到她肯定的回答，薛裴忽然记起，就是在去年的这一天，他经历了那个像噩梦一样的夜晚，那种彻骨的寒冷和绝望的感觉重新爬上了他的心脏。

他艰难地开口："你回了什么？"

"新年快乐。"

就在她话音落下的瞬间，远处的广场上放起了烟花，人群中响起一阵欢呼声。

零点的钟声响起，新年到了。

薛裴不知道她回答的到底是短信上的内容，还是在对他说"新年快乐"。

"只是一条朋友间互发的祝福语。"

朱依依望向薛裴——他的眼中有比墨更浓重的色彩，比此时的夜色更深沉、忧郁，连她都觉得他这样实在太累了。

就在这一刻，她忽然有些迷茫。

他们在一起究竟是不是正确的选择？她可以做到放下过去，但他呢？他能忘记那些事情吗？

她想了想，终于开口："如果你真的很介意的话，不如……"

薛裴苦笑着帮她把话补充完整了："不如分开，是吗？"

朱依依没说话，他知道这就是她话里的意思。

薛裴的眼睛霎时间红了，他问："如果他回来找你，你是不是立刻就不要我了？"

夜风吹乱了她的头发，黑暗中，他看不清她的表情，也猜不透她心里的想法。

他总觉得，对她来说，他像是可有可无的存在，也像是一个碍眼又多余的挂件。

她对他的感情全凭一时兴起——今天对他的好，明天她就能立刻收回；今天能让他欢喜到失眠，明天也能让他坠入深渊。

他知道，她对他的感情或许有感激、感动，但唯独没有喜欢。

他曾经说，他不会干涉她交友，那都是屁话。

他不可能不在意陈宴理，单是听到这三个字，就能让他的情绪彻底失控。

"你还喜欢他，是吗？"薛裴嘶哑的声音融入了寂寞的夜色中，"现在他回来了，我就没有任何价值了，所以，你就不想要我了。"

他说出这个结论后，心脏开始剧烈地抽痛。

不知过了多久，朱依依把手机拿了出来，解锁屏幕后，点开了其中一个对话框，上面是刚才她和陈宴理的聊天记录，只有两行字。

Chen："新年快乐，依依。"

一一："新年快乐。"

而上一条聊天记录是三个月前，肖总让她给陈宴理发的一份文件，除此之外，他们已经没有任何交集了。

她把手机递到薛裴的面前，他接过时，迟疑了几秒，怕自己误解了她的意思。

"我可以看？"他问。

朱依依点了点头。

薛裴接过手机，那颗掉入海底的心好像重新被打捞了上来。

这简短的对话，薛裴看了好几遍。

"你刚才说的话，我从来没有这样想过。"她的声音冷静、理智，像没有起伏，她再次说了那句话，"因为只要做了决定，我就不会再回头。"

薛裴还没来得及高兴，想起了不久前她也对他说过这句话，可他们现在仍旧在一起了。

朱依依似乎也猜到了他心里的想法，小声说道："你是……例外。"

你是例外。

这听上去就像是一句动人的情话。

薛裴酸涩的心情被安抚得彻底。不管这句话的语境是什么，哪怕是自欺欺人也好，他觉得自己又重新活了过来。

站在风口的他，衣服被风吹得"簌簌"作响。

他握紧了她的手："那我想成为你唯一的例外。"

自然，他没听到她的回应。

薛裴也不介意。

他已经和刚才那条短信和解了。

她给他看了她的聊天记录，这是男女朋友之间才会做的事情。

"我会比他对你更好的。其实我也有很多优点，你不能对我视而不见。"

朱依依抬头："比如呢？"

没料到她会这么问，薛裴一下愣住，忽然想起上次填答卷时，她在他的优点那一栏只写了两个字，嘴角弯了弯。

"比如——"薛裴拉长了尾音，"比如，这张让你看了心情会变好的脸。"

他眼睛很亮，眼底映着星光，嘴角上扬时，让她想起了曾经那个意气风发的少年。

朱依依想了想，点头："嗯，这勉强算一个。"

薛裴更是开心。

朱依依又问："还有呢？"

薛裴认真地思考着，好像再也说不出第二个优点来。

除了这张脸，他好像的确没有什么值得一提的地方了。

"能不能先欠着，我以后再补充？"

时间已经不早了，朱依依担心吴秀珍他们在楼下找他们，便想先下楼。

薛裴却把自己的手机塞到了她的手里。

她疑惑地望向他。

"给你。"

片刻后，她反应过来了。因为刚才她把聊天记录给他看了，所以现在他也把手机给她看。

她原本想说不用的，但知道她这么说，他肯定又要多想。

于是，她点开了他的微信聊天页面。

唯一置顶的联系人是她。

她往下看，都是工作群的消息，还有商业伙伴发来的新年祝福，头像看上去都是男性。

她又点开朋友圈，随意地翻了几页，恰巧看到周时御发的朋友圈，发的是他女朋友放烟花的照片。

周时御和他女朋友也谈了差不多四年了，感情一直很稳定。今年他们正式见了家长，听说打算结婚了。

她有感而发："他们感情很好呢，很甜蜜。"

薛裴嘴角上扬："我现在心里也很甜。"

朱依依抬头看向他，刚才还红着眼睛的他现在嘴角咧到了天边，也不知道是因为什么而高兴。

她往下滑，他的朋友圈里有人发了自己在健身房里对着镜子自拍的照片，上半身赤裸着，肌肉正处于充血的状态，线条很好。

出于本能，她将目光在这张照片上停留了几秒。

薛裴不满，立刻伸手蒙住她的眼，把手机拿了回来："不可以看了。"

她竟觉得他紧张的样子有些可爱。

她也不知道此时此刻为什么联想到的形容词会是"可爱"。

于是，她明知故问："为什么？"

"你想看的话，可以看我的。"薛裴语气很暧昧，动作更暧昧。

薛裴拉着她的右手钻进了自己的衬衫里。她的眼睛被蒙住，眼前一片黑暗，但她能感觉到自己的手正覆盖在他腰间的皮肤上，没有衣服遮挡，掌心下就是线条分明、结实饱满的肌肉。

这还不够，他还要拉着她的手再往上探索。

脸颊变得滚烫，幸好夜晚没人看见自己此刻的窘态，她立即抽回了手。

薛裴也松开了蒙住她的眼睛的手，他的声音里带着明显的笑意："不能生气，是你先看别人的。"

他竟一句话把责任推到了她的身上。

她没再和他争论，已经快十二点半了，他们再不下去，吴秀珍该找上来了。

朱依依正要拉开铁门，薛裴在身后说了一句："我现在觉得好幸福。"

就在半个小时前，他还以为她又要对他说出那些狠心的话了，又要把他从身边赶走了。

就像路边刚被收养了几天，又被主人抛弃的流浪狗，它的心里甚至不知道自己做错了什么。

黑暗的楼道里，他们牵着手走下楼梯，感应灯在眼前一盏一盏地亮起。

"以后我每天都给你看手机，好不好？"

"不用每天。"

"那一周一次？"

"好。"

"以后，可不可以不要随便说分手的话？"

朱依依没说话。

"你说过，给我一年的时间的。"

"好。"

走到拐角处，朱依依想起了什么："你今天又抽烟了？"

"是。"说完，薛裴立刻说，"对不起。"

他将口袋里的烟盒放在她的手上："这是最后一次了。"

两个人很快就走到了二楼，隔着这扇门都能听见屋里吴秀珍说话的声音，握着的手就此分开。

在推开门前，他们几乎同时开口和对方说了一句"新年快乐"。

除夕要守岁，春节联欢晚会结束后，朱远庭又去了薛裴的书房里打游戏。

这把的队友实在太坑，他正打算开麦骂人，身后的门忽然被推开了，他的眼睛亮了亮。

"薛裴哥，你回来了？"

"嗯。"

朱远庭拿下耳机，和他说话："我刚才一直找你呢！我妈还问我你们去哪里了，我差点儿就说漏嘴了，太吓人了。"

薛裴笑了笑，提起了另一个话题："对了，你上次拍的那张照片还在吗？"

朱远庭是个聪明人，一下就知道他说的是哪一张照片了："在的，怎么了？"

从北城回来那天，因为看到他们牵手下楼梯的样子太肉麻了，所以他就随手拍了一张照片。

薛裴："现在，发给我。"

"噢，好的。"

朱远庭没多问，立刻打开手机相册，往上翻了翻。

"好，我发过去了。"

下一秒，薛裴收到了朱远庭发过来的照片。

薛裴躺在书房的沙发上，看着这张照片，弯了弯嘴角，然后点开图片，保存。

十分钟后，他发了一条朋友圈，只有一张照片。

然后，在分组那里他设置了仅陈宴理可见。

大年初三这天，家里来了好多亲戚。

朱依依一大早就被吵醒了。

昨晚她接近凌晨才睡，现在困得不行。她将被子拉高蒙住头，又塞了防噪音耳塞，仍旧盖不住从客厅里传来的声响，小孩儿推着椅子摩擦着地板发出的尖锐的声音异常刺耳。

实在是没了睡意，挣扎了半个小时，朱依依最后还是从床上爬起来，换了身衣服走出门。

客厅里都是小孩儿，光着脚丫在地板上跑来跑去，互相追逐打闹，饼干屑撒了满满一地。窗户旁的两个小男孩儿正拿着朱远庭收藏的变形金刚手办打架，地上都是零零散散的配件，头、脚、胳膊，"尸首分离"，极其惨烈。

朱依依的眉毛挑了挑，她想：待会儿等朱远庭醒过来，表情一定很精彩。

她去洗漱，果然，没一会儿客厅里就传来朱远庭凄厉抓狂的怒吼声。

"谁让你们动我的东西了？！"

朱远庭的表情实在可怕，两个小孩儿被唬住，将那手办往他身上一扔，坐在地板上就"哇哇"地哭了起来，吵得人耳朵都疼。

朱依依洗漱完走出来时，吴秀珍正当着所有人的面数落朱远庭。朱远庭背挺得笔直，像是很不服气。

"你说说，你自己的东西不收好，乱摆乱放，你还有理了？你还不快把东西收起来，放回房间里去？"

当着亲戚的面，吴秀珍也只能这样说，不能让客人下不来台。但显然朱远庭不能理解，气冲冲地走回卧室，"砰"地关上了门，将门反锁上，一整个早上都不愿意再出来。

朱依依给他发了几条消息，没见他回，估计他是真的被气着了。

中午，朱建兴掌勺，煮了满满一大桌菜。她去敲门让朱远庭出来吃饭，他也没吭声。眼见房门紧闭着，最后她只能作罢。

吃饭前，吴秀珍让朱依依去楼下买饮料。平时这活都是朱远庭干的——现在他发脾气了，于是就落在了朱依依身上。

她裹了件大衣下楼，去小区门口的店铺里买了三瓶大可乐和一瓶椰汁。

走出门时，一阵风吹过来，她冷得缩了缩肩膀。

回来的路上，她迎面遇上了薛裴。他似乎正打算出门，手里拿着车钥匙。

薛裴的视线停在她提着塑料袋的右手上，许是因为东西太重了，她的手都被勒出了红印，他立刻将那袋东西接了过来。

他问："家里来客人了？"

"嗯，我小姨一家来做客。"朱依依说话时呼出了长长的白气。

薛裴帮她把围巾裹紧了些，又揉了揉她的头发。

"这么冷，怎么不让阿庭下来买？"

"他发脾气了，把自己锁在房间里不肯出来。"朱依依把今早发生的事情告诉了他，小声说道，"要不你去劝劝？"

朱远庭平时最听薛裴的话了，说不定薛裴去劝会有用。

这几年，她极少请求薛裴什么事。

他一下来了精神，立刻应下："好。"

就这几步路，薛裴也要送她到楼下，才把饮料递给她。

见他拿着车钥匙，朱依依问："你要出门？"

薛裴含糊地说道："嗯，我一会儿就回来了。"

朋友刚才发消息告诉他市中心这边有商铺转让，在广场附近。近来他一直帮朱建兴留意着，打算先去实地看看，等确定下来再带朱建兴过去看。

但这件事他不想让朱依依知道，因为不想让她觉得欠了他的人情。

外面太冷，刚到楼下，薛裴就催促她："快上去吧。"

"好。"

等上了二楼，朱依依往楼下看了一眼。雪地里，薛裴还在原地站着，正仰头看着她。

似乎没预料到她会回头，他眼底笑意荡漾，和她挥了挥手。

不知怎么的，就在这一刻，她的心忽然暖了一下，她觉得他们好像又回到了他在楼下等她上学的那些个冬天。

朱依依回到家里时，大家都已经围坐在餐桌前准备吃饭，朱远庭的位子仍旧空着。

她拧开瓶盖，给小孩子倒着饮料。

小姨打量着她的脸，忽然像是记起了什么重要的事情，问她："依依今年几岁啦？"

"28 岁了。"

"那虚岁不得 29 岁了，那你都快 30 岁了呀，"小姨鄙夷地望向她，"啧啧"了两声，"这个年纪再不结婚，都快成老姑婆了。"

催婚是过年时永恒不变的话题，朱依依早就知道会有这一问，只是听到"老姑婆"这三个字时心里还是有些不舒服。

她还没开口，吴秀珍就帮她把话堵了回去。

"哎哟，现在都 21 世纪了，你思想还这么封建呢？你去大城市里看看，30 岁没结婚的姑娘多的是呢。"吴秀珍突然拔高音量，"再说了，我们依依现在正是拼事业的时候，工作忙得很，领导不知道多看重她！"

朱依依抬眼望向吴秀珍，没想到她妈妈竟然会帮她说话，更不相信这些话竟然会从她妈妈的嘴里说出来。

"女孩子赚那么多钱有什么用？没有婚姻，那都是白搭，现在还不紧张起来，再过几年她就没人要了。"小姨又说起了自家的女儿，"像我的两个闺女都嫁人了，我现在就一身轻松了。"

吴秀珍反问了她一个问题："那你的两个闺女每个月给你多少家用呢？"

谈到这个问题，小姨立刻哑了声。

"一分钱都没有吧？"吴秀珍骄傲得像是打麻将赢了钱似的，声音都洪亮了不少，"我家依依每个月都给我和建兴五千块钱呢！家里这些新的家具都是依依买的，你说赚钱有没有用？"

几番对战下，吴秀珍赢得彻底，朱建兴和小姨夫两个人全程插不上话。

这么多年来，吴秀珍还是第一次在亲戚面前这么维护自己，朱依依都有些哽咽了。

吃完饭，看到吴秀珍在厨房里戴着手套洗碗，朱依依走过去帮忙。

"妈，我来洗吧，你去歇会儿。"

"行，我这刚站了一会儿就腰酸背痛的，年纪大了，不服老不行。"

吴秀珍把围裙脱下来递给了她。

朱建兴这会儿正巧进来倒水，吴秀珍像是想起了什么，提醒道："我微信给你发了篇文章，你待会儿记得看。"

朱建兴一头雾水："什么文章？"

"薛裴前几天给我发的，说得可有道理了。"吴秀珍禁不住又夸了起来，"你说这读书多的人就是不一样，眼界都比咱们的眼界高。"

听到薛裴的名字，朱依依动作都放缓了一些，但吴秀珍就此止住了，没再往下说。

等洗完碗从厨房里出来，朱依依就看见朱建兴正戴着老花镜坐在沙发上看手机，嘴里念念有词的，大概是正在研读吴秀珍刚才说的那篇文章。

她有些好奇，走近一看，心里又是感动，又是好笑。

那文章标题上写着："过年千万不能催子女结婚，七点原因引人深思"。

薛裴早就猜到吴秀珍过年会催她结婚，所以提前就做好了铺垫。

下午，她去薛裴家里找粥粥，到的时候，薛阿姨正在修剪花枝，准备往花瓶里插花。

"依依来了呀？"

她笑着应了一声，走过去一起帮忙，又在客厅里四处看了看，都没发现粥粥的身影。猫盒里是空的，猫也没在沙发底下。

薛阿姨像是看出了她的心思："在找粥粥吧？"

"嗯，它是不是又躲起来睡觉了？"

"在薛裴的房间里呢，"薛阿姨笑得和蔼，"粥粥这几天可黏着他了。他去哪儿，它都要跟着。说起来，薛裴这孩子以前一点儿都不喜欢小动物的，现在转性了。"

帮薛阿姨插完花，朱依依便去薛裴的房间里找粥粥。

他的房门半掩着，她敲了敲门，才走进去。

薛裴正在电脑前工作，而粥粥趴在他的手肘旁边，睁着浑圆的大眼睛看着他在键盘上打字，竟也不打扰他，就这么乖乖地陪着他工作。

这一幕很有家的感觉，她在薛裴的身后静静地看了一会儿。

薛裴摘下耳机，才发现有人走进来了，回过头见是她，眼睛亮亮。

朱依依走过去，把粥粥抱了过来，坐在床沿上："它怎么变得这么乖了？"

平时在她的出租屋里它可闹腾了，现在竟变得又黏人又听话。

"可能是因为我教得好。"薛裴故意停顿了片刻，又缓缓说道，"你说，我们现在是不是也算一家三口？"

朱依依没接他的话，低头挠了挠粥粥的脑袋。它舒服地眯起了眼睛，没一会儿就睡着了。

薛裴不知什么时候坐在了她的旁边，整个人靠在她的肩膀上，淡淡的沐浴露香气侵入她的鼻腔，她望着未关的门，伸手推了推他的脑袋。

薛阿姨还在客厅里，他们万一被看到，那就完了。

薛裴意会，起身把卧室的门关上了。

只是门一关上，气氛顿时变得旖旎起来，某种隐秘的暧昧的信号在悄然释放。

冬日的下午，窗外是漫天的白色景致，枝丫上挂着未融化的积雪，飞鸟从天空中掠过。

世界一片纯净，一如此刻屋里正在发生的亲吻，是他先主动的。

唇舌深入，却不带有任何情欲的味道，细腻青涩的亲吻带着微妙的试探意味，衬衫下摆被抓住，薛裴紧张得像能听见对方心跳的声音。

这不是他们第一次亲吻，却比除夕那天更让他感到紧张。

他能感知到，这一次她没有抗拒他的亲近。这是不是说明，她也有一点儿喜欢他了？

而这时候，朱依依的大脑里想到的只有四个字：色令智昏。

晚上，他们一起去逛夜市。

在桐城一中附近有一条很热闹的步行街，朱依依上学的时候常来这里逛，这边有吃的，也有卖一些手工饰品和衣服的店铺，价格都很便宜。

她好多年没来这边逛了，今晚也是心血来潮，想过来看看。

路边有人正在吆喝着19.9元一件的T恤，薛裴朝那里看了一眼。

那个老板很会做生意，见他们是情侣，便拿出两件T恤，是一黑一白、中间印着同一个图案的情侣衫，立刻推销起来。

朱依依笑着说了句"不用"，薛裴却没有动，眼睛还看着那两件衣服。

她有些难以置信："你不会是……想要吧？"

"嗯，我们买吧。"

薛裴想起的是她和李昼都有情侣同款的衣服，他们在一起这么久了，却还什么都没有。

听到他肯定的回答，朱依依再次确认："你真的喜欢？"

"嗯。"

"买回来你会穿吗？"

薛裴应得很快："会啊。"

朱依依迟疑着从老板手里接过衣服，在薛裴身上比了一下，实在是有些违和。她眼里含笑，对薛裴说："好，那我送你。"

她上前扫二维码付了款，回过头就见薛裴正看着她笑，似乎心情很好，也不知道他是在高兴什么。

回去的路上，薛裴望着手里提着的购物袋。

他想：他终于拥有了第一件和她同款的情侣衣服——19.9元一件的黑色T恤。

春节假期很快就结束了，他们又要从桐城返回北城了。

高速公路一如既往地拥堵，他们在经过邑城时发生了追尾事件，好几辆车撞上了，堵了一个小时才通车。

因为种种意外，他们到北城时已经快晚上十点了。薛裴开车先送朱远庭回学校，再送朱依依回出租屋。

开了整整一天的车，薛裴神色有些疲惫。

朱依依怕薛裴疲劳驾驶，便让他先上楼歇一会儿。

她给薛裴煮了碗鸡蛋面，想着等他吃完差不多就休息好了。

但薛裴吃完晚饭又在客厅里悠闲地抱着粥粥玩了一会儿，陪她看起了综艺节目。

时间一分一秒地过去，直到接近凌晨，薛裴忽然咳嗽了几声，开口：

"今天好像很晚了。"

朱依依看了一眼时间，是挺晚了。

"那……"灯光下，薛裴的眼睛里闪烁着期待的光，他试探性地问道，"那今晚我不回去了？"

朱依依愣了愣，转头看着他，眼神带有审视的意味。

"我可以睡客厅，"薛裴揉了揉太阳穴附近的位置，装模作样地说了一句，"今天太累了，熬夜开车很危险，容易出交通事故。"

朱依依觉得很有道理，拿出手机点开了打车软件："嗯，那我给你打车吧。"

下一秒，她的手被薛裴按住了。

"这么晚了，我一个人打车也不安全，"薛裴清了清嗓子，"而且钥匙好像也落在家里了。"

朱依依本打算看着他继续编，但听到这里，实在是忍不住了。

"我记得你用的是密码锁。"朱依依看穿了他拙劣的伎俩，笑着说，"如果你连密码也忘了的话，我可以顺便告诉你。"

薛裴最后小声说道："我今天不想回家。"

朱依依问他："真的？"

"嗯。"

"好。"

薛裴蒙了。

他没想到朱依依这么快就应了下来，心里有些雀跃与期待。

几分钟后，朱依依带他去了小区门口的一家便捷酒店。

薛裴站在门口，眉头紧锁。

"不是你说不想回家吗？"送他到房间门口后，朱依依笑着说道，"那我先走了，你今晚好好休息。"

对上薛裴表情复杂的脸，她忽然发现捉弄薛裴也是一件挺有意思的事。

凌晨一点，薛裴洗完澡从浴室里出来，窗户半开着，风从外面灌了进来。

廉价的酒店里四处蔓延着一股廉价的味道，薛裴躺在床上，闻着被子上那股发霉的味道，立刻起身，走到阳台上吹风。

这注定是一个无眠之夜。

没一会儿，他收到了朱依依发过来的消息。

一：："要好好休息哟。"

她在后面还跟了一个"微笑"的表情符号。

薛裴弯了弯嘴角，神情变得柔和。

算了，她能开心也好。

二月底，薛裴应邀去了邻市的一个商业酒会。许多商界名流齐聚在此，小提琴琴声悠扬，大厅里衣香鬓影，觥筹交错。

薛裴正和一位旧友聊起大学时候的事，聊得正欢，对方却忽然记起了什么，目光在大厅内四处扫视。

"对了，今天宴理也来了，你看到他了吗？我刚才还和他打招呼了。"

听到这个名字，薛裴顷刻间变了表情，拿着酒杯的手顿了顿："他怎么来了？"

对方没觉察出薛裴话里的不对劲，还在往下说着，薛裴的心思却已经不在这上面了。

一整个晚上，因为这句话，薛裴都有些惴惴不安，一颗心悬着，没有落点。

其间，他给朱依依发了条消息，问她现在在做什么。

没一会儿，他就收到了她的消息。

她对着电脑拍了一张照片，电脑上是密密麻麻的报表。

——："估计今晚又要加班了。"

薛裴刚放下手机，迎面就撞上了陈宴理。

陈宴理正巧结束了谈话，嘴角还含着笑意，见到薛裴的那一刻，神情霎时间凝重起来。

两个人似乎都想起了某些共同的、不愉快的回忆。

室内的气压骤然降低，风雨欲来。

"好久不见。"

"嗯，好久不见。"

两个人极其客气地敷衍着。

陈宴理先伸出手，片刻后薛裴回握。

握手的瞬间，两个人似乎都在暗自较劲，眼里暗流涌动，只是两个人的脸上都维持着得体的微笑。

以至此刻，旧友并没有发现任何异常，感慨道："原来你在这里，我和薛裴找了你一晚上呢。那你们好好聊，我过去找一下 Aaron。"

朋友离开后，陈宴理抬眼望向薛裴，讽刺地勾了勾唇："你找我？"

薛裴皮笑肉不笑地看着他，丝毫不掩饰自己的情绪。

"主要是想向你请教一个问题，"薛裴抿了一口红酒，缓缓开口，"分手的男女朋友之间有没有互道新年祝福的必要，我不太理解，所以想听听你的看法。"

陈宴理明白了什么，弯了弯嘴角。

"只要对方不觉得被打扰，我认为无伤大雅。"酒杯相碰，陈宴理还是关心了一下薛裴的身体，"听说你前段时间住院了，身体康复了吗？"

"康复得很好。"薛裴"不经意"地提起，眸中映着杯中红酒的色泽，"可能因为依依每天都来医院看我，所以我才好得特别快。"

陈宴理神情黯然。

有些事情无论过去多久，他一旦想起，情绪仍旧被牵动。

"你们是那段时间在一起的？"

"对。"

陈宴理沉默了几秒，最后说了句"恭喜"。

薛裴："我们现在感情很好，所以也希望某些人不要再来打扰我们的生活。"

陈宴理听懂了这话的深层含义——薛裴紧张、不自信的微表情被他捕捉得彻底。在这个时候，他忽然生出了些坏心。

"对了，有件事情需要你转告依依，"陈宴理慢条斯理地把话说完，"下周五的展销会，我很期待和她的见面。"

说完这句话，陈宴理再次和薛裴碰了碰杯，然后转身离开。

不用猜想，陈宴理也知道身后的薛裴的表情一定很精彩。

看着陈宴理离开的背影，薛裴眉头紧皱，一股闷气积聚在胸口。

他忽然想起什么，把手机拿了出来，放大了朱依依刚才发给他的电脑截图，顶部的文件名写的就是"展销会物品清单"。

薛裴当晚就从邻市开车赶了回来。

朱依依下班后在小区楼下见到他的时候，还有些恍惚。

她记得早上他给她发了消息，说要在邻市出差，明天才能回来。

眼下见他这风尘仆仆的模样，她以为是有什么要紧的事。

"你怎么回来了？"

薛裴风尘仆仆地回来，一开口就问她："你下周要出差？"

朱依依愣了愣："你怎么知道？"

她记得她并没有和他提起过这件事。

听到她肯定的回答，薛裴心里那种惴惴不安的感觉愈加强烈了。

对上她询问的眼神，他低声解释："你发过来的图片上写的。"

朱依依恍然大悟："下周在津城有一个很重要的展销会，本来打算这周末再告诉你的。"

春节假期结束后，她一直在负责这个展销会的策划事宜。她是主要负责人，所以必须到场。

"怎么了？"朱依依不明白他为什么会有这么大的反应。

薛裴声音很低落："你要去多少天？"

"一周。"

"一周？"

薛裴差点儿喘不上来气，太阳穴"突突"地跳着，有某种不好的预感。

他艰难地开口："可以不去吗？"

朱依依眨了眨眼："为什么？"

薛裴说不出个所以然来，攥紧拳头的手力度加重。

"下周我们一起去旅行吧，听说峪城的花开了，很漂亮，你一定会喜欢的。"

"可是我还要工作，实在抽不出时间。"

对朱依依来说，在这个时间节点上，没有什么事比工作更重要。

于是，话题只能到此为止。

当晚，薛裴就开始失眠，做起了噩梦。

实在没了办法，他只能选择赌一赌。

零下五摄氏度的天气，薛裴连续洗了一周的冷水澡，又在夜里穿着一件单薄的衬衫下楼吹风，在寒风中瑟瑟发抖。

只是最近他常锻炼，身体素质很好，连喷嚏都没打一个。

他只好咨询了一位医生朋友，如何快速地降低免疫力。

在他的努力折腾下，他终于在朱依依出差当天早上发烧了——39.2℃。

他这才松了一口气，立刻拿起手机，对着体温计拍了一张照片发给朱依依。

朱依依坐在出租车上，正和晓芸核对着明天的活动流程。

手机振动，显示收到了两条微信消息。

薛裴："我好像发烧了。"

他还发来了一张体温计的照片，上面显示温度为39.2℃。

朱依依不得不紧张起来，把电脑递给了晓芸，立刻打了电话过去。

薛裴秒接电话。

电话一接通，就是一阵剧烈的浮夸的咳嗽声，他病得好像很严重。

她的心都揪紧了一瞬。

"怎么好好的会发烧了？是不是这几天冷到了？"

"是吧。"

电话那头薛裴仍旧在咳嗽，像是要把肺都给咳出来。

她仔细地询问着："那你现在身体哪里不舒服？"

"哪里都不舒服。"

"喉咙痛不痛？"

薛裴气若游丝，似乎没有一点儿力气："喉咙痛，头也痛，一点儿胃口都没有，起床到现在还没吃过东西。"

朱依依叹气："我打电话让周时御送你去医院。你在家吗？"

"我想让你陪我去。"

不知道是不是生病的原因，薛裴说话的语调听起来像是在撒娇。

她完全不能理解薛裴为什么谈起恋爱来像变了一个人似的，上次出了那么大的意外，他都没有任何反常的行为，这次听上去却像是比上次还要严重。

"可是，我还要工作。"朱依依望向窗外，"我马上就到机场了。"

薛裴那边沉默了好一阵，才又说："不可以不去吗？"

在这一刻，她确实心软了一秒，但也只有一秒。

安慰的话她没有多说。

最后，她只说了一句："你独立一点儿。"

朱依依挂了电话，晓芸在一旁捂着嘴笑。

刚才的电话内容晓芸听了个大概。

"你男朋友好黏人哪。"

晓芸也是上周才知道朱依依谈恋爱的事。她上周有一次碰上了薛裴来接朱依依下班，目睹了两个人牵着手过马路的画面，没想到看起来那么成熟稳重的人，原来背地里竟然是这样的。

"是挺黏人的，我有时候觉得他像小孩子一样。"朱依依说话时，连自己都没觉察到语气都变得温柔了些。

晓芸说得头头是道："不都说在喜欢的人面前，多成熟的男人都会变成小孩子吗？这说明他很喜欢你呀。"

朱依依倒是第一次听到这个说法。

在机场办好值机手续后，她给周时御打了个电话，让他记得带薛裴去医院。担心薛裴太倔不肯去医院，她又在平台上找了跑腿，给薛裴去药店买了药。

上飞机前，她给薛裴发了短信："药收到了吗？"

她没有收到回复。

她又发了一条消息："我过几天就回来了，你好好照顾自己。"

一下飞机，因为时间紧迫，她去酒店放好行李就赶往了展馆。

在布置会场的时候，晓芸拍了拍她的肩膀，示意她看向会场中央的方向。

"怎么……？"她放下手头的工作，好奇地往前方看去，然后后半句话戛然而止。

来之前，她并不知道陈宴理也在。

像是文艺片里才会出现的场景，偌大的会场里，人影幢幢，周遭声音嘈杂，这一刻却好像安静了下来。

隔着遥远的距离，他们对视了一眼，时间定格了一秒，然后回归到了失去文艺滤镜的真实生活中。

她礼貌地对他笑了笑，当作打了招呼，然后继续低头清点货物，像是什么都没发生过一样。

她身后，男人望向她的眼神深不见底，久久没有移开。

晚上，布置完会场，团队里的人约好一起去吃夜宵，朱依依很晚才返回酒店。

她刚洗完澡，门铃就响了起来。

"谁？"

门外没有人应答，铃声也停了。

她以为是别人按错了门铃，便没打算理会，又重新在沙发上坐下。

可是，过了一会儿，门铃又响了起来，断断续续的。

她这回终于把门打开了。

门刚被打开一条缝，有人握住了门框，指节泛白。

下一秒，那人靠向了她，滚烫的肌肤贴在了她的肩颈上。

第十七章
再遇陈宴理

薛裴已经在酒店大堂里等了两个小时。

天已经彻底黑了，室外温度在零摄氏度以下，路上行人稀少。

她的手机仍旧打不通。

他不知道她去了哪里，又和谁在一起。

下午他忙不迭地赶过来，一整天滴水未进，体表温度越来越高，意识也越来越涣散，一闭上眼睛，就能立刻睡着。

接近十二点时，酒店的工作人员才告诉他，原来这里有另一个入口。

她可能已经回来了。

循着记忆，他敲响了她的房门，在房门打开的瞬间，彻底没了意识。

朱依依还没弄清楚这是什么状况。

薛裴的身体完全靠在她身上，灼热的呼吸打在她的耳侧，她伸手推了推他，又喊了他几声，但他纹丝未动，一点儿反应都没有。

他耳根都是通红的，大概是发烧导致的。

薛裴手长脚长，一米八七的个子，她费了好大的力气才把他扶到沙发上。

伸手探了一下他的额头，下一秒，她立刻缩回了手。

太烫了，他估计发烧快到40℃了。

他若这么烧下去，不知道会不会出事。

朱依依一时手足无措起来，大半夜的，她打了客房服务电话要了体温计，又用冷水打湿了毛巾敷在他的额头上。

薛裴紧闭着眼睛,脸色苍白……

她实在没了办法,只好麻烦晓芸去附近的药店买退热贴和退烧药。

二十分钟后,晓芸拿药过来给她。起初晓芸还以为是朱依依生病了,看到薛裴的时候还愣了愣。

"这……"晓芸努力地组织着语言,"他竟然黏人到这种程度吗?"

朱依依望着在沙发上躺着的薛裴,脸也烫得跟发烧似的。

她现在只有一个感觉,太丢脸了。

一整晚,她忙里忙外的,后半夜又给他量了一下体温,好像温度降了一点儿。

她这会儿也困得不行,躺在床上就睡着了。

第二天,薛裴醒过来时头脑昏昏沉沉的,全身乏力,望着酒店里的装饰,意识在慢慢恢复。

他记起发生了什么,又意识到现在房间里只剩下他一个人了。

他以为她是出门去买早餐了,可等了半个小时都没有人回来。

他正准备给她打电话,望向桌面时,这才看到电话下面压着一张字条。

"我去上班了。"

朱依依出门前给薛裴量了体温,发现他还有点儿低烧。

展销会九点钟就要开始,按照往年的经验,兴盛路一带从八点就开始堵车,为了避开早高峰,她最迟七点半就要出发。

出门前,她看了一眼薛裴,他还是没醒。

她到楼下和酒店的工作人员说了一声,让他们九点半送早餐去 303 房,如果对方不开门的话,再给她打电话。

十点钟左右,朱依依留意了一下手机,没有任何未接电话。

那说明薛裴已经醒了。

她稍稍放下心来。

临近中午,她终于可以歇一会儿了。

晓芸一边拿手机订工作餐,一边问她:"你男朋友现在怎么样了,好点儿了没有?"

"还没问。"早上一直在忙,她还没抽出时间给他打电话。

"你说他不会生气吧?他生病了过来找你,你都不理他。"

朱依依望着对面展位的商品发了一会儿呆。

他生气就生气吧,她总不能放下这边的事。

虽然这么说,吃完午饭,她还是给薛裴发了消息过去。

"你好点儿了吗？"

十分钟后，薛裴回了消息过来。

"嗯。"

她问："现在多少度？"

薛裴："38℃"

朱依依没有再回消息过来。

薛裴坐在沙发上，看着已经黑屏的手机。

见到陈宴理后，她果然已经不会再关心他了。

最后，他还是没忍住给她打了电话。

朱依依秒挂。

五分钟后，她才给他回了电话过来。

她跟他解释："刚才有客户在。"

"哦，你是不是生气了？"薛裴猜测着，"因为我过来找你。"

"有件事我想和你说一下。"

"嗯？"

"我不喜欢太黏人的人，如果以后还是这样，会打乱我的工作节奏。"

他费尽心思地赶过来，没想到等来的是这句话。

薛裴沉默了很久，"嗯"了一声。

过了一会儿，他又问："你烦我了？"

朱依依在那边停顿了很久，但没有回避这个问题。

她说："有点儿。"

"那我挂了，不打扰你工作。"

朱依依一直工作到晚上九点才回到酒店里。

她提着今天展销会的物料走进门，随手将其放在一边，又弯腰去脱高跟鞋。

房间里没有开灯，她按下了墙角那盏暗灯。

灯一开，她就看见薛裴弓着腰蜷在沙发上。饶是在这样昏暗的灯光下，她都能察觉到他此刻脸色苍白得不像话。男人额头上冒着细密的汗珠，睫毛轻颤，显得脆弱又可怜。

她莫名其妙地竟然想起了前几天在路边看到的流浪狗躲在阴冷的桥洞下取暖的场景，有点儿可怜。

"薛裴？"

她轻声喊了一句，薛裴没有反应。

如果他还在发烧，不管说什么，今晚她都一定要送他去医院了。

她弯下腰，伸手去探薛裴的额头，手刚贴上去的那一刻，他就拉住了她的手，这似乎是某种无意识的行为。

只是下一秒，被他的手往下一拉，她整个人就倒在了他的身上。

他的身体滚烫，而她刚从室外回来，衣服上都还沾着雪的温度。

朱侬侬还来不及说话，耳垂就被含住轻咬，轻微的痛感蔓延，当然，还有愉悦感。

这是她的敏感点。

她整个身体止不住地轻颤起来。

沙发太过拥挤狭窄，就在她分神的片刻，薛裴翻身将她压在了沙发上，她的双手被拉高至头顶，他的膝盖抵着她的双腿，灼热的呼吸打在她的脸侧，亲吻带来的愉悦感让人理智尽失。

冬夜里，室内的空气变得滚烫。

他低头看到她也情动了，脸色潮红。

这个发现，让他备受鼓舞。

衣衫褪了一半，朱侬侬清醒了一些，反应过来时，觉得自己大概也发烧了，不然他们怎么会进行到这一步？

她的手抵在他们之间。

可薛裴的声音有着病态的沙哑，反而更加撩人，他缓慢地吐字："你以前说过，生病的人可以有为所欲为的权利。"

说完，他咬住她的手指，含在口中舔舐着。在做这个动作时，薛裴一直注视着她。他的眼神迷离，泛着雾气，被他用这样的眼神看着，没有几个人能不沦陷。

不知是因为他的技巧太好，还是这张脸太能蛊惑人，她发现，即便她对薛裴没多少称得上喜欢的感情，但也在享受着此刻的亲密无间。

"你还在发烧。"

她的手放在他的额头上，却又被他握住。

"没关系，出汗可以降温。"

他说的出汗，显然有另一层意思。

"不要拒绝我，"薛裴亲吻着她的掌心，"我在讨好你……我想让你快乐。"

体温越来越高，身体只剩下本能，从沙发到床的这段距离，他抱着她一步一步走过去，身体紧贴着。

黑色的头发、雪白的床单，朱侬侬身上的衬衫已经将脱未脱。薛裴以虔诚的姿态跪在她身侧，逐个将纽扣往下解开。

这个夜晚，他想将吻痕印满她的身体。

忽然，薛裴修长的手停了下来。

薛裴僵硬地收回了手。

室内只开了一盏暗灯，他看到在她的右侧锁骨下方文着文身，上面的英文字体被设计过，像是个人名。

某个猜想在薛裴的脑海中快速地产生……

雪夜安静，窗外树影摇晃，本是一个美好的夜晚。

薛裴的眼神渐渐变得清明。

这一刻，他感知不到滚烫的体温，甚至连血液都冷却了下来，久违的疼痛感席卷全身，随之而来的是绝望感，眼神变得空洞，没有焦点。

朱依依自然也发现了他的异样，片刻后，好像明白了什么。

时间缓慢地流淌，她在等待他发问。

过了好一阵，他才开口："这是你们的情侣……文身？"

他说到最后两个字时，呼吸都变得困难了。

"是。"

她说话时，薛裴一直看着她，观察着她脸上每一个细微的表情。

她表情很坦然，脸上的潮红尚未完全消退，那双眼睛因为方才的亲密并不像平时那样冷静，容易让他产生某种错觉。

就在刚才他还在想：她愿意将自己交付给他，是不是说明在她的心里，对他的喜欢又多了一些？

他甚至忘记了早上她对他的冷淡，开始思考他最近做对了什么。

他想一直让她开心。

但就像被泼了一盆冷水，他彻底清醒了过来——比前几天他半夜下楼吹风更冷。

月色下，她锁骨下方的文身图案模糊到他几乎看不清，却是那样刺眼。

这是属于她的纪念，纪念她和别人刻骨铭心的爱情。

原来，像她那么怕疼的人，竟然也会愿意把对方的名字刻在身上。

薛裴的心脏如扭曲一般疼痛，像被挖了一个缺口，"呼呼"地往里灌着风，他低头咬在她的肩膀上，想用力却又不敢太用力。

将清晰的牙印印在她的肩膀上，下一秒，他尝到了轻微的血腥味，是铁锈一样的味道。

她皱紧眉头，伸手去推他的脑袋。

她能感觉到，肩膀那里已经破皮了。

显然，他在生气，因为某个他们都清楚的事实。

薛裴绷紧了下颌线，低声说："你说过，你不会回头的。"

这是她曾经给过他的承诺，他一直记得。

他的眼里盛满了忧郁的情绪。

她伸手触碰着他的眉心，想：他眉骨长得真好，眉弓高却不显突兀。

收回手时，她的大脑也变得迟钝了，她重复着他的话："嗯，我说过的。"

"是不是无论我怎么做，都不能取代他在你心里的位置？"薛裴有些无力，"可是，你和他在一起只有几个月……"

他们从小一起长大的二十多年，比不上那短短的几个月。

薛裴眼睛泛红……

她没有开口，他也没再追问。他害怕听到答案。

一切都在沉默中进行，他继续做着刚才尚未完成的事，亲吻她耳后的肌肤，吻得热烈，毫无章法，带有某种疯狂、肆意的意味。

强烈的忌妒情绪冲昏了他的大脑，几乎让他无法喘息，口中的铁锈味还在刺激着他的神经。

他像是要证明什么似的，海浪拍打着理智，身体滚烫得像要融化。

有声音散落在夜里，句不成句，段不成段。

这是世界上最亲近的距离，她的眼中只剩下了他的影子，他喜欢看她沉沦的神情，像是她爱着他。

夜晚还很漫长……

一切结束时，两个人身上都汗涔涔的，像是刚从水里捞出来的。

室内安静得只余风声，比起刚才的意乱情迷，现在显得过分冷清。

窗外还下着雪，估计明早也不会停下来。

月光下，他们面对面侧着身，望向对方。

朱依依不知怎么的，忽然伸手摸了一下他的头发，粗硬的头发刺着掌心，有种奇怪的触感。

"头发好像长长了。"

"嗯，比过年那会儿长了一些，"薛裴哑声说，"到五月份，应该就和以前一样长了。"

她打量着他的脸："现在这样也挺好。"

寸头显得英气。

她还是第一次看他留这么短的头发。

"明天也要早起吗？"

"嗯，七点半。"

"会很忙？"

"有个同事离职了，所以有点儿忙不过来。"

沉闷冗长的聊天、东拉西扯的话题，他们都在刻意绕开某个名字，绕开某个扫兴的话题。

她望着窗外的飘雪，又听见他说："我下次不会这样了。"

"哪样？"

"不会打扰你，让你为难。"

朱依依听明白了他的话。中午她忙起来心情焦躁，接到他的电话，一时说话说重了，原来他一直记到现在。

停顿了几秒，他看着她肩膀上的牙印，又问："舒服吗，刚才？"

他没听到应答，看过去，她已经闭上了眼睛，但睫毛还颤动着。

她在装睡。

他知道她听得见："我们还有很多可以解锁的。"

话题更露骨了一些。

灯光昏暗，他看不清她脸上的表情，但她把被子拉高了一点儿。

难得的气氛，让他们看上去像一对正常的情侣。

他洗澡时，花洒从上往下淋遍全身，温热的水汽在狭小的空间里蔓延。

空气是湿的，头发是湿的，热水冲刷着身体，水珠一路往下，薛裴想了很多很多，过去、现在、未来，已发生的、未发生的，有痛苦，也有快乐。

他想：或许只有在那一刻，她才会从身到心只记得他一个人。

后半夜，她已经睡着了，而薛裴在阳台上看了一晚上的月亮。

第二天早上，朱依依起床时，看到薛裴已经醒了，正睁着眼睛望着她。

这是两个人亲密接触后的第一个清晨，在两性关系里，这个时间点有着不一样的意义。

薛裴正要凑过去亲朱依依的额头，她没察觉到他的动作，只注意到手机上的时间，已经是 7 点 40 分了。

没有恋人间浓情蜜意的环节，她今天起晚了十分钟，怕待会儿会迟到，连忙手忙脚乱地刷牙洗漱，收拾东西，把电脑装进背包里。

其间，他们没有任何交流。

薛裴原以为经过昨晚，他们的关系会有一些变化。

但短短几个小时，她对他的热情就冷却了，让他从天堂又回到了悬崖边。

事实上，她并没有察觉到薛裴敏感的情绪。

因为昨晚的事，她现在有点儿不知道该怎么面对他，所以避免了和他的一切交流。

昨晚那些事不在她的预料之内，她需要时间思考和他的关系。

她望着镜中的自己，肩膀上被薛裴咬出来的牙印现在还有着明显的痛感，锁骨上全是密布的吻痕。

太疯狂了，这不像是她会做出来的事。

她用围巾遮住了上面的痕迹，又裹得严实了一些，避免被别人看到。

临出门时，她已经把东西全部拿齐了，想到什么，又从门口折返，伸手探他的额头的温度。

果然，他还在发烧。

这已经是第三天了，他好像从来不把自己的身体当回事。

"你今天记得去看病。"

薛裴还沉浸在低落的情绪里，点了点头，说："好。"

"那我先去上班了。"

"嗯。"

这就是他们仅有的交流，冷淡得像陌生人。

早高峰时段，地铁拥挤，在九点的最后一刻，朱依依终于准时到达了展馆。

但不知是什么原因，一整个上午，她都有些提不起劲，身体乏力，喉咙也有点儿不舒服，大脑一片混沌，差点儿就出了差错。

在展馆里站了一整天，症状更是加重，四肢乏力，她还没意识到什么，直到晓芸问她："你……是不是被你男朋友传染了？"

有些画面在脑海中一闪而过，朱依依立刻停止往下想。

"十有八九是这个原因，待会儿下了班，我陪你去医院看看，别真的是发烧了吧？"晓芸满眼担忧之色，"你可千万不能倒下，不然靠我们几个，那就完了。"

她一月份感冒刚好，还以为抗体还在，没那么容易被传染。看来，她还是高估了自己的身体素质。

幸好下午的任务比较轻，朱依依不用来回奔波。晓芸也替她分担了很多工作，让她可以坐在沙发上休息一会儿。

快要下班时，她收到了薛裴发过来的消息，是一张照片，桌面上摆着的都是药。

看来他是去看病了。

她终于放下心来，正要回复消息，身后传来一个温柔平和的声音——

"我听晓芸说，你生病了？"

朱依依回过头，见陈宴理的眼中尽是关切之色。

陈宴理手里拿着一杯温水，还有一个半透明的塑料袋，塑料袋上面印着附近药房的名字，里面是几盒感冒药，像是刚刚去买的。

"你脸色不太好，先把药吃了。"

将药和温水都放在桌面上，他脸上的神情一如既往地温柔。他们站得不算近，是正常的社交距离。

朱依依愣了愣，看着那杯还冒着热气的开水。

这一刻，她的大脑里忽然闪过薛裴的脸。

她想：如果薛裴看到陈宴理出现在这里，又要胡思乱想了。

她这么想着，神情不自觉地变了变，把那盒药往陈宴理的方向推了推。

"谢谢，不过不用了。"她语气很轻，拒绝了陈宴理的好意，"快下班了，我打算去医院看看。"

陈宴理点了点头，看向腕表："那我一会儿送你过去吧。我今晚刚好没什么事。"怕她再次拒绝，他又补充道，"待会儿晚高峰，这一带不好打车。"

思考了片刻，朱依依还是决定和他把话说清楚，即便他可能没有那样的意思。

"我和薛裴在一起了，就在年初的时候。"

陈宴理低头望向她，视线停在了她的脸上。

在这个当口儿，她提起这个突兀的话题，意思已经很明显。

"谢谢你的好意。"

"你想清楚了？"

他的问话，让朱依依皱了皱眉，这不像是他会说出来的话。

陈宴理淡淡地把话说完："我的意思是，你们并不是那么适合，至少我这么认为。"

很奇怪，朱依依听到这句话的第一反应，竟然是想要反驳。

可明明她一直以来都是这么认为的。

最后，她想了想，回答了他的问题："很多事情要尝试之后才知道是不是真的合适。"

就像他们当初一样。

陈宴理已经走了，但那杯水还放在原处冒着热气，直到彻底变冷，都没有人动过。

半个小时后，终于熬到下班了，身体渐渐开始发热，大脑也越来越迟钝，朱依依意识到这回估计不是简单的感冒，而是真的发烧了。她已经有差不多两年没发过烧了，平时她的身体很少出毛病，但一旦出事，就得病好长一段时间。

她一刻也不敢耽误，让晓芸陪她一起去医院。

看了医生，幸好她还只是低烧，不用打吊瓶，医生给她开了药，又叮嘱了注意事项，让她一定要多休息，快的话两天就能好起来了。

她这才放下心来。

两个人回到酒店时已经快十点，晓芸送她回了房间。

房卡贴在感应器上发出"嘀"的一声后，房门敞开。

房间里开着灯，透过敞开的门，朱依依看到薛裴坐在沙发上，背对着门口，电脑亮着，似乎正在工作。她这几天几乎忘了薛裴也是有工作在身的人，估计每天都是自己不在的时候，他才开始忙。

薛裴听到动静后，转头往门口的方向看去。

晓芸先走进房间里，手里提着今天活动的物料，一抬起头就和薛裴面面相觑。她上次见他时，他还躺在沙发上，一副病恹恹的样子；现在他只是穿着件睡衣，她都能察觉到他身上的精英感。他鼻梁上架着的金丝眼镜加重了这一特质，让他显得有些难以亲近。

她尴尬地打了声招呼，收回了视线，又回过头对朱依依说："那你今晚好好休息，明天如果还是很难受的话，还是先休息一天吧。你不用担心，我们虽然不太靠谱，但勉强也能扛一会儿。"

"好。"

"那我先走啦。"

"嗯，拜拜。"

薛裴捕捉到了话语里的关键词，眉头紧锁，把电脑合上。

房门重新被关上，薛裴已经走到了她身边。

白炽灯灯光下，她的唇色有些苍白，整个人都没什么精神，看起来很疲倦，他迟疑着伸手去触碰她的额头，有些烫。

愧疚感几乎是在一瞬间蔓延到薛裴全身的。

"你发烧了？"

"嗯。"不想让他担心和内疚，朱依依随口说道，"没什么事，医生说吃了药，可能明早就好了。"

薛裴还在往下追问："是因为……我吗？"

她没有把责任往他身上推，事情已经发生，再讨论这个问题也没什么意义。

她只说："可能是最近工作太累了。"

"你吃药了吗？"

"还没。"

熟悉的对话再次发生，不过说话者互换了。

因为她发烧的事，薛裴一整晚都紧张得不行，隔一会儿就量一下体温。他知道她的体质，小病也能折腾很久。

在外面买回来的粥不热了，她打算将就喝几口就吃药，但薛裴立刻穿上大衣下楼重新去买——她还没来得及阻止，他已经出门了。

朱依依看着他急匆匆离开的背影，发了一会儿呆。

她在想：如果是她，会不会大半夜跑出门，给他买一碗滚烫的粥？

没一会儿，薛裴就赶了回来，大衣上还沾着雪，让人差点儿忘了他的身体也还生着病。

他买回来的是一家私厨的艇仔粥，这家店在当地很有名，离酒店有十公里，不知道他是怎么在这么短的时间内赶回来的。

"生病了不能将就，你尝尝味道怎么样？"

薛裴捧着碗，用勺子舀了一小口，等凉了再递到她的唇边。

朱依依立刻把碗接了过来。

她只是低烧，除了发热和头晕，没什么症状，用不着像久卧在床上的病人一样。

"不用照顾我的，你也还在发着烧。"

"你比我重要。"薛裴说得理所应当。

你比我重要。

这一句话让她愣住。

她抬头望向薛裴，正好对上他明亮的目光。

在她现在的个人排序里，自己永远都是放在第一位的。她关心的是她的工作、她的生活、她的个人感受，没有什么会是例外。

所以当薛裴这么说的时候，她心里猛地颤了颤。

薛裴还在往下说："我一个人生病就好，你不能生病。"

"为什么？"

"你生病，我会担心……但我生病的话，没有人在乎。"

薛裴神情有些低落，不知是在装可怜，还是真的这么认为。

朱依依反驳："谁说的？"

"你会在乎？"

她迟疑了两秒，点头。

薛裴翻起了旧账："但那天，我发烧的时候，你把我放在沙发上睡了一整夜。"

如果是以前的她，一定不会这样做。

想起这件事，朱依依自己都忍不住笑了。

那天，他发着烧从北城赶过来，她不知道该怎么安置他——她订的房间是单人房，只有一张床。她如今没有什么牺牲感了，最后自己睡在床上，把沙发给了他。

这么说来，她好像的确对他不太好。

"对了，有件事忘了告诉你，"薛裴眼神凌厉了很多，眉毛挑了挑，"九点钟的时候，陈宴理来这里找过你。"

薛裴承认，见到陈宴理的那一刻，那些忌妒和愤懑的情绪彻底被点燃，他的脸色阴沉，攥紧了手，只想揪住陈宴理的衣领，把拳头往陈宴理的脸上招呼。

那人就像一块甩不掉的狗皮膏药，永远横亘在他们中间。

依依以前从来不会文身，一定是被陈宴理调唆的。

"他来这里做什么？"

最担心的事情还是发生了，她一直避免让他们见面，没想到他们还是见到了。

薛裴冷声说道："他只问你在不在。"

在薛裴误会前，她觉得她需要解释一下整件事情。

"我来之前不知道他也会来这个展销会。如果事先知道的话……"

薛裴在等着她的后半句话。

"如果事先知道的话，我会告诉你。"

"真的？"像忽然被塞了一块糖，甜丝丝的感觉往外渗，薛裴眉目柔和了许多，"就像普通的情侣那样和我报备吗？"

"嗯。"

烦闷的情绪一扫而光，就在早上，他还在为她的冷淡而难过，可现在又觉得一切都在向好的方向发展。

薛裴把手机拿出来递给了她："你很久没检查手机了。"

朱依依失笑，虽然现在大脑已经一片混沌，但还是把手机接了过来。

他的手机上有一个记录日期的软件，她不小心点了进去，发现在今年一月份有好些日期上都打了星标。

她正打算问这是什么意思，薛裴就开口解答了她的疑问。

"上面标记的是你来医院看我的日子。"薛裴声音染上了伤感之意，"住院的那段时间，周时御说你和一个男同事走得很近，所以我想，我一定要赶紧好起来，不然你就和别人在一起了。"

晚上睡觉前，她又吃了一次药。在她的催促下，薛裴也吃了一次药。她躺在床上侧身盖好被子，薛裴从身后搂着她，两个人的身体都热烘烘的。

他们有一搭没一搭地说着话，从小时候的事情一直聊到大学，虽然大部分时候是薛裴在说。

聊着聊着，她就有点儿困了。

忽然，薛裴开口问她："你现在有一点点喜欢我吗？"

他问得小心翼翼。

似乎怕她不好回答，他又说："如果满分是 100 分，你现在对我的喜欢有多少分？"

朱依依望着冬夜窗外还在摇晃的树，认真地思考了一阵，给出答案："20 分吧。"

她原以为薛裴会失落，没想到他竟然挺高兴的，语气都有些雀跃。

"那还差 40 分就及格了。"薛裴又靠近了一些，"没关系，关于分数的事，我都很在行。"

当身后传来平稳的呼吸声时，朱依依闻着薛裴身上和自己一样的沐浴露的味道，不知怎么，想起了下午陈宴理对她说的话。他说，他们并不是那么适合。

她觉得当时她想反驳的理由是，有那么几个时刻，她觉得她和薛裴是可以一起走下去的，比如此时此刻。

早上朱依依睁开眼睛时，腰间还环着薛裴的手。他的中指上时常戴着一枚银色的戒指，款式简单，但衬得指节更修长有力。

她轻微动了动，准备下床洗漱。薛裴把手又收紧了一些，脑袋往她的头发上蹭了一下。

朱依依以为薛裴已经醒了，扭过头去，发现他仍旧紧闭着眼睛，嘴角还微微弯着，像是梦到了什么好事。

她呆呆地看了他几秒，最后还是把他的手从自己身上拿开了。

朱依依从床上下来，头还是晕乎乎的，比昨天好不了多少，喉咙像被火烧似的，连吞咽口水都觉得疼。

最后，她没办法，只能给晓芸发了消息，说她下午再过去，早上先在酒店里歇一会儿。

她平时很少请假，提交了请假申请后，连肖总也打了电话过来慰问，又提醒了几句。

"身体是革命的本钱，这么重要的时候，可不能出差错。"

朱依依木讷地应道："嗯，我知道的。"

"对了，我听说 Skelet 那边的人也过去了，你们碰上了没有？"

肖总指的自然是陈宴理。

"昨天在会场里碰到了，打了声招呼。"

她还以为肖总要说些什么，但他好像只是心血来潮地问这么一句，就又把话题转移到了其他地方。

挂了电话后，朱依依从阳台上往回走，发现薛裴已经醒了。

他的睡眠平时很浅，一点动静就能吵醒他，但昨晚睡得太安稳……

以至朱依依起床时，他都没有察觉。

墙上的时钟已经指向了八点半，她还在房间里。

"你请假了？"

"嗯，下午再过去。"

"待会儿我陪你再去看一下医生。"

"不用了，再吃一两次药应该就没事了。"

她已经退烧了，所以不用这么大费周章。

"那吃完早餐，你再睡一会儿。"薛裴顿了顿，补充道，"多休息，才好得快。"

"睡不着。"

以前上学的时候，十分钟她都能睡个回笼觉，现在出来工作了，不知怎么的就没有这个习惯了。

薛裴眨了眨眼："我给你讲睡前故事。"

"白天讲什么睡前故事？"

薛裴应得快："也有适合白天听的故事。"

朱依依没好气地笑了笑，从阳台上收了衣服进来，将衣服放到床边折叠着。其中有一件是薛裴的衬衫，她顺手也帮忙折了一下，转身放入身后的衣柜里。

她脑后的头发用咖色的抓夹随意地固定着，但两颊还是有几缕头发自然地垂落。薛裴静静地看着她帮自己折衣服的样子，恍惚间有种他们已经在一起生活了很久的错觉。

这样的生活让他很向往。

这是他在大量服用精神药物的那段时间里，曾经幻想过的画面。

衣柜里的衣服叠得整整齐齐的，他的衬衫放在下面一格，她的衣服放在最上面，他看得出神。

安静的清晨，他忽然开口："下午，我和你一起过去吧。"

"去哪儿？"

"你工作的地方。"

她愣了愣，动作都停了下来："你去做什么？"

薛裴眼睛带着笑意，语气很诚恳地说道："帮你们斟茶倒水，做什么都行。"

他这次来影响到了她工作，他的心里很过意不去，想尽可能地弥补。

朱依依小声说道："谁能使唤你斟茶倒水？"

薛裴回答得很快："你啊。"

朱依依想了想，仍拒绝了。

薛裴也有工作要忙，没必要跟过去做一些廉价的体力活，而且她也不知道该怎么向同事们介绍他。

薛裴还在争取："我学东西很快，肯定能帮上忙。"

这她当然知道。

从小到大，只要是想学的事，就没什么是他学不会的。

她只是沉默了一秒，薛裴就已经多想了。

他说："你是不是不想让他看见我？"

薛裴的态度很坚决，最后，她只好带薛裴过去。

下午一点，正是展馆里人最多的时候，人头攒动，黑压压一片。

他们公司的展位在西南方向，绕了会场半圈才到，她带着薛裴走过去的时候，已经想好了说辞。

团队里只有郭建和晓芸见过薛裴，在他们发问前，朱依依给他们使了使眼色，对其他人简单地介绍，说这位是今天过来做兼职的小薛，负责打杂的。

小薛。

薛裴还是第一次被这么称呼。

他反应过来后，弯了弯嘴角。

把薛裴带过来后，有个合作的代理商打电话问她展位的具体地址，她只好到门口去接他。往回走的时候，她特意留意了一下薛裴的动向。

阿豪指着身后的 LED 大屏："我们的宣传片投影上去总是跳帧，要么就一闪一闪的，不知道是电脑坏了还是连接线出了问题。你能帮忙看一下吗？"

"可以，老本行了。"薛裴开着玩笑，把阿豪手里的电脑接了过来，见对方还在这儿等着，又说，"你去忙别的事吧，我一会儿就弄好。"

薛裴融入得很快。

薛裴正低头检查着 VGA（视频图形阵列）接口，察觉到朱依依看过来，得意地挑了挑眉，对她笑起来。

薛裴此刻的样子倒是和高中时候意气风发、自信满满的薛裴重叠在了一起，她一时有些恍惚，收回了视线。

等过了一阵，她从别的展位回来时，薛裴已经穿上了他们的工作服，脖子上挂着工牌，给来展位问询的人解答问题，服务很到位。

他身上穿的工作服就是他们公司冬季上市的新款运动服——在他身上格外合适。他长得高，肩宽腿长，是天生的衣架子，往那儿一站，就是行走的广告。

晓芸说，他比宣传片里的模特穿得还要好看。

薛裴站在门口给来往的人递着热的茶水。他平常大部分时候不怎么爱笑，对陌生人很冷淡，现在为了刻意表现得亲和，微微弯着嘴角，侧着耳朵聆听对方的问话，姿态放得很低。

是因为她，他才会如此。

这一刻，说不感动是不可能的，朱依依眼眶有些热，有些异样的感觉在心里翻涌。

因为薛裴在，他们展位热闹了起来，问询和停留的人都变多了，人流量比昨天高了一倍，下班时间也晚了差不多一个小时。

从计程车上下来，他们走路回的酒店，踩着月光和树的影子。

两个人十指紧扣，体温在一点点地升高。

有人开始邀功："我今天做得好不好？"

"还行。"

薛裴停顿了片刻，似乎有些不满意，捏了捏她的手："只是还行？"

朱依依改口："很好。"

"那……可以增加一点儿分数吗？"

月色下，他充满期待地等待着她的回答。

朱依依故意说："嗯，那加 2 分吧。"

"这个考试果然很严格。"薛裴皱眉，得出结论，"那以后可以只加分，不扣分吗？”

"看你的表现。"

快走到房间门口时，薛裴忽然想起了什么："既然是兼职，那我今天是不是应该有兼职费？"

朱依依稍稍愣怔。如果按照他的时薪来付费，她肯定付不起。

她迟疑了几秒，开口道："一般这种兼职，我们给的时薪是50块钱。"

她认真地算了算，他今天工作了6个小时，那就是300块钱。

薛裴果然不满意："不够。"

"那我再去申请……"

走道里，薛裴忽然停了下来，弯腰在她的脸上亲了一下："嗯，现在差不多了。"

展销会结束的第二天，朱依依就订了机票回北城。

在机场，他们遇到了陈宴理，几乎是迎面碰到的，避无可避。

陈宴理先看到了他们，视线在薛裴身上停留了很久。

那天陈宴理自然也看到了薛裴。看着自己眼里曾经的天之骄子站在展位门口，充当着被消费的男色，一贯傲慢的脸上刻意伪装着亲和的表情，与旁人交谈着，陈宴理几乎以为自己认错了人。

他没想到薛裴会做到这个份儿上。

走近时，陈宴理先和朱依依打了声招呼，声音温和地问："你们几点的飞机？"

"17点45，你呢？"

"比你们晚20分钟。"陈宴理看了一眼登机牌，又看到她手上拿着一些特产，"这些是在苑新路那一带买的？我原本也打算买些手信回去的，就是打不定主意要买什么，早知道就问问你了。"

薛裴一直没有说话，对某个人视若无睹。

直到听到这几句话，他终于开口，礼貌又疏离地笑了笑："下次如果有需要，你可以先联系我，我可以代劳。"

陈宴理看了一眼薛裴，没有说话。

机场广播在催促乘客登机，正好就是他们这一班航班，朱依依担心时间来不及了，拉着薛裴的手就往前走："那我们先走了。"

陈宴理和她挥手："好，改天再见。"

在跑向登机口的这段时间里，薛裴看着他们交握的手，脑海中只有一个想法——她当着那个人的面牵起了他的手。

第十八章

升 温

出差回来后，他们的感情有了明显的进展，至少薛裴这么认为。

在很多个无节制的夜晚，他们享受着亲密无间的接触。在她的出租屋里，那张狭窄的床只能容纳一个人，他们要紧紧地拥抱着，才不至于翻身就掉下去。

当快感充斥大脑，灵魂都在颤抖。

由爱而性，由性而爱，无论是前者还是后者，都包含着"爱"。

他们越来越熟悉对方的身体，他也越来越在意那个文身，但再也没有和她提起过。

而他那天咬下的牙印已经结痂，很快就愈合了，没留下一点儿痕迹。他害怕他也会变成那个牙印，慢慢消失在她的生活里。

大概人在极度幸福的时候，总会陷入一种无来由的恐慌的情绪中。

不过她渐渐开始和他分享自己的生活，就像以前一样。

偶尔上班他会收到她发过来的信息：有时是吐槽某个合作方总是言而无信，每次都不按时到场，总比约定好的时间要晚上半个小时才来，让他们整个组的人被迫加班；有时是说起隔壁组的组长能力很强，让她有些焦虑，也很有危机感……

她似乎没有在等待他的解答。他回过去的消息，她大部分时候没有回复，像是说完就算了。

周末，他们开车去了海城，也终于实现了朱依依高考复读那年的愿望——一起去海城看日出。

日出之时，第一缕阳光洒下，他望着她的背影。

他忽然想到，这个约定迟到了十年，而她也已经和别人看过日出了。

四月中旬，朱远庭所在的球队进了篮球比赛的决赛。他给了朱依依两张门票，让她和薛裴一定要去捧场，为他们球队加油。

朱远庭叮嘱他姐："记得多拍一些我投篮进球的视频，我要发朋友圈！"

朱依依兴致不高，回答得也敷衍："再说吧，有空就去。"

最后朱远庭贿赂了她两顿饭，她决定去看看。

直到球赛当天，她才记起在微信上问薛裴。

薛裴推了晚上的酒会赶了过来。

篮球比赛无疑是一项很能调动情绪的运动，现场比分咬得很紧，战况激烈，观赛过程中朱依依都捏了一把汗，最后朱远庭他们球队仅以 2 分险胜。朱远庭激动得在场上想要把球服撕了，幸好最后没撕开。

比赛结束后，朱远庭下场来找他们。

"他们是……？"有队友让他介绍。

朱远庭大大咧咧地说："哦，这是我姐，旁边的是我姐夫。"

话音落下时，薛裴留意着她的神情。

她瞪了朱远庭一眼，但没有反驳。

回去的路上，下起了雨，车停在小区门口，薛裴撑起伞送她回去。

暴雨过后，地上湿漉漉的，全是水坑。她今天穿的是浅色的运动鞋，害怕把鞋弄脏，便踮起脚踩着凸起的石头，走得小心翼翼。

路灯下，薛裴忽然把伞递给她，在她面前弯下了腰，又回过头示意她上去。

朱依依这才意识到，他是要背她。

她立刻摇了摇头。

薛裴看出她的顾虑，笑得温柔："小时候，我不也经常背你？"

朱依依摆了摆手："我现在都几岁了？"

薛裴回过头，目光明亮地望向她："不是 8 岁吗？"

她回答："现在是 8 岁零 240 个月了。"

薛裴也禁不住笑了出来。

她拗不过薛裴，最后趴在了他的背上，右手撑着伞。

"淅淅沥沥"的雨水滴落在伞面上，砸开水花。

幸好现在时间很晚了，小区里少有人经过，避免了很多尴尬的场景。

她看着薛裴的皮鞋踩在水坑里，鞋身溅上了泥，裤脚也浸在水坑里变脏了，而自己脚上的鞋始终干干净净的，细微的情绪在夜里翻涌。

她戳了戳薛裴的后背。

薛裴："嗯？"

"你小心一点儿，鞋都脏了。"

"没关系。"

她忽然问道："你不会待会儿就把鞋扔了吧？"

薛裴没说话，像是默认了。

"等天气好了，要把鞋洗干净。"

"行。"薛裴应得有些不情愿。

还没走几步，薛裴把她往上托了托："你小时候这么轻，现在还是这么轻。"

不远处的屋檐下，有两个小孩儿正在玩纸牌，像是干脆面里的抽卡，他们小时候也玩过。她常常能抽出稀有卡牌——小区里的小孩儿都会过来围观，让她感觉特别有面子。

夜晚倾诉欲望强烈，她不由得感慨地说道："偶尔，我会很想回到小时候。"

"一年前，我也这么想，可现在觉得就这样已经很好了。"薛裴低沉的声音融入了月色里。

只要她还在，什么时候都很好。

走到楼下，她让薛裴把她放下来，他却要背着她上楼。

从一楼到四楼，这里的台阶高度比一般的住房要高，她平时一个人走都有些气喘吁吁。

"不累吗？"

"在你面前，不敢累。"

她好奇地问道："为什么？"

"怕你觉得我没用。"

终于送她到了门口，薛裴开口问："今晚我可以……？"

他的话还没说完，朱依依立刻明白他的意思，摇头："不可以。"

明天早上要开会，得早起，再折腾到半夜，她怕明天醒不过来。

"我只抱着你，什么都不做。"

"不行，"朱依依仍旧摇头，把他往门口推，"很晚了，你快回去休息吧。"

"哦。"薛裴又低落了下来。

开车回去的路上，车窗半降，夜晚的风伴着细雨吹了进来，车厢内正放着轻缓的古典乐，薛裴却走神儿地回忆起上一次的细节，越想越觉得有些不对。

那天做完之后，她是背对着他入睡的，第二天起床时他们也没什么交流。

她是不是对他……腻烦了？

这几乎成了他的心结，终于，在下一次找到机会实践的时候，他刻意磨着她，等着她开口求饶。

她眼里氤氲着水雾。

他哑声问她："喜欢吗？"

"嗯。"

在这个时候，她没法不诚实。

他含住她的手指，不断舔舐。

"那今晚，我来为你服务。"

劳动节假期，朱依依没有回老家，也没有出去旅游，而是待在家里睡了四天。

直到放假最后一天，薛裴约她一起去看电影她才出门。

买完爆米花，电影快开场时，他们走到检票处，忽然身后有人喊她："依依？"

这个人语气有些不确定。

而朱依依听到这个声音就认出来是谁了，后背都僵硬了一瞬。

在那一刻，她下意识地就想松开薛裴的手，但又犹豫了几秒。

这几秒里，她望向薛裴，竟然冒出了一种想法：如果她现在松开手，他大概又会胡思乱想很久。

她刚要松开的手又重新握紧。

薛裴也扭过头来看向她。

周茜已经走了上来。

她是和朋友一起过来的。还隔着老远，她朋友就和她说，前面有一个男的长得很帅，让她过去看，就是可惜人家已经有女朋友了。

周茜原本没什么兴趣，打算排队去买爆米花，结果看到这两个人熟悉的背影时，被吓了一跳，视线往下，又看到了朱依依和薛裴十指紧扣的手。

她当下大脑都停止运转了。

这么大的事，朱依依竟然从来没和她提起过。

"你们这是……"周茜的目光在他们之间游移，她惊诧，"天哪，是我想的那样吗？"

两个人的手握得更紧了一些。

这场电影播的是什么已经不重要了，电影播到一半时，周茜满脑子仍是刚才他们牵手的那一幕。

朱依依和薛裴在一起了。

周茜不是个能守住秘密的人，还没看完电影，就把这个消息告诉了班里的另一个女同学。

这个消息从周茜这里开始传播，一个传一个，等到晚上朱依依洗完头从浴室里出来时，拿起手机一看，班群里显示有 500 多条消息，全是刷屏式的"百年好合，长长久久！"。

周茜也给她发了一页的消息。

"我先声明，我只告诉了祝欣一个人！其他人怎么知道的，和我无关！

"你没生气吧？我下次不乱说了，呜呜——

"我也不知道祝欣竟然和体委说了，真的是大嘴巴。"

过了十分钟。

"薛裴已经在群里发了几万块钱的红包了。

"这阵仗比结婚还夸张。

"他说，是他追的你，追了很多年，真的吗？！为什么你都不告诉我？我们不是好姐妹吗？！

"我有红眼病，这一定不是真的！呜呜——"

500 多条消息，她只看了几页，又有新的消息陆续弹出。

她往下滑时，不小心点开了某个已经被领取完的红包。

然后在领取人的列表里，她看到了李昼的名字。

她愣怔了片刻。她已经有好长一段时间没听见他的消息了，自从年初在医院匆匆见了一面后，再也没见过他。

他的朋友圈里所有的内容也已经清空了，她什么都看不见。

劳动节假期结束后，朱依依一边忙着六月购物节的策划事宜，一边在网上查看租房的信息。

房东的女儿从国外回来了，所以这套房子不能再租给她，房东让她尽快找到新的房子搬出去。

距离原定的租期本来还有几个月，现在要提前搬家，她一下子有些手忙脚乱。

吃饭和通勤的路上，一有闲暇，她就在租房平台上浏览有关的信息，但大多评价是图文和实物不符。

午休时间，她坐地铁去西城那边看房子，有一家房租很合适，但房屋的布局很奇怪，厕所和厨房竟然在同一个空间里，还没有任何隔板，只有一块布挡在中间。

她看了一周，都没有找到合适的房子，要么是房租太贵，要么是通勤时间太长。

薛裴去接她下班的这天，她还在车上看着租房的信息。

十字路口，正好红灯，人行道上有对情侣牵手走过。

薛裴终于试探性地开口："要不……"

朱依依抬起头来："嗯？"

"要不你搬来我这里吧。"

说出口时，他心里都有些忐忑。

这是他们在一起的第五个月，他不知道会不会太快。

这里离她上班的地方近，他觉得她搬过来住或许会便利一些。

见她沉默，他又补充了一句："或者，你搬过来，我去别的地方住。"

红灯变成绿灯，开始新一轮的倒计时，薛裴打转方向盘，汽车平稳地行驶在马路上，车厢内始终安静。

朱依依转过头望向薛裴，见他下颌线绷得很紧。

这是他紧张的象征。

她开始思考，或许是因为她和薛裴只有一年的时间，普通情侣经历的事情，在他们这里像按了倍速播放键。

轿车行驶在高架桥上，车窗外都是雨痕。

过了好一会儿，朱依依才回应了他的提议："那说好了。"

"嗯？"

"你不能抢我的被子。"

明明是白天，薛裴却看到了烟花在眼前绽开，血液流淌的速度都在加快。

"好，被子都归你。"

在五月的最后一个周末，朱依依搬到了薛裴的公寓里。

她的衣服不多，一个大的收纳箱就能装下，多的是各种各样的厨房电器——烤箱、空气炸锅、立体蒸锅等，把薛裴空荡荡的厨房都堆满了。

冰冷、空荡的厨房里一下有了生活的气息。

她只是几天没来，薛裴就将所有的家居用品都换成了情侣的。情侣牙刷、情侣拖鞋、情侣睡衣……朱依依觉得他实在夸张。

那天晚上，薛裴就像是有挥洒不完的热情。

结束后，朱依依的双眼望着天花板，连她都觉得最近的生活有点儿放纵了，有种末日前的狂欢和浪漫。

她觉得他们都达成了共识，那就是不管有没有未来，但至少在这一刻彼此都是快乐的。

薛裴记得朱依依的生物钟。她每天早上七点半起床，他一般提前半个小时起床做早餐。

他学什么都很快，唯独在烹饪方面少了点儿天赋，找不到窍门。但单单是做这件事的过程，他都觉得幸福。

付出，对他来说也是获得幸福感的来源。

朱依依起床时，他已经做好了培根蛋黄意面，摆在餐桌上。

他正等待着朱依依的夸赞，但她揉了揉眼睛，半眯着眼去洗漱，好像根本没留意到餐桌上的食物。

等洗漱完正要去做早餐时，发现厨房里乱糟糟的，好像刚被使用过，她这才发现放在餐桌上的培根蛋黄意面，摆盘很精致，看得出来做的人花了些时间。

她的确有些惊讶："你做的？"

薛裴挑了挑眉："嗯。"

"这么厉害。"

因为这句夸奖，薛裴一整个早上都有些飘飘然。

吃完早餐，她准备去厨房里收拾一下。在她的观念里，如果对方煮了饭，那她就负责洗碗和收拾厨房，分工明确。

薛裴却拿起了车钥匙："先送你去上班，回来我再收拾。"

"我们之间应该平等地付出。"她不是能够心安理得地享受别人的付出的性格。

"我们本来就是不平等的关系。"

朱依依抬头望着他。

"我爱你比你爱我要多，所以我应该多付出，这样你才能多喜欢我一些。"

薛裴的话很真诚，但可能她看待问题比较悲观……

在这时候，她除了感动，就是想知道他能坚持多久。

这样持续的付出行为，他能坚持多久？

周六，薛裴给她发了消息，今晚会晚点儿回来。

她听周时御说，最近新游戏上线，他们可能会越来越忙。

薛裴极少对她说起工作的事，也不会把工作上的情绪带回来。

偶尔她看到周时御的朋友圈才知道他们最近的动态。

晚上，朱依依要去听一位业内大咖的座谈会，地点就在薛裴的公司附近。

她在家里煮了几道家常菜，煮好就装进保温盒里，打算一会儿顺路给薛裴送过去。

她到薛裴的公司后，得知他正在开会，便将保温盒放在前台，让前台的女孩儿一会儿再拿给薛裴。

阿沈刚好走出会议室拿材料，看见朱依依在和前台的女孩儿说话。

"依依姐？"阿沈走了过去，"还真的是你！你都好久没来了，上一次来的时候得是一两年前了吧？"

朱依依自己倒不太记得了："有这么久了吗？"

"有！"阿沈看着桌面上的保温盒，"这是拿给老大的？"

"嗯。"

"我们很快就开完会了，要不你在这里坐一会儿？"

朱依依往会议室的方向看了一眼："我一会儿还有事，估计来不及了。你快去开会吧。"

"行，那我先走了。"

朱依依站在电梯门口，望着正在向下行的电梯数字。

来这一趟，没见到薛裴，她反而一身轻松。现在做这样的事情，她竟觉得有点儿难为情。

对薛裴好这件事，让她觉得不太习惯。

薛裴开完会出来，发现办公桌上多了一个保温盒。

保温盒看着很眼熟，但他不敢往那个方向去想。

然后他看到半个小时前，朱依依给他发了消息。

——："保温盒放在前台了，你开完会记得吃饭。"

原来这真的是她给他的。

薛裴喜不自禁，刚才开会时紧皱的眉头终于舒展开来。

他把周时御喊进了办公室里。

周时御正准备点外卖："咋了？"

"她来给我送饭了。"

周时御打量着这个保温盒，能让薛裴露出这种表情的人也就只有那个人了。

周时御拉开椅子坐了下来："正好，那我不点外卖了。"

他也好久没尝过朱依依做的饭了。

将外卖软件关闭，手机反扣在桌上，周时御望着保温盒里还冒着热气的汤："煮的什么汤？好香啊。"

薛裴抿了抿嘴，望向门口示意："你现在可以出去了。"

"那你喊我进来干什么？"

"和你分享我的快乐。"

周时御"砰"的一声关上了门，动作多少带着点儿火气。

他在休息区里坐了一会儿，点完外卖，给朱依依发了条消息。

座谈会就在附近的书店里举行，朱依依来得早，很多位子是空的。

她随便选了一个座位坐了下来。

背包里的手机振动了一下，她拿出来看了一眼。

周时御："管管薛裴，最近越来越过分了。"

周时御："对了，下次多带一份给我，然后我就可以给你转播薛裴被气死的样子，是不是很划算？"

她弯起嘴角，笑了笑，正要回答，微信又弹出了另一条消息。

"依依，明天有空出来聊聊吗？"

发送人是江珊雯。

虽然不知道江珊雯找她做什么，但次日中午，朱依依还是赴约了。

她们约在城南的一间独立书店里见面。

江珊雯坐在靠窗的位置，刚好被书架遮挡住了，很隐蔽。

朱依依走过来时，江珊雯笑着和她招了招手，语气熟稔地说道："从你那边过来，是不是要很久？我也是过来的时候才突然想到。"

江珊雯以为朱依依还住在以前的那个出租屋里，从郊区过来这里起码得要一个半小时。

朱依依没解释："还好。"

"要喝点儿什么吗？这里的咖啡还不错。"

"我一般中午不喝咖啡，"朱依依把餐牌递给服务员，"喝柠檬水就行。"

服务员收走了餐牌。

几番寒暄过后，江珊雯终于把对话引入了正题："我听说你和薛裴在一起了？"

朱依依眼里闪过意外的神色。

"你是不是好奇我是怎么知道的？"江珊雯眉眼弯弯，抿了一口咖啡，"其实这个圈子就这么大，很多事一传十，十传百，想不知道都难。听说你们正式公开关系的那天，薛裴开心得在班群里发了一晚上的红包。"

这事在江珊雯看来，有些荒诞和失真。

实话说，她不太能想象薛裴竟然会做出这种事。甚至在友人发来截图证实时，她都在怀疑这件事的真实性。

她一直觉得薛裴是个对感情较为淡漠的人，极少被什么牵动情绪，表面上对人温和有礼，但谁要是注视他的眼睛，就会发现那双好看的眼睛没有任何温度。

他对谁都一样，除了对他的邻居有异于别人的亲近和信任感。

想到这里，江珊雯心中苦涩。

"说起来，薛裴有没有告诉过你我和他之间的故事？"

朱依依摇头。

"其实我和他一开始是因为你才在一起的。"

朱依依猛地抬起头："我？"

江珊雯轻轻搅拌着杯中的咖啡，说起了多年前的往事："高二暑假那年，薛裴忽然联系我，让我假装和他在一起一段时间。你猜猜是因为什么？"

放在桌面上的柠檬冰水往外冒着水珠，六月的北城，天气还不算热，朱依依呆呆地注视着杯壁上往下滑的水珠。

"薛裴发现你喜欢他之后，内心挣扎了很久，但又不想破坏你们的关系，所以才来拜托我，让你死心。你说，整件事是不是特别戏剧性？"

虽然后来她和薛裴的确在一起了，但最开始的确是因为朱依依。

冰水的温度渗入皮肤，朱依依听着她说的话，像是在听别人的故事。

"所以在漫展门口，我们第一次见面，我一眼就看出来你在强颜欢笑。那时候，说实话，我都有些同情你。"

朱依依从书店离开后，没有回薛裴的公寓，而是坐地铁一直坐到了终点站。

地铁出口通向的是一家新开的书店，装修得很豪华，门口已经聚集了一群前来打卡的人。

她就这样从一间书店去了另一间书店，像是一种无意义的行为。

她走到角落里，随手拿起一本侦探小说看了一会儿，这一看就是一下午。

因为还没看到凶手是谁，她最后把这本书买了回去，打算晚上继续看。

其间，薛裴给她打了好几个电话。手机静音了，她都没接到。

回到公寓，她在大门输入了密码，是她的生日。

从她搬进来那天起，薛裴就把家里所有东西的密码都换成了她的生日，说是怕她忘记。

她在门口换鞋子时，薛裴听到动静，从厨房里走出来，一眼就看到了她手里拿着的书。

"你今天去书店了？"薛裴忐忑的心终于有了落点，"难怪都不接我的电话。"

"嗯，今天去书店看了一会儿书。"换好鞋，朱依依走进了门，说话时没有看他，把书随意地塞进了一旁的书架里。

薛裴扫了一眼书名和作者，似乎没怎么听过："好不好看？"

朱依依淡淡地说："挺好看的。"

薛裴没察觉到她的异常。一整天没见，他原想伸手抱她，但想到自己刚从厨房里出来，手上还是湿的，只能作罢。

"饭快做好了，你饿不饿？"

因为昨天她说想吃日式家庭料理，他今天第一次尝试，忙了一个下午，终于做得有点儿像模像样了。关于烹饪，他好像慢慢找到了窍门。

他转身刚要走进厨房里，就听到她说："你吃吧，我在外面吃过了。"

薛裴脚步一顿，望向墙上的时钟："这么早？"

"嗯。"

失望的情绪涌现在眼底，在料理的过程中，他还设想过她看到这一大桌菜时脸上惊喜的表情，猜想着她的反应，也期待着被她夸奖。

他所有的预想，不包括她所说的这种情况。

朱依依已经上了楼。

薛裴回到了厨房里。大理石料理台上还整齐地摆放着刚切好的三文鱼，他怔怔地看了几秒，把剩余的食材全都扔进了垃圾桶里。

第十九章
你瞒我瞒

晚上睡觉前，朱依依靠在床上看书，神情专注，卧室里只能听见纸张翻动的细微的声响。

薛裴也凑了过来，往书页上看了一眼："这么好看吗？一晚上都不和我说话。"

他今晚一直被冷落。

朱依依还沉浸在剧情里，随口问道："要说什么？"

"说说你今天发生的事。"

朱依依的眼神终于从书本上移开，在他脸上停留了几秒，风吹动了窗帘，有些话将要从她口中说出来。

最后，她只是把书合上了，言简意赅地总结这一天的事："早上去见了一个很久没见的朋友，下午在书店里看书，听说附近有家馄饨店的馄饨很好吃，所以顺便在那里吃了晚饭。"

"晚饭就只吃了馄饨？"

"嗯。"

薛裴没想到他精心准备的大餐，最后输给了一碗馄饨。

他正想说些什么，又听到她说："很晚了，睡觉吧。"

关灯后，室内只剩透进来的月光，薛裴像平时一样搂着她睡，手环在她的腰间时，感受到她的身体好像僵硬了一下。

眼神黯了黯，薛裴把脸贴在她的颈后。

他身体很热，呼吸打在她的皮肤上。

"是不是我早上出门时吵醒你了，惹你生气了？"他想了半天，也只有这个原因了。

"不是。"

"那是因为什么？"她骤然变冷的态度，让薛裴一晚上都在惴惴不安，"我今天肯定是惹你生气了，可以告诉我原因吗？

"我哪里做得不对，你可以告诉我，有问题也一定要及时和我沟通，不要一声不吭，也不要不理我，情侣之间不都是要互相磨合的吗？"

薛裴很没有安全感。

这段时间他们的关系好不容易缓和，他害怕因为一点儿小事前功尽弃，再次回到以前的状态。

朱依依陷入了沉默之中。

她要怎么开口呢？问他以前为什么要用那种方式来拒绝自己，让她在别人面前难堪？

其实这不是什么大事，只不过是多年前的伤口重新被撕开了，让她觉得……原来当年她对他的喜欢，让他那么困扰。

夜深了，想到明天还要上班，她又闭上了眼睛："我只是今天心情有点儿不好，睡一觉就没事了。"

她的确是这么想的。或许睡一觉起来，她就会发现这件事没什么大不了的。

现在的薛裴，也已经不是以前的薛裴。过去的事情都过去了，她应该往前看才对。

只是，她高估了自己调节情绪的能力。

每当薛裴对她好时，总有一根绵长的针突然刺痛她，像是在提醒她以前的事。

六月电商节大促，清闲了这两个月，她又忙碌了起来，偶尔要加班到晚上九点。

不过所幸付出的努力有了回报，他们今年的销售数据破了纪录，在运动服品类的排名也上升了十几位，这个月的提成也翻了倍。

月底发了工资后，团队里的人一起去庆祝，吃完饭又去了酒吧。

大家玩色子，她今天点背，总是输，喝了不少酒。

刚结束一轮，薛裴打了电话过来。

她这边很吵闹，一接通电话，薛裴就听出来了，眉头皱得很深。

"你在酒吧？"

"嗯。"

"和谁在一起？"

她这段时间总是很晚才回家，薛裴心里总有些不安。

朱依依还没开口，正好在猜点数，大家的声音都很响亮。

薛裴停顿了几秒才开口："有男的？"

"是啊。"

"是同事，还是陌生人？"

电话那头，薛裴声音听起来似乎有些生气，像是下一秒就要赶过来。

朱依依不知怎么的想起了很久之前薛裴说过的那句话——他说不会干涉她交友，但好像一次都没有做到。

"不是说，我有交朋友的权利吗？"

她只是提出了疑问，薛裴却不是这么想的。

"什么意思？"

在这个时候，她忽然提起这句话，薛裴几乎心梗。

"我以为我们已经……已经是只对彼此忠诚的关系了，"薛裴喉咙泛酸，说话都有些艰难，"原来不是吗？"

这会儿，刚好晓芸上完厕所回来，她的包包放在朱依依身后，拿东西时不小心碰到了朱依依的手机。看到手机掉在沙发上，朱依依连忙捡了起来。

因此，她并没有听见薛裴说的话。

将手机重新贴在耳边，朱依依问他："你刚才说什么了？"

"没什么，你玩吧。"薛裴声音低沉了许多，说完又补充了一句，"早点儿回家。"

家——这个字让她一怔。

在一起生活的这段时间，她偶尔也会用"家"来形容这个住所。

不像出租屋，只是下班后的落脚点，一个休息的地方，让人没有任何归属感。"家"是温馨的，是有"人味"的。

她好像能想象到此刻公寓里的样子——屋里只开了一盏暗灯，粥粥躲在猫窝里睡觉，薛裴坐在沙发上没精打采地给她打着电话。

她眼神柔和了一些，应了一声："好。"

她将近凌晨才回来。

从出租车上下来，她一抬头就看到阳台那里亮着灯。

薛裴抱着粥粥在阳台那里站着，像是在等她，但大概没预料到她会抬头看他，有些尴尬，转身往屋里走去。

这天晚上，两个人没什么交流。

只是她在将睡未睡时，听到薛裴问了一句："玩得开心吗？"

她迷迷糊糊地"嗯"了一声，然后沉沉睡去。

只有薛裴一整夜都没有合眼。

从那天起，好像一切都不对了，他想知道问题出在哪里，让她突然对他冷淡的原因是什么。

次日，会议间隙，薛裴走到外面抽了根烟。

在抽这根烟的时间里，他拨通了某个人的电话，让他去查李昼最近的动向。

会议结束时，他收到了信息，对方说李昼近期一直待在桐城没有离开过。

他稍稍放下心来，只要不是因为李昼，其他的都不是什么不可解决的问题。

但他实在没想到，一周后，李昼会先找上门来。

彼时，李昼坐在会客室里，穿着一件洗得发白的灰色 polo 衫，双手局促地交握着，神情很紧张，也很焦虑。

这一回，薛裴实在没有什么好脾气了。

不用开口，他就知道李昼来这里的目的是什么。

薛裴早就失去了耐心："说吧。"

"薛裴，我本来真的不想打扰你的，但这回……我真的不知道该找谁，也不知道谁能借给我这么多钱。"李昼说着眼泪就要流下来，声音带着哭腔，用乞求的眼神望向薛裴，"我妈生病了，现在还在重症病房里躺着。医生说如果这周内再不把费用缴上的话，就只能听天由命了……"

说话时，他嘴唇都在颤抖，几乎没有办法把话说完整。

直到现在，他心中都充满了悔恨的情绪。因为知道了他赌博欠债的事情，他母亲一夜之间气得脑出血，住进了医院。他到处找人借钱，但因为之前的事情，根本没人愿意借钱给他。

他走投无路，只能找上薛裴。

"你再借我五十万元，我用我的性命担保，这一次我真的会还的。不管用什么方式，我都会把钱还给你的。"

薛裴嗤笑了一声，右手扯松了领带。

时隔半年，他没想到李昼这回用上了苦肉计。

他居高临下地望着李昼，就像在看随时可以踩在脚下的蝼蚁，也像是在看臭水沟里散发着难闻气味的垃圾。

"以性命担保，"薛裴戏谑地笑了笑，"你觉得，你的命值这个价钱吗？"

"别忘了我手上还有你的把柄。"早就料到了薛裴的反应，李昼眼神变得阴狠，"你怎么羞辱我都没关系，但拿不到这五十万元，我是不会走的。"

薛裴目光一沉，双手提起李昼的衣领，把他往墙角扔去，发出"砰"的一声响！

书架上的书都在摇晃，顶层的书更是掉落在了地上。

他从来没有这么厌恶过一个人，厌恶到想让这人从这个世界上消失。

他只做错了这一件事，却要因此被威胁一辈子。

而他甚至没有说"不"的权利。

李昼一直等到银行发来到账的短信，才肯坐电梯离开。

他松了一口气，想着这回可算有救了。

只是当天晚上，就在坐高铁回老家的路上，他接到了医院打过来的电话，说就在刚才，他的母亲抢救无效，已经离开了。

这一刻，世界在他面前轰然坍塌。电话已经被挂断了，他双手抱着头，在过道里放声痛哭，惹得所有人都朝他的方向看了过来。

在医院里，他见到了他母亲的遗体。看着盖着一层白布的母亲，他跪在地上久久未起。

次日，他从医院离开，打开手机才看到前一天朱依依发过来的消息。

"阿姨现在怎么样了？身体有没有好一些？我现在只能借给你五万块钱，你先用着。我想了一下，你可以把信息发到网上的筹款平台上，具体的操作方式我发给你。"

她给他分享了一个网页。

看到她的信息，李昼红了眼睛。

她是所有人里唯一愿意借钱给他的人，也是所有人里唯一在真心帮助他的人。

眼泪沿着眼角流了下来，他想起了很多往事：她曾经给过他的温暖，冬天他们窝在出租屋的沙发上看电视的场景，还有他们一起养过的那个叫粥粥的宠物……

李昼越想越难受，坐在医院门口的台阶上，拨通了朱依依的电话。

电话一接通，他就已经泣不成声。

"怎么了？出什么事了？"她在电话那头问他。

李昼痛哭着向这个世界上唯一真诚地对他的人忏悔着："我不值得你对我这么好，不值得你借我那么多钱。其实我从头到尾就是一个垃圾，是糊不上墙的烂泥……我一直都在欺骗你。直到昨天，我都还在做对不起你的事，还在问薛裴要钱，用你来威胁他……我真是个浑蛋……"

他说到这里时，朱依依打断了他："威胁？什么意思？"

快要下班时，晓芸从工位上起身去找朱依依。她早上提交了一个用章申请，现在申请还没有被通过，由于不敢自己去找肖总，只好让朱依依去帮忙催催。

她刚才看到朱依依拿着杯子往外走，想来朱依依应该是去茶水间泡咖啡了。

她推开茶水间的门，就见朱依依果然侧身站在饮水机前正在接水，只是骨瓷杯里的水已经快溢出来了，朱依依却还在发呆。晓芸手疾眼快，连忙走过去把饮水机的按钮关闭，把杯子从托盘上抽了出来。

水很烫，她缩了缩手。

"好险，好险，差点儿就流得到处都是了。"

朱依依这才意识到自己走神儿了，把杯子接了过来，向她道谢。

"怎么了，今天一直在发呆？"晓芸好奇地问，"是因为黄总在早会上说的话？"

今早黄总莫名其妙地在早会上发了一通脾气，把每个领导都拎出来批了一顿。大家都在猜他是不是被老板骂了，所以才找他们出气。

"不是。"

"那是和男朋友吵架了？"晓芸说完自己又否定了，"但我觉得你们肯定吵不起来，他长得那么帅，看着那张脸，有什么气不得马上消了？"

晓芸在和朱依依开玩笑，朱依依却没有笑。

朱依依岔开了话题："你找我有什么事吗？"

晓芸怪不好意思的，伸手戳了戳她的肩膀："我的用章申请肖总还没批呢，要不你帮我去催催？"

"好呀，那我一会儿去找一下肖总。"

"感谢领导！"晓芸开心地拍起了马屁，拿起朱依依的骨瓷杯，"那我帮你把咖啡拿回去，你现在就去吧，免得一会儿肖总下班了。"

招架不住她的撒娇，朱依依应了下来。

朱依依去完肖总的办公室，差不多就到了下班时间。最近都没什么事，大家下班都很早，还不到七点，办公室里就只剩下她和晓芸了。

见晓芸想拉着自己一起下班，她摇了摇头，说："我还有点儿事没做完，你先走吧。"

其实没有任何事，她只是暂时不想回去。

早上李昼对她说的话，还在耳边不断回响。

"我现在已经是烂命一条，也不怕薛裴报复了。我一定要把所有的真相都告诉你。

"我之前欠那么多钱，都是薛裴给我下的套！那个倒卖医疗器材给我的人，就是薛裴找过来的。那人骗我说做这个可以赚大钱，可以给我找到转手的人……我把所有的积蓄都砸进去后，他又引导我去贷款！然后突然有一天，我就再也找不到他了，那批东西就这么砸在了我的手里。

"薛裴就是故意给我下套，让我钻进去！他就是见不得你过得幸福，所以用这么腌臜的手段拆散我们……"

炎炎夏日，她竟感觉到寒气自下而上地渗透了全身。

让她怎么相信，现在和她在一起生活的人，曾经直接或间接地破坏了她对婚姻的幻想？

她不知道要怎么面对他。

最后一班地铁快停运时，她才从公司离开。

走到楼下，她才发现薛裴的车在马路对面停着，不知道他在这里等了多久。

人行道正好是红灯，她就站在这端，隔着来往的车流望向他。

夜色深处，薛裴靠在车身上，正在低头看手机。他专注时薄唇紧抿，脸上没什么表情，让人觉得难以靠近。

过了一阵，薛裴似乎习惯性地仰头望向她的公司楼上，发现灯灭了，视线往下移，这才看到了站在对面的她，然后眼睛亮了，露出笑容。

晚上的风吹起他额前的头发，朱依依忽然发现，他的头发长得和以前一样长了。

她从人行道上走过去，越来越靠近时，发现这一刻见到薛裴的感觉不是怨恨，而是无所适从。

他却伸手揉她的头发："加班到这么晚，累不累？"

朱依依摇头："还好。"

"我刚才在想，要不我不工作了。"

她疑惑地抬起头："嗯？"

"等你来养我，"薛裴和她开着玩笑，"以后我就负责照顾你的日常起居，给你煮饭，接送你上下班。你觉得怎么样？"

"我养不起。"

薛裴弯了弯嘴角："我很好养活的，还可以帮你理财，是不是很划算？"

朱依依就这样抬头看着他，眼神很陌生，夹杂着失望、难过和审视，让他当下心里有些慌乱，心跳都漏了一拍。

"怎么了？我是不是说错话了？"

"没有，回去吧，很晚了。"她原本想说"回家"的，可话到嘴边又改了口。

回去的路上，朱依依戴着耳机，望向窗外，可外面黑漆漆的，没什么好看的。

他能看出来，她只是不想和他说话。

明明在不久前，她还给他送饭到公司，原来那一次已经是他幸福的顶点。

朱依依的话少了很多，对他的态度也越来越冷淡，只有晚上，他用尽技巧撩拨她，情潮翻涌时，她才会对他热情一些，但第二天又会恢复原样。

她好像只是喜欢他的身体。

六月的最后一天，薛裴收到了一笔五十万元的转账，来自李昼。

薛裴同时收到的，还有李昼发来的消息："还你了。"

彼时，薛裴正在听开发工程师汇报近期新游戏的进展，看到这条消息，眼神沉了沉。

他怎么也没想到李昼会有将钱还回来的一天，心中顿时有些不安。

当下，他就打了电话过去："这是什么意思？"

"没什么，就是把钱还给你。"李昼自嘲地笑了笑，"我妈已经去世了，我想给自己积点儿德，不然以后死了，到下面都没脸见她。"

薛裴沉默了几秒。

因为李昼此前言而无信了太多次，所以薛裴从未把李昼所说的母亲生病的事当真。

但现在看来，事情大概是真的。

"节哀。"

他以为电话到此已结束，但李昼又开口了："对了，薛裴，有件事我忘了告诉你。"

单向玻璃外，有个人打翻了咖啡。咖啡洒到了别人身上，那人正手忙脚乱地用纸巾帮人擦拭，薛裴看了几眼，后又收回视线。

"说。"

"你做的那些龌龊事，我已经全都告诉她了——"李昼一字一顿地补充，"我指的是全部。"

大脑"嗡"的一阵响，薛裴捏紧了手机，指节泛白："你再说一遍。"

"你给我下套的事，我已经告诉依依了。这可能是我能为她做的最后一件事，起码能让她看清楚你是个什么样的人。"李昼愤懑地说着，语气越来越激动，"你毁了我的生活，那我也要毁了你的！我不怕你报复我，尽管来吧！反正我现在也只是烂命一条，没什么可怕的！"

室内的空气越来越稀薄，薛裴觉得呼吸都变得困难了，极度紧张下，胃开始痉挛。他右手撑着桌角，浑身的力气恍如被抽干，额头上冒出了细密的汗珠。

原来她已经知道了。

他早就知道，他做过的错事，最后都会以十倍、百倍的结果反噬到自己身上，但……

他没想到这一天来得这么快。

晚上十点，朱依依回到了家。

她手里还拿着一张传单，是从地铁站回来的路上，有家餐馆的老板硬塞给她的。

她将传单折了两道折，扔进了垃圾桶里。

薛裴坐在客厅里，在他的右手边，放着她那天在书店买的侦探小说。

"我今天把它看完了。"薛裴抬头看着她，意有所指地说，"你说，如果谷川从一开始就告诉律子事情的真相，律子会原谅他吗？"

朱依依随口应道："会吧。"

她不喜欢这本书的结局，因为是彻头彻尾的悲剧，故事的主角一个被送进了精神病院，另一个在监狱里度过余生。

"那我们呢？"薛裴喉咙有些干涩，起身上前握住了她的手，"如果我一开始就向你坦白事情的真相，你会原谅我吗？"

朱依依怔了怔，听明白了他的意思，渐渐把手抽了出来。

走近时，她闻见了他身上萦绕的淡淡的烟草味。

他又开始抽烟了。

在薛裴看来，她已经给出了答案。

他问："李昼的事，你是什么时候知道的？"

"上周。"

心脏似被人紧攥着，一阵又一阵地抽痛，薛裴紧紧地皱着眉头："那为什么问都不问我，是根本不在意，还是你愿意和我继续走下去？"

白炽灯的光刺眼，看久了容易让人眼酸。

这些天，她一直在想这个问题。

她心里有个天平，一边是薛裴这段时间对她的好，另一边是李昼说的那些事情。李昼口中所描述的薛裴令她觉得自私、陌生又残忍。

她声音没什么起伏："没什么好问的，还有半年，不是吗？"

薛裴蒙了一瞬，忽然反应过来她的意思，她是说他们之间一年的约定。

"半年后，你就要和我分手，是吗？"想到这种可能，薛裴声音哽咽，忽然自嘲地笑了笑，"你真有契约精神。"

朱依依低头望着地板上他们的影子。事实上，此刻她的内心并不如表面上这么无动于衷，毕竟她曾经觉得他们是可以走下去的。

担心自己误会了他，朱依依还是向他求证了一遍："那我现在问你，当初找李昼合伙倒卖器材的人，是不是你找来的？"

薛裴沉默了很久，最后点头："是。"

"让他去贷款，也是你引导的？"

"是。"

"这整件事都是你给他下的套，对吗？"

薛裴没说话，已是默认。

得到他肯定的回答，她的心也在逐渐往下沉，可她又问："你为什么要这样做？"

"因为，我不能让你嫁给他。"薛裴说着说着眼睛红了，伸手紧紧地抱住她，"因为，我不能失去你。"

这个夜晚，有什么东西正从他们之间悄然流逝。

"我是不是无论做什么都没办法挽回你了？"

他的拥抱一如既往地温暖，宽大的手掌按在她的腰间，她感受得到他指节的力度，感受得到他不断颤抖的肩膀，感受得到他此刻悲伤的情绪。

她好像忽然明白，为什么有些人不愿意面对真相了。如果可以选择，她并不想知道这一切。

"我知道我做了很多错事，但每一件事的出发点都不是为了伤害你。我宁愿伤害自己，也不想去伤害你。我也希望我们能有一个美好、全新的开始，但如果不这么做，你永远都不会回到我的身边。"

薛裴的眼泪滴在她的衣服上，灼热得像要在上面烫出一个洞。

"我想过有一天你会知道真相的，但没想到会这么快，快到你还没有喜欢上我。"

最后一句话让她胃里泛酸，连带着喉咙都变得苦涩。

"我想知道，在你知道这件事之前，我在你心里有多少分了？"

这个问题让朱依依想了好一阵。

她想起了她每次发消息给他吐槽领导，他总会耐心地回复一大段内容，安抚她的情绪；她想起了在海城的那个夜晚，他说"如果我是第一个和你看日出的人就好了"；她想起了他背着她走在雨天里时他那双溅满污泥的皮鞋……

最后，她回答道："50分吧。"

薛裴扯了扯嘴角，苦笑："这么可惜，原来我还差10分就及格了。"

深夜，他们躺在同一张床上。

朱依依正望着窗外的月亮发呆，忽然听见薛裴说："我明天要出差，可能要下周才回来。"

"好。"

第二天，等朱依依起床时，薛裴已经出门了。

她实在对这个房间的布置太过熟悉，以至她的双眼往衣柜那里看了一眼，就知道缺了哪几件衣服——他带了前些天逛街时她给他挑的衣服出门。

洗漱完，她换好衣服准备出门，粥粥忽然在她的脚边蹭了蹭，"喵"了两声，然后往饭厅的方向跑去。

朱依依走进饭厅里，这才看到餐桌上放着三明治和牛奶，还有一张便笺。

便笺上面写着："我让粥粥提醒你，记得吃早餐。"

她看着薛裴的字迹，又看向桌面上他做的早餐，说不出心里是什么滋味。

出门前，她弯腰摸了摸粥粥的头。

薛裴出差这几天，周时御不知道他们之间发生的事，有时候会发消息和她调侃。

"像薛裴这样的男人，就不应该出来抛头露面，太招摇了。你说我们的新游戏的发布会，大家都光看他的脸了，谁还关注我们的游戏？

"说起来，薛裴这次出差好像情绪不太好，是不是又挨骂了？

"不过我是站在你这边的，支持你骂得再狠一点儿！前段时间他太嘚瑟了，整个公司的人都知道他陷入爱河了，真是把我笑死。"

光通过周时御的文字描述，她好像都能猜到薛裴当时的样子。

就像那天，她给薛裴送饭到公司，晚上他回到家，在床上卖力地讨好了一番。

结束时，他抱着她说："今天，我觉得我已经是世界上最幸福的人了，没有谁会比我更幸福了。"

中午，她和晓芸去茶餐厅吃饭。在等餐的时候，她忽然想起周时御的话，在网站上搜索起来。

上菜时，晓芸凑过来看了一眼，笑着调侃："想你男朋友了啊？不就出差几天嘛，这么想念？"

她的手机上播放的是薛裴他们公司游戏发布会的直播回放视频。

"没有，随便看看。"她表情有些不自然，反扣了手机。

虽然她已经看不见画面，但蓝牙耳机里还能清晰地听到薛裴的声音。

和平时与她说话时的音调不同，演讲时的他有某种成熟的魅力，字正腔圆，节奏松弛有度。她想起了高中时候他作为新生代表发言，所有人的目光都会聚焦在他的身上。当时望着他，她连带着也有种自豪感。

她现在想来，觉得这大概是一种与有荣焉的心情——看，这个人是和我从小一起长大的邻居。

听了一会儿，她就把耳机摘下了。

晚上，她回到公寓里，刚把煮好的面条端到餐桌上，薛裴就打了电话过来。

出差的第四天，这是他给她打的第一个电话。要是往常，他一天能给她打三个电话。

接通电话的片刻，彼此都沉默了好一阵。

薛裴先开口，问她："吃晚饭了吗？"

她用筷子搅拌着面条："正准备吃。"

"吃什么？"

"卤肉拌面。"

"怎么吃这个？"薛裴语气自然，带着些期待之意，"那等我回家给你做好吃的。"

筷子夹起面条，在空气中散着热气。

两个人闲聊了五分钟，电话快结束时，薛裴忽然开口，像是在解释自己打这通电话的动机："今晚很想你，所以，给你打了电话。"没等她有所回应，他就把话题转移了，"那你吃饭吧。"

挂了电话后，她一个人坐在饭桌前吃完了整碗面，中间吃得急，差点儿被呛到，又去拿杯子喝水。

她的杯子和薛裴的是情侣款，款式很幼稚，她的杯身插画是兔子，薛裴的印着胡萝卜。每次看到薛裴拿这个杯子喝水，她都忍不住笑，偏偏他还不觉得有什么。

"不觉得和你很不搭吗？"她问他。

他当时笑着说："和你搭就行。"

薛裴是周五的晚上回来的。

她洗完头从浴室里出来，右手擦着头发。薛裴刚回来，行李箱放在脚边，神色有些疲惫，一副风尘仆仆的模样。

两个人四目相对，他的眼神炽热、纯粹，他似乎要望进她的心里。

她避开他的眼神，问了句废话："回来了？"

"嗯。"

"吃饭了吧？"

"吃了。"

"哦，那就行。"

简短的交谈后，她转身回了卧室。

卧室里，她一边吹着头发一边刷朋友圈。有个高中同学结婚了，群里正讨论着这个事，她平时很少在群里发言，只是默默地看着。

过了一阵，薛裴也洗完澡从浴室里出来，身上披着件浴衣，有水珠正从锁骨滑入衣领里。

不知什么时候，薛裴站在了她的后面。

在吹风机的噪声中，她听见他轻声说："我帮你。"

"嗯？"

他接过了她手里的吹风机，帮她吹着未干的头发。

从化妆镜里，她看到薛裴眼睑低垂，动作温柔，手指穿过她黑色的头发。风"呼呼"地吹着，他脸上的表情特别专注，像在对待严肃的课题。

这一幕，难得温馨。

可她有些话必须对他说。

但薛裴像是能猜到她想说什么，先开了口："我知道我们没有未来。"

朱依依怔住。

"但我还是希望在最后的半年给你最好的恋爱体验，就像一对真正的情侣那样。"

他不再像以前那样讨好地问她，做这个可不可以加分，能加多少分，而是以一种认命的语气说了很简单平常的一句话，但不知怎么的，朱依依的眼睛忽然红了。

他们之间有着最复杂的关系，不断地撕裂与重建，再摧毁，一次又一次，她已经很难用三言两语来描述对薛裴的感情了。

一周未见，这天晚上，他们缠绵了几次。

他熟悉她的节奏，了解她动情的点，他的汗似乎滴在了她的身上，沿着后背一路往下——她转过头时却猛地怔了怔，原来这是他的眼泪。

七月初，是朱远庭的生日。

他邀请了很多同学一起去学校附近的 KTV 唱歌。朱依依原本不想去掺和，让朱远庭和同学一起玩得尽兴，但他执意要让她也一起去。

年轻人的聚会，聊得五花八门，很多网络用语她闻所未闻，也不知道是什么意思。

"你知道他们在聊什么吗？"她凑过去问薛裴。

薛裴笑着摇头。

那她就放心了，不是自己一个人听不懂。

没多久，朱远庭的同学就将蛋糕端了上来，点燃蜡烛，大家围在一起唱"生日歌"。朱远庭闭着眼睛，双手合十许愿，嘴里念念有词："今年我唯一的愿望，就是希望我姐姐和姐夫永远都这么幸福！"

包间里，他的同学跟着起哄。

在蜡烛微弱的光里，她望向薛裴，发现他听到这句话时，嘴角微微弯着，发现她看过去，又敛住了笑。

回去的路上，他握着她的手，忽然开口："不是我教他这么说的。"

她点了点头："我知道。"

这个暑假，朱远庭在北城一家互联网公司找到了实习工作，所以没回家。

吴秀珍和朱建兴两个人在家里待着无聊，心血来潮，便想来北城找他们。

两个人昨天晚上刚决定好的，第二天早上就出发了。

来得匆忙，她没有告诉朱依依，也没有告诉朱远庭，想着给他们一个惊喜。

吴秀珍带了不少家里的特产过来，想着先拿去给朱依依。

只是，当他们去到朱依依以前的出租屋敲门后，才发现里面住的竟然是一个大学生。

"叔叔阿姨，你们是……？"那人也正疑惑地望着他们。

这下，吴秀珍和朱建兴都蒙了。

恰巧这会儿房东大姐下楼扔垃圾，走过来问这是怎么回事。

得知这是朱依依的爸妈后，房东大姐耐心地和他们解释："你们的女儿不是搬去和男朋友一起住了吗？她都搬过去两三个月了。"见他们一副惊讶的神色，房东大姐又说，"怎么？她没告诉你们啊？"

吴秀珍皱着眉头，更是疑惑："男朋友？"

聊到这个，房东大姐兴奋起来，又多说了几句："怎的？原来你还没见过啊？那你见到肯定老满意了，反正他长得是又高又帅，跟电视里的明星似的，整栋楼就没人不羡慕你女儿的。"

吴秀珍听了这话也高兴起来，想着估计是依依怕她催婚所以故意不和他们讲，便先去找薛裴打听一下情况。

要是依依实在不愿意让他们知道，她也只好睁一只眼闭一只眼。经过李昼那件事，她也知道婚姻这事急不来，也不能急。

一个小时后，他们来到了薛裴的住所，在门口按响了门铃。

很快，有人来开门，正是穿着睡衣的朱依依。

门口有人按门铃，朱依依午睡刚睡着就被吵醒了。

她以为是前些天在网上买的零食寄到了，也没多想，就穿着拖鞋去开门。

打开门时她还打着哈欠，只是下一秒，立刻就清醒了，前所未有地清醒，瞳孔缩小，说话也跟着结巴起来："爸、妈，你……你们怎么来了？"

吴秀珍看到她身上还穿着睡衣，更是疑惑："你怎么在薛裴这里，昨晚没回家吗？"

大脑快速地运转，朱依依编了个借口："昨晚公司在这附近聚餐，太晚了，我就过来借住了一晚。"

"哦。"吴秀珍没有多想，和朱建兴在沙发上坐下。

朱依依进卧室里换衣服时，吴秀珍看着茶几上两个很相似的杯子，还有那些乱七八糟的零食，全是自己女儿爱吃的，就觉得不大对劲，一下又联想到了那个房东大姐说的话。

长得又高又帅，这说的不就是薛裴吗？

吴秀珍起身走到衣帽间里看了一眼，朱依依夏天和冬天的衣服整整齐齐地摆放在衣柜里，一看就不是她说的过来借住一晚。

朱建兴见她从衣帽间里出来后，乐得皱纹都深了。

"哎呀，咱女儿可真有福气，太给咱俩争气了。"

朱建兴："咋了？"

吴秀珍没搭理他，等朱依依换完衣服出来，又是埋怨又是欢喜地冲她说："你说说你这孩子，这么大的事竟然一直瞒着我们。你还真藏得住事啊，都在一起这么久了，还什么都不和家里说呢。"

朱依依倒吸了一口凉气，看吴秀珍那神情，就知道已经完了。这个屋子里到处都是情侣同款的东西，她实在难以解释，也找不到什么借口。

吴秀珍问什么，她就只好答什么。

一整个下午，吴秀珍开心得嘴角都下不来，在心里都盘算好孙子和孙女的名字了，又到阳台上给薛裴的妈妈打电话。吴秀珍嗓门大，即便离得这么远，朱依依也将电话内容听了个大概，头痛得不行。

额头上冒出了汗，朱依依在手机上给薛裴发消息。

"你在忙吗？"

今天是周日，但新游戏上线后，薛裴就一直在忙，一早就出了门，说要晚上才回来。

薛裴过了一会儿回了消息过来："怎么了？"

朱依依硬着头皮跟他说："我爸妈来北城了，现在在你的公寓里……"

很快，她就收到了薛裴的回复。

"别担心，我马上回去。"

吴秀珍打完电话回来，眉飞色舞地和朱依依说："我和薛裴的妈妈说了，她也高兴得不行，说明天就过来。真是的，要不是我来这里一趟，还真不知道你们要瞒我们到啥时候。

"薛裴这孩子多好，妈特别满意，以后下一代的身高、长相、智商是肯定不用愁了。幸好当初没和那个李昼结婚，你看现在多好。"

吴秀珍早就把自己女儿说不想结婚的事情抛在了脑后。在她看来，女儿不想结婚是针对李昼那样的人来说的，薛裴和依依青梅竹马长大的，感情那么好，没理由不结婚。

朱依依几乎两眼一黑，却也只能笑着敷衍。

她频频抬头望向墙上的时钟，从来没有像现在这样这么希望看到薛裴。

她潜意识里觉得，他一定有办法解决这件事。

不知道从什么时候开始，她渐渐又开始依赖薛裴来为她解决问题了。

半个小时后，薛裴的身影出现在门口，朱依依松了一口气。

薛裴刚坐下，"拷问"开始前，朱依依接到了肖总打过来的电话。估计是有急事，她只好先到楼上接电话。

这个电话打了半个小时，上周他们合作过的某个博主因为发表了偏激的言论上了话题榜，肖总让她把相关的物料全都撤下来，免得损害品牌形象。

她一边关心楼下的情况，一边联系晓芸删除官方平台发布的视频，心里七上八下的。

等她从楼上下来时，客厅里的气氛已经变了。吴秀珍刚才还满脸笑容，现在换了副表情，脸色阴沉，接下来的聊天内容再也没有谈过任何与婚姻、恋爱有关的话题。

她甚至觉得吴秀珍和薛裴说话时，竟然还带着些敌意，夹枪带棒地挖苦、讽刺。

仅仅半个小时，吴秀珍心目中的最佳女婿就这么掉下神坛，贬为凡人。

朱依依好奇地望向薛裴，试图从他这里找到答案。薛裴却不动声色，示意她看手机。

薛裴："都处理好了，没事了。"

朱依依心里疑惑，在键盘上打字，只是打了又删，最后把手机放到了一旁。

算了，她还是晚上再问他吧。

晚饭时，气氛更是压抑，吴秀珍从头到尾都没和薛裴交流，只有朱建兴偶尔才和薛裴搭几句话，不让他太尴尬。

时间不早了，薛裴提议他们今晚就在楼上住。

吴秀珍拒绝了，非怄气地要到外面的酒店住。

薛裴正准备送他们，吴秀珍又说："不用了，让依依送我们去就行。"

朱依依更是奇怪了，心想：到底薛裴和吴秀珍说了什么，让她态度一百八十度大转变？

很快，她就知道了答案。

她刚送父母到门口，吴秀珍就说："依依啊，薛裴这人太不靠谱了，你可千万别被他带偏了。"

朱依依愣住："怎么？"

"他对我和你爸说，他是什么不婚主义者，这辈子都不打算结婚了，还说得头头是道的，我都差点儿被他绕了进去。难怪你之前说不想结婚了，肯定就是被他影响了。女儿啊，你可不能稀里糊涂地被他骗了……"

朱依依反应过来了。薛裴这是担心家里人催他们结婚，担心她会为难，所以先把责任往自己身上揽了。

想到这里，她眼睛有些热，声音也有些哽咽："妈，我不想结婚的事，和他没有关系。"

"总之，一个男人要是连婚姻都不愿意承诺，那还能承诺你什么呢？他能对你有多好？我看哪，他就是没有那份心。依依，你还是赶紧搬出来。"

在这件事上，吴秀珍对待自家孩子和对待别人是两套标准。她观念传统，总觉得两个人这样不清不楚地就同居，对自家女儿来说太吃亏了。

送吴秀珍和朱建兴到了酒店，朱依依回到了公寓里。

薛裴已经洗完澡，坐在书房里看书。她走近时，闻到了他身上清爽的沐浴露香气。薛裴伸手稍稍一用力，拉着她坐在了他的腿上。

"送叔叔阿姨到酒店了？"他问。

朱依依点头，沉默了几秒，开口问道："我妈……下午是不是骂你了？"

薛裴轻笑了一声，随后点头："嗯。"

"骂得很难听？"

薛裴想了想，回道："是有点儿。"

朱依依了解吴秀珍的性格，从刚才她说话的语气看，就知道下午她肯定冲薛裴发脾气了。

"骂你什么了？"

薛裴没告诉她。

"谢谢。"此时此刻，她就想对他说这句话。

谢谢他为自己考虑了这么多。

谢谢他宁愿被误解，也要维护她。

"你只需要享受接下来的时间，其他的不用想，都交给我……"薛裴在她的额头上印下一吻，"有我在呢。"

薛裴的眼神温柔如水，她心里颤了颤。

"以后我妈要是骂你的话……"

"嗯？"

"她要是骂你的话，你要告诉我，"朱依依低着头，说得很小声，"我送你一个补偿的礼物。"

薛裴眼睛亮了："这么好？那希望阿姨以后多骂一点儿。"

两个人安静地对视着，当下的时刻，很适合接吻。

是薛裴先主动的。

情动时，她也将手挂在了他的脖子上。

唇舌间都是彼此的气息，两个人吻得难解难分的时候，薛裴的手机响了。

薛裴的妈妈打了电话过来。

朱依依提醒道："你先接电话。"

"好。"

薛裴拿着手机走到了阳台上。

夏天的夜晚，星星明亮，但晚风闷热……

他想：明天大概又是一个雨天。

电话接通，一向说话轻声细语的母亲语气都严厉了起来，在电话那头质问："刚才秀珍打电话告诉我，说你以后都不打算结婚了，这是真的？"

薛裴的声音比夜晚的风更闷，他轻声应道："嗯，是真的。"

"这又是为什么？怎么就不结婚了？"她难以理解，不断追问，"怎么从来都没听你提起过？"

薛裴沉默了很久，无法作答。

他望向夜色深处。

因为，他注定不能和他爱的人在一起。

吴秀珍在北城待了不到一周就回去了。她来之前原打算在这里住一个月，但出了这档子事，被气得提前说要回老家。

他们回去那天，朱依依和薛裴送他们到高铁站。

坐在后座上的吴秀珍一路上都没给薛裴什么好脸色，说话也都绕开他，谈起社会新闻，也要含沙射影地说上两句，朱依依尴尬得一直没有搭话。

路还很长，朱依依心里有些过意不去，朝驾驶座上的薛裴看了过去。恰巧这会儿是红灯，薛裴也正转头看向了朱依依。两个人一对视，吴秀珍就在后座上咳嗽以作警示，朱依依立刻收回了视线。

好不容易到了高铁站，在进站前，吴秀珍又当着薛裴的面，对朱依依说："听我的，这几天尽快搬出来，租房的钱可不能省，现在这么不清不楚的，算怎么回事？"

朱依依敷衍地应了几句，催促他们进站。

吴秀珍推着行李箱刚转过身，薛裴就牵住了朱依依的手。

幸好吴秀珍没回头看他们。

"我妈就这个性格，脾气上来的时候，连路过的蚂蚁也得被骂上几句。"

薛裴嘴角微勾："没事，阿姨骂得对。"

朱依依笑了笑。大概薛裴是世界上唯一一个被吴秀珍骂了一周还能坦然地说出这句话的人，连她都觉得有些话实在太难听。

不过没一会儿，薛裴又说："但是……"

"但是什么？"

"但你不能搬出去。"薛裴低头看着她，试图用眼神说服她，"搬出去了，谁给你做饭？"

朱依依做思考状，眨了眨眼，最后点头说："有道理。"

回去的路上，她看着薛裴的侧脸，思绪逐渐发散。

察觉到她在看自己，薛裴心里有些忐忑，喉结上下滑动。

他问她："在看什么？"

"没什么。"

周末，朱依依在网上买的猫爬架到了。

午睡醒过来后，她就把快递箱拆了，对着教程组装起来。

之前买的猫爬架都是她自己装的，但这次大概是结构太复杂了，零件也特别多，组装了一会儿还没有弄好，只能去向薛裴求助。

薛裴正穿着蓝色的睡袍靠在书房的沙发上看书，窗外的阳光透进来，连他的发丝都染上了金色的光。粥粥在他旁边窝着睡觉，发出"咕噜咕噜"的响声。

这一幕有难以言喻的温馨感，她站在门口静静地看了几秒。

薛裴看书看得专注，没发现她，于是她走过去戳了戳他的肩膀。

他合上书，眼神温柔地望向她："怎么了？"

"买的猫爬架到了，但我不会装。"

薛裴失笑，摸了摸她的头："我来。"

他把书放下，走到客厅里，拿起地上的安装图纸看了几眼，大概是已经看明白了，于是半蹲在地上，数了一下零件，拿起木板开始搭建底部的小木屋。

朱依依就看着他的背影，看着他用螺丝将木屋的结构固定，把绳柱拧紧，又在边缘挂上彩色的小毛球。

猫爬架一点点完成，薛裴回头对她笑："快弄好了。"

"嗯。"

她也半蹲在地上，看着图纸一起帮忙，给薛裴递需要的零件。

这一刻，她竟然觉得幸福。

是的，幸福，属于平凡生活里的点滴的幸福。

她本来不是能心安理得地接受别人的付出的性格。别人对她好一分，她也要还一分，分得很清楚。

但这段时间以来，她好像渐渐习惯了薛裴对她的好。他单向付出，不求回报，像慢性毒药，一点点渗透进了她的生活里，让她越来越依赖他。

晚上，薛裴回了公司，她在手账本上记账，不知怎么的，又想起了下午那一幕。

像是某种下意识的行为，如同上课时忽然开起了小差，朱依依手中的笔在纸上涂涂画画，人物的雏形就有了——身形高大的男人半蹲在地上搭建着木屋，神情极其专注认真。

只是还没画完，当意识到自己正在干什么时，她就立刻停了下来。

所以，最后纸上只有半张未完成的画。

等薛裴加完班回来，她看到他还有些别扭，眼神闪躲着，才十一点就回了卧室。

房门是关着的，屋里只开了一盏台灯，薛裴走进来时，她还没睡着。

朱依依旁边的位置陷了进去，薛裴已经在旁边躺下。

片刻后，她听见薛裴小声问道："睡着了？"

她没有回答，嘴唇紧抿着装睡。

薛裴以为她是真的睡着了，但在收回视线前看到了她还在颤动的睫毛。薛裴静静地观察了一阵，最后得出了结论。

他轻声笑道："今晚怎么在装睡？"

朱依依还在强撑……

薛裴伸手轻轻戳了一下她的脸颊，果然下一秒，她就破功了。

她从小就是这样，一逗就笑。

被揭穿的朱依依还没找好借口，薛裴已经替她找好了。

"怎么装睡？是今晚不想吗？"

她硬着头皮点头："嗯，对。"

"最近太频繁了？"

"有点儿。"

薛裴弯起嘴角，把台灯关了。

"好，那睡觉吧。"

灯一关，朱依依就睁开了眼睛。月光映在她的眼里，她此刻毫无睡意。

薛裴习惯性地从后面抱着她睡觉，轻声附在她的耳边说了一句："晚安，——。"

八月，朱依依的公司放了几天高温假，薛裴提议和她一起去玉城旅行。

周时御知道后，也来凑热闹，说可以组个情侣局，他也带上自己的女朋友一起去。

他对薛裴说："让你看看真正的情侣是怎么相处的，学着点儿。"

薛裴没同意，但周时御找上了朱依依。周时御知道只要朱依依点头，薛裴的反对票就完全不值一提。

朱依依自然没意见。当下，周时御就拉了一个四个人的小群，还起了一个很土的名字——玉城蜜月之旅。

傍晚，薛裴去接朱依依下班时，朱依依想起了这件事，问他："周时御说你不想让他去，为什么？"

她有些不解。

薛裴说："他太吵了。"

朱依依失笑："你也差不多。"

"可是，我只在你面前这样，"薛裴笑着为自己辩解，"但他在所有人面前都那样。"

出发的前一天，朱依依和薛裴一起去逛超市。在推着购物车去结账的路上，他们遇到了江珊雯和她男朋友。

迎面撞上，朱依依只好打了声招呼。

江珊雯望向他们牵着的手，话里有话："感情还这么好，真羡慕。"

朱依依礼貌地回道："你们也很恩爱。"

说到这里，江珊雯的男朋友也顺势介绍了一下自己——原来是退役的击剑运动员，难怪朱依依刚才就觉得这人眼熟，好像在电视上见到过。

没什么交谈的必要，礼节性地握手后，薛裴便想离开。

但临走前，江珊雯又对朱依依说："上次聊得挺愉快的，希望下次还有机会一起喝杯咖啡。"

就这一句话，让薛裴后背一凉。

回到车上后，不知想到什么，薛裴已经有些脸色不好了。

朱依依系好了安全带，但薛裴仍没有发动车子。她疑惑地转过头看向他。

"你们什么时候见面了？"

朱依依如实回答："前两个月。"

"她找你的？"

"是啊。"

薛裴屏住了呼吸："你们……都聊什么了？"

朱依依也沉默了几秒，犹豫要不要告诉他事情的真相，可又觉得没有必要。

一个问题想了一百遍，就不再是问题。很多事情她都已经想通了，再提起也是自寻烦恼。

所以她只对薛裴说："她只是找我喝杯咖啡，没聊什么。"

朱依依的神情实在太坦然，薛裴看不出任何端倪，这才稍稍松了一口气。

次日，他们就去了玉城。

在飞机上，朱依依终于见到了周时御的女朋友瑶瑶。之前她只在朋友圈里看过照片，现在看到真人，觉得真人比照片更漂亮。

飞机已经起飞，他们的座位挨着，瑶瑶发现自己忘带蓝牙耳机了，就找朱依依借。

朱依依和薛裴用同一副，于是就把自己的借给了瑶瑶。

瑶瑶接过耳机，小声说道："说实话，我一直好羡慕你。"

"啊？"朱依依蒙了。

瑶瑶看了一眼朱依依旁边的薛裴，然后用口型说了两个字："好帅。"

正在闭目养神的周时御却忽然开口："还不说小声点儿，我已经听见了。"

朱依依也跟着笑了起来。

她转过头看向一旁的薛裴，他正在看财经杂志，看得很认真，大概没留意到发生了什么。

察觉到她投过来的目光，他以为她是想看舷窗外的云，把杂志合了起来，但她的目光还停留在他的脸上。

"在看什么？"

朱依依诚实地回答："看你。"

"看我？"薛裴勾了勾嘴角，眼里闪烁着光，第一反应是把手机递了过去，"是要检查手机吗？"

一行人到达玉城的第一个行程，是瑶瑶选的。

玉城有个著名的景点叫姻缘桥，传说只要情侣在桥上挂上姻缘锁，两个人的缘分就会锁在一起一生一世，很多情侣正是为此才特意来这里一趟的。

今天不是周末，但还是有很多人过来，瑶瑶拉着周时御的手走过去排队买姻缘锁时，薛裴和朱依依两个人都没动。

在队伍里的周时御疑惑地望向薛裴："你们不来吗？"

薛裴摇头："你们去吧。"

瑶瑶也觉得奇怪，目光在朱依依和薛裴之间来回游移。

朱依依望着薛裴脸上失落的神情，好像明白了什么。

因为在他看来，他们是没有未来的。

他不想耽误她。

傍晚，他们在当地一家主题餐厅里吃晚饭。

瑶瑶今天用相机拍了不少照片，让朱依依坐过去陪她一起看。

大部分是风景照，也有瑶瑶和周时御的合照，再往下翻的时候，瑶瑶把相机递到了朱依依的手里，有些不好意思地说："这几张是偷拍你们的。"

照片里，朱依依站在桥上，右手指着远处的雪山，示意薛裴去看，而薛裴站在她旁边，眼睑低垂地看着她。

这个时候，朱依依忽然意识到她和薛裴在一起的这八个月，没拍过任何一张合照。

瑶瑶不知道她在想什么，只问她："要不我一会儿把照片传给你？"

朱依依这才回过神来："好啊，谢谢。"

今晚吃的菜里有虾，朱依依刚放下相机，薛裴就把盘子里已经剥好的虾往她跟前推去。

平常在家里这样习惯了，朱依依没觉得有什么便接了过来，但旁边的瑶瑶看着正在低头吃饭的周时御就来气。

瑶瑶喊周时御的全名："周时御！"

"啥？"

她望向朱依依盘里已经剥好的虾："你看看人家。"

周时御放下筷子，叹气："行、行、行，我给你剥。"

脸"唰"的一下红了，朱依依把餐盘推到中间："要不大家一起吃吧？"

"不用、不用，就得让他学学别人是怎么当男朋友的。"

周时御苦笑，认命地戴上手套开始剥虾。

其间，朱依依去了一趟卫生间，回来的时候恰好听见周时御在和瑶瑶说："你不了解他们的情况，咱们是两情相悦、真心相爱的，薛裴和依依可不一样。"

"哪里不一样？"

"他们能在一起，全靠薛裴用生命和肉体争取来的，依依不过是将就着和他在一起——咱们俩这么恩爱，没必要和他们比。"

朱依依看到薛裴只是笑，但没有反驳。

瑶瑶疑惑地问："是吗？我怎么觉得依依也挺喜欢薛裴的？"

等朱依依回到座位上，他们已经开启了下一个话题。

吃完饭，他们便开车回民宿。

回去的路上，周时御看着薛裴的背影，忽然想起一件很久远的事。

年初伤情最严重的那段时间，一天里薛裴清醒的时间就只有几个小时。

有一天他去医院看薛裴，薛裴拜托了他一件事。

薛裴想让他当遗嘱的见证人。

薛裴担心下一次手术会失败，所以提前立好了遗嘱。

让周时御意外的是，除了薛裴的父母，还有一个受益人是朱依依。

周时御陷入了沉默之中。

即便他知道薛裴和朱依依有从小一起长大的情谊，但仍旧不能理解。无论怎么说，朱依依和薛裴没有任何亲属关系，薛裴留下这么大一笔遗产给她，不合常理。

他试图劝导："你和她什么关系都没有，而且还是为了救她爸才受的伤，要我说，也是她该报答你。哪有你这样的，把命赔上了，还要把钱也搭进去？"

"可是，我昨天梦到我和她已经举行过婚礼了。"薛裴目光悠远，像是看到了某个既定的结局，"你说，如果我就这么死了，她会永远记得我吗？"

周时御笑了笑，说出口的话异常残忍："她会拿着你的钱，和别人在一起开开心心地生活。"

薛裴没再说话，闭上了眼。

在手术的前一天，周时御和刘医生成了薛裴的遗嘱的见证人，这是当时薛裴最后的心愿。

回想起这件事，周时御眼眶都有些湿润。

幸好他们现在在一起了，好像还相处得不错。

其实一直以来，他都不看好薛裴和朱依依的这段感情，错过的爱情想要挽回要付出的实在太多……

但是，他仍然希望他们能有一个好的结局。

深夜，房间里已经关了灯，只有月亮微弱的光映在脸上。

朱依依望着窗外发着呆。

今天走了一天的路，身体已经很疲惫，但她有些认床，躺了快半个小时，还是没睡着。

身后没了动静，她不知道薛裴是不是睡着了。

她转过身，小声地喊他的名字："薛裴？"

"嗯？"薛裴睁开了眼睛。

朱依依望着窗外，眼睛忽闪忽闪的："外面的是玉城雪山吗？"

他们今天回来得晚，天已经黑了，什么都看不到。

薛裴也顺着她的视线，望向黑漆漆的夜。

"是，想去吗？"

"想，但那么高，我肯定爬不到顶峰。"

薛裴："没关系，走不到终点就算了。"

这话也像是说给自己听的，他想：不是所有的旅程都一定要走到终点才算圆满。

薛裴话里有话，朱依依没有听出来。

"听说上面的风景很漂亮，要是走不到终点，太可惜了。"

玉城昼夜温差大，晚上比白天气温低了十多摄氏度，薛裴将她抱紧了些。

"今天玩得开心吗？"薛裴问她。

"开心呀。"

薛裴只当她是喜欢和周时御的女朋友一起聊天，便说："那以后多约他们一起出来玩。"

"好。"

知道她认床睡不着，薛裴给她讲了一个睡前故事，但还没讲到结尾，她就已经睡着了。

旅行的第三天，他们还是去了玉城的雪山。

他们在山下找了向导，又背着氧气瓶和其他登山的装备，天还没亮就出发了。

一开始大家都兴致高昂，但这几千米的海拔，朱依依已经做好了走不到终点的准备。

果然，还没攀登到一半，离雪线还有很遥远的距离时，瑶瑶就有些身体不适了。最后，他们决定放弃。

朱依依拄着登山杖下山时，薛裴忽然对她说："那天，江珊雯是不是对你说了什么？"

朱依依身形一顿，走路的速度就此慢了下来，两个人和周时御他们拉开了距离。

她否认："没有，你那天不是问过了吗？"

安静空旷的山里，薛裴的声音显得异常清晰。

"在登山前，我就和自己说，如果今天我们能顺利地登上山顶，我就把这件事告诉你。其实我心里知道，这几乎是不可能的。"说到这里，薛裴自嘲地笑了笑，"无论以前还是现在，我都是一个懦夫，永远不敢面对自己曾经做过的错事。"

但此时此刻，他想向她坦白。

和她在一起的每一天，他越是感到幸福，就越是对自己做过的事感到后悔、愧疚。

他编造了太多的谎言，总害怕谎言被揭穿，而后失去现在所拥有的一切……这是他第一次有勇气向她坦白。

在薛裴口中，朱依依听到了故事的另一个版本。

他说，他不知道该如何面对她的感情，更不希望她疏远自己，所以做了自以为正确的决定。

他说，他和江珊雯真正在一起的时间并不长，只有半个月。

…………

朱依依身上穿着冲锋衣，戴着雪镜，低着头。薛裴看不清她的表情，一颗心像悬在冰天雪地里。

过了好一阵，他才听见她闷声说："我当年对你的喜欢，让你很困扰吗？"

薛裴听到她的问话，立刻哽咽了："我从来没有这样觉得。"

他只是混淆了亲情和爱情。

山上风大，他们身上的衣服被吹得"簌簌"作响，发丝贴在了脸上。

"如果当时你直白地拒绝我就好了，"朱依依一路跋涉，太久没喝水，声音有些干涩，"说不定我早就喜欢别人了。"

薛裴转过头看向她，心里酸涩得不像话。

两个人手上都戴着厚厚的手套，薛裴仍握住了她的手，他的眼神比雪更纯粹："如果可以回到那个时候，我要做的第一件事一定不是拒绝你……"

他话还没说完，周时御响亮的声音就突兀地插入："你们怎么走得这么慢？我还以为你们走丢了！"

他们落后得太多，周时御和向导返回来找他们了。

朱依依望向挂在山间的太阳，轻声说道："下山吧，天快黑了。"

下山的路还很长，朱依依的情绪没什么异样，两个人像来时一样说着话。

她无所谓的态度，也让薛裴心里明白，她不会再在乎这些事情，就像她已经不会再在乎他。

九月份，朱远庭开学，听说作为学生代表在新生面前发言了。

朱依依午休醒来，发现朱远庭分享了他们学校公众号的文章，又截图了其中的一帧，正是他登台演讲的照片，还挺像模像样的。

朱远庭："姐，今天我上台发言啦，现在还有点儿紧张呢。"

朱依依也替他高兴："这么厉害啊。"

她给朱远庭发了一个红包，但朱远庭没领，回她："争取向姐夫看齐！对了，我领到奖学金了，这周我请你和姐夫吃饭吧。"

朱远庭是个舍得花钱的人，一共领到五千块奖学金，定的餐厅就要人均一千元起。

这家餐厅的夜景很美，从落地窗往外看，能看到城市的地标建筑。

吃饭的时候，他们遇上有人在餐厅里求婚。小提琴琴声悠扬，男人拿着钻戒在女孩儿面前跪下，全场的目光都被吸引了过去，朱依依也转过身看去。

女孩儿眼中含泪，把右手伸到了男人面前，让他为自己戴上戒指。

在场的人都鼓起掌来。

薛裴看了两眼就收回了视线，用方巾擦拭嘴角。

朱远庭感慨道："薛裴哥，你求婚的时候不会也用这一招吧，比如把戒指放进甜品里什么的？"

他话音刚落，空气好像凝固了似的，薛裴动作一顿。

朱远庭明显地觉得气氛不对了，但也不知道问题出在哪里。

他连忙岔开了话题："对了，你们上次不是去玉城玩吗？有没有照片给我看看？我也想和朋友一块儿去玩来着。"

朱依依把手机递给了他，然后起身去洗手间。

朱远庭点开相册往下滑，忽然发现了什么，手指停顿了几秒。

里面有一个相册里全是薛裴的照片，只有几张，但都是背影或侧脸照。

薛裴哥系着小熊围裙在料理台前切菜，朱远庭一看就知道那围裙是他姐买的，这么幼稚。还有薛裴哥戴着眼镜在电脑前工作、抱着粥粥站在阳台上吹风、推着购物车走在前面的背影……

这些照片和平时看到的薛裴哥的样子相差太大，朱远庭忍不住笑了出来。

薛裴疑惑地问："怎么了？"

朱远庭摇头，憋着笑："没什么。"

看到他们感情这么好，他就放心了。

今年国庆节，他们都回了老家。

在回来之前，朱依依就预料到了什么。

果然，薛裴一来他们家，吴秀珍就给他脸色看，和从前的待遇天差地别。

所以，他们见面都只能偷偷地见，要么等天黑了在小区楼下见面，要么就只能等吴秀珍不在家的时候，薛裴才能过来。

有时候，两个人一天都见不到一面。

晚上在房间里打视频电话时，朱依依将手机放在旁边，聊着聊着就睡着了。屏幕里已经是一片漆黑，薛裴听着她平稳的呼吸声，过了好一阵才把电话挂断。

压抑了太久，回到北城，几乎是一回到公寓，两个人就靠在墙上亲得难解难分，衣服一件一件褪去，裸露的皮肤接触到地毯，有轻微的痒意。

两个人还没开始，粥粥就摇着尾巴跑了过来，瞪着浑圆的眼睛看着他们。

薛裴轻轻笑了声，右手捂住了粥粥的眼睛："听话，小朋友不能看。"

朱依依也跟着笑了笑，摸着粥粥的头。

"还是回房间吧。"

结束时，她的肩膀上有他留下来的牙印，他的后背上有她留下的抓痕，足见刚才战况有多激烈。

薛裴眼睛湿漉漉的，脸上像是狗狗看到主人时的神情，他的嗓音还带着动情后的沙哑，异常性感："这几天，我都睡不好。"

"为什么？"

"习惯了要抱着你睡。"

朱依依愣了愣。

薛裴的右手环在她的腰间，薛裴闻着她发间清爽的洗发水香气，低声说道："幸好，今晚可以不用失眠了。"

第二十章
Final night（最后的夜晚）

生活像水一样流淌而过，缓慢地浸没每个人的脚。

上班、下班、吃饭、睡觉，平静的生活一日又一日地重复。

受身边朋友的影响，朱依依最近也喜欢上了养花。

她在市集上买了桂花的种子。桂花喜温，她便把它种在了阳台上。早上上班来不及，她就让薛裴帮忙浇水。

每天下班回来，她都会去阳台上看看，给它浇水施肥。

她用心地观察着它的变化，只是生长出来的枝叶好像和想象中的不太一样。她以为是新的品种，没太在意。

她等了一个月，终于开花了。淡粉色的花瓣在夜晚散发出清雅的香气，即便她不懂花，也能看出来这花的形状、花苞和桂花的完全不一样——她这时候才意识到摊位的老板给她拿错了花的种子。

虽然和她最初想要的花不一样，但好像也不错。她慢慢接受了现实，不再纠结这是桂花还是别的什么花。

这株她不知名字的花就这么留在了家里。

养花、养草、养生，生活变得很慢，她好像提前步入了老年人的生活。

吴秀珍依旧时不时打电话过来念叨，一通电话要打上好几个小时。朱依依一边看电视，一边听吴秀珍重复着同样的话，然后在恰当的时间敷衍地应上两句——这是她应付吴秀珍的诀窍。

有一天，从书房出来的薛裴把电话接了过去。她从客厅看向阳台，薛裴拿着手机一边点头一边和吴秀珍说着什么。她几乎都能猜到吴秀珍是用怎样的语言在挖苦讽刺，但薛裴仍是很有耐心地和吴秀珍解释着。

"以后阿姨的电话，我来接吧。"他说。

后来，薛裴接电话接得多了，吴秀珍不再从朱依依那里入手，而是直接给他打电话，想让他知难而退。

再后来，吴秀珍也没了办法，给她发消息："真是搞不懂，你说薛裴哪儿哪儿都好，做事样样都那么体贴，前几天听说你爸腰椎不舒服，他还给你爸买了按摩椅，这么好的孩子为什么就是不肯结婚呢？"

吴秀珍发来消息的时候，薛裴正戴着眼镜坐在沙发上看书，长腿交叠，骨节分明的手指翻动着书页。

朱依依看着他，脑海中忽然闪过很久之前他对她说过的话。

"我们可以不结婚。如果你愿意，我们可以领养一个孩子，我会让他接受最好的教育，会让他在幸福的环境里长大。"

他说，这就是他对婚姻的全部憧憬。

许是一年前的事了，她也不知道怎么会在此刻突兀地记起。

察觉到她的视线，薛裴摘下眼镜，转头望着她。

朱依依把躺在脚边的粥粥抱了起来，挠着它的下巴："你有没有发现粥粥最近胖了不少？"

薛裴打量了几眼，轻笑了一声："好像是有点儿。"

朱依依开起了玩笑："你明天健身带它一起去吧。"

"好啊。"

粥粥"喵"了一声从她的怀里挣脱，像是在抗议。

天气转凉，周五下了班，团队里的人约了一起去吃火锅。

席间大家聊起了旁边组的八卦，听说旁边组的领导和前妻复婚了，也不知道消息是从哪里传出来的，传得有鼻子有眼的。

"我那天看到他前妻和孩子在楼下等他下班，应该是真的吧。"

"估计是为了孩子才复合的，毕竟孩子还那么小。"

"但也是有感情的吧，不是说他们大学一毕业就结婚了吗？那都有十几年了。"

一聊起八卦大家都停下了筷子，只有朱依依夹起毛肚放在红油里涮，只顾着吃，没怎么说话。

她已经好几天没碰过重油重盐的食物了。

前几天她的喉咙有点儿不舒服，薛裴不让她吃让人上火的食物，顺带把家里的零食都收了起来，这几天煮的也都是些清淡的汤和粥。压抑了这么久，这会儿闻到这香味，她有些忍不住了。

　　大家还在聊着，从个人问题延伸到了感情问题，晓芸忽然好奇地问她："依依，你怎么不说话呀？"

　　"啊，你们在聊什么呢？我刚才走神儿了。"

　　"我们在聊一段感情里最重要的是什么？"晓芸凑近问她，"你觉得是新鲜感还是陪伴？"

　　毛肚蘸上蘸料，朱依依被辣得一边吸气一边喝水，没细想就说："陪伴吧。"

　　如果是新鲜感的话，两个人总会有腻烦的那一天。

　　吃完火锅出来已经是晚上十点，深秋的风一吹，树叶摇摇晃晃地从树上掉落，朱依依把外套紧了紧。

　　似乎只是一顿饭的时间，北城就到了冬天。

　　瞧见薛裴的车在马路对面等着，朱依依低头闻了一下外套，果然，有很浓的火锅味……

　　晓芸也认出了薛裴的车，推了推她："那你快过去吧，我打的车也快到了。"

　　"好，那你到家记得给我打电话。"

　　绿灯还有十来秒，为了赶上这一趟，朱依依几乎是跑过去。薛裴不知什么时候也下了车，在马路这边等着她，目光明亮，嘴角含着浅笑。

　　一走近，她就心虚地说："今天聚餐，他们说想吃火锅，我就陪他们一起来了。"

　　薛裴尾音上扬："哦？"

　　"我们点的鸳鸯锅，我吃的是清汤锅。"

　　薛裴挑了挑眉："真的？"

　　他凑近了闻，呼吸打在她的耳后，令她那一侧的皮肤酥酥麻麻的。

　　"当然是真的，不信你去问晓芸。"朱依依眼观鼻，鼻观心，身上的味道实在太重了，于是提议，"要不我们散一会儿步吧。"

　　"好。"

　　薛裴打开后座的车门，从车上拿了围巾帮她系好。

　　她的头发被撩到了耳后，酒红色的围巾绕了脖子一圈，薛裴靠近时，她周身顿时环绕着冷冽的雪松味道，和这天气异常相称。

朱依依想起早上出门上班时，他说晚上会降温，让她多穿件衣服，自己没当一回事，没想到还真的就变冷了。

系完围巾，薛裴又弯腰看着她，眼底星光熠熠。

路边人很多，朝他们看了过来，朱依的脸颊有些热。

"怎么这样看我？"

薛裴用指腹在她的唇上轻轻擦拭着，辣椒油沾在了指腹上。

薛裴嘴角微勾："偷吃忘记抹嘴了。"

事情败露，朱依依的脸红得快要滴血，她说："只吃了一块，晓芸给我夹的。"

薛裴还在笑："嗯，看来都是晓芸的问题。"

两个人牵着手沿着商业街一路往前走，风越来越大，路上的行人都裹紧了身上的衣服，把风衣拉链拉到最高。

路边的树叶子都快掉光了，朱依依仰头看着光秃秃的枝丫，感慨："冬天是不是快来了？"

薛裴脚步停顿了几秒，望向远处的黑夜。

是啊，冬天快来了，他的故事快要结束了。

层层叠叠的雾在面前铺开，藤蔓像吐着芯子的毒蛇一样缠上了他的脚，空旷的平原里空无一人，他只能听见飞鸟留下的哀鸣。

又是在这样的一个清晨，秃鹫正在啃食着他的内脏，像是一场漫长的、没有尽头的凌迟。

薛裴躺在草地上，清醒地看着它尖长的嘴是怎样将肉撕成细长的条状，吞食进口中。越来越多的秃鹫环绕在四周，张开黑褐色的翅膀向他扑了过来。

生命在流逝，他感受不到疼痛，只是眼神空洞地看着这一切发生，看着鲜血染红了衣服，染红了这片草地。

天空是诡谲的紫红色，在最后时刻，他好像听到有人朝他跑了过来。

她喊的是他的名字，声音凄厉。

薛裴从梦境中醒来时，眼角是湿润的。

入冬以来，他就反复做着同一个梦——被秃鹫啃食而亡，尸体的残骸在野外暴晒。

这像是不好的预兆。

他每次惊醒，后背都是被汗浸湿的。

借着暗淡的月光，他看见朱依依还躺在他身旁，睡得香甜，右手搭在他的身上。

他急促的呼吸渐渐变得平稳。

他已经记不清有多少个夜晚这样看着她入睡。

他几乎不忍闭上双眼，因为还有二十天，一切就要结束了。

他一眨眼，有什么东西从眼角滑了下来。

那是一种目睹着有什么东西从生命中流逝却又无可奈何的感受，就像那个残忍的梦，最终他都会一无所有。

朱依依半夜醒过来，发现薛裴不见了。

床的另一侧空荡荡的，月光洒在被子的褶子上，如同波光粼粼的海面。

她本来很困，这会儿却没了睡意。

不知过了多久，门口才传来细微的响动。

脚步声越来越近，薛裴重新躺在床上抱住她的身体，而她闭上眼睛，闻见了他身上萦绕着极淡的烟草味。

他又开始抽烟了，她想。

周时御发现薛裴开始频繁地抽烟，好像有什么心事。

薛裴最近的状态，让他想起了薛裴去年那段时间，像已经撞到暗礁的船，正在一点点沉入海底。

这天会议的间隙，他和薛裴在休息室里抽烟。

"你最近怎么又开始抽烟了？"周时御用打火机帮薛裴点烟，随口问道，"和依依吵架了？"

薛裴吸了一口烟，又缓缓把烟吐了出来。

"没有。"

"那你不怕被她骂啊？"

"怕，你别告诉她。"

薛裴说到这里，表情才有了些波动。

周时御得意起来："行，那我现在可是有你的把柄在手上了，你以后对我客气点儿。"

薛裴冷哼了一声。

两个人走出休息室前，周时御盯着薛裴脖子上的围巾说道："话说你这围巾都起球了，还不换？多寒碜。"

"你懂什么？"

"是有什么特殊的纪念意义吗？"

薛裴把烟掐灭，扔进了垃圾桶里，点了点头，说："嗯。"

这条围巾已经陪了他很久很久，这是五年前的冬天朱依依送给他的礼物。

那天并不是什么特别的日子，只是很普通的一天。

那会儿衔时还没站稳脚跟，他经常加班到深夜，一门心思地扑在工作上，对任何事都懒于关注，和她见面也没以前频繁。

她实习的地方离他的工作室有段距离，有一天下班过来，发消息让他下楼。

正好是饭点，他想带她一起去吃饭。她大概怕耽误他的时间，把手里的纸袋塞给他后就要走，说要赶地铁，不和他多聊了。

她的借口很蹩脚。

到了楼上，薛裴才打开纸袋，里面是一条折叠得很整齐的围巾，还带着被阳光晒过的味道。

他心里一暖，又看到了她发过来的语音消息。

"刚学会织的，第一个实验品，给你了。"

她说是实验品，但他一看就知道她花了不少心思才织得这样好看。

这天回家前，薛裴用香水掩盖了身上的烟草味。

路过某家甜品店时，他还买了她爱吃的泡芙。

客厅里没人，他走到卧室，看到房门半掩着，里面传来了朱依依说话的声音。

她像是在打电话。

他正准备转身又听到她说："还有不到十天就结束了，到时候就解放了。"

这关键的一句话让薛裴停住了脚步。

大脑"嗡嗡"作响，浑身流淌的血液像是在倒流，他内心仅剩的幻想也被打破了——这也再一次提醒他，他们之间已经快走到尽头了。

薛裴过了好一阵才走进卧室里。朱依依正在叠衣服，旁边放着的是已经熨好的他的衬衫。

薛裴从身后抱住她，头抵在她的肩膀上。

朱依依停下了手上的动作："回来了？"

"嗯，"薛裴面不改色地撒谎，"今天工作有点儿累，抱一会儿。"

他这么说，她便不动了，任由他抱着。

"工作出问题了？"朱依依猜测着他情绪这么低落的原因。

"嗯。"

"严重吗？"

薛裴没再说话，朱依依也就没往下问。

与此同时，她的手机上收到了晓芸发过来的消息："我刚才和那边沟通过了，他们说十天的时间不够，问能不能延迟到年后。"

她们刚才在电话里聊的是交付货款的时间。

冬至那天，北城下了今年的第一场雪，雪花纷纷扬扬，大街上的人都穿上了厚重的羽绒服。

他们今天在家里包饺子，朱远庭也从学校过来凑热闹。他这段时间学业忙，已经很久没过来玩了。

朱远庭包得歪歪扭扭的，一眼就能让人认出来是他的"杰作"。

朱依依越是笑话他，他越是没个正形。

朱依依对他说："一会儿你包的，你自己吃。"

朱远庭撇了撇嘴，这才认真起来。

两个人还在拌着嘴，吴秀珍就打了视频电话过来，朱依依走到阳台上去接。

电话一接通，吴秀珍习惯性地问："薛裴呢？"

"他在客厅里包饺子。"

朱依依将摄像头调成了后置的，往客厅的方向拍。薛裴穿着蓝色家居服，左手拿着饺子皮，右手拇指推褶，表情专注又认真，看起来像个合格的女婿模样。

吴秀珍看了更是惋惜，问她："你们这都在一起大半年了，以后打算怎么过啊？"

朱依依看着客厅里的薛裴："暂时还没什么打算。"

"还和之前一样的想法？"

"嗯。"

吴秀珍也像是想了好长一段时间，认命地说："算了，随你们吧。你们年轻人的想法，我想不透……你们爱怎么样就怎么样吧。我说得再多，你们也是不听的。"

说完，吴秀珍仍没有挂断电话，似乎在等朱依依的回应，但朱依依没领会她的意思。

"你和爸在家记得多穿件衣服，最近还要再降温呢。"

"还用你念叨我？"

挂断电话前，吴秀珍又问了一句："那你现在过得好不好，开不开心？"

没预想到她会这样问，朱依依愣了愣："挺好的。"

"比之前和李昼在一起还要好？"

这个问题并不难回答，朱依依很快就给出了答案。

"行，你开心就成。我和你爸年纪也大了，管不了你那么多了。"

挂了电话，朱依依低头看着阳台上那株不知道名字的花，花在冬夜里开得正好。

冬至的这场雪下了整整一周。

天气越来越冷，说话哈气都快能结冰了，朱依依每天上班都裹得像个粽子似的，手套、耳罩、雪地靴一应俱全，薛裴则仍旧是深色大衣加围巾，两个人走在一起，像饲养员和企鹅。

没几天，她强硬地要求薛裴穿上了羽绒服，这回两个人站在一起和谐了不少。

跨年的前一天傍晚，他们在楼下堆着雪人。

还没堆好，朱依依就走到薛裴身后想要捉弄他。

就像小时候一样，她将刚抓过雪的手探进了薛裴的衣领。薛裴猝不及防地冷得颤了颤，金丝眼镜下眼睛半眯。

他起身转头，用冻得通红的手捂住了朱依依的耳朵。她冻得脖子都缩了缩，立刻捡起地上的雪球砸他。

雪地里，薛裴回过头冲她笑得灿烂。

晚上，他们窝在沙发上看电影，播放的是一部灾难片，末日逃亡的题材，前半段很惊险刺激，但后半段有些无聊。她靠在薛裴怀里，困意袭来，打了个哈欠。

薛裴问她："要不要回房间里睡觉？"

"不用，还是看完吧。"

这样有始有终。

在她昏昏欲睡时，薛裴轻声哼起了那首经常听到的英文歌。

她当时没听懂歌词是什么意思，后来才知道那歌词竟格外应景。

And here it is our final night alive.

（所以这就是我们的最后一夜。）

And as the earth burns to the ground.

（这世界即将消亡。）

Oh girl it's you that I lie with.

（女孩儿是你在我怀中。）

As the atom bomb locks in.

（就在原子弹坠向大地时。）

Oh girl it's you I watch TV with.

（那时我正和你享受着电视节目。）

12 月 31 日，2023 年的最后一天，早上电台的天气预报称今明两日会有寒流入侵，让大家注意保暖。

朱依依几乎记得这一天的所有细节——早餐他们吃了厚切吐司，8 点 15 分她准备出门时，因室外温度太低，薛裴让她多穿了一件毛衣。

8 点 30 分，薛裴像往常一样送她去上班，然后在第三个岔路口，他们又遇上了红灯，车流开始拥堵。

"今天好倒霉啊，怎么每个路口都是红灯？"

薛裴笑了笑，握住她的手："没关系，还来得及。"

幸好最后他们没有迟到。

走进电梯里，朱依依往门外看了一眼。

薛裴还站在车前看着她，不知是不是她的错觉，她总觉得此刻薛裴的眼中有泪。

她没有多想，和他挥了挥手。

她想：等到今晚，有些话她想对他说。

放假前一天，所有人都无心工作。大家都一边开着工作文档，一边开着聊天小窗摸鱼。

下午她开完会，打车去了市中心的蛋糕店，去取了一早就订好的蛋糕。

一切都和她预想的一样。

只是，当她提着蛋糕回家时，公寓里空无一人。

她一间间房找着："薛裴？"

没有任何回应，她开始慌张。

她推开卧室的门，发现桌面上有一封信，还有一份合同，是房屋转让协议。

信件不长，她还没看完，眼泪已经沿着脸颊滴在纸张上，洇出了大片的墨色。

不知想到什么，她拉开了床头的抽屉。

果然，里面放着三瓶已经开封的药。

这段时间，他又开始服用药物了，但从未和她提起过。

她所看见的薛裴，仍旧温柔体贴，和往常没有任何不同。

他隐藏得很好，不想让她知道。

她立刻买了下一趟去海城的高铁票。

从北城到海城要两个小时，在去海城的列车上，她反复看着这封已经被捏得皱巴巴的信。

展信悦！

当我给你写下这封信时，我脑海里浮现出，你坐在客厅的沙发上看着你最爱的那档综艺节目、粥粥窝在你的怀里睡得香甜的画面。如果幸福有具体可感的图像，我想：应该就是这一刻的样子。

前几天，我看了一本书，上面说所谓精神失常，就是一再重复做同样的事，却期望有不同的结果。

这两年来，我好像都在重复做着同一件事——我想让你爱我，却把你推得越来越远。你曾经给过我很多机会，但当我意识到的时候，已经太迟了。

从今年的第一天开始，每一天我都在倒数，倒数我们还剩下多少时间。

一直以来，我都抱着最后的希望，从未想过放弃，直到李昼的事情发生，直到我多年前的谎言被戳穿。我知道无论我怎么努力都没有用，人总要为过去的行为付出同等的代价。

后来我想：我人生里走的每一步，以为无关紧要的每一个举动，其实都在不断错过你。

而你爱的那个少年时代的薛裴，也早已失去所有的光环，成了一个自私的懦夫，一个不敢面对现实的人。

就在昨天，我做了一个很诡异的梦，梦到真正的我其实早在那场事故中离开，现在的一切不过是我昏迷那段时间的幻想。如果真是这样的话，多可惜，连这一年的时光都是我在自欺欺人。

其实在梦里，我问了你一遍，要不要和我继续走下去。

你说："不了，薛裴，我太累了。"

原谅我没有勇气和你告别。我去了海城，打算休息几日。这套公寓留给你，我的衣物你随时可以清理，但那条围巾可以转寄给我吗？

列车外的风景在急速地后退，就像飞快地掠过的旧日的记忆，快乐的、悲伤的、值得铭记的、不忍回首的……一闪过。

她想起了老家旧式的 DV 机里还留着一段她幼年时的影像——像素极低的画面里，她穿着粉色的公主裙追着薛裴到处跑，客厅里充满了欢声笑语，吴秀珍和薛阿姨在旁边满眼慈爱地望着他们，生怕他们摔着。

她还想起了无数个燥热的夏天，薛裴骑着自行车载着同样穿着校服的她，穿过桐城的大街小巷，少年的衣衫永远那样洁白，被风吹得"簌簌"作响。

这两个小时，她几乎将过往的所有事情都回忆了一遍：病床上脸色苍白的他、发着烧也要赶过来的他、冬天帮她暖手的他、给她讲睡前故事的他……

回忆最后定格在两周前，她第二天一早起床看到薛裴睡在客厅的沙发上，问他为什么，他说"超过九点回家，所以只能睡在客厅里了"，这是他给自己定下的规矩。

高铁到站，她坐车去了海边。

不知道为什么，冥冥中她有一种预感，薛裴会在那里，笃定到甚至没有打电话确认。

跨年夜的海边，没有白天热闹，只有零星几个人。

隔着遥远的距离，她看到有个人正坐在海边喝酒。这么冷的天，他只穿着一件单薄的衬衫，是融入夜晚的黑色，旁边放着几个酒瓶。他望向波光粼粼的海面，月光下剪影落寞，不知在想些什么。

薛裴是第三次来到这片海边。

第一次，是他一个人来的；第二次，是他和朱依依一起来的；第三次，又只剩下他一个人。

繁华热闹的广场上无数人正在倒数欢呼，庆祝新年的到来，而他坐在海边的角落里看着日落月升，静静地等待着这个夜晚的过去。

当海浪的拍打声里夹杂了熟悉的脚步声时，薛裴终于回过头来。

风还在"呼呼"地吹着，但他觉得此刻的时间仿佛停止了。

他那双黯淡无光的眼睛重新有了光彩。

542

有人在夜色中向他走来，带着他所有的渴望和希望。

她手上还拿着他留下来的那封信。

此刻，她就站在他面前，低头望着他："这就是你想对我说的话？"

风声呼啸，海面不再平静。

他听见了她夹杂在风声里的话："我来是想告诉你，你没说错，你的确是一个懦夫。"

心急速地往下坠落，薛裴局促地收回视线。

"因为，你连问我要不要继续走下去的勇气都没有。"

她眼中全然是失望之色，那封信重新被塞回了他的手里。

话已经说完，朱依依转身就要离开。在来的路上，她就已经订好了酒店。

薛裴立刻握住了她的手，隐约察觉到了什么，但又不敢相信。

夜风将她的头发往后吹，有几缕贴在他的衬衫上，像是预示着他们永远都纠缠不清。

他快速地看了一眼腕表，语气有些急促地说道："现在还没到十二点，如果……如果我现在问你呢？"

"已经晚了。"

那封信被薛裴撕得粉碎，碎屑在夜里飘舞，像一首凌乱的诗，也像是婚礼现场撒下的礼花碎屑。

"其实，这封信不是我真实的想法！我根本不想放弃，只是，以为……我以为你不要我了。"薛裴说话时，眼睛霎时间红了，"我以为对你来说，这一切结束才是解脱。你可以再给我一次机会吗？"

月光下，他注视着她，不愿错过她脸上的每一个表情。

直到……直到，他终于听见了那一声轻轻的回应。

她说："好。"

薛裴的内心被一阵巨大的狂喜的情绪充斥着，他激动之下，声音都在颤抖。

"真的？"他迫切地问她，朝她伸出手，"现在距离 2024 年还有最后五分钟，朱依依小姐，请问你愿意和眼前这个自私、愚蠢又傲慢的人一起走下去吗？"

朱依依还没伸出手，他就已经抱住了她。

"我知道，你会答应的。"眼泪滴落在她的衣服上，薛裴哽咽地说道，"说好了，你不能再反悔了。"

这个夜晚有太多话值得倾诉，在新年来临前，一切过去都可以被抛下，毕竟还有那么长久的未来可以期待。

"你之前说，你这辈子不会再爱上任何人。"

薛裴点头，应了声："对。"

"我也有一句话要告诉你，"风声很大，她附在他的耳边，语气坚定地说，"我这一辈子也只会为一个人回头两次。"

拥抱炽热，两个人似乎要嵌入彼此的身体。

她忽然问他："你想要什么颜色的围巾？"

"嗯？"

"我重新给你织，免得被别人笑话。"

"没人会笑话。"

"就当是给你的新年礼物。"

"可是，我已经收到你送的新年礼物了。"

当下的每分每秒，便是最好的礼物。

不远处，有位摄像师用相机定格了这一刻的画面——月光亲吻海洋，海浪拍打礁石，男人紧紧地拥抱着女人，在这个新年来临的前夜，显得格外隽永。

一个月后，他将这幅作品命名为《海边男女的拥抱》，放在了他的个人的摄影展上。

有观赏者走近，看到图注上写着："那些年少的错过的遗憾，或许在生命中未来的某时某刻，将会迎来另一种圆满的结果。"

番外一
幸福融化

距离下班时间还有十分钟，办公室里的人渐渐躁动起来，说话的声音盖过了文件的翻页声。

明天就是国庆节假期，大家的心思早就不在工作上，晓芸正在看深城的旅游攻略，突然记起朱依依上个月出差好像就是去的深城。

"对了，依依，你上次去深城出差，说有一家食物很好吃的茶餐厅叫什么来着？我一下给忘了。"

朱依依把地址发了过去，问道："怎么？国庆节要去深城旅游？"

"对呀，我都想去好久了，忙了这么久，终于能歇一下了。"

他们组最近经常加班，好不容易能放松一下。

朱依依问："你自己去？"

"不是，我和我爸妈一块儿去。"

两个人还没聊上几句，朱依依的微信弹出了两条语音消息。

晓芸笑着打趣："澄澄和然然又找你了吧？"

朱依依点开微信，拿起手机，将听筒贴近耳朵。

"妈妈，你怎么还不下班？"

"我们在楼下等你哟。"

然然和澄澄一人一句，那声音比糖果还要甜，奶声奶气的。

朱依依不自觉地嘴角上扬，声音也变得温柔，对着话筒小声说道："妈妈现在还在上班呢，你们先和爸爸去附近的商场逛一会儿，好不好？"

说完，她往窗外看了一眼，不知道他们现在是不是还在楼下等着。

她尽快把手上的工作收了尾，一到六点半就准时下班。

朱依依坐电梯到一楼时，好些人正拿着外卖准备上楼，有人正谈论起楼下便利店门口有两个小朋友长得特别漂亮。

朱依依脚步加快了些，刚走出大门，正要往便利店的方向走，一个迷你版的蝙蝠侠像闪电一样跑了过来，一把抱住了她的大腿。

"妈妈，你看，我变成蝙蝠侠啦！"

朱依依先是愣了愣，低头看去，只见然然身上穿着蝙蝠侠的装扮服装，黑色的面具遮住了大半张脸，只露出一双黝黑明亮的眼睛。

"妹妹是冰雪公主哟。"

朱澄澄身上穿着迪士尼动画里艾莎那身经典的蓝色公主裙，但大概是薛裴帮她编的辫子，编得松松散散的，整个造型全靠颜值和衣服在强撑着。

朱依依无奈："爸爸给你编的？"

"对呀，爸爸刚才在车上帮我编的。"澄澄坏笑着说道，"妈妈，你猜猜爸爸在哪里？"

朱依依环顾了一周，看到一个体形高大的蜘蛛侠出现在街道转角处，引来了不少人的目光。她忍不住笑出了声。

"今天爸爸就是穿着这一身衣服去接你们的吗？"

澄澄和然然同时点头："对！"

"今天爸爸来接我们放学的时候，门口好多人在看爸爸呢。上周桐桐的爸爸也穿了奥特曼的衣服来接桐桐放学，但是桐桐的爸爸很胖，没有爸爸穿得好看。"

朱依依失笑，揉了揉太阳穴。

她算是明白今天薛裴穿这身衣服的用意了。

不远处的"蜘蛛侠"已经走了过来，朱依依故意提高音量，说道："澄澄，以后要和幼儿园里的小朋友友好地相处知道吗？不要像你爸爸那样到处和别人攀比。"

"这怎么就算攀比了？"薛裴拉下蜘蛛侠的头套，露出一张英俊的脸，嘴角轻扯，笑着说，"我这是在给他们树立正面的形象，等放完假，澄澄和然然肯定会变成整个班里最受欢迎的小孩儿。"

薛裴低声问："澄澄，你说，今天爸爸是不是很帅？你和哥哥是不是很有面子？"

朱依依简直哭笑不得。

她时常觉得薛裴像是个还没长大的小孩儿。

虽然不知道"有面子"是什么意思，但澄澄重重地点了点头。

"今天爸爸对我笑的时候，我看到桐桐的妈妈和菁菁的妈妈都脸红了呢。"朱依依双手抱胸，审视地看向薛裴。

薛裴双手举至头顶做投降状："警官，我是无辜的。"

朱依依没理会他，看向澄澄额头上的汗："衣服是不是很热？"

大概是担心要换掉这身衣服，澄澄明明已经满头大汗却还是摇了摇头。

朱依依只好从包里掏出纸巾给她擦汗。

"你们今天怎么来妈妈上班的地方了？"

"我们和爸爸来接你下班呀。"澄澄仰头说道，"爸爸说妈妈工作一天肯定很累了，我们要过来接妈妈回家。"

朱依依的心都快要化了，她一把将澄澄抱了起来。

车停在附近商场的停车场里，朱依依抱着澄澄朝商场走去。然然看到妹妹被抱着，也伸出手，扯了一下薛裴的衣角："爸爸，我也要抱抱。"

"男孩子要学会自己走。"薛裴弯腰向薛兴然伸出手，"来，爸爸牵着你。"

"好吧。"虽然有些不满，但薛兴然还是乖乖地牵上了爸爸的手。

很久之前，他就发现爸爸的手比他的手要大很多，他的手被包裹在里面变成了小小的一团。

薛兴然想：要到什么时候，他的手才会长得像爸爸的手一样大呢？

回家的路上，薛裴开车，朱依依和两个孩子坐在后座上。

朱依依给澄澄重新编着头发，然然在摆弄着蜘蛛侠的手办，不知想到什么，忽然问她："妈妈，要是奥特曼和蜘蛛侠打架的话，谁更厉害呢？"

"嗯——"朱依依被难住了，求救的目光望向薛裴。

薛裴假装思考了几秒，嘴角勾了勾："当然是爸爸的蜘蛛侠最厉害。"

朱依依扶额："又在误导孩子了。"

阿姨已经做好了饭，一家人一走进门，就闻到了饭菜的香味。

吃饭时又是一番拉锯战，两个小朋友都不肯吃肉，朱依依连哄带骗都没用。

薛裴换了策略："以后要不要长得像爸爸这么高？"

然然回答得很快，扯着嗓子回答："要！"

"那就要多吃肉，才能长得像爸爸这么高。"

然然撇了撇嘴，不太满意，但还是拿起了筷子："一定要吃肉才能长高吗？"

朱依依点头附和："对，不吃肉就长不高了。"

话音刚落，然然转头睁着无辜的大眼睛看了她一眼，反问："那妈妈，你小时候为什么不多吃肉？"

没料到然然会这么问，薛裴在旁边轻笑了一声。

表面上餐桌上仍风平浪静，但桌下朱依依掐了一下薛裴的手臂，薛裴咳嗽了两声，这才收敛了些。

他往朱依依的碗里夹了一大块鱼肉，骗人的话张口就来："因为爸爸小时候把妈妈碗里的肉都吃光了，所以妈妈就长不高了。"

然然和澄澄一听很生气，奶声奶气地控诉："爸爸，你是大坏蛋！你让妈妈都长不高了！"

这回笑得直不起腰的人成了朱依依。

"让你骗小孩儿。"

薛裴哄道："那爸爸现在给妈妈道歉好不好？"

薛裴已经道歉，但在两个小朋友心里，这件事还远远没有过去。

晚上，薛裴拿着绘本走进房间了关上了门。朱依依正给澄澄织着手套，转头问他："他们都睡着了？"

"没有。"薛裴在朱依依旁边坐下，"他们生我的气，说今晚不让我进房间里了。"

第二天午饭时间，刚学会使用筷子的澄澄艰难地给朱依依的碗里夹了一块肉。

"妈妈，你要多吃点儿肉哟。"

"好，谢谢宝贝。"

朱依依心里甜丝丝的，夹起那块肉，得意地向薛裴炫耀。

薛裴耸了耸肩。

从那天起，澄澄和然然就轮番给朱依依碗里夹肉，还没开始吃饭，她碗里的肉就堆成了一座小山。

某天澄澄对朱依依说："妈妈，你多吃点儿肉，以后就能长得比爸爸还要高啦。"

朱依依惊诧地瞪圆了眼，但看着澄澄纯真的眼神，又把到嘴边的话咽了回去。

薛裴听后忍俊不禁，往朱依依的碗里又添了一块鱼肉。

他缓缓说了一句："加油。"

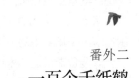

一百个千纸鹤

十二月中旬，澄澄班里要进行文艺会演，表演的剧目是《白雪公主和七个小矮人》。

一共十个小朋友，想演白雪公主的就有六个，最后为公平起见，老师建议角色分配由抽签决定。

朱依依进教室里抽签，澄澄在门外等她。

只是抽完签，朱依依手里捏着那张字条，迟迟没有走出教室。

她有些发愁，不知道要怎么和澄澄说，因为自己抽到的并不是澄澄想演的白雪公主。

她正想着说辞，澄澄就蹦蹦跳跳地朝她跑过来，一把拉住了她的手。

"妈妈，怎么要这么久？"

望着澄澄期待的眼神，朱依依最后开口："对不起，澄澄，妈妈抽到的不是白雪公主。"

她摊开掌心，打开了那张字条。

意外的是，澄澄脸上竟没有任何失望的神色，语气依旧很欢快地说道："没关系呀，小矮人我也很喜欢。"

澄澄说着在她的脸上亲了一口。

朱依依还没反应过来，又听见澄澄说："爸爸说在妈妈眼里，无论我是演白雪公主还是小矮人，都是舞台上最漂亮的小朋友哟。"

朱依依轻笑了一声，摸了摸澄澄的头。

"对，无论你演什么角色，在妈妈看来都是最耀眼、最漂亮的，所以答应妈妈，要用心表演好不好？"

澄澄重重地点头，应得很大声："好！"

因为澄澄下周就要参加文艺会演，朱依依这几天也没闲着，一直忙着制作演出现场要用的道具。

薛裴负责搭建小木屋，她负责折千纸鹤和小星星。

朱依依很久没折这些小玩意儿了，一开始还有些生疏，折得很慢。

薛裴反倒想起了什么，忽然问她："你还记得那一百个千纸鹤吗？"

他说的是初中那会儿，她缠着他让他折一百个千纸鹤的事。

朱依依当然记得，但当下想起这事有些丢脸，不愿意承认。

于是，她装作糊涂，含糊地回道："什么千纸鹤？"

薛裴语塞，停顿了几秒。她装得太像，薛裴没看出任何端倪来。

薛裴心里一沉："你真的不记得了？"

他以为在他们彼此的记忆里，这会是永远都无法忘记的一段回忆。

朱依依摇头，眼神懵懂。

沉默片刻后，薛裴终于接受了现实，自嘲地笑了笑。

也是，都过去那么多年了，她忘记了这事也很正常。

他自顾自地说着："初三第一学期，你缠着我让我给你折千纸鹤。其实从文具店里买回那些五颜六色的纸时我就后悔了，因为……我也不知道自己在做什么——这实在不像是我会做出来的事。后来折到第十个时我就决定放弃了，但第二天上学，你又扯着我的衣角，可怜兮兮地说你的朋友都收到了千纸鹤，只有你没有，没有人愿意送给你。"

说到这里，薛裴轻笑了一声。多年后，他终于意识到自己被她骗了。

"当折完那一百个千纸鹤后，我就想，这么幼稚的事这辈子我只会做这一次。"谈起过去的事情，薛裴眼底满是温柔之色，"就是可惜，某人竟然什么都不记得了。"

听完薛裴的话，朱依依弯了弯嘴角。一丝丝的甜味从心底往外渗，她感觉好像又回到了那个充满蝉鸣声的季节，回到了那个雀跃欣喜、难以入眠的夜晚。

担心被薛裴发现，朱依依咳嗽了两声，不露声色地转移了话题。

周五下午，文艺会演。

朱依依在后台给澄澄化妆，刚扎好头发，澄澄望向门口，就从椅子上跳了下来。

"爸爸!"澄澄边喊边跑向薛裴。

朱依依惊诧地回头。

她记得前几天听周时御提起,薛裴今天要去邻市开会。她以为他今天不会过来的。

薛裴手里还提着一个蛋糕。

澄澄一看,高兴得蹦了起来,其他小朋友也纷纷看了过来,眼里尽是羡慕的神色。

澄澄正要伸手来拿蛋糕,薛裴轻声说道:"妈妈平时怎么说的?"

澄澄摇头晃脑地回答:"妈妈说如果有好吃的食物,要和其他小朋友一起分享。"

"乖,"薛裴摸了摸她的头,"那待会儿你表演完再和朋友们一起吃,好不好?"

"好!"

瞧见澄澄把带过来的蛋糕拿给了老师,朱依依露出满意的笑容。

澄澄很快就要登台表演,薛裴和朱依依从后台离开,回到了观众席上。

朱依依问:"你今天不是还有事吗?怎么过来了?"

薛裴轻挽袖口,轻描淡写地说:"不是什么重要的会,我让时御去了。"

就在一个小时前,薛裴把周时御喊进了办公室里。

"下午四点,盛远那边的会,你准备一下。"薛裴看了一眼腕表,又抬眼看周时御,"你还有两个小时的时间。"

"啥?"周时御没弄清楚状况,"和我有什么关系,不是说好你去的吗?"

薛裴起身整理着文件,淡淡地开口:"澄澄下午要上台表演。"

"依依不是去了吗?没必要你们俩都一起去吧?"

"我不能缺席他们的童年。"薛裴看着周时御,眼神真挚。

周时御心口跟被棉花堵住了似的。

好家伙,这人竟然还打起了感情牌。

"行,行,行,我去行了吧。你给我上升到这种高度,我不去都显得不是人了——好歹我也算是澄澄的干爹。"

想起这事,薛裴勾了勾嘴角。

朱依依疑惑地看向他:"你笑什么?"

"没什么。"

表演结束后,澄澄他们班的表演获得了一等奖。放学回家的路上,澄澄拿着奖状爱不释手,一路"叽叽喳喳"的,半个身子靠在朱依依身上。

"妈妈，我今天觉得我是整个幼儿园里最幸福的小朋友。"

"为什么呢？"

"因为你和爸爸都来看我的表演，还给我买了很大很大的蛋糕。"她又奶声奶气地说道，"桐桐他们都说我的爸爸是整个幼儿园里最高最帅的爸爸，我的妈妈是最温柔最贴心的妈妈。"

这一句话让朱依依甜到了心里。

朱依依揉了揉她的脸，眉眼里是掩饰不住的笑意："今天我也是整个幼儿园里最幸福的妈妈。"

这会儿恰好是红灯，驾驶座上的薛裴也回过头来。

他看向澄澄和然然："想要什么礼物，爸爸现在带你们去买，好不好？当作今天表演的奖励。"

一听到有礼物，然然也高兴得从座位上跳了起来。

"爸爸，我想要变形金刚！"

朱依依连忙摇头："不行，家里已经有很多玩具了，快放不下了。"

谁知道薛裴开口说道："那爸爸再买个大房子来装玩具，好不好？"

朱依依语塞。

春节前，孩子们放寒假回桐城，后备箱里装的全都是孩子们的玩具。

果然，这免不了又被吴秀珍说了一通。

薛裴在客厅里挨训，朱依依就在旁边一边吃薯片，一边暗自偷笑。

晚上，朱依依洗完澡回卧室，刚走进门，然然就朝她扑了过来，仰头问她："妈妈，你真的不喜欢爸爸了吗？"

"嗯？"朱依依皱眉，有些费解，不明白他为什么这么问。

"爸爸说你不喜欢他了。因为今天爸爸被姥姥骂的时候，你还在旁边偷笑。"

朱依依无奈，走到电脑桌前一把摘下了薛裴的耳机，果然耳机里什么声音都没有。

游戏画面还在继续，薛裴似乎早有预料，心虚地回过头来。

"你教然然这么说的？"她问。

薛裴嘴角含笑，下巴轻抬向然然示意："我可没有。"

然然接收到爸爸的信号，立刻附和："爸爸没有教我，是我自己问的。"

两个人串通一气。

朱依依没好气地看向薛裴。

"你还没回答然然的问题呢。"薛裴停顿了片刻，才又说，"你喜不喜欢我？"

结婚后，他已经很久没听到朱依依对他说那几个字了。

朱依依还没回答，澄澄就咋咋呼呼地从外面跑了进来，怀里抱着一个透明的玻璃瓶。

澄澄似乎有了新发现。

"妈妈，你看，我在书房里找到了好多千纸鹤！"

朱依依看着玻璃瓶里装的千纸鹤，蒙了一会儿。

五颜六色的千纸鹤装在漂亮的玻璃瓶里，就像被封存起来的记忆。

时隔多年，连她自己都忘了后来把这些东西放在哪里了，接过来时，百感交集。

小孩子也有八卦的天性，澄澄好奇地问："舅舅说这是别人送给你的，那是谁送的呢？"

朱依依看了一眼薛裴："你爸爸送的。"

然然放下手里的积木，问："那爸爸为什么要送妈妈千纸鹤呢？"

"因为你妈妈说，折够一百个千纸鹤就能许一个愿望。"

"妈妈，你许的愿望是什么？"

"过去那么久了，她现在肯定不记得了，"薛裴说完看向朱依依，笑道，"不过我猜应该是希望姥姥能给她涨点儿零花钱。"

朱依依不满地说道："薛裴，你就这么小看我？"

"那不然就是希望期末考试数学成绩能及格？"

朱依依依旧摇头。

薛裴又说了几个答案，还是没答对。

朱依依故作神秘，打开玻璃瓶的软塞，从里面拿出一个粉红色的千纸鹤，放到薛裴手里。

薛裴这才发现这并不是他当初买的纸张，而是一张精美的信笺。

"你打开看看。"朱依依示意。

粉红色的信笺被缓缓打开，薛裴看了一眼后难以置信地抬起头。

时间流逝的速度好像开始变慢，那张纸的边缘被用力地捏紧，薛裴眼睛泛红。

在那张信笺上，二十年前的朱依依用稚嫩的笔迹写着——"想永远和薛裴在一起。"

像对待世界上最珍贵的藏品，薛裴小心翼翼地折好，重新放回玻璃瓶里。

"你一直都记得。"

薛裴情难自抑，牢牢地抱住她。

朱依依点头："当然，这么重要的愿望，我怎么能忘记？"

澄澄和然然不知道什么时候已经走出了房间，房间里只剩下他们两个人。

"薛裴，你说，用千纸鹤许愿是不是很有用？"

"嗯，我当时应该折两百个千纸鹤才对。"

"为什么？"

"因为我也想许一个愿望。"

在她开口询问前，他就给出了答案："希望我的依依永远开心。"

窗外月光流淌，在他温柔的注视中，她想：她已经看到了永远。